EDIÇÕES BESTBOLSO

O Lobo e a Pomba

Kathleen E. Woodiwiss (1939-2007) nasceu em Louisiana, nos Estados Unidos. Publicou seu primeiro livro, *A chama e a flor*, em 1972, que logo se tornaria um best-seller e revolucionaria o romance histórico moderno apresentando histórias longas, tramas e personagens controversos e muitas cenas repletas de sensualidade. A autora foi precursora do romance feminino protagonizado por uma heroína de personalidade forte, mas que necessita de um herói para amá-la e protegê-la. Publicou também *Cinzas ao vento*, *Ame um estranho* e *Uma rosa do inverno*.

KATHLEEN E. WOODIWISS

O Lobo e a Pomba

Tradução de
AULYDE SOARES RODRIGUES

1ª edição

EDIÇÕES
BestBolso

RIO DE JANEIRO – 2012

CIP-BRASIL. CATALOGAÇÃO-NA-FONTE
SINDICATO NACIONAL DOS EDITORES DE LIVROS, RJ

W857l

Woodiwiss, Kathleen E., 1939-2007
O Lobo e a Pomba / Kathleen E. Woodiwiss; tradução de Aulyde Soares Rodrigues. – Rio de Janeiro: BestBolso, 2012.
12 x 18 cm

Tradução de: The Wolf and the Dove
ISBN 978-85-7799-282-9

1. Romance norte-americano. I. Rodrigues, Aulyde Soares, 1922-II. Título.

12-1402

CDD: 813
CDU: 821.111(73)-3

O Lobo e a Pomba, de autoria de Kathleen E. Woodiwiss.
Título número 303 das Edições BestBolso.
Primeira edição impressa em abril de 2012.
Texto revisado conforme o Acordo Ortográfico da Língua Portuguesa.

Título original norte-americano:
THE WOLF AND THE DOVE

Copyright © 1974 by Kathleen E. Woodiwiss.
Publicado mediante acordo com Harper Collins Publishers.
Copyright da tradução © by Distribuidora Record de Serviços de Imprensa S.A.
Direitos de reprodução da tradução cedidos para Edições BestBolso, um selo da Editora Best Seller Ltda. Distribuidora Record de Serviços de Imprensa S. A. e Editora Best Seller Ltda são empresas do Grupo Editorial Record.

www.edicoesbestbolso.com.br

Design de capa: Simone Villas-Boas sobre imagem Fotolia.

Todos os direitos reservados. Proibida a reprodução, no todo ou em parte, sem autorização prévia por escrito da editora, sejam quais forem os meios empregados.

Direitos exclusivos de publicação em língua portuguesa para o Brasil em formato bolso adquiridos pelas Edições BestBolso um selo da Editora Best Seller Ltda. Rua Argentina 171 – 20921-380 Rio de Janeiro, RJ – Tel.: 2585-2000 que se reserva a propriedade literária desta tradução.

Impresso no Brasil

ISBN 978-85-7799-282-9

Um mito

Em tempos remotos, quando os druidas viviam nas florestas do norte da Inglaterra e realizavam seus sabás nas noites enluaradas, um jovem, atraído pela batalha e pela violência, estudou as artes da guerra até se tornar invencível. Chamava-se "Lobo" e saqueava para saciar seus desejos. Seus feitos chegaram aos ouvidos dos deuses, na alta montanha entre a Terra e o Valhalla. Woden, rei dos deuses, enviou um mensageiro para destruir aquele homem arrogante que cobrava tributo do povo e desafiava o destino. Os dois se encontraram, empunharam suas espadas, e a batalha feroz durou duas semanas de lua nova, estendendo-se dos penhascos brancos do sul às praias desertas e rochosas do norte. O guerreiro era realmente bom, pois nem o mensageiro de Woden conseguiu destruí-lo, e voltou à montanha, admitindo seu fracasso. Woden pensou longa e profundamente, pois estava escrito que aquele que vencesse o mensageiro dos deuses conquistaria a vida eterna na Terra. Woden riu, e o céu acima do Lobo tremeu. Então o ar foi cortado por relâmpagos e rugidos de trovão, e o jovem permaneceu de pé, ousado, com a espada na mão.

– Então, você ganhou a vida eterna – rugiu Woden, com uma gargalhada. – E me enfrenta com a espada desembainhada, pronto para a luta, mas atrevimento não significa valor, e não posso permitir que você continue assolando a Terra impunemente. Terá sua imortalidade, mas terá de se dobrar à vontade de Woden para prosseguir sua missão.

Woden levantou-se com uma gargalhada sonora e um relâmpago atingiu a lâmina insolente. Uma nuvem de fumaça elevou-se para o céu. No lugar onde o jovem estava, apareceu um lobo de ferro, vermelho, pronto para o bote, com os dentes arreganhados.

Dizem que num vale profundo, perto da fronteira com a Escócia, está a estátua de ferro, numa clareira escura, coberta de ferrugem, com trepadeiras enroladas no corpo e musgo nas pernas. Dizem que só quando a guerra assola a terra o poderoso lobo volta à vida e se transforma num guerreiro – ousado, forte, invencível e selvagem.

E agora as forças de Guilherme cruzaram o canal, Harold desceu do norte e a guerra se aproxima...

1

28 de outubro, 1066

Cessou o som da batalha. Os gritos e gemidos silenciaram, um a um. A noite estava quieta e o tempo parecia imóvel. A lua de outono, cansada e cor de sangue, brilhava no horizonte indefinido, e o uivo distante de um lobo caçando fazia tremer a noite, acentuando o silêncio sinistro que envolvia a terra. Retalhos de névoa deslizavam sobre os pântanos, sobre os corpos mutilados dos mortos. A terra plana, com pedras esparsas, estava coberta pelos restos dos heroicos filhos da cidade. Um jovem com não mais de 12 primaveras jazia ao lado do pai. O vulto enorme e escuro de Darkenwald erguia-se além, com a ponta aguda da única torre perfurando o céu.

No interior do castelo, Aislinn estava sentada sobre a esteira que cobria o assoalho, na frente da cadeira da qual seu pai, o falecido senhor de Darkenwald, dirigia seu feudo. Uma corda áspera estava amarrada em seu pescoço esguio, e a ponta a prendia ao pulso de um normando alto e moreno, com cota de malha, encostado no símbolo rusticamente gravado do status de lorde Erland. Ragnor de Marte observava a selvageria com que seus homens destruíam o castelo, à procura de objetos de valor, galgando a escadaria para os quartos de dormir, batendo as portas pesadas, revistando cofres e depositando num pano estendido no chão, a seus pés, os itens mais valiosos. Aislinn viu sua adaga, com pedras preciosas incrustadas no cabo, e o cinturão de ouro filigranado, arrancado de sua cintura há poucos minutos, atirados na pilha entre os outros tesouros que enfeitavam seu lar.

Surgiam desavenças e brigas entre os homens, por causa de um ou outro objeto, mas eram rapidamente silenciadas a uma ordem do captor de Aislinn. Quase sempre, o objeto que dera motivo à briga era jogado aos pés dele. Os invasores bebiam várias canecas de cerveja e devoravam carne, pão e qualquer outro alimento que encontrassem. Aquele cavaleiro com armadura de ferro, das hostes de Guilherme, que a mantinha prisioneira, levou à boca o chifre de touro e tomou um generoso gole de vinho, sem se preocupar com o sangue do pai da jovem que ainda tingia sua cota de malha. Quando nada mais prendia sua atenção, o normando puxava a corda, ferindo a pele delicada do pescoço de Aislinn. Cada vez que seu rosto se contorcia de dor, o cavaleiro ria cruelmente, satisfeito por ter conseguido alguma reação, e essa vitória parecia-lhe abrandar o mau humor. Contudo, certamente ele preferia vê-la chorar e pedir misericórdia. Aislinn continuava alerta e atenta, e, quando olhava para ele, era com uma expressão de calmo desafio, que o irritava. Outra qualquer estaria se arrastando a seus pés, implorando piedade. Mas essa jovem... alguma coisa na atitude e na expressão dela, cada vez que ele puxava a corda, parecia desafiá-lo. O cavaleiro não podia imaginar as profundezas daquele espírito, mas estava resolvido a testá-lo antes do fim da noite.

Ele a encontrara ao lado da mãe, lady Maida, no hall do castelo, quando, com seus homens, arrombou a pesada porta, como se estivessem dispostas a enfrentar todo o bando de normandos invasores. Com a espada ensanguentada empunhada, ele parou do lado de dentro da porta, enquanto seus homens invadiram o palácio à procura de inimigos prontos para lutar. Mas vendo que não havia ninguém para recebê-los além das duas mulheres ao lado dos enormes cães de caça, os homens abaixaram as armas. Com pontapés e socos certeiros, dominaram e amarraram os cães e voltaram-se, então, para as mulheres, tratando-as quase do mesmo modo.

Seu primo, Vachel de Comte, avançou para a jovem, disposto a fazer dela sua presa. Mas encontrou à sua frente Maida, pronta para defender a filha. Vachel tentou empurrar a mulher, mas ela estendeu a mão para a adaga dele e a teria tirado da bainha se o homem, percebendo sua intenção, não a tivesse derrubado com um golpe de seu guante de ferro. Com um grito, Aislinn ajoelhou-se ao lado da mãe e, antes que Vachel a agarrasse, Ragnor adiantou-se e tirou brutalmente a rede da cabeça da jovem, soltando a cascata de cabelos avermelhados e sedosos. O cavaleiro normando enrolou a mão nas mechas longas e puxou, obrigando-a a ficar de pé. Ele a arrastou até uma cadeira, a fez sentar-se e amarrou seus pulsos e tornozelos fortemente. Maida, atordoada ainda, foi amarrada aos pés da filha. Então os dois cavaleiros juntaram-se a seus homens no saque da cidade.

Agora a jovem estava no chão, aos pés dele, vencida e prestes a encarar a morte. Mas de seus lábios não saía nenhuma palavra pedindo clemência ou misericórdia. Por um momento, Ragnor ficou indeciso, reconhecendo naquela jovem uma força de vontade que poucos homens possuíam.

Mas o cavaleiro não tinha ideia da luta que se travava no íntimo de Aislinn para controlar o tremor de seu corpo e manter uma atitude orgulhosa, sem tirar os olhos da mãe. Maida servia os invasores com os pés amarrados, para evitar que desse um passo completo. Ela arrastava um pedaço da corda que a prendia, e os homens divertiam-se pisando na ponta, fazendo-a perder o equilíbrio. As gargalhadas desses homens eram verdadeiros rugidos de satisfação quando ela caía, e a cada queda Aislinn empalidecia, desejando ser ela a suportar aquele sofrimento em vez de tarde assistir à humilhação da mãe. Quando Maida caía com uma bandeja cheia de comida ou bebida nas mãos, o divertimento era total e, antes de se levantar, levava pontapés e empurrões, como castigo pela falta de cuidado.

Então os temores de Aislinn se renovaram quando Maida tropeçou e derramou cerveja sobre um soldado de rosto abrutalhado. O homem agarrou o braço de Maida com a mão enorme e brutal, obrigou-a a ficar de joelhos e, com um pontapé, atirou-a para longe. Na queda, uma pequena bolsa saltou do cinto de Maida, mas ela levantou-se e, sob as imprecações do normando, apressou-se a apanhá-la do chão. Ia recolocá-la na cintura, quando, com um grito, o soldado bêbado agarrou sua mão e tomou-lhe a bolsa. Maida tentou recuperá-la, e a ousadia de seu gesto despertou a ira do soldado. Ele deu-lhe um murro na cabeça que a fez girar, e o corpo de Aislinn enrijeceu, seus lábios se contraíram e uma expressão feroz brilhou em seus olhos. Porém o soco parecera apenas divertir o homem. Esquecendo o tesouro por um momento, ele perseguiu a mulher que cambaleava, atordoada, desfechou-lhe outro golpe e, segurando-a pelos ombros, começou a espancá-la brutalmente.

Com um grito de revolta, Aislinn ficou de pé, mas Ragnor puxou a corda com força e ela caiu no chão. Quando conseguiu respirar novamente, viu a mãe inconsciente e imóvel, e o soldado, de pé ao lado dela, sacudindo a bolsa em triunfo, gritando de satisfação. Ele rasgou a bolsa, ansioso para ver que tesouros continha. Para seu desapontamento, encontrou apenas algumas folhas secas, que atirou no chão, praguejando com desprezo e fúria. Jogou longe a bolsa rasgada e castigou com outro pontapé o corpo inerte de Maida. Com um soluço de agonia, Aislinn tapou os ouvidos com as mãos e fechou os olhos para não ver mais o sofrimento da mãe.

– Chega! – rugiu Ragnor, abrandando sua crueldade ao ver a dor de Aislinn. – Se a velha sobreviver, poderá nos servir.

Apoiando-se nas mãos, Aislinn levantou um pouco o corpo e voltou para seu captor os olhos cor de violeta ardentes de ódio. Seu longo cabelo ruivo caía despenteado sobre os ombros e o peito arfante, e, ali no chão, era como uma loba enfrentando o inimigo. Mas se lembrou do sangue que tingia a espada de Ragnor quando ele entrou no castelo e das manchas em sua cota de malha, o sangue de seu pai. Lutou contra o pânico que ameaçava roubar suas últimas forças e contra a dor da perda e a autopiedade que a levariam à submissão. Controlou as lágrimas que vinham aos olhos, provocadas pelas emoções experimentadas pela primeira vez na vida e pela certeza profunda e atormentadora de que seu pai jazia sem vida na terra fria, não abençoado pelos ritos sagrados, e por saber que ela não podia fazer nada. Estaria a misericórdia tão ausente dos corações daqueles normandos que, mesmo agora, com a batalha vencida, não iam procurar um padre para encomendar as almas dos mortos?

Ragnor olhou para a jovem sentada no chão, com os olhos fechados e os lábios trêmulos entreabertos. Não podia ver a luta que enfraquecia sua resistência. Se ele tivesse se levantado naquele momento, teria satisfeito seu desejo de vê-la se encolher de pavor, mas Ragnor pensava no cavaleiro sem nobreza que se apossaria de tudo que o rodeava.

Antes do anoitecer, eles tinham chegado, a galope, arrogantes como devem ser os conquistadores, para exigir a capitulação da cidade. Darkenwald não estava preparada para aquele inimigo. Depois da sangrenta vitória de Guilherme sobre o rei Harold, em Senlac, 15 dias antes, correu a notícia de que o duque normando estava marchando para Canterbury com seu exército, e terias perdido a paciência com os ingleses, que, embora vencidos, lhe recusavam a coroa. O povo de Darkenwald respirou aliviado, pois o caminho para Canterbury passava longe da cidade. Mas não levaram em conta os pequenos grupos de cavaleiros enviados para atacar e saquear as pequenas cidades nos flancos do exército de Guilherme. Por isso, o grito da sentinela que avisava a chegada dos normandos foi um choque para todos. Erland, embora leal ao rei morto, conhecia a vulnerabilidade de seu feudo e pretendia se entregar pacificamente se a provocação não tivesse sido insuportável.

Entre os normandos, apenas Ragnor de Marte sentia-se pouco à vontade naquela região, enquanto atravessavam os campos, passando pelas casas dos camponeses, a caminho do solar cinzento onde morava o senhor daquele feudo. Quando chegaram ao castelo, ele olhou em volta. Nada se movia nos prédios externos e o local parecia deserto. A entrada principal, uma porta de carvalho com reforços de ferro, estava fechada. Nenhuma luz atravessava as peles finas que cobriam as janelas, e as tochas nos suportes de ferro, nos dois lados da porta, estavam apagadas. Tudo estava silencioso no interior do castelo, mas, quando o jovem arauto chamou, a porta foi parcialmente aberta. Um homem velho, de cabelo e barba brancos, alto e robusto, apareceu, empunhando uma espada. Saiu, fechou a porta, e Ragnor ouviu o som da tranca se abrindo na parte de dentro. Então o saxão voltou-se para os intrusos. Ficou imóvel, e o arauto se aproximou, desenrolando um pergaminho. Confiante em sua missão, o jovem começou a ler.

– Ouça, Erland, lorde de Darkenwald. Guilherme, duque da Normandia, reivindica a Inglaterra como seu domínio, por seu direito de soberania...

O arauto leu em inglês as palavras que Ragnor havia preparado em francês. O cavaleiro ignorara o pergaminho ditado por Sir

Wulfgar, um bastardo de sangue normando, pois, em sua opinião, era mais uma súplica humilhante que uma ordem formal de capitulação. Aqueles saxões, afinal, não passavam de vis infiéis cuja arrogante resistência devia ser esmagada sem misericórdia. Contudo, Wulfgar queria que fossem tratados como homens honrados. "Eles foram vencidos", pensava Ragnor, "pois agora deviam reconhecer seus senhores".

Mas Ragnor começou a ficar perturbado vendo a expressão no rosto do velho quando o arauto explicou que todos os homens, mulheres e crianças deviam ser levados à praça principal e marcados na testa com o símbolo de escravos e que o senhor do feudo devia se entregar, com toda a sua família, como refém, para garantir o bom comportamento do povo.

Ragnor mudou de posição na sela, olhando apreensivo à sua volta. Ouviram o cacarejo de uma galinha e o arrulho de uma pomba. Sua atenção foi despertada pelo movimento de uma janela que se abriu ligeiramente na ala superior do castelo. O cavaleiro não podia ver o interior escuro, mas sentiu que alguém, atrás das venezianas rústicas de madeira, o observava. Ragnor passou um lado do manto por sobre o ombro, liberando o braço direito e o punho de sua espada.

Olhou outra vez para o orgulhoso senhor do solar, que o fazia lembrar seu pai – decidido, arrogante, sem intenção de ceder uma jarda sem antes ter ganhado dez. O ódio cresceu no coração de Ragnor, alimentado pela comparação. O rosto do velho saxão ficava mais rubro e furioso à medida que o arauto lia as absurdas condições.

De repente, uma brisa gelada açoitou o rosto de Ragnor, fazendo tatalar os gonfalões como um prenúncio de morte. Seu primo Vachel, a seu lado, resmungou, começando a sentir a tensão que fazia o suor brotar sob a túnica de couro que Ragnor usava debaixo da cota de malha. Sentia as palmas úmidas dentro dos guantes, e ele apoiou a mão sobre o punho da espada.

Nesse momento o velho lorde, com um grito de revolta, brandiu a espada com fúria demoníaca. A cabeça do arauto rolou no chão, antes de o corpo desmoronar molemente. O espanto e a surpresa atrasaram por um momento a reação dos normandos, e, nesse meio-tempo, camponeses armados com foices, fòrcados e armas rústica saíram de seus esconderijos. Sir Ragnor gritou uma ordem, praguejando contra si mesmo por ter sido apanhado de surpresa. Incitou o cavalo para a frente, contra os camponeses que saltavam e estendiam as mãos para arrancá-lo da sela. Brandia a espada à direita e à esquerda, abrindo cabeças e decepando mãos. Viu lorde Erland lutando contra três soldados normandos, e, por um instante, passou por sua mente a ideia de que Harold poderia ainda ser rei se tivesse aquele velho a seu lado. Ragnor lançou o cavalo contra a massa humana, tendo como alvo o lorde de Darkenwald, pois ele o via agora através de uma névoa avermelhada que só se abrandou quando sentiu o corpo do senhor do solar sucumbir à sua espada. Os camponeses, percebendo seu intento, tentavam deter o avanço do cavaleiro invasor. Lutaram galantemente para defender seu senhor, até o último suspiro. Não podiam superar homens treinados para a guerra. O poderoso garanhão seguiu pisando nos corpos dos vencidos até alcançar o objetivo. Lorde Erland levantou os olhos para a espada erguida e seu fim foi rápido quando a lâmina de De Marte atravessou-lhe o crânio. Vendo seu senhor abatido, os servos dissolveram as fileiras e fugiram, e o clamor da batalha foi substituído pelo lamento das mulheres, o choro das crianças e as batidas surdas do tronco de árvore contra a pesada porta de Darkenwald.

De onde estava, sentada aos pés de Ragnor, Aislinn observava ansiosamente a mãe, esperando algum sinal de vida, e deu um suspiro de alívio quando Maida, afinal, se moveu. Ouviram um fraco gemido, e a pobre mulher tentou erguer o corpo, apoiada num cotovelo. Olhou em volta, atordoada. Seu agressor avançou outra vez para ela.

– Traga-me cerveja, escrava! – rugiu ele, erguendo-a pela gola do vestido e atirando-a contra um barril de bebida. Mas Maida, com os pés amarrados, caiu outra vez. Levantou-se com esforço, mas o soldado pisou no pedaço de corda dependurado atrás dela, fazendo-a cair de joelhos. Satisfeito, ele gritou:

– Arraste-se, sua cadela! Rasteje como um cão – disse, rindo, e Maida foi obrigada a servi-lo de joelhos.

– Cerveja! – gritou o homem, lançando para ela seu copo de chifre.

Maida olhou para ele, confusa, e só compreendeu quando o homem a empurrou contra o barril outra vez. Quando ela entregou o chifre cheio de cerveja, outros homens exigiram o mesmo serviço, e Maida continuou com seu andar trôpego, servindo cerveja e vinho com a ajuda de dois servos, Hlynn e Ham, surpreendidos pelos normandos quando tentavam fugir.

Maida servia os normandos, mas seus lábios feridos começaram a se mover numa ladainha monótona. As palavras em saxão penetraram a mente de Aislinn e, com um horror que ela procurou não demonstrar, compreendeu que a mãe murmurava ameaças terríveis, que os homens não podiam compreender, e invocava os mais vis espíritos dos pântanos para atormentá-los. Se um deles pudesse entender o que Maida dizia, sem dúvida a assaria no espeto, como um leitão. Aislinn sabia que a sobrevivência das duas dependia apenas do capricho de seu captor. Até seu noivo estava nas mãos do inimigo. Aislinn sabia disso porque ouvira os normandos falarem de outro bastardo que, obedecendo as ordens de Guilherme, fora a Cregan exigir a capitulação da cidade. Kerwick estaria morto também, depois de ter lutado tão galantemente ao lado do rei Harold, em Hastings?

Olhando para Maida, Ragnor pensou na pose régia e na beleza madura que ela ostentava antes de ser espancada e ter o rosto deformado por seus homens. Não conseguia ver o menor traço daquela mulher altiva na criatura imunda e trôpega que servia os soldados, com o rosto contraído e o cabelo cor de cobre entremeado de fios brancos e sujo de sangue e pó. Talvez a jovem a seus pés estivesse vendo a si própria quando observava atentamente a mãe.

Um grito fez Aislinn desviar a atenção de Maida, e ela olhou em volta. A jovem serva Hlynn estava sendo disputada por dois soldados, que a puxavam de um lado para o outro. A tímida criada, com apenas 15 anos, jamais conhecera um homem e agora enfrentava o pesadelo de um estupro iminente nas mãos daqueles bandidos.

Aislinn mordeu as juntas das próprias mãos para não ecoar os gritos de horror de Hlynn. Sabia que muito em breve ela seria vítima do desejo de um dos homens. Quando rasgaram toda a frente do vestido de Hlynn, Aislinn sentiu a mão pesada em seu ombro, procurando contê-la. Mãos calejadas e cruéis assaltaram o corpo da jovem criada, machucando a pele macia. Aislinn estremeceu revoltada, sem poder tirar os olhos da cena brutal. Finalmente um dos homens derrubou o outro com um murro na cabeça e, tomando nos braços a pobre Hlynn, que esperneava e gritava, saiu do salão. Desesperada, Aislinn imaginou se a jovem ia sobreviver àquela noite, sabendo que as probabilidades eram poucas.

O peso terrível em seu ombro tornou-se então insuportável, e ela voltou novamente para seu captor os olhos cor de violeta, cheios de ódio. O normando retribuiu o olhar com um sorriso de escárnio nos lábios carnudos, zombando de seu desafio. O sorriso, porém, desapareceu ante a intensidade do desprezo no olhar da jovem. Os dedos dele se contraíram, machucando-lhe o ombro. Sem poder mais se controlar, Aislinn gritou de raiva e ergueu a mão para esbofeteá-lo, mas Ragnor segurou seu pulso e a puxou para ele, apertando-a contra sua cota de malha. Com o rosto quase encostado no dele, Aislinn sentia o hálito quente da risada zombeteira de seu captor. Lutou para se livrar, enquanto Ragnor, com a mão livre, acariciava seu corpo, acompanhando as curvas suaves por cima da roupa. Aislinn estremeceu, odiando aquele homem com todas as fibras de seu ser.

– Porco imundo! – sibilou ela, sentindo algum prazer com a expressão de espanto de Ragnor ao ouvir as palavras em francês.

– O quê? – Vachel de Comte endireitou o corpo na cadeira, intrigado por ouvir uma voz feminina dizendo palavras que ele podia entender. Não ouvia isso desde que saíra de Saint-Valery. – Com todos os diabos, primo, a mulher não é apenas bonita, mas culta também – deu um pontapé na sela de lorde Erland. – Ora, vejam! Sorte a sua ficar com a única mulher nesta terra maldita capaz de entender suas ordens na cama. – Com um largo sorriso, reclinou-se outra vez na cadeira. – É claro que devo levar em conta os inconvenientes do estupro. Mas uma vez que a mulher pode entender o que você diz, pode convencê-la a ser mais cordata. O que importa o fato de você ter matado o pai dela?

Ragnor olhou ferozmente para o primo e, largando Aislinn, deixou que ela caísse a seus pés outra vez. Sua superioridade sobre ela sofria mais um revés, pois a jovem falava francês, ao passo que ele não falava saxão.

– Cale a boca, jovem inexperiente – disse Ragnor para o primo mais moço. – Sua tagarelice me aborrece.

Vachel, notando o estado de espírito de Ragnor, sorriu.

– Querido primo, você se preocupa demais, do contrário perceberia que foi um gracejo. O que Wulfgar poderá dizer quando você contar que foi atacado por esses miseráveis pagãos? O velho era uma raposa esperta. O duque Guilherme não vai culpar você. Mas qual dos dois bastardos você teme mais? O duque ou Wulfgar?

Aislinn, mais alerta agora, viu o rosto de Ragnor se contrair com fúria mal disfarçada. Suas sobrancelhas se juntaram, como uma nuvem de tempestade.

– Não temo homem nenhum – rosnou ele.

– Ha! Ha! – riu Vachel. – Pode dizer isso com muita bravura, mas será verdade? Qual de nós aqui, esta noite, não está inquieto por causa do que fizemos? Wulfgar deu ordens para não lutarmos contra o povo da cidade, e nós matamos muitos dos que deveriam ser seus servos.

Aislinn ouvia atentamente. Algumas palavras eram estranhas para ela, mas conseguia compreender quase tudo. Esse homem, Wulfgar, era tão terrível a ponto de ser temido por aqueles cruéis invasores? E seria ele o futuro senhor de Darkenwald?

– O duque prometeu essas cidades a Wulfgar – disse Vachel, pensativo. – Mas elas têm pouco valor sem os camponeses para trabalhar no campo e criar porcos. Sim, Wulfgar vai ter o que dizer e, como sempre faz, nenhuma palavra será amável.

– Vira-lata sem nome! – esbravejou Ragnor. – Que direito ele tem de possuir essas terras?

– Sim, primo. Tem razão para ficar ressentido. Até eu fico. O duque prometeu fazer de Wulfgar o senhor dessas terras, enquanto nós, de origem nobre, não recebemos nada. Seu pai vai ficar muito desapontado.

Com um esgar de desprezo, Ragnor disse:

– A lealdade de um bastardo para com outro nem sempre é justa para com os que merecem mais. – Segurou uma mecha dos cabelos de

16

Aislinn e esfregou-a entre os dedos, sentindo prazer com a textura sedosa. – Eu juraria que, se Guilherme pudesse, faria de Wulfgar papa.

Vachel passou a mão no queixo pensativamente e franziu a testa.

– Na verdade, não podemos dizer que Wulfgar não merece, primo. Quem, alguma vez, o venceu numa justa ou numa luta? Em Hastings, ele lutou com a fúria de dez homens, com aquele viking sempre guardando suas costas. Ele manteve sua posição quando nós todos pensamos que Guilherme estava morto. Mesmo assim, fazer de Wulfgar um lorde é demais! – Levantou as mãos em protesto. – Isso sem dúvida vai fazer com que ele pense que é igual a nós.

– E quando foi que ele pensou diferente? – perguntou Ragnor.

Os olhos de Vachel encontraram-se com os de Aislinn, e ele sentiu o profundo desprezo da jovem. Vachel calculou que ela devia ter menos de 20 anos, uns 18 talvez. Ele já vira o temperamento forte da jovem. Não seria fácil ensiná-la a obedecer. Mas um homem que admirava a beleza poderia facilmente ignorar esse defeito, pois estava certo de que era o único que ela possuía. Seu novo senhor, Wulfgar, sem dúvida ficaria satisfeito. O cabelo cor de cobre da jovem era como uma chama viva refletindo a luz do fogo. Uma cor de cabelo incomum entre os saxões. Porém foram os olhos dela que o intrigaram. Agora, refletindo a fúria que ela sentia, eram de um azul-escuro, quase roxo, retribuindo o olhar curioso dele. Mas, quando estava calma, tinham a cor suave das violetas, claros e brilhantes como a urze das montanhas. As pestanas longas e negras, agora abaixadas, estremeciam contra a pele muito branca. As maçãs do rosto eram delicadas, altas e com o mesmo tom rosado dos lábios suaves. A ideia de vê-la sorrindo incendiava-lhe a imaginação, pois os dentes eram belos e brancos, sem as manchas escuras que deturpavam a beleza de muitas mulheres. O nariz pequeno era levemente arrebitado, orgulhoso, e o queixo forte acentuava a perfeição das linhas. Sim, não seria fácil domá-la, mas era uma perspectiva realmente tentadora, pois, embora ela fosse mais alta e mais esbelta do que a maioria das mulheres, não lhe faltavam as suaves curvas femininas.

– Aah, primo – disse Vachel. – Acho melhor você se divertir com essa jovem esta noite, pois amanhã ela estará com Wulfgar.

– Aquele idiota! – zombou Ragnor. – Desde quando ele se incomoda com mulheres? Ele as odeia, pode estar certo. Talvez, se pudermos encontrar um belo senhor de terras para ele...

Vachel sorriu.

– Se isso fosse verdade, primo, nós o teríamos em nossas mãos. Temo, porém, que ele não seja desse tipo. Sim, em público ele foge das mulheres como da praga, mas acredito que, na vida privada, ele tenha tantas quantas você ou eu. Já o vi observando uma ou duas jovens, como se estivesse avaliando seus méritos. Nenhum homem olha desse modo para uma mulher quando prefere um belo lacaio qualquer. O fato de ele manter a privacidade de seus casos amorosos é uma das coisas que fascinam as mulheres. Mas é um mistério para mim, porque as jovens da corte de Guilherme vivem se oferecendo para ele. Certamente são tentadas apenas por sua indiferença.

– Não tenho visto tantas mulheres assim interessadas nele – disse Ragnor.

Vachel riu, sarcasticamente.

– Não, primo, e nem poderia ver, pois está quase sempre muito ocupado desencaminhando jovens mulheres para se preocupar com as que preferem Wulfgar.

– Vejo que você é muito mais observador do que eu, Vachel, pois continuo achando difícil acreditar que uma mulher possa desejá-lo, amaldiçoado e cheio de cicatrizes como ele é.

Vachel deu de ombros.

– O que é uma pequena marca aqui ou ali? Prova que o homem é ousado e valente. Graças a Deus Wulfgar não alardeia esses pequenos atributos das batalhas, como fazem tantos de nossos amigos nobres. Acho até mais suportável seu modo brusco e lacônico do que aquelas histórias maçantes de coragem e valor, tantas vezes contadas e recontadas.

Vachel indicou com um gesto que queria mais vinho, e Maida aproximou-se, trêmula, para servi-lo. Ela trocou um olhar rápido com a filha, antes de voltar a se afastar, murmurando sua revolta.

– Não tenha medo, primo – disse Vachel. – Ainda não perdemos o jogo. Que importância tem o fato de Guilherme favorecer Wulfgar durante algum tempo? Nossas famílias são importantes. Não vão tolerar essa violação de seus direitos quando souberem o que está acontecendo.

Ragnor rosnou.

– Meu pai não vai ficar satisfeito quando souber que não me foi concedido nenhum pedaço de terra para a família, nessa região.

– Não se amofine, Ragnor. Guy está velho e pensa como velho. Uma vez que ele fez a própria fortuna, acha que é fácil para você fazer o mesmo.

Ragnor apertou o chifre com vinho até as juntas de sua mão ficarem brancas...

– Em certos momentos, Vachel, acho que o odeio.

O primo deu de ombros outra vez.

– Eu também não tenho paciência com meu pai. Imagine que ameaçou me deserdar e expulsar de casa se eu tiver mais um bastardo com uma mulher qualquer.

Pela primeira vez desde que arrombou a porta de Darkenwald, Ragnor inclinou a cabeça para trás e deu uma gargalhada.

– Tem de admitir, Vachel, que sua cota está bem alta.

Vachel riu com ele.

– E você, primo, não pode falar de mim.

– Concordo, mas um homem precisa ter seu prazer. – Ragnor sorriu, e seus olhos escuros pousaram na jovem ruiva a seus pés. Acariciou o rosto dela, excitado com a ideia daquele corpo esbelto apertado contra o seu. Impaciente, Ragnor estendeu a mão e, com um gesto rápido, rasgou uma parte do corpete do vestido dela. Os olhos ardentes dos invasores fixaram-se ávidos nos seios seminus. Como tinham feito com Hlynn, gritaram palavras de encorajamento acompanhadas de gestos obscenos, mas Aislinn não se deixou dominar pela histeria. Segurou as duas partes do corpete rasgado, e só seus olhos falaram de seu desprezo e ódio. Um a um, os homens silenciaram e desviaram os olhos, disfarçando o embaraço com grandes goles de cerveja, comentando em voz baixa que aquela mulher era, sem dúvida, uma feiticeira.

Lady Maida, em desespero, apertou com tanta força um odre de vinho contra o peito que seus dedos ficaram esbranquiçados. Amargurada, viu Ragnor acariciando sua filha. As mãos dele moviam-se lentamente na pele macia e sob a roupa, onde nenhum homem jamais ousara tocar. Aislinn tremia enojada, e o ódio e o medo gelados quase sufocavam Maida.

Maida olhou para a escadaria escura que levava aos quartos de dormir. Imaginou a filha lutando com Ragnor no leito do senhor daquelas terras, o leito que partilhara com ele e onde dera à luz Aislinn. Podia quase ouvir os gritos de dor provocados por aquele cavaleiro sinistro. O normando não teria compaixão, nem Aislinn pediria misericórdia. Sua filha tinha a obstinação e o orgulho de lorde Erland. Jamais imploraria por si mesma. Por outra pessoa talvez, mas nunca para si mesma.

Maida passou lentamente para as sombras profundas do castelo. A justiça não seria feita enquanto os assassinos de seu marido não sentissem sua vingança.

Ragnor levantou-se da cadeira, puxando Aislinn consigo, enlaçando-lhe o corpo com os braços. Soltou uma risada quando ela tentou se desvencilhar, deliciando-se com a expressão de dor em seu rosto.

– Como é que você fala a língua da França? – perguntou ele.

Aislinn ergueu para ele os olhos cheios de ódio e não disse nada.

Ragnor sentiu a altivez de sua atitude e largou o braço dela. Compreendeu que nenhuma tortura a obrigaria a falar. Antes, quando perguntou seu nome, ela não respondeu. Foi a mãe que deu a informação quando percebeu que ele estava disposto a usar de violência. Mas Ragnor sabia como tornar humilde até a mais arrogante das mulheres.

– Peço que fale, Aislinn. Do contrário, vou arrancar toda a sua roupa e deixar que todos os homens se sirvam de seu corpo. Tenho certeza de que vai perder toda essa altivez.

– Um trovador itinerante passou muito tempo neste castelo, quando eu era pequena. Antes de chegar aqui, perambulou por vários países. Conhecia quatro línguas. Ele me ensinou sua língua porque isso o divertia – respondeu Aislinn com relutância.

– Um trovador itinerante que diverte a si mesmo? Não vejo qual era a graça – disse ele.

– Dizem que seu duque, desde menino, queria a Inglaterra em seu prato. Meu alegre trovador sabia dessa história porque, muitas vezes, tocou e cantou para os nobres de seu país. Duas ou três vezes, quando era jovem, divertiu seu duque, até o dia em que contou a história de um cavaleiro bastardo na presença dele e teve amputado o dedo mínimo. Meu trovador tinha prazer em me ensinar sua língua porque, se algum dia a ambição do duque se realizasse, eu poderia chamar vocês todos de escória, pois é o que são, e vocês me compreenderiam.

O rosto de Ragnor se crispou de raiva, mas Vachel riu, ironicamente, com os lábios encostados no copo.

– Onde está seu galante trovador agora, *damoiselle*? – perguntou o jovem normando. – O duque detesta ser chamado de bastardo hoje tanto quanto antigamente. Talvez seu trovador, dessa vez, perca a cabeça, e não apenas o dedo mínimo.

Com profundo sarcasmo na voz, Aislinn disse.

– Está onde nenhum mortal pode alcançá-lo, a salvo da ira do duque.

Ragnor ergueu as sobrancelhas.

– Estão me fazendo lembrar de coisas desagradáveis.

Vachel sorriu.

– Perdão, primo.

Os pensamentos de Ragnor tomaram novo rumo quando olhou para os ombros seminus de Aislinn e para o vestido rasgado. Inclinou-se para tomá-la nos braços, em meio a uma chuva de protestos e de insultos surpreendentemente fortes. Ele riu dos esforços dela para escapar, até o momento em que ela quase conseguiu, e então, com o cenho franzido, apertou-a contra o peito, imobilizando-a. Com um largo sorriso, inclinou a cabeça, e seus lábios úmidos e ardentes pousaram nos dela. De repente, ele ergueu a cabeça com uma exclamação de dor e um filete de sangue escorrendo do canto da boca.

– Sua viborazinha traiçoeira! – exclamou.

Com um rosnado surdo, Ragnor pôs Aislinn sobre um dos ombros, fazendo-a perder o fôlego quando a comprimiu contra a cota de malha, atordoando-a e deixando-a semiconsciente. Apanhou uma vela acesa para iluminar a escada escura, atravessou o hall e subiu, deixando para trás o vozerio dos invasores quando entrou no quarto principal do castelo. Fechou a porta com o pé, pôs o candelabro numa mesa e, caminhando até a cama, jogou Aislinn sobre as cobertas. Num movimento rápido, ela tentou escapar, mas a corda amarrada em seu pescoço a impediu. Com um sorriso cruel, Ragnor começou a enrolar a corda no pulso, até Aislinn estar ajoelhada a seus pés. Então, desenrolou a corda e prendeu-a, com força, numa das colunas da cama de dossel. Lentamente começou a se despir, deixando cair no chão descuidadamente a espada, o peitoral e a túnica de couro. Só com uma camisa de linho e *chausses*, uma combinação de meia e cuecas justas, ele se aproximou da lareira acesa. Com apreensão crescente, Aislinn começou a puxar a corda atada ao pescoço, mas não conseguiu desatar o nó. Ragnor atiçou o fogo, acrescentou algumas achas de lenha e só então começou a tirar a camisa de linho e as *chausses* de lã. A garganta de Aislinn se comprimiu dolorosamente quando viu o corpo magro e musculoso, perdendo toda esperança de lutar contra ele com alguma vantagem. Com um sorriso quase agradável, ele se aproximou e acariciou-lhe o rosto com as costas da mão.

– A flor do espinheiro – murmurou ele. – Sim, é verdade, você é minha. Wulfgar deu-me permissão para escolher uma recompensa depois de cumprir suas ordens. – Deu um riso abafado. – Não posso imaginar melhor recompensa do que a joia mais valiosa dessas cidades. O resto não merece nem ser notado.

– Espera recompensa por essa carnificina? – sibilou Aislinn.

Ele deu de ombros.

– Os idiotas deviam saber que não podiam atacar cavaleiros armados e, quando matou o mensageiro do duque, seu velho pai selou a própria sorte. Fizemos um bom trabalho para Guilherme. Mereço uma recompensa.

Aislinn estremeceu, chocada com tanto desprezo pelas vidas que ele sacrificara. Afastou-se dele tanto quanto permitia a corda em seu pescoço.

Ragnor deu uma gargalhada.

– Será que minha pequena pomba quer fugir de mim? – Enrolou a corda na mão e começou a puxá-la para si. – Venha, meu bem – disse, com voz suave. – Venha compartilhar meu ninho. Ragnor será gentil com você.

Com soluços abafados, Aislinn lutou em vão contra a força dele. Finalmente, estava de joelhos aos pés de seu captor. Ragnor segurou o nó debaixo do queixo dela, obrigando-a a inclinar a cabeça para trás e a olhar para ele, quase sem poder respirar. Então o normando estendeu a mão para trás e apanhou o odre de vinho que estava sobre um móvel.

– Tome um pouco de vinho, minha pombinha – disse ele e, com o rosto muito perto do dela, forçou-lhe a bebida entre os lábios. Aislinn tossiu, engasgada, depois engoliu o vinho. Ragnor segurou o odre até ela não poder mais respirar. Soltando-a, ele se sentou na cama e, curvando o pescoço para trás, encostou o odre aos lábios, bebeu e, ao mesmo tempo, se banhou com a bebida vermelho vivo. Com os olhos brilhantes, enxugou o rosto e o peito com a mão e começou a puxar a corda. Agora, Aislinn estava mais fraca, e ele a puxou até seus rostos quase se tocarem. O cheiro azedo de cerveja e vinho no hálito dele por pouco não a fez vomitar, mas, com um gesto brusco, Ragnor levou a mão à gola do vestido dela e rasgou-o de cima a baixo. Ele a soltou de repente, e Aislinn quase caiu para trás. Com um sorriso, ele se deitou na cama e tomou mais um longo gole de vinho sem tirar os olhos de Aislinn, que, com medo e vergonha, tentava se cobrir.

– Agora, venha para mim, pombinha. Não resista tanto – ordenou ele. – Afinal, tenho alguma influência na corte de Guilherme e você poderia ter conseguido coisa muito pior. – Os olhos ávidos de bêbado passeavam pelo corpo de Aislinn. – Podia estar satisfazendo aqueles idiotas rudes lá embaixo.

Com os olhos arregalados de pavor, Aislinn tentou mais uma vez desfazer o nó que a prendia. Então, ficou imóvel, arfando de dor e frustração, mas com a cabeça erguida e os olhos repletos de ódio. Com um esgar de desprezo nos lábios e o cabelo longo despenteado brilhando à luz do fogo, mais do que nunca ela parecia um animal feroz pronto para o ataque. O desejo de Ragnor crescia a cada momento. Seus olhos ficaram mais escuros.

– Ah, não é uma pomba – murmurou ele, com voz rouca. – Mas um animal feroz, sem dúvida. Já que não vem a mim, eu vou a você.

Ragnor levantou-se da cama e Aislinn, ofegante, viu a prova da excitação dele. O normando caminhou para ela, com um meio sorriso e o desejo ardendo nos olhos. Aislinn retesou o corpo e recuou cautelosamente. Um calafrio percorreu-a, e sua respiração se acelerou, até se transformar em soluços. Ela queria gritar, expressar seu terror, como Hlynn fizera. Sentiu o grito congelar na garganta e lutou contra o pavor que quase a sufocava. Ragnor continuou a avançar em sua direção com o sorriso maldoso, devorando seu corpo com os olhos ávidos de ave de rapina, até o limite da corda a levar para os pés da cama. Seus braços e pernas estavam pesados como chumbo e não obedeciam mais às ordens do cérebro. As sombras atrás dele tornaram-se embaçadas, e ela só via agora o rosto belo e cruel. À luz trêmula do fogo, o corpo esbelto e musculoso parecia recoberto por uma penugem clara. O pânico cresceu, e Aislinn mal podia respirar. Ragnor pôs a mão em seu seio e Aislinn recuou, mas ele a puxou para a frente, até caírem os dois sobre as peles que cobriam a cama. Agora ela estava presa sob o corpo dele. O quarto girou ante seus olhos e a voz dele soou abafada em seu ouvido.

– Você é minha, *damoiselle*. – As palavras eram arrastadas e indistintas. Ragnor encostou o rosto na bela coluna do pescoço dela, e seu hálito, quente e pesado, parecia queimar sua pele. Acariciou com os lábios os seios dela e murmurou outra vez: – Você é minha. Eu sou o seu senhor.

Aislinn não podia se mover. Estava nas mãos dele e nada mais importava agora. O rosto do normando ondulou ante seus olhos, sua vista obscureceu. O peso do corpo nu a comprimia contra as peles do leito. Logo tudo estaria terminado...

MAIDA OLHOU DEMORADAMENTE para os dois corpos enlaçados, agora silenciosos e imóveis. Inclinou a cabeça para trás e sua gargalhada sobrepujou os risos e o vozerio da sala do castelo. O uivo de um lobo faminto rasgou a noite, juntando-se ao riso insano da mulher. Lá embaixo, os invasores se calaram, com um calafrio percorrendo seus corpos. Alguns fizeram o sinal da cruz, pois jamais tinham ouvido nada igual, e outros, imaginando a ira de Wulfgar, pensaram que ele estava chegando.

2

Aislinn acordou lentamente, ouvindo alguém chamar seu nome de muito longe. Esforçou-se para acordar e empurrou o braço pesado que estava sobre seu corpo. Sem acordar, o normando virou para o outro lado. Adormecido, Ragnor parecia inocente, com a violência e o ódio escondidos sob a máscara do sono. Mas Aislinn olhou para ele com desprezo, odiando-o pelo que fizera, lembrando claramente as mãos em seu corpo, a pressão do corpo dele sobre o seu. Balançou a cabeça, impaciente. Agora sua preocupação seria a possibilidade de ter um filho dele. Oh, que Deus não permita!

– Aislinn – a voz outra vez, e, voltando-se, Aislinn viu a mãe de pé ao lado da cama, contorcendo as mãos com medo e desespero. – Precisamos nos apressar. Não temos muito tempo. – Maida estendeu uma túnica de lã para a filha. – Devemos sair agora, enquanto a sentinela está dormindo. Apresse-se, minha filha, por favor.

O terror que Aislinn percebeu na voz da mãe não encontrou resposta em seu íntimo. Ela estava incapaz de qualquer sentimento.

– Se quisermos fugir, precisamos nos apressar – suplicou Maida. – Venha, antes que eles acordem. Pelo menos uma vez pense em nossa segurança.

Aislinn levantou-se da cama, cansada e dolorida, vestiu a túnica simples, não se importando com a aspereza do tecido cru de lã, sem a proteção da combinação de linho por baixo. Temendo despertar o normando, olhou apreensiva para a cama. Mas ele dormia tranquilamente. "Oh", pensou ela, "como devem ser agradáveis seus sonhos para que descanse assim serenamente". Sem dúvida, a vitória sobre ela os adoçava de modo considerável.

Aislinn foi até a janela e abriu as venezianas de madeira com um gesto impaciente. A luz fraca do nascer do dia acentuava sua palidez e sua fragilidade. Começou a se pentear com os dedos. Mas a lembrança dos dedos de Ragnor, longos e morenos, puxando seus cabelos, obrigando-a a ceder aos seus caprichos, a fez parar e, levando para a frente dos ombros a cabeleira farta e brilhante, deixou que caísse solta até abaixo da cintura.

– Não, minha mãe – disse ela, com voz firme. – Não fugiremos hoje. Não enquanto nosso morto querido jaz à mercê dos lobos e das aves de rapina.

Com passos decididos, ela saiu do quarto, e a mãe, frustrada e indefesa, a seguiu. Desceram a escadaria e passaram cautelosamente por entre os normandos adormecidos, espalhados pelo chão.

Como uma sombra silenciosa, Aislinn caminhava na frente da mãe. Abriu a pesada porta de Darkenwald e parou de repente, quase sufocada pelo fedor intenso da morte. Controlando a náusea, caminhou entre aquelas formas grotescas, até chegar ao corpo do pai. O velho lorde jazia de costas sobre a terra fiel, com o braço direito estendido, a espada presa aos dedos rígidos e um esgar de desafio nos lábios sem vida.

Aislinn parou por um momento, e uma única lágrima desceu por seu rosto. Ele morreu como vivera, com honra e regando o solo sedento, que tanto amava, com o próprio sangue. Ela sentiria falta até de seus acessos de fúria. Quanto sofrimento, quanto desespero: quanta solidão, quanta morte!

Maida aproximou-se e apoiou-se na filha, cansada e ofegante. Olhou para o corpo do marido com um suspiro longo e áspero. Num lamento, que começou como um gemido surdo e terminou num brado de dor, ela disse:

– Ah, Erland, não é justo você nos deixar com esses ladrões saqueando o castelo e nossa filha como brinquedo de uma noite para esses malditos!

Maida ajoelhou-se e puxou o peitoral do marido, como se quisesse obrigá-lo a se levantar. Mas suas forças falharam e ela exclamou, cheia de desespero.

– O que vou fazer? O que vou fazer?

Aislinn passou para o outro lado e tirou a espada da mão do pai. Segurando então o braço inerte, tentou arrastar o corpo para um lugar mais abrigado. Maida segurou a outra mão do marido, mas só para tirar o anel de sinete do dedo nodoso e frio. Vendo que Aislinn a observava, disse com voz chorosa:

– É meu! Parte de meu dote! Veja o timbre de meu pai. – Sacudiu o anel na frente do rosto da filha. – Vai ficar comigo – disse, em tom de súplica.

Sobressaltaram-se ao som de uma voz forte. Maida levantou-se de um salto, com o rosto contraído de medo. Largou a mão do marido morto e fugiu, atravessando o campo de batalha coberto de mortos, desaparecendo no meio das moitas, na margem do pântano. Aislinn deixou cair o braço do pai e voltou-se com uma calma deliberação, que a surpreendeu, para enfrentar a nova ameaça. Seus olhos se arregalaram de espanto ao ver o garanhão negro, enorme, como jamais vira antes, que parecia nem sentir o peso do cavaleiro e caminhava cuidadosamente, escolhendo o caminho entre os corpos no chão. Aislinn ficou imóvel, procurando dominar o terror inspirado por aquela gigantesca aparição, que a fazia mais do que nunca consciente de sua vulnerabilidade e de sua condição de mulher. A testa do homem estava encoberta pelo elmo, mas dos dois lados do protetor do nariz os olhos cinzentos pareciam penetrar seu corpo. A coragem de Aislinn se desfez ante aquele olhar, e a garra fria do medo apertou-lhe o coração.

O escudo, dependurado ao lado da sela, mostrava um lobo negro rampante, vermelho e dourado, com banda sinistra, indicando que o cavaleiro era bastardo. Se não fosse pelo temor quase reverente inspirado por aquela figura alta e forte e pelo tamanho insólito de sua montaria, Aislinn teria lançado o insulto no rosto dele. Contudo, apenas ergueu o queixo, num gesto de desafio indefeso, e seus olhos cor de violeta, cheios de ódio, encontraram os dele. Os lábios do cavaleiro crisparam-se e ele disse em francês, sem disfarçar o desprezo:

– Porcos saxões! Nada escapa à sua ganância?

Com o mesmo tom de profundo desprezo, Aislinn disse, com voz clara e firme:

– O que está dizendo, senhor cavaleiro? Os bravos normandos não podem nos deixar sepultar nossos mortos em paz?

Estendeu o braço para o campo de batalha.

Ele disse, desdenhoso:

– Pelo fedor, acho que demoraram demais para fazer isso.

– Não o quanto devíamos esperar, é o que vai dizer um de seus companheiros quando acordar e não me encontrar a seu lado. – A despeito de seus esforços, as lágrimas lhe assomaram aos olhos.

Sem se mover, parecendo perfeitamente à vontade na sela, o homem a examinou com atenção. Aislinn sentiu os olhos dele, observadores. A brisa leve moldava a túnica de lã a seu corpo, revelando em detalhes as curvas perfeitas. O olhar ousado parou por um momento no busto dela, que arfava de revolta. Aislinn sentiu o sangue subir ao rosto. Enfurecia-a o fato de ele fazer com que se sentisse uma camponesa examinada pelo senhor.

– Deve ser grata por ter mais alguma coisa a oferecer a Sir Ragnor do que isso. – Com um gesto, indicou os corpos espalhados.

Aislinn tremeu de raiva, e ele desmontou e aproximou-se dela. Em silêncio, ela sentiu o olhar que parecia penetrar até as profundezas de seu ser. O cavaleiro tirou o elmo e segurou-o na curva do braço, enquanto retirava o capuz justo de malha. Com um sorriso, mediu-a outra vez de alto a baixo e estendeu a mão para segurar uma mecha dos cabelos brilhantes.

– Sim, agradeça por ter mais para oferecer, *damoiselle*.

– Eles deram o melhor que tinham. Eu gostaria de ter uma espada para dar tanto quanto eles.

Com uma exclamação de desdém e expressão de nojo, ele olhou outra vez para a carnificina. A despeito de sua revolta, Aislinn o observou com atenção. Era alto, devia ter pelo menos mais dois palmos do que ela, e Aislinn tinha boa estatura. O cabelo escuro despenteado era manchado de sol e, embora a longa cota de malha fosse pesada, seus movimentos eram naturais e confiantes. Aislinn imaginou que, com trajes da corte, devia provocar muitos suspiros das mulheres. Os olhos eram bem separados, e as sobrancelhas formavam arcos perfeitos, embora, naquele momento, estivessem franzidas, juntando-se no alto do nariz longo e fino, fazendo-o parecer um animal predador. A boca era larga, os lábios, finos e bem-feitos. A cicatriz que ia do meio da face até o queixo estava pálida, e os músculos do rosto moviam-se, tensos e raivosos. Com um movimento brusco, ele voltou-se para ela outra vez, e um rosnado surdo subiu-lhe aos lábios. Aislinn assustou-se com a expressão selvagem dos olhos. Parecia um animal que acabava de farejar a presa. Não, mais do que isso. Um lobo, pronto para se vingar de um inimigo de muitos anos. De repente, ele deu meia-volta e, com passos largos e decididos, caminhou para o castelo.

Quando ele entrou, foi como se um trovão tivesse entrado junto. Aislinn ouviu a voz alta e indignada, e a debandada dos invasores apavorados ecoou nas paredes espessas. Esquecendo sua raiva, Aislinn escutou e esperou. Maida apareceu num dos lados do castelo e chamou-a com gestos nervosos. Com relutância, Aislinn voltou à tarefa que se impusera e outra vez segurou o braço do pai. Mas parou de repente, ouvindo um grito selvagem, e viu Ragnor ser atirado para fora do castelo. Sua roupa e sua espada seguiram o mesmo trajeto e caíram no chão, ao lado dele.

– Imbecil! – gritou o cavaleiro, saindo do castelo e parando ao lado dele. – Homens mortos não têm nenhuma utilidade para mim!

Com os olhos brilhando de satisfação, Aislinn deliciou-se com o espetáculo de Ragnor levantando-se rapidamente, indignado e humilhado. Com um esgar de raiva, ele estendeu a mão para a espada, mas deteve-se vendo a advertência nos olhos cinzentos.

– Escute bem, Ragnor. O cheiro de seu corpo pode se misturar ao de suas vítimas.

– Wulfgar, filho de Satã! – disse ele, com voz áspera e furiosa.

– Chegue mais perto para que eu possa fazê-lo em pedaços.

– Neste momento não estou disposto a lutar com um chacal nu e uivante. – Notando o interesse de Aislinn, ergueu o braço na direção dela. – Embora a dama deseje a sua morte, infelizmente você ainda é útil para mim.

Ragnor voltou-se bruscamente, surpreso, e viu o olhar de zombaria de Aislinn. Seu rosto se crispou de raiva, e ele mordeu o lábio, furioso. Com um suspiro, ele vestiu suas *chausses* e caminhou em direção a ela.

– O que a trouxe aqui? – perguntou. – Por que saiu do castelo?

– Porque eu quis. – respondeu ela, com um riso abafado e os olhos cheios de ódio.

Ragnor olhou para ela imaginando como poderia domar aquela rebeldia sem destruir a beleza do rosto e a perfeição do corpo, de cujo calor ele lembrava ainda junto ao seu. Era difícil libertar-se daquela lembrança deliciosa. Era a primeira vez que via uma mulher com a coragem de um homem.

Estendeu o braço e segurou o pulso delicado da jovem.

– Entre agora e espere por mim. Logo vai aprender que é minha e que deve me obedecer.

Aislinn puxou o braço.

– Pensa que porque dormiu comigo uma vez é meu dono? – sibilou ela. – Oh, senhor cavaleiro, tem muito que aprender, pois jamais serei sua. Meu ódio estará entre nós dois pelo resto da vida. O sangue de meu pai clama por vingança, lembrando-me de sua crueldade. Agora seu corpo deve ser enterrado e, queira o senhor ou não, é o que vou fazer. Só poderá me impedir derramando meu sangue também.

Ragnor segurou-a brutalmente, magoando os braços delicados. Sabendo que Wulfgar os observava atentamente, crescia sua frustração por não poder obrigar aquela mulher a obedecê-lo.

– Existem outras pessoas mais capazes para fazer isso – rosnou ele, entre os dentes cerrados. – Faça o que estou mandando.

Com as linhas do rosto acentuadas pela determinação, ela olhou nos olhos negros do cavaleiro.

– Não – disse ela, em voz baixa. – Prefiro que seja enterrado por mãos amorosas.

Uma batalha silenciosa travava-se entre eles. Ragnor fechou a mão, como se fosse espancá-la. Depois, bruscamente a empurrou.

Aislinn cambaleou e caiu. Ragnor, de pé a seu lado, olhou para ela com olhos ávidos. Aislinn puxou para baixo a túnica de lã, cobrindo rapidamente as pernas, e olhou para ele com frieza.

– Dessa vez vou ceder, *damoiselle*, mas não teste minha paciência outra vez.

– Um cavaleiro realmente generoso – zombou ela, levantando-se e passando a mão no pulso dolorido. Olhou para ele com desprezo, por um momento e depois para o guerreiro parado nos degraus que levavam à porta do castelo. Wulfgar fitou-a nos olhos com um sorriso zombeteiro.

Aislinn deu as costas a ele rapidamente e não viu a expressão apreciativa de seus olhos. Inclinou-se e mais uma vez começou a puxar o corpo do pai pelo braço. Os dois homens a observavam, e finalmente Ragnor fez menção de ajudá-la, mas Aislinn o repeliu com um gesto.

– Saia daqui! – exclamou. – Não pode nos deixar em paz nem por um momento? Ele era meu pai! Deixe-me enterrá-lo!

Ragnor deixou cair os braços ao longo do corpo e depois começou a se vestir, sentindo o vento frio da manhã.

Com esforço e determinação, Aislinn conseguiu arrastar o corpo do pai para a sombra de uma árvore, não muito longe do castelo. Um passarinho voou célere por entre os galhos sobre sua cabeça e ela o observou, invejosa de sua liberdade. Assim distraída, não notou a aproximação de Wulfgar. Mas, de repente, um objeto pesado caiu a seus pés e, sobressaltada, ela virou rapidamente e o viu. Ele indicou a pá.

– Mesmo mãos amorosas precisam de alguma ajuda, *damoiselle*.

– É tão generoso quanto seu irmão normando, senhor cavaleiro – zombou ela, altiva. – Ou será que agora devo dizer "meu senhor"?

Com uma mesura formal, ele disse:

– Como quiser, *damoiselle*.

Aislinn ergueu o queixo.

– Meu pai era o senhor dessas terras. Não ficaria bem para mim chamá-lo de senhor de Darkenwald – respondeu, ousadamente.

O cavaleiro normando deu de ombros, imperturbável.

– Todos me chamam de Wulfgar.

Frustrada em sua intenção de embaraçá-lo, Aislinn ficou calada. Entretanto, o nome não era desconhecido, pois lembrava-se de ter ouvido Ragnor e o primo, na noite anterior, falando sobre ele, cheios de ódio. Talvez lhe custasse a vida provocar assim aquele homem.

– Pode ser que seu duque dê essas terras para outra pessoa, depois de o senhor tê-las tomado para ele – disse Aislinn. – Ainda não é dono delas e talvez jamais venha a ser.

Wulfgar sorriu.

– Vai descobrir que Guilherme é um homem de palavra. Essas terras são praticamente minhas agora, pois muito em breve toda a Inglaterra pertencerá a ele. Não alimente falsas esperanças, *damoiselle*, pois elas não levam a parte alguma.

– Vocês não deixaram nada que não dê esperanças? – perguntou Aislinn, com amargura. – Que esperança sobrou para a Inglaterra?

Ele ergueu as sobrancelhas com ar zombeteiro.

– Desiste tão facilmente, *chérie*? Pensei ter percebido certa determinação sob esse rostinho bonito. Eu me enganei?

A ironia a irritou mais ainda.

– Zomba de mim gratuitamente, normando.

Ele riu da fúria nos olhos dela.

– Vejo que nenhum pretendente jamais eriçou suas belas penas antes. Sem dúvida estavam encantados demais para colocá-la em seu lugar.

– Pensa que é mais capaz do que eles? – zombou ela. Com um movimento da cabeça, indicou Ragnor, que os observava de longe. – Como pretende fazer isso? Ele se valeu da dor física e me violentou. Vai fazer o mesmo?

Olhou para ele com os olhos cheios de lágrimas, mas Wulfgar balançou a cabeça e levantou delicadamente o queixo dela.

– Não, tenho métodos muito melhores para domar uma mulher como você. Onde a dor nada obtém, o prazer pode ser a melhor arma.

Aislinn empurrou a mão dele.

– Está superestimando seu poder, Sir Wulfgar, se pensa que vai me dominar com bondade.

– Jamais fui bom para mulher alguma – disse ele calmamente, e um calafrio percorreu o corpo de Aislinn.

Por um momento ela procurou nos olhos dele o significado implícito naquela frase, mas não o encontrou. Sem dizer mais nada, ela apanhou a pá e começou a cavar. Wulfgar notou-lhe a inexperiência e sorriu.

– Devia ter obedecido a Ragnor. Duvido que a preocupe tanto o fato de ter dormido com ele.

Com um olhar gelado e cheio de ódio, Aislinn perguntou:

– Pensa que somos todas prostitutas, procurando sempre o caminho mais fácil? Ficaria surpreso se soubesse que acho isso muito mais agradável que ter de me submeter àquele verme. – Fixou os olhos cinzentos. – Normandos... vermes. Acho que não há diferença.

Wulfgar falou lentamente, como para enfatizar as palavras.

– Espere para fazer seu julgamento a respeito dos normandos depois que eu a levar para a cama, *damoiselle*. Talvez prefira ser possuída por um homem, e não por um idiota relinchante.

Aislinn olhou para ele revoltada, incapaz de dizer uma palavra. Ele parecia estar confirmando um fato, não fazendo uma ameaça, e ela teve certeza de que, mais cedo ou mais tarde, partilharia a cama com esse normando. Olhou para os ombros largos e fortes e imaginou se não seria esmagada por aquele corpo grande e musculoso. Apesar do que dissera, provavelmente ele a magoaria como Ragnor, sentindo prazer em vê-la sofrer.

Aislinn pensou nos vários pretendentes que recusara, até que seu pai, perdendo a paciência, resolveu escolher Kerwick para ela. Mas agora não seria mais uma dama da nobreza, apenas uma serva para ser usada e passada adiante. Aislinn estremeceu pensando nisso.

– Você pode ter conquistado a Inglaterra, normando, mas pode estar certo de que não me dominará com tanta facilidade.

– Estou certo de que terei grande prazer nessa competição e maior prazer nos frutos de minha vitória.

Aislinn respondeu com desdém:

– Idiota presunçoso! Pensa que sou uma de suas prostitutas normandas para ficar à disposição de seu capricho? Logo vai aprender que não é nada disso.

Ele riu.

– Tenho certeza de que alguma coisa vai ser ensinada, mas a qual de nós dois, veremos. Entretanto, estou inclinado a acreditar que serei o vencedor.

Com essas palavras, ele se afastou, e pela primeira vez Aislinn notou que ele mancava de uma perna. Seria consequência de um ferimento ou defeito de nascença? Aislinn desejou que, em qualquer dos dois casos, fosse bastante doloroso e inconveniente.

Ao perceber que Ragnor a observava, ela recomeçou a cavar, amaldiçoando mentalmente aqueles dois homens. A pá fustigava furiosamente a terra, como se Aislinn estivesse castigando um deles. Notou, então, que eles pareciam estar discutindo acaloradamente. Wulfgar falava baixo, mas a ira trovejava em suas palavras. Tentando conservar um pouco de orgulho, Ragnor continha-se.

– Recebi ordens de assegurar essas terras para você. Os conselheiros ingleses do duque garantiram que iríamos encontrar somente criados velhos e inexperientes. Como podíamos saber que o velho lorde e seus criados iam nos atacar com tanta fúria? O que queria que fizéssemos, Wulfgar? Deixar que nos matassem sem ao menos procurar nos defender?

– Você não mandou ler as ofertas de paz que eu mandei? – perguntou Wulfgar. – O velho lorde era orgulhoso e deveria ter sido abordado com cuidado, para evitar derramamento de sangue. Por que não foram mais cautelosos, em vez de chegarem aqui como invasores, exigindo suas terras? Meu Deus, será que você é tão incapaz que preciso estar sempre a seu lado, mostrando como se lida com homens dessa envergadura? O que você disse a ele?

Ragnor respondeu com desprezo:

– Por que tem tanta certeza de que não foram suas palavras que acenderam sua ira? O velho lorde nos atacou, a despeito de sua sugestão de paz. Eu não fiz nada, apenas deixei que o arauto lesse o pergaminho que você me deu.

– Está mentindo – rosnou Wulfgar. – Eu ofereci a ele e a todas as pessoas de sua casa um tratado que lhes garantia a segurança se depusessem as armas. Ele não era tolo. Aceitaria de bom grado, para salvar a família.

– Evidentemente, você se enganou, Wulfgar – disse Ragnor, com desdém. – Mas quem pode provar o contrário? Meus homens não conhecem essa língua pagã, e o arauto a falava fluentemente. Só nós dois vimos o documento. Como vai provar as acusações contra mim?

– Não precisamos de provas – disse Wulfgar. – Eu sei que você assassinou esses homens.

Ragnor riu, com desprezo.

– Qual é a pena por livrar uns poucos saxões da miséria de sua vida? Em Hastings, você matou muito mais que um punhado de camponeses.

O rosto de Wulfgar estava inexpressivo.

– Eu assumi o compromisso porque todos diziam que as forças de Cregan eram mais poderosas e deixei a seu cargo essas terras, pensando que teria o bom-senso de convencer o velho lorde a ceder sem luta. Nisso confesso que errei, e me arrependo de ter confiado a ele essa missão. A morte do velho lorde não significa coisa alguma. Mas vai ser difícil substituir os camponeses.

Ao ouvir essas palavras, Aislinn se descuidou e caiu sobre a pá, batendo com força no chão. Mal conseguindo respirar, ficou imóvel com seu sofrimento, querendo gritar e chorar de desespero. Para aqueles homens, uma única vida não tinha importância, mas para ela, que amava e respeitava seu pai, era uma vida preciosa e querida.

A discussão terminou, e, mais uma vez a atenção dos homens se voltou para ela. Wulfgar gritou, chamando um dos servos do castelo. Quem apareceu foi Ham, um jovem forte de 13 anos que saiu pela porta ajudado pela ponta da bota de um normando.

– Enterre seu senhor – ordenou Wulfgar, mas o menino não compreendeu. O normando mandou que Aislinn explicasse o que queriam dele e, resignada, ela lhe entregou a pá. Ficou ali parada, com expressão solene, enquanto ele cavava, e ouviu o normando bastardo chamar os homens para recolherem os mortos.

Aislinn e Ham envolveram o corpo numa pele de lobo e o puseram na cova, com a espada sobre o peito. Quando a última pá de terra caiu sobre ele, Maida se aproximou timidamente e se deitou sobre o monte de terra, chorando e se lamuriando.

– Um padre – soluçou ela. – O túmulo precisa ser abençoado por um padre.

– Sim, minha mãe – murmurou Aislinn. – Vamos mandar chamar um padre.

Aislinn estava apenas tentando confortar a mãe, pois não tinha ideia de como poderia mandar chamar um padre. A capela de Darkenwald, deserta depois da morte do padre, alguns meses atrás, fora devorada pelo fogo. O monge de Cregan atendia o povo de Darkenwald há algum tempo. Mas ir à procura dele seria arriscar sua vida, mesmo que conseguisse sair sem ser vista, o que era pouco provável. Seu cavalo estava preso no estábulo onde dormiam alguns normandos. Consciente da própria impotência, Aislinn pouco podia fazer para reconfortar Maida. Sua mãe, porém, estava muito perto da loucura, e Aislinn temia que mais esse desapontamento lhe roubasse a razão.

Aislinn ergueu os olhos e viu Wulfgar retirando a armadura de seu cavalo, o que indicava que ele pretendia ficar em Darkenwald e não em Cregan. Era a escolha mais lógica porque, embora a cidade tivesse menor número de habitantes, o castelo era mais espaçoso e mais apropriado para alojar um exército. Erland o planejara pensando no futuro. Era uma construção quase toda de pedra, portanto mais protegida contra o fogo e os ataques dos inimigos que o de Cregan, feito de madeira. Sim, Wulfgar ia ficar e, a julgar pelo que tinha dito, pretendia satisfazer os próprios prazeres. Sobrecarregada por mais um temor, o de ser requisitada por aquele cavaleiro aterrorizante, pouco consolo podia oferecer a qualquer outra pessoa.

– Senhora? – disse Ham.

Aislinn notou que o jovem, preocupado com o estado de Maida, voltava-se para ela à procura de autoridade e orientação. Não sabia como agir com aqueles homens que falavam uma língua estranha. Incapaz de dar uma resposta, Aislinn deu de ombros e se dirigiu para onde estava Wulfgar. Quando viu que ela se aproximava, o normando interrompeu seu trabalho. Hesitante, Aislinn olhou para o homem e o enorme animal, sentindo um pouco mais que apreensão.

Wulfgar alisou a crina sedosa do cavalo, segurando o bridão, e olhou para ela. Aislinn respirou fundo.

– Milorde – disse ela, com esforço. Era difícil chamá-lo assim, mas pela sanidade de sua mãe e para que os mortos de Darkenwald tivessem um enterro cristão, ela podia dobrar seu orgulho por algum tempo. Continuou com voz mais forte e decidida: – Gostaria de fazer um pequeno pedido.

Ele fez um gesto afirmativo, sem dizer nada, mas seu olhar era avaliador e impassível. Percebendo a desconfiança dele, ela teve vontade de amaldiçoá-lo por ser um estrangeiro e um invasor de sua privacidade. Aislinn jamais achou simples parecer dócil. Mesmo quando o pai se enraivecia com ela, como quando recusava os pretendentes à sua mão, ela não se curvava, nem se acovardava, sem medo daquela fúria que fazia tremer muitos homens. Contudo, quando queria, era capaz de comover o coração do velho pai a fim de fazer suas vontades. Agora, usaria o mesmo recurso para conseguir do normando o que queria.

– Milorde, peço a presença de um padre. É um pedido insignificante... mas para esses homens que morreram...

Wulfgar assentiu com um gesto e disse:

– Será providenciado.

Aislinn se ajoelhou na frente dele, humilhando-se por um breve momento. Era o mínimo que podia fazer para conseguir um enterro cristão para os mortos de Darkenwald.

Com um resmungo, Wulfgar estendeu o braço e a fez se levantar. Aislinn olhou para ele, surpresa.

– Fique de pé, mulher. Eu respeito mais seu ódio – disse ele, e, voltando-se, entrou no castelo.

OS SERVOS DE CREGAN, bem guardados por alguns homens de Wulfgar, foram incumbidos de enterrar os mortos de Darkenwald. Surpresa, Aislinn viu Kerwick entre eles, marchando atrás de um enorme viking a cavalo. Aliviada por ver que ele estava vivo, Aislinn ia correr para ele, mas Maida a segurou pela túnica.

– Eles o matarão. Os dois homens que lutam por você.

Aislinn reconheceu que a mãe tinha razão e ficou grata pelo conselho. Acalmando-se, ficou observando Kerwick de longe. Os servos tinham dificuldade para entender o que os guardas diziam. Aislinn estranhou, pois ensinara a língua dos franceses a Kerwick e ele era um bom aluno. Finalmente eles se entenderam e começaram a separar e preparar os corpos para o funeral, todos, exceto Kerwick, que ficou parado, olhando com horror aquela carnificina. De repente, ele virou para o lado e vomitou. Os homens de Wulfgar riram, e Aislinn os amaldiçoou em silêncio. Encheu-se de compaixão por Kerwick. Ultimamente ele vira muita guerra. Mas Aislinn queria que ele se controlasse enfrentando com dignidade e força os invasores. Em vez disso, estava sendo objeto de ridículo. Furiosa com a zombaria dos normandos, ela correu para o castelo. Sentia vergonha por ele e por todos os que se humilhavam na frente do inimigo. De cabeça baixa, ignorando os olhares lascivos dos homens, Aislinn esbarrou em Wulfgar. Ele estava sem o peitoral de malha e conversava com Ragnor, Vachelee e o viking que havia chegado com Kerwick. Wulfgar a endireitou, mantendo a mão nas costas dela.

– Bela *damsel*, será que posso ter a pretensão de acreditar que está impaciente para dormir em minha cama? – zombou ele, erguendo uma sobrancelha.

Só o viking deu uma gargalhada, pois Ragnor franziu a testa e olhou para Wulfgar com ciúme e ódio. Mas foi o bastante para acender o gênio de Aislinn, fazendo-a esquecer toda a cautela. Aquela humilhação era insuportável. Seu orgulho ardeu como uma chama, incitando-a a uma atitude impensada. Num assomo de raiva, ergueu o braço e esbofeteou o rosto de Wulfgar, marcado pela cicatriz.

Um silêncio de espanto pairou na sala. Todos esperavam que Wulfgar abatesse com um só golpe aquela mulher atrevida. Todos sabiam como ele tratava as mulheres. Geralmente não dava grande importância a elas e muitas vezes demonstrava seu desprezo, afastando-se sem uma palavra quando uma delas tentava conversar. Nunca mulher alguma o tinha esbofeteado. As jovens o temiam e fugiam ao seu olhar. Porém aquela jovem, que tinha tanto a perder, acabara de demonstrar uma louca coragem.

No breve momento em que Wulfgar olhou para ela, Aislinn caiu em si e sentiu medo. Estava tão horrorizada pelo que fizera quanto ele estava surpreso. Ragnor parecia satisfeito, provando que não conhecia aquele homem. Num gesto brusco e inesperado, Wulfgar segurou os braços de Aislinn e puxou-a para ele, num apertado abraço. Ragnor era magro e musculoso, mas Wulfgar era uma estátua de ferro. Recobrando o fôlego, Aislinn entreabriu a boca, que foi fechada imediatamente pelos lábios ardentes de Wulfgar. Os homens gritaram palavras de encorajamento, exceto Ragnor, que, com o rosto contraído de raiva, fechou as mãos dos lados do corpo furiosamente.

– Oh, a mulher encontrou um homem à sua altura! – exclamou o viking.

Wulfgar pôs a mão na nuca de Aislinn, forçando os lábios dela contra os seus, machucando, procurando, exigindo. Aislinn sentia o coração dele batendo forte contra seu peito e o corpo firme e ameaçador. Wulfgar a abraçava pela cintura, e a mão na nuca parecia capaz de esmagar sua cabeça. Mas nas profundezas desconhecidas de seu ser uma fagulha se acendeu e subiu, despertando sua mente e seu corpo da fria reserva, escaldando, fundindo os dois num torvelinho dos sentidos. Todo o seu ser sentiu-se agradavelmente estimulado pela proximidade, pelo gosto, pelo cheiro dele. Uma excitação morna inundou seu corpo e ela parou de lutar. Como se tivessem vontade própria, seus braços se ergueram e o enlaçaram, e o gelo derreteu num calor intenso que se igualava ao dele. Pouco importava que ele fosse inimigo ou que os homens estivessem observando e gritando sua aprovação. Era como se só os dois existissem. Kerwick jamais conseguira quebrar a fria reserva de Aislinn. Seus beijos não despertavam nenhuma paixão, nenhum desejo, nenhuma impaciência para se entregar a ele. Agora, nos braços do normando, ela cedia a uma vontade mais forte, retribuindo o beijo com uma paixão de que jamais se imaginara capaz.

Wulfgar a soltou bruscamente e, para espanto de Aislinn, não parecia nem um pouco perturbado por aquela experiência avassaladora. Nenhum recurso de força poderia fazer com que ela descesse tanto. Envergonhada, Aislinn se deu conta de sua fraqueza contra o domínio daquele normando, baseada não no medo, mas no desejo. Perturbada com sua reação ao beijo, ela o atacou com a única arma que lhe restava, a língua.

– Bastardo sem nome da Normandia! Em qual esgoto seu pai encontrou sua mãe?

Ouviram-se exclamações de espanto, mas a reação ao insulto limitou-se a uma breve centelha nos olhos de Wulfgar. Seria ira? Ou talvez dor? Era difícil dizer. Seria presunção querer que sua ofensa atingisse aquele guerreiro com coração de ferro.

Wulfgar ergueu uma sobrancelha.

– É estranho seu modo de demonstrar gratidão, *damoiselle* – disse ele. – Esqueceu que me pediu um padre?

A violência desapareceu, e Aislinn censurou a própria tolice. Tinha jurado que os túmulos seriam abençoados, mas, por causa desse ato idiota, os mortos de Darkenwald seriam enterrados sem nenhuma honra. Olhou para ele, incapaz de implorar ou de se desculpar.

Com uma risada breve, Wulfgar disse:

– Não tema, *damoiselle*. Minha palavra é um juramento. Terá seu precioso padre com tanta certeza quanto a de que partilhará minha cama.

Os homens riram, mas o coração de Aislinn se apertou.

– Não, Wulfgar! – exclamou Ragnor, num assomo de raiva. – Por tudo que é sagrado, esse limite você não vai ultrapassar. Esqueceu-se sua promessa de que eu podia escolher qualquer coisa que me agradasse? Ouça bem, eu escolhi essa mulher como recompensa por ter tomado essas terras.

Wulfgar voltou-se lenta e deliberadamente para o cavaleiro furioso. A ira trovejava surdamente em suas palavras.

– Procure sua recompensa nos campos, onde ela está sendo enterrada, pois esse é seu pagamento. Se eu soubesse o preço que pagaria, teria mandado um cavaleiro mais sensato.

Ragnor investiu contra a garganta de Wulfgar, mas Vachel o impediu, segurando-o pelo braço. Ragnor procurou, em vão, se livrar das mãos do primo.

– Não, é loucura, meu primo – murmurou no ouvido de Ragnor.

– Desafiar o lobo dentro de sua caverna, quando seus homens esperam ávidos para sentir o gosto de nosso sangue. Pense, homem. Você já não deixou sua marca na mulher? Agora o bastardo nunca saberá de quem será o bastardo que ela conceber.

Ragnor acalmou-se. A expressão de Wulfgar não mudou, apenas a cicatriz no rosto ficou muito branca, sobressaindo na pele bronzeada de sol. Com um olhar de desprezo para os primos nobres e bem-nascidos, disse:

– Não vejo nenhuma competição. A semente do fraco não germina, mas a do forte sempre encontra solo fértil.

Aislinn sorriu, satisfeita com a discussão. Eles lutavam entre si, aqueles inimigos conquistadores. Seria fácil incentivar esse desacordo e esperar que se destruíssem mutuamente. Ergueu a cabeça outra vez com orgulho, animada com aquela troca de palavras contundentes, e percebeu que Wulfgar a observava. Os olhos cinzentos pareciam descobrir os mais profundos segredos de sua alma. O normando sorriu, como se achasse divertido o que via na expressão dela.

– A jovem não deu sua opinião – observou ele, voltando-se para Ragnor. – Deixemos que ela escolha entre nós dois. Se o escolhido for você, De Marte, está encerrada a discussão. Permito que fique com ela.

Vendo cair por terra suas esperanças, Aislinn ficou confusa. Não ia haver luta, pois Wulfgar estava disposto a ceder, sem mais discussão. Seu plano falhara.

Viu o desejo intenso nos olhos de Ragnor e a promessa de uma tenra recompensa. Wulfgar, porém, parecia zombar dela. Não lutaria por sua posse. Seu orgulho ferido dizia que devia escolher Ragnor, desprezando o bastardo. Seria um prazer ferir aquele ego. Mas não podia ceder de modo algum a Ragnor. Ela o odiava e o desprezava como a qualquer verme rastejante do pântano. E não perderia a oportunidade dessa vingança, por menor que fosse.

A escolha ficou mais difícil quando os guardas normandos entraram, conduzindo Kerwick. De pé, no meio daqueles homens enormes que se destacavam pela simples presença, era impossível evitar ser vista por Kerwick. Ergueu os olhos, encarou-o e viu apenas sofrimento e desespero. Aislinn não conseguiu compreender a súplica silenciosa daqueles olhos. Kerwick não tinha nenhum ferimento aparente, mas sua túnica e seus calções estavam sujos de terra, e o cabelo louro, desgrenhado. Ele sempre fora um estudioso, amante dos livros e das artes da guerra. Parecia deslocado, um homem gentil entre invasores selvagens. Aislinn teve pena dele, mas nada podia fazer nada, não quando o inimigo esperava sua resposta.

– *Damoiselle* – insistiu Wulfgar. – Esperamos que nos diga qual é o seu desejo. – A última palavra foi acentuada e dita com um sorriso desdenhoso. – Qual de nós dois vai escolher para ser seu amante?

Aislinn viu Kerwick arregalar os olhos e sentiu um frio no estômago. Sentia-se sufocada e nauseada com os olhares lascivos dos homens à sua volta, mas procurou ignorá-los, deixar que os idiotas resfolegassem como animais. E Kerwick teria de suportar sozinho a dor imensa que aparecia em seus olhos. Dizer que ele era seu prometido seria expô-lo ao desprezo e à zombaria daqueles homens rudes.

Com um suspiro resignado, Aislinn resolveu transpor mais esse obstáculo.

– Então devo escolher entre o lobo e o falcão, e sei que os gritos do falcão se parecem com os de um corvo preso numa armadilha. – Pôs a mão no peito de Wulfgar. – Sendo assim, escolho você. Desse modo, é sua tarefa domar a megera – riu com amargura. – Agora, o que foi que ganhou com esse jogo de sorte?

– Uma bela *damsel* para aquecer meu leito – respondeu Wulfgar, acrescentando com ironia: – Ou ganhei mais do que isso?

– Nunca – sibilou Aislinn, olhando furiosa para ele.

Ragnor aceitou a derrota em silêncio; os punhos cerrados eram a única evidência de sua ira. Wulfgar olhou para ele, por sobre a cabeça de Aislinn, e disse:

– Minhas ordens foram bem claras. Cada homem teria direito à sua parte dos despojos. Antes de voltar a seus afazeres, Ragnor, você e seus homens devem deixar tudo que apanharam aqui. – Apontou para a pilha de despojos da noite anterior. – O duque Guilherme vai escolher sua parte primeiro, só depois disso receberão o pagamento por seu trabalho.

Ragnor parecia prestes a explodir. Com os músculos do rosto muito tensos, abria e fechava a mão no copo da espada. Finalmente, tirou uma pequena bolsa do colete e atirou-a sobre a pilha. Aislinn reconheceu o anel da mãe e várias peças de ouro que pertenciam a seu pai. Um a um, os homens devolveram o que tinham guardado, e, no fim, a pilha de despojos estava duas vezes maior. Então, Ragnor deu meia-volta e saiu furioso, empurrando Kerwick de sua frente, seguido por Vachel. Quando a pesada porta se fechou, Ragnor bateu com a mão fechada na outra.

– Eu vou matá-lo – jurou. – Com minhas mãos vou arrancar seus braços e suas pernas. O que aquela jovem vê nele? Eu não sou um homem bonito?

– Acalme sua ira – disse Vachel. – O tempo verá seu fim. A mulher só deseja criar desavenças entre nós. Vi isso nos olhos dela, quando discutíamos. Ela odeia toda a Normandia. Tenham cuidado com ela, como teriam com uma víbora, mas saibam que ela pode ser um trunfo em nossas mãos, pois detesta Wulfgar tanto quanto nós.

Ragnor disse, com um esgar de desprezo:

– Sim, e como não iria detestar? Um bastardo com aquela cicatriz, nenhuma mulher poderia amá-lo.

Com um brilho intenso nos olhos, Vachel disse:

– Daremos tempo para que ela conquiste o lobo com sua beleza e, quando ele estiver enfraquecido, atacaremos.

– Sim. – Ragnor balançou lentamente a cabeça. – E a mulher será nossa arma. Juro que ela me enfeitiçou, Vachel. Ainda desejo aquela megera. Com cada fibra de meu corpo. Sinto o calor de seu corpo nu junto ao meu, e a possuirei na primeira oportunidade.

– Logo dormirá outra vez com ela, primo, quando o lobo não mais existir.

– Vou cobrar essa promessa, Vachel – disse Ragnor. – Pois estou decidido a possuir aquela mulher, por bem ou por mal.

3

Os poucos cativos de Darkenwald, libertados depois de passarem a noite acorrentados e expostos ao ar frio de outubro, estavam atordoados e atônitos com a derrota do dia anterior. As mulheres foram até a praça com comida e agasalhos, e aquela que encontrava o companheiro o levava para casa. Outras assistiram, caladas e chocadas, ao enterro de seus maridos e filhos. Outras, ainda, depois de procurar em vão entre os vivos e os mortos, voltavam para casa desanimadas, sem saber se veriam outra vez o marido, o filho ou o irmão.

Aislinn observava tristemente a cena da porta do castelo. Os mortos eram enterrados pelos servos de Cregan, sob a direção de dois cavaleiros de confiança de Wulfgar. Aislinn os ouviu falar de um terceiro, que ficara em Cregan para garantir a paz. Maida, com o rosto inchado de tanto chorar, foi até o grande carvalho e depositou um ramo de flores na sepultura do marido. Agachada, ela gesticulava, como se estivesse falando com Erland, e chorava, cobrindo o rosto com as mãos.

O pai de Aislinn tinha 65 anos quando foi morto, e Maida, apenas 50. Embora já grisalho, enquanto a mulher estava ainda em pleno viço da maturidade, o amor que existia entre eles iluminava cada hora do dia. Uma vez que o irmão mais velho morrera, vítima da peste, Aislinn era o centro da atenção e do carinho dos pais, e o castelo, um lugar de paz e de amor, isolado dos grupos de conquistadores que inundavam a Inglaterra como as marés. Erland era sensato, e conduziu seu povo e sua família durante os reinados dos vários reis. Agora, porém, parecia que a destruição da guerra atingira suas cidades, como para compensar tantos anos de paz.

Maida levantou-se lentamente e, parecendo perdida e desamparada, olhou em volta com expressão vaga e tristonha. Começou a voltar para o castelo, arrastando os pés, relutando em encontrar aqueles rostos estranhos que agora pareciam encher todos os corredores e todas as salas. Algumas mulheres aproximaram-se, com suas queixas e lamentações, como sempre haviam feito, esperando consolo e

44

ajuda, indiferentes ao sofrimento que a sufocava. Maida escutou-as durante algum tempo, com o rosto inexpressivo, os olhos vermelhos e inchados de tanto chorar. Um soluço subiu do peito de Aislinn, ao ver a mãe naquele estado. Maida mais parecia uma pobre insana que a dama do solar.

De repente, Maida ergueu as duas mãos, como se não pudesse mais suportar as lamentações das mulheres, e gritou:

– Afastem-se de mim! Tenho meus próprios problemas. Meu Erland morreu por vocês, e agora vocês recebem seus assassinos sem reclamar. Sim! Vocês os deixaram entrar em minha casa, violentar minha filha e roubar tudo que tínhamos!

Maida começou a puxar os cabelos, e as mulheres recuaram assustadas. Com passo incerto e lento, ela caminhou para a porta e entrou, sem ver Aislinn.

– Que elas procurem suas ervas e tratem de seus ferimentos – murmurou Maida, com os lábios inchados. – Estou farta de suas doenças, de suas feridas, de suas tristezas.

Angustiada, Aislinn viu-a desaparecer no interior do castelo. Aquela nada tinha da mãe que conhecia, tão cheia de amor e compaixão pelo povo da cidade. Maida passara a vida procurando raízes e ervas nos pântanos e nas florestas, preparando poções, chás e pomadas para curar as dores e as doenças dos que chegavam à sua porta. Ensinara a Aislinn a arte de curar e as virtudes das ervas e das raízes, bem como onde encontrá-las. Agora expulsava o povo de sua porta e não atendia mais suas súplicas. Portanto, Aislinn devia assumir essa responsabilidade. Ela a aceitou como uma bênção, como um bálsamo para sua mente.

Pensativa, Aislinn alisou com as mãos a túnica de lã que vestia. Primeiro precisava se vestir adequadamente, protegendo-se dos olhos ávidos dos normandos, e depois, ao trabalho.

Subiu a escadaria, e em seu quarto lavou-se e penteou o cabelo. Depois vestiu uma camisa macia e sobre ela uma túnica limpa de lã cor de malva. Alisou a túnica com um sorriso triste. Nada de espartilho, nenhum colar como enfeite. Os normandos não sabiam resistir à cobiça.

Resolvida a não pensar mais nisso, Aislinn foi ao quarto da mãe apanhar os remédios, o quarto que partilhara com Ragnor na véspera. Empurrou a porta pesada e parou, surpresa. Wulfgar estava sentado na cadeira de seu pai, na frente do fogo, aparentemente despido. O viking, ajoelhado a seus pés, fazia alguma coisa na parte superior da perna do cavaleiro. Os dois sobressaltaram-se quando ela entrou. Wulfgar, erguendo-se a meio na cadeira, estendeu a mão para alcançar a espada, e Aislinn viu que ele não estava despido, mas com uma pequena tanga, usada pelos guerreiros sob a armadura. Notou também o pano sujo e escuro sobre sua coxa, seguro pelos dedos grossos e longos de Sweyn, o viking. Wulfgar sentou-se outra vez e largou a espada, certo de que aquela jovem esguia não era uma ameaça.

– Peço que me perdoe, senhor – disse Aislinn, com frieza. – Vim apanhar as ervas de minha mãe e não tinha ideia de que estivesse aqui.

– Então, apanhe o que veio buscar – disse Wulfgar, observando que ela havia trocado de roupa.

Aislinn foi até a mesinha onde a mãe guardava as ervas e voltou-se, com a bandeja nas mãos. Os dois homens estavam outra vez atentos ao curativo. Aproximando-se, Aislinn viu o sangue seco no pano e notou que a perna estava inchada e inflamada.

– Tire suas mãos desajeitadas desse ferimento, viking – ordenou ela. – A não ser que queira tomar conta de um mendigo perneta. Afaste-se.

O viking ergueu os olhos interrogativamente para ela, mas obedeceu. Pondo a bandeja de lado, Aislinn ajoelhou-se entre os joelhos de Wulfgar e ergueu cuidadosamente o curativo, examinando o ferimento com as pontas dos dedos. O pano estava grudado num corte longo e profundo, do qual saía um líquido amarelado.

– Está inflamado – murmurou ela. – Certamente o corte se abriu de novo.

Aislinn foi até a lareira, mergulhou um pano de linho na água que fervia no caldeirão dependurado sobre o fogo e retirou-o com um graveto. Com um sorriso de viés, ela o aplicou sobre o curativo, e Wulfgar quase saltou da cadeira. O normando cerrou os dentes e procurou ficar imóvel. De modo nenhum ia deixar que aquela saxã testemunhasse seu sofrimento. Olhou para ela, ali de pé, com as mãos na cintura, como que duvidando de sua capacidade de curar.

– Isso vai soltar a crosta e limpar o ferimento – disse Aislinn, indicando a perna. E com uma risada breve e irônica acrescentou: – Trata melhor seus cavalos do que a si mesmo.

Ela foi até onde estavam as armas dele e retirou a adaga da bainha. Sweyn observou-a com atenção e aproximou-se cautelosamente de seu imenso machado de guerra, mas Aislinn foi até a lareira e pôs a lâmina da adaga sobre os carvões acesos. Quando se voltou para eles, os dois homens a observavam, desconfiados.

– O galante normando e o feroz viking por acaso temem uma simples jovem saxã? – perguntou ela.

– Não é medo o que sinto – respondeu Wulfgar –, mas não é natural que aplique suas artes em um normando. Por que está tratando de meu ferimento?

Aislinn deu-lhe as costas e começou a esfarelar algumas ervas secas dentro de gordura de ganso.

– Há muito tempo minha mãe e eu tratamos do povo desta cidade. Portanto, não tema que eu o prejudique com minha inexperiência. Se eu o traísse, Ragnor tomaria seu lugar, e muita gente ia sofrer sob seu domínio, especialmente eu. Assim, minha vingança terá de esperar algum tempo – disse ela.

– Isso é bom – disse Wulfgar, olhando para ela. – Se executasse sua vingança agora, acredito que Sweyn não ia gostar. Ele desperdiçou grande parte de sua vida tentando me ensinar a tratar as mulheres.

– Aquele brutamontes! – zombou ela. – O que ele pode fazer comigo que já não foi feito, além de pôr um fim à minha escravidão?

Wulfgar inclinou-se para a frente e disse:

– Seu povo tem uma prática milenar em todos os métodos de tirar a vida, e o que ainda não aprenderam são muito capazes de adivinhar.

– Está me ameaçando, milorde? – Aislinn ergueu os olhos para ele, interrompendo, por um momento, seu trabalho.

– Não, eu jamais a ameaçaria. Posso fazer promessas, mas não ameaças. – Olhou para ela demoradamente e depois recostou-se na cadeira. – Se fosse de seu agrado, gostaria de saber seu nome.

– Aislinn, milorde. Aislinn, a última de Darkenwald.

– Bem, procure fazer o pior, Aislinn, enquanto estou à sua mercê.
– Ele sorriu. – Minha vez chegará logo.

Aislinn empertigou-se, irritada por ele lembrá-la casualmente do que estava para acontecer. Deixando a vasilha com o medicamento na frente da lareira, ela ajoelhou-se e firmou o joelho dele com o lado do corpo, sentindo os músculos de ferro da perna do normando contra seu peito. Levantou o pano molhado e retirou com facilidade o curativo, revelando um corte longo, vermelho, purulento, que ia do joelho até quase a virilha.

– Uma lâmina inglesa? – perguntou ela.

– Uma lembrança de Senlac. – Ele deu de ombros.

– O homem tinha má pontaria – observou Aislinn, examinando o ferimento. – Teria me poupado muita coisa se acertasse um pouco mais acima.

Wulfgar riu com desdém.

– Ande com isso. Tenho muito o que fazer.

Aislinn levantou-se, apanhou uma vasilha com água quente, sentou-se de novo e começou a lavar o ferimento. Depois de remover todo o tecido escuro e o sangue seco, ela apanhou a adaga do fogo, e Sweyn aproximou-se com o machado na mão. Aislinn olhou calmamente para o enorme viking.

Wulfgar sorriu com sarcasmo.

– Para que você não corrija a má pontaria do saxão, poupando-se de ter de suportar minha companhia na cama. – Deu de ombros. – A masculinidade de Sweyn é tantas vezes posta à prova que ele quer preservar a minha também.

Aislinn olhou friamente para ele.

– E o senhor, milorde, não quer ter filhos?

Wulfgar ergueu a mão, com um gesto cansado.

– Eu ficaria mais descansado se não houvesse possibilidade disso. Já existem bastardos demais.

Aislinn sorriu com ironia.

– Eu também ficaria muito mais feliz, milorde.

Aislinn aplicou a lâmina em brasa em toda a extensão do ferimento, fechando a carne aberta e tirando grande parte da inflamação.

48

Wulfgar não emitiu nenhum som quando o cheiro de carne queimada encheu o ar, mas todos os seus músculos ficaram tensos. Então, Aislinn aplicou o medicamento espesso. Feito isso, cobriu tudo com uma pasta de pão molhado e enrolou toda a coxa com ataduras de linho limpas.

Ela recuou e examinou o próprio trabalho.

– Daqui a três dias eu retiro o curativo. Sugiro que mantenha a perna em repouso esta noite.

– Já aliviou um pouco – disse Wulfgar, muito pálido. – Mas preciso caminhar com ela, para que não fique rígida.

Dando de ombros, Aislinn apanhou a bandeja de ervas e, quando passou por detrás da cadeira dele para apanhar as outras ataduras, notou outro ferimento inflamado, logo abaixo do ombro. Quando tocou o lugar com a ponta do dedo, Wulfgar voltou-se de repente, sobressaltado, e Aislinn riu.

– Este não precisa ser cauterizado, milorde. Basta uma picada com a ponta da lâmina e um pouco do medicamento – disse ela, começando o tratamento.

– Meus ouvidos certamente me traíram. – Ele franziu a testa. – Seria capaz de jurar ter ouvido alguma coisa sobre sua vingança poder esperar.

Bateram à porta e Sweyn abriu. Kerwick entrou carregando vários objetos de Wulfgar. Aislinn ergueu os olhos rapidamente, mas logo os baixou para a bandeja de ervas. Não queria despertar as suspeitas de Wulfgar, que observava enquanto o jovem arrumava seus pertences e sua arca perto da cama. Kerwick parou por um momento, viu Aislinn, desviou os olhos e saiu do quarto sem uma palavra.

– Meu bridão! – resmungou Wulfgar. – Sweyn, leve tudo para fora e também não deixe que tragam Huno para o quarto.

Quando o viking saiu e fechou a porta, Aislinn apanhou outra vez a bandeja.

– Um momento, *damoiselle* – disse Wulfgar.

Aislinn voltou-se para ele, e Wulfgar, levantando-se, experimentou cautelosamente pôr o pé no chão. Certificando-se de que a perna podia suportar o peso do corpo, vestiu uma camisa e foi abrir as janelas. Examinou então o quarto.

– Vou ficar neste quarto – disse com voz distante. – Mande retirar as coisas de sua mãe e fazer uma limpeza.

– Diga, por favor, milorde – perguntou Aislinn, com ironia. – Para onde devo mandar levar as coisas de minha mãe? Para o chiqueiro, onde estão os outros porcos ingleses?

– Onde você dorme? – perguntou ele, ignorando o sarcasmo.

– No meu quarto, a não ser que alguém o tenha tomado.

– Pois leve tudo para lá, Aislinn. – Os olhos dele encontraram os dela. – Vai usar muito pouco seu quarto de agora em diante.

Corando intensamente, Aislinn odiou-o por mais uma vez lembrar seu futuro. Esperou que ele a dispensasse, e o silêncio os envolveu. De costas, ela o ouvia andar de um lado para o outro, atiçando o fogo, abrindo e fechando uma arca. De repente, a voz do normando soou alta e áspera.

– O que aquele homem significa para você?

Aislinn voltou-se rapidamente, confusa por um momento.

– Kerwick, o que ele é para você?

– Nada – disse ela.

– Mas você o conhece, e ele a conhece!

Aislinn conseguiu se controlar um pouco.

– É claro. Ele é o senhor de Crega, e nossas famílias fazem muitos negócios.

– Ele não tem mais nada para negociar. Não é mais senhor de coisa alguma. – Wulfgar a observava atentamente. – Ele chegou muito tarde, depois que a cidade se rendeu. Quando o intimei a se render, ele se desfez da espada e tornou-se meu escravo – disse, com desprezo.

Mais segura agora, Aislinn disse, tranquilamente:

– Kerwick é mais um estudioso do que um guerreiro. O pai o treinou para ser cavaleiro, e ele lutou bravamente com Harold.

– Ele vomitou como um covarde por causa de alguns homens mortos. Nenhum normando o respeita.

Aislinn baixou os olhos para esconder sua compaixão.

– Ele é uma pessoa gentil, e aqueles homens eram seus amigos. Kerwick conversava com eles e fazia versos sobre seu trabalho. Já viu muitas mortes desde que os normandos chegaram às nossas terras.

Wulfgar cruzou as mãos nas costas e ficou parado, imponente e enorme, na frente dela. Estava de costas para a luz, e Aislinn via apenas os olhos cinzentos e calmos.

– E o que me diz daqueles que não morreram? – perguntou. – Quantos fugiram e se esconderam nas florestas?

– Não sei de nenhum – disse ela, ou era apenas uma meia-verdade. Vira alguns chegarem à borda do pântano quando seu pai caiu, mas não podia dizer seus nomes, nem sabia se ainda estavam livres.

Wulfgar estendeu o braço e segurou uma mecha do cabelo macio e brilhante de Aislinn. Os olhos cinzentos e intensos não se afastavam de seu rosto. Aislinn sentia seu autocontrole enfraquecer, e o sorriso do normando dizia que ela não o tinha enganado.

– Não sabe de nenhum? – zombou ele. – Não importa. Logo eles virão servir o seu senhor, bem como você.

Pôs a mão no ombro dela e puxou-a para si. A bandeja tremeu nas mãos de Aislinn.

– Por favor... – murmurou ela com voz rouca, temendo aqueles lábios que a atormentavam tanto. – Por favor. – As palavras eram mais um soluço.

A mão do normando desceu pelo braço dela, numa carícia, e depois se afastou.

– Providencie a arrumação do quarto – ordenou, com voz suave, prendendo-a com o olhar. – E se as pessoas a procurarem, trate-as tão bem quanto me tratou. São minhas também, e bem poucas.

Saindo apressadamente do quarto, Aislinn quase colidiu com Kerwick, que carregava outra parte da bagagem de Wulfgar. Aislinn passou por ele rapidamente, para não se trair. Correu para seu quarto e começou a juntar seus pertences com mãos trêmulas, furiosa por ser tão vulnerável à provocação do normando. Que estranho poder tinham aqueles olhos que zombavam dela?

AISLINN SAIU DO CASTELO no momento em que alguns servos eram levados para o pátio. Com grilhões nos tornozelos, mal conseguiam andar entre os normandos a cavalo. Em seu enorme cavalo de guerra, Wulfgar parecia extremamente ameaçador para aquela gente simples.

Aislinn mordeu o lábio quando um dos prisioneiros tentou fugir, mas, com os pés agrilhoados, não podia competir com o garanhão de Wulfgar. Cavalgando atrás do jovem, Wulfgar o apanhou pela gola da camisa e suspendeu-o para a frente de sua sela. Os gritos do menino foram silenciados por uma palmada no traseiro. Wulfgar o despejou no meio dos outros prisioneiros, que se afastaram para não serem pisados pelo cavalo.

Foram levados para a praça como porcos amarrados, e Aislinn suspirou com alívio quando viu que ninguém estava ferido. Ela recuou quando Wulfgar se aproximou e apeou do cavalo.

– Não mataram ninguém na floresta? – perguntou ela, ansiosamente.

– Não, eles fugiram como fazem os bons saxões – replicou ele.

Com um olhar furioso, Aislinn deu meia-volta e entrou no castelo.

Darkenwald parecia começar a ficar em ordem e, comparado à noite anterior, o jantar decorreu numa atmosfera tranquila. Os normandos estavam instalados, e não havia mais disputas, pois todos sabiam que Wulfgar era quem mandava. Os que o invejavam não tinham coragem para enfrentá-lo, e os que o respeitavam reconheciam seu mérito.

Aislinn substituiu a mãe como senhora do solar, sempre consciente da presença dominadora de Wulfgar. Durante o jantar, o normando conversou quase o tempo todo com Sweyn, ignorando-a completamente, o que a intrigou, uma vez que ele insistira em sua presença a seu lado. A princípio Aislinn relutou. Sua mãe ia servir o jantar, com os outros servos, e Aislinn achava que devia ficar ao lado dela.

– O lugar de uma criada não é ao lado do seu senhor – disse ela com amargura, quando ele indicou a cadeira ao seu lado.

Os olhos frios de Wulfgar fixaram-se nela.

– É, sim, quando o senhor o deseja.

Kerwick permaneceu perto da mesa de Wulfgar, oferecendo comida e vinho, como um criado comum. Aislinn preferia que ele não estivesse ali. Detestava seu ar de derrota e resignação. Ragnor, por sua vez, os observava, atento. O ódio dele por Wulfgar era quase palpável, e Aislinn começou a achar quase divertido o fato de ele estar tão ofendido por ela pertencer agora a Wulfgar.

Hlynn, com um olho roxo e o queixo inchado, timidamente servia cerveja aos normandos e se encolhia, medrosa, quando gritavam com ela ou estendiam as mãos para apalpar seus seios ou suas nádegas. Seu vestido era fechado na frente por um fio de linha grossa, e os homens apostavam para ver quem seria o primeiro a rasgá-lo outra vez. Como Hlynn não entendia uma palavra do que diziam, era presa fácil das armadilhas jocosas daqueles homens.

Maida parecia indiferente ao sofrimento da jovem, mais interessada nos restos de comida que os homens atiravam para os cães. Várias vezes Aislinn a viu levando à boca restos de comida, e o fato de ver que a mãe estava faminta não contribuiu para melhorar seu apetite.

O conserto do vestido de Hlynn durou até quase o fim do banquete, quando Ragnor decidiu descarregar sua frustração na pobre moça. Segurando-a com brutalidade, cortou com a adaga o cordão que fechava a frente do vestido e levou a boca aos seios jovens, sem se importar com as lágrimas e os protestos aterrorizados da moça.

Nauseada, Aislinn desviou os olhos, lembrando aqueles mesmos lábios ardentes em seus seios. Não olhou quando ele saiu da sala carregando Hlynn, apenas estremeceu. Depois de alguns momentos ela ergueu a cabeça, um pouco mais controlada, e seus olhos encontraram os de Wulfgar. Aislinn apanhou o copo de vinho e bebeu até o fim.

– O tempo tem asas céleres, Aislinn – comentou ele. – Por acaso é seu inimigo?

Aislinn desviou os olhos dos dele. Sabia o que ele queria dizer. Como Ragnor, Wulfgar estava cansado do banquete e pensando em outra forma de divertimento.

– Repito, *damoiselle*, o tempo é seu inimigo?

Aislinn voltou-se e, com surpresa, viu o normando inclinado em sua direção tão perto que sentia o hálito dele quente no rosto. Os olhos, quase azuis agora, procuraram os dela.

– Não – respondeu. – Acho que não.

– Não está com medo de mim, está? – perguntou Wulfgar.

– Aislinn balançou a cabeça bravamente, fazendo ondular o cabelo longo.

– Não temo homem algum. Só temo a Deus.

– Ele é seu inimigo?

Aislinn desviou os olhos. Deus permitira que aqueles homens da Normandia invadissem sua casa e suas terras, mas não competia a ela questionar Seus motivos.

– Espero que não – respondeu ela –, pois Ele é minha única esperança. Todas as outras falharam. – Ergueu o queixo com altivez. – Dizem que o duque é um homem devoto. Se temos o mesmo Deus, por que precisa matar tantos de nós para conquistar o trono?

– Edward e Harold juraram que o trono seria do duque. Só quando Harold se trancou na sala com o rei moribundo é que percebeu a oportunidade e disse que a última vontade de Edward era que ele herdasse a coroa. Não podemos provar que ele mentiu, mas... – Wulfgar deu de ombros. – Por direito de nascimento, a coroa pertence a Guilherme.

Aislinn olhou para ele.

– O neto de um mero curtidor de peles? Um...

Mas parou subitamente, percebendo de repente o que ia dizer.

– Bastardo, *damoiselle*? – Wulfgar terminou a frase para ela e sorriu com ironia. – Uma desgraça que atinge muitos de nós, sinto dizer.

Aislinn corou intensamente e baixou os olhos. Wulfgar recostou-se na cadeira.

– Os bastardos também são humanos, Aislinn. Suas necessidades e seus desejos são iguais aos de todas as outras pessoas. Um trono é tão tentador para o filho ilegítimo quanto para o legítimo, talvez mais.

54

Wulfgar levantou-se e, segurando-a pelo braço, puxou-a para si. Erguendo uma sobrancelha, com um brilho de divertimento nos olhos, enlaçou-a pela cintura e apertou-a contra o peito forte e musculoso.

– Nós também procuramos saciar nossos desejos. Venha, meu amor, preciso domar uma megera. Estou cansado da companhia de homens e de lutas. Esta noite quero uma atividade mais delicada.

Aislinn olhou para ele, furiosa, mas, antes que pudesse dizer alguma coisa, um grito de revolta soou no salão. Kerwick investiu para os dois, empunhando sua adaga. Com o coração disparado, Aislinn ficou imóvel, esperando o ataque, sem saber se o alvo de Kerwick era ela ou Wulfgar. Gritou quando o normando a empurrou para trás dele, preparando-se para enfrentar Kerwick desarmado. Mas Sweyn, que não confiava em ninguém, estivera observando o jovem saxão o tempo todo e notou que ele olhava para Aislinn de modo estranho, embora disfarçado. O viking agiu rapidamente. Num movimento brusco para trás, ergueu o braço e atingiu Kerwick, jogando-o no chão. Com o pé no rosto do jovem, ele retirou facilmente a adaga de sua mão e atirou-a contra a parede. Quando o homem do norte ergueu o machado para decapitar o vencido, Aislinn gritou:

– Não, pelo amor de Deus, não!

Sweyn olhou para ela e todos na sala observavam a cena. Soluçando, histérica, Aislinn segurou o colete de pele de Wulfgar.

– Não! Não! Não deve lhe fazer mal! Eu lhe peço, poupe sua vida!

Maida adiantou-se e passou a mão nas costas da filha, choramingando de medo.

– Primeiro, matam seu pai. Agora, seu noivo. Eles não poupam ninguém.

Wulfgar voltou-se rapidamente para ela, e Maida gritou apavorada, recuando.

– O que está dizendo, bruxa? Este é o noivo dela? – perguntou.

Maida fez um gesto afirmativo.

– Sim, iam se casar dentro de pouco tempo.

Wulfgar olhou para o jovem saxão e depois para Aislinn com expressão acusadora. Finalmente voltou-se para Sweyn, que esperava.

– Leve o homem para os cães e o acorrente com eles – trovejou. – Trato disso amanhã.

Com um gesto afirmativo, o viking segurou a túnica de Kerwick e levantou-o do chão como um títere.

– Pode ter certeza, pequeno saxão – disse Sweyn –, esta noite você foi salvo por uma mulher. Uma boa estrela o protege.

Tremendo ainda incontrolavelmente, Aislinn viu Kerwick ser levado para onde estavam os cães e atirado no meio deles. Os animais latiram e se agitaram. Na confusão, ninguém viu Maida esconder a adaga de Kerwick sob o vestido.

Aislinn voltou-se para Wulfgar.

– Devo-lhe esse favor – murmurou suavemente, com voz trêmula, mas aliviada.

Ele rosnou:

– Deve mesmo? Muito bem, logo veremos quanto vale sua gratidão. Quando concordei em chamar um padre, você me agradeceu com seu ódio. Mentiu quando disse que aquele covarde não significava nada para você – riu com desdém. – Devia ter me contado, em vez de deixar que a bruxa velha fizesse a revelação.

Aislinn enfureceu-se outra vez.

– Menti para que você não o matasse – respondeu, furiosa. – É assim que resolve as coisas, não é?

Os olhos de Wulfgar escureceram, irados.

– Pensa que sou tolo, *damoiselle*, para matar escravos valiosos para mim? Mas é certo que ele teria encontrado a morte há pouco, se a velha não tivesse dito que era seu prometido. Pelo menos, sabendo disso, posso entender a razão do seu ato de loucura.

– Poupou a vida dele agora, mas e amanhã? – perguntou ela, ansiosamente.

Ele deu de ombros.

– Por que pensar no amanhã? Será feita minha vontade. Talvez uma dança na ponta de uma corda ou outro divertimento qualquer.

Aislinn sentiu um aperto no coração. Teria ele salvado Kerwick de uma morte rápida para vê-lo enforcado ou torturado para distrair seus normandos?

– O que está disposta a oferecer em troca da vida dele? Você mesma? Mas isso não é justo. Não conheço a mercadoria que estou recebendo. – Segurou o pulso dela. – Venha, vamos ver.

Aislinn tentou se afastar, mas os dedos dele apertaram seu braço e, embora não sentisse dor, não conseguia se libertar.

– Tem medo de não valer uma vida? – zombou ele.

Com pequena resistência, Aislinn subiu com ele a escadaria de pedra. Wulfgar dispensou o guarda da porta de seu quarto e, abrindo-a, empurrou-a para dentro. Fechou e trancou a porta, e parou, encostado na parede, com os braços cruzados no peito e um sorriso nos lábios.

– Eu espero, *damoiselle*. – Seus olhos percorreram cada curva de seu corpo. – Ansiosamente.

Aislinn empertigou-se com dignidade.

– Vai ser uma longa espera, *messire* – disse, com desdém. – Não faço o papel de prostituta.

– Nem pelo pobre Kerwick? Uma pena. Amanhã ele certamente vai desejar que o tivesse feito – continuou Wulfgar, sorrindo.

Com um olhar cheio de ódio, Aislinn disse:

– O que quer de mim?

Ele ergueu lentamente os ombros fortes.

– Seria um bom começo ver quanto vale a troca que estou fazendo. Estamos sozinhos. Não precisa ser tímida.

Os olhos de Aislinn dardejaram.

– O senhor é odioso.

O sorriso acentuou-se.

– Foram poucas as mulheres que já disseram isso, mas você não é a primeira.

Aislinn olhou em volta, desesperada, procurando algum objeto para atirar nele.

– Vamos logo, Aislinn. Estou ficando impaciente. Vamos ver o que você vale.

Ela bateu o pé delicado no chão.

– Não! Não! Não! Não vou agir como uma prostituta!

– Pobre Kerwick – suspirou ele.

– Wulfgar, eu o odeio! – exclamou ela.

Ele não se abalou.

– Eu também não tenho grande amor por você. Detesto mulheres mentirosas.

– Se me detesta, por que isso, então?

Wulfgar riu discretamente.

– Não preciso amá-la para dormir com você. Eu a desejo... Isso basta.

– Não para mim! – exclamou Aislinn, balançando a cabeça furiosa.

Wulfgar riu, sacudindo os ombros.

– Você não é virgem. Que diferença faz mais um homem?

Aislinn mal podia falar de tanta raiva.

– Fui possuída uma vez, à força! – exclamou. – Isso não quer dizer que eu seja uma mulher da rua.

Ele franziu as sobrancelhas.

– Nem mesmo por Kerwick?

Contendo um soluço de frustração, Aislinn deu as costas a ele, com o corpo todo tremendo de raiva, ódio e medo, incapaz de suportar aquela zombaria. Lentamente desatou a túnica e deixou-a cair no chão. Depois, foi a combinação que se amontoou em volta das pernas esguias.

Wulfgar aproximou-se e parou na frente dela. Os olhos dele, como ferros em brasa, percorreram seu corpo, como que avaliando cada curva esplêndida e macia com uma intensidade que a deixou quase sem ar. Com porte altivo, Aislinn deixou que ele a examinasse, odiando-o e ao mesmo tempo com uma estranha excitação envolvendo todo o seu corpo jovem.

– Sim, você é bela – disse Wulfgar com voz rouca, acariciando um de seus seios.

Aislinn retesou os músculos, mas, com vergonha e surpresa, sentiu prazer ao contato delicado e cálido daquela mão. Ele passou um dedo entre seus seios, descendo até a cintura fina. Sim, ela era bela, com pernas longas, corpo esbelto, seios bem-feitos, a pele delicadamente rosada. Seios que pediam a carícia de um homem.

– Acha que valho a vida de um homem? – perguntou ela, friamente.

– Sem dúvida – respondeu o normando. – Mas esse jamais foi o caso.

Aislinn olhou para ele sem compreender, e o normando sorriu.

– A dívida de Kerwick não é sua. A vida dele pertence só a ele. Eu a concedo. Sim, será punido porque foi grande a ofensa, mas nada do que você fizer poderá mudar o que reservei para ele.

Aislinn ficou rubra de raiva e ergueu o braço ameaçadoramente, mas Wulfgar segurou seu pulso e puxou-a para ele, rindo de seu esforço para se libertar. Aislinn sentiu as mãos dele em seu corpo, tocando aqui e ali. Wulfgar sorriu, olhando-a nos olhos.

– Minha megera feroz, você vale, sem dúvida, a vida de qualquer homem, mesmo que toda a vida de um reino estivesse sendo julgada.

– Tratante! – exclamou ela. – Seu idiota ordinário. Seu... bastardo!

A pressão dos braços dele aumentou e o sorriso desapareceu de seus lábios. Seus corpos estavam tão unidos que pareciam um só. Aislinn mordeu o lábio para não gritar de dor. Sentia a força do desejo dele. Atordoada, gemeu baixinho, em agonia, apertada no abraço cruel.

– Lembre-se de uma coisa, *damoiselle* – disse ele, com frieza. – Não dou muita atenção às mulheres, menos ainda a uma mentirosa. Na próxima vez que mentir para mim, vai sofrer muito mais do que já sofreu.

Dizendo isso, ele a empurrou, e Aislinn caiu junto ao pé da cama e ficou no chão, tremendo, com o corpo dolorido, humilhada e envergonhada. Ergueu os olhos e viu o normando apanhar uma corrente que seu pai usava para prender os cães. Quando Wulfgar caminhou para ela, com a corrente na mão, Aislinn encolheu-se, apavorada. Suas palavras teriam provocado tanta fúria que ele ia agora espancá-la, para se vingar? Em que inferno se lançara quando preferiu Wulfgar a Ragnor? Certamente ele ia matá-la. Seu coração batia forte e descompassado, e, quando Wulfgar inclinou-se para ela, Aislinn levantou-se de um salto e, com uma exclamação de pavor, tentou fugir das mãos do normando que se estendiam para ela.

– Não! – gritou ela. Passou por debaixo do braço dele e, reunindo as forças que lhe restavam, correu para a porta. Os dedos fracos tentaram erguer a tranca, mas Wulfgar, mesmo mancando por causa da perna ferida, moveu-se rapidamente e quase a alcançou. Aislinn sentia o hálito dele em sua nuca. Com um grito, ela correu para a lareira, com a mente em turbilhão, pensando apenas em fugir dele. Mas tropeçou no tapete de pele de lobo e, antes que pudesse recuperar o equilíbrio, Wulfgar lançou-se sobre ela. Antes de se estatelarem no chão, Wulfgar conseguiu fazer com que ela ficasse por cima dele, protegendo-a do impacto que, embora violento, aparentemente não provocou nele qualquer desconforto. Aislinn não teve tempo para descobrir se ele fizera de propósito, porque estava ocupada demais tentando se libertar. Esperneou e agitou os braços, e depois girou o corpo para um ataque frontal. Percebeu seu erro quando ele riu e prendeu-a sob seu corpo.

– Solte-me! – disse ela, ofegante, virando a cabeça de um lado para o outro. Tremia tanto que seus dentes batiam como se estivesse com frio, ali, perto da lareira, com o calor do fogo quase escaldando sua pele. Com os olhos fechados, sentia o olhar intenso dele em seu rosto. – Solte-me! Por favor!

Para seu espanto, Wulfgar se levantou e ajudou-a a ficar de pé. Com um sorriso irônico, olhou para os olhos cheios de lágrimas da jovem e estendeu a mão para afastar uma mecha de cabelo do rosto dela. Aislinn cruzou os braços na frente do corpo para esconder sua nudez e olhou para ele sombriamente, sentindo-se maltratada e ferida.

Com uma risada, Wulfgar segurou a mão dela e levou-a de volta para perto da cama. Apanhou a corrente outra vez, e Aislinn tentou escapar novamente, mas ele a fez deitar no chão. Então atou uma ponta da corrente no poste da cama de dossel e a outra no tornozelo dela.

Aislinn olhou para ele, sem compreender. Percebendo o espanto dela, Wulfgar sorriu.

– Não pretendo perdê-la como Ragnor a perdeu – zombou ele. – Não há mais nenhum saxão bravo e tolo para você enterrar, portanto duvido que você saia de Darkenwald enquanto eu estiver dormindo. A corrente é longa e permite certa liberdade de movimento.

– O senhor é extremamente bondoso, *milorde*. – A ira suplantava outra vez o medo. – Não imaginei que fosse tão fraco a ponto de precisar me prender para fazer o que quer comigo.

– Poupa energia – riu ele. – E já vi que preciso de toda ajuda possível para domar a megera.

Wulfgar foi até a lareira e começou a se despir, arrumando cuidadosamente a roupa que tirava. Encolhida, nua, no chão frio, Aislinn o observava sombriamente. Vestido apenas com as *chausses*, ele ficou parado, olhando, pensativo, para as chamas, passando distraidamente a mão na perna ferida para aliviar a dor. Aislinn tinha notado que, desde que entraram no quarto, ele parecia mancar muito menos.

Com um suspiro, Aislinn apoiou o queixo nos joelhos, pensando nas batalhas que ele já devia ter enfrentado. Uma longa cicatriz, talvez resultado de um golpe de espada, marcava-lhe o peito bronzeado. Várias outras, menores, espalhavam-se pelo corpo, e os músculos sob a pele queimada de sol eram testemunhas de uma vida dura e de muito tempo a cavalo e brandindo uma espada. Era evidentemente um homem de ação, e mais explícito ainda o motivo pelo qual ela não podia se livrar dele. A cintura era fina, a barriga, musculosa e firme, os quadris estreitos, e as pernas longas e bem-feitas sob as meias de malha que as cobriam.

Ali, à luz tremulante do fogo, ele parecia cansado e abatido, e Aislinn quase podia sentir a exaustão que minava suas forças. Sentiu um resquício de pena por aquele inimigo normando, compreendendo que o que o sustentava era apenas a vontade férrea naquele momento.

Suspirando, Wulfgar espreguiçou-se, distendendo os músculos cansados. Sentou-se então e tirou as *chausses*, arrumando-as junto com as outras peças de roupa. Quando ele se voltou, Aislinn conteve a respiração, temerosa outra vez, com a visão de sua masculinidade. Encolheu-se mais ainda, tentando esconder sua nudez. Como que só então lembrando de sua presença, Wulfgar olhou para ela e viu o medo nos olhos cor de violeta. Erguendo as sobrancelhas, ele sorriu e, inclinando-se, apanhou algumas peles de lobo que cobriam a cama, atirando-as para ela.

– Boa noite, meu amor – disse ele, simplesmente.

Atônita e aliviada ao mesmo tempo, Aislinn olhou para ele por um momento. Então, enrolou no corpo as peles de lobo e se deitou no chão duro e frio. Wulfgar apagou as velas e deitou bem no centro da cama de casal dos pais dela; logo adormeceu. Aislinn ajeitou as peles em volta do corpo e sorriu, satisfeita.

4

Aislinn foi acordada subitamente na manhã seguinte, com uma violenta palmada que a fez gritar de dor. Abriu os olhos e viu Wulfgar com um largo sorriso, sentado na beirada da cama. Estendeu para ela toda a sua roupa e deliciou-se com os seios firmes e a pele macia antes de Aislinn se vestir rapidamente.

– Você é uma preguiçosa – zombou ele. – Quero que traga água para me lavar e que me ajude a me vestir. Minha vida não é tão ociosa quanto a sua.

Aislinn olhou zangada para ele, passando a mão no traseiro ardido.

– Você também dorme profundamente – disse ele.

– Espero que tenha dormido bem, milorde – disse ela, olhando para ele. – Parece bem descansado.

– Muito bem, *damoiselle* – disse ele, com um olhar penetrante e caloroso.

Aislinn corou e caminhou apressadamente para a porta.

– Vou apanhar água – disse, saindo do quarto.

Maida aproximou-se quando ela enchia o balde com a água que aquecia no grande caldeirão sobre o fogo.

– Ele tranca as portas ou põe guardas junto delas – choramingou ela. – O que podemos fazer para livrá-la dele? Não é homem para você, esse animal. Ouvi seus gritos a noite passada.

– Ele não me tocou – disse Aislinn, pensativa. – Dormi no chão, ao lado da cama, e ele não me tocou.

– Por que faria uma coisa dessas? – perguntou Maida. – Não é por bondade, isso é fato. Decerto esta noite ele vai possuí-la. Não espere até lá. Fuja. Fuja.

– Não posso – disse Aislinn. – Ele me acorrenta à cama.

Maida abafou um grito, horrorizada.

– Ele a trata como um animal.

Aislinn deu de ombros.

– Pelo menos não bate em mim. – Mas, lembrando a palmada daquela manhã, passou a mão no lugar ainda dolorido. – Só uma vez.

– Se você o aborrecer, ele a mata.

Aislinn balançou a cabeça, lembrando o momento em que ele a abraçara fortemente contra o peito. Mesmo furioso, não a maltratara.

– Não, ele é diferente.

– Como você sabe? Seus próprios homens o temem.

– Não tenho medo dele – disse Aislinn, com orgulho.

– Isso é tolice! – exclamou Maida, com voz chorosa. – De nada vai adiantar ser orgulhosa e obstinada como seu pai.

– Preciso ir agora – murmurou Aislinn. – Ele está esperando a água para se lavar.

– Vou descobrir um meio para ajudá-la.

– Mãe, não se preocupe com isso. Temo por você. Aquele homem chamado Sweyn zela pela segurança do seu senhor como um falcão. Ele a matará se tentar qualquer coisa. E acho Wulfgar mais aceitável que o resto desses chacais.

– Mas e Kerwick? – sibilou Maida, olhando para ele enrodilhado no meio dos cães.

Aislinn deu de ombros.

– Ragnor acabou com nosso compromisso.

– Kerwick não pensa assim. Ele ainda quer você.

– Então, ele precisa compreender que há uma semana vivemos num mundo diferente. Não somos livres. Agora eu pertenço a Wulfgar, e Kerwick também. Não somos melhores do que escravos. Só temos os direitos que eles nos concedem.

Maida disse, com desprezo na voz:

– É estranho, minha filha, ouvir você falar assim, você, sempre tão orgulhosa.

– Que motivo temos para sermos arrogantes agora, mãe? – perguntou Aislinn, com voz cansada. – Nada. Precisamos pensar em nos mantermos vivos e em ajudar uns aos outros.

– Você descende de uma das melhores famílias da Saxônia. Não vou permitir que tenha um filho bastardo.

Os olhos de Aislinn cintilaram de fúria.

– Preferia que eu tivesse um filho de Ragnor, o assassino de meu pai?

Maida torceu as mãos, angustiada.

– Não fique zangada comigo, Aislinn. Só penso em você.

– Eu sei, mãe – suspirou Aislinn. – Por favor, pelo menos espere um pouco para vermos que espécie de homem é Wulfgar. Ele ficou furioso com a carnificina que seus homens fizeram. Talvez seja um homem justo.

– Um normando? – exclamou Maida.

– Sim, mãe, um normando. Agora preciso ir.

Quando Aislinn abriu a porta do quarto, viu Wulfgar semivestido e com a testa franzida.

– Demorou muito, mulher – rosnou ele.

– Perdoe-me, senhor – murmurou Aislinn. Pôs o balde no chão e ergueu os olhos para ele. – Minha mãe temeu por minha segurança a noite passada, e eu parei um momento para tranquilizá-la, dizendo que não fui molestada.

– Sua mãe? Quem é ela? Não vi nenhuma senhora do castelo, embora Ragnor tenha dito que ela ainda está aqui.

– A que o senhor ontem chamou de bruxa – disse Aislinn, suavemente. – É minha mãe.

– Aquela... – resmungou Wulfgar – ... me parece que ela foi castigada por alguma mão muito forte.

Aislinn inclinou a cabeça, afirmativamente.

– Ela agora só tem a mim, e se preocupa comigo. – Engoliu em seco. – Fala em se vingar.

Wulfgar olhou para ela com atenção, agora completamente alerta.

– Está me avisando de alguma coisa? Ela pode tentar me matar?

Aislinn baixou os olhos, nervosa.

– Talvez. Não tenho certeza, milorde.

– Está me dizendo isso porque não quer vê-la morta?

– Oh, que Deus me livre! Eu jamais me perdoaria se deixasse isso acontecer. Ela já sofreu bastante nas mãos dos normandos. Além disso, seu duque nos mataria se o senhor fosse morto.

Wulfgar sorriu.

– Estou avisado. Tomarei conta dela, e vou mandar Sweyn ficar alerta.

Com um suspiro de alívio, Aislinn disse:

64

– Agradeço muito, senhor.

– Agora, menina – disse ele, respirando fundo. – Deixe que eu acabe de me vestir. Você demorou demais e não tenho tempo para me lavar. Esta noite, porém, quero tomar um banho, e vou ficar muito zangado se demorar outra vez.

Apenas Kerwick estava no salão quando Aislinn desceu atrás de Wulfgar. Seu prometido estava ainda acorrentado com os cães, mas acordado. Ele a observou atentamente quando Aislinn atravessou a sala ao lado de Wulfgar.

Wulfgar indicou que Aislinn devia sentar-se a seu lado, e a própria Maida os serviu de pão quente, carne e favos de mel. Kerwick não tirou os olhos de Aislinn até Maida começar a servir. Então, a fome suplantou qualquer sentimento. Depois que os dois se serviram, Maida apanhou o pão que sobrou e levou para Kerwick, tirando apenas um pequeno pedaço para si mesma. Agachou-se ao lado dele e começaram a conversar em voz baixa, evidentemente tinham encontrado alguma coisa em comum no sofrimento. Enquanto comia, Wulfgar os observava, e, de repente, bateu com a faca na mesa, exigindo atenção. Aislinn viu uma rápida centelha de ira em seus olhos, substituída por uma expressão tensa e pensativa. Tentou imaginar o que o havia irritado, mas as palavras dele interromperam seus pensamentos.

– Bruxa velha, venha cá.

Maida aproximou-se, encolhida, como quem espera uma grande punição.

– Fique de pé, mulher – ordenou Wulfgar. – Endireite as costas, pois eu sei que pode.

Lentamente Maida obedeceu. Ficou parada, com o corpo ereto, na frente dele, e Wulfgar recostou-se na cadeira.

– Você era lady Maida antes da morte de seu marido?

– Sim, senhor. – Maida inclinou a cabeça como um passarinho e olhou nervosamente para a filha que esperava, imóvel.

– E era você a senhora deste solar?

Maida engoliu em seco nervosamente e inclinou de novo a cabeça, assentindo.

– Sim, senhor.

– Então, senhora, não está me servindo como deve fazendo o papel de tola. Veste-se com andrajos, disputa a comida com os cães e lamenta sua nova situação, quando, se tivesse demonstrado a mesma coragem de seu marido e declarado sua posição, estaria agora ocupando o lugar a que tem direito. Está tentando enganar meu povo. Portanto, eu ordeno, trate de se lavar e vista-se dignamente, e não continue com essa farsa. Ficará no quarto de sua filha. Agora, vá fazer o que estou mandando.

Maida se afastou, e Wulfgar recomeçou a comer. Quando ergueu os olhos, viu que Aislinn o observava com uma expressão quase terna.

– Por acaso percebo menos ódio em seu coração, *damoiselle*? – Riu, vendo-a franzir a testa. – Tome cuidado, jovem. Vou dizer a verdade. Depois de você, virá outra. E mais outra. Nada no mundo pode me prender a uma mulher. Portanto, proteja seu coração.

– Senhor, superestima seus encantos – respondeu ela, indignada. – Se sinto alguma coisa pelo senhor, é ódio. O senhor é o inimigo, e como tal deve ser desprezado.

– De verdade? – disse ele, com riso nos olhos. – Então, diga-me uma coisa, *damoiselle*, sempre beija o inimigo com tanto calor?

Aislinn corou intensamente.

– Está enganado, senhor. Não era calor, apenas resistência passiva.

Wulfgar sorriu.

– Devo beijá-la outra vez, *damoiselle*, para provar que tenho razão?

Aislinn olhou para ele com desdém.

– Uma serva nem pode pensar em contrariar seu senhor. Se imaginou uma resposta ardente, quem sou eu para negar?

– Você me desaponta, Aislinn – zombou ele. – Desiste de lutar com muita facilidade.

– Minha escolha resume-se em ceder, senhor, ou me arriscar a outro beijo, ou ainda a coisa pior, a ser maltratada como na noite passada. Temo que meus ossos não resistam a outro castigo igual. Prefiro então ceder.

– Em outro momento, *damoiselle*.

Kerwick recuou para a sombra quando a grande porta se abriu e Ragnor entrou na sala com um halo branco em volta do rosto, formado por sua respiração no ar gelado. Parou na frente de Aislinn com uma ligeira curvatura.

– Bom dia, minha pombinha! Ao que parece, teve uma boa noite.

Aislinn sorriu delicadamente. Se ele podia fazer o jogo da polidez formal, ela também podia.

– Sim, senhor cavaleiro. Muito boa.

Ela percebeu a surpresa de Ragnor e sentiu o olhar penetrante de Wulfgar. Naquele momento, pensou que odiava os dois com a mesma intensidade.

– Uma noite muito fria, boa para ser aquecido por uma mulher – observou Ragnor tranquilamente, voltando-se então para Wulfgar. – Quando estiver cansado de farpas e espinhos em sua cama, deve experimentar aquela criada, Hlynn. – Sorriu, passando o dedo no lábio ferido. – Ela obedece a todas as ordens sem reclamar, e garanto que seus dentes nem são tão afiados.

– Prefiro um jogo mais animado – resmungou Wulfgar.

Ragnor deu de ombros e se serviu de cerveja. Wulfgar esperava pacientemente.

Ragnor pigarreou, deixando o chifre vazio sobre a mesa.

– Os camponeses estão trabalhando como ordenou, Wulfgar, e os homens estão de guarda contra os ladrões e os bandos de desocupados, ao mesmo tempo em que tomam conta dos servos.

Wulfgar aprovou com uma inclinação de cabeça.

– Prepare algumas patrulhas para percorrer os limites das terras. – Pensativo, desenhando com a ponta da faca nas tábuas ásperas da mesa, continuou: – Organize grupos de cinco homens, que devem voltar dentro de três dias, e envie outros grupos todas as manhãs, exceto no sabá. Cada grupo deve seguir numa direção, um para o leste, outro para o oeste, um para o norte e um para o sul. O sinal de alarme deve ser um toque de corneta na marca da milha ou uma fogueira na marca das cinco milhas. Assim saberemos que cada patrulha completou sua missão e seremos avisados se alguma delas não a completar.

– Seus planos são muito bons, Wulfgar, como se sempre soubera que seria senhor de terras – disse Ragnor, entre dentes.

Wulfgar ergueu as sobrancelhas e não disse nada. Começaram a falar sobre outras coisas. Aislinn os observava notando as diferenças entre os dois. Ragnor era arrogante e julgava-se superior, e exigia lealdade absoluta de seus homens. Wulfgar era calmo e reservado. Comandava mais pelo exemplo do que pela força e simplesmente esperava que seus homens o seguissem. Não questionava sua lealdade, mas parecia saber que todos preferiam perder a vida a desapontá-lo.

Pensando nisso, Aislinn ergueu os olhos e, bufando, quase levantou-se da cadeira. No alto da escada estava sua mãe, exatamente como ela a conhecia há tantos anos, pequena, mas altiva e imponente. Maida estava vestida como a senhora do solar, com um xale cobrindo os cabelos e disfarçando as equimoses do rosto. Desceu a escada com sua graça e seu porte naturais, e o coração de Aislinn se encheu de alegria e alívio. Sim, aquela era sua mãe.

Wulfgar aprovou em silêncio, mas Ragnor levantou-se com um berro e, antes que pudessem impedi-lo, correu para ela e agarrou-a pelos cabelos. O xale ficou em suas mãos, e Maida caiu com um grito, seu rosto novamente contorcido em uma expressão patética. Era doloroso para Aislinn ver a mãe desaparecer, sendo substituída pela bruxa velha, que agora, toda encolhida aos pés de Ragnor, implorava por misericórdia como uma ladra vulgar que tivesse roubado a roupa que vestia. Com um soluço, Aislinn abaixou a cabeça, ouvindo as súplicas chorosas da mãe.

Ragnor ergueu o punho fechado para a mulher.

– Como se atreve a vestir essas roupas e se pavonear na frente de seus senhores como uma dama da corte? Sua porca saxã! Não vai ganhar nada com isso, pois logo os lobos estarão comendo seus ossos secos!

Ragnor inclinou-se para segurá-la, mas Wulfgar deu um soco na mesa.

– Pare! – ordenou ele. – Não faça nenhum mal à mulher, pois ela está vestida assim por minha ordem.

Ragnor olhou para ele.

– Wulfgar, agora você está passando dos limites! Você está pondo essa bruxa velha acima de nós. Guilherme costuma afastar todos os senhores de terras que resistem e substituí-los por gente nossa, nossos heróis que tomaram as terras para ele. Você se apossa de minha recompensa e põe essa mulher acima dos outros saxões idiotas, e...

– Não deixe que a ira ofusque sua visão, Ragnor – disse Wulfgar. – Pois até você pode ver que esses pobres infelizes não suportam mais ver sua antiga senhora reduzida a uma escrava e comendo com os cães. Por ela, são capazes de empunhar armas e nos atacar outra vez. E então teremos de matá-los, e só sobrarão velhos e crianças para nos servir. Você acha que nós, soldados do duque, devemos arar os campos e ordenhar as cabras? Ou devemos deixar a esses saxões um pouco de orgulho para amenizar seus temores e fazer com que trabalhem para nós até tomarmos posse das terras, quando, então, será tarde demais para se levantarem contra nós? Não lhes concedo nada, mas eles dirão que isso é muito mais. No fim, pagarão os impostos e será minha vez de ficar satisfeito. Nenhum mártir jamais sofreu com conforto. Nenhum santo morreu no meio de sedas e ouro. Isso não passa de um gesto de efeito. Ela ainda é a senhora deles. Ninguém precisa saber que obedece apenas a minha vontade.

Ragnor balançou a cabeça.

– Wulfgar, não tenho dúvida de que, se Guilherme algum dia for vencido, você vai aparecer como o irmão há muito tempo desaparecido e tomar a coroa. Mas guarde bem minhas palavras – sorriu com maldade – se você errar algum dia, eu rezo para ser testemunha de seu erro e minhas mãos empunharão o machado que há de separar seu coração bastardo desses lábios que cantam canções de honestidade e atraem os bons para um fim cruel.

Com uma mesura irônica, ele saiu da sala, e, quando a porta bateu atrás dele, Aislinn correu para a mãe. Procurou acalmá-la, pois a pobre mulher, enrodilhada no chão, chorava confusa, sem saber que seu algoz já tinha saído. Aislinn passou o braço pelos ombros dela e, aconchegando a cabeça da mãe contra o peito, começou a acalentá-la, passando suavemente os lábios em seus cabelos.

De repente, notou que Wulfgar estava de pé ao lado delas, olhando para Maida com uma expressão quase de pena.

– Leve-a para o quarto e tome conta dela.

Aislinn ergueu a cabeça, irritada com o tom autoritário, mas ele já caminhava para a porta. Acompanhou-o com os olhos por um momento, revoltada com o modo pelo qual ele usava seu orgulho e o de seu povo em benefício próprio, mas depois voltou toda a atenção para a mãe e, ajudando-a a se levantar, subiu com ela a escada e levou-a para o quarto com toda a ternura de seu amor. Procurou acalmá-la do melhor modo possível, ajudou-a a se deitar e ficou acariciando os cabelos grisalhos até que os gemidos se transformassem em soluços, e os soluços, num sono agitado. Aislinn procurou arrumar um pouco a desordem causada pelos invasores no quarto agora silencioso.

Quando abriu a janela para a brisa morna da manhã, ouviu uma voz monótona anunciando a execução do castigo de vinte chicotadas. Olhou para fora e, com uma exclamação abafada, viu Kerwick com o peito nu, amarrado à estrutura de madeira no centro da praça, e Wulfgar ao lado dele, sem o elmo, os guantes e a cota de malha, que estavam dependurados na espada, enterrada no chão. Assim desarmado, mas como o senhor, preparava-se para aplicar o castigo. Segurava com o braço estendido a corda grossa, destrançada até dois terços de seu comprimento para formar três pontas, cada uma terminada por um nó. Quando acabou a leitura da sentença, a brisa parou também, e a cena imobilizou-se por um momento. Então, Wulfgar se levantou e abaixou o braço, a corda sibilou no ar e Kerwick estremeceu convulsivamente. Do grupo de pessoas reunidas na praça ergueu-se um gemido surdo e longo, e o braço de Wulfgar subiu e desceu novamente. Dessa vez o gemido partiu dos lábios de Kerwick. O terceiro golpe ele suportou em silêncio, mas no golpe seguinte, com as costas em brasa, ele gritou. Na décima chicotada, seus gritos se transformaram em gemidos entrecortados, e na 15ª ele apenas estremeceu contra as cordas que o prendiam. Quando foi desferida a 20ª chicotada, um suspiro de alívio subiu do povo, e Aislinn afastou-se da janela, soluçando, atordoada, como se tivesse ficado sem respirar durante todo aquele tempo. Os soluços se transformaram em exclamações de revolta, e ela saiu do quarto, as lágrimas descendo pelo rosto, e abriu a pesada porta do solar. Aproximou-se de Kerwick, partilhando seu tormento, mas ele estava desacordado, amarrado ainda. Aislinn olhou para Wulfgar, frustrada e furiosa.

– Então, tirou esse pobre homem do meio dos cães para satisfazer seu capricho em suas costas desprotegidas! – exclamou ela. – Não bastou roubar suas terras e fazer dele seu escravo?

Wulfgar jogara o chicote no chão, depois do último golpe, e limpava o sangue de Kerwick das mãos. Disse, com voz rigidamente controlada:

– Mulher, esse tolo tentou me matar na frente de meus homens. Eu disse que seu destino estava traçado e que você nada podia fazer a respeito.

– Será o senhor tão poderoso – disse ela com sarcasmo – que se vinga com as próprias mãos desse homem que viu sua prometida maltratada e humilhada?

Irritado, Wulfgar deu um passo para ela e disse com severidade:

– Foi meu coração que ele tentou apunhalar. Assim, meu braço deve castigar suas costas com os golpes da justiça.

Aislinn ergueu o queixo e abriu a boca para falar, mas Wulfgar continuou:

– Olhe para eles! – Estendeu o braço na direção do povo na praça. – Agora sabem que qualquer tolice será castigada pela mesma justiça e que o chicote pode atingir suas costas como atingiu as dele. Portanto, não me aborreça com essas alegações de inocência, Aislinn de Darkenwald, pois foi sua culpa também. E você, que escondeu a verdade, merece sofrer com o sofrimento dele. – Os olhos cinzentos estavam fixos nela. – Dê graças por suas costas delicadas não serem expostas ao mesmo castigo. Mas, com isso, fica sabendo que minha mão não se conterá para sempre.

Wulfgar voltou-se para seus homens.

– Agora tosem esse tolo e depois deixem que seus companheiros salguem seus ferimentos e aliviem a dor. Sim, tosem todos eles para que adotem a moda normanda nessa temporada.

Aislinn, confusa, só compreendeu quando os homens cortaram o cabelo de Kerwick e rasparam sua barba. Um murmúrio ergueu-se do povo, e alguns homens tentaram fugir, mas foram impedidos pelos normandos e, um a um, levados para o meio da praça, onde compartilharam a última parte do castigo de Kerwick. Muitos levantavam-se embaraçados, passando a mão no queixo nu e rosado e no cabelo curto, e escondiam-se dos olhos do povo, pois agora levavam a marca dos normandos e tinham perdido a glória dos saxões.

Furiosa, Aislinn entrou no solar, foi até o antigo quarto dos pais e apanhou uma tesoura. Soltou os cabelos e, quando ergueu a mão para cortá-los, a porta foi aberta violentamente. Um golpe rápido e pesado atingiu seu pulso e a tesoura voou para longe. Arfando pela surpresa, sentiu a mão em seu ombro, obrigando-a a se voltar. O olhar frio extinguiu sua fúria.

– Está me submetendo a uma dura prova, jovem – rosnou Wulfgar. – E vou avisar. Para cada mecha de cabelo que cortar receberá uma chicotada nas costas!

Sentindo os joelhos fracos, Aislinn estremeceu de medo, pois até então não imaginara até onde a ira dele podia chegar. Sua revolta desaparecia comparada com aquela fúria; segura pelas mãos fortes, compreendeu a bobagem que ia fazer e só conseguiu murmurar, timidamente:

– Sim, senhor, eu cedo. Por favor, está me machucando.

O olhar de Wulfgar se abrandou e ele a abraçou, apertando-a contra o peito.

– Então, ceda completamente, *damoiselle*. Conceda-me tudo – murmurou com a voz rouca.

Por um longo momento ele a beijou apaixonadamente, e mesmo naquele rude abraço ela sentia um calor relaxante invadir seu corpo, naquela luta silenciosa de duas vontades.

Wulfgar finalmente tirou os lábios dos dela, e Aislinn viu nos olhos dele uma expressão estranha e misteriosa. Então ela foi atirada para cima da cama. Com passos largos, ele foi até a porta, voltou-se e olhou para ela, agora com reprovação.

– Mulheres! – resmungou, saindo do quarto e batendo a porta.

Aislinn sentia-se completamente confusa, revoltada com a própria reação. Sua mente girava num torvelinho. Que homem era aquele que ela podia odiar tão intensamente e ao mesmo tempo sentir prazer em seu abraço? Seus lábios correspondiam aos dele, contra sua vontade, e seu corpo cedia quase feliz à sua força.

Wulfgar saiu da casa e gritou uma ordem para seus homens. Sweyn aproximou-se correndo com seu peitoral e seu elmo.

– A jovem é corajosa – observou o viking.

– Sim, mas vai aprender – disse Wulfgar, laconicamente.

– Os homens estão apostando qual dos dois vai ser domado – disse Sweyn, falando lentamente. – Alguns dizem que é o lobo quem vai perder as presas.

Wulfgar olhou para ele.

– É mesmo?

Sweyn balançou a cabeça afirmativamente, ajudando-o a pôr o peitoral.

– Eles não compreendem seu ódio pelas mulheres como eu compreendo.

Wulfgar riu, pondo a mão no ombro do amigo.

– Deixe que façam as apostas, se isso os diverte. Você e eu sabemos que qualquer mulher é engolida antes de encostar a mão na boca do lobo.

Erguendo a cabeça, Wulfgar olhou para o horizonte distante.

– Vamos agora. Desejo muito conhecer essa minha terra prometida.

O solar estava silencioso, com poucos homens de Wulfgar de guarda. Aislinn sentia-se quase à vontade, sem a vigilância de tantos olhos. Continuou a tratar os feridos. Wulfgar dera ordens para que seus homens a deixassem sair, e ela passou a maior parte do dia nessa tarefa. No fim da tarde, já havia cauterizado e medicado quase todos, o que era um alívio, pois o cheiro da carne queimada e os ferimentos abertos revolviam seu estômago. Durante todo o tempo pensava em Kerwick, imaginando para onde o teriam levado. Só muito mais tarde soube a resposta. Dois servos carregaram-no para o salão e deitaram-no cuidadosamente entre os cães. Os animais o rodearam inquietos, ganindo e esticando as correias que os prendiam, e Aislinn, furiosa, os afastou.

– Por que o deixam aí? – perguntou ela para os camponeses, quase não reconhecendo os dois homens com o cabelo cortado e o rosto sem barba. Eram nativos da cidade e vinte anos mais velhos que ela.

– Ordens de lorde Wulfgar, senhora. Assim que tivesse salgado seus ferimentos e recobrasse os sentidos, devíamos trazê-lo para o meio dos cães.

– Seus olhos talvez os enganem – disse ela, zangada, indicando Kerwick, com um gesto ainda desacordado.

– Senhora, ele desmaiou a caminho daqui.

Dispensando-os com um gesto impaciente, Aislinn ajoelhou-se ao lado do noivo, com os olhos cheios de lágrimas.

– Oh, Kerwick, quanto mais terá de sofrer por minha causa?

Lembrando-se com assustadora clareza da advertência de Wulfgar, de que ela não estava livre do mesmo castigo, Aislinn examinou as costas de Kerwick com nova sensação de medo.

Ham aproximou-se com ervas e água, lágrimas ainda descendo pelo rosto. Com o cabelo cortado, parecia ainda mais jovem. Ajoelhou-se ao lado dela e entregou os medicamentos, olhando com tristeza para as costas castigadas de Kerwick. Enquanto preparava o bálsamo, Aislinn ergueu a cabeça para afastar o cabelo do rosto e viu a expressão tristonha de Ham. O rapaz abaixou a cabeça, constrangido.

– Lorde Kerwick sempre foi bom para mim, senhora – murmurou –, e eles me obrigaram a assistir a isso, sem poder fazer nada para ajudá-lo.

Inclinando-se para a frente, Aislinn começou a aplicar o bálsamo nas costas de Kerwick.

– Não havia nada que qualquer inglês pudesse fazer. Foi um aviso para todos nós. A justiça deles será rápida e rigorosa. Certamente matarão quem tentar a mesma coisa outra vez.

O rosto do jovem se crispou de raiva.

– Então dois pagarão com a vida. O que assassinou seu pai e Wulfgar, que a desonrou e fez isso com lorde Kerwick.

– Não pense em loucuras – advertiu Aislinn.

– A vingança será doce, senhora.

– Não! Não deve pensar nisso! – exclamou Aislinn, preocupada.

– Meu pai morreu como um herói, lutando e empunhando sua espada. Levou muitos com ele. Sim, as canções sobre sua bravura serão cantadas até muito depois de os invasores deixarem a nossa terra. Quanto a Kerwick, seu castigo foi pequeno, pois o ato que praticou sem dúvida merecia a morte. Não foi Wulfgar quem me desonrou, mas o outro, Ragnor. Isso, sim, pede vingança. Mas escute bem o que vou dizer, Ham. A vingança é minha, e o sangue desse homem me pertence. – Deu de ombros e falou com mais sensatez: – Mas fomos vencidos numa luta justa, e durante algum tempo devemos ceder aos vitoriosos. Não devemos pensar nas perdas de ontem, mas na vitória do futuro. Agora vá, Ham, e não arrisque sua vida em um ato de loucura.

Ham abriu a boca para dizer alguma coisa, mas apenas fez uma mesura e saiu da sala. Aislinn voltou ao trabalho e viu que Kerwick a observava com seus olhos azuis.

– Loucura? Um ato de loucura? Foi sua honra que eu queria salvar. – Tentou se mover, mas estremeceu de dor e ficou imóvel.

Chocada com tanta amargura, Aislinn não encontrou palavras para se defender.

– Você procura a vingança de modo muito estranho. Quase com alegria foi para o quarto dele e sem dúvida procura matá-lo abrindo as pernas para ele. Maldição. Maldição! – gemeu ele. – Seu juramento não significa nada? Você é minha! Minha prometida! – Tentou se mover outra vez, mas, com um gemido, tornou a deitar-se.

– Oh, Kerwick – disse Aislinn, ternamente. – Escute o que vou dizer. Fique quieto. – Segurou-o para que não tentasse se levantar outra vez. – O remédio logo aliviará a dor dos ferimentos, mas temo que não exista medicamento para a mágoa que ouço em suas palavras. Eu fui violentada. Escute minhas palavras e procure se acalmar. Esses homens são cavaleiros protegidos por suas cotas de malha, e você nada pode fazer contra eles agora, sem sua espada. Para que sua cabeça não role no chão, eu peço, não procure usar a arma dos covardes. Sabe que o julgamento deles será rigoroso, e não quero vê-lo decapitado pela pouca honra que me resta. Nosso povo precisa de uma voz que faça justiça, e não quero deixá-lo sem um defensor. Escute bem. Não me obrigue a abrir outro túmulo ao lado do de meu pai, e não o obrigarei a aceitar uma noiva desonrada. Cumpro meu dever onde eu acho que ele está agora. Devo aos homens que foram fiéis a meu pai e que o protegeram até o fim. Se eu puder aliviar suas vidas, por pouco que seja, terei feito alguma coisa boa. Portanto, não me julgue com muita severidade, Kerwick, eu imploro.

Kerwick soluçava tristemente.

– Eu a amei! Como pode deixar que outro homem a tenha nos braços? Sabe que eu a desejava como um homem deseja a mulher a quem ama, mas só podia possuí-la em meus sonhos. Você me pediu para não desonrá-la antes do casamento, e, como um tolo, eu concordei. Agora você escolheu seu amante como se o conhecesse há muito tempo. Como desejo agora ter possuído você como queria. Talvez, assim, eu pudesse tirá-la de minha mente. Mas agora só posso imaginar os prazeres que você concede a meu inimigo.

– Imploro seu perdão – murmurou Aislinn, suavemente. – Eu não sabia que ia magoá-lo tanto.

Sem poder suportar a atitude dela, Kerwick encostou o rosto na palha e soluçou desesperadamente. Aislinn levantou-se e se afastou, sabendo que não podia fazer nada mais para aliviar tanta dor, nem das costas dele nem de sua mente. Com a vontade de Deus e talvez com o tempo ele conseguisse fazer o que ela não podia.

Aislinn olhou para a porta e viu Wulfgar de pé, com os pés afastados, segurando as luvas de malha de ferro, observando-a. Ela corou intensamente e perguntou-se o quanto ele teria ouvido, mas logo lembrou que o normando não entendia sua língua e sentiu-se mais tranquila.

Aislinn subiu a escada, sob o olhar intenso de Wulfgar, e só se sentiu segura quando entrou no quarto e fechou a porta. Com um soluço, atirou-se na cama para chorar como se todo o sofrimento do mundo estivesse sobre seus ombros. Kerwick podia não compreender sua escolha do senhor normando. Para ele, Aislinn era uma mulher sem moral que se humilhava aos pés do bastardo e entregava a ele sua sorte para fugir a maiores sofrimentos. Chorou lembrando do normando, de seu desdém, e bateu com as mãos desesperadamente nas peles que cobriam a cama, odiando-o com todo o seu ser.

"Ele pensa que estou aqui para satisfazer seus caprichos", pensou, furiosa. "Mas o lobo tem muito que aprender, pois não me possuiu ainda e jamais possuirá, não enquanto eu puder sobrepujar sua lógica normanda. Antes disso, ele estará domado."

Absorta nesses pensamentos, não ouviu a porta do quarto abrir e fechar, mas virou-se sobressaltada quando Wulfgar disse:

– Parece disposta a encher o canal com suas lágrimas.

Aislinn levantou-se rapidamente da cama e olhou para ele, ajeitando o cabelo despenteado. Seus olhos estavam vermelhos, mas o rosto, corado de revolta por ter sido surpreendida, disfarçou seu estado.

– Meus problemas são muitos, lorde Wulfgar, mas a maioria parece vir do senhor – disse com ironia. – Meu pai morto, minha mãe tratada como uma escrava, minha casa saqueada e minha honra brutalmente roubada. Não acha que tenho motivos para chorar?

Wulfgar sorriu. Sentou-se de frente para ela, batendo com a luva na perna, enquanto a observava.

– Concordo que tem motivo para lágrimas, então pode chorar à vontade e não precisa ter medo de mim. Na verdade, nesse momento, eu a considero mais forte que a maioria das mulheres. Você suporta muito bem o sofrimento – riu de leve. – Na verdade, o sofrimento parece combinar com você. – Levantou-se, aproximou-se dela, e Aislinn ergueu os olhos. – Pois, para ser sincero, pequena megera, fica mais bela a cada minuto. – Sua expressão tornou-se mais severa. – Mas mesmo uma bela mulher deve conhecer seu senhor. – Jogou as luvas no chão. – Apanhe minhas luvas e, quando fizer isso, compreenda que você me pertence. Como essas luvas, você não pertence a mais ninguém.

Os olhos cor de violeta de Aislinn cintilaram de revolta.

– Não sou uma escrava – disse, com altivez –, sequer uma luva, para ser usada e jogada de lado sem mais nem menos.

Ele ergueu as sobrancelhas e sorriu com ironia. Mas os olhos continuavam frios como aço, demolindo a fortaleza da vontade dela.

– Não pode ser, *damoiselle*? Eu posso fazer com que seja. Sim, eu posso. Sou capaz de possuí-la nesse momento, saciar-me com seu corpo e ir embora sem sequer olhar para trás. Está se julgando muito mais do que é, pois, na verdade, não passa de uma escrava.

– Não, senhor – disse Aislinn, com voz baixa e decidida, que abalou a certeza dele. – Uma escrava abdicou da escolha de viver ou morrer e não tem outro caminho senão a obediência. Se eu julgar necessário, não hesitarei em procurar esse refúgio final.

Wulfgar estendeu o braço e, com a mão sob o queixo dela, puxou-a para si. Seus olhos suavizaram-se, e ele franziu a testa por um momento, percebendo a resistência passiva da jovem.

– Sim – murmurou ele, em voz baixa –, acho que você não é escrava de nenhum homem. – Retirou a mão e virou de costas. – Mas não me pressione, *damoiselle* – virou a cabeça e olhou para ela –, pois, do contrário, posso reconsiderar e provar que tenho razão.

Aislinn corou sob a intensidade do olhar dele.

– E então, senhor, o que acontece? – perguntou ela. – Serei apenas outra prostituta para satisfazer seus caprichos e ser posta de lado como um par de luvas usadas? Nenhuma mulher virtuosa o impressionou e deixou alguma lembrança em sua mente?

– Oh, elas procuram me encantar, mas eu as evito, e nenhuma permaneceu em minha lembrança por muito tempo – disse Wulfgar rindo.

Aislinn sentiu que a vitória estava próxima e ergueu as sobrancelhas, imitando a expressão dele.

– Nem mesmo sua mãe? – zombou ela, certa de ter vencido a discussão.

Mas então estremeceu de medo. O rosto dele se crispou, os olhos dardejaram furiosos. Wulfgar tremia de raiva, e Aislinn pensou que ia ser fisicamente castigada.

– Não – rosnou ele, com os dentes cerrados. – Menos do que todas, aquela nobre dama!

E com passos largos saiu do quarto, deixando Aislinn confusa. A mudança de Wulfgar foi tão brusca que evidentemente não havia nenhum amor pela mãe no coração do filho bastardo.

5

Wulfgar saiu da sala com passos decididos e atravessou o pátio, com o rosto virado para o sol poente, procurando acalmar sua ira. Ouviu-se um grito e um braço se estendeu apontando. Wulfgar olhou na direção indicada e viu uma nuvem de fumaça negra erguendo-se atrás de uma colina. À sua voz de comando, um grupo de homens montou rapidamente e acompanhou Sweyn e Wulfgar. Os grandes animais partiram num fim de tarde de outono, na direção da fumaça.

Quando chegaram ao topo da colina, desceram rapidamente a encosta, rumo a uma enorme pilha de palha e a um pequeno barracão que ardiam em chamas. A cena irritou Wulfgar. Viram sete ou oito homens mortos no chão, entre eles, dois dos homens que ele enviara para montar guarda. Os outros eram pequenos proprietários rurais, mortos pelas flechas dos normandos. Quando se aproximaram da cabana, viram uma jovem brutalmente violentada e morta, semicoberta pelo que restava de seu vestido. Uma mulher idosa, ferida e suja de fuligem arrastou-se para fora de uma vala e caiu de joelhos, soluçando, ao lado do corpo da moça. Uns 12 homens provavelmente tinham conseguido fugir, mas o que chamou a atenção de Wulfgar foram seis cavaleiros que desapareciam entre as moitas, na outra extremidade do campo. Mandou que seus homens partissem em perseguição aos que estavam ainda no campo e com Sweyn saiu no encalço aos seis cavaleiros. Suas montarias, grandes e fortes, partiram num galope veloz, com os músculos se retesando e relaxando a cada movimento. À medida que ganhavam terreno, Wulfgar desembainhou a espada e ergueu a voz num grito furioso de guerra, ecoado por Sweyn, que galopava logo atrás. Dois dos fugitivos voltaram-se para enfrentá-los. Wulfgar virou um pouco as rédeas de seu cavalo e passou ao lado deles, mas Sweyn atacou de frente, derrubando um com o impacto e golpeando o peito do outro com seu machado. Wulfgar olhou rapidamente para trás, viu que Sweyn não estava em perigo e voltou sua atenção para os quatro homens na sua frente. Os cavaleiros, vendo-se em maioria, pararam e prepararam-se para a luta. Outra vez soou o grito de guerra de Wulfgar, e seu cavalo, sem diminuir a marcha, lançou-se sobre os animais mais fracos. A espada e o escudo de Wulfgar ressoavam com a força dos golpes, e então a lâmina longa abriu, de uma só vez, um deles da cabeça até os ombros, deixando-o morto na sela, e o cavalo afastou-se, atordoado. O ataque furioso atirou homens e cavalos uns contra os outros. Obedecendo à pressão dos joelhos de Wulfgar, Huno parou de repente e virou para a esquerda, duplicando a força do golpe da lâmina que girou no ar, atingiu com violência o escudo de um dos adversários e penetrou profundamente em seu pescoço. O homem soltou um grito gorgolejante, e Wulfgar, com a ponta do pé, empurrou o corpo para trás, para libertar sua espada. O terceiro homem ergueu o braço para desfechar o golpe, e a espada de Wulfgar separou o braço armado do ombro do adversário. A lâmina voltou para acabar com seu sofrimento, e ele caiu sob as patas do animal. O último, vendo os companheiros vencidos e mortos, voltou-se para fugir e foi apanhado nas costas pela lâmina impiedosa. A força do golpe o derrubou da sela.

Quando Sweyn chegou para ajudar na luta, encontrou Wulfgar olhando a carnificina e limpando o sangue da espada. O viking coçou a cabeça e examinou os corpos pobremente vestidos, mas com armas e escudos de cavaleiros.

– Ladrões?

Wulfgar fez um gesto afirmativo e embainhou a espada.

– Sim, e ao que parece saquearam o campo de batalha de Hastings. – Com a ponta do pé, virou um dos escudos que estava emborcado no chão, revelando o brasão dos ingleses. – Os abutres não respeitaram nem seus concidadãos.

Os dois guerreiros reuniram os cavalos e amarraram os corpos neles. Voltaram assim para a cabana quando o sol desaparecia no horizonte. Ao cair da noite, enterraram os mortos, marcando as sepulturas com cruzes. Onze homens, no campo aberto, tinham se rendido sem luta. Dois ergueram as espadas e ganharam com isso um pequeno pedaço de terra.

Wulfgar deu um cavalo para a velha, pequeno pagamento pela perda da filha, mas ela aceitou, surpresa com a generosidade do novo senhor de Darkenwald.

Os ladrões foram postos em fila e amarrados com uma única corda passada por seus pescoços e as mãos atadas nas costas. Quando o pequeno grupo iniciou a volta para Darkenwald, a lua surgiu no céu.

Wulfgar desmontou na frente do solar, deu ordens a seus homens para prender os ladrões e designou alguns para montar guarda. Dispensou os outros e caminhou para o castelo. Assim que entrou, parou ao lado da porta e, franzindo a testa, olhou para Kerwick, que dormia entre os cães. Atravessou a sala e serviu-se de uma boa dose de cerveja. Com a caneca na mão, aproximou-se do saxão vencido. A bebida forte o aqueceu e o ajudou a relaxar, e Wulfgar sorriu, sem tirar os olhos de Kerwick.

– Acho que você admira muito as virtudes da jovem mulher, meu amigo inglês – murmurou ele. – O que ganhou com isso, a não ser sofrimento?

O homem adormecido não o ouviu, e Wulfgar afastou-se na direção da escada, flexionando o braço que empunhara a espada com tanta fúria algumas horas antes. Abriu a porta do quarto, iluminado apenas pela luz da lareira e por uma única vela bruxuleante. Wulfgar sorriu, vendo a grande banheira de madeira cheia de água morna e mais água fervendo no caldeirão sobre o fogo. Uma porção de carne, queijo e pão estava aquecendo na lareira. Pelo menos essa jovem, Aislinn, podia providenciar o conforto e, como sua escrava, aprenderia a obedecer. Olhou pensativo para a jovem que dormia enrodilhada na poltrona na frente do fogo e examinou o rosto perfeito. O cabelo, iluminado pelas chamas, parecia cobre derretido, e a pele era lisa e macia. Wulfgar parou por algum tempo, observando o sono da bela mulher. Os lábios de Aislinn estavam entreabertos, e o rosto, corado com o calor do fogo. Os seios subiam e desciam sob o vestido, e por um momento todas as lembranças de outras mulheres desapareceram da mente de Wulfgar. Cautelosamente, inclinou-se, apanhou uma mecha dos cabelos dela e levou-a aos lábios, inalando o perfume fresco e limpo. Endireitou o corpo, de repente surpreendido com a excitação provocada por aquele ato, e, com um movimento brusco, a bainha de sua espada bateu na cadeira. Aislinn acordou sobressaltada, mas, quando o viu, sorriu sonhadoramente.

– Meu senhor.

Observando o movimento do corpo bem-feito, Wulfgar sentiu o sangue pulsar nas têmporas. Recuou e, apanhando o copo, tomou um grande gole de cerveja. Começou a tirar a armadura. De manhã, Sweyn mandaria um pajem limpar as marcas da luta, lubrificar e polir o couro e os metais.

Com uma túnica leve e os calções justos, Wulfgar apanhou outra vez o copo de chifre e voltou-se para Aislinn. Ela estava de novo enrodilhada na cadeira, observando os movimentos do corpo esguio e musculoso do guerreiro com certa admiração. Quando ele voltou a olhar para ela, Aislinn levantou-se e pôs uma acha de lenha no fogo.

– Por que não foi se deitar ainda, *damoiselle?* – perguntou, secamente. – A noite está adiantada. Deseja alguma coisa de mim?

– Meu senhor ordenou um banho pronto para quando voltasse, e conservei a água morna e seu jantar aquecido. Não importa qual virá primeiro. Ambos o esperam.

Wulfgar observou-a com atenção.

– Não ficou preocupada com sua segurança quando parti? Confia tanto nos normandos?

Aislinn olhou para ele e cruzou as mãos na nuca.

– Ouvi dizer que enviou Ragnor numa missão, e, como sou propriedade sua, seus homens mantêm distância. Devem ter muito medo do senhor.

Wulfgar bufou, ignorando a provocação.

– Com a fome que estou, sou capaz de comer um javali assado. Dê-me comida para que eu possa tomar depois um banho com calma.

Aislinn voltou-se para obedecer, e Wulfgar observou o movimento gracioso do corpo dela, lembrando muito bem de como a vira sem roupa. Quando a jovem passou por ele, para pôr a comida na mesa, mais uma vez ele sentiu o perfume delicado como o de lavanda em maio. A vitória daquele dia elevou seu espírito, a cerveja aqueceu seu corpo e agora a proximidade dela e o perfume tantalizador agitavam seus sentidos como nunca antes. Aislinn voltou-se e viu o olhar perscrutador fixo nela. Mesmo à luz fraca da vela, Wulfgar notou que ela corava. Quando ele se aproximou, Aislinn recuou. O normando parou e olhou nos olhos cor de violeta. Pôs a mão sobre um dos seios dela e sentiu o coração aos saltos.

– Posso ser tão gentil quanto Ragnor – murmurou ele, com voz rouca.

– Meu senhor, ele não foi gentil – sussurrou ela, imóvel, constrangida, sem saber se fugia ou lutava. A mão de Wulfgar não acariciou, mas ficou parada, como se ele estivesse muito cansado e o menor movimento exigisse suas últimas forças. O polegar afagou a ponta do seio dela.

– O que tem aí, minha jovem? – brincou ele. – É uma coisa que me interessa.

Aislinn ergueu o queixo.

– Meu senhor, já fez esse jogo antes e não pode mais me enganar. Não preciso descrever o que o senhor já conhece, pois me viu completamente despida e sabe muito bem o que há sob este vestido.

– Ah, fala com muita frieza, mulher. O fogo precisa aquecer seu sangue.

– Eu prefiro que esfrie um pouco o seu.

A risada de Wulfgar ecoou no quarto.

– Oh, acho que encontrarei prazer aqui, na cama e fora dela.

Aislinn empurrou as mãos dele.

– Venha jantar, meu senhor. Sua comida vai esfriar.

– Você fala como uma esposa e ainda não é nem minha amante – zombou ele.

– Fui muito bem instruída sobre os deveres de esposa – replicou Aislinn. – Não sobre os de amante. Os primeiros são mais naturais para mim.

Wulfgar deu de ombros.

– Pois então considere-se minha esposa, se isso lhe agrada, pequena Aislinn.

– Não posso fazer isso sem a bênção de um sacerdote – respondeu ela, friamente.

Wulfgar olhou para ela com um sorriso de soslaio.

– E poderia, depois que o sacerdote pronunciasse algumas palavras?

– Poderia, meu senhor – disse ela, serenamente. – As jovens raramente podem escolher seus maridos. O senhor é como qualquer outro homem, com a diferença de ser normando.

– Mas disse que me odeia – zombou ele.

Aislinn deu de ombros.

– Conheço muitas moças que odeiam os homens com quem se casaram.

Wulfgar aproximou-se dela e observou-a com olhos atentos. Aislinn sentia o hálito morno no rosto e olhou para a frente, ignorando-o.

– Homens velhos que precisam de ajuda para se deitar sobre as jovens com quem se casam – disse ele. – Diga a verdade. Não são todos velhos e decrépitos, esses maridos odiados?

– Não me lembro, senhor – respondeu ela.

Com um riso suave, Wulfgar ergueu uma mecha de cabelos sobre o seio dela, tocando a pele de Aislinn levemente.

– Tenho certeza de que está lembrada, *damoiselle*. Nenhuma mulher se queixaria se tivesse um marido forte e jovem na cama, especialmente nas noites de inverno – murmurou. – Garanto que não ia se entediar...

Aislinn olhou para ele com ar zombeteiro.

– Meu senhor, está pedindo minha mão?

Wulfgar olhou para ela com as sobrancelhas erguidas.

– O quê? Passar a corrente em meu pescoço? Nunca!

Ele recuou um passo, mas Aislinn o desafiou com os olhos.

– E o que me diz de seus filhos bastardos? – perguntou ela. – O que faz com eles?

Ele rosnou.

– Por enquanto não tenho nenhum. – Olhou para ela com um sorriso zombeteiro. – Mas com você pode ser diferente.

Aislinn corou furiosamente.

– Agradeço o aviso – disse com sarcasmo, não mais fria e controlada, mas ofendida. Ela o odiava porque aquele homem parecia se divertir com sua ira e sabia como provocá-la.

Wulfgar deu de ombros.

– Talvez você seja estéril.

Aislinn respondeu, furiosa:

– Tenho certeza de que isso o agradaria. Não teria de se preocupar com bastardos. Mas seria errado do mesmo modo me tomar sem os ritos do matrimônio.

Wulfgar riu e sentou-se à mesa.

– E você, jovem casadoura, é obstinada demais. Se eu a tomasse para esposa, sem dúvida ia querer amaciar minha mão e poupar seu povo. Sacrificar-se pelos camponeses e por sua família, um grande gesto. – Franziu a testa. – Mas não concordo com suas nobres intenções.

– O padre não veio hoje – disse ela bruscamente mudando de assunto, quando ele começou a comer. – Esqueceu sua promessa de chamá-lo para benzer as sepulturas?

– Não – respondeu Wulfgar, mastigando. – Ele viajou não sei para onde, mas, quando voltar a Cregan, meus homens o trarão aqui. Dentro de poucos dias, talvez. Tenha paciência.

– Algumas pessoas viram a casa de Hilda em chamas. Provavelmente ladrões. O senhor os apanhou?

– Sim. – Olhou atentamente para ela. – Duvidava que os apanhasse?

Aislinn retribuiu o olhar dele sem vacilar.

– Não, senhor. Já descobri que é um homem que consegue tudo que quer. – Virou para o lado. – O que vai fazer com eles?

– Eles mataram a filha da mulher, e eu matei quatro deles. Meus homens mataram mais quatro. O resto jurou que não tomou parte no crime, mas é claro que todos a violaram. De manhã, serão chicoteados e vão trabalhar no campo para pagar à velha mulher a vida da filha. Depois disso, serão propriedade minha, meus escravos.

O coração de Aislinn estremeceu, não pelos homens, mas lembrando o chicote na mão do normando.

– Seu trabalho se tornará tedioso – murmurou ela.

– Não vou aplicar o castigo. Os homens de sua cidade se encarregarão de puni-los, em nome da velha mulher.

– Vocês têm costumes estranhos – disse Aislinn, intrigada.

Ele mastigou um pedaço de carne e olhou demoradamente para ela. Constrangida, Aislinn procurou ocupar as mãos.

– Os ladrões voltaram para lutar? – perguntou, suavemente. – Geralmente são um bando de covardes. Já estiveram aqui antes, atormentando meu pai.

– Não, apenas aqueles que Sweyn e eu perseguimos.

Aislinn olhou rapidamente para ele.

– E não foi ferido?

Wulfgar recostou-se na cadeira com os olhos nos dela.

– Não. Exceto isto. – Mostrou as palmas das mãos. Aislinn se sobressaltou quando viu as bolhas enormes. – Os guantes são muito úteis, *damoiselle*, fui um tolo em deixá-los aqui.

– Deve ter brandido sua espada com muita fúria.

– Sim, minha vida dependia disso.

Quando ele se levantou e começou a se despir para o banho, ela virou de costas, delicadamente. Embora fosse um costume antigo as mulheres ajudarem os visitantes no banho, seu pai jamais permitiu que ela fizesse isso, e Aislinn sabia o quanto ele desconfiava dos homens e de seus apetites.

"Você é uma jovem muito bonita", dissera Erland, uma vez, "e capaz de excitar um santo. Não precisamos alimentar problemas que podem ser evitados".

Assim, até a noite com Ragnor, Aislinn não conhecia nada sobre o corpo masculino.

Quando estava apenas com a pequena tanga, Wulfgar chamou-a. Aislinn olhou para trás e viu que ele estava apontando para o curativo na perna. Apanhando a tesoura que ele tirara de suas mãos, ela ajoelhou-se ao lado do normando e tirou o curativo. O ferimento estava em processo de cicatrização, e Aislinn recomendou cuidado para não reabri-lo, olhando para o lado, até ouvi-lo entrar na banheira.

– Não quer me acompanhar, *damoiselle*?

Aislinn deu meia-volta bruscamente, com os olhos arregalados, e perguntou, incrédula:

– Meu senhor?

Wulfgar riu e ela compreendeu que ele estava apenas se divertindo, mas seus olhos a examinaram da cabeça aos pés, com calorosa apreciação.

– Em outro momento, Aislinn... talvez quando nos conhecermos melhor. – Ele sorriu.

Corando intensamente, Aislinn afastou-se para um canto escuro do quarto, de onde podia observar sem ser vista. Wulfgar olhou várias vezes na direção dela, tentando enxergar através da sombra que a envolvia.

Finalmente ele terminou o banho e saiu da banheira. Aislinn ficou imóvel, temendo despertar o desejo dele. Sem a roupa entre eles, só uma coisa podia acontecer. Era mais prudente ficar longe de seu alcance.

Quando ele falou, Aislinn sobressaltou-se.

– Venha cá, Aislinn.

Um frio percorreu sua espinha. Hesitou, imaginando o que ele faria se fugisse, como na noite anterior. A porta não estava trancada. Talvez pudesse chegar até ela em tempo. Mas abandonou imediatamente essa ideia. Caminhou para ele com as pernas fracas, como um condenado à morte caminha para o cadafalso. De pé, na frente dele, sentiu-se pequena e indefesa. Sua cabeça mal chegava ao queixo de Wulfgar, porém, a despeito do medo que a dominava, enfrentou o olhar do guerreiro. Wulfgar sorria zombeteiramente.

– Pensou que eu tinha me esquecido da corrente, minha senhora? Não ouso confiar tanto assim em você.

Aliviada, Aislinn permitiu docilmente que ele lhe passasse a corrente em volta do tornozelo. Então, sem outra palavra, ele trancou a porta, apagou a vela e se deitou na cama, deixando-a ali de pé, confusa e agradecida. Finalmente ela foi para o pé da cama, onde as peles de lobo estavam ainda estendidas no chão. Sentindo o olhar dele, Aislinn despiu a túnica, ficando só de anágua e camisa, soltou o cabelo e começou a escová-lo, intrigada com aquele homem que a tinha ao alcance das mãos e não fazia nada. Olhou para a cama e viu Wulfgar apoiado num cotovelo, observando atentamente seus movimentos. Aislinn ficou paralisada, incapaz de se mover.

– A não ser que esteja preparada para me fazer companhia na cama esta noite, mulher – disse ele, com voz rouca –, sugiro que deixe sua toalete para amanhã. Minha mente não está tão cansada a ponto de esquecer os encantos escondidos sob essa roupa, e pouco me importaria você querer ou não.

Com um gesto de assentimento, Aislinn se deitou rapidamente e cobriu-se com as peles.

Vários dias se passaram sem mais qualquer evento desastroso. Porém Aislinn não esqueceu as advertências de Wulfgar, embora ele a tratasse mais como serva que como amante. Ela costurava suas roupas, servia suas refeições e o ajudava a se vestir. Pela manhã, ele parecia esquecer-se dela, ocupado com seus homens, organizando defesas para o caso de assalto de ladrões ou de saxões leais. Chegou mensagem de Guilherme que informava que o exército estava detido por motivo de doença e que Wulfgar devia manter sua posição até a chegada de seu chefe. Ele não fez qualquer comentário, mas Aislinn, observando-o, teve a impressão de que Wulfgar recebera a notícia com agrado. Às vezes, ela o observava, de longe. O normando parecia sempre no controle de qualquer situação. A um servo humilde, que tentou impedir a entrada dos normandos em sua casa, à procura de armas, foi oferecida uma escolha. Ter sua casa queimada com ele dentro ou permitir a entrada dos soldados. O pobre homem percebeu logo a intenção dos normandos quando Wulfgar mandou acender uma tocha e imediatamente abriu as portas de sua pobre casa, onde eles encontraram várias armas primitivas. Depois de intenso interrogatório, o homem disse que as armas estavam ali antes da chegada dos conquistadores e que não sabia de nenhuma conspiração entre os servos para derrubar o novo senhor.

Quando a porta do quarto era trancada e os dois ficavam a sós, Wulfgar não tirava os olhos dela, e Aislinn sentia que estava andando sobre gelo muito fino. As mãos dela tremiam sob a intensidade do olhar do normando. Todas as noites, ela percebia que Wulfgar ficava acordado, na cama, um longo tempo.

Uma noite, Aislinn acordou tremendo de frio e levantou-se para atiçar o fogo, mas a corrente em seu tornozelo não permitia que chegasse até a lareira. Parou, indecisa, transida de frio, com os braços em volta do corpo, pensando num meio de se aquecer. Voltou-se, notando movimento atrás dela. Wulfgar pôs as pernas para fora da cama. O corpo nu era apenas uma sombra no escuro.

– Está com frio? – perguntou ele.

A resposta foram uma inclinação de cabeça e os dentes batendo uns nos outros. Wulfgar apanhou uma coberta de pele da cama e envolveu-a nela. Depois, foi até a lareira e pôs algumas achas de lenha no fogo. Esperou que as chamas se erguessem brilhantes e, voltando para Aislinn, soltou a corrente que a prendia e olhou-a nos olhos. A luz do fogo desenhava seu perfil.

– Você me dá sua palavra de que não vai tentar fugir?

Aislinn fez um gesto afirmativo.

– Para onde mais posso ir?

– Então, está livre.

Com um sorriso de gratidão, ela disse:

– Não gostei de ficar acorrentada.

– Eu também não gostaria – respondeu ele, voltando para a cama.

Depois disso, Aislinn passou a ter mais liberdade. Podia andar pela cidade sem ser seguida. Parecia que jamais alguém fora tão bem guardado quanto ela. Porém, no dia em que Ragnor voltou e aproximou-se dela, no pátio, Aislinn verificou que ainda a observavam. Dois homens de Wulfgar estavam ostensivamente por perto.

– Ele a guarda muito bem e me envia em missões distantes – resmungou Ragnor, olhando em volta. – Deve ter medo de perdê-la.

Aislinn sorriu.

– Ou talvez, Sir Ragnor, ele o conheça muito bem.

Zangado, ele disse:

– Parece muito satisfeita. Então, seu senhor é um grande amante? Não tenho essa impressão. Acho que ele prefere rapazes bonitinhos a belas mulheres.

Aislinn arregalou os olhos com fingida inocência e zombaria.

– Mas, senhor, com certeza está brincando! Ele é o homem mais viril que já vi. – Ragnor apertou os lábios, e Aislinn continuou, divertindo-se com a brincadeira: – Será que posso admitir que ele me encanta?

Com o rosto inexpressivo, Ragnor disse:

– Ele não é bonito.

– Oh? – Era uma pergunta. – Eu o acho bonito. Mas, afinal, isso não me diz respeito, não é mesmo?

– Está caçoando de mim – disse Ragnor, desconfiado.

Aislinn fingiu simpatia.

– Oh, senhor. Não estou, juro que é verdade. Está dizendo que meus sentimentos são falsos? Ou que não posso amar alguém que me trata com gentileza e aquece todo o meu ser com as mais doces palavras?

– Então, o que vê nele? – perguntou Ragnor. – Não posso imaginar.

Aislinn deu de ombros.

– Ora, senhor, sei que seu tempo é precioso e não posso tomá-lo por horas para explicar como uma mulher reconhece seu verdadeiro senhor e as coisas mais íntimas e profundas que, partilhadas, os unem um ao outro. Ora, não posso nem começar a explicar...

Um tropel de cavalos quebrou a paz da cidade e, voltando-se, eles viram Wulfgar e seus homens aproximando-se do castelo. Com a testa franzida, o grande normando parou sua montaria ao lado dos dois. Desmontou, deu as rédeas a seu cavaleiro, Gowain, e, depois de ver seus homens seguindo para o estábulo, disse:

– Voltou cedo.

– Sim – respondeu Ragnor –, patrulhei o norte, como me mandou, mas sem resultado. Os ingleses se trancaram em casa para não serem espionados. Não posso imaginar o que eles fazem entre as quatro paredes. Talvez se divirtam com suas mulheres, como você parece estar se divertindo com essa jovem.

Wulfgar olhou rapidamente para Aislinn, e ela corou.

– A jovem diz que você é muito bom no jogo – disse Ragnor, olhando para o bastardo com uma sobrancelha erguida.

Wulfgar sorriu tranquilo.

– Diz mesmo? – Pôs a mão casualmente no ombro de Aislinn e acariciou-lhe a nuca, sentindo-a ficar rígida a seu contato. Sempre sorrindo, disse: – Ela também me agrada bastante.

– Eu digo que ela mente – desafiou Ragnor.

Wulfgar riu, divertidamente.

– Porque lutou contra você? Como qualquer jovem, ela responde melhor a um toque delicado.

Ragnor disse, com desprezo:

– Wulfgar, ela não se parece nem um pouco com um rapazinho. Estive pensando se você não a tomou por um garoto.

Aislinn sentiu a ira de Wulfgar nos dedos que enrijeceram em seu ombro, mas ele falou calmamente, com perfeito controle.

– Fala sem pensar, meu amigo. Não imaginei que desejava essa jovem à custa de sua vida. Mas eu o perdoo, reconhecendo que ela é capaz de transtornar qualquer homem. Em seu lugar eu também me sentiria assim. – A mão desceu para a cintura de Aislinn, e Wulfgar puxou-a para si. – Acho melhor você procurar Hlynn. De manhã, vai partir e passar para o comando do duque. Não vai ter muito tempo para mulheres.

Sempre com a mão na cintura de Aislinn, Wulfgar voltou-se e caminhou para o castelo. Kerwick, acorrentado entre os cães, ergueu os olhos com fúria e ciúme quando o normando acariciou o traseiro de Aislinn, antes de deixá-la ir. Atento à mão de Wulfgar, o jovem não viu o olhar irado de Aislinn e o sorriso zombeteiro do normando. Aislinn subiu a escada, chamando Hlynn e mandando-a apanhar água. Wulfgar observou-a até ela entrar no quarto e então voltou-se para Kerwick.

– Pequeno saxão, se falasse minha língua, eu o congratularia por seu bom gosto. Mas você e De Marte não são prudentes, desejando a jovem desse modo. Ela partiu seus corações e os jogou fora. Logo aprenderá a não confiar nas mulheres, como eu não confio. – Ergueu um copo de cerveja, como que brindando o homem acorrentado. – Mulheres. Devem ser usadas. Acariciadas. Deixadas. Mas jamais as ame, meu amigo. Aprendi isso quando era muito pequeno.

De pé, na frente da lareira, Wulfgar terminou de tomar a cerveja olhando pensativamente para o fogo. Depois voltou-se e subiu a escada. Com surpresa, viu que o quarto estava vazio. Furioso, imaginou o que aquela mulher pretendia fazer agora. Podia compreender que ela quisesse se vingar de Ragnor, mas não permitiria que o fizesse também alvo de sua vingança. Com passos decididos, foi até o quarto cedido para a mãe dela e abriu a porta sem bater. Sobressaltada, Aislinn cruzou os braços sobre os seios nus e Hlynn deu um salto, derrubando o balde com água com o qual preparava o banho de sua ama. A criada recuou, assustada, quando Wulfgar se adiantou e ficou de pé, ao lado da banheira, olhando para Aislinn, rubra de cólera.

– Importa-se, senhor? – disse ela, entre os dentes cerrados.

Ele sorriu, e ela corou intensamente sob o olhar perscrutador.

– Não, não me importo, *damoiselle.*

Aislinn sentou-se na banheira, espirrando água por todos os lados, e olhou para ele com desprezo, execrando sua atitude casual, que sem dúvida dava a Hlynn a certeza de que eram amantes.

Wulfgar apontou para a criada.

– Acho que Ragnor está à procura dela.

– Eu preciso dela – respondeu Aislinn, secamente. – Como pode ver muito bem.

– Estranho – zombou Wulfgar, com os olhos nos seios dela. Pensei que tomasse banho de manhã, quando não estou em casa.

– Geralmente é o que faço. Mas com tanto para fazer, achei que precisava me lavar.

Rindo, Wulfgar passou a mão na nuca.

– Diga-me, *damoiselle*, é porque não suporta a ideia de Ragnor dormir com outra mulher que mantém essa jovem aqui?

Com um olhar assassino, ela respondeu:

– De Marte pode se divertir com qualquer cortesã normanda, mas Hlynn não está acostumada ao modo primitivo com que vocês se apossam das mulheres. Ele a machuca, e, se o senhor tivesse alguma compaixão na alma, não a entregaria livremente a ele.

– Não me interesso por assuntos de mulher. – Wulfgar deu de ombros, estendendo a mão para um anel cor de cobre que pendia do farto cabelo preso no alto da cabeça de Aislinn.

– Eu sei – retrucou ela, secamente. – Procura me diminuir aos olhos de meu noivo com suas carícias inconvenientes. Se ele estivesse livre, nunca me trataria desse modo.

Ele riu, agachando-se ao lado da banheira.

– Devo libertá-lo, *damoiselle*? Acho, porém, que o pequeno saxão gosta mais de você que você dele.

Olhou para Hlynn, encolhida num canto, bem longe dele. Depois perguntou, com impaciência:

– Será que ela precisa ficar tão assustada? Diga que é a sua patroa que eu quero em minha cama, não ela.

Aislinn olhou para a jovem trêmula.

– Meu senhor não lhe fará mal, Hlynn – disse, em inglês. – Talvez eu possa convencê-lo até mesmo a dar a você sua proteção. Acalme seus temores.

A jovem loura sentou-se no chão, ainda temerosa de Wulfgar, confiando que, se alguém podia salvá-la, era Aislinn.

– O que disse a ela? – perguntou Wulfgar.

Aislinn ficou de pé na banheira e apanhou uma toalha, sentindo os olhos ávidos do normando em seu corpo. Saiu do banho e ficou ao lado dele, enrolada na toalha.

– Eu disse que o senhor não vai fazer mal a ela – respondeu Aislinn. – Exatamente o que me mandou dizer.

– Se eu entendesse sua língua, poderia ter certeza de que não está me fazendo de tolo.

– A própria pessoa se faz de tola. Ninguém pode fazer isso se não permitirmos.

– Você é sensata, além de bela – murmurou Wulfgar. Passou o dedo lentamente no braço dela, numa leve carícia, e Aislinn voltou-se com um olhar de súplica. Estavam tão próximos que o lado da perna dela tocava a parte interna da dele, encostada na banheira. Era como se uma descarga elétrica passasse entre os dois, incendiando seus sentidos com intenso desejo. Aislinn sentia-se fraca e insegura. A reação de Wulfgar foi mais física, e ele respirou fundo, entre os dentes cerrados, como se atingido por um golpe no estômago. Fechou os punhos para controlar os impulsos provocados por aquela proximidade. Sabia que Hlynn os observava, e ele se admirava de poder reagir tão fortemente a uma mulher na presença de outra pessoa. Wulfgar agradeceu o fato de estar usando sua cota de malha, mas o linho molhado que envolvia o corpo de Aislinn era por demais tentador. Com incrível força de vontade, conseguira se conter enquanto ela estava no banho. Mas agora, perto daquele corpo magnífico, coberto apenas por um pano de linho molhado, era mais difícil pensar com clareza. O desejo o dominou, quase ultrapassando sua vontade férrea.

– Meu senhor – murmurou Aislinn, suavemente –, disse que não somos mais do que escravas. Tem direito de dar Hlynn a quem quiser, mas eu peço, tenha compaixão. Ela sempre nos serviu muito bem e está disposta a continuar a servir, mas não como prostituta para seus homens. Seus sentimentos são delicados. Não os maltrate, fazendo com que ela o odeie tanto quanto aos homens que a violaram. Por favor, tenha compaixão. Ela não fez nada para merecer essa crueldade.

Wulfgar franziu a testa.

– Está tentando negociar com a vida de outra pessoa, Aislinn? Está disposta a partilhar de meu leito se essa jovem não for obrigada a ceder aos desejos de Ragnor?

Aislinn respirou fundo.

– Não, Wulfgar. Estou apenas fazendo um pedido. Nada mais.

– Você pede muito sem dar nada em troca. Já pediu por Kerwick, agora pede por essa jovem. Quando virá a mim por si mesma?

– Minha vida está em jogo, senhor? – perguntou ela, olhando-o nos olhos.

– E se estivesse?

– Acho que nem mesmo assim eu conseguiria fazer o papel de prostituta.

– Viria voluntariamente se me amasse? – perguntou Wulfgar, olhando atentamente nos olhos dela.

– Se eu o amasse? – repetiu ela. – Meu amor é tudo que me resta para dar voluntariamente. O homem a quem eu amar não precisará implorar minha mão, nem os direitos conferidos pelo casamento. Ragnor tomou o que eu guardava para meu prometido, porém meu amor é ainda só meu para dar a quem meu coração escolher.

– Você amava Kerwick?

Ela balançou a cabeça lentamente e respondeu com sinceridade:

– Não, jamais amei homem algum.

– E eu jamais amei mulher alguma – disse ele. – Mas já desejei muitas.

– Eu não desejo nenhum homem – disse Aislinn em voz baixa.

Wulfgar acariciou o rosto dela e depois o pescoço bem-feito. Sentiu o tremor sob seus dedos e sorriu com zombaria.

– Acho que vive um sonho de moça, *damoiselle*.

Percebendo a zombaria, Aislinn ergueu o queixo, e teria respondido à altura se Wulfgar não tivesse encostado um dedo em seus lábios.

– A jovem Hlynn está encarregada de atendê-la até Ragnor partir, amanhã. Ele provavelmente encontrará outra logo. E, a não ser que queira tomar o lugar dela, aconselho-a a ficar perto de mim para seu próprio bem. Todos sabem que é você que Ragnor deseja, e nisso não é diferente de qualquer outro homem de seu campo ou do meu. Meus homens manterão distância, mas os dele talvez não. Acredito que logo vai descobrir a segurança de nosso quarto, se tiver de se defender.

Aislinn sorriu, com uma covinha no canto da boca.

– Reconheço a vantagem de dormir a seu lado, meu senhor, senão com o senhor.

Com um sorriso malicioso, Wulfgar caminhou até a porta.

– Logo reconhecerá as vantagens disso também, minha dama. Pode estar certa.

No banquete daquela noite, Aislinn, como sempre, sentou-se ao lado de Wulfgar, e Ragnor escolheu o lugar em frente a ela, admirando o penteado caprichoso da jovem, preso no alto da cabeça. A pele acetinada tinha o brilho saudável da juventude, o rosto estava corado e os olhos, cintilantes. Quando ela se voltou para responder a uma pergunta de Wulfgar, Ragnor observou, com olhos ávidos, o corpo esbelto no vestido de veludo verde e a nuca descoberta e tentadora. Ragnor, com um desejo quase incontrolável, sentia-se enganado, roubado de seu prêmio suntuoso pela cobiça e pelo desejo do bastardo. Inclinou-se na direção dela.

– Ele está me mandando para o campo de Guilherme – resmungou. – Mas não vai conseguir me manter longe de você por muito tempo. – Passou os dedos de leve pela manga dela. – Posso lhe dar mais que ele. Minha família é importante. Posso contar com ela para melhorar minha posição. Venha comigo e não se arrependerá.

Aislinn empurrou a mão dele com desprezo.

– Meu lar é Darkenwald. Não ambiciono tesouro maior.

Ragnor observou-a por um momento.

– Então acompanhará sempre o homem que possuir este castelo?

– Pertence a Wulfgar, e eu pertenço a ele – respondeu ela, secamente, para encerrar o assunto, e voltou-se para Wulfgar.

Ragnor recostou-se na cadeira, pensativo.

Depois da refeição, Wulfgar saiu por alguns momentos, e Aislinn procurou a proteção de seu quarto, como ele recomendara. Mas Ragnor a esperava na sombra, no corredor estreito. Quando ele se adiantou, Aislinn, tomada de surpresa, ficou parada. Com um sorriso confiante nos belos lábios, ele tomou-a nos braços.

– Wulfgar se descuida de você, Aislinn – murmurou ele, com voz rouca.

– Ele não imaginou que você ia perder o juízo – disse ela friamente, tentando se libertar dos braços dele.

A mão de Ragnor acariciou-lhe lentamente o seio e desceu para o quadril.

– Nunca pensei que a lembrança de uma mulher pudesse me atormentar tanto – disse ele, com voz rouca.

– Você só me quer porque Wulfgar me escolheu – disse Aislinn com desprezo, empurrando o peito dele. – Largue-me! Procure outra mulher para acariciar e deixe-me em paz.

– Nenhuma me agrada tanto quanto você – murmurou ele, com a boca encostada no cabelo dela, a paixão fazendo ferver o sangue. Estendeu o braço e abriu a porta do quarto. – Wulfgar vai se demorar com seus cavalos e seus homens, o tolo, e Vachel prometeu ficar sentado do lado de fora dessa porta para avisar de sua chegada. Quando o bastardo se aproximar, ele bate na porta. Venha então, minha pombinha, não temos tempo a perder.

Aislinn começou a lutar com mais empenho, tentando arranhar o rosto dele, mas Ragnor segurou-lhe os pulsos e prendeu os braços dela nas costas, apertando-a contra seu peito, com um sorriso satisfeito.

– Eu juro, mulher, que você é muito mais ardente do que aquela jovem que Wulfgar ia me dar. – Riu, pensando no outro homem. – Ele vai ver que não me contento com pouco quando um fino banquete me atrai muito mais.

Ragnor levantou-a nos braços, entrou no quarto e fechou a porta com o pé.

– Seu verme nojento! Víbora do Hades! – esbravejou Aislinn, lutando inutilmente para se libertar. – Prefiro morrer a me submeter a você outra vez!

– Duvido, minha pombinha. A não ser que seja capaz de se obrigar a morrer nos próximos momentos. Agora, relaxe, serei gentil.

– Nunca! – gritou Aislinn.

– Pois então, que seja do seu jeito – respondeu ele.

Ragnor atirou-a na cama e deitou-se em cima dela antes que Aislinn tivesse tempo de rolar para o lado. A jovem continuou a luta feroz, suas mãos acompanhando as dele e cobrindo imediatamente as partes do corpo que ele descobria. Se tivesse forças para continuar a luta até a chegada de Wulfgar... Mas não sabia quando ele ia voltar, e, aos poucos, perdia terreno na luta para preservar o pouco de dignidade que ainda lhe restava. Ragnor estava rasgando sua roupa, arrancando a túnica que cobria os seios. Aislinn sentiu os lábios quentes e úmidos em sua pele e estremeceu de nojo.

– Se você pode dormir com aquele urso do Wulfgar – murmurou ele, com voz rouca, junto ao pescoço dela –, então vai sentir o verdadeiro prazer com um homem experiente.

– Seu ignorante desajeitado – disse ela, procurando se afastar –, você é um menino imberbe, comparado a ele.

De repente, um estrondo ecoou no quarto, sobressaltando-os. Bruscamente, Ragnor rolou de cima dela, procurando, espantado, a origem do ruído que fez tremer as paredes. Aislinn voltou-se e viu Wulfgar de pé na porta escancarada. A seus pés estava Vachel, gemendo, dominado. Com uma calma que não contribuiu para amenizar o medo de Ragnor, Wulfgar ficou parado, com um pé sobre o peito de Vachel. Olhou rapidamente para Aislinn, avaliando o dano infligido, enquanto ela ajeitava com pressa a roupa rasgada; depois, seus olhos fixaram-se em Ragnor, que estava imóvel e muito pálido.

– Não tenho por hábito matar um homem por causa de uma mulher – disse Wulfgar, lentamente. – Mas você, Sir De Marte, está abusando muito de minha paciência. O que me pertence é só meu, e não posso permitir que duvidem do meu direito de propriedade. Ainda bem que Sweyn me avisou que alguma coisa errada estava acontecendo por aqui, com Vachel escondendo-se nas sombras no lado de fora da porta de meu quarto. Se tivesse feito o que pretendia, talvez não visse a luz do sol amanhã.

Voltou-se e chamou Sweyn com um gesto. Um sorriso iluminou o rosto de Aislinn quando o enorme viking entrou e tirou o normando nobre de seu lado. Ragnor procurou resistir praguejando contra o homem nórdico e seu chefe. Wulfgar assistia a tudo com um sorriso.

– Atire a carcaça dele no chiqueiro – disse ele para Sweyn e, em seguida, apontou para Vachel. – Depois venha apanhar este aqui e faça o mesmo com ele. Vão gostar da companhia e terão tempo para meditar sobre o perigo de invadir minha propriedade.

Depois que todos saíram, Wulfgar fechou a porta e voltou-se para Aislinn. Ela sorria, agradecida, mas, quando ele se aproximou, saiu apressadamente da cama.

– Sem dúvida, Sir Ragnor vai querer se vingar dessa ofensa a seu orgulho – disse ela, com um largo sorriso, satisfeita com a humilhação do cavaleiro. – Não o castigando, infligiu um golpe severo a seu orgulho. Eu jamais pensaria numa vingança tão perfeita.

Wulfgar observou-a quando ela se afastou da cama, com porte altivo, segurando os pedaços do vestido contra o corpo.

– E certamente é muito de seu agrado ver dois homens brigando por sua causa. De qual dos dois prefere se ver livre? Eu sou uma ameaça maior à sua paz de espírito do que Ragnor.

Aislinn sorriu olhando nos olhos dele.

– Meu senhor, pensa que sou tola? Não dou um passo sem lembrar que o fato de ser sua propriedade constitui minha proteção. Sei que não paguei ainda por essa defesa, pela qual sou muito grata, mas espero que continue com sua atitude galante, não cobrando um preço indigno de uma mulher com quem não é casado.

– Eu nunca sou galante, Aislinn, muito menos com as mulheres. Pode ficar certa de que vai pagar, e muito bem.

Os lábios dela curvaram-se num sorriso tentador, e o brilho de seus olhos teria atordoado qualquer homem menos determinado.

– Acho, senhor, que seu rosnado é pior do que sua mordida. – Wulfgar ergueu as sobrancelhas.

– Acha mesmo, *damoiselle*? Pois então algum dia vai desejar não ter acreditado nisso.

Wulfgar apagou as velas, despiu-se à luz da lareira e deitou-se na cama. No escuro do quarto, sua voz soou severa e áspera.

– Amanhã você vai usar uma adaga para se proteger. Talvez isso desencoraje outros ataques à sua pessoa.

Aislinn deu de ombros e sorriu. Depois ajeitou-se em seu leito de peles e adormeceu, pensando em como a luz das chamas brincava na pele bronzeada do normando e no movimento harmonioso dos músculos de suas costas.

6

Na manhã seguinte Aislinn ouviu comentários sobre a partida de Ragnor. Diziam que ele saíra apressado, furioso e soturnamente silencioso. Aislinn sorriu satisfeita, regozijando-se por ter assistido a sua humilhação, e dedicou-se a seus afazeres diários com o espírito e passo leves. O peso familiar e bem-vindo do cinturão com a adaga contribuía para a sensação de segurança. O próprio Wulfgar entregara a arma naquela manhã, quando ela se vestia, como de hábito, dispensando seus agradecimentos com uma frase irritante.

No fim da tarde, Aislinn, sentada com a mãe ao lado do túmulo de Erland, ergueu os olhos e viu um homem andando com dificuldade na direção do castelo. Só depois de algum tempo percebeu o que havia de estranho em sua aparência. O cabelo dele era longo e emaranhado, e a barba, crescida. Maida ergueu os olhos ao ouvir a filha ofegante, mas, vendo o sorriso tranquilizador de Aislinn, voltou a olhar tristemente para o monte de terra, balançando o corpo dolorosamente para a frente e para trás e murmurando seu lamento.

Aislinn olhou apreensiva à sua volta para ver se algum normando notara a presença do homem, mas não viu ninguém. Levantou-se procurando parecer calma e caminhou lentamente para a parte de trás da casa. Quando teve certeza de que não estava sendo observada, atravessou a clareira correndo até as moitas espessas da margem do pântano e voltou para a parte mais alta do terreno, de onde avistara o homem, sem se importar com os pequenos galhos dos arbustos que se enroscavam em seu manto, rasgando-o aqui e ali. Viu o homem andando por entre as árvores e reconheceu Thomas, cavaleiro e vassalo de seu pai. Aislinn o saudou, feliz e aliviada, pois o julgava morto. Thomas correu para ela, e os dois se encontraram no meio do caminho.

– Minha senhora, pensei que jamais veria Darkenwald novamente – disse ele, com os olhos rasos de lágrimas. – Como está seu pai? Bem, espero. Fui ferido em Stamford Bridge, por isso não acompanhei o exército quando partiu para enfrentar Guilherme – continuou, com tristeza. – São tempos infelizes para a Inglaterra. Nosso país está perdido.

– Eles estão aqui, Thomas – murmurou ela. – Erland está morto.

O rosto dele crispou-se de dor.

– Oh, minha senhora, tristes novas estou ouvindo.

– Você precisa se esconder.

Ele olhou alarmado para o castelo, com a mão na espada, só naquele momento compreendendo o sentido das palavras dela. Viu o inimigo no pátio e alguns perto do lugar onde Maida estava sentada.

Aislinn agarrou o braço dele.

– Vá para a casa de Hilda e esconda-se lá. O marido dela morreu com Erland e sua filha foi assassinada por ladrões. Ela vai gostar de sua companhia. Vá agora. Quando eu tiver certeza de não estar sendo seguida, levarei algum alimento para vocês.

100

Thomas partiu, esgueirando-se entre as árvores, e, quando ele desapareceu, Aislinn voltou calmamente para casa. Ajudada por Hlynn, apanhou pão, queijo e carne, que escondeu sob seu manto. Na pressa, passou por Kerwick sem parar, mas ele segurou a saia dela, quase fazendo-a derrubar o que escondia.

– Aonde vai com tanta pressa? – perguntou ele. – Seu amante a espera?

– Oh, Kerwick – exclamou ela, impaciente. – Agora não! Thomas voltou. Vou ao encontro dele.

– Diga-me quando seu amante vai me soltar. – Ergueu as correntes. – Estas correntes são incômodas, e minha mente está cansada e confusa. Preciso me ocupar com alguma coisa que não seja evitar o ataque dos cães. Eles os soltaram e me deixaram aqui. – Indicou os cães que andavam pelo salão. – O que preciso fazer para ser libertado?

– Falarei com Wulfgar esta noite – disse ela.

– O que mais pode prometer, além do que já deu a ele? – perguntou ele, com amargura.

Aislinn disse, com um suspiro:

– O ciúme o consome, Kerwick.

Furioso, ele a puxou para baixo, derrubando a comida que ela escondia, e a fez sentar-se no seu colo. Beijou-a ferozmente na boca, procurando abrir seus lábios, ao mesmo tempo rasgando o corpete do vestido.

– Oh, Kerwick, não! – disse Aislinn ofegante, afastando os lábios dos dele e empurrando-o para trás. – Não você também!

– Por que o bastardo e não eu? – perguntou ele, passando a mão nos seios nus. Com o rosto contraído pelo desejo, Kerwick a acariciava brutalmente. – Eu tenho direito, ele não tem!

– Não! Não! – disse ela, com a voz embargada pela raiva, empurrando as mãos dele. – O padre não abençoou nossa união! Não pertenço a ninguém. Nem a você. Nem a Ragnor! Nem mesmo a Wulfgar! Só a mim mesma!

– Então por que vai para a cama com o normando, como uma cadela mansa? – silvou ele. – Senta-se ao lado dele à mesa e só tem olhos para ele. Basta um olhar do bastardo para você ficar toda confusa.

– Não é verdade! – exclamou ela.

– Pensa que não vejo quando não tenho nada mais para atrair minha atenção? Meu Deus, você o deseja como um homem faminto deseja comida! Por quê? Por quê? Ele é o inimigo, e eu, seu noivo! Por que não me trata com a mesma atenção? Também preciso de seu corpo. Durante meses permaneci casto em sua honra. Minha paciência está no fim!

– Então, quer me possuir aqui, com os cães? – perguntou ela, furiosa. – Importa-se tão pouco comigo que quer se satisfazer como esses seus companheiros de cama... esses cães? Sem nenhum respeito por suas cadelas? Pelo menos Wulfgar não me trata desse modo!

Ele a sacudiu com força.

– Então confessa que prefere os braços dele aos meus?

– Sim! – exclamou ela, com lágrimas de dor e de raiva. – Suas carícias são delicadas! Agora solte-me, antes que ele chegue.

Kerwick empurrou-a de repente com uma praga. Ali, acorrentado com os cães, ele observara Aislinn com Wulfgar, sentindo que a afeição dela não era mais só sua. Sempre altiva e distante com outros homens, Aislinn se transformava quando ao lado daquele demônio normando. Era como uma vela apagada, esbelta, remota, até Wulfgar chegar para acendê-la. Então transformava-se numa chama tentadora e cheia de encanto. Era duplamente difícil para ele, seu noivo, observar essa mudança, sabendo que jamais seria capaz de realizar o que parecia tão fácil para o normando. E aquele cavaleiro não dava valor ao tesouro que possuía, declarando sempre seu desprezo pelas mulheres, numa língua que ele pensava que ninguém podia entender. Aquele homem roubara o amor de Kerwick sem o menor esforço. Porém, se houvesse a menor chance de reconquistá-la, prometeu Kerwick a si mesmo, ele a tiraria das mãos daquele lobo.

Arrependido, procurou segurar a mão dela, mas Aislinn recuou, desconfiada.

– Tem razão, Aislinn. Esse ciúme me consome. Perdoe-me, meu amor querido.

– Verei se consigo convencer Wulfgar a libertá-lo – disse ela, em voz baixa, e, cobrindo com o manto o vestido rasgado e o pequeno volume com a comida, Aislinn se afastou. Não tinha tempo para recompor sua roupa, já que, provavelmente, Wulfgar logo estaria de volta.

Hilda a esperava na porta, e as duas entraram na pequena casa.

– Ele está bem? – perguntou Aislinn em voz baixa, olhando para Thomas, que estava sentado na frente da lareira com a cabeça baixa.

– Está, só o coração precisa de cura, senhora, assim como o meu. Eu tomarei conta dele.

Aislinn entregou a comida a ela, tendo cuidado para não descobrir o corpete do vestido.

– Se alguém vir essa carne, diga que fui eu quem roubou. Não quero que seja castigada por uma coisa que eu fiz.

– Não faz mal se me matarem – disse a velha mulher. – Minha vida está quase no fim, e a sua apenas começou.

– Wulfgar não vai me matar – disse Aislinn, com alguma confiança. – Tem algum lugar para esconder Thomas, se vierem procurá-lo? Não podem encontrá-lo aqui.

– Não tema, senhora. Encontraremos um bom esconderijo.

– Agora preciso ir. – Aislinn se encaminhou para a porta. – Trarei mais comida sempre que puder.

Abriu a porta e ia sair quando ouviu a exclamação de Hilda:

– Os normandos!

Aislinn ergueu os olhos, paralisada de medo. Wulfgar estava parado na frente da porta, flanqueado por dois de seus homens. Aislinn ficou imóvel. Wulfgar deu um passo para entrar na casa, mas ela se pôs na frente dele. Com um rosnado de desprezo, ele estendeu o braço e empurrou-a para o lado, sem nenhum esforço.

– Não! Ele não fez nada! – exclamou ela, segurando, desesperada, o braço de Wulfgar. – Deixe-o em paz!

Wulfgar olhou para as mãos dela e, quando falou, havia ameaça em sua voz.

– Está se excedendo, Aislinn de Darkenwald. Esse assunto não é da sua conta.

Aislinn olhou apreensiva para Thomas, que estava de pé, pronto para lutar. Outro saxão ia cair sob a espada do normando? Com um calafrio de terror, Aislinn compreendeu que precisava fazer o possível para evitar mais violência.

Ergueu os olhos suplicantes para Wulfgar.

– Meu senhor, Thomas é um guerreiro valente. Seu sangue precisa ser derramado agora, depois da batalha, porque ele lutou bravamente pelo rei ao qual ele e meu pai juraram lealdade? Oh, *seigneur*, seja sensato e misericordioso. Eu calçarei as luvas de camponesa e serei sua escrava.

O rosto de Wulfgar estava impassível.

– Está negociando com algo que já me pertence. Ou tenta me influenciar outra vez? Deixe-me em paz e ocupe-se com outras coisas.

– Por favor, meu senhor – murmurou ela, com os olhos rasos de lágrimas.

Sem uma palavra, Wulfgar soltou os dedos dela e se aproximou de Thomas, acompanhado por seus dois homens.

– Seu nome é Thomas? – perguntou o normando.

Thomas olhou confuso para Aislinn.

– Meu senhor, ele não fala sua língua – explicou ela.

– Diga a ele para largar a espada e vir conosco – ordenou Wulfgar.

Aislinn traduziu, e o homem olhou desconfiado para os três normandos.

– Minha senhora, eles vão me matar?

Aislinn olhou hesitante para as costas de Wulfgar, para os ombros largos com a cota de malha, a mão que descansava no punho da espada. Se ele podia matar quatro assaltantes armados, poderia facilmente matar um saxão faminto e exausto. Aislinn só podia confiar na misericórdia de Wulfgar.

– Não – respondeu, com mais segurança. – Acho que não. O novo senhor de Darkenwald é um homem justo.

Depois de alguma hesitação, Thomas apoiou a lâmina da espada na palma da mão e apresentou-a a Wulfgar. Aceitando-a, o normando voltou-se e caminhou para a porta, conduzindo Aislinn pelo braço, na sua frente, e seguido por Thomas e pelos dois guardas. Lá fora

Aislinn olhou confusa para Wulfgar, que continuava a levá-la pelo braço. O rosto dele estava impassível. Aislinn não ousou perguntar o que ele ia fazer. O normando caminhava com passos largos e decididos. Aislinn tinha de se apressar, e várias vezes tropeçou em raízes e valas. Ele a impedia de cair, segurando com força seu braço. Em dado momento, Wulfgar percebeu o corpete rasgado. Olhou surpreso para os seios descobertos, depois para a adaga na bainha e finalmente para os olhos dela. Os olhos penetrantes pareciam ir até sua alma, e Aislinn teve certeza de que ele sabia o que tinha acontecido. Ficou parada, sem respirar, até ele ajeitar o manto de modo que ela pudesse mantê-lo fechado na frente do corpo, e segurou-lhe o braço outra vez.

Caminharam em silêncio até o castelo e, quando Wulfgar a soltou e voltou sua atenção para Thomas, Aislinn começou a subir a escada. Com uma voz que ecoou no salão, ele a deteve.

– Não! – exclamou ele, apontando para Aislinn.

Com o coração apertado, Aislinn parou e olhou rapidamente para Kerwick. A expressão dele refletia os temores da jovem. A seu lado, Maida choramingava baixinho. Lenta e altivamente, Aislinn voltou-se e desceu os poucos degraus que tinha subido.

– Meu senhor? – perguntou, com voz suave. – O que deseja?

Em tom áspero e frio, Wulfgar disse:

– Desejo que me dê a honra de sua presença até eu dar ordem para se afastar. Agora, procure um lugar para se sentar.

Aislinn sentou-se no banco ao lado da mesa. Wulfgar apontou para Kerwick.

– Soltem esse homem e tragam-no aqui!

Muito pálido, Kerwick recuou, tentando evitar as mãos dos dois normandos. Mas estava em minoria e, quando ele pareceu se encolher ante o olhar de Wulfgar, Sweyn riu.

– O pequeno saxão está tremendo de medo. O que foi que ele fez para tremer desse jeito?

– Nada! – exclamou Kerwick. – Soltem-me!

Sweyn riu outra vez, e Kerwick mordeu o lábio.

– Ah, então fala nossa língua.

Wulfgar estava certo.

– O que vocês querem de mim? – perguntou Kerwick, olhando para Aislinn.

Wulfgar sorriu.

– Thomas não fala nossa língua. Você vai me ajudar.

Aislinn quase respirou aliviada, mas Wulfgar não fazia nada sem segunda intenção. Por que não pedira a ela para ser intérprete, uma vez que todos sabiam que falava a língua deles? Preocupada, olhou atentamente para Wulfgar. Ele começou a falar sem nem olhar para Kerwick, praticamente ignorando o vassalo.

– Fale com esse homem e diga a ele o seguinte: ele pode ser meu escravo, acorrentado com os ladrões, ou voltar a sua posição antiga, sob três condições. Deve deixar suas armas e só empunhá-las novamente sob minhas ordens. Deve cortar o cabelo, raspar a barba e jurar lealdade ao duque Guilherme neste momento.

Enquanto Kerwick traduzia para Thomas, Wulfgar aproximou-se de Aislinn e se sentou na beirada da mesa, mas ela mal reparou. Toda a atenção dela estava voltada para a conversa entre Kerwick e Thomas. A maior preocupação do vassalo parecia ser a perda de grande parte da cabeleira gloriosa, loura e brilhante, mas concordou quando Kerwick mostrou as marcas do chicote em suas costas.

De repente, Aislinn percebeu que seu manto estava aberto e os seios expostos ao olhar ávido de Wulfgar. Corando intensamente, ela fechou o manto quando a mão dele pousou de leve em seu ombro nu. Um calor intenso invadiu seu corpo quando os dedos longos desceram pelo rosto e pelo pescoço, até a curva suave de um seio. Trêmula e confusa, Aislinn percebeu o silêncio que os envolvia e viu que Kerwick os observava com o rosto muito vermelho e os punhos fechados, evidentemente procurando se valer do autocontrole que ainda lhe restava. Compreendendo a intenção de Wulfgar, ela abriu a boca para falar, mas os dedos dele apertaram seu ombro e, erguendo os olhos, ela viu, nos olhos cinzentos e no leve sorriso, uma advertência para não interferir.

– Acho que está demorando muito, Kerwick – disse o normando, sem tirar os olhos de Aislinn. – Vamos terminar com isto.

Com voz incerta e baixa, Kerwick continuou a falar.

– Fale alto, saxão. Está arrastando as palavras. Quero ouvir o som de minhas palavras em sua língua inglesa.

– Não posso – exclamou Kerwick, balançando a cabeça.

– E por que não? – perguntou Wulfgar, quase com amabilidade. – Eu sou seu senhor. Não acha que deve me obedecer?

Com um gesto brusco, Kerwick apontou para Aislinn.

– Então deixe-a em paz! Não tem direito de acariciá-la desse modo. Ela é minha!

Bruscamente Wulfgar mudou de atitude. A espada saiu da bainha e, com um passo largo, ele chegou à frente da lareira. Segurando a espada com as duas mãos, pôs a lâmina entre duas achas de lenha em brasa. Então, rapidamente, enfiou a ponta na madeira do banco mais próximo. Caminhou para Kerwick, que, embora muito pálido, procurava manter uma atitude de desafio. Wulfgar parou na frente do jovem, com as pernas separadas e as mãos na cintura. Quando falou, sua voz fez estremecer as vigas do teto.

– Pela palavra de Deus, saxão – trovejou ele. – Você tenta minha paciência! Você não é mais senhor, nem proprietário de terras, mas um mero servo! Agora, ofende com sua paixão o que me pertence! Baixou a voz e rosnou, apontando para Aislinn. – Vocês dois falam bem a língua francesa, mas ela me dá prazer também, ao passo que você só me aborrece. Embora eu não pretenda passar o resto da vida com uma mulher dependurada em mim, sua vida vale muito menos do que a dela. Não questione isso outra vez, se quiser viver mais um dia. – Quase em voz baixa, acrescentou: – Compreendeu a verdade de minhas palavras?

Kerwick baixou os olhos e balançou a cabeça afirmativamente.

– Sim, senhor. – Então, empertigou o corpo e olhou nos olhos do normando, embora com uma lágrima descendo pelo rosto. – Mas vai ser difícil, pois, o senhor compreende, eu a amava.

Pela primeira vez Wulfgar sentiu uma ponta de respeito por aquele saxão e um pouco de pena. Podia sentir compaixão por qualquer homem atormentado por uma mulher, embora não pudesse compreender como era possível sofrer tanto por uma simples mulher.

– Então, o assunto está encerrado – disse Wulfgar, secamente. – Não será mais acorrentado, a não ser que nos obrigue a isso. Agora leve este homem para cortar o cabelo e fazer a barba, e depois traga-o para jurar perante uma cruz.

Thomas e Kerwick saíram, acompanhados pelos dois normandos, e Wulfgar dirigiu-se para a escada. No primeiro degrau, voltou-se para Aislinn, que permanecia sentada, atordoada e confusa, e parou a fim de esperar por ela. Aislinn ergueu os olhos para ele.

– Parece confusa, *damoiselle* – zombou ele, e continuou, sério: – Os homens desta cidade podem voltar para suas casas. O inverno se aproxima, e só o trabalho de todos pode afastar a fome de nossa porta. Portanto, se encontrar mais algum, não o esconda, mas traga-o para mim, sem temer por sua vida. Agora peço que venha comigo e troque de roupa para podermos jantar tranquilamente. Espero que tenha ainda outro vestido para substituir esse. É evidente que, se tiver de enfrentar outra vez algum homem ousado, terei de comprar novas roupas para você. Dentro de pouco tempo, *damoiselle*, vai me custar muito mais do que vale. Espero não ter de gastar meu dinheiro com roupas de segunda categoria, porque tenho melhor uso para ele.

Aislinn levantou-se com porte altivo. Com a maior dignidade possível, subiu a escada, passou por ele e dirigiu-se ao quarto. Wulfgar entrou, fechou a porta e começou a tirar sua cota de malha. Aislinn ficou parada, observando-o, consciente de sua falta de privacidade e do pouco caso com que era tratada. Quando ele virou de frente para a lareira, ela aproveitou a ocasião. De costas para o quarto, jogou o manto no chão e despiu rapidamente o vestido rasgado. Com a impressão de ter ouvido o som de um movimento, ela segurou a anágua contra o peito. Olhou para trás e lá estava ele, com o desejo ardendo nos olhos. Wulfgar observou lentamente a linha das costas dela e as pernas longas com um olhar que parecia queimar-lhe a pele. Aislinn não ficou embaraçada. Na verdade, um calor agradável percorreu seu corpo. Com esforço, ergueu o queixo e perguntou friamente:

– Meu senhor se satisfaz sozinho ou deseja que eu o faça? Por favor, responda antes que eu vista esta peça simples para que o senhor não tenha de gastar seu precioso dinheiro para me vestir.

Wulfgar olhou para o rosto dela e Aislinn viu morrer toda a paixão que havia neles. Franzindo a testa e sem uma palavra, Wulfgar saiu do quarto.

Nuvens escuras de inverno recobriram a madrugada, e a chuva leve transformou-se num aguaceiro intenso que encharcou a terra e formou cascatas que desciam do telhado. Aislinn espreguiçou-se em seu leito de peles e se agasalhou mais, abrindo apenas um olho para descobrir a origem da luz que a tinha acordado, imaginando se Wulfgar se levantara antes do nascer do dia para abrir as janelas. Por um momento, olhou para a chuva, ouvindo o som embalador, e então uma sombra passou na frente da janela. Aislinn levantou-se de um salto e viu Wulfgar já vestido. Ele estava com uma túnica e *braccos* de couro, indiferente ao frio que a fez se enrolar numa das peles de sua cama.

– Meu senhor, perdoe-me. Eu não sabia que ia se levantar cedo. Vou apanhar a comida.

– Não. – Ele balançou a cabeça. – Não estou com pressa. A chuva me acordou.

Aislinn foi até a janela e ficou ao lado dele, afastando uma das mechas que caíam em seu rosto. Seus cabelos cacheados cobriam os ombros, e eram tão fartos e revoltos que Aislinn costumava ter dificuldade de domá-los em uma trança. Wulfgar segurou um cacho pousado sobre um dos seios, e Aislinn ergueu os olhos para ele.

– Deitou-se muito tarde, meu senhor. Algum problema?

– Não andei me arrastando entre pernas de mulher, se é o que quer saber.

Corando, Aislinn inclinou-se para fora, apanhou água da chuva nas mãos em concha e levou-a à boca, rindo alegremente quando algumas gotas desceram pelo queixo, molhando a túnica fina. Ela afastou o tecido molhado do corpo, estremecendo de frio. Quando estendeu de novo a mão para a chuva, percebeu que Wulfgar observava atentamente sua brincadeira.

Por um momento, ela olhou para o campo, muito consciente da presença masculina a seu lado. Aquela proximidade acendia uma chama agradável e estranha dentro de si.

– Meu senhor – disse Aislinn, sem olhar para ele –, já disse que não quer minha gratidão, mas sinto-me sinceramente agradecida por sua bondade com Kerwick. Ele não é tão imprudente quanto pode parecer. Não sei por que ele agiu desse modo. Na verdade, meu senhor, ele é muito inteligente.

– Até sua mente ser embotada pela traição de uma mulher – murmurou ele, pensativo.

Aislinn voltou-se rapidamente, ofendida com aquela insinuação. Corada de raiva, olhou nos olhos dele.

– Sempre fui fiel a Kerwick. Até a escolha ser tirada de minhas mãos por um de seus homens.

– Imagino se sua fidelidade teria durado muito tempo se Ragnor não tivesse feito o que fez.

Aislinn empertigou o corpo com altivez.

– Kerwick foi escolhido por meu pai, e eu honraria essa escolha até meu último dia. Não sou uma mulher volúvel que vai para a cama com qualquer garanhão que passa.

Wulfgar ficou em silêncio, e ela perguntou:

– Mas, diga-me, senhor, por que teme tanto as mulheres e sua infidelidade? – Viu a expressão de desagrado no rosto dele. – O que o faz odiar as mulheres e odiar aquela que o gerou? O que foi que ela fez?

A cicatriz no rosto de Wulfgar ficou lívida, e ele se conteve para não bater em Aislinn, mas não viu nenhum temor nos olhos dela, apenas uma interrogação calma e deliberada. Ele deu meia-volta e, com passos largos, foi até a cama, apertando o punho fechado contra a palma da outra mão. Ficou em silêncio por longo tempo, consumido pela raiva. Finalmente falou, virando apenas a cabeça, e com voz seca e áspera.

– Sim, ela me deu à luz, mas fez pouco mais que isso. Primeiro, ela me odiava, não eu a ela. Para uma criança sedenta de amor, ela não tinha nenhum, e quando o menino se voltou para o pai disposto a tratá-lo como filho, ela destruiu isso também. Eles me jogaram fora, como uma coisa nascida no esgoto.

O coração de Aislinn se comoveu com a ideia de um menino que precisava implorar por afeição. Sem saber por quê, teve vontade de encostar a cabeça dele em seu peito e alisar as linhas amargas de sua testa. Nunca em toda a vida sentira tanta ternura por um homem, e agora não sabia o que fazer com as próprias emoções. Aquele homem era o inimigo, e ela queria aliviar seu sofrimento. Que loucura era essa?

Aproximou-se de Wulfgar e pousou a mão de leve em seu braço.

– Minha língua é afiada e sabe ferir. É um defeito do qual sempre sou lembrada. Peço perdão. Lembranças tão tristes devem ficar enterradas.

Wulfgar acariciou o rosto dela.

– Não confio nas mulheres, isso é verdade. – Sorriu tristemente. – É um defeito do qual sempre sou lembrado.

Aislinn olhou para ele ternamente.

– Sempre pode haver uma primeira vez, meu senhor. Veremos.

7

A luz do fogo dançou na lâmina da espada quando Wulfgar a levantou, testou o gume com a ponta do dedo e depois continuou a limar as pequenas chanfraduras, resultado dos combates. Estava sem a túnica, e os músculos das costas e dos braços moviam-se em ritmo perfeito. Aislinn, no chão, perto do pé da cama, costurava sua camisola. Vestia apenas uma túnica leve. Sentada com as pernas cruzadas sobre as peles de lobo, os cabelos cor de cobre soltos, parecia uma noiva viking dos tempos passados. Talvez o sangue daqueles aventureiros dos mares corresse em suas veias, pois o calor do fogo e a presença daquele homem semidespido aceleravam seu pulso. Cortou a linha com os dentes e pensou que, se fosse aquela selvagem noiva viking, iria até ele e acariciaria as costas musculosas, depois os braços fortes...

Deixou escapar um riso abafado, imaginando a reação de Wulfgar. Ele ergueu os olhos, curioso, e Aislinn imediatamente se ocupou em dobrar a camisola e guardar a agulha, a linha e a tesoura. Wulfgar praguejou em voz baixa e ergueu o polegar, mostrando um pequeno corte com uma gota de sangue.

– Sua risada me feriu – disse ele. – Acha-me tão divertido assim?

– Não, senhor. – Ela corou intensamente, pois a pressa com que negou a acusação traía seu interesse. Incrédula, Aislinn percebeu que quase gostava da companhia dele e era capaz de inventar qualquer pretexto para estar ao seu lado. Quanto havia de verdade nas palavras de Kerwick? Seria ela mais uma jovem apaixonada que a megera vingativa?

Wulfgar voltou a seu trabalho, e Aislinn apanhou outra peça de roupa para consertar. Uma leve batida na porta interrompeu a tranquilidade doméstica dos dois; quando Wulfgar respondeu, Maida entrou e, com uma mesura para o senhor, sentou-se ao lado de Aislinn.

– Como foi seu dia, minha filha? – perguntou a mãe, em tom de conversa. – Eu não a vi porque estive na cidade atendendo os doentes e os aflitos.

Com um rosnado de desprezo, Wulfgar inclinou-se e começou a amolar cuidadosamente a lâmina da espada. Mas Aislinn ergueu as sobrancelhas interrogativamente, pois sabia que agora sua mãe pouco cuidava do povo da cidade e muito menos dos doentes e passava os dias inteiros isolada, arquitetando um plano para se vingar dos normandos.

Vendo que Wulfgar não estava dando atenção, Maida falou em voz baixa, na língua dos saxões.

– Ele não a deixa sem guarda nem por um momento? Desde esta manhã estou tentando falar com você, mas há sempre um normando ao seu lado.

Aislinn fez sinal para Maida se calar e olhou apreensiva para Wulfgar, porém a mãe balançou a cabeça e disse, com voz agressiva:

– Esse asno idiota não entende nossa língua e provavelmente não saberia acompanhar nosso pensamento, se entendesse.

Aislinn concordou, erguendo os ombros, e Maida continuou, ansiosamente.

– Aislinn, não dê atenção ao normando, mas escute atentamente o que vou dizer. Kerwick e eu fizemos um plano de fuga, e quero que se junte a nós na hora em que a lua desaparecer no céu. – Ignorando o olhar espantado da filha, Maida segurou a mão dela. – Vamos deixar esses chiqueiros do sul e fugir para as terras do norte, onde temos parentes e todos ainda são livres. Podemos esperar lá até a organização de novas forças e voltar para libertar nosso lar desses vândalos.

– Minha mãe, não faça isso, eu peço. – Aislinn tentou manter a voz baixa e calma. – Os normandos são muitos e patrulham todos os campos. Eles nos caçarão como se fôssemos ladrões. E Kerwick, o que será feito dele se o apanharem? Certamente escolherão um castigo muito mais severo.

– Eu preciso – sibilou Maida, e continuou com mais calma: – Não suporto mais ver essas terras que foram minhas sob os pés dos normandos e nem ter de dar a ele – com a cabeça indicou Wulfgar – o prazer de me ouvir dizer "meu senhor", "meu senhor".

– Não, minha mãe. Isso é loucura. Se está mesmo resolvida, vá, mas eu não posso acompanhá-la, pois nosso povo está ainda sob o jugo do duque normando, e pelo menos esse senhor – olhou rapidamente para Wulfgar – nos trata com compaixão e faz algumas concessões, por mais caras que sejam.

Maida percebeu que o olhar da filha se suavizava e disse com desprezo:

– Ai! Minha própria filha, carne da minha carne, entregou o coração a um normando bastardo e nos abandona, trocando-nos por sua companhia.

– Sim, minha mãe, bastardo talvez e normando certamente, mas um homem bom como jamais vi igual.

Maida disse com ironia:

– Pelo que vejo, ele é um bom amante.

Aislinn balançou a cabeça e ergueu o queixo.

– Não, minha mãe, nada disso. Aqui onde estou sentada é minha cama, e não passei disso, embora, às vezes, minha mente traidora pergunte como seria se isso acontecesse.

Com um sinal para a mãe, começou a falar de coisas triviais, em francês. Wulfgar levantou-se, embainhou a espada e saiu do quarto sem sequer olhar para elas. Quando ouviram seus passos na escada,

Aislinn pediu ansiosamente à mãe que desistisse de seus planos e cuidasse mais de seu povo, para aliviar suas dores e não o conduzir pelas trilhas da vingança, que só a levariam ao castigo com o chicote ou ao carrasco.

Depois de alguns momentos, Wulfgar voltou, puxando o cós da calça, como se acabasse de atender a suas necessidades físicas. Com um resmungo na direção delas, voltou para a cadeira e começou a passar um pano com óleo em seu escudo.

Maida levantou-se, acariciou levemente o rosto da filha e, despedindo-se rapidamente dos dois, saiu do quarto. Aislinn ficou pensativa, preocupada, e, quando ergueu os olhos, viu que Wulfgar a observava com um sorriso quase terno. Ficou mais intrigada vendo-o apenas balançar a cabeça e voltar ao trabalho. De certo modo, era como se ele estivesse esperando por alguma coisa.

Longos momentos passaram. Wulfgar continuava com seu trabalho, e os nervos de Aislinn estavam tensos. A interrupção aconteceu bruscamente. Ouviram o grito estridente de Maida, no corredor, o ruído de alguma coisa se chocando, uma luta e depois silêncio. Aterrorizada, Aislinn atirou para longe agulha, linha e a roupa que costurava, saiu do quarto, correu para o topo da escada e olhou para o salão. Então parou, perplexa. A primeira coisa que viu foi Kerwick amordaçado e acorrentado com os cães. Os olhos dele chispavam de fúria, mas já tinha desistido de lutar. Maida, erguida do chão pelos braços fortes de Sweyn, praguejava em voz alta. Estava outra vez em andrajos, e Aislinn viu um grande volume caído no chão. À medida que a fúria crescia lentamente em Aislinn, seus olhos ficavam mais escuros. Girou o corpo com rapidez quando ouviu a voz de Wulfgar atrás dela.

– O que os levou a querer abandonar a casa e a comida que ofereço? Odeiam tanto assim o próprio lar? Não encontram aqui recompensa suficiente pelo trabalho bem-feito, ou talvez achem os campos do norte mais atraentes?

Três pares de olhos voltaram-se, espantados, para ele. Wulfgar falara em inglês. Aislinn sentiu o sangue subir ao rosto, lembrando o quanto ele devia ter descoberto por culpa dela. Procurou recordar todas as vezes em que falara inglês na frente dele certa de que não estava sendo compreendida, e sua vergonha aumentou.

Wulfgar passou por ela, desceu a escada e aproximou-se de Maida. Apontou para os andrajos que ela vestia.

– Bruxa velha. Eu já a vi assim aqui antes e disse que se a visse outra vez seria tratada como merece. Sweyn, amarre essa megera com os cães e solte os braços do homem antes que os animais o devorem.

– Não! – gritou Aislinn. – Desceu correndo a escada e parou ao lado de Wulfgar. – Não vai fazer isso com ela!

Ignorando-a, Wulfgar fez um gesto para Sweyn, e o normando obedeceu às suas ordens. Então, parou na frente dos dois prisioneiros acorrentados e falou como um pai fala com um filho incorrigível.

– Esta noite, sem dúvida, acharão calor um no outro. Recomendo que conversem bastante sobre o jogo desta noite. Procurem aprender alguma coisa e lembrem-se disso. Onde eu costumo fazer esse jogo vocês não passam de dois inocentes do mundo, pois eu conheço as cortes, os reis e os homens da política e joguei seus jogos nos campos de batalha. Tenham uma boa noite... se for possível.

Abaixou-se para coçar atrás da orelha de um cão de caça e dar palmadinhas carinhosas no animal. Depois, sem uma palavra, segurou o braço de Aislinn e levou-a para a escada, onde parou por um momento, pensativo.

– Oh, Sweyn – disse ele, voltando-se. – Solte os cães por alguns momentos, de manhã, e veja se esses dois são capazes de agir como escravos leais. Podem até reconquistar a liberdade, se prometerem desistir dessa tolice.

A resposta foi um olhar furioso de Kerwick e vociferações de Maida.

Dando de ombros, ele sorriu quase gentilmente.

– Vão pensar diferente amanhã.

Segurando com firmeza o braço de Aislinn, ele levou-a de volta ao quarto. Um cão ganiu quando Maida o acertou com um pontapé.

Wulfgar acabava de fechar a porta e estava se voltando quando a mão aberta de Aislinn o atingiu em cheio no rosto.

– Você acorrenta minha mãe com os cães! – exclamou ela. – Pois então pode me acorrentar ao lado dela!

Aislinn ergueu o outro braço para dar outro golpe, mas Wulfgar segurou-lhe o pulso com força. Sem se deixar abater, ela acertou a canela dele com um pontapé, o que lhe valeu a liberdade.

– Pare, sua megera! – urrou ele. – Tome cuidado!

– Você nos fez de tolos! – gritou Aislinn, recuando um pouco, à procura de um objeto pesado para atacá-lo.

Wulfgar desviou a tempo e o copo de chifre bateu violentamente na porta, atrás dele.

– Aislinn – avisou ele, mas ela já estava apanhando outra coisa.

– Ahhh, eu o odeio! – gritou ela, atirando outro objeto. Não esperou para ver se ele conseguiu desviar desse também e já procurava o próximo. Com dois passos longos, Wulfgar se aproximou e envolveu-a nos braços, segurando os dela ao lado do corpo. Aislinn quase ficou sem ar quando ele a apertou, e ela sentiu o peito musculoso contra suas costas.

– Não está zangada por causa de sua mãe! – trovejou Wulfgar, junto ao ouvido dela. – Conhece os efeitos do chicote. Deve concordar que esse castigo é muito mais leve.

Aislinn lutou para se libertar dele.

– Não tem o direito de degradá-la.

– É *seu* orgulho que está ferido e por isso quer se vingar.

– Você me enganou! – Tentou pisar no pé dele.

As mãos de Wulfgar desceram para controlar o movimento das pernas dela e ele a ergueu do chão.

– Se eu quisesse enganá-la, mulher, você já teria partilhado meu leito.

Para isso Aislinn não tinha resposta e apenas continuou a lutar. Wulfgar a fez sentar-se na cadeira.

– Fique aí sentada até se acalmar, minha bela megera. Não pretendo deixar que aqueles cães de caça estraguem sua pele.

– Não vou ficar neste quarto com você! – exclamou ela, levantando-se rapidamente, quando ele se afastou.

– Não precisa se preocupar. – Ele sorriu, examinando-a dos pés à cabeça. – Não pretendo tirar vantagem de sua boa vontade.

116

Aislinn correu para ele com o braço erguido, mas Wulfgar o segurou a tempo, prendendo-o nas costas dela e apertando-a contra seu corpo. Com sua fúria abafada contra o peito musculoso, ela ergueu a perna para pisar no pé dele, mas foi solta imediatamente, porque seu joelho o atingiu na virilha. Com um gemido, Wulfgar cambaleou até a cama, e Aislinn olhou surpresa para ele, imaginando o que fizera para provocar tanta dor, mas logo saltou sobre ele para renovar o ataque. Wulfgar estendeu o braço para afastá-la, mas ela conseguiu arranhar profundamente o peito dele.

– Sua megera sedenta de sangue – disse ele. – Dessa vez vou lhe dar uma lição.

Segurou-a pelos pulsos, puxando o rosto dela para o meio de seus joelhos, mas, antes que pudesse segurá-la, Aislinn se desvencilhou e escorregou para o chão. Resolvido a aplicar o castigo que ela merecia, Wulfgar estendeu o braço para puxá-la para cima, e Aislinn estremeceu violentamente quando a mão dele tocou seu quadril nu. A túnica folgada estava enrolada em sua cintura, deixando nua a parte inferior do corpo. Aislinn arregalou os olhos e mudou de tática. Agora começou a lutar para se afastar dele, toda a fúria se dissolvendo e se transformando em pavor.

Ela tentou fugir, mas a mão forte segurou seu pulso, e Aislinn foi puxada para o colo dele. O cabelo solto envolvia os dois, dificultando os movimentos, mas os dentes afiados de Aislinn encontraram a mão dele. Com um gemido de dor, Wulfgar largou o pulso dela, mas, quando Aislinn procurou se afastar, ele a segurou pelo decote da túnica. Quando ela recuou, a túnica fina rasgou de alto a baixo.

Aislinn olhou com horror para a própria nudez, enquanto Wulfgar se deliciava ao ver tanta beleza. Sua pele brilhava como ouro branco à luz do fogo, e os seios, fartos e bonitos, erguiam-se tentadores. O desejo de Wulfgar há tanto tempo controlado dominou-o completamente.

Os braços do normando a enlaçaram e num instante Aislinn estava deitada de costas na cama, envolta no cabelo solto e desgrenhado e nos pedaços da túnica. Seus olhos se encontraram, e Aislinn compreendeu que a longa espera tinha terminado.

– Não! – exclamou ela, estendendo o braço para afastá-lo, mas Wulfgar prendeu suas mãos sob o corpo enquanto, com o joelho, separava as pernas dela. Com os braços sob o peso do próprio corpo, Aislinn gemeu de dor. Começou a praguejar contra ele, mas a boca de Wulfgar abafou as palavras em seus lábios. Com a cabeça forçada para trás, o corpo em arco, seus seios comprimiam-se contra o peito dele. Os lábios de Wulfgar pareciam de fogo, e o beijo violento quase a sufocou. Ele beijou-lhe apaixonadamente as pálpebras, o rosto, a orelha, murmurando com delicadeza palavras ininteligíveis, e Aislinn, em seu atordoamento, compreendeu a paixão que despertava nele. Com pânico crescente, tentou forçar o corpo dele para cima e, nesse movimento, sentiu a ereção dele entre suas pernas. Wulfgar pressionou o corpo para a frente quando ela recuou e soltou seus pulsos. Mas Aislinn não podia se mover, emaranhada no próprio cabelo, na combinação rasgada e na roupa de cama. Wulfgar se despiu, e, ofegante, sentiu o contato do corpo nu sobre o seu. Wulfgar libertou os braços dela do peso do próprio corpo, mas manteve-os presos, estendidos. Cada milímetro de seus corpos parecia se tocar agora. Aislinn tentou ainda lutar, mas seus movimentos acendiam mais o desejo do normando. Os lábios dele acariciaram seus seios, e era como se todo o seu corpo estivesse em chamas. Um calor estranho a invadiu, e seu coração disparou. Wulfgar beijou-a na boca novamente, e dessa vez Aislinn correspondeu, puxando-o para ela, deixando-se dominar pelo desejo apaixonado. A sensação dolorosa e ardente provocou uma exclamação, um misto de dor e surpresa.

Porém, ignorando seus protestos, Wulfgar beijava-lhe agora o pescoço. Quando ela ergueu as mãos para arranhar seu rosto, Wulfgar segurou seus pulsos, deixando-a indefesa, completamente entregue a seus desejos. Soluçando angustiadamente, Aislinn viu-se livre afinal, quando, satisfeito, Wulfgar a libertou. Furiosa, ela rolou para a ponta da cama, tirou a combinação rasgada e cobriu-se com os mantos de pele. Entre soluços, ela lançava sobre ele todas as pragas que conhecia.

Wulfgar riu daquela fúria.

– Eu não imaginava que você pudesse ser a coisinha mais deliciosa que tive nos últimos tempos.

A resposta foi uma torrente de epítetos injuriosos.

Ele riu outra vez e passou os dedos nas marcas de unhas no peito.

– Quatro tiras de pele para se divertir com uma mulher! Ah, mas valeu a pena, e eu pagarei o preço alegremente outra vez.

– Seu verme repugnante! – disse Aislinn. – Se tentar, eu o abro do umbigo ao queixo com sua espada!

A gargalhada de Wulfgar ecoou no quarto. Aislinn entrecerrou os olhos e ficou em silêncio. Ele entrou debaixo das peles que a cobriam e sorriu.

– Esta cama é mais confortável do que o chão, Aislinn. Isso pode lhe servir de consolo.

Rindo, ele voltou-se para o outro lado e adormeceu. Aislinn ficou acordada, e a respiração profunda dele parecia vibrar dentro de sua cabeça, enquanto suas palavras martelavam-lhe a mente.

Já esquecida? Sim, ele dissera que podia esquecer facilmente, mas ela seria capaz de fazer o mesmo? Poderia esquecer o único homem que, mesmo agora, com toda a sua fúria, dominava seus pensamentos? Poderia odiá-lo, desprezá-lo, mas seria capaz de esquecer? Wulfgar estava em seu sangue, e ela não descansaria enquanto não conseguisse gravar sua lembrança na mente dele, como um tormento constante. Agindo como uma bruxa ou como um anjo, ia conseguir! Afinal, não era a filha orgulhosa de Erland?

Aislinn adormeceu e acordou no meio da noite sentindo o calor do corpo de Wulfgar em suas costas, e a mão dele acariciando-a suavemente. Fingindo que dormia, submeteu-se, mas onde os dedos dele tocavam sua carne parecia arder, e ondas de prazer percorriam-lhe todo o corpo. Ele passou os lábios de leve em sua nuca, e Aislinn fechou os olhos, com uma sensação quase de êxtase. A mão dele desceu e, ofegante, ela tentou virar de bruços, mas seu cabelo estava preso sob o corpo dele. Apoiando-se num cotovelo, Aislinn olhou para ele. Os olhos de Wulfgar cintilavam à luz do fogo.

– Estou entre você e a espada, *chérie*. Terá de passar por mim para apanhá-la.

Estendendo o braço, Wulfgar puxou-a para si e seus lábios se encontraram. Aislinn estremeceu e tentou afastar o rosto do dele, mas Wulfgar rolou para cima dela, comprimindo-a contra os travesseiros.

AISLINN ABRIU OS OLHOS lentamente para a réstia de sol que passava entre as frestas da janela, desenhando uma estrada de luz no chão de pedra. Minúsculas partículas de poeira dançavam no raio de sol, e ela lembrou-se de quando era criança e tentava apanhar aqueles pontinhos brilhantes enquanto seus pais, na cama, a observavam sorrindo. De repente, despertou para a realidade, lembrando os acontecimentos daquela noite e de quem partilhava com ela aquele leito agora. Sentia o calor do corpo dele e ouvia sua respiração profunda. Aislinn sentou-se na cama. Viu então que uma parte de seu cabelo estava presa sob a mão de Wulfgar. Quando começou a puxar a mecha de cabelos cor de cobre, ele fez um movimento brusco, sobressaltando-a, mas não acordou.

Aislinn olhou para ele demoradamente, comovendo-se com o encanto quase infantil do rosto adormecido. Pensou que a mãe que o rejeitara sem nenhum remorso só podia ser uma mulher sem coração. Ela sorriu tristemente. Com quanta bravura ela pensara em usar o normando para criar desavenças entre o inimigo. Agora tinha desistido. Era ela quem estava encurralada entre ele e seu povo. Wulfgar a vencera no jogo. Não a usara para provocar Kerwick, acariciando-a na frente do jovem saxão?

Oh, Deus, estava completamente dominada por um homem capaz de superá-la em qualquer coisa. Ela, Aislinn, capaz de cavalgar como qualquer homem e de pensar melhor que qualquer rapaz de sua idade, como dizia seu pai. Segundo Erland, Aislinn era brilhante, obstinada e mais esperta que qualquer rapaz que sonhava ser sagrado cavaleiro pelo rei. Ele dizia, rindo, que Aislinn era metade homem, metade mulher. Tinha o rosto e o corpo de uma bela sedutora e a mente prática e lógica.

Aislinn quase riu alto, pois não se sentia especialmente inteligente naquele momento. Queria odiar Wulfgar e mostrar que ele não passava de outro vil normando, digno de desprezo. Mas os dias passados na companhia dele tornaram-se mais toleráveis, e sua disposição melhorou. Agora, para cúmulo da degradação, era sua amante.

A palavra soou como uma ironia. Aislinn, orgulhosa, distante, completamente dominada por um normando.

Só com esforço não cedeu ao desejo de fugir dele para sempre. Saiu da cama tremendo de frio. O que restava da combinação estava no chão, e ela sequer ousaria abrir a arca para apanhar outra. A túnica de lã estava na cadeira, ao lado da lareira apagada, e ela a vestiu, estremecendo ao contato do tecido áspero na pele.

Calçou os sapatos de couro macio e, com um manto de pele nos ombros, saiu silenciosamente do quarto. Quando atravessou o salão, viu os cães já acordados, mas Maida e Kerwick estavam imóveis, enrodilhados num canto, sobre a palha.

As dobradiças da porta rangeram quando ela a abriu. O ar estava frio, mas o sol, baixo ainda, começava a aquecer a terra. Era uma manhã muito clara, e o ar parecia quebradiço, como se pudesse ser estilhaçado pelo menor som. Aislinn viu Sweyn, com alguns homens, numa colina distante, se exercitando e aquecendo seus cavalos. Queria ficar sozinha e caminhou na direção do pântano, para um lugar isolado que conhecia.

Wulfgar virou na cama quente, semiadormecido, sentindo ainda o corpo de Aislinn lutando sob o seu. Estendeu o braço à procura do calor e da maciez de que lembrava e só encontrou o travesseiro vazio. Praguejando, saltou da cama e procurou-a pelo quarto.

– Maldição, ela se foi! Aquela megera fugiu! – Seus pensamentos voaram. – Kerwick! Maida! Para o inferno com eles e seus planos! Vou torcer seus pescoços!

Despido como estava, correu para a escada e olhou para o canto do salão. Os dois estavam ainda acorrentados. Mas onde podia estar aquela mulher?

Maida fez um movimento, e ele voltou apressadamente para o quarto. Depois de atiçar o fogo com alguns gravetos sobre as brasas, pôs sobre eles uma pequena tora e começou a procurar suas roupas. Entre elas estava a combinação rasgada de Aislinn, que ele atirou sobre a cama.

Uma ideia passou por sua mente. Ela foi embora sozinha. Meu Deus, aquela mulher foi embora sozinha!

Vestiu apressadamente o calção de lã, a túnica, um colete de couro macio e calçou as botas. Preocupado, pensava na fragilidade de Aislinn e a imaginava caindo nas mãos de um bando de malfeitores. A imagem da filha de Hilda morta, com as vestes rasgadas, surgiu em sua mente. Apanhou a espada e o manto e correu para os estábulos. Pôs o bridão na boca do enorme garanhão que o conduzira em tantas batalhas, passou as rédeas pela cabeça do animal e, segurando na crina, de um salto montou em pelo. Quando saiu do estábulo, encontrou Sweyn e alguns homens que voltavam da colina. Nenhum deles vira Aislinn naquela manhã. Wulfgar deu uma volta no castelo, tentando adivinhar a direção que ela havia tomado.

– Ah, lá está – suspirou, satisfeito. Marcas leves onde os pés dela haviam tirado o orvalho da relva. – Mas onde vai dar isso? Ergueu os olhos. – *Mon Dieu*! Vai direto para o pântano! – O único caminho que ele não podia trilhar rapidamente a cavalo.

O animal escolhia o caminho cautelosamente, conduzido pelo cavaleiro. Preocupado, Wulfgar imaginava que ela podia ter escorregado e caído no pântano. Ou, talvez, desesperada, tivesse se atirado em algum lodaçal profundo. Dominado por uma sensação de urgência, ele esporeou o cavalo, apressando o passo.

Aislinn seguiu pela trilha conhecida pelo povo da cidade e por ela, porque muitas vezes a havia percorrido à procura de ervas e raízes para os remédios que sua mãe preparava. Logo chegou ao regato de águas limpas e margens íngremes. Sombras leves de névoa pairavam ainda nos lugares que a luz do sol não alcançava. Aislinn sentiu uma necessidade premente de se lavar. O suor do corpo de Wulfgar em sua pele trazia lembranças da noite anterior.

Deixou a roupa num arbusto, mergulhou na água gelada e se movimentou e nadou até se aquecer um pouco. Sentia-se limpa agora, e o sangue corria veloz em suas veias. O céu cintilava com o brilho do nascer do dia, e os últimos farrapos de névoa erguiam-se da floresta. O som da água batendo nas pedras das margens acalmava seu espírito perturbado, e ela se entregou completamente à calma daqueles momentos. O pesadelo da morte do pai, o sofrimento da mãe, a conquista de Darkenwald pelos normandos, tudo parecia distante, em outro tempo, em outro lugar. Ali a natureza intocada não mostrava os efeitos das guerras dos homens. Aislinn podia quase se sentir inocente outra vez, não fosse por Wulfgar. Wulfgar! Lembrava perfeitamente o belo perfil, os dedos longos, finos e fortes, que podiam matar, mas sabiam também acariciar suavemente. Aislinn estremeceu ao lembrar do abraço dele, e sua paz desapareceu. Com um suspiro, começou a sair do regato. Antes de chegar à margem, com a água rodopiando ainda abaixo da cintura, ergueu os olhos e viu Wulfgar, que a observava calmamente, montado em seu garanhão. Havia algo nos olhos dele. Alívio? Ou desejo? Uma brisa leve a envolveu e, estremecendo, Aislinn cruzou os braços sobre o peito.

– *Mon seigneur* – pediu ela. – O ar está frio e deixei minha roupa na margem. Será que podia...

Ele não se moveu, como se não tivesse ouvido, e Aislinn sentia fisicamente a carícia de seu olhar. Levou o cavalo para dentro do regato e parou ao lado dela. Então, estendendo o braço, ergueu-a para a sela, sentando-a à sua frente. Tirou o manto e envolveu-a nele cuidadosamente, prendendo as pontas sob seus joelhos. Tremendo de frio, Aislinn aconchegou-se no calor do peito dele. Com mais o calor do animal sob seu corpo, logo começou a se aquecer.

– Pensou que eu o tivesse abandonado? – perguntou ela.

Wulfgar respondeu com um resmungo e tocou os flancos do animal com os calcanhares.

– Mas veio me procurar. – Inclinou a cabeça para trás e olhou para ele. – Talvez deva me sentir honrada por ter se lembrado de mim, depois de tantas outras.

Só depois de um momento ele percebeu a ironia e olhou zangado para ela.

– As outras foram apenas aventuras passageiras, mas você é minha escrava – rosnou ele. – E certamente já percebeu que tomo conta do que me pertence.

Suas palavras surtiram efeito. O corpo de Aislinn ficou rígido, e ela perguntou, com frieza:

– E qual é meu valor? Não posso arar a terra, nem cuidar dos porcos. Não posso cortar lenha nem para aquecer a menor choupana, e, até a noite passada, o único serviço que prestei foi costurar roupas ou tratar de algum ferimento leve.

Wulfgar riu e depois respirou fundo.

– Ah, mas a noite passada! Sua suavidade é muito maior do que eu esperava e seu calor guarda promessas de muitas noites de prazer. Fique certa, *chérie*, de que tenho para você um trabalho de acordo com seu corpo frágil e com seus talentos.

– Como sua amante? – perguntou ela, olhando para ele. – A concubina de um bastardo? É assim que vão me chamar agora. – Deu um riso breve e amargo e continuou: – É melhor então que eu represente o papel.

Aislinn conteve um soluço, e Wulfgar não encontrou resposta para as palavras dela. Assim, os dois seguiram em silêncio. Pararam na frente de Darkenwald. Aislinn tentou desmontar apressadamente, mas o manto que a envolvia estava preso sob os joelhos de Wulfgar. Rindo da fúria dela, ele soltou um dos joelhos de repente e Aislinn caiu, despida, entre as patas do cavalo. O animal, bem-treinado, ficou imóvel. Qualquer movimento das patas enormes a teria desfigurado para sempre. Aislinn afastou-se e ficou de pé, furiosa, com os punhos cerrados. Wulfgar deu uma sonora gargalhada. Finalmente atirou o manto para ela.

– Tome, vista-se, *chérie*, do contrário pode apanhar um resfriado.

Aislinn envolveu-se no manto, olhando rapidamente para os lados, para ver se alguém mais testemunhara sua nudez. Sua fúria diminuiu ao perceber que estavam sozinhos.

Vestida agora, não esperou por Wulfgar, mas, com porte altivo e arrogante, caminhou para a entrada, aconchegando o manto para se proteger do ar frio da manhã. Abriu a porta, entrou e parou. Os homens de Wulfgar estavam reunidos no salão com um grupo de mercenários de Ragnor. Aislinn ouviu a voz dele, falando sobre o duque Guilherme.

– Logo ele vai poder montar outra vez, e não deixará passar esse insulto. Eles escolheram outro, acima dele, mas esses ingleses logo vão aprender que não podem vencer Guilherme. Ele os esmagará sem piedade e *será* rei.

Animados, os homens começaram a falar todos ao mesmo tempo, em voz alta. Aislinn não ouvia mais o que Ragnor dizia, e os capacetes e os ombros dos homens a impediam de vê-lo.

A porta se abriu e Wulfgar entrou, surpreso por ver seus homens reunidos no salão. Os que estavam mais próximos afastaram-se, abrindo caminho para a escada. Wulfgar, com a mão nas costas de Aislinn, fez com que ela se adiantasse. Notando seu cabelo molhado e os pés descalços, sem dúvida todos pensaram que ela e Wulfgar voltavam de um passeio romântico na floresta.

Ragnor estava de pé no primeiro degrau da escada, Sweyn estava alguns degraus acima, e Maida, encolhida a seus pés, segurava contra o peito o vestido rasgado. Ragnor observou Aislinn, dos cabelos molhados aos pés descalços. Quando seus olhos se encontraram, ele fez menção de dizer alguma coisa, mas, como se tivesse pensado melhor, virou a cabeça bruscamente, ignorando-a, pois qualquer atenção que desse a ela poderia trair sua frustração. Continuou a falar para seus homens, mas agora olhando de modo insolente para Wulfgar.

– E estou certo de que o homem com mão forte governa melhor e o pagão conquistado trabalha melhor quando lembrado constantemente de sua condição de escravo. – Parou, esperando a reação de Wulfgar. Mas o grande normando aguardava, com um sorriso tolerante, que ele acabasse o discurso. – Esses camponeses simplórios devem aprender que temos mais experiência da vida que seus governantes pagãos. A mão fraca deixa cair as rédeas, mas a mão forte as segura com força, levando o animal para onde queremos que ele vá.

Ragnor cruzou os braços no peito, quase como que desafiando Wulfgar a contradizê-lo. Os homens esperavam uma disputa, mas a voz de Wulfgar soou calma no silêncio.

– Senhor De Marte, preciso avisá-lo outra vez que meus homens são soldados. Acha que devo desperdiçá-los no trabalho do campo, enquanto os camponeses pendem das forcas?

Um murmúrio correu pelo salão, e um frade de rosto corado adiantou-se, parando na frente dos dois homens.

– Isso é bom – disse ele, com voz ofegante. – Trate seus vizinhos da Britânia com misericórdia. Muito sangue já foi derramado para encher o inferno. Bom Deus! – exclamou ele, juntando as mãos, como em prece. – Poupe a vida de todos eles. Sim, isso é bom, meu filho, para desfazer o trabalho do demônio.

Ragnor voltou-se furioso para o homem da Igreja.

– Monge saxão, se continuar falando, logo estará morto.

O pobre homem empalideceu e recuou. Ragnor voltou-se outra vez para Wulfgar.

– Então o bravo bastardo é agora o paladino dos ingleses – disse com desprezo. – Você protege esses porcos saxões e trata essa cadela inglesa como se ela fosse a irmã do duque.

Wulfgar deu de ombros, calmamente.

– São todos meus servos e, servindo-me, estão servindo o duque Guilherme. Estaria disposto a matá-los e servir em seu lugar, alimentando os cães e soltando os gansos à noite? – Ergueu uma sobrancelha. – Ou talvez prefira substituir aqueles que já matou? Eu não trataria assim um normando, mas estou disposto a conseguir um dízimo dessa terra cansada para Guilherme.

Ragnor olhou para Aislinn por um momento, com desejo mal-contido. Depois voltou-se para Wulfgar e, com um sorriso quase agradável e em voz baixa, disse:

– Minha família me serve bem, Wulfgar. O que você diz da sua? – O sorriso desapareceu quando ouviu a resposta.

– Minha espada, minha cota de malha, meu cavalo e este viking são minha família e têm me servido com mais lealdade que você pode imaginar.

Ragnor ficou calado por um momento, depois olhou novamente para Aislinn.

– E ela, Wulfgar? O bastardo que ela vai parir será seu ou meu? Como vai saber?

A expressão de Wulfgar indicou que ele acertara em cheio, e Ragnor sorriu, satisfeito.

– Qual vai ser então sua família... sua espada, sua cota de malha e o bastardo dessa mulher? – Rindo, segurou o queixo de Aislinn.

– Teremos um filho maravilhoso, doçura, cheio de vida e de coragem. É uma pena que o bastardo não se case com você. Ele detesta mulheres, você sabe.

Furiosa, Aislinn afastou a mão dele e voltou-se para Wulfgar.

– Não é melhor do que ele – disse, em voz baixa. – Se eu tivesse forças naquele momento, teria lutado até o fim, feito sua carne em pedaços, sem ceder jamais! Você se diverte à minha custa.

Wulfgar passou a mão no peito e disse, com bom humor:

– Acho, Aislinn, que sua intenção de lutar até o fim e de fazer minha carne em pedaços foi muito bem realizada. Sou o primeiro a admitir, *chérie*, que só fazendo uso de uma grande força consegui que cedesse a meus desejos.

Wulfgar segurou o pulso dela antes que a mão de Aislinn alcançasse seu rosto e puxou-a para si, aproximando os lábios dos dela. Os olhos dele mostravam divertimento.

– Devo dizer em alto brado que está cedendo agora, mas espera ainda vencer a última batalha?

– Meu senhor! Meu senhor! – Aislinn procurou desviar a atenção dele, pois sabia que todos a observavam atentamente. – O padre!

Entre gritos de encorajamento de seus homens, ouviu-se uma voz hesitante.

– Hã, hã... Meu senhor... Sir Wulfgar. Não nos conhecemos ainda. Sou o frade Dunley. Fui chamado pelo senhor. – Wulfgar voltou-se para ele, e o frade continuou, apressadamente: – Vim para abençoar as sepulturas, mas percebo que deveria fazer muitas outras coisas. O trabalho de Deus não está sendo feito a contento. Parece-me que muitas mulheres foram usadas e algumas delas são casadas. A Igreja não pode ignorar esse fato nem concordar com ele. Acho que os maridos e noivos dessas mulheres devem ser recompensados com uma pequena soma em dinheiro.

Wulfgar ergueu uma sobrancelha e sorriu para o padre, que continuou:

– E então, meu senhor, aquelas que não são casadas nem prometidas devem se casar...

127

– Espere, padre – disse Wulfgar, erguendo a mão. – Acho que oferecer dinheiro aos maridos e noivos das mulheres que foram usadas as reduziria à condição de prostitutas, e que homem estaria disposto a vender a virtude de sua esposa ou prometida? Não seria uma soma pequena, quando toda a Inglaterra sente os efeitos dos desejos de meus homens. Só um governante muito rico poderia pagar a todos. Sou um cavaleiro pobre, e não teria o suficiente para fazer isso, mesmo que quisesse. Quanto à ideia de casamento para as outras, meus homens são todos soldados. São bons para uma guerra, mas não do tipo que uma jovem escolheria para marido. Todos partirão quando forem chamados às armas, deixando as mulheres com os filhos para sustentar, em situação pior do que agora. Se houve algum bem, certamente logo saberemos. Se houve algum mal, já está feito, e eu não posso desfazer.

– Mas, senhor – o religioso não estava disposto a desistir –, o que me diz do senhor? Agora é dono de terras e amigo do duque. Certamente não vai deixar essa pobre moça pagar por pecados que não cometeu. Seu juramento de cavaleiro o obriga a defender o sexo frágil. Pode me garantir que, pelo menos, a fará sua esposa?

Wulfgar franziu a testa, e Ragnor deu uma gargalhada.

– Não, padre, não posso. Meu juramento de cavaleiro não me obriga a isso. Além disso, eu sou bastardo, e não posso pedir que ouvidos inocentes se sujeitem ao tipo de gracejos e ofensas dos mais ignorantes, aos quais estou acostumado. – Olhou para Ragnor. – Aprendi que os golpes mais cruéis e os ferimentos mais profundos são infligidos pelas pessoas desse sexo que se diz frágil, caridoso e cheio de amor materno. Não me comove o choro das mulheres, nem procuro obrigá-las a fazer mais do que merecem. Não, não me censure, pois não posso ceder nesse ponto.

Wulfgar deu as costas ao homem de Deus, mas o frade não se deu por vencido.

– Lorde Wulfgar, se não quer se casar com ela, pelo menos conceda-lhe a liberdade. Seu prometido a aceitará assim mesmo.

Ele apontou para Kerwick, que, imóvel, olhava tristemente para Aislinn.

– Não! Não vou fazer nada disso! – rugiu Wulfgar, voltando-se furioso para o frade. Com esforço, controlou-se e falou em voz baixa, mas severa e decidida: – Sou senhor e dono de tudo aqui. Tudo que vê me pertence. Não abuse de minha boa vontade. Vá abençoar as sepulturas e deixe o resto por minha conta.

O bom frade sabia quando parar. Com um suspiro, murmurou uma prece, fez o sinal da cruz e saiu, acompanhado pelos homens. Aislinn não ousou dizer nada, e até Ragnor parecia estranhamente calado. Sweyn, como sempre, continuou em silêncio.

8

As sepulturas foram abençoadas, e Aislinn voltou para o quarto, procurando um pouco de privacidade. Mas encontrou Wulfgar, ao lado da janela, olhando pensativamente para o horizonte distante. Tinha nas mãos a mensagem entregue a ele por Ragnor, enquanto o padre orava ao lado das sepulturas. Sweyn estava ao lado da lareira e, com a ponta do pé, empurrava as brasas para o fogo. Os dois se voltaram quando ela entrou. Murmurando uma desculpa, Aislinn ia sair, mas Wulfgar a deteve.

– Não, não precisa. Entre. Já terminamos.

Hesitante, ela entrou e fechou a porta. Corando sob a insistência dos olhares dos dois homens, deu as costas a eles. Wulfgar disse para Sweyn:

– Deixo tudo em suas mãos.

– Sim, senhor. Ficarei de guarda.

– Então, posso ficar descansado.

– Vai ser estranho, Wulfgar, depois de tantos anos. Sempre lutamos tão bem juntos.

– Sim, mas é meu dever, e preciso ter certeza de que está em boas mãos. Espero que não seja por muito tempo.

– Esses ingleses são obstinados.

Wulfgar suspirou.

– Sim, mas o duque é muito mais.

Sweyn balançou a cabeça, concordando, e saiu do quarto. Aislinn apanhava os pedaços do copo de chifre que ela atirara contra a porta na noite anterior, evitando o olhar de Wulfgar. Procurou a combinação rasgada, pensando em consertá-la, pois já não tinha muita roupa para vestir, mas não a encontrou.

– Meu senhor – disse ela, com a bela testa franzida. – Por acaso viu minha combinação essa manhã? Sei que estava aqui.

– Eu a deixei na cama – respondeu ele.

Aislinn voltou-se, sabendo que era inútil procurar outra vez. Deu de ombros e levantou o travesseiro.

– Não está em lugar nenhum, *seigneur*.

– Talvez Hlynn a tenha levado – disse ele, sem muito interesse.

– Não, ela não entraria aqui sem seu consentimento. Tem medo do senhor.

– A combinação vai aparecer – disse ele, irritado. – Esqueça isso agora.

– É que não tenho muitas – queixou-se Aislinn. – E nem dinheiro para comprar mais fazenda. A lã é muito áspera para ser usada sem nada por baixo. E o senhor já disse que não pretende gastar dinheiro para me comprar roupas.

– Pare de tagarelar, mulher. Está parecendo essas que pedem dinheiro toda hora.

Por um momento, o queixo de Aislinn tremeu, e ela deu as costas a ele para esconder uma fraqueza até então desconhecida. Chorar por uma combinação rasgada, quando toda a Inglaterra estava na miséria. Mas estava chorando pela peça de roupa ou por si mesma? Ela, forte, voluntariosa e determinada, enfraquecida e diminuída por um homem que odiava as mulheres e acabava de compará-la às prostitutas que frequentavam os acampamentos dos exércitos.

Contendo as lágrimas, Aislinn ergueu o queixo.

– Meu senhor, não estou lhe pedindo nada. Só procuro conservar o que é meu, como o senhor faz.

Começou a arrumar o quarto, procurando se livrar da tristeza. Quando finalmente olhou para Wulfgar, ficou surpresa com a expressão sombria no rosto dele.

– *Monseigneur* – murmurou ela. – Terei inadvertidamente praticado alguma ação monstruosa? Estou dizendo a verdade, não pedi para me comprar roupas. Contudo, porém, olha para mim como se quisesse me espancar. Odeia-me tanto assim, meu senhor?

– Odiar? – disse Wulfgar com sarcasmo. – E por que eu ia odiá-la, quando você é tudo que um homem pode desejar?

Aislinn tentou lembrar cada palavra que haviam trocado há pouco e não encontrou nenhum motivo para aquele olhar tão severo. Então, com um choque, lembrou-se das palavras de Ragnor.

– Teme que eu esteja com o filho de outro homem, meu senhor? – perguntou, ousadamente, e viu a tempestade nos olhos dele. – Deve ser difícil para o senhor pensar que talvez eu esteja grávida e não ter certeza de que é seu.

– Fique quieta – disse ele, aborrecido.

– Não, senhor. – Aislinn balançou a cabeça teimosamente, e os cabelos revoltos dançaram em seus ombros. – Quero saber a verdade agora. E se eu estiver grávida? Casará comigo para salvar um inocente de tudo que o senhor tem sofrido até agora?

– Não ouviu o que eu disse ao padre? – respondeu Wulfgar.

Aislinn respirou fundo.

– Gostaria de saber mais uma coisa, se for bastante generoso para me dizer. Como pode ter certeza de que não gerou ainda nenhum bastardo? Todas as suas mulheres eram estéreis, como esperava que eu fosse? – Wulfgar franziu mais a testa, e ela teve certeza de ter acertado o alvo. – Teria mais prazer comigo se eu fosse como as outras mulheres, não é mesmo? – Parou na frente dele e ergueu os olhos para o rosto impassível. Procurando parecer calma, ela continuou: – Desejo desesperadamente ser estéril, pois acho que não gostaria de ter um filho seu.

Depois de um silêncio, como que movido por um pensamento repentino, ele segurou o braço dela e, olhando-a nos olhos, disse:

– Goste ou não, Aislinn, não pense que pode reparar sua honra sacrificando sua vida. Ouvi falar de mulheres que tiram a própria vida por não suportarem a vergonha. Mas isso é loucura.

– Loucura? – Aislinn sorriu docemente, atormentando-o. – Acho que é uma ideia muito digna.

Wulfgar sacudiu-a com violência, até os dentes dela se chocarem e sua cabeça parecer que ia soltar do pescoço.

– Dou minha palavra, mulher. Eu a manterei acorrentada a meu lado para ter certeza de que não vai fazer isso.

Aislinn livrou-se das mãos dele e com olhar furioso, embora enevoado pelas lágrimas, respondeu:

– Não tenha medo, nobre senhor. Dou muito valor à vida. Se eu estiver grávida, então certamente terei a criança dentro de nove meses, quer a reconheça como sua ou não.

Wulfgar disse, aliviado:

– Muito bem. Não quero ter sua morte na consciência.

– Claro que não. Quem seria então sua prostituta? – perguntou ela, com amargura.

– Aislinn. – Sua voz era quase ameaçadora. – Controle suas palavras. Estou farto desse tipo de provocação.

– É mesmo, meu senhor? Eu jamais imaginaria que um cavaleiro tão destemido pudesse ter medo das palavras de uma simples mulher.

– Suas palavras tiram sangue.

– Peço que me perdoe, senhor – disse ela, com fingida humildade. – Meu senhor sofre muito com isso?

– Meu senhor, meu senhor! – imitou ele, ignorando a pergunta. – Já disse qual é meu nome. Tem alguma coisa contra ele?

Aislinn ergueu o queixo altivamente.

– Sou sua escrava. Quer que uma escrava o trate com tanta familiaridade?

– É uma ordem, Aislinn. – Ele se curvou, como se estivesse falando com uma rainha.

Aislinn balançou a cabeça, concordando.

– Se é uma ordem... Wulfgar.

O normando segurou-a pelos ombros e olhou nos olhos dela.

– Você prefere ser escrava por sua conveniência, mas não é o que eu quero. Uma vez que minha semente entrou em você, pretendo fazer o melhor possível da situação.

Wulfgar beijou-a violentamente, abafando as palavras de protesto, abrindo-lhe à força os lábios, sedento e feroz. Confusa, Aislinn tentou empurrá-lo, mas ele a abraçou com força, impedindo seus movimentos. Beijou então avidamente seu pescoço. Aislinn sentia a pressão corpo dele e percebeu que começava a ceder ao abraço quase brutal. Desesperadamente, procurou se controlar.

– Meu se... Wulfgar! Está me machucando! – murmurou, quase sem ar. O normando cobria de beijos seu pescoço e seu rosto. Quando seus lábios se encontraram outra vez, com um gemido, ela desviou o rosto. – Solte-me – pediu, mais furiosa agora com os próprios sentimentos do que com ele. – Solte-me agora, estou dizendo.

– Não – murmurou Wulfgar, inclinando-a para trás sobre seu braço.

Aislinn prendeu a respiração quando os lábios dele tocaram seu seio, parecendo queimar-lhe a pele. Passando a mão sob os joelhos de Aislinn, ele a ergueu no colo e, ignorando os protestos, levou-a para a cama e começou a despi-la. Arrumou o manto sedoso cor de cobre dos cabelos dela sobre a manta de pele e, recuando um pouco, começou a tirar a própria roupa, sem tirar os olhos devoradores do corpo esplêndido.

– Não é decente! – reclamou Aislinn, insatisfeita com a indecência. Então corou intensamente, porque, à luz do dia, seus corpos nus pareciam se gravar para sempre em sua mente. Ela o viu como nunca vira antes, um guerreiro de pele bronzeada, personagem talvez de uma lenda pagã, um ser belo, maravilhoso, para ser domado e capturado e, se fosse possível, mantê-lo a seu lado. Aislinn exclamou: – O sol está alto no céu!

Rindo, Wulfgar deitou-se ao lado dela.

– O sol não tem nada a ver com isso. – Sorriu, olhando nos olhos dela. – Assim, não haverá mais segredos entre nós.

Aislinn corou outra vez. Com admiração, Wulfgar acariciou-lhe o corpo, fazendo-a estremecer, maravilhado com a textura aveludada da pele macia.

Aislinn compreendeu que nada poderia impedi-lo agora. Mas resolveu ficar completamente passiva. Wulfgar se satisfez e só quando se afastou demonstrou seu desagrado. Ficou algum tempo deitado, com a testa franzida. Aislinn não ousava sorrir em triunfo, mas seu olhar frio dizia tudo.

– Ocorreu-me, *chérie* – murmurou ele, suavemente, passando o dedo entre os seios dela –, que você resiste não a mim, mas a você mesma, e aposto que vai chegar o tempo em que bastará um leve toque de meus dedos para que implore meus favores.

Como se não tivesse ouvido, Aislinn continuou a olhar para ele. Wulfgar suspirou pensativamente e apanhou suas roupas. Quando se voltou, olhando com admiração para as pernas bem torneadas, Aislinn sentou-se na cama e cobriu-se com uma manta de pele. O normando riu, deu de ombros e começou a se vestir. Assim que terminou, apanhou do chão a roupa dela. Quando a tomou das mãos dele, Aislinn olhou para a porta, como convidando-o a sair, mas com um sorriso, Wulfgar balançou negativamente a cabeça.

– Não, não vou ainda. Tem de se acostumar à minha presença, adorável Aislinn, pois não deixarei que sua modéstia me negue nenhum prazer.

Aislinn olhou para ele furiosa e, com um gesto de desafio, deixou cair a manta de pele que a cobria. Com graça natural, caminhou até a lareira, indiferente ao olhar ávido de desejo de Wulfgar. Voltou-se então para ele e, por um momento, pensou ver nos olhos do normando certa surpresa com a intensidade dos próprios sentimentos.

Lá fora, alguém gritou avisando a aproximação de estranhos, e Wulfgar desviou os olhos, como que aliviado com a interrupção. Prendendo a espada ao cinto, saiu do quarto. Aislinn vestiu apressadamente a combinação e a túnica de lã, pensando que deviam ser guerreiros de Erland voltando da batalha. Com o cabelo descuidadamente solto sobre os ombros, desceu a escada e, quando chegou ao hall, Ragnor tentou impedir sua passagem.

– Vai me deixar passar ou preciso pedir ajuda? – perguntou ela, secamente. Wulfgar estava na porta, esperando os estranhos. – Wulfgar não o avisou para me deixar em paz e já não o castigou por me importunar?

– Algum dia eu o matarei por isso – murmurou ele, mas depois deu de ombros, sorriu e estendeu a mão para o cabelo dela. – Como vê, pequena saxã, desafio a morte e a humilhação para estar perto de você.

Aislinn tentou tirar o cabelo da mão dele, mas Ragnor não soltou.

– E se conseguisse o que deseja, certamente mandaria me enforcar quando se cansasse de mim.

Ragnor riu da fúria dela.

– Você nunca, minha pombinha. Jamais a trataria desse modo.

– Sou saxã – disse ela. – Por que não?

– Porque você é bonita demais. – Largou a ponta do cabelo sobre um dos seios, os dedos tocando de leve o corpo dela. – Vejo que ele está se divertindo bastante. Seu rosto ainda está corado.

Corando mais ainda, Aislinn tentou passar por ele.

– Não tenha pressa – murmurou Ragnor.

– Deixe-me passar! – ordenou Aislinn, em voz baixa.

– Não vai se despedir com uma palavra amável?

Aislinn ergueu as sobrancelhas interrogativamente.

– Vai partir outra vez? Quando?

– Não fique tão ansiosa, minha pombinha. Isso me ofende profundamente.

– Durante sua ausência, diminui sensivelmente para mim o perigo de um ataque físico. Mas, diga-me, por que insiste tanto? Não há mulheres no lugar para onde vai?

Inclinando-se para ela, Ragnor murmurou, como quem conta um segredo.

– Todas são espinhos. Eu quero a rosa.

Ele a beijou rapidamente na boca, antes que Aislinn tivesse tempo de se afastar, e, saindo da frente dela, levou a mão ao peito.

– Guardarei esse beijo para sempre em meu coração, doçura.

Aislinn passou por ele e foi para a porta. Uma caleça fechada, acompanhada de um cavaleiro, aproximava-se de Darkenwald. O carro parou ao lado de um dos homens de Wulfgar e, a uma pergunta do passageiro, o soldado apontou para o normando. Aislinn viu, então, uma mulher jovem, magra e loura dirigindo o carro. O cavalo velho mancava e, embora tivesse muitas cicatrizes de batalha, poderia ser ainda um belo animal se fosse mais bem cuidado. A cota de malha do cavaleiro era antiga e muito usada. O homem era forte e grande, quase da altura de Wulfgar. Seu cavalo também já vira melhores dias e estava coberto de poeira. A mulher parou o carro na frente de Wulfgar e olhou para o castelo.

– Você se saiu muito bem, Wulfgar. – Desceu sem esperar ajuda e com um gesto indicou o cavaleiro e o carro. – Pelo menos, muito melhor que nós.

Aislinn sentiu imediatamente hostilidade e medo, notando a familiaridade com que a mulher tratava Wulfgar. A mulher ergueu o rosto e ela viu os traços finos e aristocráticos, a pele lisa cor de marfim. A visitante era mais velha que ela, devia ter quase 30 anos, e tinha o porte altivo. O coração de Aislinn estremeceu, pois não podia imaginar o relacionamento daquela mulher com Wulfgar.

O velho cavaleiro aproximou-se e saudou Wulfgar como um nobre chefe saudando outro. Wulfgar retribuiu a saudação, e, por um momento os dois homens se entreolharam. O recém-chegado apoiou sua lança no chão e tirou o elmo. Aislinn notou o cabelo branco longo, à moda saxã, e a linha mais clara no rosto, de onde a barba fora há pouco tempo raspada.

Aislinn ficou surpresa com a presença de um velho cavaleiro saxão armado em Darkenwald. Havia alguma coisa familiar no homem, embora seu rosto fosse estranho e não tivesse nenhum brasão no escudo.

Quando Wulfgar falou, Aislinn teve a impressão de que ele travava uma batalha íntima.

– As acomodações são pobres, meu senhor, mas é bem-vindo.

O homem continuou montado, como que rejeitando as boas-vindas.

– Não, Wulfgar, não estamos procurando pousada por algumas noites. – Ele olhava para a frente e, com a voz rouca, como se as palavras saíssem com dificuldade, continuou: – Fui expulso de minhas terras por seus normandos. Os saxões me consideram um traidor, pois não tive condições de lutar ao lado de Harold. O número de meus servidores diminuiu, mas, mesmo assim, não posso mantê-los. Por isso, venho a você pedir asilo.

Wulfgar olhou para o sol poente, depois outra vez para o homem, sentado rígido e altivo na sela. Disse então, com voz segura e forte:

– Eu repito, meu senhor, é bem-vindo aqui.

O homem relaxou e fechou os olhos por um instante, como se reunisse forças para uma nova experiência penosa. Apoiou a lança na parte traseira da sela e no chão, à sua esquerda, e dependurou o escudo na ponta superior. Pôs a mão debaixo do joelho esquerdo e, com expressão de dor, tentou erguer a perna e passá-la para o outro lado da sela. Wulfgar adiantou-se para ajudar, mas ele o impediu com um gesto. Com grande esforço, o velho homem conseguiu fazer o movimento, mas deixou escapar um gemido surdo quando a perna encostou no flanco do cavalo. Sweyn aproximou-se dele e, ignorando o gesto negativo do velho saxão, tirou-o da sela e o pôs de pé no chão, escorando o corpo dele no seu. O velho sorriu para o viking e pôs a mão aberta no peito dele. Sweyn segurou-a e apertou-a amistosamente.

– Sweyn, bom Sweyn – disse o homem. – Não mudou nada.

– Um pouco mais velho, senhor – disse o viking.

– Sim – respondeu o saxão, pensativamente. – Eu também.

A mulher voltou-se para Wulfgar.

– Estamos com muita sede. A poeira da estrada secou nossas gargantas. Podemos tomar alguma coisa?

Wulfgar fez um gesto afirmativo.

– Lá dentro.

Pela segunda vez naquele dia, Aislinn sentiu o quanto estava malvestida e despenteada quando o homem e a mulher olharam para ela. O cabelo desgrenhado e os pés descalços que apareciam sob a barra da túnica vestida às pressas não escaparam à observação dos estranhos. Corando, Aislinn automaticamente alisou a túnica, sob o olhar interessado da mulher loura. Sweyn olhou para Wulfgar com expressão indulgente, notando a mudança na atitude de Aislinn. A mulher, no primeiro degrau da escada, ergueu os olhos e examinou Aislinn com curiosidade. Quando Ragnor apareceu à porta e, com um leve sorriso possessivo, parou ao lado da jovem, a mulher ergueu as sobrancelhas, intrigada. Voltou-se para Wulfgar, como para pedir uma explicação, mas ele estava subindo os degraus. Parou ao lado de Aislinn e segurou a mão dela, puxando-a para ele. Disse então, com uma leve insinuação de ironia no olhar.

– Esta é *damoiselle* Aislinn, filha do antigo senhor deste solar. Aislinn, minha meia-irmã, Gwyneth. – Ele mais sentiu do que viu a surpresa de Aislinn, e voltou-se para o homem. – Lorde Bolsgar de Callenham, seu pai.

– Lorde? – repetiu Bolsgar. – Não, Wulfgar. Os tempos mudaram. Agora você é o senhor, e eu, apenas um cavaleiro sem armas.

– Durante todos esses anos, pensei no senhor como lorde de Callenham, e é difícil mudar agora – respondeu Wulfgar. – Temo que tenha de atender a meu capricho.

Aislinn sorriu, e o velho olhou de Wulfgar para ela com expressão preocupada.

– O velho Darkenwald sempre se sentia honrado com a presença de hóspedes – disse ela. – O senhor seria bem-vindo naquele tempo, exatamente como está sendo agora por lorde Wulfgar.

Ragnor adiantou-se para ser apresentado e inclinou-se sobre a mão de Gwyneth. Ao contato dos lábios dele, a frieza com que ela reagira à presença do normando transformou-se em intenso prazer. Ela sorriu, e Ragnor compreendeu que estava prestes a fazer uma conquista. Voltou-se para Wulfgar com um largo sorriso.

– Não nos disse que tinha parentes aqui, meu senhor. Guilherme gostará de saber disso.

– Não precisa se apressar para contar a ele, Sir De Marte. Não é novidade para Guilherme – garantiu Wulfgar.

Depois de encerrar o assunto, Wulfgar abriu mais a porta de entrada e desceu outra vez, passou um dos braços de Bolsgar sobre seu ombro e ajudou Sweyn a levá-lo para dentro. Aislinn puxou uma poltrona confortável e uma banqueta para perto da lareira e mandou servir comida e vinho aos hóspedes. O saxão gemeu de dor quando Wulfgar pôs sua perna na banqueta, mas logo recostou-se na poltrona com um suspiro de alívio. Kerwick aproximou-se, e Aislinn, ajoelhada ao lado do velho saxão, preparou-se para retirar a perneira de couro da perna ferida. Não era fácil, porque a perna estava inchada. Tentou cortar com sua pequena adaga, mas só conseguiu provocar mais dor. Wulfgar ajoelhou-se ao lado dela e, com seu punhal afiado, cortou a perneira com um só gesto. Aislinn começou a retirá-la, mas Bolsgar afastou-a com um gesto.

– Tire essa menina daqui, Wulfgar. Não é um espetáculo bonito para olhos jovens.

Aislinn balançou a cabeça.

– Não. Não vou permitir que me mande embora, Sir Bolsgar. Tenho estômago forte e – olhou para Wulfgar – já me chamaram de teimosa. Deve permitir que eu faça isso.

Com um sorriso nos olhos cinzentos, ele disse:

– Sim, ela é teimosa.

Aislinn franziu a testa. Gwyneth aproximou-se, observando os dois com curiosidade, e Maida começou a servir comida e bebida para os viajantes.

– O que acha de estar entre os conquistadores, Wulfgar? – perguntou Gwyneth.

Bolsgar olhou severamente para ela.

– Controle sua língua, minha filha.

Wulfgar, inclinado ao lado de Aislinn sobre a perna do velho lorde, disse:

– Melhor que estar entre os vencidos.

Todos ficaram em silêncio quando a perneira foi retirada, revelando o ferimento vermelho e inflamado. Arfando de horror, Gwyneth virou o rosto, e Ragnor ajudou-a a levar seu prato e copo para a mesa, com a graça de um nobre cortesão normando.

139

O cheiro do ferimento era quase insuportável, e Aislinn engoliu em seco. Wulfgar pôs a mão no ombro dela, e a jovem continuou a retirar a perneira.

– Diga-me o que deve ser feito – disse Wulfgar, notando a palidez dela.

– Não, eu mesma faço.

Apanhou um balde de madeira e voltou-se para Kerwick.

– O pântano... sabe onde fica? – Kerwick fez um gesto afirmativo, e, entregando a ele o balde, ela continuou: – Encha este balde com a lama mais negra que encontrar

Kerwick saiu rapidamente, e pela primeira vez ninguém tentou impedi-lo.

Wulfgar olhou para o padrasto.

– Como aconteceu isso, senhor? – perguntou. – Ferimento infligido por um normando?

– Não – suspirou Bolsgar. – Seria motivo de orgulho para mim se fosse, mas isso não é obra do inimigo. Meu cavalo tropeçou numa vala e caímos os dois, o animal sobre minha perna, antes que eu tivesse tempo de rolar para o lado. Uma pedra aguçada cortou a perneira e feriu a perna, que está piorando rapidamente.

– Não procurou alguém para tratá-la? – perguntou Aislinn. – Devia ter sido tratada imediatamente.

– Não havia ninguém a quem eu pudesse pedir.

Aislinn olhou para Gwyneth, pensando nas vezes em que cuidara dos ferimentos do pai e imaginando como seria essa meia-irmã de Wulfgar.

– Wulfgar – disse ela –, traga o caldeirão de água que está no fogo. Mãe, apanhe lençóis limpos na arca, e, Sweyn, prepare uma cama com esteiras na frente do fogo.

Bolsgar sorriu e ergueu as sobrancelhas vendo que até o bravo guerreiro apressava-se em obedecer às ordens dela. Aislinn saiu à procura de teias de aranha nos cantos, sem se preocupar com suas possíveis ocupantes. Wulfgar e Sweyn tiraram a cota de malha do velho saxão e deitaram-no sobre as esteiras forradas com mantas de pele. Aislinn ergueu a perna ferida, retirando os restos da perneira que estavam por baixo, e apoiou-a numa macia pele de cabra. Virou-a de modo que o ferimento ficasse para cima, e o cheiro quase a fez vomitar. Rasgou um lençol pelo meio e olhou preocupada para o homem ferido.

– Vai doer, meu senhor – avisou. – Mas tem de ser feito.

Com um sorriso corajoso, ele fez um gesto para que ela continuasse. – Já senti a suavidade de suas mãos, lady Aislinn, e duvido que seja capaz de me infligir uma dor insuportável.

Aislinn derramou um pouco de água fervente numa pequena bacia de madeira e molhando nela o pano de linho, começou a lavar a perna inflamada. Ergueu os olhos quando o pé dele estremeceu. Bolsgar sorriu para ela, mas o suor brotava-lhe na testa, e suas mãos agarravam com força a pele da cama improvisada.

Aislinn continuou a fazer a limpeza até Kerwick entrar ofegante com o balde cheio de lama negra e pegajosa. Ela pôs uma porção da lama malcheirosa em outra vasilha menor e, juntando as teias de aranha, misturou até formar uma pasta, que aplicou sobre o ferimento e à sua volta. Molhou mais tiras de pano na água quente e, dobrando-as, aplicou-as nos lados da perna, envolvendo-a então com a pele de cabra e prendendo-a com firmeza. Sentou-se sobre os calcanhares, limpando as mãos, e olhou para Bolsgar.

– Não deve mover a perna, meu senhor – disse com autoridade. – Nem um pouco. – Sorriu e levantou-se. – A não ser que queira usar uma perna de pau para deixar marcas estranhas no chão. – Ergueu os olhos para Wulfgar. – Talvez Sir Bolsgar aceitasse um copo de cerveja fria.

O velho saxão sorriu, agradecido. Depois de esvaziar o copo de chifre, fechou os olhos e, em poucos instantes, adormeceu.

Ragnor saiu do salão com Wulfgar e Sweyn, e Aislinn, depois de conduzir Gwyneth a um dos quartos, foi para o seu, esperando um pouco de privacidade. Parou ao lado da cama com as mantas de pele desarrumadas, quase sentindo o corpo de Wulfgar contra o seu. Arfando de excitação, correu para a janela, lembrando a expressão de Gwyneth quando olhou para ela, sabendo muito bem o que a mulher devia estar pensando. Gwyneth observara Aislinn e Wulfgar o tempo todo, exceto quando lançava um olhar apreciativo para Ragnor. O que ela ia pensar quando a visse sentada ao lado do normando, ao jantar, e depois subir com ele para o quarto? Certamente Wulfgar não ia exibir a amante na frente deles, porém, na porta, ele segurara sua mão, aparentemente sem se importar com o olhar curioso de Gwyneth. Outros homens ficariam constrangidos para apresentar a amante a pessoas de sua família, especialmente estando ela tão mal-vestida. O sangue subiu-lhe ao rosto, imaginando o que eles deviam ter pensado. Balançou a cabeça e tapou os ouvidos com as duas mãos para não ouvir a palavra acusadora:

Prostituta! Prostituta!

Finalmente se acalmou e, olhando para fora, viu os normandos numa colina distante fazendo exercícios de batalha, mas logo desviou os olhos. Não a agradava assistir àquela atividade que custara a morte de tantos saxões.

Começou a tratar de arrumar o quarto e melhorar a própria aparência. Trançou o cabelo com fitas amarelas e vestiu uma combinação amarelo-clara e uma túnica dourada com bordados nas mangas longas. Pôs na cintura o cinto de delicados elos de metal com a adaga incrustada de pedras na bainha, o símbolo de que ela era um pouco mais do que uma escrava. Prendeu o cabelo com uma fina rede de seda. Desde a chegada de Wulfgar ela não caprichava tanto na toalete, e imaginou qual seria a reação dele se por acaso notasse a diferença.

Kerwick certamente ia notar, e Maida também, pois era sua melhor roupa, a que estava guardando para seu casamento. De que ia adiantar todo esse cuidado se não conseguisse conquistar o teimoso cavaleiro normando?

Era noite quando ela desceu para o salão. As mesas sobre cavaletes estavam armadas para os homens, que não tinham voltado ainda. Aislinn notou que Gwyneth arrumara o cabelo, mas estava com o mesmo vestido empoeirado e manchado da viagem. Compreendeu que fora um erro vestir seu melhor traje e atribuiu-o ao fato de só pensar em Wulfgar, nada mais. Porém era tarde para se arrepender.

Gwyneth voltou-se quando Aislinn descia a escada, e seus olhos a examinaram dos pés à cabeça.

– Muito bem, vejo que os normandos, pelo menos, lhe deixaram alguma roupa para trocar – disse, com despeito venenoso. – Mas, afinal, eu não concedi nenhum de meus favores a eles.

Aislinn ficou imóvel, rubra de cólera. Controlou-se para não perguntar como Gwyneth estava entre as poucas mulheres inglesas não usadas pelos normandos. Sem dúvida, por ser irmã de Wulfgar, mas com que direito ela ridicularizava as que foram desonradas por eles? Controlando-se, Aislinn foi até a lareira e olhou Bolsgar demoradamente, ainda adormecido, deixando que a compaixão amenizasse o veneno das palavras de Gwyneth. Ham entrou na sala e perguntou:

– Senhora, a comida está pronta para ser servida. O que devemos fazer?

Aislinn sorriu.

– Pobre Ham, não está acostumado ao horário dos normandos. A pontualidade de meu pai o acostumou mal.

– Esses normandos precisam aprender um pouco de pontualidade. Deixe que se contentem com comida fria, mas prefiro a minha bem quente. Sirva-me agora – disse Gwyneth, com a voz firme.

Aislinn olhou para ela e disse, com uma calma que não sentia:

– Lady Gwyneth, é costume desta casa esperar o senhor quando ele não dá nenhuma ordem em contrário. Não pretendo desacreditá-lo com minha pressa.

Gwyneth ia responder, mas Ham saiu da sala, sem questionar a autoridade de Aislinn. Erguendo uma sobrancelha, ela disse:

– Esses servos precisam aprender um pouco de respeito.

– Sempre serviram muito bem – disse Aislinn.

O tropel de cavalos quebrou a quietude da noite, e Aislinn apressou-se a abrir a porta. Wulfgar desmontou e subiu os degraus, enquanto seus homens levavam os cavalos para o estábulo. Parou ao lado dela, examinou-a dos pés à cabeça e, com um brilho nos olhos, murmurou:

– Você me honra, *chérie*, não pensei que sua beleza pudesse ser mais realçada.

Aislinn corou, sentindo o olhar atento de Gwyneth. Wulfgar inclinou-se avidamente para beijá-la na boca, mas Aislinn, confusa, recuou e estendeu a mão na direção da outra mulher.

– Sua irmã está faminta, meu senhor – disse rapidamente. – Seus homens vão demorar?

Ele ergueu uma sobrancelha interrogativamente.

– Meu senhor? Será que esqueceu tão depressa, Aislinn?

Com um olhar de súplica e corando mais intensamente, ela disse:

– Demorou tanto. Estávamos pensando que íamos jantar sozinhas.

Com um resmungo e a testa franzida, Wulfgar aproximou-se da lareira, andando com cuidado quando viu que Bolsgar ainda dormia. Parou de frente para a sala, as pernas afastadas, as mãos cruzadas nas costas, e seu olhar acompanhou Aislinn quando ela foi até a pequena cozinha e deu ordens para servirem o jantar. Quando voltou, viu a desaprovação nos olhos dele.

Bolsgar fez um movimento. Aislinn ajoelhou-se ao lado da cama improvisada e pôs a mão na testa dele, que estava quente, mas não demais. Depois de tomar alguns goles de água, o velho saxão voltou a se deitar, com um suspiro de alívio. Olhou então para a filha e, depois, para Wulfgar, que, de costas agora, empurrou com o pé uma tora em brasa para dentro da lareira. Erguendo a cabeça e com o olhar distante, o normando disse:

– Não me falou de minha mãe, senhor. Ela está bem?

Bolsgar demorou alguns instantes para responder.

– Em dezembro, vai fazer um ano que ela morreu.

– Eu não sabia – murmurou Wulfgar. Lembrou-se da mãe como a vira na última vez, muito parecida com Gwyneth. Viu-a claramente, como se fosse na véspera, parada, em silêncio, enquanto ele se afastava a cavalo, com Sweyn.

– Comunicamos a morte dela a Robert, na Normandia – disse Bolsgar.

– Há dez anos não vejo o irmão dela – disse Wulfgar em voz baixa, afastando da mente a lembrança da mãe. – Para Robert, sempre fui uma carga indesejável.

– Ele foi pago para cuidar de você. Devia ter se sentido orgulhoso.

– Sim, recebeu o bastante para comprar muita cerveja e espalhar aos quatro ventos que a irmã traíra um saxão e que seu sobrinho não passava de um bastardo. Aparentemente achou muito divertido o fato de nenhum homem me reclamar como filho – disse Wulfgar, com um sorriso irônico.

– Você foi criado como um homem bem-nascido. Conseguiu ser sagrado cavaleiro – disse Bolsgar.

– Sim – respondeu ele com um suspiro. – Sim, Robert fez de mim seu pajem e me ensinou a arte da cavalaria, mas só depois de Sweyn o fazer lembrar de sua obrigação com uma ameaça muito clara.

O velho saxão fez um gesto afirmativo.

– Robert era um homem frívolo. Eu não esperaria mais dele. Ainda bem que mandei Sweyn com você.

Com o rosto contraído, Wulfgar perguntou:

– O senhor me odiava tanto que não podia suportar minha presença?

Aislinn ergueu os olhos, e seu coração encheu-se de compaixão. Nunca vira Wulfgar tão transtornado. Com os olhos marejados de lágrimas, mas o rosto impassível, o velho saxão disse:

– Quando fiquei sabendo da verdade, durante um tempo eu o odiei. Você era meu primeiro filho e meu orgulho. Por você, negligenciei meu outro filho. Você era mais veloz a cavalo e mais perfeito que qualquer outro, e parecia ter o segredo da vida nas veias. Eu não podia me consolar com o menino fraco e frágil que nasceu depois. Você era minha própria vida, e eu o amava mais que a mim mesmo.

– Até minha mãe contar que eu era filho de um normando cujo nome ela jamais quis revelar – murmurou Wulfgar, amargamente.

– Ela pensou que estava corrigindo um erro. Eu me interessava mais por um bastardo que por meus próprios filhos, e ela não podia suportar isso. Estava disposta a arcar com a vergonha para o bem deles. Não a condeno por isso. Não, foi a ira que me dominou e que afastou você de mim. Você era o vento a meu lado, minha sombra, minha alegria, mas não era meu filho. Voltei-me para meu filho verdadeiro, e ele cresceu forte e belo, e então, no vigor da idade, morreu. Eu preferia ter morrido em seu lugar. Mas meu destino foi criar uma mulher que tem a língua tão ferina quanto a da mãe. – O velho saxão calou-se e olhou para as chamas pensativamente.

Pensando na injustiça de tudo aquilo, Aislinn sentiu pena do menino rejeitado primeiro pela mãe e depois pelo pai, que ele conhecia tão bem. Ela queria estender o braço e tocá-lo, aliviar seu sofrimento. Ele parecia mais vulnerável agora, e ela só o conhecia de outro modo, sempre forte, como uma fortaleza inexpugnável. Aislinn perguntou a si mesma se algum dia seria possível alcançar seu coração.

Ela se levantou e foi se sentar na cadeira ao lado do fogo.

– Nós o mandamos para o país de sua mãe, sem imaginar que voltaria desse modo. – A voz de Bolsgar estava rouca, e ele lutava para se controlar. – Sabia que seu irmão morreu na colina de Senlac?

Wulfgar ergueu bruscamente a cabeça. Gwyneth aproximou-se dos dois, furiosa.

– Sim, os ladrões normandos o mataram. Mataram meu irmão!

Wulfgar ergueu uma sobrancelha e perguntou:

– Ladrões normandos? Naturalmente quer dizer eu e meus homens.

Ela ergueu o queixo.

– Realmente a descrição se encaixa bem, Wulfgar.

Ele sorriu, quase gentilmente.

– Tenha cuidado, irmã. As maneiras do vencido devem sempre agradar ao vencedor. Faria muito bem se procurasse aprender com minha Aislinn. – Aproximou-se de onde ela estava sentada e continuou: – Ela representa tão bem o papel da vencida – seus dedos brincaram com um anel do cabelo cor de cobre – que, às vezes, tenho dúvida de ter sido o vencedor.

Aislinn sorriu levemente, mas só Wulfgar notou. Acariciou o rosto dela com um dedo.

– Sim, minha irmã, faria muito bem em aprender alguma coisa com ela.

Tremendo de raiva, Gwyneth deu um passo para ele, com os lábios cerrados e fúria nos olhos.

– Queria dizer mais alguma coisa, Gwyneth? – perguntou ele.

Com o peito arfando de raiva, ela disse:

– Sim. Eu preferia que você tivesse morrido em lugar de Falsworth. – Ignorando o pedido do pai para se calar, continuou: – Eu

146

o odeio ter de depender de sua caridade para sobreviver a estes tempos difíceis e me deixa ainda com mais ódio. – Voltou-se para Aislinn, que observava atônita o ódio que via em seus olhos: – Você nos mostra esta mulher como exemplo. Mas veja o luxo com que ela se veste. Não exatamente como as outras trágicas mulheres da Inglaterra, não é mesmo?

– Agradeça por eu ainda estar vivo, minha irmã – disse Wulfgar, secamente. – Pois, sem dúvida, se eu não estivesse aqui para lhe dar esse conforto, você estaria dormindo lá fora, sobre a terra fria.

– O que é isso? – Ragnor apareceu na porta, seguido por seus homens, que se sentaram às mesas. – Uma briga de família tão cedo? – Olhou com admiração para Aislinn, em seu vestido dourado, e depois segurou a mão de Gwyneth e levou-a ao peito. – Ah, doce Gwyneth, será que o feroz Wulfgar mostrou suas presas? Por favor, perdoe os modos dele, minha senhora. Ou dê-me sua permissão para que eu a defenda, pois não posso suportar um insulto a tanta graça e beleza.

Gwyneth sorriu friamente.

– É natural que um irmão encontre defeitos na irmã, invisíveis para quem mal a conhece.

– Mesmo que eu fosse muito íntimo – murmurou Ragnor calorosamente, inclinando-se sobre a mão dela –, jamais encontraria defeitos na senhora.

Gwyneth retirou a mão, corando intensamente.

– É muita presunção sua, cavaleiro, imaginar que possamos algum dia ser íntimos.

Ragnor sorriu.

– Posso ter esperança, *damoiselle*?!

Gwyneth olhou nervosamente para Wulfgar, que os observava em silêncio. Tomando a mão de Aislinn e fazendo-a levantar-se da cadeira, ele indicou à irmã a mesa principal.

– Vamos jantar amistosamente, Gwyneth. Acho melhor assim, uma vez que daqui por diante vamos nos ver com muita frequência.

Gwyneth voltou-se bruscamente para Ragnor e permitiu que ele tomasse sua mão, conduzindo-a para a mesa. Quando se sentaram, os olhos dele a acariciaram ternamente.

– Você desperta meu coração e aquece meu sangue. O que devo fazer para merecer seus favores? Serei seu escravo para sempre.

– Sir De Marte, fala com muita ousadia – gaguejou Gwyneth, corando intensamente. – Esquece que meu verdadeiro irmão foi morto pelos normandos e que eu não gosto nem um pouco deles.

– Mas, *damoiselle*, certamente não culpa todos os normandos pela morte de seu irmão. Juramos obedecer às ordens de Guilherme. Se quer odiar alguém, odeie o duque, não a mim, *damoiselle*.

– Minha mãe era normanda – murmurou Gwyneth, suavemente. – Eu não a odiava.

– E não deve me odiar – pediu Ragnor.

– Eu não o odeio – disse ela.

Com um largo sorriso que descobria os dentes brancos e fortes, Ragnor segurou a mão dela.

– Minha senhora, estou muito feliz.

Confusa, Gwyneth virou o rosto e observou Wulfgar ajudando Aislinn a se sentar a seu lado. Olhou friamente para a jovem, sentindo-se outra vez dominada pelo ódio. Seus lábios curvaram-se num sorriso cruel.

– Não disse que tinha casado, meu irmão.

Wulfgar balançou a cabeça.

– Casado? Não. Por quê?

Gwyneth olhou para Aislinn.

– Então essa Aislinn não é, na verdade, nossa parente. Pensei que fosse uma esposa muito preciosa, pelas atenções que lhe dispensa.

Ragnor riu, divertindo-se com a situação. Quando Aislinn olhou para ele, ergueu o copo numa saudação silenciosa e inclinou-se para Gwyneth, murmurando algumas palavras. Ela riu alegremente.

Aislinn cruzou as mãos no colo, transtornada. Perdeu o apetite e desejou estar em outro lugar. A carne que Wulfgar pôs em seu prato não foi tocada, nem o vinho de seu copo.

Depois de olhar para ela demoradamente, Wulfgar disse:

– O javali assado está muito bom, Aislinn. Não vai nem experimentar?

– Não estou com vontade de comer – murmurou ela.

148

– Vai emagrecer se não comer – disse ele, levando um pedaço de carne à boca. – E eu acho que as mulheres magras não são tão confortáveis quanto as mais cheias. Você é agradavelmente macia, embora não tão forte quanto devia ser. Coma, vai lhe fazer bem.

– Sou forte o bastante – respondeu Aislinn, sem nenhum sinal de obedecer.

– É mesmo? Eu nunca teria imaginado, considerando seu desempenho fraco algumas horas atrás. – Passou a mão no peito e sorriu. – Juro que prefiro a megera à coisinha inerte que tive debaixo de mim há pouco. Diga-me, *chérie*, por acaso não existe outra mulher em você, uma que esteja entre as duas, não tão megera e mais cheia de vida do que a outra?

O rosto de Aislinn estava em fogo.

– Meu senhor, sua irmã! Ela pode ouvir, e já está intrigada com a situação. Não seria melhor me tratar com menos intimidade?

– O quê? E fazê-la entrar em meu quarto nas trevas da noite, quando ninguém pode ver? – Riu, olhando avidamente para ela. – Não teria paciência para esperar.

– Está brincando quando eu falo sério – disse ela, zangada. – Seus parentes suspeitam que somos amantes. Quer que saibam que sou sua amante?

Wulfgar sorriu.

– Devo anunciar agora ou deixar para mais tarde?

– Oh! Você é impossível! – disse Aislinn, elevando um pouco a voz, o que chamou a atenção de Gwyneth e de Ragnor. Quando os dois voltaram a conversar, ela inclinou-se para Wulfgar.

– Não se importa com o que eles pensam? Eles são sua família.

– Família? Na verdade, não tenho família. Você viu minha irmã dizer que me odeia. Eu não esperava mais que isso e também não lhe devo explicação pelo modo que vivo. Nada nos une. Você é minha, e não vou deixá-la de lado só por causa da chegada de meus parentes – resmungou Wulfgar.

– E também não pretende casar comigo – acrescentou Aislinn, suavemente.

Wulfgar deu de ombros

– É assim que eu sou. Você me pertence. Isso basta.

Ele desviou os olhos, mas ficou preparado para a reação. Depois de alguns minutos de silêncio, olhou outra vez para os lagos cor de violeta que escondiam os pensamentos dela. Um sorriso apareceu lentamente nos lábios de Aislinn. A beleza daquele rosto prendeu sua atenção, até ela rir francamente, libertando-o.

– Sim, Wulfgar, sou sua escrava – murmurou ela. – E se isso é bastante para você, também é para mim.

Wulfgar recostou-se na cadeira, e a voz de Gwyneth interrompeu seus pensamentos.

– Wulfgar, certamente não está pensando em alimentar todos esses normandos durante todo o inverno? – Com um gesto largo, indicou o salão. – Se fizer isso, no fim da estação estaremos morrendo à míngua.

Wulfgar olhou para os vinte e tantos homens que se fartavam à custa das despensas de Darkenwald, depois para a irmã.

– O número é maior, mas alguns estão de guarda, protegendo o castelo de assaltantes e ladrões. Protegem meu povo... e você. Não questione outra vez o que eles comem.

Gwyneth olhou para ele com desprezo. Outro homem teimoso como seu pai. Não existia nenhum suficientemente esperto para tomar conta da própria família?

Logo depois, Aislinn pediu licença a Wulfgar e, levantando-se da mesa, foi ver como estava Bolsgar. Tornou a molhar as compressas e mandou Kerwick tomar conta dele durante a noite, mantendo o fogo aceso para que o velho saxão não sentisse frio. Se ele piorasse, devia chamá-la imediatamente.

Kerwick olhou demoradamente para ela.

– Devo acordar Maida para chamar você?

Aislinn respondeu com um suspiro.

– Ao que parece, não tenho segredos para ninguém. Até a prostituta mais vulgar pode ter um pecado secreto. Mas eu? – Riu baixinho. – Tudo que faço deve ser anunciado da mais alta montanha. Que importa se você mesmo for me chamar?

– Esperava ter privacidade quando seu amante nos governa? – perguntou ele asperamente. Olhou para o chão com os músculos

150

tensos. – Devo honrar essa coisa entre vocês dois como se fosse um casamento? O que esperam que eu faça?

Aislinn balançou a cabeça e estendeu as mãos abertas.

– Kerwick, você e eu jamais poderemos voltar a ser o que éramos antes da chegada dos normandos. Uma porta se fechou entre nós. Esqueça que fui sua prometida.

– Não há nenhuma porta entre nós, Aislinn – disse ele, com amargura. – Apenas um homem.

Ela deu de ombros.

– Muito bem, um homem, e ele não pretende me libertar.

– Está preso a seu encanto – acusou Kerwick. Ergueu a mão, apontando para o vestido dela. – E agora veste-se para agradá-lo. Se não lavar o rosto nem passar perfume no corpo, ele vai procurar outra. Mas você é vaidosa demais para deixar que isso aconteça.

Por mais que se esforçasse, Aislinn não conseguiu conter o riso. Kerwick corou, embaraçado. Olhou nervosamente para Wulfgar e viu o normando observando os dois, muito carrancudo.

– Aislinn – disse Kerwick, entre os dentes cerrados. – Pare com essa loucura! Quer que eu seja castigado outra vez?

Ela tentou parar, mas apenas riu em tom mais baixo.

– Perdoe-me, Kerwick – disse ela –, não consigo parar.

– Está rindo de mim – resmungou ele, cruzando os braços no peito. – Você detesta e ridiculariza minhas roupas. Queria que eu fosse como seu amante normando. Tão orgulhoso de seu porte que certamente desfila como um galo ao nascer do dia. Tiraram minhas roupas. O que queria que eu vestisse?

Aislinn ficou séria e pôs a mão no braço dele.

– Não é a roupa que o prejudica, Kerwick, é a falta de um banho.

Kerwick afastou a mão dela.

– Seu amante está olhando, e não quero sentir os dentes afiados dos cães esta noite, nem o chicote. É melhor voltar para ele.

Com um gesto de assentimento, Aislinn ajoelhou ao lado de Bolsgar, ajeitando o manto que o cobria. Quando ela se inclinou sobre ele, o velho saxão disse, com um sorriso cansado:

– É mais do que bondosa comigo, em minha velhice, lady Aislinn. Sua beleza e o toque suave de suas mãos encheram de luz o meu dia.

– Acho que a febre perturba sua mente, senhor – disse ela, sorrindo.

Ele roçou com os lábios, de leve, as costas da mão de Aislinn, depois fechou os olhos. Ela se levantou e, sem olhar para Kerwick, voltou para o lado de Wulfgar. Os olhos do normando a seguiram até ela parar atrás de sua cadeira, de onde podia observá-lo sem ser vista. Ele estava calmo agora e respondia cortesmente às perguntas da irmã sobre suas propriedades e sua situação com Guilherme. Gwyneth reclamou da tolerância excessiva com que ele tratava os criados, que eram pessoas rudes e precisavam ser conduzidas com mão firme. Quando ela deu esse último conselho, Wulfgar olhou para Ragnor, que, recostado na cadeira, parecia satisfeito consigo mesmo e com a conversa de Gwyneth.

– Fico feliz em saber que é capaz de fazer julgamentos tão rapidamente, Gwyneth – disse Wulfgar, mas ela não percebeu a ironia.

– Logo vai descobrir que sou muito perceptiva, irmão – disse ela com um sorriso sugestivo, erguendo os olhos para Aislinn.

Wulfgar deu de ombros e ergueu o braço para segurar a mão de Aislinn.

– Não tenho nada para esconder. Todos sabem como eu vivo e como dirijo minha propriedade.

Para maior irritação de Gwyneth, ele começou a brincar com os dedos de Aislinn e a acariciar seu braço. Aislinn corou, constrangida. O sorriso de contentamento desapareceu dos lábios de Ragnor e ele voltou a encher até a borda seu copo de chifre. As palavras morreram nos lábios de Gwyneth, e Aislinn imaginou se esse era um dos meios usados por ele para irritar a todos. Wulfgar levantou-se, pôs a mão no ombro de Aislinn e, com um sorriso, dirigiu-se ao cavaleiro Gowain, que, um pouco antes, se vangloriara de sua habilidade com a espada naquela tarde.

– Não é seu talento que o mantém na sela, rapaz, mas seu belo rosto. Olhando para ele, todos pensam que estão na frente de uma doce mulher e não têm coragem de feri-la.

152

O riso dos homens ecoou na sala, e Gowain corou intensamente, mas não perdeu o bom humor. Wulfgar continuou a brincar jovialmente com seus homens, sem deixar de acariciar o braço de Aislinn, que, confusa, não percebeu que Gwyneth os observava atentamente. Se o olhar dela fosse uma lâmina, teria atravessado o coração de Aislinn.

A fúria de Gwyneth aumentou quando, mais tarde, Wulfgar subiu a escada para o quarto com a mão na cintura de Aislinn.

– O que ele vê naquela rameira? – perguntou Gwyneth, recostando-se na cadeira como uma criança mimada e contrariada.

Ragnor desviou os olhos da jovem que subia a escada e tomou um gole de cerveja. Depois, inclinou-se para Gwyneth com um sorriso encantador.

– Eu não saberia dizer, pois meus olhos são só para a senhora. Ah, se eu pudesse senti-la ao meu lado, seu corpo junto do meu, conheceria os prazeres do paraíso.

Gwyneth disse, com um riso rouco:

– Sir De Marte, está fazendo com que eu tema por minha virtude. Nunca fui cortejada com tanta ousadia.

– Não tenho muito tempo – admitiu Ragnor. – Devo partir de manhã para juntar-me a Guilherme. – Vendo o desapontamento nos olhos dela, continuou, sorrindo: – Mas não tema, doce jovem, voltarei, nem que seja em meu leito de morte.

– Seu leito de morte! – exclamou Gwyneth, apreensiva. – Mas para onde vai? Devo temer por sua segurança?

– Na verdade, há perigo. Nós, os normandos, não somos muito populares entre os ingleses. Eles podem rejeitar Guilherme e escolher outro. Devemos convencê-los de que ele é a melhor escolha.

– Você luta corajosamente por seu duque, enquanto meu irmão diverte-se com aquela prostituta. Realmente ele não tem nenhuma honra.

Ragnor deu de ombros.

– Ela apenas faz com que ele possa partir feliz para a batalha.

– Wulfgar vai também? – perguntou ela, surpresa.

– Não agora, mas muito em breve. Infelizmente meu destino pode chegar mais depressa e ninguém se importa.

– Eu me importo – confessou Gwyneth.

Ragnor segurou a mão dela e levou-a ao peito.

– Oh, meu amor, essas palavras são doces a meus ouvidos. Sinta meu coração batendo dentro do peito e saiba que a desejo ardentemente. Venha para o campo comigo e deixe que eu estenda meu manto no chão para nós dois. Juro que não a tocarei, apenas quero abraçá-la por algum tempo antes de partir.

Gwyneth corou.

– É muito persuasivo, senhor cavaleiro.

Os dedos dele apertaram os dela.

– *Damoiselle*, é bela demais para que eu possa resistir. Diga que virá comigo. Deixe-me partir com uma pequena lembrança de sua bondade.

– Não devo – disse Gwyneth, sem muita convicção.

– Ninguém vai saber. Seu pai está dormindo. Seu irmão, divertindo-se. Diga que virá, meu amor.

Gwyneth balançou de leve a cabeça, num gesto afirmativo.

– Não vai se arrepender de sua generosidade – murmurou Ragnor, com voz rouca. – Vou na frente para preparar o lugar e volto para apanhá-la. Não se demore, eu lhe peço.

Beijou-lhe apaixonadamente a mão, envolvendo-a em ondas quentes de excitação, depois levantou-se e saiu da sala.

WULFGAR FECHOU A porta e encostou-se nela, cansado, notando, com gratidão, o banho quente que o esperava.

– Você dirige esta casa como se tivesse nascido com o talento para proporcionar conforto a uma grande família, Aislinn – comentou ele, começando a se despir.

Ela sorriu e, com olhar malicioso, disse:

– Minha mãe me ensinou essa responsabilidade desde cedo.

Wulfgar resmungou:

– Isso é bom. Você é uma boa escrava.

O riso de Aislinn soou claro e musical.

154

– Sou mesmo, meu senhor? Meu pai disse certa vez que tenho uma natureza indomável.

– E acho que tinha razão – respondeu Wulfgar, entrando na banheira e recostando-se na borda com um suspiro de alívio. – Mesmo assim, gosto das coisas como estão.

– Ah – disse ela. – Então contenta-se em produzir filhos bastardos?

– Você ainda não provou que é capaz de gerar nenhum filho bastardo, *chérie*.

– O tempo de prova ainda não terminou, meu senhor – disse ela, rindo, enquanto tirava a túnica, de costas para ele. – Não alimente falsas esperanças. Quase todas as mulheres são férteis. Apenas tem tido sorte em suas aventuras.

– Não se trata de sorte, mas de cuidado – corrigiu ele. – Tenho por hábito perguntar sobre o status da dama antes de satisfazer meus desejos.

– Não me perguntou nada.

Wulfgar deu de ombros.

– Achei que não devia saber, e realmente não sabe. Essa é a desvantagem das jovens virgens.

Aislinn corou.

– Então, jamais possuiu uma jovem virtuosa, *monseigneur*?

– A escolha foi minha.

– Quer dizer que, se desejar, pode ter qualquer jovem virgem? – perguntou ela, cautelosamente.

– As mulheres não são muito discriminadoras. Eu podia ter possuído muitas.

– Oh! – exclamou Aislinn. – Quanta confiança! E eu sou uma entre suas várias prostitutas!

Passando a esponja no peito, ele olhou de lado para ela.

– Digamos, *chérie*, que até agora é a mais interessante.

– Talvez porque sou mais nova que todas as suas outras mulheres – disse ela, secamente. Com passos rápidos, aproximou-se da banheira e, com gestos provocantes, tocou os próprios seios, a cintura, os quadris, chamando a atenção para suas qualidades. – Talvez meus seios não sejam tão caídos e minhas pernas não sejam tão curvas. Minha cintura ainda é fina e meu queixo não desaparece entre dobras de gordura. Certamente alguma coisa o levou a me possuir sem tomar antes suas costumeiras precauções.

Com um sorriso nos olhos cinzentos, Wulfgar estendeu o braço e, com um movimento brusco, puxou-a para dentro da banheira. Com um grito, Aislinn tentou se livrar.

– Minha roupa! – soluçou ela, com as lágrimas descendo dos olhos, afastando do corpo a combinação molhada. – É a melhor que eu tenho e agora está arruinada!

Wulfgar riu, encostando o rosto no dela:

– Ficaria muito vaidosa se eu dissesse que você é a mais bela de todas ou que é capaz de enfeitiçar um homem a ponto de fazê-lo esquecer suas convicções. Na verdade, ficaria insuportavelmente vaidosa se eu dissesse que é a mulher mais bela que já vi. – Apertou mais os braços em volta dela. – Ficaria muito segura de si, pensando que eu jamais olharia para outra mulher por achar que é a mais desejável de todas. Portanto, não vou dizer nada disso e vou lhe fazer um favor. Seu coração pode prendê-la a mim, e talvez você chore e se desespere quando eu escolher outra para substituí-la. Não quero nenhum compromisso do qual não possa me livrar. – Acrescentou, como uma advertência: – Não se apaixone por mim, Aislinn, para não ser magoada.

Com os olhos rasos de lágrimas, ela disse:

– Não se preocupe. Você é a última pessoa em toda a cristandade pela qual eu me apaixonaria.

Wulfgar sorriu.

– Isso é bom.

– Se despreza as mulheres, como diz, por que está me prevenindo? Diz isso a todas as suas mulheres?

Wulfgar soltou-a e recostou-se na banheira.

– Não, você é a primeira, mas é mais jovem que todas elas e mais inexperiente.

Apoiando os braços no peito dele e o queixo nas mãos, Aislinn sorriu, pensativamente.

– Mesmo assim, sou mulher, *monseigneur*. Por que é bom para mim quando nunca foi com as outras? Deve sentir algo diferente por mim. – Delineando o queixo dele com a ponta do dedo, continuou: – Tenha cuidado, meu senhor, não se apaixone por mim.

Wulfgar passou um braço sob os joelhos dela e o outro sob os ombros e a pôs para fora da banheira.

– Não amo mulher alguma e jamais amarei – disse secamente. – No momento, você me convém. Só isso.

– E depois de mim, senhor, quem, então?

Wulfgar deu de ombros.

– A primeira que me agradar.

Aislinn correu para um canto escuro do quarto, com as mãos sobre os ouvidos. Tremendo de raiva e frustração, sentiu que ele jamais permitiria que ganhasse alguma vantagem. Era um jogo que ele fazia com ela por causa de seu desprezo pelas mulheres, jamais lhe permitindo a mais leve confiança em seu relacionamento, não permitindo de maneira alguma que se aproximasse do verdadeiro eu. Wulfgar ridicularizava e atormentava as mulheres para observar calmamente sua reação, insistindo pacientemente até a vítima ceder ou fugir. "Mas ela não atingira ainda o âmago de sua alma", pensou Aislinn, "nem ele destruíra sua coragem". Era uma verdadeira batalha entre os dois. Enquanto Wulfgar a prevenia para não se apaixonar por ele, Aislinn procurava os pontos fracos em sua armadura de ódio.

Tremendo de frio, tirou a roupa molhada e deitou-se rapidamente na cama, cobrindo-se até o queixo com a manta de pele. Quando Wulfgar se deitou, ela fingiu que dormia, deitada de lado, de costas para ele. Não podia vê-lo, mas sentia sua atenção e sorriu, imaginando o que ele ia fazer agora. Não teve de imaginar por muito tempo. Wulfgar pôs a mão em seu ombro e a fez deitar de costas.

– *Damoiselle*, sei que não está dormindo.

– E faria diferença se eu estivesse? – perguntou ela, com sarcasmo.

Ele balançou a cabeça e aproximou os lábios dos dela.

– Não.

GWYNETH SAIU PARA a clareira banhada de luar e sobressaltou-se quando sentiu a mão pesada no ombro. Virou para trás rapidamente, com uma ponta de medo, lembrando dos homens fortes e rudes no salão, durante o jantar. Mas ao ver o rosto sorridente de Ragnor, riu aliviada.

– Você veio – disse ele.

– É verdade, cavaleiro, estou aqui.

Ragnor ergueu-a do chão e carregou-a para o bosque. O coração de Gwyneth disparou. Com um riso nervoso, passou os braços em volta do pescoço dele, sentindo-se pequena e indefesa.

– Você me faz esquecer minha sanidade – murmurou ela ao ouvido dele. – É difícil acreditar que nos conhecemos essa manhã.

Ragnor parou e tirou a mão debaixo dos joelhos dela, fazendo-a ficar de pé.

– Só nos conhecemos hoje? – perguntou com voz rouca, apertando-a contra seu peito. – Pensei que séculos tinham se passado desde que a deixei no salão.

Gwyneth estava completamente atordoada.

– Oh, foram apenas anos, meu querido.

Tremendo de desejo, beijaram-se com ardor. Habilmente Ragnor soltou a túnica e a combinação de Gwyneth e, com gentileza, a fez se deitar em seu manto estendido no chão. Por um momento, seus olhos admiraram o corpo esguio iluminado pela luz prateada do luar. Acariciou os seios pequenos pensando em outros, mais redondos e mais cheios, lembrando a pele macia e clara, o cabelo cor de cobre, o corpo perfeito. Imaginou as mãos de Wulfgar tomando posse de toda essa beleza. Ragnor se moveu bruscamente, irritado, assustando Gwyneth.

– O que foi? Está vindo alguém? – perguntou ela, nervosa, procurando se cobrir com as pontas do manto.

As mãos dele impediram o movimento.

– Não, não é nada. O luar me engana, isso é tudo. Pensei ter visto algo se movendo, mas foi impressão.

Gwyneth relaxou o corpo e pôs a mão no peito dele, sob a túnica, acariciando os músculos fortes.

– Senhor cavaleiro, eu estou em desvantagem – murmurou ela. – Sou muito curiosa.

Com um sorriso, Ragnor começou a se despir.

– Assim é melhor – aprovou Gwyneth. – Você é muito belo, meu querido. Moreno como a terra, quente e forte como os carvalhos. Nunca pensei que os homens pudessem ser belos, mas estava enganada.

As mãos dela acariciaram ousadamente o corpo de Ragnor, acendendo as quentes chamas da paixão.

– Seja gentil comigo – murmurou ela, deitando-se sobre o manto. Seus olhos claros eram como estrelas, cintilando distantes até Ragnor se inclinar sobre ela, cobrindo o corpo esguio com o seu, e então, lentamente, eles se uniram.

Um lobo uivou ao longe quando Ragnor finalmente sentou-se, abraçando os joelhos e olhando através da noite para a luz fraca da janela de Wulfgar. Um vulto de homem apareceu das sombras do quarto, afastou-se e voltou a aparecer. Ragnor o viu flexionar o braço e sorriu, esperando que o exercício com armas daquele dia pudesse prejudicar o prazer de Wulfgar, embora não tivesse prejudicado o seu. O vulto escuro virou de perfil, olhando para onde Ragnor sabia que estava a cama. Ele quase podia ver o cabelo brilhante sobre o travesseiro e o rosto pequeno, oval, macio e perfeito adormecido, como se ele fosse o homem delineado na janela.

Era intenso seu desejo de vingança. Às vezes, ele quase o sentia ao alcance da mão, mas era esquivo, tanto quanto a jovem que dormia na cama do senhor do solar, irresistível e intocável, sempre tentadora. Seu corpo ficou tenso à lembrança de Aislinn em seus braços. Não pensava em outra coisa, dia e noite, e sabia que só ficaria satisfeito quando ela fosse só sua. Ragnor sorriu, certo de que se vingaria de Wulfgar, roubando Aislinn dele. Mesmo que Wulfgar não tivesse nenhuma afeição por ela, seu orgulho seria duramente ferido.

– No que está pensando? – murmurou Gwyneth, suavemente, acariciando-lhe o peito.

Ragnor voltou-se e tomou-lhe nos braços outra vez.

– Estava pensando na felicidade que você me proporcionou. Agora posso ir para Guilherme com sua doce lembrança no coração. – Apertou o corpo frio dela contra o seu. – Está tremendo de frio, *ma chérie*, ou por causa da força de nosso amor?

Gwyneth passou os braços finos pelo pescoço dele.

– As duas coisas, meu querido. As duas coisas.

9

Os primeiros raios de sol iluminaram a geada que cobria as árvores, fazendo-as cintilar como joias, e as aves começaram a acordar nos ninhos. Depois de uma batida rápida, Ragnor abriu a porta do quarto onde Wulfgar e Aislinn ainda dormiam. Com o instinto do guerreiro, o normando saltou da cama e apanhou a espada que estava no chão de pedra. Antes que a porta estivesse completamente aberta, ele estava pronto para enfrentar o inimigo. Para um homem que há um momento dormia calmamente ao lado de uma mulher, ele parecia alerta por inteiro e capaz de revidar qualquer ataque.

– Oh, é você – rosnou Wulfgar, sentando-se na cama.

Aislinn acordou e, ainda atordoada, olhou para Wulfgar sem perceber Ragnor perto da porta. A pequena manta de pele mais revelava que cobria sua nudez, e Ragnor olhou avidamente para ela. Ao acompanhar o olhar dele, Wulfgar ergueu a espada na direção do intruso.

– Temos um visitante matutino, *chérie* – disse ele, e Aislinn se cobriu rapidamente com a manta de pele.

– Por que veio a meu quarto a esta hora da manhã, Ragnor? – perguntou Wulfgar, levantando-se para embainhar a espada.

Ragnor curvou-se, num cumprimento exagerado e zombeteiro, na frente do homem despido.

– Perdoe-me, senhor. Eu não quis partir de Darkenwald sem perguntar se deseja mais alguma coisa de mim. Talvez uma mensagem para o duque.

– Não, nenhuma mensagem – disse Wulfgar.

Com um gesto de assentimento, Ragnor voltou-se para sair, mas parou e olhou para os dois com um sorriso.

– Deve ter cuidado nos bosques durante a noite. Os lobos vagueiam por toda parte. Eu os ouvi nas primeiras horas da manhã.

Wulfgar ergueu uma sobrancelha interrogativamente, imaginando quem teria sido a companheira do cavaleiro dessa vez.

– Do modo que faz sua ronda, Ragnor, muito em breve vai aumentar a população de Darkenwald.

Ragnor riu ironicamente.

– E sem dúvida a primeira a dar à luz será minha bela senhora Aislinn.

Antes que tivesse tempo de perceber o efeito de suas palavras, um pequeno objeto passou raspando por sua orelha e bateu na porta, atrás dele. Ragnor olhou para Aislinn, ajoelhada na cama, segurando a manta de pele contra o peito. Passando a mão na orelha, ele admirou a beleza da fúria dela.

– Minha pombinha, sua natureza arrebatada me encanta. Está zangada por causa de minha conquista da noite passada? Garanto que não imaginei que ia sentir ciúmes.

– Aaah! – exclamou Aislinn, procurando outro objeto para atirar nele. Não encontrando nada que servisse, saiu da cama, aproximou-se de Wulfgar, que a observava em silêncio, e tentou desembainhar a espada dele, sem conseguir. Era pesada demais.

– Por que fica aí parado, rindo do atrevimento dele? – perguntou para Wulfgar. Bateu o pé no chão, zangada. – Faça com que ele respeite sua autoridade.

Wulfgar deu de ombros e sorriu para ela.

– Ele está brincando como uma criança. Quando o jogo ficar sério, eu o mato.

O sorriso desapareceu do rosto de Ragnor.

– Estou à sua disposição, Wulfgar. – Sorriu com frieza. – A qualquer hora.

Saiu do quarto, e, por um longo momento, Aislinn olhou para a porta fechada.

– *Monseigneur* – disse ela, por fim –, acho que ele o considera uma ameaça.

– Não se deixe levar pela imaginação, *chérie* – respondeu ele secamente. – Ragnor pertence a uma das famílias mais ricas da Normandia. Sim, ele me odeia, mas porque acha que só os homens de sangue nobre devem ter títulos. – Riu e acrescentou: – E, naturalmente, ele quer você.

Aislinn voltou-se rapidamente para ele.

– Ragnor me deseja só porque sou propriedade sua.

Wulfgar a abraçou e, erguendo o queixo dela, a fez olhar em seus olhos.

– Tenho certeza de que Ragnor não ficaria furioso se eu lhe roubasse Hlynn.

E ergueu-a do chão, apertando-a contra o peito.

– Meu senhor – protestou Aislinn, procurando se libertar do abraço. – Já é de manhã. Precisa cuidar de seus deveres.

– Mais tarde – disse ele, com voz rouca, e encerrou o assunto com um beijo ardente que deixou Aislinn completamente indefesa, entendendo que era inútil resistir. Wulfgar era mais forte, e lutar contra ele só serviria para prolongar seu sofrimento.

GWYNETH DESCEU RAPIDAMENTE a escada, alegre e completamente apaixonada, nas primeiras horas do dia. Vira Ragnor partir, e seu coração fora com ele. No salão, os homens faziam a primeira refeição de pão e carne. Conversando e rindo, trataram-na com indiferença. Ao lado da lareira, Bolsgar ainda dormia, e Gwyneth, procurando um rosto familiar, viu apenas Ham e o jovem com quem Aislinn conversara na noite anterior. Estavam servindo os homens de Wulfgar e aparentemente não notaram sua entrada, mas, quando ela sentou-se à mesa de Wulfgar, Ham aproximou-se imediatamente para servi-la.

– Onde está meu irmão? – perguntou ela. – Esses homens parecem que não têm o que fazer. Ele não determinou suas tarefas?

– Sim, minha senhora. Estão à espera dele, que ainda não desceu.

– A preguiça de meu irmão espalha-se como uma praga – zombou ela.

– Ele sempre desce muito cedo. Não sei por que está demorando.

Gwyneth recostou-se na cadeira.

– A vadia saxã, sem dúvida.

Rubro de raiva, Ham abriu a boca para responder, mas fechou-a outra vez, e voltou para a cozinha em silêncio.

Gwyneth começou a comer, distraída, ouvindo a conversa dos homens e pensando na noite passada.

Sir Gowain entrou com o cavaleiro Beaufonte. Os normandos os cumprimentaram, chamando-os para junto deles.

– Você não devia ir a Cregan esta manhã? – perguntou Gowain a Milbourne, o cavaleiro mais velho.

– Sim, rapaz, mas parece que Wulfgar prefere ficar no quarto – respondeu Milbourne, rindo. Olhou para o teto e estalou os dedos. Os homens riram às gargalhadas.

Com um largo sorriso, Gowain disse:

– Talvez seja melhor verificar se ele não está na cama com o pescoço cortado. A julgar pela fúria de Ragnor, antes de partir, acho que tiveram outra discussão.

O cavaleiro mais velho deu de ombros.

– Por causa daquela jovem, sem dúvida. Ragnor anda inquieto desde que dormiu com ela.

Gwyneth sobressaltou-se, confusa e espantada. Foi como se tivesse recebido um golpe no peito e pensou que não ia suportar a dor.

– Sim. – Gowain sorriu. – E não vai ser fácil tirar a mulher de Wulfgar se ele quiser ficar com ela. Mas acho que, se eu fosse Ragnor, também lutaria por esse prêmio.

– Ah, meu jovem, ela tem sangue bem quente – riu Milbourne. – É melhor deixá-la para um homem mais experiente que você.

A conversa cessou bruscamente quando ouviram uma porta bater no segundo andar. Wulfgar desceu os degraus, afivelando a espada. Saudou a irmã, que olhou para ele com frieza.

– Espero que tenha descansado bem, Gwyneth.

Sem esperar resposta, aproximou-se de seus homens.

– Então, pensam que podem se atrasar só porque eu me atrasei. Muito bem, veremos se o descanso foi bom para sua eficiência.

Apanhou pão e carne e foi até a porta.

– O que estão esperando? – perguntou, com um sorriso. – Vou para Cregan. E vocês?

Todos se levantaram e saíram apressadamente atrás dele, sabendo que teriam um dia duro. Wulfgar já estava montado, comendo o pão com carne. Finalmente, quando conseguiu alguma ordem no grupo, atirou o pedaço de pão para Sweyn e, esporeando Huno, seguiu na frente, na direção de Cregan.

Gwyneth levantou-se lentamente do banco, sentindo-se infeliz, e caminhou para a escada. Parou na frente da porta do quarto de Wulfgar e estendeu a mão trêmula para a maçaneta, mas a retirou, apertando-a contra o peito, como se tivesse tocado ferro em brasa. Estava muito pálida, e os olhos claros pareciam atravessar a madeira que a separava da jovem que dormia no outro lado da porta. O ódio que sentia agora era maior do que seu desprezo por Wulfgar, e Gwyneth jurou a si mesma que a mulher saxã sentiria o peso de sua ira.

Cautelosamente, como temendo que o menor ruído pudesse acordar a outra mulher, Gwyneth afastou-se da porta e foi para seu quarto.

Um pouco mais tarde, Aislinn desceu para o salão e ficou sabendo que Wulfgar partira para Cregan. Sweyn, no comando agora, tentava acalmar os ânimos de duas mulheres que discutiam por causa de um pente de marfim dado a uma delas por um soldado normando. Aislinn parou e observou a tentativa de Sweyn para resolver o caso. Uma jurava que tinha encontrado o pente, a outra dizia que ela o roubara. Hábil no tratar com homens, o viking estava agora completamente perdido, sem saber o que fazer.

Aislinn sorriu e ergueu as sobrancelhas.

– Ora, Sweyn, por que não corta o cabelo das duas, à moda dos normandos? Assim, não vão precisar do pente.

As mulheres olharam para ela sobressaltadas e boquiabertas. O sorriso de Sweyn fez com que a mulher devolvesse o pente e se afastasse com pressa, enquanto a outra saía na outra direção.

Aislinn não pôde conter o riso claro e jovial.

-- Ora, Sweyn, você é humano, afinal. Eu nunca poderia imaginar. Permitir que duas simples mulheres o deixem tão confuso.

– Malditas mulheres – resmungou ele, balançando a cabeça e entrando no solar.

Bolsgar estava melhor, e sua pele recuperara o brilho. Ao meio-dia, almoçou com apetite. Aislinn mudou o curativo da perna, retirando com cuidado a lama seca e a matéria purulenta.

O ferimento começava a cicatrizar, e a carne em volta tinha um aspecto mais saudável.

No fim da tarde, Gwyneth desceu do quarto e aproximou-se de Aislinn.

– Você tem um cavalo para mim? Eu gostaria de ver a terra que Wulfgar conquistou.

Aislinn fez um gesto afirmativo.

– Uma égua berbere, veloz e forte, mas extremamente caprichosa. Eu não aconselharia...

– Se você pode montá-la, acho que não terei nenhuma dificuldade – disse Gwyneth, friamente.

Aislinn escolheu as palavras com cuidado.

– Tenho certeza de que monta muito bem, Gwyneth, mas temo que Cleome...

O olhar furioso da mulher a interrompeu. Aislinn cruzou as mãos e ficou calada, sentindo o ódio intenso da outra. Gwyneth voltou-se e deu ordens para que arreassem a égua e providenciassem uma escolta. Quando o animal chegou na frente da casa, Aislinn pensou em recomendar que ela tivesse cuidado e segurasse as rédeas com firmeza, mas novamente o olhar de Gwyneth a fez calar. Aislinn estremeceu quando Gwyneth chicoteou com força o flanco do animal, que partiu velozmente, deixando para trás seus acompanhantes. Preocupada, notou que Gwyneth partira na direção de Cregan. Não era Cregan que a preocupava, mas o caminho para chegar lá. As trilhas eram limpas e largas, mas fora delas havia muitas valas e despenhadeiros perigosos.

Aislinn procurou esquecer sua apreensão, ocupando-se com seus afazeres diários, mas acabou passando grande parte da tarde ouvindo as queixas de Maida sobre a desatenção e os modos rudes de Gwyneth. Depois disso, subiu para o quarto. Não podia comentar com Wulfgar a atitude da meia-irmã, pois seria o mesmo que alimentar seu desprezo pelas mulheres. Ele podia achar que Aislinn estava sendo muito severa com Gwyneth e não lhe dar atenção. Contudo, naquela manhã, ela já provocara bastante perturbação. Passou o tempo todo procurando nas arcas de Maida alguma coisa para vestir e ficou furiosa e irritada porque as roupas eram pequenas demais para ela. Embora fosse magra, Gwyneth era quase da altura de Aislinn e não tinha a estrutura frágil de Maida. Depois disso, ordenou que levassem o almoço em seu quarto. Gwyneth esbofeteou Hlynn e a fez chorar várias vezes, por causa de ninharias. Alegou que a criada era lerda demais. E agora Gwyneth vagava pelo campo na montaria preferida de Aislinn.

Vagava era bem a palavra, pois Gwyneth não sabia para onde estava indo. Queria apenas correr. Estava furiosa e ao mesmo tempo abatida. A simples ideia daquela jovem saxã desfrutando da hospitalidade de seu irmão deixava-lhe os nervos à flor da pele. Mas a dura revelação de que seu amante a possuíra antes de Wulfgar bastava para tornar impossível qualquer sentimento de amizade entre elas. Além disso, Wulfgar exibia abertamente a rameira como se ela fosse uma jovem virtuosa, quando, na verdade, não passava de uma prostituta, uma escrava capturada. A cadela tivera a ousadia de dizer que aquele animal lhe pertencia. Nenhuma serva tinha o direito de possuir um cavalo, muito menos uma escrava. Gwyneth não tinha sequer um vestido decente para receber Ragnor quando ele voltasse. Tudo que tinha fora tomado pelos normandos. Mas Wulfgar permitia que Aislinn usasse suas roupas finas. Aquela adaga com o cabo cravejado de pedras valia um bom dinheiro.

Gwyneth chicoteou outra vez Cleome, e o animal partiu num louco galope. Os dois acompanhantes a seguiam a distância, poupando seus animais. Acostumada com a mão firme e experiente de Aislinn, Cleome não percebia nenhuma autoridade nas rédeas frouxas. Escolhia o caminho no chão firme da trilha, dando pouca atenção aos comandos de Gwyneth. Furiosa, ela puxou as rédeas bruscamente, conduzindo o animal para fora da estrada e entrando no bosque fechado. Usou o chicote com violência, e Cleome, erguendo a cabeça, começou a correr velozmente no mato alto. Com uma ponta de medo, Gwyneth compreendeu sua tolice, pois os galhos baixos das árvores e as trepadeiras a açoitavam, enquanto o animal seguia a galope, galgando colinas e atravessando vales. Ouvia os homens atrás dela gritando para parar o animal, mas Cleome, com o freio nos dentes, não obedecia mais a seu comando e corria em disparada, num galope cada vez mais rápido. Gwyneth entrou em pânico. Viu um desfiladeiro à sua frente, mas o animal não diminuiu o passo, nem tentou se desviar em sua corrida louca, como se estivessem fugindo de um monstro. Cleome saltou para o despenhadeiro. Com um grito, Gwyneth atirou-se para fora da sela, e o animal rolou entre os galhos e o mato alto, caindo com um baque surdo no chão de pedra. Os dois homens chegaram a galope e pararam. Gwyneth ficou de pé, tremendo de raiva. Esquecendo o medo, exclamou, furiosa:

– Animal idiota! Cavalo ordinário! No caminho aberto, anda bem, mas no bosque corre como um gamo acossado!

Passou a mão na túnica para tirar os gravetos e a terra e procurou ajeitar o cabelo. Olhou furiosa para a égua, que, respirando com dificuldade, agonizava no fundo do despenhadeiro, e sequer tentou acabar com seu sofrimento. Um dos homens desmontou, foi até a borda do penhasco e depois voltou-se com um sorriso desanimado.

– Minha senhora, acho que sua montaria se feriu gravemente.

Mas Gwyneth balançou a cabeça.

– Ah! Aquela égua ordinária, idiota, não viu um despenhadeiro desse tamanho! Ainda bem que está morrendo!

Ouviram um tropel trovejante, e das sombras escuras do bosque surgiu Wulfgar, acompanhado por seus homens. Parou seu cavalo enorme e vermelho ao lado de Gwyneth e dos de seus dois acompanhantes.

– O que está acontecendo? – perguntou. – Por que estão aqui? Ouvimos um grito.

O homem que estava montado apontou para o desfiladeiro, e Wulfgar se aproximou da borda. Franziu a testa quando reconheceu o animal de Aislinn. Muitas vezes ele parara para acariciar Cleome e lhe dar um punhado de aveia. Voltou-se para Gwyneth.

– Você, querida irmã, montando um animal que não lhe dei ordem para usar?

Gwyneth tirou uma folha seca da saia e deu de ombros.

– O cavalo de uma escrava, que importância tem? Aislinn não pode usá-lo agora. Seus deveres limitam-se ao quarto.

Contendo sua raiva, Wulfgar disse:

– Você, com seu descuido, matou um bom animal! Seu desprezo pela propriedade alheia, Gwyneth, matou uma montaria valiosa!

– A égua era geniosa – respondeu Gwyneth, com calma. – Eu podia ter morrido.

Wulfgar conteve-se para não responder como queria.

– Quem deu ordem para usar a égua?

– Não preciso de permissão de uma escrava – disse ela, arrogantemente. – A égua pertencia a Aislinn, logo eu podia usá-la quando bem entendesse.

Wulfgar cerrou os punhos.

– Se Aislinn é uma escrava, então o que ela possui me pertence. Pois sou o senhor dessas terras, e tudo que existe aqui é meu. Você não pode maltratar meus cavalos nem meus escravos.

– Eu fui maltratada! – respondeu Gwyneth, furiosa. – Olhe para mim! Podia ter morrido montando aquele animal, e ninguém me avisou que estava arriscando minha vida. Aislinn podia ter me detido, mas acho que ela deseja me ver morta. Não me avisou de nada.

Wulfgar franziu a testa, ameaçadoramente.

– Para dizer a verdade, Wulfgar, não sei o que você vê naquela mulher idiota – disse Gwyneth. – Pensei que tivesse aprendido a não dar atenção a criaturas inferiores, depois de conviver com as damas da corte de Guilherme. Ela é uma cadelinha astuciosa e maldosa, e no fim vai querer sua cabeça e a minha.

Wulfgar puxou as rédeas bruscamente. Virando sua montaria de frente para os homens e erguendo um braço, deu sinal de partida.

– Wulfgar! – exclamou Gwyneth, batendo com o pé no chão. – O mínimo que pode fazer é mandar um de seus homens me ceder seu cavalo.

Wulfgar olhou para ela friamente por um longo momento, depois disse para um dos homens que a acompanhavam:

– Leve-a na garupa, Gard. Deixe que ela volte assim para Darkenwald. Talvez aprenda o valor de uma boa montaria. – Então olhou para Gwyneth outra vez. – Não, querida irmã, o mínimo que posso fazer é terminar o que você começou tão descuidadamente.

168

Com essas palavras, ele desmontou, amarrou as rédeas de Huno num arbusto e desceu a encosta íngreme do desfiladeiro. Levantou a cabeça de Cleome, fazendo-a olhar para ele. O animal tentou se levantar, mas com dois golpes certeiros e rápidos Wulfgar cortou as veias laterais do pescoço, abaixando lentamente a cabeça dela outra vez. Extremamente aborrecido, voltou a montar. Em poucos instantes, o desfiladeiro estava em silêncio.

Wulfgar partiu rapidamente até alcançar seus homens. Com voz áspera, mandou que o outro acompanhante de Gwyneth voltasse para apanhar os arreios de Cleome. O grupo continuou em silêncio. A noite se aproximava quando o sentinela gritou, avisando a chegada do senhor do solar.

Wulfgar viu Aislinn esperando na porta e pensou nas palavras de Gwyneth. Em que rede aquela mulher o enleara, a ponto de lhe dar as costas sem nenhuma preocupação? Será que em algum momento ia sentir a pequena adaga em seu peito? Aislinn dissera que se sentia mais segura enquanto ele estivesse vivo, e era verdade; porém, e mais tarde?

As circunstâncias exigiriam sua morte, e seria ela a encarregada da execução? Senhor, não podia confiar em mulher alguma! Com os músculos do rosto tensos, pensou no quanto gostava da companhia dela. Seria difícil substituí-la, pois ela sabia lhe dar prazer. Seria um tolo se se desfizesse dela só por causa das acusações da irmã. Nenhum homem podia encontrar uma parceira de cama mais bela e satisfatória! Enquanto confiasse nela, podia satisfazer seus desejos sem sofrer as consequências. Quase sorriu, mas então se lembrou de Cleome e que devia ser o primeiro a informá-la da perda do animal. Seus pensamentos voltaram-se para Gwyneth. Outra mulher cuja idiotice tinha de suportar, com a diferença de que ela não lhe proporcionava qualquer prazer.

Aislinn os esperava em silêncio, ao lado de Sweyn. Corou levemente quando seus olhos se encontraram, lembrando as carícias apaixonadas daquela manhã, mas Wulfgar virou a cabeça, gritando uma ordem para seus homens. Irritado, ele desmontou, atirando as rédeas para Gowain. Ignorando Aislinn, entrou no solar escancarando a porta.

Confusa, Aislinn olhou para os homens que se afastavam, mas todos evitavam seu olhar. Então, ela viu Gwyneth na garupa de um de seus acompanhantes. Procurou sua pequena égua entre os enormes cavalos dos normandos, mas não a viu. Gwyneth desmontou e alisou a saia. Apreensiva, Aislinn notou a terra no vestido dela. Gwyneth olhou para ela friamente, como que a desafiando a fazer alguma pergunta. Bufando, Aislinn fez meia-volta e entrou, à procura de Wulfgar. Ele estava sentado à mesa, com um copo de cerveja na mão. Ergueu os olhos quando ela parou a seu lado.

– Você deixou Cleome em Cregan? – perguntou ela, quase certa de que não se tratava disso.

Wulfgar respirou fundo.

– Não. A égua quebrou as patas da frente, e tive de acabar com seu sofrimento. Ela está morta, Aislinn.

– Cleome? – perguntou ela, com um misto de riso e soluço. – Mas como? Ela conhecia bem todas as trilhas.

Uma voz aguda e seca disse atrás dela:

– Ah! Aquela égua estúpida não era capaz de encontrar o caminho mais simples, mas soube se atirar num buraco, jogando-me para fora da sela. Eu podia ter morrido! Você não me avisou que ela era malvada, Aislinn.

– Malvada? – repetiu Aislinn, confusa. – Cleome não era malvada. Era um belo animal. Não havia outro mais veloz.

– Ah! Pode perguntar a meus acompanhantes o que ela fez. Eles viram tudo. O que você ganharia como minha morte?

Aislinn balançou a cabeça. Sentia o olhar de Wulfgar atento. Era como se, com seu silêncio, a interrogasse também. Tentou sorrir.

– É uma brincadeira cruel, Gwyneth. Você matou minha égua.

– *Sua* égua! – zombou Gwyneth. – Está dizendo que possui um cavalo? Você, uma mera escrava? – Sorriu do espanto de Aislinn. – Quer dizer que o cavalo que pertencia a meu irmão, não é?

– Não! – exclamou Aislinn. – Cleome era minha! Ganhei de meu pai! – Olhou para os dois. – Ela era tudo que eu...

Os soluços a impediram de continuar. Wulfgar levantou-se e pôs a mão no braço dela, procurando consolá-la, mas Aislinn se afastou

170

dele, furiosa. Só queria um pouco de privacidade. Acabava de subir a escada quando ouviu a voz de Gwyneth.

– Espere! Não pode ir a lugar nenhum sem minha ordem!

Wulfgar, atônito, olhou interrogativamente para a irmã.

– Eu sou sua irmã, ao passo que aquela cadelinha ordinária não passa de uma escrava! – vociferou ela. – Eu ando descalça e vestida com andrajos, e você leva sua prostituta inglesa para a cama e a veste com todo o luxo! Acha justo que eu sofra, enquanto os escravos gozam o privilégio de sua hospitalidade? Você a exibe para mim e para meu pai como se fosse um símbolo de coragem conquistado, e temos de comer as sobras de sua mesa, enquanto você faz a rameira sentar-se a seu lado, onde pode acariciá-la à vontade!

Gwyneth não notou a expressão ameaçadora de Wulfgar. Aislinn, que ficara imóvel à voz de comando, viu a fúria nos olhos dele.

Bolsgar ergueu o corpo, apoiado num cotovelo.

– Gwyneth! Gwyneth, ouça o que vou dizer! – ordenou ele. – Não quero que fale desse modo com Wulfgar. Ele é um cavaleiro de Guilherme e o conquistador dessas terras. Embora eu não tenha sido vencido em nenhuma batalha, fui privado de minhas terras. Viemos aqui como pedintes e estamos à sua mercê. Em consideração a mim, seu pai, não abuse da bondade dele.

– Meu pai! – zombou ela, e apontou com o chicote de montaria para o escudo sem armas do velho saxão. – Foi meu pai quando mandou meu irmão para a morte? Foi meu pai quando minha mãe morreu? Foi meu pai quando me tirou de meu lar e me fez atravessar metade da Inglaterra para chegar a este barraco imundo só porque ouvimos os normandos falarem neste bastardo, Wulfgar? Eu fui ofendida hoje, quase perdi a vida. Vai tomar o lado da escrava, contra sua filha, ou vai ser meu pai pela primeira vez na vida?

Ia continuar, mas a voz trovejante de Wulfgar a impediu.

– Pare de tagarelar, mulher!

Gwyneth voltou-se rapidamente para ele e encontrou o olhar frio e penetrante do normando.

– Tenha cuidado com suas maneiras aqui – ordenou ele, em voz baixa, dando um passo para ela. – Cuide muito bem delas, minha

171

irmã. Você me chamou de bastardo. Eu sou. Mas a escolha não foi minha. E queixa-se da morte de sua bela mãe. É verdade, mas como ela morreu? Tenho certeza de que foi por sua própria vontade. Meu irmão, cavaleiro galante de Harold, morreu no campo de batalha. Ninguém o mandou. Foi seu juramento e sua honra que o levaram à luta. Morreu como um homem pela causa que escolheu. Mas e minha causa, irmã? Quem fez a escolha? Você! Seu irmão! Minha mãe! Seu pai! Vocês todos determinaram o meu destino. Vocês me exilaram em terras distantes para não manchar seu nome, para não embaraçá-los. Eu era jovem e não conhecia outro pai a não ser o seu.

Voltou-se para Bolsgar.

– E o senhor diz que minha mãe tentou corrigir um erro? – Riu secamente. – Pois eu digo que ela procurou a vingança de uma esposa astuta, pois quem foi prejudicado com sua revelação? Ela? Muito pouco. Minha irmã? – Curvou-se de leve na direção de Gwyneth. – Não foi prejudicada em nada, pois era a preferida de minha mãe. Meu irmão? Nunca, pois tornou-se o filho favorito. O senhor? Foi profundamente ferido, estou certo, pois nós dois éramos realmente pai e filho. Mas seu dever de honra para com ela o fez me entregar àquele idiota que me dava uma mínima parte do dinheiro que o senhor mandava.

Os olhos frios como aço voltaram-se outra vez para Gwyneth.

– Não me diga outra vez o que devo à minha família. Aceite sem reclamar o que é dado de boa vontade, pois não tenho nenhuma obrigação para com vocês. Critica meus prazeres – indicou Aislinn com um gesto largo. – Isso também é assunto meu e de mais ninguém, pois ela continuará a ser minha, quer você queira ou não. Tenha cuidado quando falar de prostituta e de bastardo, pois não sou contrário à ideia de bater numa mulher. Muitas vezes fui tentado e me controlei, mas posso muito bem ceder a esse desejo. Portanto, está avisada.

– Agora a égua que você usou sem minha ordem está morta, e eu tomo afeição por bons animais, e ela era muito especial. Quanto à sua alegação de que ela tinha mau gênio, notei que estava um tanto esquiva ultimamente porque há algum tempo não é montada por Aislinn. Prefiro acreditar que por isso nós a perdemos e quase perdemos você também. Vamos encerrar o assunto, e não quero mais ouvir acusações sem provas. Eu a aconselho a se conformar com um guarda-roupa mais simples do que está acostumada. Não tenho paciência nem vontade de ouvir suas lamúrias sobre roupas. Se está se sentindo maltratada, fale com as mulheres da Inglaterra e pergunte de suas perdas e do quanto sofreram.

Ignorando a fúria de Gwyneth, ele foi até o centro do salão e voltou-se para ela outra vez.

– Vou sair amanhã para atender a um chamado do duque. – Aislinn olhou surpresa para ele. – Não sei quanto tempo vou demorar, mas, quando voltar, espero que esteja reconciliada com o fato de que eu sou o senhor aqui e que dirijo esta casa do modo que achar melhor. Sweyn ficará aqui, e espero que o tratem com o respeito que merece. Deixarei dinheiro para o que precisar, não porque você exigiu, mas porque era o que eu pretendia fazer. A tagarelice das mulheres me cansa, portanto peço que não abuse mais de minha paciência. Está dispensada, querida irmã, e, se se perguntar o que deve fazer, sugiro que se retire para seu quarto.

Ele esperou que Gwyneth subisse a escada, passando por Aislinn sem olhar para ela, e logo ouviram a porta do quarto bater com força. Aislinn ergueu os olhos, e Wulfgar percebeu a angústia nos belos lagos cor de violeta. Entreolharam-se por um momento, e então ele observou o movimento dos ombros e dos quadris de Aislinn quando ela se voltou e começou a subir a escada com porte altivo.

Sentindo o olhar intenso do padrasto, Wulfgar voltou-se para ele, esperando uma reprimenda. Mas viu apenas a leve sugestão de sorriso nos lábios do velho homem. Ele inclinou a cabeça uma vez e depois recostou-se nas mantas de pele e olhou para o fogo. Wulfgar voltou-se para Sweyn. O rosto do viking estava inexpressivo, mas os dois amigos se entendiam apenas com um olhar. Depois de um momento, Sweyn saiu da sala.

Apanhando seu elmo e seu escudo, Wulfgar subiu a escada com passo pesado. Sabia que Aislinn estava sentindo profundamente a perda de Cleome. Ele se julgava capaz de lidar com sua raiva, mas não com seu sofrimento. Nenhuma força podia aliviar a dor do sacrifício inútil de um belo animal. Wulfgar culpava a si mesmo por tudo que acontecera. Podia ter evitado com uma única palavra, mas tinha outras preocupações, com seus deveres e suas terras que precisavam ser guardadas durante sua ausência.

Entrou no quarto e fechou a porta silenciosamente. Aislinn estava perto da janela, com a cabeça encostada na veneziana interna. As lágrimas desciam pelo seu rosto e caíam no corpete do vestido. Wulfgar a observou por alguns minutos e depois, com o cuidado de sempre, tirou a cota de malha, o elmo, a espada e o escudo, guardando cada coisa em seu lugar.

Wulfgar considerava-se um homem sem nenhum vínculo, que não precisava de uma mulher para ocupar seus pensamentos. Levava uma vida dura e vigorosa. Não havia nela lugar para uma esposa, e nenhuma mulher jamais o fez desejar uma companheira. Agora, sentia a falta de maneiras gentis em seu aprendizado da vida. Não sabia o que fazer para consolar uma jovem. Nunca precisara ou desejara fazer isso antes. Seus casos com mulheres eram breves e superficiais, raramente passando de uma ou duas noites. Possuía as mulheres para satisfazer um desejo básico. Quando se cansava, abandonava-as sem maiores justificativas. As afeições ou sentimentos não significavam nada para ele. Contudo, comovia-se com o sofrimento de Aislinn e tinha pena dela, pois sentira o mesmo quando perdeu seu cavalo favorito.

Como que guiado por um instinto, aproximou-se dela e tomou-a nos braços, abafando seu soluços contra o peito forte. Com ternura, afastou-lhe o cabelo do rosto e beijou cada lágrima, até Aislinn erguer os lábios para ele. Essa reação o surpreendeu agradavelmente, mas, por um breve momento, sentiu-se confuso. Desde a primeira vez, ela tolerara suas carícias como uma escrava, parecendo ansiosa para terminar logo com tudo. Mas lutava contra seus beijos, virando o rosto sempre que podia, como que temendo conceder alguma vitória a seu captor. Agora, amargurada, ela respondeu quase avidamente ao beijo, abrindo os lábios quentes e úmidos para o ardor dos dele. O sangue pulsou forte nas veias de Wulfgar, como uma tempestade no mar. Esqueceu a surpresa daquela reação e, erguendo-a nos braços, levou-a, doce e submissa, para a cama.

Um fino raio de luar entrava pela fresta da janela fechada, invadindo o quarto onde Aislinn dormia, segura e calma, aconchegada nos braços de seu cavaleiro. Wulfgar olhou para o raio de luz, pensando nos momentos que acabavam de desfrutar, sem conseguir uma explicação lógica para a atitude dela.

Aislinn acordou quando os primeiros tons cinzentos da madrugada iluminavam o quarto. Ficou deitada saboreando o calor do corpo de Wulfgar e o ombro forte e musculoso sob sua cabeça.

"Ah, meu bom senhor", pensou ela, passando as pontas dos dedos no peito dele. "Você é meu, e acho que agora é só uma questão de tempo para que você saiba disso também."

Ela sorriu, lembrando-se daquela noite e deliciando-se com os suaves momentos do presente. Apoiando-se num cotovelo, observou Wulfgar, admirando os traços belos e perfeitos, e de repente sentiu que ele a puxava para si. Surpresa e ofegante, Aislinn tentou se libertar. O normando abriu os olhos e sorriu.

– *Ma chérie*, deseja-me tanto que me acorda de um sono profundo?

Muito corada, Aislinn tentou escapar de seus braços, mas ele a segurou com força.

– É muita vaidade sua – acusou ela.

– É mesmo, Aislinn? – perguntou Wulfgar com um sorriso zombeteiro. – Ou é verdade que não pode resistir ao desejo? Acho que há algum sentimento forte por mim em seu coração.

Aislinn ficou indignada com o tom de zombaria.

– É mentira – respondeu, secamente. – Acha que uma mulher saxã pode desejar um normando?

– Ahh – suspirou ele, ignorando seus protestos. – Vai ser difícil encontrar uma mulher tão interessante em minha viagem, e uma que sinta alguma afeição por mim, impossível.

– Ora, seu bufão vaidoso – exclamou ela, ainda tentando se libertar dele. Wulfgar a abraçou, apertando os seios dela contra o peito, e sorriu de prazer.

– Gostaria de levá-la comigo, Aislinn. Não teria nem um momento de tédio. Mas temo que uma jovem tão delicada não possa suportar a marcha da batalha, e eu não arriscaria um tesouro tão valioso num jogo tolo.

Com a mão atrás da cabeça de Aislinn, aproximou os lábios dela dos dele. Beijou-a longa e apaixonadamente, e mais uma vez Aislinn não encontrou forças para resistir. Wulfgar rolou na cama, para cima dela, e agora não precisava usar a força. A mão dela na nuca do normando era uma prova de sua submissão. A chama que corria em suas veias como lava derretida fazia com que procurasse avidamente a satisfação de seus desejos. Sentiu a mesma excitação da noite anterior, quando seu corpo jovem respondera com ardor ao dele, como se levado por vontade própria. Mas lembrou também o sentimento de frustração quando tudo terminou, como se estivesse faltando alguma coisa.

A vergonha do modo como se comportara esfriou seu ardor. Ele a usava e depois zombava dela, sugerindo que sentia alguma coisa por ele. Não havia nenhuma ternura naquele homem? Como podia se sentir fria e distante quando um simples beijo quase a enlouquecia? Será que estava mesmo se apaixonando por ele?

A ideia foi como um balde de água fria. Aislinn ergueu-se de um salto e libertou-se dos braços dele, quase o arrastando com ela para a beirada da cama.

– Que diabo está acontecendo? – exclamou Wulfgar, estendendo a mão para ela. Mais um pouco e não precisariam mais lutar. Agora, ele estava excitado e perturbado com a atitude dela. – Venha cá, mulher.

– Não! – exclamou Aislinn, com voz estridente, saltando da cama. Ficou de pé, pronta para a luta, o peito arfando, o cabelo cor de cobre envolvendo o corpo nu. – Você zomba de mim e depois quer satisfazer seu desejo! Muito bem, vá procurar isso com alguma prostituta de soldado.

– Aislinn! – rugiu ele, lançando-se para ela.

Com um grito, ela desviou-se das mãos dele, pondo a cama entre os dois.

– Vai lutar contra meu povo e quer que eu me despeça com votos de sucesso! Que Deus me ajude!

Aislinn era um belo espetáculo, iluminada pela luz fraca do sol da manhã, que dourava seu corpo. Wulfgar parou, apoiado num dos postes da cama, para observar sua beleza. A jovem o enfrentou, consciente da nudez dele, de sua paixão, de sua força, mas disposta a salvar o pouco de orgulho que lhe restava.

Com um sorriso e um suspiro, Wulfgar disse:

– Ah, *chérie*, está fazendo com que eu ache muito difícil partir, mas preciso. Sou cavaleiro de Guilherme. – Aproximou-se com passo lento, e Aislinn o observou desconfiada, pronta para fugir outra vez. – Gostaria que eu negligenciasse meu dever?

– Seu dever tirou muitas vidas dos ingleses. Quando vai terminar?

Ele deu de ombros.

– Quando a Inglaterra se curvar para Guilherme.

Com um movimento rápido, segurou o braço dela, apanhando-a de surpresa. Aislinn lutou bravamente. Wulfgar ria, divertindo-se com seus esforços inúteis. De repente, Aislinn ficou imóvel, sabendo que, quanto mais lutasse, mais o deixava excitado.

– Você sabe, Aislinn, é o que o dono da casa ordena; não o que o escravo deseja.

Com os lábios dele nos seus, Aislinn dessa vez não se deixou dominar pelo desejo. Depois de um longo momento, ele se afastou sob o olhar zombeteiro da jovem.

– Pelo menos dessa vez, Wulfgar, meu cavaleiro normando – murmurou ela, os olhos cor de violeta brilhando com o calor que ele não havia encontrado nos seus lábios –, é a vontade da escrava.

Afastou-se da mão que tentava segurá-la e, com um gesto gracioso, fez uma cortesia. Olhou para Wulfgar e viu que seu desejo não tinha ainda se abrandado.

– Acho melhor se vestir, senhor. O frio que está fazendo pode gelar o mais forte dos homens.

Pôs uma manta de pele sobre os ombros e sorriu zombeteira. Depois, riu alto e foi até a lareira, onde pôs algumas achas de lenha sobre as brasas. Assoprou o fogo, mas recuou quando as cinzas voaram para seu lado, e sentou-se sobre os calcanhares esfregando os olhos vermelhos. Wulfgar riu alto. Com uma careta para ele, Aislinn balançou o caldeirão cheio de água sobre o fogo. Wulfgar foi para perto da lareira e começou a se vestir.

Quando a água ferveu, Aislinn foi até onde estavam o cinturão e a espada dele, apanhou o punhal da bainha e começou a aquecê-lo nas chamas. Wulfgar ergueu as sobrancelhas, intrigado.

– Minha pele é muito mais delicada que a sua, Wulfgar – explicou ela –, e, se você não quer usar barba, deve se barbear melhor. Os pelos ásperos do seu queixo me arranham e, como vi os normandos raspando com tanta habilidade o rosto dos homens do meu povo, peço que me permita retribuir o favor.

Wulfgar olhou para a pequena adaga sobre a túnica dela, na cadeira, lembrando de seus pensamentos da véspera. Sua morte fora decretada agora, quando se preparava para lutar contra o povo dela? Devia dizer que não era de seu feitio matar inutilmente? Por Deus, ia saber a verdade! Fez um gesto afirmativo.

– Talvez suas mãos sejam mais delicadas que as deles, Aislinn. – Mergulhou uma toalha na água quente do caldeirão, torceu, sacudiu para esfriar um pouco e cobriu o rosto com ela.

– Ah, Wulfgar, que pose tentadora – zombou Aislinn. – Se há uma lua eu tivesse tido a garganta de um normando assim à minha disposição...

Levantou-se e parou ao lado dele, experimentando o corte da lâmina com a ponta do dedo. Wulfgar retirou a toalha, e seus olhos se encontraram. Aislinn sorriu e afastou o cabelo do rosto com um movimento da cabeça. Disse, então, casualmente:

– Ah, se eu não tivesse tanto medo de meu novo senhor, a tentação seria bem maior.

O resultado de sua tentativa de humor foi uma sonora palmada no traseiro, o que a fez exclamar de surpresa e serviu para que decidisse iniciar de uma vez sua tarefa. Aislinn barbeou habilmente o rosto dele com a lâmina do punhal, até a pele ficar lisa e brilhante. Wulfgar passou a mão no rosto, admirado por ela não tê-lo cortado nem uma vez.

– O melhor servidor que um cavaleiro pode ter. – Enfiou a mão debaixo do manto que a cobria e puxou-a para seu colo. Com voz rouca e os olhos brilhando de desejo, disse: – Não esqueça que você é minha, Aislinn, e que jamais a dividirei com alguém.

– Então, tenho algum valor a seus olhos, afinal, meu senhor? – murmurou ela, passando a ponta do dedo pela cicatriz no rosto dele.

– Não esqueça – repetiu Wulfgar.

Beijou-a avidamente, dessa vez sentindo o sabor da paixão ardente que, ele sabia, Aislinn podia sentir.

10

A manhã estava fria e úmida e, levada pelo vento gelado, a chuva varria as montanhas e penetrava por todas as frestas do solar. Pequenas correntes de vento passavam sob as portas, trazendo gotas d'água e agitando o ar frio do local. Aislinn, envolta num xale de lã, apanhou com dedos quase insensíveis um pedaço de pão e, atravessando a sala, foi para perto da lareira, onde estavam sentados Sweyn e Bolsgar. O fogo recém-aceso apenas começava a aquecer o grande salão, e ela sentou-se numa banqueta, ao lado de Bolsgar. Nos dias que se seguiram à partida de Wulfgar, sua afeição pelo velho lorde crescera, pois ele lembrava seu pai. Ele era como um escudo que aparava e amaciava o gênio irritadiço de Gwyneth e tornava a vida suportável quando ela estava por perto. Era um homem bondoso e compreensivo, o oposto da filha.

Aislinn frequentemente se aconselhava com ele para resolver assuntos da casa ou dos empregados, sabendo que Bolsgar tinha a sabedoria da longa experiência de vida. Sweyn fazia o mesmo e muitas vezes se sentava para tomar com o velho lorde um copo de cerveja e relembrar os dias em que Wulfgar era tratado ainda como um verdadeiro filho. Nessas ocasiões, Aislinn ouvia, num silêncio encantador, quando os dois falavam com carinho do jovem Wulfgar e elogiavam seus feitos. Os dois orgulhavam-se tanto dele que era como se fossem ambos seus pais verdadeiros.

Às vezes, Sweyn contava suas aventuras com Wulfgar e fatos da vida dos dois como mercenários. Bolsgar ouvia com avidez. Muito jovem ainda, Wulfgar deixou a casa de Sward, e ele e Sweyn começaram a ganhar a vida como mercenários. Sua fama cresceu, seus serviços alcançaram um alto preço e estavam constantemente em demanda. Foi então que o duque ouviu falar da destreza de Wulfgar com a espada e a lança e chamou os dois mercenários para se juntarem a ele. A amizade entre o cavaleiro e o nobre começou no momento em que se conheceram, quando Wulfgar disse claramente que era bastardo e que só se aliava ao duque por dinheiro. Impressionado com sua franqueza, o duque insistiu para que entrasse para seu exército e prestasse juramento de lealdade a ele. Tudo foi feito rapidamente, pois o duque era persuasivo, e Wulfgar via nele um companheiro digno de seu respeito. Wulfgar, agora com 33 anos, estava há vários anos com o duque e era fiel ao juramento de lealdade.

Nessa manhã fria, Aislinn olhou para o homem do norte e para o velho cavaleiro, sentados junto ao fogo, e pensou que se Gwyneth os visse, certamente os censuraria por estarem perdendo tempo. Ao comer devagar o pedaço de pão, Aislinn pensou na meia-irmã de Wulfgar. Ela era completamente diferente do irmão e do pai. Wulfgar mal desaparecera no topo da colina e Gwyneth já estava começando seu reinado como senhora do solar. Tratava os empregados como seres inferiores e desprezíveis, que estavam ali só para servi-la. Constantemente interrompia o trabalho deles para algum serviço pessoal e sem importância. Ficava furiosa quando eles procuravam a aprovação de Sweyn ou de Aislinn antes de obedecerem às suas ordens. Gwyneth tomou conta da despensa também, e distribuía a comida como se ela tivesse comprado cada grão de trigo armazenado. Media cuidadosamente as porções de carne e repreendia com severidade quem deixava um pouco no osso. Não dava atenção aos pobres servos que esperavam avidamente as migalhas que sobravam das refeições. Bolsgar e Sweyn divertiam-se, burlando a vigilância dela e dando grandes peças de carne para os criados. Quando Gwyneth descobriu, ficou furiosa e fez um longo discurso sobre desperdício de comida.

A serenidade da manhã foi quebrada por um grito estridente na quietude da sala. Aislinn levantou-se de um salto quando viu a mãe descer correndo a escada, agitando os braços furiosa, chamando todos os demônios do inferno para atormentar aquela filha de Satã. Aislinn olhou atônita para Maida, certa de que a mãe perdera completamente a razão. Gwyneth apareceu no topo da escada e olhou para baixo com um sorriso satisfeito quando Maida se agarrou na saia da filha. Aislinn esperou que Gwyneth descesse calmamente a escada e se aproximasse deles.

– Apanhei sua mãe roubando – acusou Gwyneth. – Além de termos de viver sob o mesmo teto com servos, agora vivemos com ladrões também. Wulfgar vai saber disso, pode ter certeza.

– Mentira! Tudo mentira! – gritou Maida. Ergueu as mãos em súplica para Aislinn. – Meus ovos de aranha! Minhas sanguessugas! Eram meus! Eu os comprei dos judeus. Agora, desapareceram. – Olhou com raiva para Gwyneth. – Eu só entrei no quarto para procurar o que é meu.

– Mentira! – disse Gwyneth, indignada. – Eu a encontro revistando meu quarto e sou eu a mentirosa? Ela está louca!

– Minha mãe sofreu muito nas mãos de Ragnor e de seus homens – explicou Aislinn. – Essas coisas eram usadas para fazer remédios. Minha mãe dava grande valor a elas.

– Eu joguei tudo fora. – Gwyneth empertigou o corpo, com orgulho. – Isso mesmo, joguei fora. Deixe que ela guarde seus brinquedos fora desta casa. Não quero nenhuma dessas coisas se arrastando em meu quarto.

– Gwyneth! – exclamou Bolsgar, extremamente zangado. – Você não tem o direito de agir desse modo. É uma hóspede aqui e deve se acostumar com o modo de vida determinado por Wulfgar.

– Não tenho o *direito*! – respondeu Gwyneth, tremendo de raiva. – Sou a única parenta do senhor deste solar. Quem me nega o direito? – Os olhos azul-claros o desafiavam. – Tomarei conta do que pertence a Wulfgar enquanto ele estiver ausente.

Bolsgar riu com ironia.

– Como toma conta do que me pertence? Você distribui comida como se fosse sua. Wulfgar deixou dinheiro para nossas necessidades, e você nos dá algumas moedas e guarda o resto. Que eu saiba, você jamais se preocupou com o bem-estar de pessoa alguma.

– Eu só procuro evitar que caia em suas mãos generosas demais – disse a filha, secamente. – O senhor o desperdiçaria como jogou fora seu ouro. Armas! Homens! Cavalos! De que adiantou tudo isso? Se tivesse guardado algum dinheiro, não teríamos de implorar por um pedaço de pão e um lugar para dormir.

O velho lorde resmungou, olhando para o fogo:

– Se eu não fosse atormentado por duas mulheres implicantes, que exigiam sempre o melhor, teria tido meios de enviar mais homens com seu irmão e não estaríamos aqui agora.

– Sim, ponha a culpa em minha pobre mãe e em mim. Tínhamos de implorar algumas moedas para comprar nossas roupas. Olhe para minha túnica e veja como cuidou bem de nós – disse Gwyneth. – Mas estou aqui agora e, como única parenta de Wulfgar, exijo meus direitos de sangue e providenciarei para que esses saxões não abusem de sua generosidade.

– Não existe nenhum direito de sangue – disse Sweyn, entrando ousadamente na discussão. – Quando ele foi mandado embora, sua mãe não conferiu a ele os direitos de filho. Desse modo, ela negou também seu parentesco.

– Trate de ficar calado, lacaio atrevido! – disse ela, indignada. – Você limpa a armadura de Wulfgar e vigia sua porta quando ele dorme. Não tem nada a ver com o assunto. Minha palavra é a que vale. Essa mulher não vai mais guardar seus bichos nojentos nesta casa!

– Aiiii! – choramingou Maida. – Não posso proteger meus aposentos dos ladrões nem dentro da minha casa.

– Sua casa? – zombou Gwyneth. – Por ordem de Guilherme, deveria ser expulsa desta casa.

Aislinn sentiu o sangue ferver.

– Por ordem de Wulfgar, ficamos aqui e temos direito a nossos quartos.

Mas Gwyneth não ia se dar por vencida.

– Você é uma serva aqui! Da mais baixa classe. Não tem direito de possuir coisa alguma! – Apontou para Maida. – Você, sua velha ordinária, anda pelo solar como se ainda fosse sua dona, quando, na verdade, não passa de uma escrava. Não vou suportar isso.

– Não! Ela está aqui por vontade de Wulfgar – exclamou Aislinn, furiosa com aquele ataque à sua mãe. – Seu irmão impediu que o velhaco do Ragnor a expulsasse.

Gwyneth sorriu com desprezo.

– Não chame um cavaleiro normando de sangue nobre de velhaco! – Voltou-se outra vez para Maida. – Com que direito reivindica um lugar nesta casa? Porque sua filha dorme com o senhor do solar? – Riu com sarcasmo. – Pensa que isso lhe dá os mesmos direitos dos normandos, bruxa velha? O que vai dizer quando o senhor voltar com uma esposa e atirar sua preciosa filha a seus homens? Que direitos vai exigir então? A mãe de uma prostituta? Não poderia nem mesmo ficar nessas terras. Sim! Saia daqui! Desapareça da minha frente. Procure algum buraco para abrigar seu corpo magro. Para fora!

– Não! – exclamou Aislinn. – Não pode fazer isso. Foi Wulfgar quem deu aquele quarto para ela. Ousa desafiar a ordem dele?

– Não desafio coisa alguma – retrucou Gwyneth. – Vejo somente o bem dele.

– Aislinn? – murmurou Maida, segurando a túnica da filha. – Eu vou embora. Vou apanhar minhas coisas. São bem poucas agora.

Maida falou com lágrimas nos olhos e sua expressão era uma mistura desordenada de sentimentos. Aislinn ia começar a falar, mas a mãe balançou a cabeça, caminhou para a escada e começou a subir os degraus com o corpo curvado para a frente, a própria imagem da derrota. Com os punhos cerrados, Aislinn olhou com fúria silenciosa para Gwyneth, que sorria satisfeita.

– Em certos momentos, Gwyneth – disse Bolsgar –, você me dá náuseas.

A filha olhou para ele com expressão de triunfo.

– Não sei por que lamenta a partida dela, meu pai. Há muito tempo a velha bruxa desmoraliza esta casa com seus andrajos e seu rosto deformado.

Bolsgar deu as costas a ela e olhou para o fogo. Sweyn fez o mesmo e, depois de algum tempo, levantou-se e saiu da sala. Finalmente, sob o olhar furioso de Aislinn, Gwyneth sentou-se na cadeira de Wulfgar e começou a comer um pedaço de carneiro assado servido por Hlynn.

Maida desceu com uma manta de pele nas costas e um pequeno embrulho nos braços. Parou na porta com um olhar suplicante para a filha. Aislinn aconchegou mais o xale de lã e saiu da casa com a mãe. Lá fora, as duas tremiam de frio, mal agasalhadas, e uma névoa gelada umedeceu seus cabelos.

– Para onde vou agora, Aislinn? – perguntou Maida chorando, quando atravessaram o pátio. – Não seria melhor irmos para algum lugar bem distante, antes do retorno de Wulfgar?

– Não. – Aislinn balançou a cabeça. Era difícil falar com calma quando queria puxar os cabelos de Gwyneth e descarregar sobre ela toda sua raiva e revolta. – Não, minha mãe. Se formos embora, o povo vai sofrer e não terá ninguém para amenizar suas dores. Não posso trair nossa gente, deixando-a nas mãos de Gwyneth. Além disso, toda essa terra está em guerra. Não é um bom momento para duas mulheres andarem sozinhas pelas estradas.

– Wulfgar nos expulsará se voltar com uma esposa – insistiu Maida. – E não vai ser pior do que se formos agora.

Aislinn olhou para o horizonte distante, lembrando a última noite passada nos braços de Wulfgar. Quase podia sentir as mãos dele acariciando, tocando, excitando-a até o desejo invadir cada nervo de seu corpo. Seu olhar era agora suave e sonhador. Só a lembrança daquela noite bastava para enrijecer seus seios e despertar o desejo em todo o seu corpo. Mas será que acontecia o mesmo com ele? Teria realmente pertencido a ela naquele momento ou logo a trocaria por outra? Imaginou outra mulher nos braços de Wulfgar e a deliciosa excitação se transformou em fúria. Depois de ter recusado tantos pedidos de casamento de homens que faziam tudo para convencer seu pai de que a mereciam, era agora a amante de um homem que odiava as mulheres e não confiava nelas. Aislinn conteve uma risada amarga. Que ironia ter tratado com tanto orgulho aqueles pretendentes para acabar como escrava de um normando que, segundo ele mesmo, devia esquecê-la facilmente, como se esquece uma luva. Porém, ele já tivera provas da necessidade das luvas. Essa lembrança a acalmou. Sorriu agora mais confiante. Mesmo que ele voltasse com uma mulher para partilhar sua cama, poderia se esquecer dela? Pensaria nela em todos os momentos, como Aislinn pensava nele? Mesmo em sua inexperiência, Aislinn sabia que, naquela última noite, o prazer de Wulfgar fora intenso, portanto devia confiar que a lembrança daqueles momentos o traria de volta para ela.

Aislinn entrou numa trilha que levava a uma pequena casa vazia, antes habitada por pai e filho que haviam perdido a vida no campo de batalha, lutando ao lado de Erland contra Ragnor. Maida recuou quando Aislinn segurou-lhe o braço.

– Fantasmas! Tenho medo de fantasmas! – exclamou ela. – O que farão comigo sozinha, sem ninguém para me defender? Eles me levarão embora, eu sei!

– Não – Aislinn acalmou os temores da mãe. – Os homens que moravam aqui eram nossos amigos. Não voltarão para fazer mal à viúva de Erland.

– Acha que não? – choramingou Maida e, com um movimento quase infantil, acompanhou a filha na estrada estreita. A pequena casa abandonada ficava longe da cidade, ao lado de um pequeno bosque, na margem do pântano. Quando Aislinn abriu a porta, a poeira e o mau cheiro quase a sufocaram.

– Veja, minha mãe. – Estendeu o braço para o interior da casa – É uma construção sólida e só precisa de mãos hábeis para ser uma boa moradia.

O ambiente era tenebroso, e Aislinn procurou afastar a preocupação com uma atitude calma e jovial. As duas pequenas janelas eram protegidas por peles muito finas que deixavam entrar mais vento frio que luz, e cada passo das duas levantava a poeira do chão coberto de palha muito velha e úmida. A lareira rústica ocupava uma das paredes e um estrado de carvalho, com um colchão meio apodrecido, estava encostado na outra. Maida sentou-se na única cadeira, ao lado da mesa, na frente da lareira, e começou a murmurar uma ladainha lamentosa, balançando o corpo para a frente e para trás.

Aislinn podia sentir a ansiedade da mãe. Foi até a porta e encostou-se no batente, olhando para o dia cinzento. Pensou na batalha que teria de enfrentar para convencer Gwyneth a permitir que Maida voltasse ao quarto designado para ela por Wulfgar. Gwyneth parecia possuída por um demônio que lhe incitava a vaidade e a inveja e não permitia que ela encontrasse prazer em simples atos de bondade.

Com um suspiro, Aislinn balançou a cabeça, arregaçou as mangas longas, compreendendo que competia a ela o trabalho de tornar aquela casa um lugar habitável. Encontrou uma pederneira, e logo as chamas dançantes expulsaram o escuro e o frio da pequena sala. Tirou as roupas sujas, provavelmente cheias de parasitas, dependuradas em ganchos de madeira, e jogou no fogo os pedaços de tecidos de lã e de couro. Tirou do estrado o colchão podre e malcheiroso. No fundo das vasilhas, a comida deixada pelos homens, quando soou na torre o alarme de aviso da chegada dos normandos, estava dura como pedra. Ao retirar os restos das vasilhas, Aislinn pensou em Gerford e em seu filho. Quando a maioria das pessoas usava cascas de pão endurecidas como pratos, pai e filho começaram a fazer utensílios de madeira para mesa e cozinha, além de ferramentas. Darkenwald ia sentir muita falta de seu artesanato. Agora sua mãe podia dispor desse luxo, embora não tivesse os outros confortos aos quais estava acostumada.

Enquanto Aislinn trabalhava, Maida continuou se balançando na cadeira e murmurando seu lamento. Parecia ignorar tudo à sua volta. Mal notou quando a porta se abriu bruscamente, sobressaltando Aislinn. Kerwick e Ham entraram, com os braços cheios de cobertores e mantas de peles.

– Achamos que ela ia precisar – disse Kerwick. – Tiramos do quarto de Maida quando Gwyneth nos mandou fazer uma limpeza nele, porque pretende usá-lo agora. Se chamam sua mãe de ladra, nós também somos ladrões.

Aislinn fechou a porta.

– Sim, nós todos seremos chamados de ladrões, pois não permitirei que ela passe fome nem sofra com o frio.

Kerwick examinou a casa humilde.

– Thomas agora faz tendas e camas de campanha para os normandos. Verei se tem alguma coisa sobrando.

– Quer pedir a ele para trocar as dobradiças da porta também? – pediu Aislinn. – Do modo que está, não pode resistir ao menor dos animais.

186

Kerwick olhou para ela.

– Vai dormir aqui com sua mãe? – Franziu a testa, preocupado.

– Acho que não será prudente, Aislinn. Deve temer mais os homens como Ragnor e os outros normandos que qualquer animal. Os homens não farão mal à sua mãe, pois pensam que ela está louca, mas a você...

Aislinn olhou para Ham, que colocava palha nova no chão.

– Naturalmente você sabe que Sweyn dorme numa esteira do lado de fora da porta de meu quarto. Como seu amo, ele não confia nas mulheres. Não me deixaria dormir aqui.

Kerwick suspirou aliviado.

– Isso é bom. Eu não ficaria descansado se você estivesse aqui, e Wulfgar ia me enforcar na árvore mais alta, como uma advertência aos outros homens, se eu tentasse protegê-la, pois na certa ia pensar o pior.

– Sim – murmurou Aislinn. – Das mulheres ele sempre espera traição.

Os olhos azuis de Kerwick encontraram-se com os dela por um momento; depois, com um suspiro tristonho, ele disse:

– Preciso ir antes que digam ao viking onde estou. Não quero despertar a ira de Wulfgar por causa deste nosso simples encontro.

Os dois saíram e Aislinn continuou seu trabalho para melhorar a aparência da pequena cabana e acalmar os temores da mãe. No meio da tarde, Thomas apareceu sorridente, com um colchão de linho pesado. Aislinn o levou para o estrado e ergueu as sobrancelhas quando sentiu o perfume de trevo seco e relva.

– Sim, minha senhora – disse o antigo vassalo, com um sorriso. – Passei no estábulo à procura de enchimento para o colchão, e algum cavalo normando vai passar fome esta noite.

Rindo, os dois arrumaram o colchão no estrado, e Aislinn o cobriu com mantas de pele e cobertores. O resultado foi uma cama quente e acolhedora para sua mãe. Thomas consertou a porta, trocando os pedaços de couro que serviam de dobradiças, alinhando-a e certificando-se de que podia ser trancada por dentro.

187

A noite descia rapidamente quando Aislinn olhou com aprovação para o interior da cabana. Sua mãe tinha jantado e dormia quando ela voltou ao solar para jantar também. Estava faminta, pois não comera nada além de um pedaço de pão pela manhã.

Ham limpava perdizes caçadas por Sweyn naquela tarde e, quando Aislinn entrou, ele saltou imediatamente para servi-la. Gwyneth bordava calmamente perto da lareira, e Bolsgar aparava um pequeno graveto.

– Minha senhora – Ham sorriu. – Guardei seu jantar. Vou trazer já.

Gwyneth ergueu os olhos da tapeçaria que bordava.

– Quem chega atrasado tem de esperar a próxima refeição. – Sua voz soou imperiosa, e ela deu outro ponto no bordado. – A pontualidade é uma virtude muito útil, Aislinn. Você deve aprender a fazer uso dela.

Aislinn deu-lhe as costas e dirigiu-se diretamente a Ham.

– Estou com muita fome, Ham, e vou jantar agora. Traga a comida.

Com um sorriso e assentindo com a cabeça, Ham saiu apressadamente para cumprir a ordem. Aislinn sentou-se sem pressa à mesa principal, sem tirar os olhos de Gwyneth.

Gwyneth sorriu com desprezo.

– Você não é a mulher de meu irmão. Embora seja tratada com alguma confiança, por ser sua prostituta, não passa de uma escrava; portanto, não tome esses ares importantes.

Antes que Aislinn pudesse responder, Ham tocou no cotovelo dela e pôs na mesa comida suficiente para saciar o apetite de duas pessoas. Aislinn valorizou a lealdade do criado, sabendo que com aquilo podia provocar a ira e a maldade de Gwyneth contra ele. Com um sorriso de agradecimento, aceitou a comida.

– É estranho que tantas mulheres saxãs tenham sido usadas pelos normandos e você não, Gwyneth – disse Aislinn, examinando a outra mulher dos pés à cabeça. – Ou, pensando bem, talvez não seja tão estranho.

Aislinn voltou toda sua atenção para o jantar, ignorando completamente a outra. Sentado diante da lareira em sua confortável poltro-

188

na, Bolsgar riu. Rubra e tremendo de cólera, Gwyneth levantou-se imediatamente e disse:

– É claro que você ficaria ao lado dos porcos saxões contra sua própria família. O duque Guilherme devia jogar todos vocês no esgoto, que é seu lugar.

Frustrada, ela subiu correndo a escada e bateu com força a porta de seus novos aposentos, o confortável quarto do qual expulsara Maida naquela manhã.

As noites ficaram mais longas e os dias eram frios e castigados pelo vento. Árvores nuas estendiam os galhos doloridos no ar gelado e gemiam em agonia quando o vento do norte varria o pântano. Quando parava de ventar, a neblina subia do pântano, envolvendo a cidade, e os lagos ficavam cobertos de gelo fino. A garoa se adensava cada vez mais, transformando-se em flocos de neve que se depositavam no chão, cobrindo os caminhos de uma espessa camada de lama gelada. Mantas de pele de urso, de lobo e de raposa cobriam as túnicas de lã do povo. O solar cheirava a animais recém-caçados, e o curtume lançava seu cheiro desagradável ao vento, numa grande atividade de preparação das peles. Aislinn providenciou para que Maida tivesse o maior conforto possível na pequena cabana. Mandou outras mantas de pele, e Kerwick, diariamente, levava para ela lenha da lareira do solar. As visitas diárias à mãe tornaram-se um ritual para Aislinn, e na volta, passava pela cidade para tratar dos doentes. Apesar de toda essa atenção, Maida estava cada vez mais distante e alheia a tudo, e sua aparência degenerava rapidamente. Aislinn começou a ouvir histórias do povo. Diziam que ouviam a voz de Maida à noite, cantando monotonamente para os espíritos, às vezes conversando com companheiros da juventude há muito tempo mortos ou com o marido. Gwyneth endossava todas essas histórias e, quando tinha oportunidade de falar com Maida, certa de que Aislinn não podia ouvir, insinuava habilmente que a cabana era mal-assombrada. Ela repetia todas as histórias, procurando dar a entender que o povo odiava a pobre mulher. A depressão de Maida aumentava a cada dia, e Aislinn tinha dificuldade de conseguir que a mãe vivesse no mundo real. Maida começou a fazer poções que, segundo ela, iam expulsar os normandos do solo inglês. Aislinn sabia que era inútil tentar dissuadi-la.

O dia estava muito frio, o vento soprava com força, e das nuvens cinzentas e revoltas caíam ora uma chuva fina de granizo, ora flocos de neve que batiam com força nas janelas fechadas ou no rosto de quem estava fora de casa. Cobrindo o rosto corado, Ham deu as costas para as rajadas de vento e neve, agradecendo o bom resultado da temporada de caça e as peles quentes que o agasalhavam. Pele macia de gamo protegia seus braços e suas pernas, e uma manta de pele de lobo cobria a túnica de lã crua que vestia. Sob o manto, Ham segurava a erva medicinal que Aislinn o mandara apanhar na cabana de Maida. Parou por um momento para tomar fôlego, ao lado de uma pequena casa de camponeses.

– Ei, você aí! Ham!

Ham voltou-se e viu Gwyneth, envolta num longo manto de pele, de pé na porta do solar.

– Venha cá! Depressa!

Ham obedeceu imediatamente ao chamado imperioso.

– Vá apanhar mais lenha para meu quarto – ordenou ela, quando Ham se aproximou. – O fogo está quase apagado, e este maldito monte de pedra é frio demais.

– Peço desculpas, minha senhora – Ham inclinou a cabeça educadamente –, mas minha ama me encarregou de uma coisa urgente. Quando terminar esse trabalho, levarei a lenha para a senhora.

Irritada com o que considerava insolência do criado, Gwyneth disse, com um olhar gelado:

– Seu idiota grosseiro. Fala de uma bobagem qualquer, quando estou congelando de frio! Vai fazer agora mesmo o que mandei.

– Mas minha senhora, Aislinn, me pediu...

– Mas sua senhora Aislinn não passa da prostituta de lorde Wulfgar. Como irmã dele, sou a dona deste solar e estou mandando você apanhar lenha agora!

Ham franziu a testa, preocupado, mas sem nenhuma dúvida quanto a quem devia obediência.

– Minha senhora Aislinn me espera – disse, teimosamente. – Num momento vou apanhar sua lenha.

– Você é um idiota infeliz. – O ódio soava em cada palavra. – Vou mandar arrancar sua pele, pedaço por pedaço.

Dois homens de Wulfgar se aproximaram, e Gwyneth voltou-se para eles.

– Peguem esse cretino e amarrem-no no poste. Quero que seja açoitado até aparecerem os ossos das costas.

Ham empalideceu, e os homens pareciam hesitantes. Sabiam que ela era irmã de Wulfgar, mas duvidavam que ele aprovasse uma punição tão selvagem por uma ofensa tão pequena. Eram leais servidores de Wulfgar e jamais duvidavam de sua autoridade. Sabiam que ele era um homem justo e humano. Deviam obedecer agora às ordens da irmã sem nenhum questionamento, como obedeciam às ordens dele?

A hesitação dos homens aumentou a fúria de Gwyneth. Estendeu o braço magro e apontou para Ham.

– Em nome de Wulfgar, e como sou sua única parenta, vocês vão me obedecer. Segurem esse servo e tragam o açoite mais pesado.

Os homens sabiam que Wulfgar geralmente se reservava o direito de julgar os saxões. Não era ainda oficialmente o dono daquelas terras, mas, na verdade, um zelador, um comandante de guerreiros. Portanto, a ordem militar de sucessão se aplicava, e Sweyn era a autoridade, em sua ausência, mas o viking não estava presente e eles não tinham coragem de contrariar Gwyneth ou desobedecer a sua ordem. Assim, com grande relutância, os dois homens se adiantaram e seguraram o rapaz.

AISLINN PÔS A menina no colo e segurou-a de pé, aconchegando-a ao calor de seu corpo. A criança respirava com dificuldade, entre acessos de tosse. O vapor pungente das folhas de cânfora que Ham fora apanhar na casa de Maida, postas em água fervente ao lado da cama, aliviaria o sofrimento da menina. Mas onde estava Ham? O tempo custava a passar, e Aislinn não podia explicar tanta demora. Ele já devia ter chegado. Aislinn começou a se preocupar, sem saber o que podia ter acontecido ao rapaz que sempre a servira com tanta fidelidade. Se ele estivesse perdendo tempo em algum lugar, enquanto aquela criança mal podia respirar, certamente Aislinn ia lhe dar uns bons puxões de orelha.

A respiração da menina ficou mais calma, e Aislinn deixou-a com a mãe, preparando-se para enfrentar o frio e ver o que tinha acontecido com Ham. Quando fechou a porta, ergueu os olhos e viu os dois normandos arrastando Ham para o poste. Num instante Aislinn estava parada na frente dos normandos com as mãos na cintura, os pés afastados e firmes no chão. O vento agitava-lhe o longo cabelo cor de cobre em volta da cabeça. Os olhos cor de violeta despediam chamas quando ela disse em francês:

– O que significa isso? Qual a loucura que vocês, normandos, inventaram para prender esse rapaz que saiu para me prestar um pequeno serviço e levá-lo para o poste de castigo no meio dessa tempestade de neve?

– São ordens de lady Gwyneth, porque ele recusou obedecer a uma ordem sua – respondeu, com voz hesitante, o que ia na frente.

Aislinn bateu com o pé no chão.

– Soltem o rapaz, seus idiotas! – exclamou ela. – Soltem o rapaz agora mesmo ou, pela espada de lorde Wulfgar, prometo que os dois estarão mortos antes do fim desta lua!

– Parem! – berrou Gwyneth. – Você não tem autoridade aqui, Aislinn.

Aislinn esperou que ela se aproximasse.

– Muito bem, Gwyneth. – Sua voz soou clara entre o uivo do vento. – Tomou para si a autoridade de Wulfgar. E quer privá-lo de mais um servo útil?

– Útil? – esbravejou Gwyneth. – Esse preguiçoso me desobedeceu deliberadamente.

– Estranho – questionou Aislinn. – Não tenho problemas com ele. Talvez sejam seus modos que o deixem confuso. Ele não está acostumado à tagarelice das gralhas.

Gwyneth quase sufocou de fúria.

– Gralha! Sua prostituta de um bastardo! Sua saxã ordinária e atrevida! Como ousa questionar meus modos! Na ausência de

Wulfgar, eu sou a dona desta casa e ninguém pode questionar minha autoridade.

– Ninguém duvida do que você pode ser, cara Gwyneth. Se você é ou não, só Wulfgar pode dizer.

– Não é preciso perguntar – respondeu ela, imediatamente. – Eu sou irmã dele e você não é nada.

Aislinn ergueu o queixo com altivez.

– Tem razão, não sou parenta dele. Mas sei o que ele pensa melhor que seus parentes. Ele faz uso de justiça rápida e firme, não dessa loucura que você vive alardeando, pois conhece a vantagem de tratar os servos com bondade e humanidade.

Gwyneth riu com ironia.

– Na verdade, não consigo compreender como, em sua pressa de ir para a cama com ele, tem tempo para saber seus pensamentos. – Entrecerrou os olhos claros até se transformarem em duas linhas muito finas entre as pestanas escuras. – Ou, na verdade, acha que pode influenciar a mente dele para fazer sua vontade?

– Se eu pudesse – respondeu Aislinn – seria porque ele merece ser dominado. Mas duvido que seja tão fácil influenciar Wulfgar.

– Ora! Uma prostituta procura castrar o homem para todas as mulheres, exceto para ela, e o prende com o meneio de suas cadeiras de modo que ele nem percebe que está sendo dominado. – Gwyneth tremia de fúria e examinou Aislinn da cabeça aos pés. Não podia se livrar da lembrança de Wulfgar acariciando aquela mulher saxã do lado de fora do quarto, naquela manhã, antes de partir, nem do pensamento torturante de que Ragnor devia ter feito o mesmo. – Homens! Vão sempre atrás da ordinária bem-provida de carnes que requebra com cada movimento, ignorando a mulher digna e de porte discreto que abomina a ideia de ficar se exibindo.

– Diga-me. De qual mulher digna e de porte discreto está falando? – disse Aislinn, com uma risada, erguendo uma sobrancelha. – Ora, uma haste de salgueiro tem mais dignidade e porte do que você.

– Prostituta! – grasnou Gwyneth. – Dizem que o corpo da mulher fica mais cheio e bem-formado sob as mãos de um homem, e pelo que vejo já deve ter conhecido muitos.

Aislinn deu de ombros.

– Se isso fosse verdade, então você, cara Gwyneth, só foi tocada por sua mãe até hoje.

Corando intensamente, Gwyneth exclamou:

– Chega! Estou farta de suas provocações e não quero mais ficar discutindo neste frio. – Voltou-se para os normandos, que não ousavam sequer sorrir. – Levem o servo e apliquem algumas chicotadas. Veremos se assim ele aprende a obedecer.

– Não! – exclamou Aislinn. – Em tom de súplica, disse para os normandos: – Uma criança está naquela casa, sem poder respirar, e preciso de certas ervas para aliviar seu sofrimento. – Estendeu a mão para Ham. – Ele não tem nenhuma marca de pecado, pois traz consigo as ervas de que preciso. Deixem que me ajude a tratar da criança primeiro e, quando Wulfgar voltar, faremos o que ele determinar.

Gwyneth viu a incerteza nos rostos dos homens e sentiu que ia ser vencida.

– Não! Isso não vai adiantar! Que ele seja punido agora, enquanto pode se lembrar do que fez, para aprender a obedecer melhor.

Frustrada, Aislinn voltou-se para ela com as mãos estendidas.

– Se ele for punido, a criança vai morrer.

– Não me importo nem um pouco com uma criança saxã – disse Gwyneth. – Que a insolência do servo receba o castigo merecido, e não tente mais me contrariar, prostituta. Sim, ordeno que fique e assista ao castigo para não mais contestar minhas ordens.

– Não tem direito de dar ordens aqui! – exclamou Aislinn.

Gwyneth empalideceu de raiva.

– Você nega meus direitos, prostituta, mas, como única parenta de Wulfgar, sou eu quem deve falar em sua ausência. E você não passa de uma serva, sua escrava, obrigada a suportar o peso dele na cama e a fazer suas vontades. Diz que não posso dar ordens? Muito bem, quem não tem nenhum direito é você, e deve experimentar o castigo dos que não obedecem a seus superiores. – Seus olhos brilharam à ideia de ver a carne de Aislinn rasgada pelo açoite. – Sim, você também precisa aprender obediência. – Estendeu o braço para ela. – Prendam essa mulher! Que seja castigada ao lado do menino teimoso!

Ela falou em francês, mas Ham já tinha aprendido um pouco com a convivência com os normandos. Ele tentou se libertar das mãos que o prendiam.

– Não! Deixem minha senhora em paz!

Os homens olharam atônitos para a mulher que tremia de raiva. Açoitar uma mulher saxã não era nada para eles, mas, quando a mulher pertencia a Wulfgar, a coisa era diferente. As consequências seriam desastrosas para os dois. Talvez a irmã de Wulfgar fosse imprudente, mas eles não tinham o mesmo defeito.

– Segurem essa mulher! – gritou Gwyneth, impaciente com a indecisão dos homens.

Quando um dos homens deu um passo à frente, com intenção de proteger Aislinn e não de obedecer às ordens de Gwyneth, Ham conseguiu se libertar dos dois e fugiu. O normando pôs a mão em seu ombro, e Aislinn, interpretando mal o movimento, girou o corpo, furiosa, deixando o manto na mão do soldado.

– Cuidado com esse manto, seu idiota! – exclamou Gwyneth, gananciosa. – E tire a túnica dela, que estou precisando de algo para vestir.

– Então, precisa de minha túnica – disse Aislinn. Com dedos trêmulos, ela a despiu e jogou na lama, amassando-a sob os pés. Enfrentou a mulher vestida apenas com a combinação leve, sem sentir o vento gelado. – Então, Gwyneth, pode ficar com ela agora.

A voz estridente da mulher cortou o ar frio como uma lâmina.

– Comecem a açoitá-la e não parem enquanto não tiverem aplicado cinquenta chibatadas nas costas dela. – Olhou para Aislinn com desprezo. – Meu irmão não vai encontrar muita coisa que o atraia quando a vir outra vez.

Mas os homens não tinham intenção de obedecer às ordens de Gwyneth. Um deles deixou cair o açoite e recuou, acompanhado pelo outro.

– Não, não vamos fazer isso. Lady Aislinn tratou de nossos ferimentos e de nossas doenças, e não vamos pagar sua bondade desse modo.

– Seus cães covardes! – esbravejou Gwyneth. Apanhou o açoite do chão. – Vou mostrar como se aplica um castigo merecido.

Com toda a fúria que a consumia, Gwyneth ergueu o braço, e o chicote zuniu no ar como a língua de uma serpente, atingindo o lado do corpo de Aislinn protegido apenas pela fina túnica de linho. Ela se encolheu em silêncio e recuou, com os olhos cheios de lágrimas.

– Pare¹

Todos se voltaram rapidamente. Sweyn, com Ham a seu lado, era a própria imagem da fúria. Porém Gwyneth, cega com a sensação de poder, virou outra vez para Aislinn, erguendo o braço para novo golpe, mas, antes que terminasse o movimento, o chicote foi arrancado de sua mão. Frustrada em sua fúria, ela se voltou para o viking, que estava com um dos pés sobre a ponta do chicote e as mãos na cintura.

– Eu disse pare! – gritou ele.

– Não! – Gwyneth respondeu com um misto de soluço e grito estridente. – A cadela deve ser castigada aqui e agora.

O viking aproximou-se e inclinou a cabeça para olhar nos olhos dela.

– Escute bem, lady Gwyneth, pois sua vida pode depender da atenção que der às minhas palavras. Lorde Wulfgar deixou-me encarregado de proteger esta jovem durante sua ausência, e isso significa protegê-la contra homens ou mulheres. Ela é sua propriedade, e ele não vai permitir que a senhora a açoite. Enquanto ele não der ordens em contrário, essa jovem tem a minha proteção. Wulfgar não hesitaria em castigá-la severamente se fizesse algum mal a ela. Sendo assim, vou levá-la agora daqui, para seu bem e para o bem dela. Que a paz esteja com a senhora, lady Gwyneth, mas devo obedecer às ordens de meu senhor acima de qualquer outra.

Sem esperar resposta, ele aproximou-se de Aislinn. Tirando o manto das mãos do normando, agasalhou com ele a jovem transida de frio. Aislinn ergueu para ele os olhos rasos de lágrimas, em silencioso agradecimento. Apoiou a mão no braço dele, e o viking resmungou em voz baixa, embaraçado. Sem uma palavra, Aislinn passou por ele e, segurando o braço de Ham, voltou para a casa onde a criança ainda lutava com a falta de ar.

196

AISLINN CHEGOU BEM perto do fogo, no grande salão frio e escuro. Em sua lembrança, aquele dia era como um pesadelo infernal do qual só agora começava a acordar. A menina estava bem melhor. A febre baixara e dentro de alguns dias ela estaria boa. Mas naqueles momentos terríveis, logo depois do primeiro golpe do chicote, Aislinn só pensava no castigo que Wulfgar aplicara a Kerwick. Então, ela se via atada ao poste, e Wulfgar pronto para fazer o mesmo com ela, o braço forte erguido com a fúria do ódio. Aislinn estremeceu e, para afastar aquela visão, procurou se concentrar em Kerwick e Ham, que faziam um bridão para um dos normandos, trançando tiras finas de couro macio. Mas não podia esquecer a necessidade premente de ser consolada e de se sentir segura nos braços de Wulfgar. Nunca antes, na ausência dele, sentira tanta falta da carícia de suas mãos, de seus beijos, da quase certeza de não ser apenas outra aventura passageira em sua vida. Ao fechar os olhos, quase podia vê-lo na sua frente, com aquele sorriso calmo, os olhos cheios de calor, como o via depois que faziam amor.

Oh, Deus, estava deixando que os sentimentos dominassem a razão. Não tinha nenhuma segurança de que ele ia voltar com a mesma disposição. Como Gwyneth dissera, ele podia voltar para Darkenwald com uma esposa, e o que aconteceria então com ela? Seria dada a seus homens?

Aislinn estremeceu, o medo apertando seu coração. Wulfgar não fazia segredo de seu desprezo pelas mulheres. Procuraria se vingar nela? E se estivesse grávida? Ele a odiaria mais ainda, porque jamais saberia se o filho era seu ou de Ragnor.

Pensamentos sombrios invadiam sua mente, roubando a lembrança daqueles momentos deliciosos quando Wulfgar, antes de partir, a beijara carinhosamente. Aislinn teve a impressão de que ele se importava com ela. Mas estaria se enganando outra vez? Seria tudo mentira? Os beijos? Os abraços cheios de calor? Mentiras para abalar sua sanidade?

Levantou-se com um suspiro pesado, largando a costura, torcendo as mãos numa frustração silenciosa. O que devia fazer? Devia ir embora para salvar o pouco orgulho que ainda lhe restava?

Kerwick ergueu os olhos do trabalho. Viu Aislinn dedilhar, distraída, as cordas da harpa celta, que não era tocada desde a chegada dos normandos. Os estranhos acordes do instrumento ecoaram na sala.

Kerwick lembrou-se daquele dia muitos meses atrás, quando Erland anunciou seu noivado. Ele estava mais feliz do que ela, e sabia disso, pois Erland disse a ele que, quando Aislinn estava preocupada ou ansiosa, dedilhava as cordas da pequena harpa, exatamente como naquele momento, fazendo soar no grande salão as notas estranhamente melodiosas. Aislinn não sabia tocar. Preferia que um cavaleiro ou um trovador tocasse e cantasse para ela. Com sua voz clara e maviosa, ela os acompanhava então, encantando a todos que os ouviam. Porém, para Kerwick, o som que ouvia agora era quase sinistro, como se fosse um brado da alma de Aislinn, implorando para ser libertada.

Kerwick aproximou-se e segurou-lhe a mão, num gesto amigo de compreensão, e Aislinn, com os olhos rasos de lágrimas, suspirou triste e tremulamente, demonstrando sua incerteza.

– Oh, Kerwick, estou tão cansada de lutar contra Gwyneth. O que devo fazer? Desistir de minha posição de amante de Wulfgar e fazer a vontade dela? Se eu partir, talvez ela se acalme e trate melhor os criados.

– Ela vai fazer muito pior se tiver liberdade, sem ninguém para conter seus excessos – disse ele. – Na ausência de Wulfgar você é a única capaz de amenizar o ódio que emana dela. O pai não tem noção da extrema crueldade de Gwyneth. Sweyn está muito ocupado com os homens de Wulfgar para notar quem ela é realmente. E eu – ele riu – não passo de um criado, agora.

– Mas o que posso fazer? – insistiu Aislinn. – Não tenho status. Sou apenas o brinquedo de um normando.

Kerwick inclinou-se para ela.

– Tem a proteção de Wulfgar. Ela não pode lhe fazer mal. Os homens dele sabem disso, depois do que aconteceu hoje. E Gwyneth também sabe. Você está a salvo do ódio dela. Sweyn é a prova disso.

Deixaria que os criados sofressem nas mãos dela, quando é a única que pode ajudá-los?

– Você nunca me deixaria fugir de minhas obrigações, não é mesmo, Kerwick? – perguntou, com voz cansada.

– Não, assim como você não permitiria que eu fugisse das minhas.

Aislinn riu, mais aliviada.

– Oh, Kerwick, você é muito vingativo.

Sorrindo, ele disse com sinceridade:

– Sim, um homem cuja noiva foi roubada não tem motivos para ser muito generoso.

Aislinn olhou atentamente para ele.

– Seus ferimentos cicatrizaram rapidamente, não é, Kerwick? Não vejo nenhuma cicatriz.

– De quais ferimentos está falando, minha senhora? Os de meu coração? Não, eu os escondo bem, só isso, pois ainda me provocam muita dor. – Olhou nos olhos cor de violeta. – Você continua bela, Aislinn, embora pertença a outro homem.

Apreensiva com o rumo da conversa, Aislinn tentou se afastar, mas Kerwick segurou-lhe a mão com força.

– Não, não tenha medo, Aislinn. Não pretendo prejudicá-la. Quero apenas reparar meus erros.

– Reparar seus erros?

– Sim. Todos sabem que eu me preocupava apenas com meus desejos egoístas, pois a desejava ardentemente e não queria desistir de você. Por minhas exigências absurdas, só posso pedir humildemente que me perdoe.

Aislinn levantou-se e o beijou no rosto.

– Seremos amigos para sempre, meu caro Kerwick.

Uma risada curta e zombeteira os sobressaltou, e viram Gwyneth descendo a escada, com um sorriso maldoso nos lábios. Maida, que estava agachada perto do fogo, levantou-se de um salto e saiu para a neve e o vento, procurando a segurança de sua cabana, bem longe daquela bruxa normanda.

Gwyneth parou no último degrau com as mãos na cintura e olhou para os dois, com uma risada rouca e venenosa.

– Meu irmão gostará de saber que sua amante se diverte com outros em sua ausência. – Os olhos pálidos brilharam. – E podem estar certos de que ele vai ser informado.

Kerwick, pela primeira vez na vida, teve vontade de bater numa mulher. Aislinn sorriu, com uma serenidade que não sentia.

– Não tenho dúvida de que você vai contar, Gwyneth, com sua habitual atenção para os detalhes.

Aislinn passou na frente de Gwyneth e subiu a escada, procurando o conforto de seu quarto, sabendo que não estava livre da maldade daquela mulher.

11

Wulfgar ergueu o corpo na sela, examinando a região com seus olhos penetrantes. O vento gelado e cortante açoitava seu manto de lã e seu rosto. O céu escuro combinava com o marrom e o cinza de inverno das florestas e dos campos. Atrás dele, os cavaleiros Gowain, Milbourne e Beaufonte esperavam com os outros sob seu comando, 16 homens armados com arcos, lanças e espadas curtas. Protegida pelas árvores, a pequena caleça fechada, na qual Gwyneth e o pai tinham chegado a Darkenwald, subia a colina, carregada com alimentos para os homens e grãos para complementar o capim que conseguiam nos campos para os cavalos. Um saxão velho e forte, que ao voltar da luta ao lado de Harold encontrou sua casa incendiada e seus campos destruídos, aceitara a oferta de uma nova casa para se unir aos normandos, e agora praguejava com os cavalos numa língua estranha, mas não totalmente desconhecida para a maioria dos normandos.

A inteligência prática de Wulfgar permitia a seu grupo uma grande mobilidade. Depois de estudar por longo tempo a formação de um exército, resolveu que todos os seus homens deviam marchar montados, ao contrário do que faziam os cavaleiros e nobres, que eram os únicos montados, enquanto os soldados, com seus arcos, espadas leves e lanças, os seguiam a pé. Wulfgar achava que não havia vantagem alguma em fazer os homens gastarem suas botas no solo pedregoso da Inglaterra. Todos de seu grupo seguiam montados. No momento da batalha, desmontavam e funcionavam como soldados da infantaria.

Durante o tempo em que Wulfgar esteve em Darkenwald, Guilherme ficou acampado, esperando a volta da maior parte de seu exército. Não puderam marchar por quase um mês devido a uma doença até então desconhecida pelos exércitos e que não poupou nem o próprio Guilherme. Foram obrigados a ficar no acampamento, perto de uma vala grande e funda. Uma vez que os homens de Wulfgar não apanharam a doença, foram designados para uma patrulha avançada com o objetivo de impedir que os exércitos dos saxões se reunissem no sul ou no oeste. Geralmente seu grupo agia afastado do grosso do exército, ocupando pequenos povoados e cidades, para evitar que os saxões se organizassem contra os normandos. Separados do resto dos soldados, seus homens e seus cavalos podiam se alimentar melhor.

Sua posição agora era a oeste de Londres, nas densas florestas das montanhas, quase no fim de sua ronda. Durante quase todo o tempo, haviam marchado sem serem vistos e fazendo sentir o mínimo possível sua presença. Tudo parecia quieto, mas, de repente, avistaram três cavaleiros na encosta da montanha. Wulfgar sinalizou para Gowain e Milbourne e deu ordem a seus homens para esperar, em alerta com as armas prontas para serem usadas, para o caso de haver mais homens escondidos na floresta. Acompanhado por Gowain e Milbourne, ele cavalgou para o vale, ao encontro dos três cavaleiros. Ouvindo o grito de alerta, os três homens empunharam as lanças e mostraram os escudos, cujos brasões os identificavam como ingleses e, portanto, inimigos de Guilherme. Quando chegou a uma certa distância, Wulfgar parou, dando tempo a eles de verem seu escudo.

– Eu sou Wulfgar soldado de Guilherme – disse, com voz forte e autoritária. – Vejo, por suas cores, que são homens de Rockwell. Peço que se rendam, pois lutamos contra ele, uma vez que recusou seu voto de lealdade a Guilherme.

O cavaleiro mais velho enfrentou o desafio respondendo com dignidade.

– Eu sou Forsgell, e não obedeço a esse duque normando. Minha lança e minha espada estão a serviço de um leal lorde saxão, e com a ajuda de Deus expulsaremos os invasores de nossas terras. Não teremos outro rei que não seja aquele ao qual juramos lealdade.

– Então isso significa uma luta entre nós – respondeu Wulfgar. Com um gesto, indicou seus homens. – Eles não tomarão parte, pois vocês são cavaleiros que juraram pela cruz que usam.

Com essas palavras, virou as rédeas de Huno e afastou-se alguns passos. Então, de lança em riste, todos avançaram, três contra três. Huno atacou, com os cascos enormes ressoando na terra dura, os músculos retesando-se com o esforço. Conhecia a estratégia da batalha tão bem quanto seu dono. Wulfgar firmou os joelhos nos flancos do animal e inclinou-se para o lado da lança. O cavaleiro mais velho avançou para ele, e os dois se chocaram com um estridor de metal. Com a vantagem do peso maior, Wulfgar atingiu o escudo do saxão antes que o adversário pudesse atingir o seu. A lança do saxão foi desviada e o escudo caiu de sua mão, mas ele continuou firme na sela. Seu braço esquerdo estava imobilizado, mas o cavalo ainda obedecia à pressão de seus joelhos. Wulfgar recuou, dando tempo ao adversário para se refazer. O saxão desembainhou a espada com a mão direita e voltou ao ataque. Atirando para longe a lança e o escudo, Wulfgar desembainhou a lâmina longa e brilhante que tantas vezes defendera sua honra, e Huno, por conta própria, investiu contra o adversário. As lâminas se chocaram, e dessa vez a destreza do cavalo foi importante, pois Huno movia-se de modo a manter seu dono sempre de frente para o saxão, sempre no ataque, empurrando com o peito o cavalo menor e mais fraco, até fazê-lo cambalear e perder o passo. A espada de Wulfgar tocava a armadura e a espada do saxão com clangor de metal. Atingiu finalmente a cabeça do adversário. Um filete de sangue desceu lentamente de debaixo do elmo e o braço do saxão parecia pesado de cansaço. Balançando a cabeça, ele tentou erguer o outro braço, mas não conseguiu. Agora, tudo que podia fazer era defender-se com a espada, enquanto Huno continuava em sua investida e o normando brandia a lâmina com mais violência. Wulfgar segurou a espada com as duas mãos e, com seu grito de guerra, desfechou o golpe de cima para baixo com toda força, partindo em duas a lâmina do saxão e atingindo seu ombro. Com os dois braços inutilizados, o homem esperou, imóvel. O normando fez Huno recuar, e o saxão, sem palavras, inclinou a cabeça consentindo. Wulfgar era o vencedor. Voltou-se para os companheiros e viu que eram também vencedores. Os três cavaleiros foram feitos prisioneiros, e agora, sem suas armas e seus escudos, não eram mais cavaleiros presos a um juramento, mas prisioneiros que seriam levados a Guilherme para que ele decidisse seu destino.

Assim foi que Guilherme pôde marchar livremente, sem que ninguém avisasse os saxões de sua chegada. Muitos castelos e fortalezas acordavam no começo do dia e viam-se cercados pelo inimigo. Com aquele exército imenso formado nas colinas à sua volta, pronto para o ataque, os saxões não tinham outro remédio senão enviar mensageiros para negociações.

Wulfgar continuou sua marcha. O céu escureceu, e as nuvens foram encobertas por uma garoa fina que corria em filetes gelados em seu pescoço e pernas. As selas ficaram molhadas, e era importante ficar sempre bem sentado. Contudo, ao lado do desconforto, a chuva tinha também suas vantagens. Deprimia os homens, que não tinham mais vontade de cantar, gritar ou mesmo falar. Caminhavam em silêncio, duplamente alertas, pois sabiam que a névoa que os rodeava podia trazer surpresas desagradáveis.

Wulfgar parou e ergueu a mão. Alguém, na frente deles, praguejava furioso, em voz alta. A um sinal de Wulfgar, os soldados desmontaram, entregaram as rédeas aos pajens e armaram seus arcos com flechas de hastes de salgueiro endurecidas. As cordas, os arcos e as flechas, cobertos de óleo, eram protegidos por capas de couro, pois Wulfgar conhecia o efeito da umidade daquelas ilhas durante o inverno.

Seus cavaleiros enristaram as lanças e adiantaram-se, em silêncio, na frente dos soldados de infantaria. Um pequeno regato, que em outra estação do ano poderia ser atravessado molhando apenas os cascos dos cavalos, era agora um lodaçal com vários metros de largura, e bem no centro viram uma carroça com quatro crianças e duas mulheres. Dois homens e um menino tentavam livrar as rodas da lama enquanto uma mulher idosa, segurando as rédeas, incitava os cavalos ao esforço de puxar a carroça atolada. Um homem sem o braço esquerdo deu dois passos para trás, praguejando, até ver os quatro cavaleiros com as lanças apontadas para ele. Seu silêncio chamou a atenção dos outros, e Wulfgar ouviu as exclamações de surpresa. Avançou com Huno e, depois de estudar a situação, fez sinal a seus homens para guardarem suas armas. Aqueles servos encharcados não eram ameaça para eles.

Wulfgar aproximou-se mais até sua lança quase tocar o peito do homem mais velho.

– Ordeno que se entregue, pois está um dia miserável para morrer.

Falou com calma, mas o tom de sua voz era mais ameaçador que as palavras. O homem com um braço só abriu a boca e fez um gesto afirmativo, sem tirar os olhos da ponta da lança. Um som de pés correndo partiu da carroça, e Huno virou a cabeça, pronto para enfrentar a nova ameaça. Um menino arrastava com esforço uma espada maior que ele.

– Eu lutarei com você, normando – disse o menino, entre soluços, com os olhos cheios de lágrimas. – Eu o desafio.

– Miles! – exclamou a mulher mais jovem, saltando da carroça. Segurou o menino, tentando acalmá-lo, mas ele se livrou das mãos dela e enfrentou Wulfgar sob a chuva.

– Vocês mataram meu pai – disse o menino. – Mas não tenho medo de lutar contra você.

Wulfgar viu nos olhos do menino a mesma coragem feroz que havia nos seus quando tinha aquela idade. Pôs a lança em posição vertical, mostrando a flâmula com seu brasão, e sorriu, tolerante.

– Não tenho dúvida disso, meu rapaz. A Inglaterra e Guilherme vão precisar de homens com sua coragem, mas no momento estou muito ocupado com negócios do duque e não tenho tempo para um duelo.

A mulher respirou aliviada e ergueu para o cavaleiro normando os olhos repletos de gratidão.

Wulfgar voltou-se para os homens e perguntou:

– Quem são vocês e para onde vão?

O mais velho adiantou-se.

– Eu sou Gavin, o ferreiro. Fui arqueiro no exército de Harold, no norte, contra os noruegueses, e foi lá que perdi meu braço.

Apontou para a mulher na carroça. – Aquela é minha mulher, Miderd; e esta outra é minha irmã viúva, Haylan. – Pôs a mão no ombro do menino. – Este é Miles, filho de Haylan. As outras crianças são meus filhos, e o homem é meu irmão, Sanhurst. Vamos procurar um novo lar porque os normandos tomaram o nosso.

Enquanto o homem falava, Wulfgar notou a palidez do rosto dele e uma mancha avermelhada na manga vazia. Olhou para o outro homem, mais baixo, porém forte e musculoso.

– A cidade de Darkenwald – disse Wulfgar, olhando para os dois homens. – Já ouviram falar nela?

– O nome não é estranho, senhor – disse o mais novo, cautelosamente.

– Sim, é conhecido – interrompeu Gavin. – O velho lorde que mora lá passou uma vez por nosso povoado. Muito exigente. Queria que eu ferrasse um cavalo que tinha comprado para dar à filha naquele mesmo dia, nas comemorações de São Miguel. Disse com orgulho que ela sabia montar como um homem, e eu acreditei, meu senhor, pois a égua berbere que ele comprou era muito fogosa.

Wulfgar franziu a testa, lembrando as acusações de Gwyneth.

– Sim, a égua era tão fogosa quanto a dona, mas isso não importa agora. Se quiserem, podem se instalar em Darkenwald. A cidade precisa de um ferreiro.

Gavin entrecerrou os olhos, protegendo-os da chuva.

– Está nos mandando para uma cidade saxã, senhor?

– O velho senhor está morto – respondeu Wulfgar. – Guardo a cidade para Guilherme até ele conquistar a Inglaterra. Então,

Darkenwald será minha. – Apontou para Sanhurst. – Ele vai comigo, encarregado de proteger minha retaguarda. Se fizer um bom trabalho, voltarei para providenciar acomodações para sua família.

Os saxões se entreolharam, e Gavin deu um passo à frente.

– Peço desculpas, senhor, mas não pretendemos servir os normandos. Encontraremos um lugar que seja nosso.

Wulfgar virou um pouco na sela e olhou atentamente para eles.

– Pensam que podem ir muito longe, com os normandos patrulhando suas terras? – Viu a incerteza nos olhos deles. – Eu lhes darei minha flâmula para sua proteção. Nenhum homem de Guilherme os atacará quando vir meu brasão. – Apontou para o braço de Gavin. – Em Darkenwald há uma pessoa que pode tratar do seu ferimento. É a filha do velho lorde, e conhece muitos modos de cura. A escolha é sua. Podem ir para Darkenwald ou procurar uma cidade que esteja ainda nas mãos dos ingleses. Porém, quero avisar. Todas as cidades serão tomadas, pois Guilherme é o legítimo herdeiro do trono e está resolvido a ocupar o lugar que lhe pertence.

Gavin e Sanhurst conferenciaram por algum tempo, e então o mais moço se aproximou de Wulfgar. Parou ao lado de Huno e ergueu os olhos para o cavaleiro.

– Eles vão para Darkenwald e eu vou com o senhor.

– Muito bem – disse Wulfgar.

Levou Huno até a caleça, onde Bowein esperava, logo atrás dos arqueiros, e falou rapidamente com ele. O velho saxão retirou uma corda de baixo do assento e entregou-a ao normando. Wulfgar amarrou uma ponta na argola, na frente da carroça, e a outra na parte posterior de sua sela. Avançou com Huno até esticar a corda e fez um sinal para a mulher que segurava as rédeas. Incentivando os pequenos cavalos com um grito, ela bateu com as mãos no dorso deles. Huno sabia o que tinha de fazer e, com um rápido olhar para trás, começou a puxar, sob o peso considerável do cavaleiro e mais alguns quilos de armadura. Suas patas enormes enterravam-se na lama e logo apareciam, dando um passo para a frente. A carroça estalou e, com um ruído de sucção, as rodas se puseram em movimento, lentamente a princípio, mas aumentando a velocidade, até o veículo subir a margem do regato. Chapinhando na lama, os dois homens se aproximaram de Wulfgar, agradecendo a ajuda. Bowein esperou que tudo estivesse terminado e, com o enorme cavalo puxando a caleça, atravessou o lodaçal rapidamente.

Toda essa manobra os atrasou, e a noite os surpreendeu em marcha. Bowein indicou um bosque cerrado na margem do rio. Wulfgar conduziu seus homens e a família saxã para o lugar indicado e armaram o acampamento. A chuva continuava. O vento frio gemia entre as árvores, tirando as últimas folhas dos galhos nus. Wulfgar viu o desconforto das crianças que tremiam perto do fogo e a fome em seus rostos encovados enquanto mastigavam as fatias de pão molhado distribuídas com parcimônia pela mulher mais velha. Lembrou-se do próprio sofrimento quando era pequeno e fora expulso de casa, sua confusão, sentado ao lado do fogo no acampamento, com Sweyn, sabendo que jamais poderia voltar à casa onde conhecera o amor de um pai que, de repente, não era mais seu pai.

Mandou Bowein cortar em fatias uma perna de javali e distribuir entre os saxões, com um pão melhor do que o que estavam comendo. Seu coração se aqueceu vendo a alegria das crianças com a primeira refeição decente em muitas semanas. Afastou-se pensativo e sentou-se debaixo de uma árvore. Ignorou a terra molhada e, encostando a cabeça no tronco, fechou os olhos.

Um rosto apareceu em sua mente, emoldurado por cabelos longos cor de cobre, com olhos cor de violeta e lábios ardentes procurando os seus. Wulfgar abriu os olhos e fitou durante muito tempo as chamas, relutando em fechá-los outra vez.

Ergueu os olhos e viu Haylan caminhando em sua direção. Com um sorriso hesitante a mulher aconchegou mais o manto, procurando se proteger do frio da noite. Wulfgar imaginou como seria levar aquela mulher para o interior da floresta e estender seu manto para ela. Haylan tinha boa aparência, cabelos escuros e crespos e olhos negros. Talvez assim pudesse afastar Aislinn da mente. Porém, surpreso, percebeu que a ideia não o entusiasmava. Perturbado, compreendeu que aquela mulher de cabelos vermelhos o excitava mais com sua ausência que a que estava ali perto e, para ser franco, mais que qualquer outra que encontrara em suas viagens. Teve vontade de fazer Aislinn chorar e sofrer pelo tormento que o fazia passar.

Aah, mulheres! Sabiam como torturar um homem, e ela não era diferente, apenas sabia, melhor que qualquer outra, fazer com que um homem a desejasse. Aquela última noite estava gravada em sua lembrança com tanta clareza que Wulfgar podia sentir o corpo dela junto ao seu e o perfume suave de seu cabelo. Agora, longe dela, Wulfgar compreendeu por que Aislinn cedera naquela noite. Teve vontade de ofendê-la, chamá-la de megera e, ao mesmo tempo, queria que estivesse a seu lado, ao alcance de suas carícias. Oh, Deus, ele odiava as mulheres e Aislinn mais que as outras, porque ela o enfeitiçara e vivia agora em todos os seus pensamentos.

– O senhor fala bem o inglês – disse Haylan suavemente. – Se eu não visse suas armas, pensaria que era um dos nossos.

Wulfgar não disse nada e olhou para o fogo. O acampamento estava silencioso. Os homens descansavam nas esteiras molhadas, sobre a relva úmida, e vez ou outra alguém praguejava, irritado. As crianças, dentro da carroça, cobertas com as mantas de pele e cobertores muito usados, dormiam.

Haylan procurou outra vez interromper o silêncio pensativo do normando.

– Quero agradecer sua bondade com meu filho. Miles é voluntarioso como o pai.

– Um bravo menino – disse Wulfgar. – Como seu marido deve ter sido também.

– A guerra era um jogo para meu marido – murmurou Haylan.

Wulfgar olhou para ela, imaginando ter percebido uma ponta de amargura em sua voz.

– Posso me sentar, meu senhor?

Ele fez um gesto afirmativo, e Haylan sentou-se perto do fogo.

– Eu tinha certeza de que ia perdê-lo. Eu o amava, embora ele tivesse sido escolhido por meu pai. Mas ele vivia perigosamente e não dava nenhum valor à própria vida. Se não fossem os normandos, outros teriam desfechado o golpe fatal. Agora preciso sustentar minha família. Não me sinto amargurada, meu senhor, apenas resignada com sua morte.

Wulfgar continuou em silêncio, e ela o observou com atenção.

– É estranho, mas o senhor não age como um normando.

Wulfgar ergueu uma sobrancelha.

– E como agem os normandos, senhora?

– Certamente jamais esperei nenhuma bondade da parte deles.

Com uma risada breve e sem alegria, ele respondeu:

– Garanto, senhora, que não tenho rabo bifurcado nem chifres. Na verdade, se examinar melhor, verá que somos homens normais, a despeito das histórias que nos descrevem como demônios.

Haylan corou e murmurou, embaraçada:

– Não tive intenção de ofender, senhor. Na verdade, somos muito gratos à sua bondade e generosidade. Há muitos meses não comíamos carne nem saciávamos nossa fome. Nem mesmo acendíamos o fogo, para não chamar a atenção dos normandos.

Ela estendeu as mãos para o fogo. Wulfgar pensou na excitação que provocava nele o contato dos dedos de Aislinn em seu peito. Ficou furioso por permitir que seus pensamentos voltassem a ela, quando aquela mulher a seu lado certamente não faria nenhuma objeção em dormir com ele. Quando resolvia ser encantador e persuasivo, as mais altivas e relutantes mulheres caíam em seus braços suspirando, submissas, e Haylan não parecia ser das mais arrogantes. Na verdade, a julgar pelo modo com que olhava para ele, provavelmente ia receber de bom grado suas atenções, uma vez que era viúva e, como dissera, já resignada com a morte do marido. Suas palavras eram quase um convite. Porém, olhando para os seios grandes e os quadris largos, Wulfgar sentiu que desejava um corpo mais esbelto e firme. Era estranho, pois até alguns meses atrás ele teria achado Haylan extremamente desejável. Por acaso a beleza rara de Aislinn o impedia de sentir desejo por qualquer outra mulher? Wulfgar quase praguejou em voz alta. Não ia fazer o papel de um recém-casado que só pensa na mulher. Pretendia dormir com quem bem entendesse.

Wulfgar levantou-se bruscamente, sobressaltando Haylan, e, segurando a mão dela, a fez ficar de pé. Os olhos negros o interrogaram com espanto, e Wulfgar, com um gesto, indicou a floresta. Haylan hesitou, sabendo e ao mesmo tempo não sabendo o que ele queria, mas, quando entraram na floresta, ela o seguiu sem qualquer relutância. Encontraram um carvalho coberto de trepadeiras cujas pontas formavam uma cobertura sobre o chão cheio de folhas secas. Wulfgar estendeu seu manto no chão e, puxando-a para si, beijou-a uma, duas, três vezes. Ele a abraçou com força e o ardor de seu desejo logo a envolveu. Haylan passou o braço pelo pescoço do normando e ficou na ponta dos pés, encostando todo o corpo no dele. Assim abraçados, deitaram sobre o manto. Haylan era uma mulher experiente e sabia exatamente o que devia fazer. Desfez-se do manto que a agasalhava e, com a mão dentro da camisa dele, acariciou seu peito. Wulfgar soltou as tiras que prendiam o corpete dela, desnudando os seios redondos e encostando o rosto entre eles. Excitada, Haylan o apertou mais contra ela. No auge da excitação, Wulfgar murmurou com voz rouca:

– Aislinn, Aislinn.

Haylan ficou imóvel e se afastou um pouco.

– O que disse?

Wulfgar olhou para ela, e Haylan sentiu desaparecer o desejo dele. O normando rolou para o lado com um gemido rouco, apertando as mãos sobre os olhos.

– Oh, sua ordinária – gemeu ele. – Você me persegue mesmo no corpo de outra mulher.

– O que disse? – repetiu Haylan, sentando-se rapidamente. – Ordinária? Ordinária, eu? Muito bem, pois que sua preciosa Aislinn satisfaça seu desejo. Ordinária! Oh!

Levantou-se furiosa e, arrumando a roupa, deixou-o com seus pensamentos loucos. Wulfgar ouviu os passos dela afastando-se e no escuro corou, pensando em seu fracasso. Sentia-se como um rapazinho depois de ter falhado com sua primeira mulher. Apoiando o braço no joelho dobrado, olhou para a noite. Ficou ali sentado durante muito tempo, pensando nas loucuras dos homens apaixonados. Contudo, não queria admitir essa verdade nem para si mesmo e atribuiu tudo à vida tranquila e fácil em Darkenwald.

– A vida calma enfraqueceu minha vontade – resmungou ele, limpando as folhas que tinham grudado em seu manto.

Ao voltar para perto do fogo, porém, o cabelo cor de cobre dourado parecia acariciá-lo e seu perfume leve e suave envolvia toda a floresta. Deitou-se de lado debaixo da pequena carroça das provisões, com um braço dobrado sob a cabeça, e sentiu um corpo macio e quente encostado ao seu. Fechou os olhos e seu último pensamento antes de adormecer foi para dois olhos cor de violeta.

DEITADA DEBAIXO DA CARROÇA, ao lado de Miderd, Haylan remexia-se inquieta, olhando para Wulfgar a pouca distância, sob a pequena carroça.

– O que você tem, Haylan? – perguntou Miderd. – Há alguma coisa debaixo da esteira que a incomoda? Fique quieta ou vai acordar os homens.

– Aah, homens! – gemeu Haylan. – Todos eles dormem profundamente, todos.

– Do que está falando? É claro que dormem. Gavin e Sanhurst estão dormindo há horas. A noite já deve estar bem adiantada. O que a atormenta?

– Miderd? – Haylan começou a falar, mas parou, frustrada, sem encontrar as palavras certas. Depois de um longo momento, disse, afinal: – Por que os homens são assim? Por que nunca se contentam com uma única mulher?

Miderd virou de costas e olhou para o fogo.

– Alguns homens ficam satisfeitos quando encontram a mulher certa. Outros continuam procurando aventuras.

– Que tipo de homem você acha que é Wulfgar? – perguntou Haylan, em voz baixa.

Miderd deu de ombros.

– Um normando como os outros, mas ao qual devemos servir para não cairmos nas mãos de algum aventureiro.

– Você o acha bonito?

– Haylan, está doida? Somos apenas camponeses, e ele é nosso amo.

– O que ele é: um bom cavaleiro ou um aventureiro sem escrú-pulos?

Miderd suspirou.

– Como vou saber o que ele pensa?

– Você é experiente, Miderd. Acha que ele seria capaz de espancar um camponês que o desagradasse?

– Por quê? Você fez alguma coisa errada?

Haylan engoliu em seco.

– Espero que não. – Virou-se para o outro lado, ignorando o olhar curioso de Miderd, e depois de algum tempo adormeceu.

A primeira luz do dia tocou as gotas de chuva pendentes das fo-lhas, fazendo-as brilhar como pedras preciosas na névoa da manhã, refletindo a umidade das rochas cobertas de musgo. Wulfgar acordou com o aroma apetitoso de carne de javali e sopa de pão. As mulheres preparavam a primeira refeição. Ele se levantou e se espreguiçou, saboreando a quietude do nascer do dia. Antes de ele acordar, Haylan o observava preocupada, sem saber como Wulfgar ia tratá-la. Mas o normando, tirando a camisa, começou a se lavar, sem dar nenhum sinal de ter notado a presença dela. Inclinada sobre o fogo, prepa-rando a comida, Haylan o observava de soslaio, admirando o corpo musculoso e perfeito e lembrando as força de seus braços.

Wulfgar, com a cota de malha e o capuz, acompanhado por Go-wain e Milbourne, aproximou-se do fogo para a primeira refeição do dia. Haylan os serviu com as mãos trêmulas e sentiu que corava com a lembrança da noite passada, mas Wulfgar conversou com Milbourne e riu de uma brincadeira de Sir Gowain, evidentemente esquecido daquele breve encontro no bosque.

Um pouco depois, quando o cavaleiro mais velho chegou perto dela para se servir de mais carne, Haylan perguntou:

– Senhor normando, quem é Aislinn?

Surpreso, Milbourne olhou rapidamente para Wulfgar e depois gaguejou.

– Bem, ela... hum... ela é a senhora de Darkenwald.

O cavaleiro se afastou rapidamente, e Haylan ficou pensativa.

Sir Gowain interrompeu seus pensamentos e disse, com um sorriso amável:

– Senhora, os soldados geralmente sentem falta dos confortos proporcionados por uma mulher. É um prazer provar essa comida deliciosa e poder olhar para a senhora ao lado do fogo.

Haylan franziu a testa.

– Senhor cavaleiro, quem é Wulfgar? O que ele é em Darkenwald? – O entusiasmo de Gowain arrefeceu imediatamente.

– Wulfgar, senhora, é o senhor de Darkenwald.

– Era o que eu temia – murmurou ela com voz tensa.

Gowain olhou para ela confuso e se afastou, sentindo-se rejeitado pelo interesse da mulher em outro homem.

O terceiro cavaleiro, Beaufonte, que acabara de se levantar, aproximou-se e esperou pacientemente que ela notasse sua presença e o servisse de uma porção de sopa de pão. Haylan olhou para ele e perguntou:

– Senhor cavaleiro, estamos indo para Darkenwald, não estamos?

– Sim, senhora, para Darkenwald.

Haylan, nervosa, imaginou como ia enfrentar a dama de Wulfgar e que castigo lady Aislinn escolheria para ela se viesse a saber da escapada no bosque.

Enquanto levantavam acampamento, Haylan procurou ficar o mais longe possível de Wulfgar, sem saber se tinha mais medo dele ou de sua dama. Se ele fosse seu marido, ficaria furiosa se soubesse que se deitara na floresta com outra mulher, fosse qual fosse o resultado.

Antes de partir, Wulfgar entregou a Miderd um volume envolto em pele curada.

– Entregue isso à minha dama... – pigarreou. – Entregue isso a Aislinn de Darkenwald quando puder ficar sozinha com ela. Diga... diga que foi comprado honestamente.

– Sim, meu senhor – respondeu Miderd. – Tomarei cuidado para que chegue em bom estado.

Wulfgar fez um gesto afirmativo, mas não se moveu. Parecia não saber o que dizer.

– Deseja mais alguma coisa, meu senhor? – perguntou Miderd, intrigada com a hesitação do normando.

– Sim. – Ele suspirou. – Diga também... – Parou, procurando as palavras certas. – Diga também que espero que ela esteja bem e confiando em Sweyn para tudo de que precisa.

– Não esquecerei suas palavras, meu senhor.

Com um rápido comando para seus homens, Wulfgar montou e saiu da clareira na frente deles.

Sentada na boleia, Haylan viu Miderd guardar o volume na parte de trás da carroça.

– O que você tem aí? – perguntou ela. – Ele deu algum presente?

– Não, só tenho de levar isso a Darkenwald.

– Ele... disse alguma coisa a meu respeito?

Miderd balançou a cabeça e olhou intrigada para Haylan.

– Não. Por que ia dizer?

– Eu... pensei que talvez dissesse. Parecia aborrecido quando o deixei.

– Pois agora não estava. – Miderd olhou para a cunhada com a testa franzida. – Por que está tão preocupada com ele?

– Preocupada? – Haylan sorriu. – Não tenho motivo para estar preocupada.

– O que aconteceu ontem à noite, quando todos dormiam, menos você? Vocês fizeram amor?

Haylan sobressaltou-se e disse indignada:

– É claro que não. É verdade. Não aconteceu nada.

Miderd observou, desconfiada, o rosto corado de Haylan e depois deu de ombros.

– É a sua vida. Você deve fazer o que acha certo. Nunca ouviu meus conselhos, nem eu esperava que ouvisse. Porém, parece-me que o interesse do cavaleiro normando está em outro lugar.

– Como você disse, Miderd, é a minha vida – respondeu Haylan secamente, voltando-se para ajudar as crianças a subir na carroça.

214

12

A aproximação de normandos a cavalo foi anunciada do lugar mais alto da torre de Darkenwald, logo depois do nascer do dia. Aislinn se vestiu apressadamente, esperando que Wulfgar tivesse enviado alguma mensagem. Suas esperanças se desvaneceram quando ela desceu a escada e viu Ragnor de Marte aquecendo-se perto do fogo. Vachel e mais dois normandos estavam com ele, mas, a uma palavra de Ragnor, retiraram-se imediatamente. Ragnor tirara o pesado manto de lã vermelha e a cota de malha e estava só com uma túnica leve de couro e os calções justos de lã, mas com a espada no cinto.

Ele olhou para Aislinn com um sorriso de admiração, fazendo-a lembrar que estava com os cabelos soltos e os pés nus. Fazia muito frio e Aislinn se aproximou da lareira para tentar aquecer os pés gelados. Os cães começaram a ganir, esticando as correias que os prendiam. Antes de olhar para Ragnor, Aislinn os soltou um por um. Depois sentou-se na frente do fogo e ergueu os olhos para o normando, mais do que consciente de que estavam sozinhos na sala. Sweyn e Bolsgar estavam fora, caçando, e Gwyneth ainda dormia. Os criados procuravam se ocupar longe do salão, lembrando a morte de parentes e amigos pelas mãos daquele normando.

Aislinn disse, em voz baixa:

– Não há mais guerras, Sir Ragnor, ou foi por causa da guerra que voltou? Suponho que Darkenwald seja mais seguro que o acampamento de Guilherme. E, ao que sei, o duque já se refez da doença.

Os olhos escuros de Ragnor a observaram de alto a baixo e pararam nos pés descalços mal escondidos pela longa túnica. Com um sorriso, ele se ajoelhou e, tomando um pé gelado entre as mãos, esfregou-o com força, para aquecer. Inutilmente, Aislinn tentou se livrar das mãos dele. Ragnor estava concentrado no que fazia.

– Sua língua está ficando ferina, minha pombinha. Será que Wulfgar a fez odiar todos os homens?

– Ah, o que um reles aventureiro sabe sobre os homens?

215

Ragnor apertou os dedos em volta do tornozelo dela, e Aislinn lembrou o quanto sofrera nas mãos dele.

– Está claro, minha senhora, que não sabe nada sobre eles. Preferir o bastardo a mim foi uma grande tolice.

Com um movimento brusco do pé, ela afastou a mão dele e se levantou, sentindo que não podia suportar nem mais um momento aquele contato.

– Ainda não vejo tolice alguma em minha escolha, Sir Ragnor. E tenho certeza de que nunca verei. Wulfgar é o senhor deste solar, e eu pertenço a ele. Parece-me que fiz a escolha certa, pois o que o senhor tem além do cavalo com que se afasta rapidamente da batalha?

Ragnor levantou-se e estendeu o braço para acariciar o cabelo dela.

– Eu gostaria de poder ficar e provar que está errada, Aislinn. – Deu de ombros e se afastou. – Mas parei apenas para descansar por algumas horas. Estou a caminho do porto, onde está o navio de Guilherme com cartas para nosso país.

– Não deve ser muito urgente, se pode parar para descansar.

– É bastante urgente e na verdade eu não devia fazer nenhuma parada, mas queria ver mais uma vez este belo solar. – Sorriu. – E você, minha pombinha.

– Agora já viu. Eu o estou atrasando? Talvez precise de alguma comida para a viagem. O que posso fazer para apressar sua partida?

– Nada, minha pombinha. – Levou a mão ao coração. – Pois eu enfrentaria a morte para estar a seu lado.

Uma porta bateu e Ragnor se afastou um pouco de Aislinn, ouvindo os passos de Gwyneth no segundo andar. Era como se estivesse fazendo um jogo e desafiando Aislinn a traí-lo, mas, para se livrar da atenção dele, Aislinn concordaria de bom grado com qualquer encenação.

Gwyneth apareceu no alto da escada e Aislinn mordeu o lábio. O vestido que ela usava era o dourado – escuro, o favorito de Aislinn e o último ainda em bom estado em sua arca. Gwyneth usava as roupas dela e só devolvia quando estavam chamuscadas, rasgadas ou manchadas. Então, Aislinn as encontrava sobre sua cama, descartadas.

Mas, quando Gwyneth começou a descer os degraus, Aislinn teve dificuldade em conter um sorriso. O busto magro de Gwyneth parecia quase infantil em seu vestido, e os ossos dos quadris sobressaíam deselegantemente sob a fazenda macia. Ela olhou desconfiada para os dois e disse para Ragnor:

– Eu estava quase perdendo a esperança de vê-lo outra vez, cavaleiro.

– Ah, *damoiselle*, sua beleza esbelta não sai de meu pensamento – garantiu ele. – Quero que saiba que não passa um dia sem que eu a tenha na lembrança...

– Suas palavras derretem no meu coração como flocos de neve na terra, mas temo que tenha me enganado – respondeu Gwyneth. – Não é o que fazem todos os homens?

– Não, não, doce Gwyneth. Eu não faria isso, embora seja verdade que é próprio do soldado esquecer a beleza que tem em casa por aquela que tem nos braços.

– Como os homens são volúveis! – Com um sorriso forçado, ela olhou para Aislinn. – Eles esquecem suas amantes com tanta facilidade, e, na verdade, é inútil esperá-los. É muito melhor fugir e se poupar da dor de ser trocada por outra.

Aislinn disse com altivez:

– Você mede os homens com uma medida muito curta, Gwyneth. Prefiro uma mais longa para avaliar realmente o quanto valem. Assim, não ouço as palavras do fanfarrão e prefiro medir os feitos do verdadeiro cavaleiro.

Sem dizer mais nada e sem olhar para trás, Aislinn saiu da sala e subiu a escada. Gwyneth disse, com desprezo:

– Se ela pensa que meu irmão vai mudar e voltar correndo para seus braços é uma grande tola. Por que ele vai se contentar com a primeira fruta caída quando tem toda a árvore da Inglaterra a seus pés?

Ragnor sorriu e deu de ombros.

– Não é do meu feitio entender as mulheres. Eu apenas as amo. – Segurou o braço dela e abraçou-a com força. – Venha, mulher, deixe que eu sinta sua maciez junto a meu corpo.

Furiosa, ela bateu no peito dele com os punhos fechados.

– Solte-me!

Ragnor obedeceu com tanta presteza que ela cambaleou e quase caiu.

– Você não me disse que tinha dormido com aquela saxã ordinária! – exclamou ela, quase sufocando com o soluço que subia em sua garganta. – Dormiu com aquela prostituta e me enganou!

Com um sorriso confiante, Ragnor sentou-se e olhou para ela.

– Não achei que fosse da sua conta.

Gwyneth ajoelhou-se na frente da cadeira e segurou as mãos dele nas suas. Com um olhar desesperado, disse:

– Não é da minha conta? Deve estar brincando. Somos amantes, portanto devemos partilhar nossos corpos e tudo o que fazemos. – Suas unhas cravaram-se no braço dele. – Não vou ser a segunda escolha com aquela rameira em primeiro lugar.

Ragnor afastou a mão dela com impaciência.

– Infelizmente já é, minha querida.

O medo era como uma espada em seu coração e, tomada de pânico, Gwyneth agarrou os joelhos dele.

– Oh, meu amor, está me ferindo profundamente!

– Ninguém vai dizer o que eu devo fazer – disse ele, com frieza. – Não pretendo ser como um boi na canga. Se me ama, não tente me prender. Não posso respirar com você me sufocando.

Gwyneth começou a chorar.

– Eu a odeio – gemeu, balançando o corpo para a frente e para trás. – Eu a odeio quase tanto quanto o amo.

Com um sorriso, Ragnor levantou o queixo dela e inclinou-se para beijá-la.

– Foi apenas uma coisa nascida do ardor da batalha – murmurou com voz rouca, junto aos lábios dela. – Não foi um ato de amor como o nosso.

Beijou-a de leve, mas depois, sentindo a resposta, puxou-a para si fazendo-a sentar-se em seu colo. Com a mão livre, segurou o seio dela e, quando tocou a fazenda suave da túnica, lembrou onde a vira antes. Aislinn a vestia na noite anterior à sua partida, quando ela e Wulfgar pareciam completamente absortos um no outro.

218

– Venha até meu quarto – pediu Gwyneth. – Estarei esperando.

Ela foi até a escada e, antes de subir, olhou para trás com um sorriso convidativo. Ragnor levantou-se com preguiça da cadeira e serviu-se de um copo de cerveja. Olhando pensativamente para a porta do quarto de Wulfgar, ele começou a subir a escada. Parou por um longo momento na frente daquela porta, a única barreira entre ele e a mulher que realmente desejava. Não precisava verificar. Sabia que estava trancada por sua causa. Aislinn tinha muito cuidado para não perder sua posição vantajosa de favorita de Wulfgar, que, afinal, era bastante precária, pois ninguém sabia o que o bastardo pensava ou sentia. Aislinn era encantadora e cheia de vida, mas, ao mesmo tempo, distante como a lua. Ragnor lembrou-se de quando a vira na cama de Wulfgar, macia, quente, completamente à vontade com o bastardo. Mas Wulfgar tinha Darkenwald ou a teria muito em breve, e Aislinn acabara de dizer que era tudo que desejava. O homem que possuísse aquela cidade e aquele solar a possuiria também.

Ragnor inclinou o corpo na frente da porta.

– Logo, minha pombinha. Tenha paciência.

Com passos silenciosos, caminhou para o quarto de Gwyneth. Quando abriu a porta, ele a viu na cama, o corpo muito branco, esbelto e gracioso, sem a desvantagem da roupa. Abraçando o próprio corpo com força, ela fazia com que os seios pequenos parecessem maiores e mais cheios. Com um sorriso, Ragnor fechou a porta cuidadosamente. Tirou a roupa e deitou-se ao lado dela, envolvendo-a nos braços. As mãos de Gwyneth moviam-se ávidas no corpo de Ragnor e ela gemia baixinho, excitada com as carícias. Com a boca na dele, Gwyneth o abraçou, puxando-o para si.

O vento assobiando entre as árvores nuas e sacudindo as janelas os impedia de dormir. Agasalhada sob as mantas de pele, Gwyneth, em silêncio, via Ragnor se vestir. Quando ele chegou à porta, ela ergueu-se na cama, apoiada num braço.

– Meu amor?

Ragnor parou e olhou para ela.

– É muito cedo ainda – murmurou Gwyneth. – Fique mais um pouco e descanse ao meu lado.

– Descansar? – disse ele, com uma risada. – Em outra ocasião, Gwyneth. Agora, preciso tratar dos negócios do duque.

No corredor ele olhou para o quarto de Wulfgar. A porta estava aberta e o quarto, vazio, bem como o salão lá embaixo. Desapontado, pensou que não ia ver Aislinn antes de partir. Desceu a escada e abriu a porta da frente. O dia estava claro e ensolarado, com uma brisa leve e fresca. Ragnor saiu e abriu os braços para o calor do sol. Um movimento chamou sua atenção, e ele viu o brilho fugaz de cabelos avermelhados quando um raio de sol penetrou a floresta. Vachel e o outro homem dormiam ao lado dos cavalos, portanto ele podia atrasar mais um pouco sua partida. Sorriu lembrando outro dia, na frente daquela porta, e a noite que o seguiu. Ele bebera demais e portanto, não estava em estado de fazer nada que impressionasse Aislinn favoravelmente. Fora rude demais com ela. Se, porém, agisse com mais ternura, ela se entregaria docilmente.

Dirigiu-se para a floresta, perguntando a si mesmo por que estava se dando ao trabalho. Embora suplantado por Wulfgar em Darkenwald, jamais tivera dificuldade para conquistar uma mulher. Era difícil compreender a lealdade de Aislinn a Wulfgar. Sem dúvida devia saber que logo seria abandonada por ele, como muitas damas da corte normanda. Tudo que tinha a fazer era esperar, e Aislinn seria sua. Então, por que ia atrás dela, quando tinha coisas mais importantes para fazer? Contudo, o rosto de Aislinn vivia em sua imaginação e, compreendendo o motivo, ele apressou o passo. Entrou na floresta e viu as marcas dos passos dela numa trilha estreita.

Aislinn fugira do solar para não se encontrar mais com Ragnor. As palavras ferinas de Gwyneth a magoavam profundamente, e ele reforçava o veneno que elas continham. Em sua mente, Ragnor estava associado à perda e agonia. Aislinn lembrava a corrente em seu pescoço e as carícias do normando completamente bêbado. Pior ainda, sempre que olhava para Ragnor, via o pai vencido e morto na frente do solar.

Encostada no tronco do grande carvalho, Aislinn olhou pensativamente para as águas escuras e murmurantes do regato. Apanhou uma pequena pedra e girou-a distraidamente entre os dedos. Depois atirou-a na água e observou os círculos concêntricos que vinham até a margem.

– Vai assustar os peixes, afastando-os de sua escassa refeição de inverno, minha pombinha.

Aislinn voltou-se com uma exclamação de espanto. Sorrindo, Ragnor aproximou-se dela. Com as pernas fracas, ela encostou-se na árvore, observando-o cautelosamente.

– Eu estava passeando na floresta, desfrutando o prazer da quietude, quando vi você vir para cá. Não é prudente ficar sozinha num lugar que não pode ser avistado da casa. Muita gente... – parou de falar e, vendo a incerteza dela, encostou-se na árvore com um largo sorriso. – Ah, mas é claro, minha pombinha. Eu a assustei. Perdoe-me, doçura. Só estava preocupado com sua segurança, não vou lhe fazer nenhum mal.

Aislinn ergueu o queixo com altivez, dominando o tremor de todo o corpo.

– Não temo homem nenhum, senhor cavaleiro – imaginou se não estaria mentindo.

Ragnor riu: – Ah, minha pombinha. Wulfgar ainda não a domou. Eu temia que ele tivesse esfriado esse seu sangue quente.

Ele caminhou até a margem do regato, agachou-se como quem está pensando num sério problema e depois virou a cabeça para ela.

– Sei que agi como um miserável com você e causei muita dor e muitas complicações. Mas, Aislinn, sou um soldado, uso minha espada onde o dever me chama, e além disso... – atirou uma pedra na água – ... pode dizer que estou enfeitiçado. Pode-se dizer que estou preso ou encantado por sua beleza, cuja melhor parte ainda não conheço. – Levantou-se e ficou de frente para ela. – Preciso desnudar minha alma, Aislinn, para ser o cavaleiro merecedor de seus favores? Não tenho a menor chance?

Confusa, Aislinn balançou a cabeça.

– Ragnor, você me surpreende. Alguma vez dei motivo para que desejasse minha mão? E por que a deseja? Tenho muito pouco a oferecer, a não ser o fato de que pertenço a Wulfgar. Ele é meu senhor e meu dono, e eu sou sua amante. Jurei lealdade a ele. É isso que está querendo? Que eu traia Wulfgar?

Ele estendeu a mão e segurou uma mecha de cabelos sobre o seio dela.

– Não posso desejá-la por você mesma, Aislinn? É tão desconfiada que não pode reconhecer a verdade? Você é mais bela do que as palavras podem descrever, e eu a desejo. Eu a desejei quando você era minha e agora eu a quero de volta.

– Pertenço a Wulfgar – disse ela, em voz baixa.

– Não diz nada sobre seu coração, Aislinn? A honra é uma boa coisa, e eu a louvo por isso, mas o que procuro é sua afeição. – Os olhos escuros não deixavam os dela. – Aislinn, eu gostaria de poder afastar a espada que matou seu pai e deixar que ele vivesse outra vez. Daria toda a fortuna de minha família para lhe presentear com isso. – Ergueu os ombros largos. – Mas, infelizmente, minha bela Aislinn, o mal está feito, e nada pode trazê-lo de volta. Mas apelo para sua bondade e espero que me perdoe. Dê-me seu amor para aliviar o sofrimento de meu coração.

– Não posso – disse ela, com voz trêmula. Olhou para a mão morena perto de seu seio e fechou os olhos. – Sempre que o vejo lembro o sofrimento que trouxe, não só para mim, mas para muitos. Nada poderá lavar o sangue que vejo em suas mãos.

– Isso é próprio dos soldados, e Wulfgar não é menos culpado. Já esqueceu os saxões que ele matou? O destino foi cruel, fazendo com que minha espada sacrificasse seu pai.

Ragnor admirou os traços delicados, as pálpebras frágeis com as pestanas escuras. A pele brilhava, vibrante de juventude, ligeiramente corada, os lábios vermelhos e bem-feitos. O desejo era um turbilhão quase doloroso em seu peito. Se ela soubesse como o torturava, sem dúvida permitiria que ele aliviasse seu sofrimento.

Aislinn ergueu os olhos e murmurou:

– Só Deus conhece meu coração, Sir Ragnor, mas posso dizer que nada pode suavizá-lo agora, a não ser um milagre. Wulfgar me escolheu e pertenço a ele. É mais provável que ele venha a ganhar minha afeição...

O sorriso desapareceu do rosto de Ragnor e ele rilhou os dentes.

– Você diz o nome daquele bastardo. O que ele é que eu não sou? Um bastardo sem nome, vagando pelos campos de batalha, lutando por qualquer causa por um punhado de ouro. Eu sou tudo que ele não é. Um cavaleiro de boa família, íntimo do duque. Posso levá-la pela mão e apresentá-la à corte.

Ragnor ergueu a mão, oferecendo-a, mas Aislinn balançou a cabeça e, recuando, deu as costas para ele.

– Não posso. Mesmo que Wulfgar se importe muito pouco comigo, pertenço a ele e devo obedecer a sua vontade. Ele jamais me deixaria fugir. – Recostou outra vez na árvore e, com um sorriso, tocou com a ponta do dedo a mão dele. – Mas não desanime, Ragnor, lady Gwyneth o acha muito belo e sem dúvida faria qualquer coisa que pedisse a ela.

– Está zombando de mim – resmungou Ragnor. – Uma galinha magricela ao lado da mais bela pomba! Sem dúvida está zombando! – Segurou a mão dela e o mero contato fez o sangue pulsar em sua cabeça. – Aislinn, tenha piedade. Não deixe que o desejo por você me enfraqueça. Não me atormente desse modo. – Lembrou os seios macios e desejou vê-los outra vez. – Diga apenas uma palavra de encorajamento, Aislinn. Deixe-me saber que posso ter esperança.

– Não. Não posso – disse ela, tentando inutilmente libertar a mão. Percebendo a direção do olhar dele, Aislinn entrou em pânico. Ragnor começou a puxá-la para si.

– Não, por favor. Não faça isso!

Com a mão no cotovelo dela e o outro braço em volta da cintura, ele tentou beijá-la no pescoço.

– Minha pombinha, não lute comigo. Estou louco por você – murmurou ele no ouvido dela.

– Não! – Aislinn virou o corpo, afastando-se um pouco dele, e, tirando a adaga da bainha, ameaçou-o com ela. – Não, de novo não, Ragnor! Nunca!

– Ah! A mulher ainda tem fogo! – Disse Ragnor, rindo.

Seus dedos longos seguraram a mão dela, apertando até Aislinn gritar de dor e deixar cair a adaga. Então, agarrando-a pelos cabelos, torceu-lhe o braço nas costas e puxou-a para si, até sentir os seios macios e os quadris contra seu corpo.

– Vou experimentar essa avezinha outra vez – riu ele, beijando-a nos lábios com violência.

Com a força do desespero, Aislinn livrou-se dos braços dele e recuou, até se encostar no tronco do carvalho, o peito arfando de medo e de raiva. Ragnor adiantou-se para ela, com uma risada. Com um zumbido ameaçador e uma batida surda, o grande machado de guerra cravou-se no tronco do carvalho, passando a um palmo do rosto de Ragnor. Ele se voltou rapidamente e ficou paralisado de medo quando viu Sweyn a uns dez passos dos dois. O viking estava com o arco passado no ombro e uma fieira de pombos selvagens e lebres aos pés. Aislinn correu para ele, mas Ragnor notou então que Sweyn agora estava desarmado, com o arco nas costas e a lâmina do machado presa na árvore. Rapidamente ele desembainhou a espada para impedir a fuga de Aislinn. Com um grito de pavor, ela desviou do braço estendido do normando. Ficou atrás de Sweyn, e num instante o viking tirou o machado da árvore, puxando-o pela tira de couro do cabo, e se preparou para a luta. O grande machado de guerra estava pronto e em posição em seu ombro, a lâmina afiada brilhando à luz do sol. Parecia um arauto mudo da morte.

Ragnor interrompeu sua investida a alguns passos de Sweyn, com o rosto crispado de raiva por ter levado a pior no jogo que conhecia tão bem. Na fúria de sua frustração, queria partir o viking ao meio ali mesmo com sua espada, mas alguma coisa na atitude de Sweyn o fez lembrar o dia em que, no calor da batalha, o inimigo ameaçou atacar Wulfgar pelas costas. A imagem da lâmina daquele machado desaparecendo na cabeça do atacante estava gravada em sua mente como uma advertência. Sua raiva desapareceu, e Ragnor sentiu o hálito frio da morte. Acalmou-se e, embainhando a espada, afastou cautelosamente as mãos do corpo para que o viking não interpretasse mal seus movimentos. Ficaram um na frente do outro por um longo momento. Um som surdo subiu do peito do homem do norte, e um sorriso apareceu em seus lábios, iluminando os olhos azuis.

– Escute bem, normando – disse ele, em voz baixa. – Meu senhor, Wulfgar, encarregou-me de guardar essa mulher, e eu a guardo bem. Não vou me importar se tiver de abrir uma ou duas cabeças francesas para protegê-la.

Ragnor escolheu as palavras, mas havia veneno em cada sílaba.

– Escute você, pagão de cabelo branco. Esse assunto será resolvido algum dia e, se a sorte me ajudar, minha espada vai se encher de sangue no meio desse seu cabelo de mulher.

– Sim, Ragnor – disse o viking com um sorriso mais largo ainda. – Minhas costas correm o perigo de seu ataque, mas esta minha amiga – ergueu o machado – se encarrega de defender todos os outros lados e gosta muito de beijar aqueles que pretendem experimentar seu aço em minha cabeça. Gostaria de conhecê-la? – perguntou, apresentando o corte da enorme lâmina. – Mademoiselle Morte.

Aislinn saiu de trás de Sweyn, pôs a mão no braço do viking e olhou friamente para Ragnor.

– Procure seu prazer em outro lugar, Ragnor. Vá embora e está tudo acabado.

– Eu vou, mas voltarei – avisou Ragnor.

Quando Aislinn entrou no solar, encontrou Gwyneth andando nervosamente de um lado para o outro. Era evidente que alguma coisa a aborrecia. Voltou-se para Aislinn com um brilho feroz nos olhos claros.

– O que aconteceu entre você e Ragnor? – perguntou. – Quero saber agora, prostituta saxã!

Com um brilho de raiva nos olhos, Aislinn respondeu calmamente:

– Nada que possa interessá-la, Gwyneth.

– Ele veio do bosque onde você estava. Você se atirou para cima dele outra vez?

– Outra vez? – perguntou Aislinn, erguendo uma sobrancelha. – Você deve estar louca se pensa que posso me interessar por aquele reles aventureiro.

– Ele fez amor com você antes! – acusou Gwyneth, com a voz embargada pela raiva e pela frustração. – Não se contenta em ter meu

225

irmão agarrado a sua saia. Precisa ter todos os homens com a língua de fora atrás de você.

Contendo a custo sua fúria, Aislinn disse:

– Ragnor nunca fez amor comigo do modo que você pensa. Ele me violentou brutalmente, o que é muito diferente. Ele assassinou meu pai e reduziu minha mãe ao que ela é hoje. Com toda a sua imaginação, Gwyneth, como pode pensar que eu o desejo?

– Ele tem mais a oferecer que meu irmão. É bem-nascido e sua família é importante.

Aislinn riu com desdém.

– Não quero nada disso. Seu irmão é mais homem do que Ragnor jamais será. Contudo, se seu coração o deseja, tem minha bênção. Vocês se merecem.

Com essas palavras, Aislinn subiu a escada, deixando Gwyneth lívida de raiva.

COM EXCEÇÃO DO PRIMO, Vachel, Ragnor acordou os arqueiros com pontapés, e agora o grupo seguia pelas colinas na direção da estrada da costa que levava a Hastings. Ragnor ia na frente e os outros, incluindo Vachel, diminuíram o passo de suas montarias para ficar o mais longe possível do mau humor do chefe. Eles trocavam olhares interrogativos, respondidos com erguer de ombros, pois ninguém sabia a causa de tanta irritação. À medida que o tempo passava, mais crescia a fúria de Ragnor e, vez ou outra, ele praguejava em voz alta. O fato de não ter dormido naquela noite agravava a frustração de seu fracasso com Aislinn. Wulfgar devia ter oferecido uma rica recompensa pelos favores dela, pois aquele bastardo era completamente desprovido de traquejo social. Nunca tomara parte na conversa leve e descontraída da corte. Vachel dizia, e com razão, que para Wulfgar as mais nobres damas da corte foram apenas aventuras passageiras.

"Porém, ele devia saber escolher", pensou Ragnor, "pois nenhuma jamais procurou se vingar dele quando era rejeitada".

Ora! Aquele bastardo tinha uma atração especial para as mulheres. Se Wulfgar falhasse numa de suas patrulhas e Aislinn reconhecesse sua tolice, ele podia ainda ganhar algumas terras nessa guerra.

Vários planos se formavam em sua mente e eram descartados.

Vachel ouviu exclamações de alívio quando avistaram as fortificações de Hastings e os mastros dos navios no porto. Todos esperavam uma boa noite de sono e, depois que as cartas fossem entregues, uma boa refeição de carne e cerveja.

RAGNOR RECONHECEU O homem que atravessava a praia acenando para ele. Era seu tio, Cedric de Marte.

– Como vai, Ragnor? Finalmente o encontro. O que há com você, está dormindo acordado? Não me ouviu chamar antes?

Cedric estava ofegante e com o rosto vermelho por causa da caminhada na areia.

– Tenho muito em que pensar – respondeu Ragnor.

– Foi o que Vachel disse. Mas não soube me informar do que se tratava.

– São assuntos pessoais – disse Ragnor.

– Pessoais? – Cedric olhou atentamente para o sobrinho. – O que é tão pessoal que o impede de ganhar terras para Guilherme?

Ragnor disse com desdém:

– Então Vachel contou isso também.

– Ele não queria contar, mas finalmente disse a verdade. Vachel é muito leal a você, Ragnor. Você o leva para o mau caminho.

– Ele pode se defender muito bem sozinho – riu Ragnor – e pode me deixar quando bem entender.

– Mas prefere ficar a seu lado, o que não faz com que sejam louváveis os caminhos pelos quais você o leva. Eu sou responsável pelo bem-estar de Vachel, desde a morte do pai dele.

– O que o incomoda, meu tio? As mulheres que ele leva para a cama ou sua coleção de bastardos?

Cedric ergueu as sobrancelhas grisalhas.

– Seu pai também não está satisfeito com o modo que você anda espalhando sua semente.

Ragnor resmungou:

– A imaginação dele exagera.

– Vocês, jovens, têm muito que aprender sobre honra – disse Cedric. – Em minha juventude, se eu ousasse tocar em uma donzela, era severamente castigado. Agora vocês só pensam em se deitar entre as pernas delas. É uma mulher que o preocupa?

Ragnor virou o rosto bruscamente.

– Quando foi que me preocupei com uma mulher?

– Esse momento chega na vida de todos os homens.

– Ainda não chegou na minha – disse Ragnor, com os dentes cerrados.

– E o que me diz dessa jovem de que Vachel me falou, essa Aislinn?

Ragnor olhou furioso para o tio.

– Ela não é nada. Uma mulher saxã, nada mais.

Irritado, Cedric encostou a ponta do dedo no peito do sobrinho.

– Pois deixe que eu o avise, conquistador descuidado, você não está aqui para aumentar o número de suas conquistas amorosas, mas para ganhar terras e recompensas que aumentem o patrimônio de sua família. Esqueça a mulher e concentre-se naquilo que preparamos para você.

Ragnor afastou a mão do tio.

– Cada dia que passa fica mais parecido com meu pai, Cedric. Mas não tenha medo. Terei tudo a que tenho direito.

O SOL APARECIA no horizonte da França quando os quatro deixaram Hastings. Ragnor ia outra vez na frente, tão mal-humorado quanto na véspera. Irritado, esporeou o cavalo, que, descansado e bem-alimentado, devorava a distância velozmente. Cavalgavam agora pela estrada interna, a fim de evitar possíveis ataques de assaltantes que estivessem esperando sua volta na estrada da costa.

Viajaram em silêncio o dia todo e armaram um acampamento precário para a noite. O tempo estava bom, todos descansaram bem e seguiram viagem ao nascer do dia. O sol estava alto, penetrando aqui e ali a espessa camada de nuvens, quando, chegando ao topo de uma colina, viram, ao longe, um grupo de homens a cavalo. Esconderam-se nas sombras, esperando identificar as armas dos cavaleiros. Eles os viram conferenciar por um momento e depois se dividirem em três grupos. Um raio de sol iluminou os homens, e Ragnor reconheceu as cores de Wulfgar. Seus três companheiros fizeram menção de se aproximar do grupo de Wulfgar, mas Ragnor os deteve. Um plano se formou em sua mente. Mandou que os dois arqueiros seguissem caminho para o acampamento de Guilherme, para avisar de sua chegada e entregar as cartas recebidas no navio, dizendo também que ele e Vachel tinham parado para falar com Wulfgar. Os homens partiram, e Ragnor, sorrindo, disse para Vachel:

– Vamos ver se podemos dar algum trabalho àquele soldado.

Vachel olhou para ele intrigado, mas se acalmou quando Ragnor continuou:

– Logo adiante há um povoado saxão ainda não conquistado e ainda leal ao rei inglês. – Ele riu. – Sei que não gostam de cavaleiros normandos, pois da última vez que passei por lá me perseguiram por muito tempo. – Apontou para os homens de Wulfgar. – Duas divisões tomaram posição, uma de cada lado, e a terceira, tendo Wulfgar à frente, ficou um pouco para trás. Veja aquilo. Wulfgar, como de hábito, vai mandar seus homens bloquearem as estradas em volta do povoado e depois ele se aproxima e exige a rendição. Se os ingleses fugirem, serão apanhados em campo aberto. Se atacarem Wulfgar, serão atacados pela retaguarda.

Com um largo sorriso, como uma raposa ensinando o filhote a caçar, ele disse para Vachel:

– Mas vamos mudar esse plano. Se nos aproximarmos e deixarmos que os ingleses nos vejam, é possível que algum valente resolva ganhar uma recompensa, vencendo dois cavaleiros normandos. Então nós os levaremos até o grupo de Wulfgar antes que ele saia da clareira.

Ragnor riu satisfeito, mas Vachel hesitou.

– Meu ódio pelos ingleses é maior que o desprezo que sinto pelo bastardo – disse ele. – Não gostaria de ver um dos nossos maltratado pelos saxões.

– Não vai fazer nenhum mal. Certamente Wulfgar vai vencer esses tolos. É só para ensinar a ele o que significa ser atacado pelos porcos saxões e como é fácil vencê-los. Deixe que ele experimente a foice e o forcado e abra suas cabeças obstinadas com sua espada. Assim vai compreender que apenas nos defendemos em Darkenwald, que agimos do melhor modo possível.

Vachel concordou com a brincadeira, e os dois deram uma volta para evitar o encontro com Wulfgar. Como Ragnor planejara, quando se aproximaram, aparentemente descuidados, uns vinte homens saíram com lanças, cajados e arcos e flechas, e, quando viram que os normandos iam fugir, perseguiram-nos até o campo aberto. Ragnor e Vachel, dando a impressão de que não sabiam que caminho tomar, conduziram os homens da cidade até a estrada no interior da floresta, do outro lado do campo. Cavalgaram então rapidamente, deixando deliberadamente sinais de sua passagem. Depois de uma curva, saíram da estrada e subiram ao topo de uma colina próxima para assistir ao espetáculo. Viram os saxões saírem da curva e pararem, atentos. Quando ouviram a aproximação de Wulfgar e de seus homens, esconderam-se no mato alto, perto da estrada.

Ragnor olhou pensativamente para a estrada e disse, como se duvidasse da sensatez de sua brincadeira:

– Parece que não deu certo. Eles fizeram uma emboscada para Wulfgar, mas estou preocupado com a segurança de nossos dois homens. Vachel, quero que vá atrás deles para protegê-los, enquanto vou avisar Wulfgar da tocaia.

Vachel deu de ombros, vencendo rapidamente a relutância de ver alguns normandos serem mortos pelos saxões, e inclinou-se para a frente na sela, para observar melhor a curva da estrada.

– Você vai mesmo, primo? Parece-me tolice. – Olhou para Ragnor, e os dois riram, satisfeitos. – Deixe-me ficar aqui até eles tirarem Wulfgar da sela. Então vou fazer o que pediu.

Ragnor fez um gesto afirmativo, e os dois procuraram a melhor posição para assistir ao espetáculo.

O PEQUENO GRUPO de Wulfgar seguiu por entre as árvores, pela trilha que levava a Kevonshire. Gowain e Beaufonte foram na frente para tomar suas posições em volta da cidade, e Sir Milbourne mar-

230

chava no flanco de Wulfgar, seguido por três arqueiros. Como sempre, Sanhurst seguia na retaguarda, mantendo distância de Wulfgar. Aparentemente, um temor respeitoso o impedia de chegar muito perto do normando, embora estivesse armado com uma espada curta e uma lança para proteger a retaguarda do grupo.

Atravessaram uma pequena clareira e entraram outra vez na floresta, alertas, mas tranquilos. Uma gazela cruzou a trilha na frente deles e perdizes saltavam nas moitas, com um tatalar de asas. Huno parecia nervoso, mordendo o bridão e às vezes empinando, mas Wulfgar pensou que era apenas por causa da expectativa da luta. Então, quando se aproximaram de uma curva, o animal bufou e parou de repente. Wulfgar firmou-se na sela, desembainhou a espada e com um grito avisou os companheiros. Num instante, a estrada se encheu de saxões com suas armas improvisadas. Huno escoiceou, defendendo-se, e Wulfgar brandiu a espada, mas foi atingido por um golpe nas costas e caiu para a frente, atravessado no pescoço do animal. Sabia que estava caindo. A espada escapou de sua mão. O mundo ficou cinzento e ele bateu no chão, aparentemente com uma pancada suave. O mundo cinzento escureceu até sobrar apenas um pequeno ponto de luz que logo se apagou.

Algum tempo depois, Wulfgar abriu os olhos e compreendeu que a luz ofuscante que parecia penetrar seu cérebro era apenas um pedaço de céu azul com galhos negros de pinheiros trançados no meio dele. Apoiado num cotovelo, ergueu um pouco o corpo e olhou em volta. Sua cabeça latejava e ele viu o elmo a seu lado amassado na parte de trás. Levou a mão cautelosamente à mossa na cabeça e viu um cajado de carvalho inglês com a extremidade mais pesada partida; compreendeu a causa de seu desconforto. A estrada estava cheia de corpos de saxões, e ele reconheceu os coletes de couro de três de seus homens, mas não viu nem sinal de Milbourne.

– Não tenha medo, Wulfgar. Acho que vai sobreviver.

Wulfgar reconheceu a voz e virou o corpo, apoiando-se nos cotovelos para firmar a cabeça, que parecia estar girando. Ragnor estava semirreclinado sobre um tronco caído, com uma espada cheia de sangue enfiada na terra a sua frente. Riu vendo o esforço de Wulfgar para se mover e imaginou o que Aislinn ia pensar se visse o bravo bastardo naquele momento.

– Um péssimo lugar para descansar, Wulfgar. – Com um largo sorriso, indicou os corpos na trilha. – Aqui, no meio da estrada onde qualquer um pode atacá-lo. Na verdade, nesta última hora estive ocupado com um grupo de saxões decididos a levar uma orelha sua como prova de terem encontrado um normando dormindo no meio da estrada.

Wulfgar sacudiu a cabeça e gemeu.

– Seu nome certamente não estava na lista dos homens que eu esperava que pudessem salvar minha vida, Ragnor.

Ragnor deu de ombros.

– Eu só ajudei um pouco. Milbourne estava bastante ocupado, mas, quando cheguei, os saxões fugiram, sem dúvida pensando que outros viriam atrás de mim.

– E Milbourne? – perguntou Wulfgar.

– Ele foi ao encontro de seus homens, com aquele saxão designado para proteger sua retaguarda. Segundo ele, não conseguiu chegar em tempo.

Wulfgar ergueu-se sobre um joelho e, sentindo ainda muita dor, parou um pouco, esperando que o mundo parasse de rodar. Olhou para Ragnor, considerando aquela ação inesperada.

– Eu o humilhei e você salvou minha vida. Não fez um bom negócio, eu acho.

– Ora, Wulfgar. – Ragnor descartou com um gesto da mão o pedido de desculpas. – Na verdade, Milbourne e eu pensamos que você estivesse morto, e só depois de expulsarmos os ingleses notei que você ainda respirava. – Sorriu. – Pode se levantar?

– Sim – murmurou Wulfgar, levantando-se lentamente e limpando a terra e o suor do rosto.

Ragnor riu outra vez.

– O carvalho inglês fez em você o que a espada afiada jamais conseguiu fazer. Oh, ver você cair sob o golpe do cajado de um camponês! Valeu a luta!

232

O cavaleiro moreno levantou-se também, limpou a lâmina da espada no manto de um saxão morto e apontou com ela para o lado da estrada:

– Seu cavalo está ao lado do regato.

Wulfgar caminhou na direção indicada, e Ragnor olhou sombriamente para sua espada. Fora muito precipitado quando matou os porcos saxões.

– Ah – murmurou –, hesitar quando surge a oportunidade é perder para o destino.

Embainhou a espada e girou o corpo para montar. Wulfgar voltou para a estrada puxando Huno e inclinou-se para verificar se o animal não estava ferido.

– Estou levando cartas de Hastings para Guilherme e preciso partir – disse Ragnor, com voz inexpressiva. – Perdoe-me por não esperar que você se recupere completamente.

Wulfgar apanhou o elmo e saltou para a sela. Olhou para o normando moreno, imaginando se ele estaria pensando em outras mãos muito mais suaves.

– Eu também devo continuar minha missão, pois aquele povoado conquistou o direito de ser destruído pelo fogo. Logo que o ar da noite ficar mais quente, levarei meus homens para a encruzilhada mais próxima e acamparemos. Eu agradeço, Ragnor. – Desembainhou a espada e saudou o outro normando; depois, inclinando-se, prendeu a lança no lugar onde podia empunhá-la facilmente. Sacudiu a flâmula para tirar a poeira. – Meus homens estão lá adiante e vou me juntar a eles.

Saudou Ragnor outra vez, agora com a lança, e, batendo levemente nos flancos de Huno, partiu a galope. Ragnor ficou parado até ele desaparecer; depois, aborrecido, virou seu cavalo na outra direção e partiu.

Wulfgar foi ao encontro de seus homens e viu que apenas uma parte do grupo estava com Milbourne. O cavaleiro ergueu a mão e se aproximou.

– O senhor está bem, Sir Wulfgar? – Vendo o gesto afirmativo do normando, continuou: – Quando os saxões abandonaram a luta e voltaram ao povoado com a notícia de que uma grande força de normandos se aproximava, todos fugiram. Pegaram tudo que podiam carregar e foram embora. Mas Sir Gowain e seus homens estavam guardando a estrada mais adiante e os obrigaram a voltar. Se nos apressarmos, poderemos alcançá-los no campo aberto.

Wulfgar inclinou a cabeça, concordando, e voltou-se para Sanhurst, que seguia atrás, devagar, envergonhado.

– Uma vez que não é capaz de proteger minha retaguarda, fique e enterre os mortos. Quando terminar, encontre-se conosco; vai servir como meu lacaio. – Ergueu as sobrancelhas. – Espero que tenha mais sucesso nesse trabalho.

Wulfgar levantou o braço e todos começaram a trabalhar. Ele e Milbourne partiram, cavalgando lado a lado. O elmo amassado não se ajustava bem na sua cabeça, e Wulfgar prendeu-o na frente da sela, ignorando a advertência de Milbourne sobre o perigo de não se proteger devidamente. Atravessaram a praça e, quando passaram pela última casa do povoado, viram uns quarenta saxões, velhos, moços, crianças, homens e mulheres. Os fugitivos viram a força à sua frente e sabiam que havia mais normandos atrás deles. Mesmo assim, reunindo toda a coragem, formaram um grupo compacto no meio da estrada. As mães, no centro, seguravam os filhos, procurando protegê-los, e os homens apanharam tudo que podia servir como arma e dispuseram-se em círculo, prontos para a última batalha.

Wulfgar enristou a lança, mas parou a uma certa distância do grupo, enquanto seus homens formavam um anel, todos prontos para o ataque. Depois de um momento de silêncio, Wulfgar ergueu o elmo e disse, com voz trovejante, notando o espanto de todos quando o ouviram falar em inglês:

– Quem me golpeou com tanta força com seu cajado?

O prefeito da cidade adiantou-se.

– Ele caiu a seu lado no bosque – disse o homem. – Ao que sei, ele continua lá.

– É uma pena – lamentou Wulfgar. – Era um soldado forte e valia muito para morrer desse modo.

234

O prefeito mexeu os pés nervosamente e não disse nada. Wulfgar pôs outra vez o elmo no suporte da sela, a sua frente, mas seus homens continuaram com as lanças em riste.

Huno empinou, tenso e nervoso, e Wulfgar o acalmou com algumas palavras, seus olhos frios como aço examinando o grupo atemorizado no meio da estrada. Falou então, com autoridade:

– Vocês são súditos de Guilherme, por direito das armas, rei da Inglaterra, quer admitam ou não. Podem escolher entre derramar seu sangue neste solo ou usar suas forças na reconstrução de sua cidade.

O prefeito ergueu as sobrancelhas e olhou para os prédios intactos de seu povoado.

– A escolha é simples, e cumprirei minha parte – continuou Wulfgar. – Eu lhes dou a minha palavra. Mas aconselho que se apressem, pois meus homens estão ansiosos para terminar seu trabalho.

Ele recuou um pouco e aproximou mais a lança, de modo que o prefeito quase podia ver a ponta atravessando seu peito. Lentamente o homem deixou cair a espada e o cinturão com o punhal curvo e ergueu as mãos com as palmas para cima, indicando sua rendição. Os outros homens deixaram cair os forcados, os machados e as foices.

Wulfgar fez um gesto para seus homens e as lanças se ergueram num só movimento.

– Vocês já escolheram o que queriam levar – disse Wulfgar. – Espero que tenham escolhido bem, pois é tudo que terão. Sir Gowain – voltou-se para o jovem cavaleiro –, reúna seus homens e leve essa gente para o campo, para longe daqui. – Ergueu o braço. – Os outros, sigam-me.

Virou as rédeas e Huno partiu a galope em direção à cidade. Chegando à praça, Wulfgar deu novas ordens para Milbourne.

– Reviste todas as casas, tire o ouro, a prata e outros objetos valiosos que encontrar e ponha tudo na carroça. Tire também toda a comida preparada e ponha nos degraus daquela igreja. Quando acabar de revistar uma casa, feche a porta e faça uma marca. Depois ponha fogo em todas as casas, menos na igreja e nos graneiros.

Wulfgar cavalgou até o topo de uma pequena colina de onde podia ver os camponeses e o povoado. Quando o sol estava quase na altura do horizonte, alongando as sombras, parecia que a cidade com suas janelas escuras observava com desprezo os soldados que corriam como formigas, despojando-a de suas riquezas, levando todo seu alimento. Um momento de quietude e os olhos escuros se avermelharam quando as primeiras chamas começaram a crescer. Então, línguas ávidas e vermelhas começaram a destruir cada casa. Wulfgar ergueu a cabeça e sentiu o frio dos primeiros flocos de neve no rosto.

Quando o povo compreendeu o que os normandos estavam fazendo, ouviu-se um longo coro de lamento e de protesto. Os normandos saíram da cidade, e Wulfgar desceu a colina, com o rosto sombrio. Huno parou na frente dos saxões, e eles se encolheram assustados.

– Vejam! – trovejou Wulfgar. – E aprendam que a justiça é rápida nas terras de Guilherme. Mas prestem atenção. Voltarei para ver o que estão fazendo. Eu ordeno a reconstrução da cidade e quero que saibam que dessa vez estarão trabalhando para Guilherme.

A neve estava agora mais densa, e Wulfgar sabia que precisavam se apressar e armar o acampamento para se protegerem da tempestade. Apontou para a estrada com a lança, e os homens entraram na linha de marcha, atrás da carroça carregada. Com um último olhar para as chamas que devoravam os muros do povoado e para a fumaça que subia numa grande espiral, levada pelo vento, e erguendo a voz acima do ruído das chamas, ele gritou para o prefeito:

– Vocês têm onde se abrigar e algum alimento, e o inverno se aproxima. – Ele riu. – Estou certo de que não terão tempo para lutar contra outros normandos.

Ergueu a lança, numa saudação, e esporeou Huno. O povo voltou-se então para a cidade, com o fracasso escrito nos rostos tristonhos, mas sabendo no fundo do coração que podiam refazer o que fora destruído. Estavam vivos e vivos podiam reconstruir sua cidade.

13

Aislinn saiu da cabana da mãe e foi para o solar com a neve estalando sob os pés. Já era noite, o ar estava frio e flocos de neve dançavam e rodopiavam nos fracos raios de luz do caminho. Ela olhou para o céu escuro que parecia pairar logo acima dos telhados, reduzindo o mundo a uma pequena faixa entre ele e a terra gelada. Aislinn parou por um momento, para que a quietude da noite acalmasse sua alma. Depois de passar algum tempo com a mãe, sentia-se esgotada e, de certo modo, menos capaz de enfrentar as dúvidas que a torturavam, e com a impressão de que logo estaria completamente vencida e implorando compaixão. A cada dia que passava, Maida mergulhava mais profundamente nos planos de vingança contra os normandos. Se ela conseguisse se vingar, a justiça de Guilherme a castigaria impiedosamente. Aislinn não conhecia nenhuma poção capaz de eliminar o ódio implacável que perturbava a mente da mãe. Sentia-se frustrada. Curava as doenças e tratava os ferimentos das outras pessoas, porém não sabia o que fazer para curar Maida.

O frio dos flocos de neve em seu rosto era repousante e, com passo mais animado, ela voltou para o solar. Uma carroça estava parada na porta. Aislinn imaginou que devia ser uma pobre alma procurando abrigo em Darkenwald naquela noite fria e perguntou a si mesma se despertaria algum sentimento de compaixão em Gwyneth, quando tantos outros não haviam conseguido. Gwyneth não se limitava a torturar os criados e os soldados com seu gênio demoníaco, mas estendia sua crueldade aos visitantes ocasionais. Ridicularizava o pai e Sweyn porque, vez ou outra, eles se entregavam aos prazeres da comida e da bebida. Na verdade, eram eles que forneciam a carne que livrava Darkenwald do fantasma da fome. Nem o bondoso Frei Dunley escapava da língua ferina de Gwyneth.

Assim, preparada para o pior, Aislinn entrou e fechou a porta antes de olhar para o grupo na frente da lareira. Com lentidão deliberada, tirou o manto e se aproximou do fogo, olhando primeiro para

Bolsgar, a fim de determinar pela sua expressão o estado de espírito da filha. Quando Gwyneth tinha seus acessos de fúria, Bolsgar franzia a testa e cerrava os lábios com força. Porém ele parecia tranquilo e até mesmo aliviado. Aislinn voltou a atenção para os três adultos e as crianças, todos pobremente vestidos, agrupados na frente do fogo.

O menino mais novo olhou boquiaberto e encantado para os cabelos cor de cobre que cobriam os ombros de Aislinn. Ela sorriu, e os olhos dele cintilaram com uma expressão amistosa e espontânea. Aislinn não viu a mesma expressão no rosto da mulher mais nova, que, um pouco afastada do grupo, a observava com atenção e desconfiança. O menino era muito parecido com ela, e Aislinn imaginou que devia ser seu filho ou parente muito próximo.

O homem parecia exausto, com o rosto muito pálido e tenso. A mulher, ao lado dele, atenta a tudo o que se passava, parecia sensata, forte e calma, e Aislinn retribuiu delicadamente o sorriso dela.

As outras crianças eram mais velhas que o menino de olhos escuros. Um rapaz alto, talvez da idade de Ham, uma menina mais nova e dois meninos que Aislinn achou idênticos.

– Pensamos que a tínhamos perdido, Aislinn.

Aislinn voltou-se, alerta, pois a sugestão de amabilidade na voz de Gwyneth era suficiente para despertar todo seu instinto de defesa. Não sabia qual era o jogo, mas esperou, aparentando uma calma que não sentia.

– Temos hóspedes enviados por Wulfgar – continuou Gwyneth, vendo uma chama de interesse nos olhos cor de violeta. Erguendo a mão, apresentou cada pessoa do grupo pelo nome e depois disse: – A ordem dele é para que fiquem morando aqui.

– Isso mesmo, minha senhora – disse Gavin. – Meu irmão, Sanhurst, está com ele agora.

– E o meu senhor? Ele está bem? – perguntou Aislinn, em tom cordial e delicado.

– Sim, o normando está bem – respondeu Gavin. – Tirou-nos do lodaçal e acampamos com ele aquela noite. Ele nos deu comida e nos mandou vir para cá.

– Ele disse o quanto ainda vai demorar? – perguntou Aislinn. – Pretende voltar logo para Darkenwald?

Gwyneth zombou:

– Aislinn, está revelando seu desejo por ele.

Aislinn corou, mas Gavin respondeu com calma:

– Não, minha senhora, ele não disse.

Gwyneth olhou para a jovem viúva, que observava avidamente cada movimento de Aislinn, seu corpo, os cabelos que iam até abaixo da cintura. Com um brilho maldoso nos olhos, ela escolheu cuidadosamente as palavras para a pequena mentira.

– Wulfgar recomendou especialmente que Haylan e o filho fiquem morando aqui em Darkenwald.

Aislinn percebeu o veneno e voltou-se para a viúva, que abriu a boca, espantada, e sorriu timidamente para ela. Mas Aislinn não retribuiu o sorriso.

– Compreendo – disse ela. – E você os recebeu bem, Gwyneth. Wulfgar vai ficar satisfeito com sua bondade.

– Uma vez que sou sua irmã, não acha que sei disso melhor que você? – Disse Gwyneth, com um olhar gelado. Não era difícil perceber o tom de censura em suas palavras. – Wulfgar é um senhor muito generoso. Trata até os escravos com bondade e os veste ricamente.

Aislinn fingiu não ter entendido a insinuação.

– É verdade? Imagine! Não notei pessoa alguma, a não ser você, minha cara Gwyneth, mais bem-vestida que antes.

Bolsgar riu discretamente, e Gwyneth fuzilou-o com o olhar. Todos sabiam que ela se apossara dos poucos vestidos que Aislinn ainda possuía. Nesse momento, estava com a bela túnica cor de malva, e Aislinn, com o vestido simples que, antes, só usava para fazer algum serviço de limpeza na casa. Agora era o único que possuía.

Gwyneth disse com voz ferina:

– Sempre me intrigou o fato de os homens serem capazes de jurar fidelidade a uma mulher e, quando estão longe dela, procurarem o calor da mulher mais próxima. Não me admiraria se Wulfgar encontrasse uma mulher encantadora e a mandasse vir esperá-lo em sua casa.

Haylan engasgou e tossiu, chamando a atenção de Aislinn. Ela franziu a testa levemente, imaginando o que podia ter havido entre Wulfgar e a viúva.

Falou então, com calma dignidade:

– Wulfgar é na verdade um estranho para todos. Ninguém pode saber o que ele pensa nem adivinhar o que pode fazer. Quanto a mim, só quero que ele seja honrado e não faça o papel de um reles aventureiro. Só o tempo nos trará a resposta, e confio meu destino à confiança que deposito nele.

Voltou-se rapidamente sem dar oportunidade a Gwyneth de dizer qualquer coisa, e pediu a Ham sua caixa de medicamentos.

– Vejo que esse bom homem precisa dos meus cuidados, a não ser, é claro, que uma de vocês já tenha se oferecido para tratar dele.

Olhou primeiro para Haylan, que balançou a cabeça, e depois para Gwyneth, que olhou para ela furiosa, deu de ombros e voltou a seu bordado.

Aislinn sorriu.

– Muito bem, então eu farei isso.

Com a ajuda de Miderd, limpou o coto de braço de Gavin.

Gwyneth disse, com a voz carregada de malícia:

– É claro que todos sabem como se comportam os soldados no campo. A simples menção de uma batalha não traz boas lembranças a seu coração, Aislinn? Os normandos, tão orgulhosos e arrogantes, experimentando cada mulher que desperta seu desejo. Imagino o que a mulher vencida sente com essas carícias.

As palavras feriram profundamente Aislinn; angustiada, ela mal podia respirar. Era incrível a crueldade de Gwyneth. Respirou fundo e seus olhos encontraram os de Miderd, compassivos, cheios de compreensão.

– Peço a Deus para que nem mesmo você, boa Gwyneth – disse com um suspiro –, tenha de passar por isso.

Gwyneth recostou-se na cadeira sem a sensação de vitória que esperava, e Haylan deu as costas a todos, voltando-se para aquecer as mãos no calor do fogo, pensando nas palavras que acabara de ouvir.

240

Aislinn esperou passar sua angústia e, ao terminar seu trabalho, levantou-se e foi ficar ao lado de Bolsgar.

– Meu senhor, acaba de ouvir dizer que os homens são volúveis. O que pensa disso? O senhor é assim? Acha que Wulfgar é assim?

– É evidente que minha filha não sabe quase nada sobre os homens, pois nunca teve um – resmungou Bolsgar. Segurou a mão de Aislinn entre as suas. – Mesmo quando era jovem, Wulfgar era fiel a tudo que conhecia, seu cavalo, seu falcão... a mim. – Seus olhos se encheram de lágrimas e ele virou o rosto. – Sim, ele era fiel e constante.

– Mas o senhor não sabe coisa alguma de suas mulheres – apressou-se a dizer Gwyneth.

Bolsgar deu de ombros.

– É verdade que no passado ele sempre afirmou que as odeia, mas Wulfgar é como o lobo de ferro que habita os campos de luta, sem precisar das amenidades da vida, mas o desejo de amar que arde em seu coração é tão intenso que ele faz de tudo para negá-lo.

– Bestas das trevas! – exclamou Gwyneth. – Meu próprio pai que ontem mesmo perdeu sua casa e suas terras agora aprova essa união de meu irmão bastardo com essa mulher saxã...

– Gwyneth! – rugiu Bolsgar. – Feche essa boca ou mando alguém fechá-la.

– Ora, é verdade – exclamou Gwyneth, zangada. – O senhor seria capaz de unir essa prostituta a ele com um voto solene de casamento.

Haylan olhou boquiaberta para Aislinn.

– A senhora não é esposa dele? – perguntou, antes de morder a língua, quando viu a expressão de censura de Miderd.

– É claro que não é! – disse Gwyneth, indignada. – Ela dormiu com um normando e agora quer prender meu irmão.

Bolsgar levantou-se de um salto e pela primeira vez na vida Gwyneth se encolheu, com medo dele. Aislinn ficou imóvel, com os punhos fechados, controlando-se para não descarregar sua fúria. Bolsgar quase encostou o rosto no da filha e disse com desdém:

– Você é uma mulher inconveniente e insensata. Quantas vezes precisa ferir com a lâmina de sua inveja?

Haylan pigarreou e tentou desviar a atenção de Bolsgar.

– Lorde Wulfgar está sempre lutando. Ele já foi ferido muitas vezes? A cicatriz...

Aislinn arregalou os olhos para ela, pensando no ferimento recente de Wulfgar que só ela e Sweyn conheciam e agora, talvez, essa jovem viúva.

– Foi só curiosidade minha... – disse Haylan com voz sumida, sentindo os olhares indignados. Até Gwyneth abriu a boca, e Bolsgar fechou mais a carranca.

– Curiosidade? – Gwyneth não entendeu a surpresa de Aislinn. – O que preocupa tanto seu pensamento, senhora Haylan?

– A cicatriz no rosto de seu irmão, só isso – respondeu Haylan, dando de ombros. – Eu só queria saber como ele se feriu.

Gwyneth olhou rapidamente para o pai, que voltara a sentar-se com expressão tempestuosa, apertando com força os braços da poltrona.

– E ficou chocada com aquela feia cicatriz? – perguntou Gwyneth.

– Chocada? Oh, não. O rosto dele é muito bonito.

Olhou para Aislinn agora de igual para igual, pensando que se não tivesse se precipitado naquela noite poderia tê-lo nas mãos agora. Pelo menos tinha tanto direito quanto aquela mulher.

– Foi um acidente, quando éramos pequenos – começou Gwyneth, cautelosamente.

– Acidente? – rugiu Bolsgar outra vez. – Está mentindo, minha filha? Não, não foi acidente. Foi de propósito.

– Meu pai – disse Gwyneth em tom de súplica, procurando abrandar a fúria dele. – Isso é passado e é melhor esquecer.

– Esquecer? Não, nunca! Eu me lembro muito bem.

Gwyneth cerrou os lábios, indignada.

– Pois então conte logo, se precisa contar. Conte como, furioso quando soube que ele era bastardo, o senhor o golpeou com uma luva de falcoaria, cortando-lhe profundamente o rosto.

Bolsgar levantou-se com dificuldade, tremendo de raiva. Olhou rapidamente para Haylan e depois para Gwyneth. Passada a primeira surpresa, Aislinn estava certa de que a ira de Bolsgar se devia ao sofrimento de ouvir falar de uma falta da qual se envergonhava.

– Não preciso falar, Gwyneth – disse ele, secamente. – Você já contou tudo.

– Sente-se e procure ser um anfitrião bem-educado, meu pai – disse Gwyneth.

– Anfitrião! – exclamou Bolsgar com ironia. – Não sou anfitrião aqui. – Ergueu o copo de cerveja. – Nós moramos no solar de Wulfgar. Não quero o que pertence a ele, e você faz muitas suposições erradas. – Olhou em volta, com ar abatido. – Onde está Sweyn? Tenho sede de mais cerveja e preciso de sua companhia para me acalmar.

– Está tratando dos cavalos, meu pai – disse Gwyneth, tentando disfarçar sua impaciência.

– Então Kerwick – rugiu ele. – Onde ele está? Aquele rapaz é uma boa companhia para tomar uns copos de cerveja.

– Agora não, meu pai – sibilou Gwyneth, furiosa com a ideia de o pai beber com um simples criado. – Eu o mandei preparar as casas para essas famílias.

– A esta hora da noite? – perguntou Bolsgar indignado. – Será que ele não pode ter um momento de descanso?

Gwyneth cerrou os dentes, procurando se conter. Não queria agravar o mau humor do pai.

– Eu só pensei nessas pobres pessoas cansadas e no desconforto da viagem. Este chão de pedra não oferece nenhum calor a viajantes exaustos e terão mais privacidade nas cabanas.

Bolsgar levantou-se.

– Então, se não tenho com quem conversar educadamente, vou me retirar para o meu quarto. Boa noite, minha filha.

Gwyneth respondeu com uma inclinação da cabeça, e Bolsgar, voltando-se para Aislinn, estendeu-lhe a mão.

– Sou um homem velho, minha filha, mas gosto ainda de acompanhar uma bela jovem a seu quarto. Quer me conceder a honra?

– Certamente, senhor – murmurou Aislinn, com um sorriso.

Bolsgar não era frio como a filha e quase sempre aliviava a dor da ofensa com uma palavra ou um ato de bondade. Aislinn, com a mão apoiada na dele, deixou que Bolsgar a conduzisse para longe do grupo que estava na frente da lareira, subindo até o quarto que era dela e de Wulfgar.

Bolsgar parou na porta, aparentemente absorto em pensamentos. Finalmente disse com um suspiro:

– Eu devia falar com Wulfgar. Dizer que ele deve tratá-la melhor. Mas não tenho o direito de intervir em sua vida. Perdi esse direito quando o mandei embora de minha casa. Ele é um homem sozinho agora.

Aislinn balançou a cabeça e sorriu suavemente.

– Não quero que ele se sinta obrigado a me tratar de outro modo. Tem de ser um ato voluntário, do contrário não terá valor algum.

Bolsgar apertou de leve a mão dela.

– Você é muito sensata para sua idade, minha filha. Mesmo assim, vou lhe dar um conselho. Deixe o lobo uivar para a lua. Ela não vai descer do céu para ele. Deixe que ele vagueie pelas florestas à noite. Não vai encontrar nelas o que procura. Só quando admitir que precisa de amor ele encontrará a verdadeira felicidade. Até então, seja fiel e boa para ele. Se guarda algum calor por ele em seu coração, Aislinn, dê a ele o que a mãe e eu negamos. Procure acalentá-lo com seu amor quando ele depuser seu coração torturado a seus pés. Envolva o pescoço dele com uma coleira de fidelidade que ele virá docilmente para você.

Aislinn sentiu a dor do velho homem, pois ele perdera a mulher e os filhos e suas palavras eram fruto da experiência.

– Sou apenas uma de suas muitas mulheres, gentil Bolsgar. Viu como a jovem viúva é bonita. Sem dúvida é o mesmo com as outras. Como posso ter certeza de um lugar em seu coração quando tantas outras o disputam?

Bolsgar não respondeu. Podia dizer que ela era bonita, graciosa e encantadora, mas ninguém sabia o que Wulfgar pensava. Era melhor não alimentar esperanças baseadas em suas suposições, pois não sabia se eram certas.

GAVIN INDICOU A ESCADA com um movimento da cabeça e, quando ouviram os passos dele afastando-se do quarto de Aislinn e o estalido da tranca, perguntou:

– Ela é filha do velho lorde?

– Sim, é. – Gwyneth suspirou. – E uma chaga purulenta no coração desta cidade.

Miderd e Gavin trocaram um olhar. Haylan era toda ouvidos.

– Sim, é verdade – continuou Gwyneth. – Ela se insinuou na cama de meu irmão e pretende ser a dama deste solar. – Percebendo a atenção de Haylan, Gwyneth voltou-se para ela. – Meu irmão apenas se diverte por algum tempo, mas temo que Aislinn o tenha enfeitiçado.

Gwyneth apertou os braços da poltrona, pensando em Aislinn nos braços de Ragnor. Suas pálpebras baixaram para esconder a maldade que os olhos revelavam.

– Esse tal de Kerwick é amante dela, na ausência de Wulfgar – disse lentamente. – Ela é uma prostituta, mas até meu pai acredita que seja boa e honesta. Está encantado com sua beleza, como qualquer outro homem.

– Lorde Wulfgar a acha bonita? – perguntou Haylan, dominada por um ciúme feroz, lembrando do nome de Aislinn murmurado por Wulfgar.

Miderd franziu a testa e aconselhou:

– Haylan, não é prudente interferir na vida de lorde Wulfgar.

– Na verdade, não sei o que meu irmão pensa – disse Gwyneth erguendo as mãos magras com as palmas para cima. – Aislinn tem a marca do mal naqueles cabelos vermelhos. Ninguém pode duvidar disso. Quem sabe quantas almas ela pode roubar com suas poções e encantamentos? Tenham cuidado. Não se deixem enganar por suas palavras doces. Ela sabe como conquistar as pessoas.

– Sim – murmurou Haylan, sem ver o olhar de censura da cunhada. – Eu terei cuidado.

Gwyneth levantou-se, deixando o bordado.

– Agora preciso descansar meus olhos irritados pela fumaça da sala. Boa noite para todos.

Assim que ela se afastou, Miderd voltou-se furiosa para Haylan:

– Acho bom você respeitar seus superiores para o bem de todos nós; do contrário, podemos ser expulsos daqui.

Dando de ombros, Haylan disse, com ironia:

– Superiores? Tenho grande respeito por lady Gwyneth. De quem está falando? Lorde Bolsgar ficou irritado, mas eu o tratei com delicadeza.

– Sei que quando você quer uma coisa não descansa enquanto não consegue – disse Miderd. – E vejo que está interessada no normando. Deixe-o em paz, Haylan. Ele pertence a lady Aislinn.

– Ha! – zombou Haylan. – Ele pode ser meu a qualquer momento.

– Você é muito pretensiosa, Haylan. Fomos trazidos para cá para trabalhar, nada mais.

– Nada mais? – Haylan riu. – Você não sabe de nada.

Miderd olhou para o marido, como pedindo ajuda, mas ele deu de ombros.

– Não vou discutir com você, Haylan – disse Miderd. – Mas se lady Aislinn vier a ser a senhora deste solar, pode nos expulsar se você continuar com essas ideias sobre o normando. E para onde iremos? Pense em seu filho.

– Eu penso nele – disse Haylan, zangada. Acariciou a cabeça do menino. – Miles seria um orgulho para qualquer lorde.

Miderd ergueu as mãos e, balançando a cabeça, deu as costas à obstinada viúva.

Quando Kerwick voltou, acordaram Miles e o agasalharam. Saíram todos, e Kerwick, depois de deixar Gavin e sua família numa cabana, acompanhou Haylan e o filho até outra menor. O fogo estava aceso. Haylan observou atentamente Kerwick quando ele pôs mais lenha no fogo, e depois disse:

– Lady Gwyneth é uma ótima moça. Você deve estar satisfeito por poder servi-la.

Kerwick olhou para ela com o rosto inexpressivo. Os olhos escuros de Haylan chamejaram de fúria com o silêncio dele.

– O que você sabe de seus superiores? Não passa de um servo. Qualquer um pode ver que tem um caso com aquela mulherzinha de cabelos vermelhos.

Kerwick falou com calma e desprezo.

– Aquela mulherzinha de cabelos vermelhos era minha noiva antes de o guerreiro normando a tomar de mim. Eu era o senhor de meu solar, que ele tomou também, mas o que mais sinto é ter perdido lady Aislinn. Quando falar comigo, não diga o nome dela com desprezo nunca mais. Se você tiver algum juízo, trate de não dar ouvidos a Gwyneth e a suas mentiras.

– Pode estar certo de que tenho juízo suficiente para ver o que está diante de meus olhos – disse Haylan. – E que você ainda está apaixonado por Aislinn!

– Sim – admitiu Kerwick. – Mais do que você pode alcançar.

– Oh, eu compreendo muito bem – disse Haylan, ofendida. – Não esqueça que perdi meu marido há pouco tempo e sei muito bem o que pode interessar um homem.

Kerwick ergueu as sobrancelhas.

– O que é isso? Já está espalhando mentiras a nosso respeito? Você é uma mulher muito arrogante para uma serva.

– Serva? – Haylan riu com desdém. – Pode ser que sim e pode ser que não. Ninguém pode saber antes da volta de lorde Wulfgar. – Ergueu o queixo. – Ele pode ser meu, se eu quiser.

Kerwick riu, incrédulo.

– Você? Com que direito? Está dizendo que é também sua amante?

Sem conter a raiva, Haylan respondeu:

– Não sou esse tipo de mulher! Mas, se fosse, podia tê-lo quando quisesse. Ele me desejou, e quem sabe o que vai acontecer quando voltar?

Kerwick disse com desprezo:

– Ouça meu conselho, bela viúva – aproximou-se, quase encostando o nariz no dela –, Wulfgar mandou que me açoitassem quando tentei defender Aislinn do desejo dele e ficou possesso de raiva quando toquei nela acidentalmente. Mesmo assim, ele afirma que odeia as mulheres. Não se engane pensando que ele é um homem fácil de ser levado, sem vontade própria, pois Wulfgar é forte e vai perceber suas manobras para tentar conquistá-lo. Ele pode tomá-la como tomou minha Aislinn, mas pode estar certa, vai oferecer muito menos que ofereceu a ela.

– Está dizendo que não tenho nenhuma chance de ser a dona deste solar? – perguntou Haylan. – Ora, menino inexperiente, você está com a mente embotada por seu desejo por ela e não percebeu porque ele me mandou para cá.

– Para trabalhar, como todos nós. Ele precisa de mais criados – respondeu Kerwick.

Haylan exclamou furiosa:

– Olhe para mim! Acha tão difícil acreditar que um homem pode se apaixonar por mim?

– Está exagerando sua importância, madame, e não passa de uma mulher vulgar, vaidosa e arrogante. Sim, é bonita, mas como tantas outras. Como Aislinn não tem igual.

Haylan engasgou de raiva.

– Eu serei a dona de Darkenwald! Você vai ver!

– Será mesmo? – Kerwick ergueu uma sobrancelha. – O mais certo é que será outra serva, nada mais.

– Lady Gwyneth diz que Wulfgar só está passando tempo com Aislinn. Talvez eu possa apressar sua queda.

– Ora! Lady Gwyneth! – disse Kerwick com desprezo. – Não ouça o que ela diz. Preste atenção às minhas palavras. Wulfgar nunca deixará lady Aislinn, como nenhum homem sensato faria.

– Sua opinião não é a dele, portanto não tem valor – disse Haylan, com arrogância.

– Você vai sofrer – avisou Kerwick. – Pois esqueci de mencionar outra qualidade de Aislinn. – Sorriu ligeiramente. – Ela é mais inteligente que a maioria das mulheres.

– Ohhh, eu o odeio de todo coração! – gritou Haylan.

Kerwick deu de ombros.

– Madame, na verdade não me importo nem um pouco com seu ódio.

Kerwick saiu da cabana deixando Haylan trêmula de fúria.

NA SOLIDÃO DO QUARTO, Aislinn sentiu voltar todo seu temor. Dúvidas abalavam sua confiança, e ela imaginava Wulfgar e Haylan abraçados. Começou a se despir, lembrando dolorosamente as carícias de Wulfgar e a gentileza com que a tratara na última noite que passaram juntos. Teria encontrado mais prazer com outra mulher?

248

Seria ela, na verdade, um capricho passageiro? Estaria ele, naquele momento, na cama com outra mulher?

O desespero a dominou e, soluçando, ela se atirou na cama, abafando seus gritos de angústia. Finalmente parou de chorar e se cobriu com a manta de pele, tentando aquecer o gelo de seu coração. Bateram na porta. Enrolando-se num manto, ela mandou entrar o visitante tardio. Para sua surpresa, Miderd apareceu à porta. Tinha enfrentado o frio da noite para falar com ela e trazia um embrulho nas mãos.

– Minha senhora, trago notícias de lorde Wulfgar, e ele me pediu para lhe entregar isto quanto estivesse sozinha.

Vendo os olhos vermelhos e a ansiedade no rosto de Aislinn, ela disse:

– Minha senhora, Haylan é uma mulher sofrida que sonha alto demais e exagera o próprio valor. Na minha opinião, lorde Wulfgar não a esqueceu, pois, quando me entregou esta encomenda, demonstrou estar preocupado com seu bem-estar e recomendou que a senhora procure Sweyn para qualquer coisa que precisar. Acho que não deve temer os sonhos e as ilusões de uma jovem viúva.

Pôs o pacote nas mãos de Aislinn e sorriu, vendo-a abri-lo apressadamente.

– Ele mandou dizer também, senhora, que foi comprado honestamente.

As lágrimas voltaram, mas agora de emoção, e Aislinn encostou no rosto o tecido amarelo, sabendo que Wulfgar o tinha tocado. Feliz, abraçou Miderd, que corou e murmurou palavras de agradecimento.

– Oh, Miderd, não está vendo? – exclamou Aislinn. – Wulfgar disse que não costuma dar presentes a mulheres, pois seu dinheiro é ganho arduamente e ele pode gastar em coisas melhores.

Miderd sorriu docemente. Sentiu que encontrara uma amiga; apesar de terem acabado de se conhecer, apertou a mão da jovem com carinho.

– Parece que a senhora ganhou uma batalha. E esperemos que amanhã, ganhe a guerra.

Os olhos cor de violeta cintilaram de felicidade.

– Oh, tem razão, devemos garantir o amanhã.

Feliz por Aislinn, Miderd saiu e fechou a porta, sentindo uma afinidade por aquela jovem que ela mal conhecia e uma confiança no futuro que não sentia há muito tempo. Sua intuição dizia que encontraria a paz em Darkenwald. Seu marido teria uma profissão e seus filhos trabalhariam com ele. Ela e a filha talvez pudessem trabalhar no solar. Finalmente, sentia que estavam em segurança.

Aislinn levantou cedo, quando todos dormiam ainda. Com o tecido amarelo nas mãos, foi até a arca de Wulfgar e retirou, peça por peça, as roupas dele, acariciando-as distraidamente. Quando a arca ficou vazia, guardou a peça de tecido amarelo no fundo e arrumou a roupa de Wulfgar por cima. Ali Gwyneth nem sonharia em procurar. Quando recebesse a notícia da volta de Wulfgar, faria um vestido para recebê-lo. Sentia o coração leve e feliz pensando nele, agora com renovada confiança.

Quando desceu para o salão, encontrou Gwyneth e Haylan na frente da lareira. Por ordem de Gwyneth, a viúva estava isenta de qualquer trabalho na casa e agora aprendia a costurar, com grande dificuldade, pondo à prova a pouca paciência de Gwyneth. Aislinn sorriu ouvindo Haylan humildemente pedir desculpas por sua inépcia.

Gwyneth suspirou, exasperada.

– Deve fazer pontos menores, como mostrei.

– Por favor, me perdoe, minha senhora, mas nunca tive muito jeito para costura – justificou-se Haylan. – Então, acrescentou com entusiasmo: – Mas posso assar um javali e o pão que eu faço é elogiado por todos.

– Isso é trabalho para os servos – respondeu Gwyneth, secamente. – Uma dama é avaliada por sua costura e bordado. Se quer ser uma, deve descobrir valor da agulha. Wulfgar vai querer que você faça e conserte suas roupas.

Só quando Aislinn se adiantou para aquecer as mãos no calor do fogo foi que elas notaram sua presença.

– Sei que procura ajudar, cara Gwyneth, mas não preciso de ajuda para consertar as roupas de meu senhor. – Sorriu para elas e levantou um pouco a saia para aquecer as pernas. – Wulfgar parece satisfeito com meus talentos.

250

Gwyneth sorriu com zombaria.

– Não sei como acha tempo para costura, considerando as horas que passa com ele na cama.

– Ora, Gwyneth, como pode saber quando estamos e quando não estamos na cama? – disse Aislinn, com um largo sorriso. – A não ser, é claro, que tenha por hábito escutar atrás das portas, como costuma remexer em minha arca. – Olhou para os vestidos que as duas mulheres estavam usando. O de Haylan era de terceira mão, sem dúvida dado a ela por Gwyneth.

– Sua arca? – disse Gwyneth, com desprezo. – Escravos não possuem coisa alguma.

Com um leve sorriso, Aislinn respondeu:

– Mas, Gwyneth, se sou escrava, tudo que tenho pertence a Wulfgar. – Ergueu as sobrancelhas, com fingida curiosidade. – Você rouba de seu irmão?

Furiosa, Gwyneth disse:

– Meu irmão deixou bem claro que tudo que existe aqui é nosso e que podemos usar à vontade.

– Oh? – Aislinn riu. – Ele disse isso para Bolsgar, não para você, e seu pai tem muito cuidado em não ir além de sua parte. Na verdade, ele paga sua estada com a caça que traz para casa. Você sabe que Wulfgar precisa de muitos servos para que Darkenwald prospere. Qual a sua contribuição para isso, boa Gwyneth?

Gwyneth levantou-se e disse, fervendo de raiva:

– Eu tomo conta da casa na ausência dele e evito que a despensa seja saqueada por aqueles bêbados que...

Gwyneth parou de repente e, seguindo seu olhar, Aislinn viu Sweyn caminhando para a lareira. Ele sorriu para Gwyneth e, com lentidão deliberada, cortou uma grande fatia da carne que assava no fogo; acompanhou-a com um bom gole de cerveja. Estalou os lábios, lambeu a gordura das pontas dos dedos e depois os enxugou na túnica.

Voltou-se para Aislinn e disse com sua voz trovejante:

– Quem distribui com parcimônia a comida que eu e Bolsgar trazemos?

251

– Ninguém, Sweyn – riu Aislinn. – Ninguém. Nós todos comemos muito bem, graças a você.

O viking olhou para Gwyneth por um longo tempo, depois resmungou.

– Isso é bom. Isso é bom.

Com um arroto sonoro, ele saiu da sala.

Aislinn recuou um passo e segurou a saia dos dois lados, com uma leve curvatura.

– Com sua licença, senhoras. Preciso trabalhar. – Já na porta, virou a cabeça e disse:

– Haylan, cuide da carne para não queimar.

Saiu quase saltando de alegria e abriu a porta para o mundo, que lhe pareceu maravilhoso.

WULFGAR E SEUS HOMENS acamparam por vários dias na encruzilhada perto de Kevonshire. A neve parou de cair e o sol a derreteu no solo. Eles detinham viajantes e mensageiros ingleses, que pretendiam prevenir outros saxões da marcha de Guilherme. Após alguns dias, simplesmente libertavam os prisioneiros, pois a passagem do tempo tornava inúteis as informações que levavam.

O exército de Guilherme agora movia-se na frente deles e não temia nenhuma ameaça à sua marcha. Levantaram acampamento e seguiram, parando apenas para anunciar a aproximação de Guilherme. Dirigiram-se para o norte, e o exército do duque atravessou o Tâmisa, a oeste de Londres, vindo do interior da ilha. A cidade estava vazia e isolada, sem que seus prováveis aliados tivessem acesso a ela. Hampshire, Berkshire, Wallingford, depois em Berkhamstead, o arcebispo Aldred, com seu séquito, que incluía o príncipe Edgar, pretendente ao trono, encontrou o exército do duque e entregou a ele a cidade de Londres. Deixaram reféns com Guilherme e prestaram juramento de fidelidade a ele. Guilherme seria coroado rei da Inglaterra no dia de Natal.

Wulfgar e seus homens foram até o acampamento com a carroça carregada de ouro, prata e objetos preciosos tomados como tributo

252

ou saque. Os tesoureiros de Guilherme avaliaram tudo, retiraram seu dízimo e devolveram o resto a Wulfgar.

Entraram então na fase da monótona rotina do acampamento. Wulfgar pagou seus cavaleiros e, depois de acertar todas as contas, manteve seus homens perto do acampamento, não permitindo que saíssem à procura de mulheres e de vinho, como era costume.

Quando faltava quase uma semana para o Natal, chegou um mensageiro de Guilherme com a informação de que, quando o exército entrasse em Londres, ele e seus homens iriam esperar o dia da coroação instalados num local perto da abadia.

Ao raiar do dia, Wulfgar encilhou Huno e foi a Londres procurar moradia para ele e seus homens. Uma grande tensão pairava sobre a cidade, e os ingleses olhavam para ele com ódio não disfarçado. As casas e lojas tinham paredes de pedra e muita madeira pesada, eram construídas muito próximas umas das outras, algumas projetando-se sobre as ruas calçadas de pedras. A água saída do esgoto corria pelas sarjetas abertas, e o povo enchia as ruas, pois todos os homens livres estavam em Londres para ver a Inglaterra passar para as mãos do duque normando. Huno tinha, muitas vezes, de abrir caminho lentamente no meio da multidão. Quando chegou à praça, Wulfgar viu uma grande casa de pedra, um pouco afastada do centro, mas com uma ampla vista da cidade. Com dificuldade, conseguiu chegar até ela e, como não tinha sido requisitada por nenhum outro normando, tomou posse em nome de Guilherme. O gorducho comerciante dono da casa, revoltado com a arbitrariedade de Wulfgar, reclamou em altos brados. Passou a gritar estridentemente quando soube que não receberia nenhuma compensação pelo uso da casa e tremeu de raiva quando Wulfgar disse:

– Ora, meu bom comerciante, não faz mais que seu dever para com Guilherme e sua coroa – continuou com ironia. – Devia estar satisfeito por sua casa ainda estar de pé, e não reduzida a um monte de escombros, como muitas que deixei para trás.

Os olhos do homem encheram-se de lágrimas quando Wulfgar ordenou que ele e a família desocupassem a casa e procurassem outro alojamento por 15 dias ou mais.

Wulfgar examinou o terreno em volta da casa enquanto o homem ia avisar a família da mudança forçada. O normando riu quando a mulher do comerciante o censurou por não ter resistido ao normando ou pelo menos exigido pagamento. O homem voltou para perto do guerreiro, como se se sentisse mais seguro ao lado dele. Havia estábulos e uma boa cozinha no andar térreo. Uma escada levava à adega, muito bem provida de vinhos e doces. Wulfgar acalmou o comerciante, prometendo que tudo que fosse usado da adega seria pago.

No segundo andar, ficavam os quartos, pequenos, e um salão amplo, onde seus homens podiam descansar e jogar. Wulfgar subiu a escada estreita que levava ao sótão e ao apartamento do comerciante, tão ricamente decorado e confortável quanto o melhor castelo normando. Uma pequena escada levava a uma cúpula no telhado, de onde se descortinava uma vista magnífica. Wulfgar desceu e parou no amplo quarto de dormir, olhando para a cama larga coberta com uma colcha de veludo. Quando se inclinou para experimentar a maciez do colchão, em sua mente surgiu a imagem de um corpo de pele muito branca e curvas perfeitas, um rosto com risonhos olhos cor de violeta e lábios que se moviam nos dele numa doce carícia.

Wulfgar recuou rapidamente. Deus, com que encantamento aquela mulher prendia sua mente! Quase podia vê-la, de pé, com os braços estendidos, envolta em vapores verdes e vermelhos, cantando antigas runas, com a brisa agitando os cabelos cor de cobre, fazendo-o dançar sobre seus ombros e seios.

Como que impelido por uma força mais forte que ele, Wulfgar olhou outra vez para a cama e viu os olhos cor de violeta cintilando de riso. Furioso, saiu do quarto mas, quando, chegou à rua, sentiu uma dor violenta na parte baixa do ventre e na virilha. Por mais que fizesse, não podia deixar de ver Aislinn sobre aquela coberta de veludo.

Voltou para o acampamento pensativo, sem prestar atenção à cidade que atravessava. Parou numa pequena elevação e olhou para o acampamento, sentindo a solidão na alma. Embora ainda não posta em palavras, compreendeu que acabava de tomar uma decisão, e, aliviado, com o espírito leve e alegre, Wulfgar esporeou Huno, que bufou, surpreso, e disparou colina abaixo, na direção das barracas.

254

Dois dias depois estavam em Londres. Já era noite e tinham preparado um banquete. Seus homens estavam no segundo andar, e Wulfgar os ouvia comentar sobre o conforto da casa, ao qual não estavam acostumados. Ao lado da balaustrada, ele olhou para a praça iluminada por tochas. Gowain partira, e no dia seguinte estaria em Darkenwald. Uma ansiedade enorme o envolveu, e Wulfgar estranhou as batidas fortes e aceleradas do próprio coração. O rosto de Aislinn era uma imagem vaga em sua lembrança, mas quase podia ver os olhos brilhantes que mudavam de cor de acordo com a luz. Conhecia de cor a testa, que tinha tantas vezes acariciado, e o nariz fino e bem-feito. Conhecia a curva delicada dos lábios, desde a resistência que encontrava neles até a avidez com que respondiam a suas carícias.

Wulfgar deu as costas à noite. Aqueles sonhos de jovem não ajudavam em nada sua paz ele espírito. Ao contrário, o excitavam e o enchiam de desejo. Não o agradava aquela sensação de estar preso a alguém, e entrou no quarto irritado. Despiu-se e deitou-se na cama que o esperava, mas o sono não chegou, mandando em seu lugar murmúrios e suaves movimentos, como se tivesse alguém a seu lado.

Irritado, Wulfgar levantou-se e foi para a janela, sem se importar com o frio que entrou no quarto quando a abriu e olhou para a rua vazia lá embaixo e para a lua imensa e pálida no céu. Aos poucos foi se acalmando, e a única coisa que não deixava sua mente era Aislinn de Darkenwald.

"Aquela mulher tão frágil", pensou ele, "tão bela e altiva. Maltratada, é verdade, mas ousa me enfrentar como uma Cleópatra saxã. Ela defende tão bem sua causa que enfraquece minha vontade. Como posso recusar quando ela desvenda a própria alma tão completamente e procura tocar as profundezas de minha honra? Enfrenta minha ira para o bem de seu povo e me curva à sua vontade, quando devia ser o contrário". Wulfgar passou a mão na testa, incapaz de afastar Aislinn da lembrança. "Contudo, de algum modo, eu desejo que ela..."

"...que ele me jurasse fidelidade", suspirou Aislinn, olhando para a lua enorme, sobre a charneca. "Se ele jurasse e dissesse que me ama, eu ficaria contente. Mesmo na avidez de seu desejo, ele é bom e justo, e aqui estou eu, presa a este corpo de mulher que incendeia todos os sentidos dele. Eu não pedi para ser possuída por ele, mas não posso culpá-lo por ser o que é. O que preciso fazer para ganhar seu favor se quando estou em seus braços não consigo sequer lutar contra ele? Seus beijos vencem toda a minha resistência, e sou como uma haste de salgueiro na tempestade, dobrando ao sabor do vento. Ele se contenta em ter-me sempre às suas ordens, em usar meu corpo para seu prazer, sem oferecer ou prometer nada em troca. Porém, eu quero mais. É verdade que ele não foi o primeiro que me possuiu, mas suas atenções certamente me concedem alguns direitos. Não sou uma mulher da rua, para ser usada e abandonada. Ele precisa compreender isso. Tenho honra e orgulho. Não posso ser sua amante para sempre, tendo para mim uma parte tão pequena de sua vida".

Tirou a roupa, deitou-se sob as mantas de pele e puxou para perto do rosto o travesseiro que guardava ainda o cheiro de Wulfgar. Apertou-o contra o peito e quase podia sentir os músculos fortes sob suas mãos, o calor de seus lábios nos dela.

"Eu o quero todo para mim", concluiu. "Não sei se o amo ou não, mas eu o desejo mais do que já desejei alguma coisa na vida. Mas devo agir com sabedoria. Devo resistir com o limite máximo das forças, sem despertar sua ira. E se ceder por pouco que seja, eu lhe darei todo o amor que tenho ou que posso roubar ou pedir emprestado. Ele não vai se arrepender".

O DIA NASCEU CLARO e brilhante, e o trabalho começou em Darkenwald. Depois do café, Aislinn saiu para cuidar dos doentes. Procurava evitar Gwyneth e sua língua ferina o maior tempo possível. No fim da tarde, o vigia gritou na torre, e Kerwick imediatamente a informou de que os cavaleiros usavam as cores de Wulfgar.

Aislinn correu para o quarto e penteou o cabelo, trançando-o com fitas. Passou uma toalha molhada com água fria no rosto, para diminuir o rubor. Desceu para o salão e, desapontada, viu Sir Gowain entrar sozinho. Ele caminhou para ela, sorrindo, mas Gwyneth, deixando a tapeçaria que bordava, chamou-o imediatamente. O cavaleiro hesitou, pois queria falar primeiro com Aislinn, mas, atendendo às boas maneiras, voltou-se para Gwyneth.

256

– O que me diz de Guilherme? – perguntou Gwyneth, ansiosa. – A Inglaterra já lhe pertence?

– Sim – disse Gowain. – Se tudo correr bem, o duque será coroado no Natal.

Gwyneth respirou aliviada.

– Então Darkenwald nos pertence.

– O meu senhor está bem? – perguntou Aislinn, aproximando-se dos dois. – Por que ele não veio? Está ferido ou doente? – A voz traía o medo que sentia, e ela olhou atentamente para Gowain, procurando adivinhar o porquê de sua visita.

– Oh, não – garantiu o cavaleiro. – Ele está muito bem.

– Então por que você veio até aqui? – perguntou Gwyneth. – Deve ser uma missão muito importante.

Gowain sorriu.

– Tem razão, minha senhora. Para Wulfgar é um assunto muito urgente.

– Então, do que se trata? – insistiu Gwyneth. – Não nos faça esperar tanto.

– Estou aqui para levar... alguém – disse ele, um pouco hesitante, lembrando o relacionamento tenso entre a irmã de Wulfgar e Aislinn.

– Levar alguém? Quem? – perguntou Gwyneth, olhando atenta e pensativamente para ele. – Do que se trata? Da coroação? Wulfgar quer apresentar a família ao rei? Eu gostaria de ir, mas ele tem de me dar um vestido novo – mostrou a túnica cor de malva que vestia. – Isto não serve nem para dar comida aos porcos.

Embaraçado, Gowain pigarreou e olhou para Aislinn. Complicara tudo com sua hesitação. Notou que a túnica que Gwyneth vestia era a mesma que ele lembrava ter visto em Aislinn algumas vezes. Lembrava muito bem porque uma das vezes fora surpreendido por Milbourne em franca admiração pelo corpo e a graça de Aislinn realçados pelo vestido de tecido macio e linhas discretas. Milbourne zombou dele, então, por ousar desejar a mulher de Wulfgar. Olhou então para o vestido que Aislinn vestia e ficou chocado com a diferença. Compreendendo que Gwyneth roubara as roupas de Aislinn, o primeiro impulso de Gowain, como bom cavaleiro, foi defender a jovem. Mas ficou calado. Era melhor não interferir nos problemas de Wulfgar. Além disso, não era sensato entrar em briga de mulher.

O cavaleiro pigarreou e disse:

– Lady Gwyneth, temo tê-la levado a uma falsa conclusão.

– Como? – Gwyneth ergueu os olhos para ele e viu que Gowain olhava para Aislinn.

Corando intensamente, ele disse:

– Tenho ordens de lorde Wulfgar para levar lady Aislinn. A jovem Hlynn deve ir também, para servi-la.

– O quê? – Gwyneth levantou de um salto, quase gritando. – Não está dizendo que Wulfgar arrisca sua posição perante a Guilherme dormindo com essa ordinária bem debaixo do nariz do rei?

Começou a andar de um lado para o outro, na frente da lareira, muito agitada. Nesse momento, Haylan entrou na sala, e Gwyneth olhou com desprezo para o jovem cavaleiro.

– Sir Gowain, certamente deve ter entendido mal. Ele não o terá mandado levar outra pessoa?

O normando balançou a cabeça.

– Não. Wulfgar quer que eu leve para ele Aislinn de Darkenwald. E recomendou que me apressasse. Portanto, devemos partir amanhã. – Ignorando a fúria de Gwyneth e o espanto de Haylan, voltou-se para Aislinn, que sorria, satisfeita. – Pode estar preparada para viajar amanhã cedo, *damoiselle*?

– Certamente, Sir Gowain – disse Aislinn, com os olhos brilhando de felicidade, fazendo-o quase perder o fôlego quando apertou calorosamente sua mão. – Na verdade, não tenho muito para preparar. Não vai ser trabalho algum.

– Então, *damoiselle*, estou às suas ordens.

Com uma reverência, Gowain saiu do solar, sentindo que precisava do ar frio para refrescar seu sangue. Teria de ficar longe daquela mulher na viagem para Londres. Do contrário, podia perder o controle e ofender a ela e a Wulfgar.

258

14

O pequeno grupo saiu de Darkenwald à primeira luz do dia. Seguiram para o norte, depois para o oeste e outra vez o norte, a caminho de Londres, passando pelo local do ataque fracassado do príncipe Edgar ao exército de Guilherme. Atravessaram em silêncio a cidade arrasada de Southwark, onde algumas casas ardiam ainda e saxões desabrigados procuravam tesouros perdidos no meio dos destroços calcinados e da neve. Havia desespero em seus olhos e ódio quando viam o cavaleiro normando. Porém conheciam a extensão da ira de Guilherme e ficaram imóveis até o grupo desaparecer.

Com Gowain na frente, cruzaram a ponte de Southwark e entraram em Londres no dia de Natal, abrindo caminho com dificuldade entre a multidão. O povo parecia enlouquecido, e os homens, confusos e frustrados, erguiam suas taças numa saudação zombeteira a Guilherme, o Bastardo.

Aproximaram-se de Westminster, onde a aglomeração era maior, e os homens de Gowain tiveram de abrir caminho com as lanças em riste. Na praça, até os cavalos grandes e fortes eram empurrados de um lado para o outro pela massa. Os homens a cavalo praguejavam ameaças inutilmente, e o grupo avançava passo a passo. Gowain olhou para trás, para Aislinn, que montava um cavalo menor que os outros. Com a cabeça coberta pelo capuz da capa, ela não demonstrava medo ou pânico e segurava as rédeas com mãos firmes.

Então, de repente, labaredas se ergueram à frente, e enquanto o povo recuava assustado, um grupo de cavaleiros normandos foi atirado sobre eles. Aislinn esforçou-se para se manter na sela, mas sua montaria tropeçou e cambaleou com o impacto de um cavalo enorme que a atirou contra a parede. Aislinn sentiu que seu animal, mais fraco, começava a cair sob o peso do outro, e percebeu o perigo de ser lançada para fora da sela, sob as patas dos cavalos.

259

Wulfgar levantou-se cedo e vestiu sua melhor roupa para a coroação de Guilherme. Com alguma relutância, trocou a espada por um pequeno punhal no cinto. Seu traje era todo negro e vermelho, com debruns dourados, e realçava os ombros fortes e a pele bronzeada. Os olhos cinzentos e o cabelo queimado de sol pareciam muito claros, contrastando com a roupa.

Ao sair da casa, deu ordens a Milbourne e a Beaufonte para mandar encilhar Huno e deixá-lo preparado com sua espada no suporte dianteiro da sela. Se houvesse algum imprevisto, eles deviam levar Huno para a frente de Westminster. À medida que se aproximava o momento da coroação, Guilherme temia uma revolta do povo e queria que seus homens estivessem alertas.

Wulfgar entrou e parou ao lado da porta principal da catedral. Viu Guilherme curvar a cabeça na frente do bispo normando. Seguiu-se a cerimônia inglesa, lenta e com muita pompa. A coroa foi posta em sua cabeça e os brados dos ingleses de "Salve Guilherme" ecoavam por toda a abadia. Wulfgar respirou aliviado. Para aquele momento eles tinham lutado. Guilherme, duque da Normandia, acabava de ser proclamado rei da Inglaterra.

De repente, ouviu gritos furiosos lá fora, e Wulfgar chegou até a porta para investigar. A fumaça subia do alto de um telhado, e grupos de saxões tentavam evitar a passagem dos soldados normandos que carregavam tochas acesas. Wulfgar saiu da igreja e perguntou ao normando mais próximo:

— O que está acontecendo?

O homem olhou para ele, atônito.

— Ouvimos gritos de ingleses na catedral. Eles atacaram Guilherme.

Wulfgar explicou, aborrecido.

— Não foi nada disso, seus idiotas! Eles apenas o saudaram. — Apontou para os soldados com as tochas. — Detenham aqueles homens antes que incendeiem toda Londres.

Milbourne chegou montado, puxando Huno. Wulfgar saltou para a sela e avançou abrindo caminho entre o povo para deter os normandos. Com a espada, tirou as tochas das mãos deles e, gritando que não havia qualquer perigo, finalmente os deteve. Mas outros, mais

260

adiante, continuavam. De repente, as labaredas saltaram de uma loja em chamas, e o povo, recuando apavorado, empurrou Wulfgar e Huno de encontro à parede, sobre outro grupo de normandos. Huno chocou-se com um cavalo menor, e Wulfgar procurou contê-lo. O outro animal dobrou as pernas dianteiras, e um grito de mulher alertou Wulfgar. Inclinando-se para o lado, na sela, ele estendeu o braço e tirou a mulher envolta no manto e no capuz no momento exato em que a montaria dela caía de lado. O capuz escorregou quando Wulfgar sentou a mulher na sua frente, e ele viu o cabelo cor de cobre e sentiu o perfume de lavanda.

– Aislinn! – murmurou ele, certo de que estava sonhando outra vez.

Ela virou para trás, e os olhos cor de violeta encontraram os dele.

– Wulfgar?

Não, dessa vez não era ilusão. Contendo a vontade de beijá-la, de abraçá-la com força para matar as saudades, ele perguntou:

– Você está bem?

Aislinn balançou a cabeça afirmativamente, e ele a apertou contra o peito. Wulfgar olhou em volta e viu Gowain abrindo caminho para salvar a montaria de Aislinn antes que o animal fosse pisoteado pelos outros, maiores. Quando viu Wulfgar, um largo sorriso iluminou o rosto do jovem cavaleiro no meio de todo aquele tumulto.

– Meu senhor, suas ordens eram para trazê-la depressa, e foi o que fiz, diretamente para o seu colo.

Wulfgar retribuiu o sorriso.

– Tem razão, Gowain. Agora, vamos levar a senhora para um lugar seguro.

Antes que pudessem avançar com seus cavalos, um homem forte, com barba comprida e trajes de camponês, brandiu o punho fechado para eles.

– Porcos normandos! – e um repolho quase atingiu a testa de Wulfgar. O normando ergueu o braço para proteger Aislinn, e seus homens entraram em formação de combate em volta deles. Aislinn, agarrada à cintura de Wulfgar, inclinou-se para ver melhor o inglês zangado.

– Não tenha medo, *chérie* – riu Wulfgar. – Terão de nos matar antes de lhe fazer mal.

– Eu não tenho medo – disse Aislinn. – Por que iam me fazer mal? Eu sou inglesa.

Com uma risada, Wulfgar respondeu:

– Acha que vão se importar com isso, estando você conosco?

A segurança de Aislinn desapareceu quando o homem gritou:

– Prostituta normanda, que dorme com o porco! Que suas orelhas cresçam como as de um asno e seu nariz fique cheio de verrugas como um sapo!

O homem coroou a praga atirando um legume na direção da cabeça dela, mas Wulfgar, com o braço, o desviou.

– Está satisfeita agora, mulher corajosa? – perguntou Wulfgar, erguendo uma sobrancelha.

Aislinn engoliu em seco e fez um gesto afirmativo. Wulfgar esporeou Huno e partiu, acompanhado por Gowain, Hlynn e o pequeno grupo de homens. Seguiram atrás de um muro de cavalos enormes até chegarem à entrada de uma rua estreita que levava à casa do comerciante. Wulfgar desmontou na frente da casa e disse para Gowain:

– Leve a senhora para nossos aposentos. Verifique se ela está em segurança e vigiem para que ninguém tente incendiar a casa.

Antes de entregá-la a Sir Gowain, Wulfgar levantou o rosto dela e a beijou, um beijo ardente e breve que a deixou atordoada. Erguendo-a da sela, entregou-a ao outro cavaleiro e, com um último olhar para os cabelos longos e vermelhos e para os olhos cor de violeta, fez Huno dar meia-volta, retornando para o lugar de onde viera. Gowain levou Aislinn para dentro e, fechando a porta, deixou alguns homens de sentinela para deter os incendiários enquanto Wulfgar tentava restaurar a paz entre saxões e normandos. Finalmente os brados de revolta se transformaram num vozerio alegre, e a cidade entregou-se às comemorações do Natal, mas não à coroação do novo rei. Ansioso para voltar para Aislinn, Wulfgar via-se levado, pelo dever, para cada vez mais longe. Quando, tarde da noite, ele, Milbourne e Beaufonte tomaram, afinal, o caminho de casa, Wulfgar respirou aliviado, mas compreendeu que seu tempo não lhe pertencia inteiramente ainda, pois os três foram levados, quase à força, para uma festa de normandos nobres. Protestaram a princípio, mas cederam quando um dos homens que os convidaram observou:

– Na verdade, meu bom cavaleiro, devia sentir-se honrado, como soldado de Guilherme.

Wulfgar olhou para Milbourne, que deu de ombros.

– Parece que não tem saída, meu senhor – murmurou ele, aproximando-se de Wulfgar. – Podem se ofender se não comemorar a coroação do duque.

– Você tem razão, é claro, mas isso não alivia o sofrimento.

Beaufonte sorriu.

– Meu senhor, por que não diz a eles que a jovem mais bela de toda a cristandade o espera? Talvez desistam.

– Sim – resmungou Wulfgar –, e talvez me sigam até a casa para ver se é verdade.

Assim, os três cavaleiros comeram, beberam e festejaram, e ouviram constrangidos as histórias exageradas e bastante enfeitadas dos feitos dos anfitriões. A festa ficou mais animada quando apareceu um grupo de artistas contratados para a ocasião, e o desconforto de Wulfgar aumentou quando uma saxã muito bem-dotada saltou para seu colo e puxou a cabeça dele para seus seios, até quase sufocá-lo com seu perfume almiscarado. Os outros riam, vendo seus esforços para se libertar, e o incentivavam a aproveitar a oportunidade.

– Não vai encontrar outra melhor esta noite – disse um conde. – E aposto que vai ser uma cavalgada macia.

Milbourne e Beaufonte riam à socapa, enquanto Wulfgar recusava o oferecimento, carrancudo. Quando, finalmente, puderam sair, Wulfgar resmungou furioso ao ver a primeira luz da aurora acima dos telhados. Mas, à medida que se aproximavam da casa do comerciante, seu humor melhorou e seu espírito ficou mais leve. Deixaram os cavalos no estábulo e entraram. Milbourne e Beaufonte ficaram no primeiro andar, e Wulfgar subiu para o terceiro, de três em três degraus, com as botas novas de couro fino cantando sua pressa a cada passo.

Seu coração batia forte. Provavelmente encontraria Aislinn dormindo ainda ou começando a acordar. Não demoraria muito para se

263

despir e juntar-se a ela na cama, mas, quando abriu a porta, surpreso e desapontado, viu-a sentada, envolta num manto de seda, enquanto Hlynn prendia seu cabelo no alto da cabeça, preparando-a para o banho na grande banheira de madeira, cheia de água quente, junto ao fogo. Wulfgar encostou-se na porta fechada e Aislinn voltou-se para ele, enquanto Hlynn recuava, timidamente.

– Bom dia, *monseigneur*. – Aislinn sorriu. – Os olhos cor de violeta cintilaram. – Eu começava a temer por seu bem-estar.

Em sua lembrança, jamais ele a visualizara em toda a sua beleza. Ele tirou a capa dos ombros.

– Peço perdão, *chérie* – disse, com um largo sorriso. – Eu teria vindo mais cedo se não fosse detido por várias circunstâncias. Espero que não esteja aborrecida comigo.

– Nem um pouco – disse ela, inclinando a cabeça para que Hlynn continuasse seu trabalho. – Sei que tem deveres para cumprir, e não pensaria em se afastar deles por causa de minha presença. – Olhou para ele atentamente. – Apenas envia viúvas para morar comigo.

Aislinn o observou com atenção quando Wulfgar se aproximou da banheira e molhou o rosto e o cabelo. Depois puxou uma cadeira e se sentou, muito perto dela, apoiando o pé no banco em que Aislinn estava sentada, devorando-a com o olhar. Aislinn sentia a proximidade dele em cada fibra de seu corpo, e seu coração disparou. A lembrança das carícias passadas fez o sangue subir-lhe ao rosto. Num esforço de vontade, procurou afastar esses pensamentos.

– Espero que o descontentamento demonstrado pelo povo com a coroação do seu duque tenha se desfeito.

– Não passou de um mal-entendido.

– Então, ao que parece, o país está em paz, pois não tivemos nenhum problema na viagem. – Fez uma pausa e acrescentou com a voz um tanto seca: – Os ingleses foram completamente dominados.

Wulfgar resmungou alguma coisa ininteligível e procurou distrair-se olhando para os belos cabelos vermelhos, presos no alto da cabeça. Inclinou-se para a frente para beijar aquela nuca tentadora e tomá-la nos braços, mas Aislinn levantou-se do banco e caminhou para a banheira, dizendo:

– O tempo também estava muito bom. Viajamos rapidamente. Gowain parecia ansioso para chegar.

Wulfgar sorriu e recostou-se na cadeira, antecipando a visão do belo corpo quando ela tirasse o manto de seda para entrar no banho. Franziu a testa quando Hlynn segurou o manto bem alto na frente dela abaixando-o apenas quando Aislinn já estava sentada, só com a cabeça visível acima da borda da banheira. Era um belo rosto, mas Wulfgar queria mais.

Hlynn ofereceu a bandeja com sabonetes e perfumes, e Aislinn escolheu seu favorito, lavanda, um perfume suave que lembrava a frescura da brisa matinal. Wulfgar levantou-se da cadeira, batendo com os pés no chão, irritado com a demora daqueles preparativos.

As duas mulheres sobressaltaram-se, e Wulfgar, olhando fixamente para Hlynn, tirou o cinto com a espada, depois a túnica curta, arrumando tudo sobre a cadeira. Em seguida, sem desviar o olhar, tirou a camisa, que dobrou cuidadosamente, e Hlynn arregalou os olhos, apavorada, para o peito nu. Quando Wulfgar começou a tirar as jarreteiras, Hlynn compreendeu o que ele ia fazer e saiu correndo do quarto. Aislinn não conseguiu conter o riso quando ele se sentou na banqueta ao lado da banheira.

– Oh, que maldade, Wulfgar. Você assustou a moça.

Ele sorriu.

– Era essa minha intenção, *chérie*.

Aislinn arregalou os olhos, com espanto fingido.

– Quando eu era pequena, minha mãe me ensinou que aventureiros rudes e odiosos poderiam querer tirar vantagem de mim, mas nunca pensei que eles existissem de verdade.

– E agora? – perguntou Wulfgar.

– Ora, meu senhor – disse ela, com um olhar malicioso –, agora não tenho nenhuma dúvida.

Rindo, Wulfgar passou a observá-la. Aislinn ensaboava os ombros e os braços com o fino sabonete que ele comprara especialmente para ela e pelo qual pagara um bom preço. No momento, porém, Wulfgan decidiu que fora um dinheiro muito bem gasto. Olhou para onde a água rodopiava levemente, escondendo os seios rosados.

265

Quando, com a ponta do dedo, ele delineou delicadamente a base de seu pescoço, Aislinn sentiu um formigamento por todo o corpo. Wulfgar se inclinou para beijá-la, mas ela, assustada com a própria reação a seu contato, começou a ensaboar o rosto.

– Ah, mulher, as chamas das lareiras neste inverno não aqueceram seu coração – murmurou ele.

Aislinn sorriu, atrás do esfregão com que cobria o rosto, sentindo-se vitoriosa por um momento. Sabia agora que sua vontade era fraca demais para resistir às carícias dele. Tirou a toalha do rosto, arregalou os olhos e com um grito começou a se levantar para fugir quando Wulfgar, completamente despido, entrou na banheira. Rindo, Wulfgar mergulhou na água morna e, abraçando-a com força, a fez deitar-se em cima dele.

– Passei o dia e a noite resolvendo problemas tolos e infindáveis. – Ele sorriu. – Agora quero tratar de assuntos mais agradáveis.

Seus lábios, famintos, procuraram os dela, e Aislinn relaxou o corpo, pondo a mão na nuca dele e correspondendo ardentemente ao beijo. Então, de repente, afastou-se com um grito indignado e os olhos chispando de raiva. Antes que Wulfgar tivesse tempo de fazer um movimento, a toalha com água e sabão cobriu seu rosto, e Aislinn empurrou a cabeça dele para o fundo. Apoiando um pé no peito dele, saltou para fora da banheira. Wulfgar sentou-se, tirando a espuma dos olhos e da boca. Quando conseguiu enxergar de novo, Aislinn estava de pé, envolta no roupão de seda, olhando para ele, furiosa.

– Deveres! Ha! – Seus lábios tremiam de raiva. – Sinto ainda o fedor da prostituta em seu corpo. Na verdade, está cheirando mais a uma mulher da rua que a um cavaleiro normando.

Wulfgar olhou para ela, surpreso, mas então lembrou-se dos seios pesados contra seu rosto e do perfume levemente almiscarado da mulher.

Ainda indignada, Aislinn começou a se enxugar, sem perceber que a toalha fina e molhada revelava mais do que cobria seu corpo. Wulfgar recostou-se na banheira, deliciando-se com o espetáculo, e tratou de se ensaboar vigorosamente para retirar todo o perfume revelador. Enquanto enxaguava a espuma do corpo, observava o esforço de Aislinn para segurar a toalha e, ao mesmo tempo, vestir a combinação. Quando ela estava quase conseguindo, Wulfgar disse, com voz suave, mas imperiosa:

– Não, meu amor.

Furiosa, Aislinn olhou para ele, e Wulfgar, com um gesto, indicou a cama. Ela bateu com o pé no chão com um gemido de protesto.

– Mas é de manhã e eu dormi muito bem esta noite.

Ele riu.

– Não estou pensando em dormir.

Wulfgar saiu da banheira e apanhou uma toalha. Com um grito, assustada, Aislinn tentou fugir, mas braços fortes a enlaçaram e a ergueram do chão. Por um momento ficaram imóveis, olhos nos olhos, completamente dominados pelo desejo intenso. Então ele a levou para a cama e a atirou sobre as cobertas. O roupão se abriu. Aislinn procurou se cobrir com os cobertores, mas Wulfgar a imobilizou. Deitando-se ao lado dela, Wulfgar a acariciou e a beijou, longa e ternamente, sem que ela pudesse resistir. Libertou os cabelos cor de cobre das fitas que o prendiam e encostou o rosto neles, aspirando o perfume leve e fresco.

Ouviram uma batida leve, mas persistente na porta e a voz de Hlynn, ansiosa:

– Senhora? A senhora está bem? Eu trouxe sua refeição da manhã.

Hlynn parou, petrificada, quando a porta se abriu com violência e Wulfgar apareceu em todo o esplendor de sua nudez. A bandeja foi tirada de suas mãos e a porta bateu antes que ela pudesse fazer um movimento. Wulfgar, com a bandeja nas mãos, parou para ouvir os passos rápidos no corredor, o ruído distante de uma porta se fechando e depois da tranca sendo encaixada nos suportes. Com um suspiro de alívio, ele pôs a bandeja na mesa ao lado da cama. Aislinn estava deitada com as cobertas puxadas até o queixo. Quando Wulfgar se inclinou sobre a cama, com um sorriso hesitante, ela pôs a mão no peito dele.

– Wulfgar, espere – pediu ela. – Vamos comer agora.

Ele balançou a cabeça e, deitando-se ao lado dela, tomou-a nos braços.

– Cada coisa a seu tempo, *chérie* – murmurou no ouvido dela. – Cada coisa a seu tempo.

Wulfgar abafou seus protestos com tanta habilidade que em poucos instantes Aislinn esqueceu completamente a fome. As carícias ardentes enfraqueciam sua resistência. Num último esforço, tentou lutar contra ele, mas cedeu completamente quando Wulfgar deitou-se sobre seu corpo, despertando desejos que ela nem sabia que existiam. As noites frias, a solidão, os sonhos eram como lenha na fogueira de sua paixão. Os beijos escaldantes a incendiavam. Ouviu a voz dele junto a seu ouvido, rouca e indistinta, mas com uma urgência que traía a intensidade de seu desejo. Como uma fagulha acesa dentro dela, a paixão cresceu, até dominar todo o seu corpo e seus sentidos. Milhares de sóis explodiram, espalhando seu calor por suas veias e sua carne. Com uma respiração ofegante, Aislinn ergueu o corpo num arco contra o dele. Então, lentamente relaxou, quando os lábios dele procuraram os seus, e ela se dissolveu numa corrente de prazer, conhecendo pela primeira vez a completa extensão do amor.

Aislinn voltou lentamente do êxtase, furiosa com a própria fraqueza. Qual a diferença entre ela e as outras mulheres que ele possuíra antes? Não passava de argila macia nas mãos dele, incapaz de manter a dignidade e o orgulho, sem coragem para resistir à menor carícia. Wulfgar, abraçado a ela, passava os dedos de leve entre seus cabelos. Aislinn afastou-se bruscamente, com um soluço.

– Aislinn? – indagou, atônito.

Wulfgar sentou-se na cama e estendeu o braço para ela, mas Aislinn balançou a cabeça vigorosamente. Intrigado, ele abaixou a mão. Deitada de lado, segurando as cobertas contra o peito, Aislinn tremia e chorava.

– Eu a machuquei? – perguntou ele, docemente.

– Não é nada disso – murmurou ela.

– Você não chorava assim antes de minha partida. O que aconteceu? – Inclinou-se, afastando o cabelo do rosto dela. – Diga, o que foi?

Ela balançou a cabeça outra vez e, por mais que ele insistisse, só tinha como resposta novas crises de choro. Wulfgar deitou-se novamente com um suspiro, compreendendo cada vez menos as mulheres.

Sabia que Aislinn acabara de experimentar o prazer completo, mas agora chorava como se tivesse passado por um sofrimento horrível. Depois de algum tempo, ela se acalmou e o cansaço finalmente o venceu, apagando os problemas de sua mente com a bênção do sono.

Aislinn sentou-se cautelosamente na cama e enxugou as lágrimas, ouvindo a respiração calma e regular do homem a seu lado. Abraçando os joelhos dobrados contra o peito, ela o observou como se quisesse gravar na memória o menor detalhe daquele rosto e daquele corpo. O fato de não conseguir dominar a própria paixão, quando Wulfgar não dava a menor demonstração de amá-la, a preocupava e irritava. Seu corpo obedecia mais a ele que a ela, e somente quando ele dormia, exausto, como agora, Aislinn tinha a sensação de ter alguma vantagem. Riu com amargura. Ora, se quisesse, podia até beijar aquela bela boca sem que os lábios se curvassem num sorriso zombeteiro.

Continuou a observar, fascinada. O cabelo escuro precisava ser cortado, mas nem por isso deixava de ser magnífico. Certos homens, como Gowain, tinham traços tão delicados e bem-feitos que quase podiam ser considerados bonitos. Mas não Wulfgar. O rosto de linhas fortes e rudes era mais atraente e intrigante que um rosto perfeito.

Aliviada, notou a ausência de ferimentos e viu que o da perna, tratado por ela, era agora apenas uma cicatriz avermelhada. Aislinn o cobriu com o cobertor, protegendo-o contra o frio da noite, e saiu da cama. Vestiu-se, franzindo a testa para o estado lamentável da túnica que estaria usando quando ele acordasse. Ela embrulhara às pressas o veludo amarelo mandado por ele, mas não tivera tempo ainda de fazer o vestido. Não podia fazer nada agora e não adiantava maldizer Gwyneth por tomar suas coisas. Trataria de fazer o melhor possível com o que tinha à mão. Começou a pentear o cabelo, pensando que era a única coisa que Gwyneth não podia roubar e lembrando as muitas vezes que Wulfgar ficava sentado, olhando para ela, enquanto se penteava.

Pensando naquele olhar, Aislinn corou, e seu corpo estremeceu como se estivesse nos braços dele. Ficou de pé ao lado da cama observando-o outra vez. Parecia impossível não corresponder àquela paixão. Se ao menos pudesse controlar o prazer que a envolvia! Contudo, agora, depois de saber do quanto seu corpo era capaz, era muito mais difícil resistir ou permanecer passiva. Sua mente turbilhonava imaginando como seria se...

Aborrecida com aquele devaneio infindável, Aislinn começou a andar pelo quarto, admirando a riqueza da decoração. Quando chegou perto da cadeira onde estava a roupa de Wulfgar, cuidadosamente dobrada, ela sorriu. O normando não tinha muitos trajes, mas os poucos que possuía eram escolhidos por sua qualidade e durabilidade. A peça mais insignificante era tratada com toda a atenção. Nada era jogado descuidadamente ou amassado. Wulfgar não era indulgente nem extravagante. Talvez por se ter feito sozinho, partindo do nada, sabia o valor da frugalidade. Não era excessivamente generoso, e o presente do veludo amarelo era sem dúvida uma exceção em seu comportamento. Talvez ele sentisse alguma coisa por ela, afinal. Ah, será que ela chegaria a conhecer seus sentimentos?

Wulfgar dormiu pouco e a manhã mal começara quando se levantou, lavou o rosto, calçou as meias e vestiu a camisa, observando Aislinn, que costurava uma de suas camisas. Ela corou, e tornou-se difícil continuar a costurar, pois seus dedos tremiam incontrolavelmente. Quando ele acabou de se vestir, ela ficou mais calma e o fez sentar-se numa banqueta. Com uma lâmina afiada, água morna e um de seus preciosos sabonetes, ela o barbeou e aparou o cabelo queimado de sol. Com um suspiro, Wulfgar olhou para ela.

– Senti muita falta de seus talentos, Aislinn. – Ele sorriu. – Sanhurst substitui a barba por cicatrizes.

Aislinn riu, afastando a mão dele.

– Ora, meu senhor, se eu não servir para nada mais, posso ser seu lacaio.

– Não quero nem imaginar um lacaio com um corpo tão tentador – suspirou e sorriu. – Mas, pensando bem, não é má ideia.

– Ah! – exclamou ela, encostando a ponta da lâmina no rosto dele. – Tenho certeza de que Sanhurst ia protestar se fosse tão usado quanto eu sou e tão mal pago. Sem dúvida ia cortar sua garganta.

Cortou uma ponta dos cabelos dele e jogou no fogo.

– Cuidado com essa lâmina, mulher. Não quero ficar como os bárbaros do sul, com um tufo de cabelo no meio da cabeça raspada.

– Seria bem-feito se eu resolvesse raspar essa crina – disse Aislinn. Cobriu o rosto dele com a toalha úmida e segurou-a por algum tempo, ignorando o esforço dele para se livrar. – Talvez assim eu não tivesse viúvas batendo na porta de meu quarto.

A resposta de Wulfgar perdeu-se nas dobras da toalha. Quando finalmente ela a retirou, com o rosto muito vermelho ele disse:

– Acho melhor eu me conformar com Sanhurst.

A risada musical de Aislinn ecoou no quarto e, afastando-se, ela segurou a saia para uma profunda reverência.

– Como quiser, senhor. Sou sua escrava e devo obedecer.

– Acho bom – disse ele, bem-humorado.

Enquanto vestia a túnica, Wulfgar notou o estado precário dos trajes de Aislinn.

– Eu gostaria de vê-la com o vestido de veludo amarelo, Aislinn. É um tecido claro e alegre, e acho que combina bem com sua pele.

Aislinn passou a mão na túnica muito usada.

– Não tive tempo de fazer o vestido quando Gowain chegou, e antes disso eu escondi o tecido.

– Acho que está ficando igual a uma velha miserável, Aislinn. Mas não tem nada melhor para vestir? – Levantou a ponta do manto dependurado e fez uma careta. – Se não me engano, vi coisas muito melhores em sua arca. – Olhou para ela. – Está querendo me comover com sua pobreza?

Corando, Aislinn apressou-se em balançar a cabeça negativamente, mas as palavras dele a haviam magoado.

– Não. Acontece que havia outras pessoas em Darkenwald que precisavam mais do que eu. Não estou me queixando, mas com meus parcos meios não pude repor as roupas perdidas.

Wulfgar franziu a testa, mas Aislinn retirou de sua pequena bagagem o tecido de veludo amarelo.

– Veja, eu trouxe o tecido, e posso fazer um belo vestido em poucos dias, Wulfgar.

Ainda aborrecido com o estado do que ela vestia, ele a tomou pelo braço e desceram para a sala. Assim que ela se sentou, Hlynn serviu a mesa, olhando hesitante para Wulfgar e corando intensamente. Sanhurst levantou-se ligeiramente quando eles entraram e depois voltou ao trabalho de polir a armadura, a espada e o elmo. Quando tentava fazer desaparecer do elmo a marca da pancada, ele olhou de soslaio para o normando. Aislinn percebeu que a barba do jovem fora raspada há pouco tempo e seu cabelo, cortado.

Wulfgar sorriu, acompanhando o olhar dela.

– Sanhurst – disse ele, respondendo à pergunta não enunciada.

Aislinn estranhou a expressão preocupada do homem.

– Parece que você o treinou muito bem.

Wulfgar resmungou:

– Eu lhe dei mais crédito do que ele merecia. A punição foi justa.

– Outro saxão sob seus pés, meu senhor?

Uma centelha de fúria brilhou nos olhos do cavaleiro normando.

– Aislinn, vai defender esse idiota? Danação! Está sempre protegendo qualquer aventureiro e ignorante desajeitado, desde que seja saxão.

Ela arregalou os olhos, com fingida inocência.

– Ora, Wulfgar, para que precisam de minha proteção quando os senhores são normandos tão finos e compreensivos?

Wulfgar rilhou os dentes, procurando se controlar.

– Você tenta a paciência até de um santo, mulher. Mas devo levar em consideração que, como saxã, tem de ser parcial.

Aislinn deu de ombros.

– Tudo que quero é justiça, nada mais.

– Sempre partindo do princípio de que sou injusto – disse Wulfgar. – Pergunte a Sir Milbourne se fui injusto quando esse cabeça-oca fugiu da luta, em vez de proteger minha retaguarda. Eu apenas o reduzi de soldado a lacaio, e foi bem merecido.

Aislinn franziu a testa, preocupada.

– Você foi atacado, Wulfgar? Não me contou. Não vi nenhuma cicatriz...

Parou de falar, muito corada, quando percebeu que, além de Wulfgar, todos os que estavam na sala, incluindo vários criados, olhavam para ela com interesse.

– Quero dizer – gaguejou, confusa. – Você não mencionou...

Wulfgar deu uma gargalhada e murmurou no ouvido dela:

– Não me aborrece sua preocupação comigo, *chérie*. É igual à que tenho por você.

Aislinn baixou a cabeça para não ver a zombaria nos olhos dele e esconder a vergonha que sentia. Wulfgar pôs a mão sobre as dela, cruzadas no colo.

– Não precisa ficar envergonhada, Aislinn. – Ele sorriu. – Todos sabem de sua habilidade para curar ferimentos e pensam que é isso que faz para mim.

Ela ergueu os olhos e viu o sorriso carinhoso de Wulfgar.

– Só eu sei a verdade.

– Oh? – Aislinn sorriu, erguendo uma sobrancelha. – Você seria o último a saber.

Gowain entrou na sala e se sentou ao lado de seu chefe. Wulfgar começou a perguntar sobre Darkenwald e sobre Sweyn, e o jovem cavaleiro, tomando um copo de vinho, ouvia atentamente as respostas de Aislinn. De repente ele levou o copo ao nariz, cheirou a bebida e franziu a testa, intrigado. Olhou para Wulfgar, para a sala, outra vez para Wulfgar, tantas e tantas vezes que o cavaleiro finalmente perguntou:

– O que está acontecendo, Gowain? Será que de repente apareceram chifres em minha testa ou você está perdendo o juízo?

– Peço que me perdoe, Wulfgar – disse Gowain, rapidamente. – Não pude deixar de notar. – O jovem franziu os lábios pensativamente. – Porém... acho que o perfume de lavanda não combina muito com o senhor.

Wulfgar ergueu as sobrancelhas, e Aislinn abafou o riso, cobrindo a boca com a mão. Logo Wulfgar percebeu a brincadeira e riu também.

– Quando você tiver idade para se barbear, rapaz, vai sofrer as consequências desse comentário.

Depois de um momento, Sir Gowain inclinou-se e falou no ouvido de Wulfgar:

– Meu senhor, aquilo que procurava está no estábulo. Quer vê-la agora?

Notando um leve movimento a seu lado, Gowain voltou-se e viu que Aislinn os observava com a testa franzida. Wulfgar a tranquilizou.

– Não é nada para se preocupar, Aislinn, apenas uma compra que fiz. Volto num instante.

Antes de se levantar, apertou a mão dela, mas Aislinn continuou preocupada.

No estábulo os esperava um comerciante com uma égua com a cor e o porte que Wulfgar encomendara. Ele passou as mãos nos flancos do animal, sentindo a força dos músculos, examinou as pernas e os cascos. Seu pelo era malhado, escuro, quase azul, e cinzento nas partes mais claras. A testa era cinzenta e o focinho, escuro, a cabeça bem torneada. Embora de sangue oriental, tinha a pequena estatura característica dos cavalos ingleses. Seria ótima procriadora, mas ia servir também para outros fins.

Wulfgar inclinou a cabeça para Gowain e se afastou um pouco. O vendedor contou avidamente o dinheiro e depois entregou um papel onde estava anotado o pedigree do belo animal. O homem saiu, e os dois cavaleiros voltaram a admirar a égua.

– É uma bela montaria. A senhora vai ficar satisfeita – disse Gowain.

– Sim – concordou Wulfgar. – Mas não diga nada a ela ainda.

Quando voltaram para a casa, mais tranquila com o sorriso de Wulfgar, Aislinn pôs a mão no braço dele e disse:

– Nunca estive nesta bela Londres, Wulfgar, e estou ansiosa para conhecer a cidade. Posso sair um pouco esta tarde e – ela hesitou, muito corada, mas, para fazer o vestido, ia precisar de linha e acabamentos, e só podia comprar se Wulfgar lhe desse o dinheiro – talvez comprar uma ou outra coisa.

Wulfgar franziu a testa, e Aislinn corou quando ele examinou a roupa que ela vestia com expressão de desagrado. Sentiu um aperto no coração e na garganta quando ele disse:

274

– Não. Não é um bom momento para andar na rua sozinha. Não tenho tempo e não posso mandar nenhum de meus homens acompanhá-la porque estão todos muito ocupados. É melhor passar o dia dentro de casa e esperar que eu tenha tempo.

Aislinn inclinou a cabeça, desapontada, e desviou os olhos quando a oferta de Sir Gowain para acompanhá-la foi recusada. Wulfgar pôs a capa nos ombros e foi para o estábulo. Depois de mandar Hlynn e Sanhurst limparem e arrumarem o salão, ela subiu para o quarto. Estava arrumando as poucas coisas que possuía quando ouviu Wulfgar partir montado em Huno. Aislinn sentou-se no banco na frente da janela, pensando em como ele podia usá-la daquele modo, contra sua vontade, e depois afastá-la completamente de sua vida.

O sol estava a pino, mas uma névoa pesada cobria a cidade, formada pela fumaça dos fogos acesos para a refeição do meio-dia. Aislinn estendeu o tecido amarelo sobre a cama e começou a cortar o vestido. Sem os acabamentos, ficaria um tanto simples demais, mas Aislinn confiava em sua habilidade com a agulha e tinha certeza de poder fazer um belo vestido se encontrasse linha.

Ouviu vozes no salão e imaginou que deviam ser dos homens que voltavam para o almoço. Então, os passos de Hlynn soaram na escada, e ela bateu com força na porta. Aislinn abriu e recuou espantada. Uma fila de pessoas entrou no quarto, atrás de Hlynn. A moça deu de ombros e riu inocentemente, estendendo as mãos com as palmas para cima, como se não soubesse nada sobre aquela invasão.

Aislinn viu criados carregando peças de tecidos, veludos e sedas, linho e algodão; mulheres com tesouras, linha, acabamentos e peles. Atrás deles, entrou um alfaiate esbelto que a cumprimentou com uma profunda reverência e pediu que ela subisse numa banqueta para tirar as medidas. O alfaiate começou a medir, fazendo nós numa corda fina, enquanto dava instruções para as costureiras. Aislinn só conseguiu detê-los quando chegaram ao veludo amarelo estendido na cama. Então, sentou-se ao lado do alfaiate e ele começou a desenhar o vestido especial que ela descrevia, com mangas longas e largas, corpete justo, decotado, deixando à mostra a combinação de seda amarelo-pálida. Escolheu uma trança dourada para o acabamento e certificou-se de que seria feito com o maior capricho e cuidado.

Todos começaram a trabalhar ativamente, as mulheres cortando e costurando e os criados estendendo os tecidos e apanhando os pedaços cortados. Aislinn passava de um para o outro, aprovando ou não o que estava sendo feito. Havia sapatos quase prontos, do tamanho de seu pé. Havia tiras de pele de raposa, *vison* e zibelina para agasalhar o pescoço e os punhos. Uma peça chamou-lhe especialmente a atenção. Uma capa de veludo forrada de pele. O alfaiate trabalhava satisfeito e com entusiasmo. Raramente era contratado para vestir um corpo tão esbelto e elegante ou por um senhor tão generoso.

A tarde estava quase no fim quando Wulfgar encontrou uma pequena estalagem que não estava muito cheia e onde podia passar algumas horas tranquilamente. Sentou-se na frente do fogo, e o estalajadeiro trouxe uma jarra de bom vinho tinto e um copo. Seu trabalho daquele dia estava terminado, mas não queria voltar para casa porque tinha certeza de que o alfaiate estava trabalhando ainda. Estremeceu pensando no preço e serviu outro copo de vinho. Mas, que diabo, não podia deixar Aislinn vestir aqueles andrajos! Pensou no que poderia ter lhe acontecido. Gwyneth, sem dúvida, aproveitara sua ausência. Mas e o dinheiro que deixara com ela? Provavelmente gasto em ninharias. Ah, as mulheres. Quem podia compreendê-las? Gwyneth, muito amada pela mãe e filha legítima de uma boa família, era maldosa e agressiva como uma vespa. Por que, se sempre teve tudo que quis? O que a atormentava tanto, enchendo-a de maldade e amargura?

Quanto mais Wulfgar bebia, menos pensava na meia-irmã, voltando-se para Aislinn. Que mulher não ficaria satisfeita com um presente tão generoso? Aquela despesa podia lhe trazer vantagens. Talvez a fizesse desistir daquela resistência teimosa e se entregasse de boa vontade aos seus carinhos sem ficar revoltada depois. Em sua imaginação, Wulfgar via a suavidade e a graça do belo corpo e do rosto perfeito. Não podia existir mulher mais bela. Mas ele jamais questionara sua beleza. Ela era uma entre muitas, e a melhor de todas.

Não fazia exigências e parecia ansiosa em agradá-lo de todos os modos, menos um.

Danação, pensou ele, esvaziando outro copo. Dei a ela mais do que a qualquer outra. Olhou para o copo vazio com a testa franzida e tornou a enchê-lo. Por que ela continua a ser tão fria? Qual é seu jogo? Parece se importar comigo, entretanto, só posso tocá-la através de seu desejo, e depois chora como se eu a tivesse ferido profundamente. Outras muito mais bem-nascidas vieram a mim voluntariamente, mas ela permanece passiva e indiferente, até eu a despertar e finalmente vencer suas defesas. Então ela se satisfaz, mas afasta-se de mim e nunca pede mais.

Bateu com o copo vazio na mesa e encheu-o até a borda.

– Mas isso vai acabar com o jogo – suspirou ele, confiante outra vez. – Terei uma retribuição mais valiosa do que o dinheiro que gastei.

Ficou um longo tempo imaginando Aislinn com as roupas que ele havia comprado. Antegozando esse prazer, pôs no copo o que restava do vinho e pediu ao estalajadeiro um odre do delicioso néctar. Com o coração leve e satisfeito com a própria generosidade, sonhava com cachos de cabelo vermelho-dourado sobre travesseiros de seda, com seios macios junto a seu peito e braços muito brancos em volta de seu pescoço, enquanto os lábios sensuais respondiam a seus beijos.

Muitas horas haviam passado e, quando uma sombra se desenhou na mesa, Wulfgar ergueu os olhos para o estalajadeiro, de pé a seu lado.

– Meu senhor, já é tarde e eu vou fechar. Vai passar a noite aqui?

– Não, não, bom homem. Especialmente essa noite, vou dormir em minha cama.

Wulfgar levantou-se um pouco cambaleante, com o odre de vinho debaixo do braço. Contou as moedas até o estalajadeiro ficar satisfeito e saiu com o passo lento e cuidadoso, caminhando para onde deixara Huno. O cavalo bufou, estranhando o andar do dono, mas esperou firme e com paciência que Wulfgar, depois de três tentativas, conseguisse se deitar atravessado sobre a sela. Finalmente se firmou e encontrou os estribos. Incitou o cavalo para a frente e começou a berrar quando Huno não fez qualquer movimento. O estalajadeiro abriu a porta e, desatando as rédeas do poste, entregou-as ao cavaleiro. O homem entrou na estalagem balançando a cabeça, e Wulfgar agradeceu com voz tonitruante. Huno começou a andar e, ignorando os comandos do dono, caminhou cautelosamente na direção da casa de pedra e do estábulo quente.

A CASA ESTAVA ESCURA e uma névoa se erguia do rio. Sozinha afinal, Aislinn abraçou o próprio corpo, no auge da felicidade. Os oito vestidos novos estavam estendidos sobre a cama, prontos e perfeitos, um prazer para qualquer mulher. O que mais a encantava, porém, era a generosidade de Wulfgar. Nunca poderia esperar tanto dele. Eram vestidos luxuosos, vestidos de uma grande dama. E Wulfgar os comprara para ela, com o dinheiro que ele guardava tão bem.

Apanhou primeiro o amarelo de veludo e dobrou-o cuidadosamente. Fez o mesmo com os outros, exceto o cor de pêssego, que ela vestiu. Hlynn penteou seu cabelo demoradamente e depois o trançou com fitas enroladas, formando uma coroa no alto da cabeça. Aislinn desceu para esperar Wulfgar e, quando apareceu na porta, fez-se silêncio completo, todos atônitos com a mudança radical em sua aparência. Milbourne, o mais velho dos cavaleiros, com seu cabelo grisalho e suas cicatrizes, levantou-se e ofereceu o braço para levá-la até a mesa. Aislinn agradeceu com um sorriso e uma leve inclinação de cabeça, e Sir Gowain engoliu em seco e começou a compor poemas de louvor para seu copo de cerveja. Nenhum deles merecia tanta beleza, mas os olhos de Gowain brilhavam cada vez que Aislinn sorria para ele.

Os homens estavam encantados, e Hlynn sorria de prazer vendo aqueles normandos sem palavras para elogiar sua patroa. Até Sanhurst, em seu canto, parou de passar cera nas botas de Wulfgar e, com o queixo apoiado na mão, olhou fascinado para Aislinn.

Jantaram descansadamente e estavam quase terminando quando Beaufonte ergueu a mão, pedindo silêncio. Das janelas abertas na outra extremidade da sala vinha o som de patas de cavalo e de uma voz de homem cantando uma canção de amor. Ouviram um saxão praguejar furioso e depois a batida da porta do estábulo. Sobrancelhas se ergueram, e Aislinn riu nervosamente quando Sir Gowain ergueu os olhos para o alto com uma expressão de fingido sofrimento. A voz era abafada, mas ficou mais alta quando os passos pesados começaram a subir a escada. Wulfgar irrompeu na sala, segurando um odre de vinho quase vazio. Saudou a todos em altos brados com o braço estendido, depois seus pés executaram um estranho passo de dança e ele recuperou o equilíbrio.

– Ho, bons amigos e belíssima *damoiselle* – rugiu ele, entrando na sala. Sua fala era arrastada, uma mistura de inglês e francês.

Na mente de Wulfgar, ele adiantou-se e, com uma curvatura graciosa para Aislinn, que se levantou para recebê-lo, beijou-lhe delicadamente a mão. Na verdade, seus pés se embaralharam quando parou e os homens prenderam a respiração, com medo de que ele despencasse em cima da jovem. Segurou a mão dela e, cambaleando, beijou-lhe o antebraço, perto do cotovelo. Wulfgar endireitou o corpo e olhou em volta, até conseguir focalizar os olhos em Aislinn. Ela jamais o vira naquele estado. Na verdade, sempre soube que ele não bebia.

– Meu senhor – murmurou ela, suavemente. – Está doente?

– Não, *chérie*. Estou embriagado com essa beleza que queima meus olhos e me faz segui-la constantemente quase sem poder respirar. Eu faço um brinde a você. – Com um gesto largo para todos os presentes, gritou: – A lady Aislinn! A mais bela mulher na cama de qualquer homem!

Ergueu o odre e conseguiu acertar um pouco de vinho na boca. Aislinn ficou furiosa com a deselegância daquele brinde. Wulfgar pôs o odre de vinho na mesa e segurou a mão dela entre as suas, levou-a aos lábios e murmurou, do modo mais romântico que podia:

– Venha, *chérie,* vamos nos retirar para a noite. Para a cama!

Com um sorriso malicioso de bêbado, despediu-se dos homens e, voltando-se, enfiou o pé num cesto que estava no chão. Levou algum tempo para se livrar daquela coisa traiçoeira, e só Sanhurst teve coragem de rir alto, enquanto os cavaleiros e criados disfarçavam o riso com acessos de tosse.

Wulfgar tirou o pé da armadilha, empertigou o corpo e olhou furioso para o saxão. Com a dignidade majestosa de um cavaleiro normando, calculou mal a altura do segundo degrau da escada e caiu estatelado na sala. Com um suspiro resignado, Aislinn segurou-lhe o braço e fez sinal a Gowain para segurar o outro. Depois de várias tentativas malogradas, conseguiram conduzi-lo até o quarto e o fizeram sentar-se na beirada da cama. Sir Gowain saiu, Aislinn fechou a porta e voltou-se para Wulfgar. Ele se lançou para a frente, estendendo os braços para ela, mas abraçou apenas as capas dependuradas atrás da porta. Uma delas caiu e se enrolou em sua cabeça, e, quando Wulfgar começou a agitar os braços para se livrar, Aislinn segurou as mãos dele.

– Quieto, Wulfgar – sua voz tinha um tom de comando. – Fique quieto, já disse.

Ela o livrou da capa e o fez sentar-se outra vez na cama. Dependurou a capa no lugar e parou na frente dele, com as mãos na cintura, balançando a cabeça. Começou a tirar a túnica do normando, mas Wulfgar, aproveitando a proximidade, a abraçou. Aislinn gritou, exasperada, e empurrou-o com força. Wulfgar sentou-se na cama outra vez. Dessa vez, esperou, pois era evidente que a mulher estava ansiosa para dormir com ele.

Evitando as mãos insistentes, Aislinn tirou os sapatos e as *chausses* do normando, empurrou-o para os travesseiros e o cobriu. Os olhos ávidos de Wulfgar a acompanharam quando ela foi para perto da lareira e começou a se despir. Soltou o cabelo e tirou também a combinação, que dobrou cuidadosamente, como as outras peças de roupa. Tirou os sapatos e deitou-se, esperando as mãos dele em seu corpo, mas o normando dormia, roncando suavemente. Rindo, Aislinn aconchegou-se a ele e, apoiando a cabeça no ombro forte, dormiu feliz.

Aislinn abriu os olhos para o sol que entrava pela janela. Tinham ido para a cama bem tarde, mas alguma coisa a acordou, um gemido estranho, abafado, que vinha do outro lado, onde ficava o urinol. Rindo baixinho, ela se aconchegou mais nas cobertas. Um ruído de água e a cama rangeu quando Wulfgar se deitou. Aislinn virou-se para ele, pronta para um alegre bom-dia, mas fechou a boca sem dizer nada, olhando para as costas do normando. Apoiada num cotovelo, ela puxou o ombro dele até fazê-lo deitar de costas. Os olhos e os lábios de Wulfgar estavam fechados, e uma cor esverdeada cobria seu rosto e parte do peito. Aislinn o cobriu, prendendo o cobertor nos dois lados, e ergueu os olhos para os dele, abertos agora, dois lagos vermelho – arroxeados entre as pálpebras azuladas e inchadas.

– As janelas, Aislinn – ele estendeu o braço. – Feche todas. Aquela luz parece um milhão de lâminas em minha cabeça.

Aislinn levantou-se e, enrolada num cobertor, foi fechar as janelas.

Pôs mais lenha no fogo, saltou graciosamente para a cama e se deitou, encostando nele para se aquecer. Wulfgar rilhou os dentes quando o movimento dela balançou sua cabeça.

– Devagar, minha querida, devagar – gemeu ele. – Minha cabeça está do tamanho de um odre de vinho e juro que o pelo do animal ainda está na minha boca.

– Pobre Wulfgar – murmurou ela. – O vinho faz mal quando tomado em grande quantidade, e os prazeres da noite são pagos com o sofrimento da manhã.

Com um suspiro, Wulfgar virou a cabeça.

– E estou deitado com uma filósofa – murmurou como para si mesmo. – Talvez seus talentos incluam um remédio para dor de cabeça.

Mordendo a ponta do dedo, Aislinn pensou por um momento.

– Sim, mas a cura é quase tão dolorosa quando a doença.

Wulfgar segurou a mão dela e a encostou em sua testa. – Se eu viver até o fim deste dia – prometeu –, eu a recompensarei regiamente.

Com um gesto afirmativo, ela se levantou outra vez, enrolada no cobertor. Pôs a ponta de um atiçador da lareira no meio do carvão em brasa. Enquanto o ferro esquentava, misturou ervas e poções num copo e depois o encheu com vinho. Quando o atiçador estava em brasa, ela o mergulhou na mistura, até o líquido começar a ferver. Foi até a cama e disse, com um sorriso hesitante:

– Deve tomar tudo rapidamente.

Wulfgar ergueu-se a meio na cama. Franziu o nariz, sentindo o cheiro da mistura, e o verde de sua pele ficou mais intenso. Ergueu os olhos numa súplica muda, mas ela encostou um dedo no fundo do copo e o segurou com firmeza contra os lábios dele.

– Tudo e de uma vez – instruiu Aislinn.

Wulfgar respirou fundo, segurou o copo e tomou de um só gole. Abaixou a cabeça, estremecendo quando o líquido amargo desceu para seu estômago. Aislinn recuou, abrindo espaço para ele. Wulfgar retesou o corpo, e alguma coisa trovejou dentro dele. Na segunda vez, ele arregalou os olhos. Saltou da cama e, sem se importar com o frio, foi direto para o urinol.

Aislinn voltou para o calor das cobertas, enquanto Wulfgar devolvia todo o vinho e mais alguma coisa no recipiente. Quando, algum tempo depois, ele voltou, Aislinn olhou para ele com as mãos cruzadas e expressão inocente. Wulfgar se arrastou para debaixo da cobertas e desabou, fraco demais para qualquer movimento.

– Você é malvada, mulher, malvada demais para sua idade. Se eu sair vivo desta, vou fazer com que seja exorcizada pelos monges.

Aislinn sentou-se na cama e sorriu.

– Qual é a sua proposta, Wulfgar? – perguntou, alegremente. – Como deve saber, só o marido legítimo pode exorcizar a mulher.

– Ahhh. – Wulfgar contorceu o corpo, como se estivesse sentindo dor. – Você tenta me prender até nesse momento difícil, quando estou sob o efeito de seu feitiço.

Seus olhos não estavam tão vermelhos e a pele estava quase corada.

– É só um bálsamo para limpar o corpo – suspirou ela, fingindo desapontamento. – Livre dos venenos, logo vai se sentir melhor.

Wulfgar levou a mão à cabeça.

– Está quase normal, e juro que sou capaz de devorar o Huno inteiro.

Pôs outro travesseiro atrás dos ombros e olhou para ela quase com carinho.

– Gostou das roupas que o alfaiate fez para você?

Aislinn fez um gesto afirmativo, sorrindo feliz, e os cachos cor de cobre dançaram sobre o cobertor que a envolvia.

– Nunca vi tanto luxo, Wulfgar. Obrigada pelo presente. – Inclinou-se e beijou-o no rosto. – São vestidos para uma rainha. – Ergueu os olhos para ele. – O preço deve ter deixado sua bolsa bem mais leve.

Wulfgar deu de ombros, e Aislinn, ajoelhada na cama, não notou o olhar sedento do normando para a parte superior de seus seios, que o cobertor deixava à mostra.

– Mas temo que tenham o mesmo destino de meus outros vestidos. São bonitos demais.

Wulfgar rosnou:

– Pode deixar que eu trato disso.

Aislinn deitou-se outra vez, aconchegando-se a ele.

– Então são meus de verdade? Para usar quando eu quiser?

– É claro. Acha que eu ia dar e depois tomar? – Wulfgar olhou para ela com o canto dos olhos.

Aislinn esfregou o queixo no ombro dele.

– O que uma escrava pode possuir sem ordem de seu senhor? – suspirou e depois riu. – Aposto que sou a primeira escrava no mundo a se vestir com tanto luxo. Sem dúvida, vou provocar muita inveja em Darkenwald. O que vai dizer quando alguém perguntar como pôde vestir assim uma escrava?

– Só Gwyneth é bastante atrevida para fazer essa pergunta. Mas o que eu faço com meu dinheiro não é da conta de ninguém, pois foi ganho com meu trabalho. Se quiser, posso dar tudo que tenho, e ela não tem direito nenhum de reclamar. Não devo coisa alguma a ela nem a qualquer outra mulher.

Aislinn delineou com a ponta do dedo a cicatriz no peito dele.

– Então devo me sentir duplamente agradecida por sua generosidade, uma vez que, afinal de contas, sou apenas outra mulher.

Wulfgar virou-se de lado e segurou um cacho do cabelo vermelho.

– Você vale mais que qualquer outra. A prova disso é estar aqui comigo.

Aislinn ergueu os belos ombros.

– Mas ainda sou sua prostituta, e esse título não é uma prova de que gosta de mim. O que sou para você que as outras mulheres não foram? Sou igual, nada mais.

Ele riu.

– Pensa que eu ia abrir minha bolsa com tanta generosidade para outra mulher, nem que fosse para cobrir sua nudez? Eu já disse muitas vezes o que penso do sexo frágil. Deve sentir-se honrada por estar acima das outras.

– Mas, Wulfgar – murmurou ela –, qual é a diferença? Nesse presente que me fez? Para os outros, não sou mais que sua prostituta.

Ele se inclinou para os lábios dela.

– Não dou atenção a maledicências nem ao que os outros pensam – disse, silenciando-a com um beijo. Desceu a mão pelas costas dela numa carícia, mas Aislinn mordeu o lábio e recuou quando seus dedos tocaram o lugar ainda dolorido onde Gwyneth a atingira com o açoite. Franzindo a testa, Wulfgar segurou-a pelos ombros e ergueu o cobertor. Viu então o vergão vermelho ainda na pele macia.

Aislinn quase sentiu a fúria crescendo dentro dele.

– O que foi isso? – perguntou ele.

– Eu me machuquei, nada mais, Wulfgar. Eu caí...

Com um rosnado de raiva, ele se ajoelhou na cama, segurando-a pelos ombros.

– Aislinn, será que pensa que sou tolo? – disse em voz baixa, mas a ira soava em cada palavra. – Conheço muito bem a marca do açoite.

Os olhos cor de violeta encheram-se de lágrimas.

– Está me machucando, Wulfgar. – Ele diminuiu a pressão dos dedos, e Aislinn ergueu a mão para o peito dele. – Não foi nada – balançou a cabeça. – Uma diferença sem importância que já foi resolvida. – Acariciou o peito dele e disse suavemente: – Vai cicatrizar e desaparecer com o tempo, mas as palavras maldosas nunca desaparecem. Não fale mais nisso, eu peço. Já acabou.

Aislinn saiu da cama e começou a se vestir. Wulfgar a observava intrigado. Aislinn sempre o surpreendia. Tinha uma força, uma beleza, uma sabedoria da vida, uma compreensão, quando ele raramente podia dizer o que estava sentindo. Teve vontade de abraçá-la ternamente, protegê-la para que o mundo nunca mais a maltratasse. Afastou rapidamente esse pensamento.

"Ora, mulheres!", pensou. "Sempre querendo mostrar um bom coração. Não pretendo me deixar prender por fraquezas nem por palavras."

Wulfgar se levantou e se espreguiçou, admirado com sua cura.

– Seu remédio foi muito bom, *chérie*. Mas, venha, vamos começar nosso dia. Há uma feira de Natal e você pode ver a cidade como quer.

Wulfgar a abraçou. Beijou-a na testa, depois nos lábios e disse com um sorriso:

– Melhor ainda... vamos deixar que Londres a veja.

15

O sol já desfizera a neblina da madrugada e a cidade mal despertava quando quatro cavaleiros e uma bela mulher saíram da casa do comerciante para um passeio tranquilo. Chegaram a uma rua larga onde vendedores, em altos brados, chamavam a atenção dos transeuntes para as mercadorias em suas barracas. Saltimbancos e palhaços faziam malabarismos e diziam gracejos pesados. Acrobatas davam saltos das tábuas móveis. Vendiam doces, vinhos e outros petiscos. Havia também ladrões, batedores de carteira e trapaceiros que escondiam uma ervilha debaixo de várias conchas para confundir os espectadores.

A risada clara e musical de Aislinn soava feliz no meio da multidão. Adolescentes seguiam o grupo, encantados com a beleza da mulher, mas, quando chegavam perto demais, encontravam o olhar ameaçador do normando alto e forte que caminhava ao lado dela. Aislinn percebeu que bastava olhar com interesse para alguma coisa para que um de seus acompanhantes a comprasse. Quando segurou um espelho de prata e o examinou curiosa, Beaufonte imediatamente o comprou, entregando-o a ela. Era a primeira vez que Aislinn via um espelho daqueles, e agradeceu sinceramente o presente. Mas a partir daquele momento passou a ter muito cuidado em demonstrar interesse por qualquer coisa.

Eles riam com os ditos espirituosos e inteligentes de Sir Gowain e com o humor mais seco de Wulfgar. Beaufonte, um homem tranquilo e calado, ia atrás, divertindo-se com a conversa e a troca bem-humorada de frases espirituosas entre Gowain e Milbourne.

O dia estava quase no fim quando Aislinn puxou a manga de Wulfgar, pedindo para sair do meio daquela multidão. Entraram numa rua secundária e logo estavam em casa, onde Hlynn os esperava com uma refeição saborosa. Enquanto estavam fora, um mensageiro chegara levando a ordem de Guilherme para que todos os lordes e cavaleiros comparecessem à missa de Natal como convidados do rei, seguida de uma apresentação à corte de um banquete. Aislinn ficou desapontada, pois esperava passar outro dia com Wulfgar, antes que seus deveres o afastassem novamente.

Terminado o jantar, ficaram por algum tempo sentados na frente da lareira, antes de se retirarem para o descanso e os preparativos para o dia seguinte. Wulfgar dispensou Hlynn bruscamente e começou a despir Aislinn com avidez. Ele a tomou nos braços e a levou para a cama, mas o normando ia descobrir que não conseguira ainda comprar sua boa vontade, pois, embora Aislinn tivesse conhecido outra vez o limite máximo do prazer, quando terminaram ele ficou imóvel, olhando para o teto, enquanto ela chorava em seu travesseiro.

SENTADA NA CAMA, abraçando os joelhos, Aislinn via Wulfgar separar o traje para a cerimônia daquele dia. Outra vez escolheu o vermelho e o negro de suas cores. Chamou Sanhurst para preparar o banho e, pensando em Gowain, adicionou à água um pouco de sândalo para disfarçar o perfume de lavanda.

Aislinn, observando esse cuidado, disse, rindo:

– Se entrar outra vez em meu banho, meu senhor, vou deixar que escolha o perfume.

Wulfgar respondeu com um grunhido e entrou na banheira.

– Vai chegar tarde esta noite, Wulfgar? – perguntou Aislinn, com certa hesitação. – Ou devo esperá-lo para o jantar?

Ele tirou a toalha molhada do rosto e olhou para ela.

– Meus homens podem jantar quando quiserem, mas eu sei como são essas cerimônias, e provavelmente chegarei muito tarde.

Aislinn suspirou, desapontada.

– Vai ser um longo dia sem você, Wulfgar.

Ele riu.

– Vai ser um longo dia, certamente, doçura, mas vai passá-lo a meu lado.

Com uma exclamação de surpresa, Aislinn saiu da cama, com o cabelo farto e brilhoso emoldurando sua esplêndida nudez. Quando percebeu o olhar apreciativo de Wulfgar, cobriu-se com um cobertor e ficou de pé perto da banheira.

– Mas, Wulfgar, sou saxã. Lá não é meu lugar.

Ele esfregou o peito, tranquilamente.

– Seu lugar é onde eu a levar. Muitos saxões estarão presentes. – Sorriu, olhando nos olhos dela. – E como não são tão leais quanto você, peço que seja discreta. Você não é uma simples mulher do povo e sabe quando deve ficar calada. Quanto a ser uma inimiga – ergueu uma sobrancelha –, juro que jamais tive tanto prazer com a companhia de um inimigo.

Aislinn corou.

– Você é desprezível – disse ela, impaciente.

Wulfgar deu uma sonora gargalhada, mas Aislinn afastou-se dele.

– Nunca estive na corte – disse ela. – Posso envergonhá-lo.

Wulfgar disse, com um largo sorriso:

– A corte inglesa está repleta de gorduchas damas saxãs e acho que já conheço todas... da mais nova à solteirona murcha. Todas elas se atiraram em cima de mim porque eu não tinha uma mulher a meu lado. Você não vai me embaraçar. Nada disso. Vai fazer bem a elas saber qual é meu padrão.

– Mas, Wulfgar – disse ela, exasperada. – Toda a nobreza e o próprio Guilherme estarão presentes... não tenho uma acompanhante apropriada. Vão saber que sou sua amante.

– Só porque não tem nenhuma mulher gorducha vigiando seus movimentos? – Ele sorriu. – Posso dizer que é minha irmã. – Ensaboou as mãos e balançou a cabeça. – Não, não ia dar certo. Iam perceber o modo com que olho para você e nos acusariam de um pecado maior. Não, o melhor é enfrentar os olhares curiosos e não dizer nada.

Aislinn tentou outra vez.

– Wulfgar, eu posso esperar aqui...

– Mas eu não posso. Não se fala mais nisso. Agora, vá se preparar.

Aislinn percebeu que ele não ia ceder e entrou em pânico, compreendendo que estava desperdiçando um tempo precioso. Abriu a porta e chamou Hlynn. Quando ela entrou no quarto, Wulfgar mergulhou mais na banheira. Divertiu-se vendo as duas mulheres afobadas, escolhendo a roupa para a cerimônia e discutindo o melhor penteado para a ocasião. Finalmente Aislinn olhou para ele, e Wulfgar disse:

– *Chérie*, não quero assustar a jovem Hlynn, mas preciso sair da banheira e temo que ela arrebente a porta na pressa de sair do quarto. A água está esfriando, e estou com os joelhos enrugados. Podiam me dar um momento para acabar meu banho?

Aislinn mandou Hlynn apanhar alguma coisa fora do quarto. Com alívio evidente, Wulfgar saiu da banheira e começou a se vestir, enquanto ela se penteava.

– Eu gostaria que você usasse o vestido amarelo hoje, Aislinn – disse Wulfgar. – Tenho certeza de que fará jus à sua beleza.

– Peço licença para discordar, meu senhor. – Esperou que Wulfgar olhasse interrogativamente para ela e continuou: – Prefiro reservá-lo para outra cerimônia.

Wulfgar ficou surpreso.

– O que pode ser mais importante que conhecer o rei? – acrescentou Wulfgar.

Com um sorriso zombeteiro, ela deu de ombros. – Não vou dizer ainda, Wulfgar, mas você não disse que eu podia escolher o que quisesse?

Ele fez um gesto afirmativo.

– Quero que você se vista da melhor forma possível, e acho que a cor lhe vai muito bem.

Aislinn pôs as mãos no peito dele e ergueu os olhos.

– Vou usar outro que é maravilhoso.

Vendo a quase súplica nos olhos cor de violeta, Wulfgar esqueceu todos os argumentos que podia ter a favor do vestido amarelo. Aislinn acariciou de leve o peito dele, esperando a resposta, e Wulfgar cedeu.

– A escolha é sua.

Aislinn passou os braços pelo pescoço dele e beijou-o no rosto, agradecendo profusamente. Franzindo a testa, ele continuou a se vestir. Mais tarde, porém, quando a viu vestida e penteada, Wulfgar jurou a si mesmo que jamais interferiria na escolha das roupas dela.

Era um vestido de tecido creme, debruado no decote e nos punhos, uma trança de seda com pequenas pérolas. O cinto dourado, com elos delicados e a adaga na bainha, cingia os quadris bem-feitos. O cabelo estava penteado para cima, trançado com finas fitas de seda com pequenas flores de cor creme. O rosto cintilava, radiante como sempre, os olhos claros cor de violeta sobressaíam entre as pestanas escuras.

Em todas as suas andanças Wulfgar jamais vira uma mulher tão bela. Por um momento, ficou preocupado. Sabia que Ragnor estaria presente e imaginou o que aquele dia lhes reservava. Talvez fosse mais prudente deixá-la em casa, mas não o agradava a ideia de passar longas horas longe dela. Tinha de admitir que gostava da companhia de Aislinn e que ela não o aborrecia, como as outras mulheres, quando não estavam na cama. Ia levá-la por puro egoísmo. Nunca se sentia completamente à vontade na corte. As queixas chorosas das mulheres gordas, a falta de sinceridade dos lordes ambiciosos, os olhares convidativos das mulheres que traíam os maridos, tudo isso fazia com que ele estivesse sempre alerta. Sentia-se melhor no campo de batalha, onde conhecia o inimigo e podia enfrentá-lo face a face. A presença de Aislinn seria um conforto para ele e um alívio para a monotonia da longa missa.

Estranhando o silêncio de Wulfgar, Aislinn abriu os braços e girou o corpo na frente dele.

– Eu o agrado, *monseigneur*? – perguntou.

Ergueu os olhos, e Wulfgar, com um largo sorriso e os braços cruzados no peito, disse:

– Está querendo elogios, *chérie*?

Aislinn fez uma careta.

– Você é avaro com suas palavras – acusou ela, depois riu e o examinou de alto a baixo. – Mas eu sou mais generosa. Você está uma beleza. Não admira que as viúvas e as mocinhas casadouras o atormentem.

A missa foi longa e cansativa. Ajoelhavam e levantavam e ajoelhavam outra vez quando o arcebispo começava outra oração. Wulfgar olhava constantemente para Aislinn, sentindo prazer naqueles momentos em que todos se aborreciam. A serenidade das belas mãos cruzadas trazia paz a seus pensamentos. Aislinn estava quieta a seu lado, sem uma queixa, e só levantava a cabeça no fim de uma prece, abaixando-a quando começava a seguinte. O olhar dela, quando Wulfgar estendia a mão para ajudá-la a se levantar, era suave e cheio de calor. Wulfgar admirou a resistência graciosa de Aislinn quando, na sala do trono, foram espremidos num canto pelos membros da alta nobreza que queriam ser apresentados a ela. Seus companheiros de duas noites atrás empurravam uns aos outros na pressa de bater nas costas de Wulfgar com grandes demonstrações de amabilidade. Com paciência infindável, Wulfgar apresentou um por um, e com rosto inexpressivo ouvia as referências casuais à intimidade deles com Guilherme, como para suplantar o cavaleiro malnascido que a acompanhava. Quando seguravam sua mão por um tempo maior que o devido, Aislinn a retirava com delicadeza e respondia cortesmente a todas as perguntas, mas com tanta habilidade que só Wulfgar sabia que ela não estava contando toda a verdade. Sorrindo, Wulfgar convenceu-se de que Aislinn saberia se comportar em qualquer corte, até mesmo na de Guilherme.

Sua dignidade esquiva contribuiu para aumentar o interesse dos normandos, e muitos pensavam que podiam ganhar seu favor com seus ares régios. Com alívio, Wulfgar ouviu a ordem de atenção para a entrada do rei. A maioria dos nobres e cavaleiros ia ser apresentada. No canto em que estavam, Wulfgar sentiu a mão de Aislinn na sua e os olhos dela, felizes e brilhantes, erguidos para ele. Por um momento, pensou em elogiar o modo pelo qual ela tratara os normandos, mas a reserva que sempre mantivera com as mulheres não o ajudava a encontrar as palavras apropriadas. Sorriu e apertou a mão dela. Aislinn olhou para ele, preocupada.

– Meu senhor, o dia o aborrece ou fiz alguma coisa que o desagradou?

Wulfgar riu.

– Nem um coisa nem outra, *chérie*.

Aislinn sorriu, aliviada.

– Não deve ficar tão sério quando está pensando, Wulfgar. Se eu fosse menos corajosa, ficaria com medo.

– Ah, senhora – suspirou ele. – Se você fosse menos corajosa, talvez fosse para minha cama de boa vontade.

Aislinn corou e olhou em volta para ver se alguém podia ter ouvido. Vendo que ninguém estava por perto, sorriu docemente.

– Ora, meu senhor, tenho de recorrer a toda a minha coragem para aceitar o uso casual que faz de mim, sem me revoltar. Não seria prudente fazê-lo sentir toda a raiva que me domina quando tenho de suportar esse abuso.

Ele apertou outra vez a mão dela.

– Não está sendo usada – respondeu, com riso nos olhos. – Nenhuma mulher saxã jamais foi tão mimada por seu senhor normando. Deve admitir que é melhor que ser acorrentada no pé de minha cama.

Aislinn deu de ombros e ajeitou a capa curta de veludo dele.

– Pelo menos naquele tempo você não me desonrava.

Wulfgar sorriu, impassível.

– Eu não a desonro agora. Na verdade, eu a honro acima de todas as mulheres. Vê alguma outra de braços dados comigo e usando as roupas que eu comprei? Aquele dinheiro era fruto do meu suor e por ele teria morrido se o inimigo levasse a melhor. Eu a trato muito bem. Você não faz trabalho pesado, nem ara a terra. Ocupa um lugar a meu lado como se fosse minha dama. A única diferença é que nenhum voto ou promessa me prende a você.

Aislinn abriu a boca para responder, mas, ouvindo o nome chamado para a apresentação, não disse nada e olhou em volta. Ela o viu imediatamente e, quando Ragnor de Marte sorriu e os saudou com uma inclinação da cabeça, teve certeza de que ele os observava há muito tempo. Ele parecia muito confiante e quando a examinou, dos pés à cabeça, Aislinn sentiu-se despida e corou. Voltou-se então para Wulfgar, que observava calmamente o outro normando.

– Você não me disse que Ragnor estaria aqui – murmurou ela.

Wulfgar olhou para o rosto corado da jovem.

– Você precisa aprender, *chérie*: é melhor enfrentar Ragnor que deixar que ele a apanhe de surpresa. Essa pequena precaução evita que você tenha uma adaga enfiada nas costas.

– E deixa meu peito aberto para a lâmina – disse Aislinn com sarcasmo.

Wulfgar sorriu.

– Não tenha medo, minha bela. Duvido que chegue a sentir aquela lâmina afiada em seu belo corpo. Ragnor não é completamente idiota.

– Seria o menor dos males que ele poderia me causar – disse Aislinn.

Wulfgar olhou interrogativamente para ela, mas Aislinn voltou-se para assistir à breve cerimônia, que lhe pareceu forçada e fria. Guilherme era tão alto quanto Wulfgar, porém mais forte e musculoso. O traje real o fazia parecer maior e mais imponente, e Ragnor, ajoelhado na frente dele, parecia ter diminuído de tamanho. Os olhos penetrantes de Guilherme observaram o cavaleiro até ele se levantar e então o rei inclinou levemente a cabeça, aceitando calmamente a homenagem que lhe era devida. Como com todos os outros nobres que haviam se apresentado antes de Ragnor, Guilherme ficou impassível, sem qualquer demonstração de amizade ou camaradagem. Mas Aislinn notou uma mudança sutil quando Wulfgar se aproximou, alguns momentos mais tarde. Foi como se Guilherme, pela primeira vez, relaxasse o corpo, e a austeridade do rosto amenizou. Se Guilherme tinha alguma preferência por aquele cavaleiro, não estava disposto a demonstrar, em seu interesse, tanto quanto no de Wulfgar. Com o coração aquecido, ela viu Wulfgar se ajoelhar na frente do rei, e esqueceu por completo a presença de Guilherme.

Aislinn notou o interesse das mulheres saxãs pelo alto cavaleiro normando e as cabeças que se aproximavam para trocar opiniões. Aparentemente sem notar a atenção que despertava, Wulfgar voltou para o lado dela e segurou outra vez sua mão, ignorando os olhares dos homens e das mulheres.

– Ah, meu senhor, ao que parece conquistou mais alguns corações – comentou Aislinn. – Foi assim que colecionou tantas amantes?

Wulfgar riu.

– Você foi a primeira que eu tive, meu amor. Com as outras, era uma ou duas noites, nada mais. – Beijou-lhe a mão com um sorriso terno, para benefício dos olhos curiosos. – Mas estou tão encantado com essa situação que me pergunto por que não tentei antes.

Com um sorriso doce, mas rilhando os dentes, Aislinn disse:

– Sem dúvida na corte normanda havia tantas que você achava difícil escolher. – Consciente dos olhares atentos, ela baixou os olhos, como uma donzela tímida. – Devia estar tão ocupado que meu rosto sem beleza não atrairia sua atenção. Oh, como eu gostaria que fosse assim em Darkenwald!

Wulfgar levou a mão dela aos lábios e murmurou:

– Cuidado, *chérie*, a corrente ainda está no pé da cama.

Aislinn riu e disse suavemente:

– Não tenho medo, Wulfgar. Você não ia aguentar aquela corrente fria machucando suas canelas a noite inteira.

– Sim, é verdade – ele riu, dando-se por vencido. – Prefiro que venha a mim de boa vontade, e não como uma escrava vencida.

Aislinn olhou nos olhos dele e disse com mais seriedade:

– De boa vontade? Ainda não disse o preço. Mas nem como uma escrava vencida, eu acho.

Wulfgar sentiu um desejo quase incontrolável de tomá-la nos braços e beijá-la na frente de todos, mas nesse momento anunciaram o banquete.

Quando Wulfgar afastou a cadeira para ela, Aislinn olhou para a frente e viu Ragnor de pé, atrás da cadeira, no outro lado da mesa. Ele sorriu, e depois de ela se sentar, fez o mesmo, como se só estivesse esperando por ela. A comida foi servida e só então Aislinn percebeu que estava faminta, pois não comia há várias horas. Dedicou toda a atenção ao assado e, quando ergueu os olhos, viu Ragnor olhando-a. Ele inclinou a cabeça e sorriu, e Aislinn virou rapidamente para o lado. Teve o cuidado de não olhar mais para ele, pois, com um pouco de medo, sabia que Ragnor a observava. Conversou discretamente com os outros cavaleiros, e Wulfgar, em voz baixa, identificava para ela os nobres mais importantes e os que haviam praticado atos heroicos. Quando terminaram, Wulfgar se afastou por algum tempo para discutir um assunto importante com um conde. Aislinn ficou sozinha, impressionada com a realeza que parecia encher a enorme sala. Então percebeu que alguém estava se sentando na cadeira de Wulfgar e, voltando-se, viu Ragnor sorrindo para ela.

– Com licença, minha pombinha. Posso me sentar um pouco?

Aislinn franziu a testa, mas não encontrou nenhum motivo plausível para negar o pedido.

– Wulfgar... – começou ela, mas foi imediatamente interrompida.

– Está muito ocupado, e eu quero conversar um pouco com você. – Aproximou a cadeira da dela. – Não vê que Wulfgar a está usando só por algum tempo? – Viu a fúria crescendo nos olhos dela e procurou acalmá-la. – Ele a pediu em casamento? Disse alguma coisa a respeito? Deu a você algum título ou posição, a não ser a de escrava? Ouvi dizer que ele mandou outra jovem morar em Darkenwald. Você é fiel a ele, mas, se algum dia perder o favor, a outra é quem vai aquecer sua cama.

Aislinn olhou em volta, procurando um meio de fugir das palavras maldosas de Ragnor. Sobressaltou-se quando sentiu a mão dele em sua perna.

– Eu a faria senhora de Darkenwald e Cregan também – murmurou, inclinando-se em direção a ela.

– Como poderia fazer isso? – perguntou Aislinn, empurrando a mão ousada. – Essas terras pertencem a Wulfgar.

Ela teria se afastado da mesa se não fosse o braço dele no espaldar de sua cadeira. Impassível, Ragnor pôs outra vez a mão na perna dela. Aislinn afastou-a vigorosamente, mas ele insistiu.

– Ragnor! – disse ela, levantando-se e afastando-se dele.

Ragnor levantou-se também e segurou-a pelo braço, puxando-a para si. Olhos curiosos os observavam, e ele murmurou ardorosamente no ouvido dela, mas Aislinn não ouviu as palavras, atenta ao esforço de evitar as mãos dele.

– Tire as mãos dela – disse Wulfgar, em voz baixa, mas surpreendentemente próxima. Sua mão direita caiu sobre o ombro de Ragnor e o fez virar para ele. – Esqueceu meu aviso? Cuido bem do que é meu.

Ragnor sorriu zombando:

– Eu tenho algum direito a Darkenwald. Você me negou qualquer parte do prêmio, mas quem lutou por ele fui eu.

Wulfgar o enfrentou com fria dignidade.

– Não ganhou coisa alguma em Darkenwald, pois foi você que provocou a luta.

Ragnor entrecerrou os olhos escuros.

– Você é um tratante, Wulfgar – disse com desprezo. – Eu salvei sua vida, mas você não reconhece.

– Você salvou minha vida? – Erguendo a sobrancelha interrogativamente, Wulfgar não esperou a resposta. – Fiquei sabendo por alguns dos meus homens que dois cavaleiros normandos chegaram perto de Kevonshire para provocar os saxões e, quando eles saíram em sua perseguição, os levaram para onde podiam armar uma cilada para mim. O brasão de um dos cavaleiros foi visto claramente. Era Vachel, e eu posso adivinhar quem era o outro. Salvou minha vida? Não, você quase me custou a vida.

Aislinn arregalou os olhos, surpreendida. Ragnor não disse nada, mas, cheio de fúria, tirou as luvas pesadas e as atirou no rosto de Wulfgar. As luvas atingiram o alvo e caíram no chão.

Lentamente Wulfgar desembainhou a espada e com a ponta da lâmina as ergueu. Com um movimento rápido, devolveu-as para o rosto de Ragnor.

– O que está acontecendo? Uma luta entre meus dois cavaleiros? – perguntou uma voz atrás deles.

Wulfgar, com toda calma, embainhou a espada, depois de se inclinar para o rei.

Guilherme olhou para Aislinn, que retribuiu o olhar altivamente. Depois olhou para Ragnor e em seguida outra vez para Wulfgar.

– Brigando por causa de uma mulher, Wulfgar? Não é de seu estilo.

Com o cenho cerrado, Wulfgar disse:

– Majestade, peço permissão para apresentar Aislinn de Darkenwald.

Aislinn curvou-se graciosamente para o rei, depois ficou imóvel, orgulhosa e altiva, com o queixo erguido, os olhos nos dele.

– Não tem medo de mim, *damoiselle*? – perguntou Guilherme.

Aislinn olhou rapidamente para Wulfgar, depois respondeu:

– Vossa Graça, certa vez respondi a essa mesma pergunta para seu cavaleiro e, se me permite, vou repetir o que disse então. Eu só temo a Deus.

Guilherme fez um gesto afirmativo, impressionado com sua franqueza.

– E meus cavaleiros lutam por sua causa? Eu posso compreender isso. – Voltou-se para Ragnor. – O que tem a dizer?

Ragnor ficou rígido, tremendo de raiva.

– Peço perdão, Majestade, mas esse bastardo não tem direito a Darkenwald, nem a lady Aislinn, pois ela é parte da recompensa, a filha do lorde que matei com minha boa espada.

– Quer dizer, Sir Ragnor de Marte, que reclama essas terras pelo direito das armas? – perguntou Guilherme.

– Sim, Majestade – confirmou Ragnor, e pela primeira vez inclinou-se para o rei.

Guilherme voltou-se para Wulfgar.

– E essas terras são as mesmas que reclama, Sir Wulfgar?

– Sim, Majestade. Uma vez que me deu ordens para guardá-las para a coroa.

Guilherme olhou para os dois homens, depois voltou-se para Aislinn.

– Tem alguma coisa a dizer sobre o assunto, *damoiselle*? – perguntou gentilmente.

– Tenho, Sua Graça – respondeu ela, com altivez. – Meu pai morreu como um guerreiro e foi enterrado com o escudo e a espada, mas saiu de casa ao encontro de uma bandeira de trégua. Estava disposto a se entregar se pudesse manter a paz, mas foi insultado sem nenhum motivo até ser obrigado a brandir a espada para defender sua honra. Tinha apenas servos para ajudá-lo, e foram mortos com ele. – Sorriu com tristeza. – Mandara todos os seus homens para Harold. Não tinha sequer um cavalo para morrer montado.

Guilherme olhou outra vez para os dois cavaleiros.

– Vejo que a luva foi lançada e muito bem devolvida. Sir Ragnor, concorda com uma disputa pelas armas e aceita seu resultado?

Ragnor indicou que aceitava inclinando a cabeça.

– E o senhor, Sir Wulfgar, concorda?

– Sim, Majestade – respondeu Wulfgar.

– E lady Aislinn? – Guilherme voltou-se para ela. – Ela se curvará à vontade do vitorioso?

Aislinn olhou rapidamente para Wulfgar, sabendo que não podia dar outra resposta.

– Sim, Majestade – murmurou, com uma profunda reverência para o rei.

Guilherme dirigiu-se então aos três:

– O fim do ano se aproxima, e no primeiro dia do novo ano teremos um torneio, uma disputa pelas armas, até a queda do contestante, não até a morte, pois preciso de meus cavaleiros. Desse modo, determinaremos quem será o senhor de Darkenwald. O campo e as armas serão escolhidos sob minhas ordens, e ninguém poderá dizer que a vitória não foi justa e verdadeira. – Ofereceu o braço para Aislinn. – Até esse dia, a senhora será minha convidada. Mandarei apanhar sua bagagem e sua criada e um quarto será preparado aqui para seu uso. Está sob minha proteção contra esse dois tratantes e de agora em diante eu a declaro membro da corte real.

297

Hesitante, Aislinn olhou para Wulfgar e viu o desagrado em seus olhos. Queria protestar, mas não podia. Antes de se afastar com ela, Guilherme disse:

– Tenha paciência, Wulfgar. Se o duelo correr bem, tudo será resolvido para melhor.

Ragnor sorriu, triunfante, mas Wulfgar franziu a testa, com uma sensação de perda que não tinha palavras para descrever.

WULFGAR VOLTOU PARA o enorme quarto tarde da noite. O fogo estava baixo na lareira, e não havia nem sinal da presença de Aislinn. O que era antes um lugar de repouso e prazer, depois de um dia cansativo, se transformara numa câmara de tortura. Via Aislinn em toda parte, de pé ao lado da janela, ajoelhada na frente da lareira, sentada na banqueta, deitada na cama. Wulfgar alisou as cobertas e olhou para o quarto vazio de tudo que tinha antes, o luxo, empalidecido, o conforto, áspero e cruel. Notou então um pedaço de veludo amarelo dobrado junto da banheira. Apanhou-o e levou-o ao rosto, sentindo o perfume de lavanda, quase sentindo Aislinn a seu lado. Suspirou, frustrado, desejando fazer voltar atrás as horas daquele dia, ansiando por ter Aislinn em seus braços. Guardou o pedaço de veludo sob a camisa, onde não podia ser visto. Apanhando sua capa comprida, Wulfgar desceu para dormir numa cama de campanha no salão. Ali a solidão era menos aparente, e ele se sentiu outra vez como um soldado. Contudo, ficou acordado um longo tempo, desejando o calor do corpo dela junto ao seu.

Wulfgar levantou-se cedo no dia seguinte e notou que seus cavaleiros estavam estranhamente silenciosos, mas atentos a todos os seus movimentos. Milbourne por fim quebrou o silêncio. Levantando-se da cadeira com uma imprecação, começou a amaldiçoar Ragnor, chamando-o de tratante miserável. Gowain apenas ergueu os olhos tristes, como um namorado rejeitado. Beaufonte olhava para o fogo com expressão sombria, tomando um copo de cerveja.

– Vocês estão muito desanimados – disse Wulfgar. – Arreiem os cavalos. Vamos fazer alguma coisa útil.

Wulfgar entregou-se completamente a seu trabalho, procurando não pensar. Quando voltou para o solar, esperava-o um convite para jantar com o rei. Mais animado e cuidadosamente vestido, foi recebido na sala onde Guilherme e seu séquito esperavam o jantar. Sua animação desapareceu quando viu Ragnor entre os convidados e Aislinn sentada ao lado dele. A irritação aumentou quando o pajem o conduziu a um lugar de igual importância, mas no outro lado da mesa. Aislinn olhou rapidamente para ele, antes de dar atenção ao conde a seu lado. Wulfgar notou que a beleza dela era um adorno especial na corte e que muitos outros, além de Guilherme, estavam encantados com sua presença. Aislinn parecia feliz, de coração leve, conversava alegremente, e chegou até a contar histórias de antigas desavenças entre os saxões, mas sempre mantendo-se a boa distância das mãos de Ragnor, que, na companhia do rei, agia com bons modos e divertia os presentes com seu humor ágil e loquaz. Contudo, se suas mãos estavam comportadas, seu olhar a devorava avidamente, disfarçado sob uma atitude de atenção inocente. Com um sorriso forçado, Aislinn disse com frieza, em voz baixa:

– Quer permitir que eu fique vestida na frente do rei?

Ragnor riu alto, e Wulfgar olhou para ele com expressão sombria. Sentia intensamente a presença de Aislinn, e o riso dela, claro e musical, era uma tortura para ele. Respeitava a decisão de Guilherme, pois, se vencesse o torneio, seu título não mais seria contestado. A ausência de Aislinn, porém, o arrasava. Resolveu agir apenas como soldado, e respondia ao humor dos lordes com um sorriso forçado, algumas palavras resmungadas e uma inclinação de cabeça. O cálice de vinho esquentou em sua mão e não contribuiu em nada para animá-lo. Não teve nenhuma oportunidade de ficar a sós com Aislinn e, sob o olhar penetrante de Guilherme, não quis insistir.

Era difícil adivinhar o objetivo do capricho do rei, e Wulfgar sabia que ele era fiel à sua Matilda. Com tanta coisa em jogo, Wulfgar não queria se arriscar a uma cena que podia causar má impressão e daria a Ragnor motivo para dizer que ele não estava agindo corretamente. Wulfgar desistiu de falar com ela; despedindo-se, saiu da sala e voltou para sua cama de soldado.

Quando Aislinn teve um momento de paz, olhou em volta e viu que Wulfgar tinha partido. Toda a alegria a abandonou, substituída por uma dor intensa. Com uma fraca desculpa, retirou-se para seus aposentos, onde Hlynn a esperava. Controlou-se para não chorar até poder dispensar Hlynn. Deitada e sozinha, podia abafar os soluços no travesseiro. A corte era fascinante, e os normandos a tratavam com a devida deferência. Quando soube que Wulfgar fora convidado, sentiu-se feliz e esperou ansiosamente a chegada dele. Ninguém podia dizer que ela era uma humilde moça do campo, nem Gwyneth, se estivesse presente. Até Ragnor foi gentil, quando não estava tentando despi-la com os olhos. Mas, sempre que olhava para Wulfgar, a atenção dele estava em outro lugar, e Aislinn percebeu que ele estava de péssimo humor. Wulfgar vestia uma túnica marrom-clara que, em seu corpo alto e esguio, rivalizava com o rico traje de Guilherme. Não trocaram uma palavra durante toda a noite, não recebeu dele nenhuma nota carinhosa e, sentindo-se esquecida, Aislinn soluçava tristemente.

"Eu não tenho vergonha", pensou ela. "Pois sem estar oficialmente unida a ele, desejo seu abraço. Oh, Wulfgar, faça-me mais do que uma prostituta. Não posso suportar o que sinto."

Desejava o calor dele junto a seu corpo. O travesseiro de seda não tinha músculos firmes para ela acariciar, nem um peito largo e forte para descansar a cabeça, nem braços que, mesmo durante o sono, a puxavam para ele. Lembrava de cada cicatriz, de cada músculo de seu braço, até da barba um pouco crescida no pescoço. Aislinn virava de um lado para o outro na cama, sem encontrar paz em sua castidade forçada, e mais de uma vez afastou da mente a sensação das carícias suaves de Wulfgar.

CHEGOU OUTRO RECADO de Guilherme e, embora Wulfgar não tivesse sentido prazer algum no jantar da véspera, não pôde recusar, pois o rei exigia sua presença. O dia fora longo e monótono, pois seus deveres não eram suficientes para ocupar todo seu tempo e ele não estava ansioso para ver Aislinn apenas de longe. Assim, entrou no palácio com passo lerdo, e, para sua surpresa, foi conduzido imediatamente para onde estava Aislinn. A alegria do sorriso dela e a carícia de seu olhar quase o atordoaram.

– Wulfgar, você demorou tanto! Venha, sente-se aqui.

Puxou-o pela manga, fazendo-o sentar-se a seu lado.

A beleza de Aislinn e o calor da acolhida o deixaram sem palavras. Finalmente, disse:

– Boa noite, Aislinn. – Então, continuou: – Está tudo bem com você? Parece ótima.

– Pareço mesmo? – Ela riu e alisou a seda azul-gelo do vestido. – Foi muita bondade sua me dar os vestidos, Wulfgar. Espero que não tenha ficado aborrecido por retirarem tudo sem sua permissão.

Wulfgar pigarreou.

– Não, por que ia me aborrecer? Dei para você, portanto não tenho nenhum direito sobre eles.

Aislinn pôs a mão sobre a dele e disse com voz suave:

– Você parece bem, meu senhor.

Wulfgar ficou calado, controlando-se para não a tomar nos braços. A maciez da mão sobre a sua o fazia imaginar outras partes de seu corpo, mais macias e dóceis a suas carícias. Wulfgar retirou a mão, mas apenas aumentou sua tortura, pois a dela estava agora em sua perna. Empalidecendo, ele olhou em volta, pouco à vontade. Viu Ragnor na mesma cadeira que ocupara na noite anterior, olhando para Aislinn.

– Ele a vigia como um falcão – disse Wulfgar –, como se já estivesse provando a doçura de seu corpo.

Aislinn riu e passou um dedo pela manga dele.

– Você demorou bastante para descobrir o objetivo dele, mas agora exagera a ameaça. Outros têm olhado para mim sem disfarçar suas intenções. – Wulfgar franziu a testa, e os olhos dela cintilaram. – Não tema, Wulfgar. Recusei todas as atenções dizendo que minha mão já está prometida. – Ergueu a mão, e Wulfgar segurou-a entre as suas. – Está vendo, Wulfgar – sorriu ela –, não é tão difícil reclamar minha mão em público. Você já tomou todo o resto, por que não minha mão?

– Sua mão? – Ele suspirou, levando os dedos dela aos lábios – Quero muito mais. Eu a trouxe para cá para aquecer minha cama e agora só tenho a companhia dos meus homens.

– Pobre Milbourne – sorriu ela. – Não consigo imaginá-lo submetendo-se a seu critério de divertimento. E Gowain menos ainda. Sua poesia e sua prosa certamente vão ofender seus ouvidos. Ou ficam sentados como quatro velhos lordes na frente do fogo trocando lembranças do passado?

– Não – disse ele. – Parece que sua ausência embotou a mente dos três. Gowain vagueia pela casa como se tivesse perdido seu único amor. Milbourne revolta-se em altos brados contra esse abuso, e Beaufonte se senta na frente do fogo bebendo cada vez mais. – Wulfgar riu. – Já vi mais alegria numa masmorra que naquela casa.

Aislinn pôs a mão no braço dele.

– E você, Wulfgar? Sanhurst não o serve bem?

– Ha! – disse ele com desprezo. – Não mencione o nome daquele saxão em minha presença. Aquele tolo é capaz de selar um cavalo de trás para diante se não tiver ajuda.

Aislinn riu, acariciando o braço dele.

– Tenha paciência com ele, Wulfgar. É muito jovem ainda e não sabe nada sobre lordes e cavaleiros. Com o tempo aprenderá seus costumes e vai servi-lo bem.

– Está sempre censurando o modo como trato meus servos e, como se eu fosse cego, quer me convencer de que aquele urso manhoso é um rapazinho imberbe.

Assim, o tempo passou até terminarem de jantar. Mas cada vez que Aislinn o tocava, Wulfgar lutava contra o impulso de levá-la para a cama mais próxima e excitá-la com suas carícias, até consumir a chama que o atormentava. O roçar inocente da perna dela na sua era como ferro em brasa. Wulfgar recorreu a toda a sua força de vontade para conversar normalmente com as outras pessoas, mas com Aislinn só conseguia trocar palavras breves e formais. Quando ela ria de uma coisa engraçada contada por um lorde, inclinava-se sobre o braço dele, e Wulfgar sentia a maciez de seu seio. Ele gemia em silêncio e quase se afastava dela, numa agonia. O rei se aproximou dos dois, dando a ele um pretexto para se levantar, mas Guilherme fez sinal para ficasse sentado.

– Então, Wulfgar – disse o conquistador –, amanhã estará resolvido. Mas diga a verdade, o que o atormenta? Não parece o companheiro agradável que conheci. Vamos erguer o copo, provar a cerveja e alegrar nossos corações como fizemos muitas vezes no passado.

– Peço que me perdoe, Majestade, mas tudo que já desejei possuir na vida vai estar naquele campo de honra. Não temo perder minha causa, mas me impaciento com a espera.

Guilherme riu.

– Sim, na verdade vejo que mudou muito pouco. Mas temo ter errado. Não me parece um companheiro digno de uma dama tão bela e cheia de vida. Você pode desejá-la, mas seus modos não demonstram isso. Se eu fosse a dama, ia provocá-lo ao máximo.

Corando, Wulfgar desviou os olhos.

– A senhora está há tanto tempo sob meus cuidados que sua ausência me perturba sobremaneira.

Guilherme olhou atentamente para ele e, depois de um momento, disse.

– Verdade, Sir Wulfgar? E já pensou na honra da dama? Nós a expulsamos de sua casa. Seria lamentável se agora abusássemos também de seu nome.

Wulfgar ergueu uma sobrancelha, imaginando aonde o rei queria chegar, e Guilherme continuou, agora num tom mais descuidado e superficial.

– Fique descansado, Wulfgar. Eu o conheço bem e tenho certeza de que não deixará que uma joia tão preciosa não tenha o engaste que merece.

Guilherme levantou-se, pôs a mão no ombro do guerreiro e se afastou. Wulfgar voltou-se para Aislinn, que o observava, um tanto hesitante.

– Alguma coisa errada, Wulfgar? – perguntou ela, suavemente – O rei trouxe más notícias?

– Não – disse ele, secamente. – Queria que amanhã já tivesse terminado e eu pudesse levá-la daqui. Ragnor é um tolo se pensa que vou perder para ele. Você é minha e não vou admitir nenhum abuso.

– Mas, Wulfgar – murmurou Aislinn. – O que vai fazer? O rei falou.

Wulfgar ergueu uma sobrancelha.

– Fazer? Ora, *chérie*, vou vencer, é claro.

16

O primeiro dia de janeiro de 1067 chegou lentamente no céu enevoado de Londres. A névoa baixa se desfez primeiro, e então a noite se transformou num dia cinzento e enfumaçado. O ar estava frio, e a brisa fraca e intermitente era úmida. Antes de fazer a primeira refeição, Wulfgar vestiu a armadura completa e levou Huno para um campo aberto, perto da prefeitura do povoado. Treinou com o animal na terra congelada, acostumando-o novamente à sensação tão conhecida de seu peso. O sol estava alto e a névoa da manhã há muito se dissipara quando Wulfgar se deu por satisfeito e levou o animal para o estábulo. Mesmo depois de alimentado e escovado, Huno sentia a proximidade da luta e pateava, impaciente. Wulfgar subiu a escada e tomou seu desjejum tardio, servindo-se da sopa de pão que estava no fogo. Depois sentou-se na frente da lareira, com os pés numa banqueta baixa. Ficou ali, pensando na luta, até perceber que alguma coisa estava entre ele e a luz do dia. Ergueu os olhos e viu Gowain, Milbourne e Beaufonte, esperando que ele notasse sua presença.

Gowain falou primeiro, de pé na beirada da lareira:

– Meu senhor, preste atenção. Muitas vezes observei Ragnor nas batalhas. Parece que, quando ataca, ele tende a se inclinar...

Wulfgar interrompeu-o com a mão erguida.

Milbourne aproximou-se dele.

– Wulfgar, escute o que vou dizer. É importante saber que ele segura o escudo bem alto, um pouco atravessado na frente do corpo, o que enfraquece sua defesa. Um golpe certeiro pode empurrar o escudo para o lado, abrindo caminho para seu ataque.

– Não, não, meus bons amigos – riu Wulfgar. – Ouço suas palavras, e em outra ocasião qualquer daria atenção a elas, mas só preciso saber de uma coisa: Ragnor é mais covarde do que cavaleiro e que não terei ninguém para proteger minhas costas. Agradeço sua preocupação, mas nessa, como em qualquer outra luta, o que eu fizer no momento é sempre mais importante que aquilo que posso planejar com antecedência. O dia já está adiantado. Eu os vejo na liça para me aplaudir e me ajudar se eu cair. Sir Gowain, quer ser meu padrinho?

O jovem cavaleiro fez um gesto afirmativo. Wulfgar levantou-se e subiu a escada estreita para o enorme e vazio quarto de dormir. Fechou a porta pensando na luminosidade do quarto quando Aislinn estava presente. Praguejou em voz baixa, reconhecendo mais uma vez seu estado de espírito nos últimos dias. A luta ia exigir o uso de todas as suas faculdades mentais. Não podia ficar eternamente pensando naquela mulher apetitosa, como fazia Gowain. Precisava manter sua determinação da noite anterior. Não estaria lutando tanto por Aislinn quanto por Darkenwald, porém, no íntimo, sabia que havia outras terras para serem conquistadas, mas só uma Aislinn, e ele ainda não estava cansado dela.

Despiu-se e, depois de se lavar, vestiu o traje com que ia chegar à sua tenda no campo de luta. Pôs a cota de malha e o escudo sobre a cama. Sanhurst trabalhara arduamente para polir tudo, mas Wulfgar franziu a testa para o elmo. Podia notar ainda a marca do amassado na parte de trás. Pensou em seu oponente e até onde ele chegaria para ter Aislinn. A cilada de Kevonshire quase lhe custara a vida, e era isso que Ragnor queria. Se ele perdesse o torneio, não ficaria satisfeito. Wulfgar sempre desconfiara do cavaleiro. Agora tinha motivos para desconfiar enquanto Ragnor estivesse vivo.

Antes de sair do quarto, parou na frente da lareira, onde as brasas estavam ainda acesas, mas não havia fogo para aquecê-lo. Sanhurst negligenciara mais uma vez seu dever, deixando de pôr lenha ao lado da lareira, mas isso não importava agora. Ia partir dentro de poucos instantes, e Aislinn não estava ali. Com um suspiro, apanhou o pedacinho de veludo amarelo pousado sobre a mesa e contemplou-o por um longo tempo antes de atirá-lo nas brasas, onde ele desapareceu num instante, devorado pelas chamas.

Num movimento brusco, Wulfgar deu as costas à lareira, pôs o manto pesado nos ombros e apanhou todo o seu equipamento. Pôs a espada no cinto ao lado de um machado, presente de Sweyn para acompanhá-lo em suas viagens. Os três cavaleiros o esperavam no salão. Notando a lentidão com que Sanhurst limpava a mesa, Wulfgar olhou carrancudo para ele, mas se conteve para não o censurar. Pela primeira vez desde que o saxão estava a seu serviço, resolveu seguiu o conselho de Aislinn e ser paciente.

Gowain apanhou a armadura das mãos dele e saiu da sala. Wulfgar seguiu-o com os outros dois cavaleiros, rindo da recomendação de Sir Milbourne para não machucar muito Ragnor.

– Afinal, meu senhor – sorriu Milbourne –, se ele desaparecer, em quem ia descarregar sua ira, senão em nós três?

A cena era imponente, embora incomum. Todos os importantes lordes de Londres estavam a postos para assistir ao combate. Pequenas tendas tinham sido armadas. Outros lugares eram mais simples. O campo estava circundado por tiras compridas de tecido colorido para resguardar a liça dos olhos dos servos e camponeses, pois era um caso de honra, não um espetáculo para o povo comum.

Wulfgar entrou no campo com seus cavaleiros. Quando se dirigia com Gowain para a tenda com suas cores, olhou em volta. O pavilhão de Guilherme estava ainda fechado, protegido da brisa fria, e não viu nem sinal de Aislinn. Era grande a atividade em volta da tenda de Ragnor, e Wulfgar supôs que ele chegara cedo e estava tão ansioso quanto ele para ver a luta terminada.

Wulfgar desmontou na frente da tenda e, quando Gowain entrou, parou para acariciar Huno e pôs um saco com ração no focinho dele. Quando entrou, Gowain estava examinando os elos de sua cota de malha e as presilhas do escudo. Em silêncio, vestiu a roupa de couro que usava sob a armadura e, com a ajuda de Gowain, pôs o pesado peitoral.

Um criado levou um prato com carne e vinho. Wulfgar não aceitou a bebida, mas Gowain tomou dois goles respeitáveis. Wulfgar ergueu as sobrancelhas.

– Gowain, não vamos perder a jovem com essa pequena luta. Seria preciso um adversário muito melhor.

O jovem cavaleiro ergueu o copo para ele.

– Ótimo – disse Wulfgar, pondo a espada no cinto. – Agora deixe esse copo e apanhe minhas luvas, antes que eu tenha de ajudá-lo a ficar de pé.

Com um largo sorriso, Gowain fez uma reverência e obedeceu.

O tempo parecia não passar, e Wulfgar, sem pensar na intenção de Guilherme, concentrou-se na ideia de que precisava vencer. No passado, era famoso por sua habilidade nos torneios, e nesse dia precisava estar em sua melhor forma, pois sabia que Ragnor era forte e astuto. Nunca haviam se encontrado num torneio, mas ele não era tolo para pensar que seria fácil vencer Ragnor. Ia precisar de muita força e muita inteligência.

Soaram as trombetas anunciando a chegada do rei e seu séquito. Aislinn certamente estaria com Guilherme, a única mulher no grupo. Se fosse outro rei, Wulfgar estaria preocupado, mas Guilherme não tinha amantes e era fiel a Matilda.

Wulfgar saiu da tenda e caminhou para onde Huno o esperava. Tirou o saco do focinho do animal e acariciou o pelo macio e negro, falando em voz baixa. Huno bufou e balançou a cabeça, como se tivesse compreendido. Wulfgar montou, e Gowain lhe entregou o elmo e o escudo. Do pavilhão do rei não podiam ver a frente de sua tenda; assim, por mais que desejasse, não podia ver Aislinn, nem ela podia vê-lo.

Do outro lado do campo, Ragnor saiu da tenda balançando a cabeça afirmativamente, enquanto ouvia as palavras de Vachel. Quando montou, Ragnor viu seu adversário já montado, à espera do sinal. Ragnor se firmou na sela, inclinou o corpo para a frente, numa saudação zombeteira, e riu alto, com exagerada confiança.

– Finalmente, Wulfgar, nos encontramos – disse ele. – Venha me visitar em Darkenwald e à bela Aislinn no fim deste dia. Não vou proibir que a veja, uma vez que não me proibiu.

Gowain adiantou-se com os punhos fechados.

– Calma, rapaz – disse Wulfgar. – Esse assunto é meu. Deixe que eu tenha a honra.

Ragnor riu mais alto, balançando na sela.

– O quê? Wulfgar? Outro rapazinho apaixonado pela mulher? Você deve ter tido muito trabalho para afastá-los dela. Aposto que até seu querido Sweyn teve vontade de dormir com ela. A propósito, onde está aquele bom homem? – Ragnor riu, sabendo muito bem a resposta. – Guardando minhas terras?

Wulfgar conhecia aquele jogo e ficou imóvel e em silêncio. Vachel murmurou alguma coisa para Ragnor, e ele riu mais ainda, parando somente quando as trombetas soaram outra vez. Os dois cavaleiros se adiantaram, como se fossem se encontrar, depois viraram para o lado e galoparam para a tenda do rei. Então Wulfgar viu o capuz amarelo que cobria a cabeça de Aislinn e, quando chegou mais perto, viu que ela estava com o vestido de veludo sob o manto forrado com pele de raposa. A escolha o agradou. Sem precisar dizer nada, ela demonstrava sua preferência, usando aquele vestido.

Guilherme ficou de pé e respondeu à saudação dos cavaleiros. Então leu a ordem do dia, determinando que todos aceitassem o resultado da luta. Aislinn, sentada ao lado de Guilherme, estava tensa e pálida, evidentemente preocupada. Embora os olhos de Wulfgar estivessem fixos no rei, os dela só viam a ele. Aislinn queria gritar sua preferência para que o mundo soubesse qual dos dois ela queria, mas, sendo parte do prêmio do combate, não podia dizer nada.

As trombetas soaram outra vez, estridentes a seus ouvidos, e, quando os cavalos fizeram meia-volta, Aislinn teve a impressão de que Wulfgar lançara um rápido olhar para ela, mas não podia ter certeza. Os cavaleiros foram para seus lugares, marcados com as flâmulas nas cores de cada um. Quando viraram, ficando um de frente para o outro, puseram os elmos. Receberam as lanças das mãos de seus padrinhos e mais uma vez saudaram o rei. As trombetas soaram;

quando parassem, era o sinal para o primeiro ataque. Aislinn estava tensa e com medo, mas não demonstrava, sentada ereta e imóvel. Seu coração batia disparado no peito. Cruzou as mãos sob o manto e repetiu a oração feita na capela naquela manhã.

Ela prendeu a respiração quando soou a última nota. Os cavalos enormes retesaram os músculos e lançaram-se para a frente, as batidas rápidas dos cascos ecoando as batidas do coração de Aislinn. Os cavaleiros se chocaram com um clangor de metal, e ela se sobressaltou. A lança de Wulfgar raspou o escudo do adversário, e a de Ragnor partiu-se contra os braços de Wulfgar. Com um suspiro de alívio, Aislinn viu que Wulfgar estava ileso e montado, e por um momento seu coração se tranquilizou. Os dois homens fizeram meia-volta e dirigiram-se para suas tendas, cada um apanhando uma nova lança, e outra vez ela sentiu medo. O segundo encontro foi sem qualquer aviso.

Dessa vez, Wulfgar acertou o alvo, mas sua lança se partiu. O impacto atirou Ragnor para trás, na sela, fazendo-o erguer demais a lança e errando completamente o alvo. Voltaram e apanharam novas lanças. O grande Huno começava a se aquecer para a luta, e Wulfgar sentia o tremor de impaciência dos músculos do animal. Ragnor girou rapidamente, e o ruído do choque foi como um trovão. Ragnor pôs toda a força na lança e tirou um pedaço do escudo de Wulfgar. Huno atirou-se sobre o cavalo de Ragnor e o derrubou. Aislinn mordeu o lábio quando o cavalo de Wulfgar tropeçou no de Ragnor, mas logo recuperou o equilíbrio. Wulfgar recuou um pouco e, vendo Ragnor se esforçando para ficar de pé, jogou para longe a lança e desmontou para enfrentar o oponente no chão. Com um esgar de raiva, Ragnor apanhou a maça sem pontas, mas atirou-a para longe. Com pontas, seria uma arma mortal, mas Guilherme não queria ver seus cavaleiros mortos. Isso, no entanto, de modo algum, diminuía a sede de sangue de Ragnor.

Wulfgar tirou o machado do cinto e o ergueu, mas atirou-o para longe também. Os dois cavaleiros empunharam então as espadas de folha larga e caminharam um para o outro. Aislinn observava, ansiosa e em silêncio. Os primeiros golpes soaram metálicos no ar frio de inverno. As lâminas brilhavam à luz do sol e cantavam, uma batendo na outra. Aislinn continuava rígida, evitando qualquer demonstração de seus sentimentos. Os escudos, pesados, eram como paredes que protegiam os antagonistas, onde as lâminas batiam com um ruído surdo. O suor brotava no rosto dos dois, escorrendo sob o colete de couro. Ragnor era rápido e ágil, e Wulfgar era um pouco mais lento, porém desfechava seus golpes com mais segurança. Não era um mero duelo de espadins, mas uma disputa de pura força de vontade. Aquele que resistisse por mais tempo seria o vencedor. Ragnor começava a sentir o peso da espada e, percebendo isso, Wulfgar, reunindo toda a sua força, intensificou o ataque. Mas, de repente, sentiu um peso na perna, e seu pé enroscou-se na corrente da maça que estava no chão. Ragnor aproveitou a vantagem e desfechou seus golpes com mais rapidez e mais força. Wulfgar caiu sobre um joelho, com o tornozelo preso na corrente. Aislinn levantou-se a meio na cadeira, arfando em desespero. Guilherme ouviu e ficou sabendo quem ela preferia.

Wulfgar livrou a perna da corrente e conseguiu se levantar sob a chuva de golpes de Ragnor. Cambaleou para trás e, recuperando o equilíbrio, enfrentou o ataque com os dois pés firmes no chão. A luta continuou feroz, e parecia que nenhum dos dois ia vencer, até que a pura força de Wulfgar começou a se fazer sentir novamente. Num movimento brusco, sua longa espada avançou, não com um golpe em arco, mas direto e horizontal. Atingiu o elmo de Ragnor e o fez virar para um lado. Antes que ele pudesse se recobrar do impacto, a espada de Wulfgar subiu e desceu com violência, lascando a beirada do escudo e atingindo o elmo outra vez. Ragnor cambaleou, e Wulfgar procurou livrar sua espada do escudo do oponente. Ragnor atirou para longe o escudo quando Wulfgar conseguiu retirar a espada. Agora Wulfgar tecia uma verdadeira teia em volta do adversário com os golpes de sua arma. Ragnor foi obrigado a recuar, atacando e se defendendo só com a espada. Cada vez mais sua arma encontrava a do adversário ou era desviada para o lado. Um golpe violento atingiu seu ombro, tirando toda a força do braço. Suas costelas queimavam cada vez que a lâmina ameaçadora atingia a cota de malha. Ragnor tropeçou outra vez e abaixou a espada por uma fração de segundo. O elmo voou de sua cabeça, atingido por um golpe certeiro e pesado. Ragnor caiu e rolou na relva coberta de geada. Wulfgar recuou e descansou, ofegante, observando os esforços do adversário para se levantar. Uma, duas, três vezes Ragnor tentou, sem conseguir. Aislinn conteve a respiração, rezando de todo coração para que aquele fosse o fim da luta. Finalmente Ragnor ficou imóvel, e Wulfgar voltou-se devagar para Guilherme, saudando-o com o punho da espada encostado na testa. Foram· os olhos arregalados de Aislinn e a expressão de medo em seu rosto que o alertaram para o movimento às suas costas. Virou a tempo de desviar o golpe de Ragnor, e atingiu o peito dele com a parte larga da lâmina da espada. Com um berro de dor, Ragnor foi atirado outra vez no chão. Dessa vez, não se moveu, apenas gemeu de agonia.

Wulfgar aproximou-se do pavilhão do rei. Viu de relance o rosto alegre de Aislinn antes de perguntar:

– A luta está terminada, Majestade?

Guilherme sorriu.

– Nunca duvidei do resultado, Wulfgar. Foi um belo combate, e você é o vencedor no campo de honra. – Olhou de soslaio para Aislinn e disse, com humor: – Pobre moça, ela parece se aquecer com seu pouco ardor. Devo aconselhá-la a não se entusiasmar tanto com sua vitória?

Wulfgar enterrou a ponta da espada no chão; jogando as luvas pesadas ao lado dela, tirou o elmo e o capuz e os dependurou no punho da lâmina larga e alta. Com passos largos, subiu os degraus do pavilhão e, parando na frente de Aislinn, tirou-a da cadeira. Beijou-a com lentidão deliberada, abraçando-a com força, como se quisesse guardá-la dentro do próprio corpo. Abriu os lábios e beijou-a outra vez, agora com o ardor candente que ela só experimentara na privacidade do seu quarto.

Vachel ajudou Ragnor a se levantar e os dois ficaram sozinhos no campo vazio, olhando o abraço. Com o corpo dolorido, Ragnor crispou o rosto numa careta de dor, escondendo a raiva que fervia dentro de si. Apoiando-se em Vachel, disse, com a fúria vibrando na voz:

– Algum dia vou matar aquele bastardo – em seguida saiu claudicando até a tenda.

Quando Wulfgar a soltou, Aislinn afundou na cadeira, com os joelhos fracos, e só depois de algum tempo conseguiu respirar. Wulfgar voltou-se para Guilherme com uma leve mesura.

– Está satisfeito, Majestade? – perguntou.

Guilherme deu uma gargalhada e piscou um olho para Aislinn. – Ah, a verdade sempre aparece. O rapaz a deseja mais do que às terras.

Aislinn corou, feliz.

Parecendo mais sério, o rei voltou-se para Wulfgar.

– Precisamos redigir os contratos e seremos o mais breve possível. Quero que jante comigo esta noite com sua encantadora dama, pois pretendo aproveitar ao máximo a companhia dela. A corte tem estado muito tediosa sem a presença feminina. Eu os vejo à noite. Bom dia, Sir Wulfgar.

Guilherme retirou-se, indicando com um gesto que Aislinn deveria acompanhá-lo. Ela obedeceu e tirou o capuz que cobria o brilhante cabelo vermelho. Antes de descer os degraus, virou para trás e despediu-se de Wulfgar com um sorriso radiante.

Agora, terminada a dura tarefa daquele dia, Wulfgar podia relaxar. Porém, quando voltou para a casa do comerciante, ficou tenso outra vez com a interminável espera da chegada da noite. Cada vez que pensava em Aislinn, ficava mais excitado e ansioso. Impacientou-se com a lentidão com que Sanhurst subia a escada com os baldes de água quente para o banho que ia aliviar as dores e contusões de seu corpo. Escolheu novamente o traje marrom, discreto e sóbrio.

Cavalgando naquela noite para o palácio, Wulfgar cantarolava uma ária antiga, com o coração muito mais leve. Sua recepção na corte foi diferente. Huno foi levado para a estrebaria e admirado pelos homens. Um pajem o conduziu até a sala, onde foi recebido por um grupo de lordes, que o cumprimentou pela vitória. Quando se livrou deles, viu Aislinn na outra extremidade da sala, na companhia de outra mulher, olhando para ele. Seus olhos se encontraram e trocaram um sorriso. Com seu porte altivo e sua beleza, Aislinn parecia inatingível. Porém, de todos os lordes presentes, Wulfgar era o único que tinha direito a ela.

Adiantou-se para ela, e Aislinn foi a seu encontro.

– Outra vez, meu senhor – murmurou ela. – Sou seu prêmio novamente.

Impassível, Wulfgar ofereceu-lhe o braço.

– Venha – disse ele, conduzindo-a para a mesa. Sua atitude era a de um cavaleiro vitorioso reclamando sua recompensa, e ninguém podia adivinhar a verdade. Wulfgar ansiava para tomá-la nos braços e abafar seus protestos com beijos. Era frustrante caminhar ao lado dela sentindo o toque leve da mão delicada em seu braço e não poder dizer a toda a corte o que estava sentindo.

O jantar transcorreu num ambiente agradável, com brindes à Normandia, à coroa, à Inglaterra, a Guilherme e, finalmente, ao vencedor da luta. Todos tinham comido e bebido, a destreza e a coragem de Wulfgar foram devidamente louvadas quando os convidados começaram a se retirar. Um pajem curvou-se na frente de Aislinn e murmurou uma mensagem. Ela voltou-se para Wulfgar.

– O rei quer falar com você em particular e eu preciso arrumar minha bagagem. Até logo, *monseigneur*.

Wulfgar levantou-se, esperou que a mesa fosse retirada pelos criados e ajoelhou-se na frente do rei. Ouviu as portas se fecharem quando os criados saíram, e o bispo Geoffrey ficou de pé atrás da cadeira de Guilherme.

– Sire, estou às suas ordens – disse Wulfgar, inclinando a cabeça.

– Levante-se, cavaleiro, e ouça minhas palavras – disse Guilherme, com voz firme. – Você venceu a luta, e este dia terminou. As terras de Darkenwald e Cregan, com tudo que fica entre as duas cidades e em volta delas, lhe pertencem, bem como lady Aislinn. Que ninguém, a partir de hoje, questione seu direito de propriedade sobre elas. Fui informado de que as terras não são muito extensas, portanto não lhe darei o direito de senhorio sobre elas, mas confiro o título total de propriedade. Elas têm uma posição estratégica e são o caminho mais curto para Londres. Desejo que seja construído em Darkenwald um castelo capaz de abrigar mil homens, mais ou menos, se for preciso. Embora situada na encruzilhada, Cregan é uma extensão de terras baixas, pouco protegida. Um castelo em Cregan seria uma prova de nosso domínio sobre as terras. Darkenwald servirá ao mesmo

313

propósito e está situado nas colinas, mais além. O castelo deve ser construído. Você escolhe o local, e a construção deve ser forte e harmoniosa. Os noruegueses ainda ambicionam a Inglaterra, e os reis da Escócia também querem nos conquistar. Portanto, devemos planejar com antecedência.

Guilherme ergueu a mão para o bispo, que se adiantou, tirando de dentro das vestes volumosas um rolo de pergaminho que começou a ler lentamente. Quando ele terminou, o rei pôs seu sinete no pergaminho, e o bispo o entregou a Wulfgar e saiu da sala. Guilherme recostou e bateu com as mãos nos braços da cadeira.

– Foi um dia para ser lembrado, mas, repito, Wulfgar, eu não tinha nenhuma dúvida.

– É muita bondade sua, Majestade – murmurou Wulfgar, um pouco embaraçado com o elogio.

– Sim, Wulfgar, eu sou bom demais. – Guilherme suspirou.

Sou bom demais, mas não faço nada sem um motivo. Sei que é leal a mim e que cuidará bem do que é meu, pois logo devo voltar à Normandia. Até naquela terra distante existem os que querem me afastar para realizar seus fins, e tenho poucos homens verdadeiramente leais para cuidar de meus assuntos aqui. Faça um castelo forte e garanta as terras para seus filhos. Sei muito bem o que é ser um bastardo. É justo que partilhe minha fortuna com outro igual a mim.

Wulfgar ficou calado, e o rei levantou-se e se adiantou para ele, com a mão estendida. Wulfgar a apertou, e ficaram por um momento se olhando nos olhos, como dois soldados.

– Muitas vezes bebemos juntos, meu bom amigo – disse Guilherme, calmamente. – Siga o seu caminho, faça o melhor possível e nem por um momento pense na tolice de abandonar lady Aislinn. É uma mulher extraordinária e qualquer homem deve se sentir honrado em ser seu marido.

Wulfgar curvou-se outra vez, apoiado num joelho.

– A dama será enviada para você muito em breve, Wulfgar – continuou Guilherme. – Eu o verei outra vez antes de você deixar Londres e antes de minha partida para a Normandia. Meus melhores votos, Wulfgar. Boa sorte, amigo.

Guilherme saiu da sala, e Wulfgar foi até Huno. Montou e saiu do pátio do castelo, mas sem pressa para chegar à casa. Não podia deixar de se perguntar quando Guilherme ia devolver Aislinn, irritado por não ter insistido em sua volta. Cavalgou sem destino, olhando para os prédios de Londres. Entrou numa taverna e pediu um copo de cerveja. Talvez a bebida aliviasse sua solidão. Se eu tomar uma boa quantidade, talvez seja mais fácil suportar esta noite, pensou ele. Ergueu o copo e sentiu o amargor da bebida. Levantou-se, sem ter tomado nem meio copo. Continuou seu passeio, entrou em outra estalagem e pediu um vinho tinto encorpado. Mas o vinho também não ajudou em nada. Saiu da taverna e, quando chegou à casa do comerciante, parou, olhando para as janelas, sem vontade de entrar. Era tarde quando Wulfgar entrou no salão e todos já estavam deitados. O fogo estava baixo na lareira, e ele o reforçou para o resto da noite. Subiu a escada com passo lento, mas, quando passou pelo pequeno quarto de Hlynn, ouviu um ruído.

O que pode ser? Parou por um momento. Será Hlynn? Sim, é Hlynn. Se Hlynn está aqui, então Aislinn...

Agora seus pés o levavam com pressa urgente para o quarto, e ele abriu a porta. Aislinn estava de pé, ao lado da janela, penteando o cabelo. Ela voltou-se para ele e sorriu. Wulfgar se encostou na porta fechada, olhando em volta. Tudo estava no devido lugar, os vestidos onde deviam estar, os pentes na pequena mesa. Era como se o quarto tivesse ganhado nova vida com sua presença. Ela vestia uma túnica justa de cor suave. Parecia brilhar com uma luz própria e intensa e seu sorriso cintilava, caloroso à luz da vela a seu lado. Aislinn não podia vê-lo muito bem, onde a luz da vela não alcançava, mas de repente ali estava ele, tomando-a nos braços, erguendo seu rosto para o beijo, abafando as palavras de acolhida, na mais antiga forma de saudação. Antes que ela tivesse tempo de recobrar a respiração, Wulfgar tomou-a no colo e levou-a para a cama. Seus lábios procuraram os dela outra vez, e ele deitou sobre seu corpo, fazendo-a afundar no colchão macio. Sua mão deslizou para dentro do decote da túnica e os lábios ardentes desceram do pescoço até o seio. Wulfgar ergueu a túnica para tirá-la pela cabeça de Aislinn, mas afastou-se, confuso. Os lábios dela tremiam, e seus olhos estavam fechados, mas as lágrimas desciam por seu rosto. Ele franziu a testa.

– Aislinn, meu amor, está com medo? – perguntou.

– Oh, Wulfgar – murmurou ela. – Só tenho medo de que você me abandone. Será que algum dia vai compreender o que sinto? – Abriu os olhos. – Uma taça pode ser enchida muitas vezes e o vinho tomado com prazer, mas, quando está amassada ou partida, é abandonada, não mais usada. A taça é uma coisa. Comprada. Possuída. Usada. Eu sou uma mulher. Meu objetivo na Terra foi determinado no céu, e temo o dia em que serei abandonada, substituída por outra.

Wulfgar riu, acalmando os seus temores.

– Nenhuma taça saboreia seu próprio vinho nem o acha mais embriagador quando está completamente cheia. Sim, pobre taça, minha mão acostumou-se com sua forma, e você me dá muito mais do que eu jamais esperaria levar aos lábios. Amassada ou não, para mim a bebida que você me oferece proporciona mais prazer que o vinho pode conter. – Então, disse, com um sorriso: – E você sente prazer também, eu sei.

Aislinn sentou-se na cama e arrumou a túnica.

– *Monseigneur* – olhou nos olhos dele. – Passei alguns dias na corte de Guilherme agindo como uma gentil donzela. O rei e todos os lordes me trataram como se eu assim fosse, mas eu sentia o amargor da falsidade de tudo isso, pois sei o que sou.

– Você se diminui, *chérie*, pois hoje arrisquei a vida no campo de honra por você. Que preço mais alto pode desejar?

Aislinn riu com ironia, balançando a mão.

– Quanto vocês pagam por suas mulheres na Normandia? O preço de um ou dois vestidos? Uma moeda de cobre ou um punhado de moedas? Que diferença faz uma ou mil? A mulher continua a ser uma prostituta. Por esta noite pagou algumas horas de sua vida. É um alto preço, pode estar certo. – Pôs a mão no braço dele. – Até para mim, pois dou muito valor a sua vida, talvez mais até do que você mesmo dá. Quanto Guilherme pagou por sua vida, por seu juramento de lealdade? Posso comprá-lo dele? Então, você faria esse juramento a mim? Mas seja qual for o meu preço, para você ainda sou uma mulher muito bem criada. Se eu me entregasse de boa vontade, pelo seu preço, ainda seria uma prostituta.

Wulfgar levantou-se e disse, zangado:

– Você é minha, duas vezes prometida por seus próprios lábios.

Aislinn deu de ombros e sorriu.

– Uma escolha entre dois males, uma vez para aliviar o peso de um destino odioso, outra vez para prestigiar sua honra. Wulfgar, será que não compreende? – Apontou para a porta. – Se eu sair à rua, pode me proibir de trazer para a cama uma dúzia de lordes da melhor reputação?

Wulfgar balançou a cabeça, e ela continuou sem lhe dar a chance de responder, como que para gravar os pensamentos na mente dele:

– Wulfgar, ouça o que estou dizendo. Que diferença faz um ou uma dúzia? Que importa o preço? Se eu me entregar de boa vontade, então sou uma prostituta.

Wulfgar tornou-se agressivo, esquecido de todo desejo.

– Então, o que importa seu punhado de moedas de cobre ou palavras pronunciadas numa igreja? Qual a diferença, a não ser que estará prendendo um homem para toda a vida?

Aislinn virou o rosto, outra vez com lágrimas nos olhos, vendo que ele jamais iria compreender o que realmente fazia dela a mulher que ele tanto desejava. Falou em voz tão baixa que Wulfgar teve de se esforçar para ouvir.

– Estou aqui sempre que desejar. Posso chorar e ceder outra vez a seu desejo, mas sempre vou resistir até o limite máximo de minhas forças.

Inclinou a cabeça tristemente, e as lágrimas caíram em suas mãos cruzadas no colo. Detestando vê-la chorar e incapaz de aliviar aquela tristeza, Wulfgar saiu do quarto, furioso.

Ficou de pé na frente da lareira, no salão, olhando para o fogo. Rilhou os dentes. "Preciso sempre violentar essa mulher?", murmurou. "Quando ela virá até mim como eu quero?"

– Disse alguma coisa, meu senhor? – perguntou uma voz anasalada atrás dele.

Wulfgar voltou-se e viu Sanhurst olhando para ele.

– Porco saxão! – rugiu o normando. – Desapareça da minha frente!

O jovem apressou-se a obedecer, e Aislinn, no quarto, ouviu a voz de Wulfgar e compreendeu que ele descarregava sua fúria nos outros. Foi até a porta, quase desistindo de sua decisão. Suspirou e balançou a cabeça; aproximando-se da janela, encostou a cabeça no batente, olhando para a cidade escura e nevoenta.

O fogo estava apagado quando Wulfgar voltou para o quarto. Aislinn, na cama, fechou os olhos e fingiu que dormia, ouvindo os movimentos dele no quarto escuro e depois o peso de seu corpo na cama. Wulfgar encostou-se nela e Aislinn apenas suspirou, com um leve movimento. Mas era impossível para ele resistir àquela proximidade. Logo suas mãos começaram a acariciá-la e, fazendo-a deitar de costas, prendeu-a entre o peso de seu corpo e o colchão. Com beijos, suaves a princípio e cada vez mais ardentes, conseguiu fazer com que ela cedesse à sua vontade.

– Não, não, por favor – murmurou ela, mas Wulfgar não a ouviu, e Aislinn sabia que, mais uma vez, estava perdendo a batalha. Ele a possuiu, e ela soluçou quando seu corpo respondeu ao dele. Outra vez sob o peso do normando, o desejo cresceu até obscurecer tudo o mais, e depois ergueu-a em suas ondas enormes, carregando-a rapidamente para seu destino.

Satisfeita e exausta nos braços dele, Aislinn não sentiu vontade de chorar. Ficou intrigada com aquele estranho contentamento, que parecia encher todo o seu corpo, e com o carinho com que Wulfgar a tratava. Ele lhe dera presentes quando Aislinn sabia que não era seu costume. Dizia que não brigava por nenhuma mulher e tinha lutado por ela. Isso provava que ele mudara e que podia mudar mais uma vez.

Os DIAS SEGUINTES passaram rapidamente e Wulfgar foi várias vezes chamado ao palácio para resolver certos detalhes de sua propriedade. Em público, ele e Aislinn agiam como um casal apaixonado. Havia ternura no menor contato e nos olhares que trocavam. Mas na privacidade de seu quarto, Aislinn tornava-se fria e distante e parecia temer o mais leve toque das mãos de Wulfgar. Essa resistência começava a cansá-lo. Sempre tinha de começar tudo do princípio, atacando a fortaleza com vigor e paciência, mas, quando terminavam, em vez de se afastar, como antes, Aislinn ficava perto dele, saboreando o prazer de seu abraço.

No fim de três dias, chegou a carta de Guilherme dispensando Wulfgar de seus deveres na corte e ordenando sua volta para Darkenwald. Quando a ordem chegou, Wulfgar não estava em casa e só voltou muito tarde. Aislinn jantou sozinha e depois esperou por ele no quarto, com um prato de carne no fogo da lareira e uma jarra de cerveja no peitoril da janela. Na última noite em Londres, os dois ficaram na janela, olhando para a cidade, até a lua ficar alta no céu, calmos e em silêncio, com um contentamento sereno que nunca haviam sentido antes. Aislinn apoiou as costas no peito de Wulfgar e ele abraçou sua cintura, e aqueles momentos foram para ela de um prazer jamais experimentado.

Na manhã seguinte, começou a atividade. As últimas peças da bagagem foram levadas para baixo. Agasalhada com a capa forrada de peles, Aislinn desceu para o desjejum e depois foi para o estábulo. Seu pequeno cavalo ruão estava amarrado na traseira da carroça, sem arreios. Intrigada, ela voltou-se e viu Gowain a seu lado.

– Senhor cavaleiro, vou viajar na carroça?

– Não, minha senhora. Sua montaria está ali adiante.

Gowain apontou, com um sorriso satisfeito, e, sem dizer mais nada, afastou-se. Aislinn franziu a testa e caminhou para a direção indicada. E lá estava, no estábulo, a bela égua malhada, ajaezada com sua seta e um manto para cobrir suas pernas durante a viagem. Aislinn passou a mão no flanco do animal, sentindo os músculos fortes. Acariciou o focinho da égua, admirando o tom cinza-azulado do pelo macio. Voltou-se a um pequeno ruído e viu Wulfgar atrás dela, rindo, satisfeito. Antes que ela tivesse tempo de abrir a boca, ele disse, com voz brusca:

– É seu – deu de ombros. – Eu lhe devia.

Wulfgar levou Huno para fora e montou. Mais uma vez, com o coração aquecido, Aislinn lembrou da afirmação dele de que jamais gastava muito com suas mulheres. Feliz, levou o cavalo para fora e olhou em volta, admirada por não ter ninguém para ajudá-la a montar. Sir Gowain então, galantemente, desmontou, ajudou-a a montar e ajeitou o manto sobre suas pernas. Tornou a montar e eles partiram. Aislinn seguia um pouco atrás de Wulfgar. Atravessaram lentamente as ruas de Londres com a carroça rangendo atrás dos cavaleiros e os arqueiros fechando a retaguarda. Atravessaram a ponte, a estrada para Southwark e chegaram ao campo aberto. Wulfgar olhava constantemente para trás para ver se estava tudo bem. Finalmente diminuiu o passo de Huno e esperou que Aislinn o alcançasse. Prosseguiram rapidamente outra vez, Aislinn feliz e sorridente, pois agora ocupava o lugar de esposa ao lado de seu senhor.

O frio aumentou e, à noite, armaram as tendas, uma para Wulfgar e Aislinn, outra para os cavaleiros e a terceira para os soldados. Hlynn ficou na carroça, ao lado da tenda de Wulfgar. Fizeram uma fogueira e, depois do jantar quente, retiraram-se para as tendas para se proteger do frio da noite. Tudo estava quieto, e Aislinn via o tremular do fogo através do pano da tenda. Estavam cobertos com grandes mantas de pele, e logo Wulfgar se aproximou e suas mãos começaram a explorar. Um ruído na carroça onde Hlynn estava deitada interrompeu sua disposição. Depois de algum tempo, ele voltou à carga e, como de propósito, o ruído se repetiu. Wulfgar se afastou. Aislinn o ouviu resmungar uma imprecação e depois de um momento ele disse:

– Aquela mulher se agita como um touro nervoso.

Ele tentou outra vez, e outra vez Hlynn se agitou na carroça.

Wulfgar resmungou e, virando para o outro lado, cobriu-se até o pescoço. Sorrindo e sabendo que estava a salvo dele naquela noite, Aislinn se aconchegou nas cobertas e se encostou nele para se aquecer melhor.

O dia amanheceu claro e frio e nuvens de vapor saíam das narinas dos cavalos, umedecendo as rédeas e cobrindo de geada os bridões. Continuaram a viagem, Aislinn com o coração leve, porque naquela noite ia dormir em seu lar, em Darkenwald.

17

Era um típico dia de janeiro, frio e ensolarado. Não havia fanfarras nem trombetas para recebê-los, mas era a única coisa que faltava quando entraram no pátio interno de Darkenwald, pois parecia que todo mundo viajara quilômetros para dar as boas-vindas ao novo senhor do solar. Envolta na capa forrada de peles, firme na sela da égua nervosa e esperta, Aislinn manteve-se um pouco atrás de Wulfgar. Ele conduziu Huno pelo meio da multidão e desmontou na frente da casa. Um lacaio segurou o bridão do cavalo de Aislinn e Wulfgar ajudou-a a apear. Ele inclinou a cabeça para ouvir o que Aislinn dizia, e Gwyneth, que os observava da frente da casa, franziu a testa, notando que o menor contato entre eles era quase uma carícia. Quando caminharam para o solar, a multidão se aproximou – os cavaleiros que acabavam de chegar e os normandos que tinham ficado; crianças que desafiavam umas às outras para ver quem tinha coragem de tocar nos cavaleiros, especialmente em Wulfgar; e pessoas da cidade, ávidas por notícias. Gwyneth também caminhou para o solar e, quando as portas se abriram, os sons que vinham de dentro misturaram-se com os de fora. Cães latiam e os homens gritavam palavras de boas-vindas. Da lareira vinha o cheiro doce do javali assado, preparado por dois criados jovens, misturando-se ao cheiro de suor, de couro e de cerveja.

Ali Aislinn conhecia cada cheiro e cada voz. O barulho era atordoante, mas ela parecia mais viva e mais alerta no meio daquela cacofonia de sons, de coisas e de cheiros. Seu coração batia mais forte a cada rosto familiar que via. Estava em casa, longe da formalidade forçada da corte. As mulheres falavam alto, apressando o banquete, e os homens tomavam cerveja. Saudações e brindes soavam por todos os lados. Aislinn de repente viu-se no meio de uma roda de homens que conversavam alegremente com Wulfgar. Sentindo-se deslocada, fez um movimento para se afastar, mas, sem interromper a conversa, ele a impediu com a mão em seu ombro. Satisfeita, Aislinn encostou nele, ouvindo sua voz profunda e seu riso descontraído.

A sala ficou silenciosa quando Gwyneth disse, com voz estridente:

– Muito bem, Wulfgar, já se cansou de matar saxões? – Caminhou para ele com passo decidido, e todos abriram caminho para sua passagem. – Você ganhou este belo lugar e tudo que ele contém ou devemos arrumar nossas coisas e procurar outro abrigo?

Wulfgar sorriu, tolerante.

– É meu, Gwyneth. Nem Ragnor conseguiu tirá-lo de mim.

Ela ergueu as sobrancelhas interrogativamente.

– O que quer dizer?

– Ora, Gwyneth, lutamos por esta bela terra e por lady Aislinn.

Gwyneth voltou para Aislinn os olhos entrecerrados e acusadores.

– O que a prostituta andou fazendo? Qual a intriga que levou você a lutar com aquele valoroso cavaleiro? Imagino que ela encheu sua cabeça de intrigas contra mim. Posso ouvir suas queixas chorosas, ver seus olhos inocentes.

Wulfgar sentiu a tensão de Aislinn a seu lado, embora ela parecesse impassível.

Estendendo as mãos para ele, Gwyneth disse, em tom de súplica:

– Oh, meu irmão, não percebe o jogo dela? Ela quer mandar em Darkenwald por seu intermédio e afastá-lo de nós. Você deve se libertar desse entusiasmo vulgar de bastardo e mandá-la embora antes de ser destruído. Deve procurar uma mulher nobre na corte. Seus hábitos e suas brincadeiras com essa prostituta não condizem com sua posição de senhor de Darkenwald, e ela vai ser o seu fim.

Olhou para Aislinn com altivo desdém e continuou:

– Ela incita os criados contra mim. Na verdade, chegou a me impedir de castigar Ham, aquele insolente, por desobedecer as minhas ordens. Sim, até Sweyn foi enfeitiçado e sem dúvida vai tomar as dores dela.

Ela ergueu uma sobrancelha para Wulfgar e sorriu.

– Ela contou de sua amizade com seu antigo noivo e das brincadeiras dos dois na sua ausência? Foi muito conveniente para eles você ter trazido aquele escravo para dentro de casa.

Gwyneth viu a expressão furiosa do irmão e cantou vitória:

– Ora, a boa Haylan, que você mandou para morar no solar – voltou-se e sorriu para a saxã, um pouco constrangida, mas elegantemente vestida com as roupas de Aislinn – ... Aislinn recusou dividir suas roupas com ela, até eu resolver acertar as coisas. Não vejo nenhum mal em partilhar as roupas, quando a pobre mulher não tinha nada para vestir. Além de tudo, Aislim também queria que essa mulher livre cozinhasse, como se fosse uma criada qualquer.

Wulfgar olhou para os rostos dos que os observavam em silêncio. Em alguns viu dúvida, em outros, raiva. Gowain, de pé ao lado dela, estava pronto para defender Aislinn se Wulfgar não o fizesse. Wulfgar voltou-se para a irmã.

– Até você aparecer eu não tinha ouvido nenhuma queixa ou acusação, Gwyneth – observou ele, com voz calma, e viu a surpresa nos olhos dela. – Na verdade, Aislinn não disse uma palavra sobre você ou Haylan.

Gwyneth gaguejou, confusa, e Wulfgar sorriu sarcástico.

– Ao que parece, cara irmã, os únicos lábios que a traíram foram os seus. Mas agora que já fez suas queixas, peço que escute com atenção – continuou ele, com severidade. – Eu sou o senhor aqui, Gwyneth, agora com título concedido pelo rei. Sou também juiz e, se julgar necessário, executor. Compreenda, nenhuma punição será aplicada sem minha ordem, e você não tem nenhum direito a partilhar minha autoridade, que pertence somente a mim e não pode ser usurpada por mais ninguém. Você, como todos aqui, deve obedecer as minhas leis e pode estar certa de que não hesitarei em julgá-la como a qualquer outra pessoa. Portanto, tenha cuidado, minha irmã.

"Quanto àqueles que mandei para cá", olhou para Haylan, que se encolheu, embaraçada, eu os mandei para servir nas minhas terras com o que sabem fazer, e a nenhum deles dei ordem para morar no solar.

Olhou para Aislinn e depois outra vez para Gwyneth.

– Você se recusa a ver que Aislinn me serve bem e fielmente em tudo que preciso e procura remediar o mal que você faz. Tenho prazer em sua companhia e ela me obedece, dentro de minha casa, como você. Quero repetir que ela é a mulher que escolhi. O que lhe pertence, cedo a ela de bom grado por seu serviço ou por minha vontade. Kerwick sabe muito bem disso e conhece o peso de minha mão, portanto tenho certeza de que não tocaria nem de leve em qualquer coisa que me pertence.

Apontou para as roupas que ela e Haylan vestiam.

– Vejo que dividiram muito bem esses pobres andrajos, mas, daqui em diante, o que é dela lhe pertence e, se for tomado, vou considerar roubo. Não gosto que você entre em meu quarto. Nunca mais faça isso sem minha ordem ou de Aislinn.

Embaraçada, Gwyneth ficou em silêncio.

– Por consideração a seu pai e à nossa mãe, estou dizendo isso gentilmente – continuou Wulfgar. – Mas tenha o maior cuidado para não abusar outra vez de minha boa vontade.

– Eu não esperava que você compreendesse minha situação penosa, Wulfgar – suspirou Gwyneth. – Afinal, não passo de sua irmã.

A calma dignidade com que ela saiu da sala enganou o coração de alguns dos presentes. Haylan acompanhou-a com olhos atônitos até ela desaparecer, depois foi para perto da lareira onde estavam assando o javali e outras caças. Kerwick olhou para ela com zombaria nos olhos azul-claros.

– Sua roupa é boa demais para esse trabalho, minha senhora.

– Cala a boca, idiota – sibilou Haylan. – Do contrário, vou acabar com você. Meu irmão, Sanhurst, está aqui agora e vai me defender.

Kerwick olhou para Sanhurst, que subia a escada carregando a arca de Wulfgar, e riu.

– Ao que parece, Sanhurst, está muito ocupado para se preocupar com seus problemas. Como um bom rapaz, ele não pretende partilhar a mesa do patrão, mas está satisfeito com o trabalho.

Com um olhar furioso para ele, Haylan voltou-se para continuar a preparar a carne.

Era tarde quando terminaram a refeição, e Wulfgar e Aislinn subiram juntos para o quarto. Ele fechou a porta e Aislinn rodopiou pelo quarto, feliz por estar em casa outra vez.

– Oh, Wulfgar! – exclamou ela. – Quase não posso suportar tanta felicidade.

O normando franziu a testa e olhou em volta, com a impressão

324

de que tudo lhe dava as boas-vindas também. Não podia ignorar as palavras de Gwyneth e procurava uma explicação para elas.

Aislinn parou e, atordoada, deixou-se cair na cama; rolou para o lado, espalhando as mantas de pele e jogando algumas no chão.

De repente Aislinn o viu inclinado para ela, com expressão sombria, e ficou imóvel, ajoelhada na cama.

– Você está doente, Wulfgar? – perguntou, preocupada. – Algum ferimento o incomoda? – Bateu com a mão na cama, a seu lado. – Venha, deite-se aqui. Eu faço uma massagem.

As sobrancelhas dele se fecharam, tempestuosas.

– Aislinn, você me traiu?

Ela arregalou os olhos, espantada.

– Antes de dizer alguma coisa – aconselhou ele –, quero que saiba que preciso saber a verdade. Dormiu com Kerwick durante a minha ausência?

Aislinn olhou nos olhos cinzentos e indecisos, os dela escurecendo à medida que a raiva crescia. Ela estremeceu, furiosa e ofendida. Roubar seu orgulho e depois questionar sua fidelidade. Seu punho fechado atingiu com força o peito largo do normando. A dor lancinante que sentiu na mão encheu seus olhos de lágrimas, mas Wulfgar continuou impassível. A raiva chegara ao auge.

– Como se atreve! Fez de mim sua escrava, tomou toda a virtude que eu ainda possuía e ousa me fazer essa pergunta? Oh, seu traidor miser...

Apanhou uma manta da cama e correu para a porta. Voltou-se então para ele, ainda sem encontrar palavras que traduzissem sua fúria. Bateu com o pé no chão e saiu, descendo a escada e atravessando o salão, ignorando Bolsgar, que, sentado na frente da lareira, ergueu os olhos, surpreso. Aislinn atravessou o pátio e, como não tinha para onde ir, entrou na trilha que levava à cabana de Maida. Quase matou a mãe de susto quando abriu a porta e a fechou com violência, encaixando a tranca pesada, finalmente satisfeita. Sem uma palavra de explicação. Aislinn sentou-se na única cadeira, cobriu-se com a manta e ficou olhando para o fogo. Maida, adivinhando o que tinha acontecido, considerou a rejeição da filha uma vingança perfeita contra

Wulfgar. Com uma casquinada, ela saltou da cama e, dançando feliz, aproximou-se da filha, que olhou zangada para ela. Mas Maida parou de rir quando passos pesados soaram lá fora. Alguém tentou abrir a porta e depois parecia querer derrubá-la com batidas violentas.

– Aislinn – soou a voz de Wulfgar.

Aislinn olhou furiosa para a porta e voltou a olhar para o fogo.

– Aislinn!

A madeira estremecia, mas Aislinn não se moveu. Então, com um estalo, a tranca se partiu e a porta, arrancada das dobradiças de couro, caiu no chão. Com um grito estridente, Maida fugiu para o canto mais escuro da cabana. Aislinn levantou-se e virou de frente para ele, furiosa. Wulfgar passou por cima da porta quebrada e olhou para ela.

– Megera saxã! – rugiu ele. – Nenhuma porta trancada vai me impedir de ter o que é meu.

– Eu sou sua, meu senhor? – zombou ela.

– Sim, é – trovejou Wulfgar.

Aislinn falou devagar, como se cada palavra a magoasse.

– Sou sua, meu senhor, por direito de conquista? Ou talvez, meu senhor, sou sua pelas palavras de um padre? Ou sou sua apenas por suas palavras?

– Você dormiu com aquele filhote de cão? – gritou Wulfgar.

– Não! – gritou Aislinn, depois continuou com voz mais suave para que cada palavra soasse claramente: – Eu podia ter dormido com o filhote de cão na presença de Hlynn, de Ham e de minha mãe e com Sweyn guardando a minha porta? Teria feito isso para diverti-los? – Seus olhos brilharam com lágrimas turbulentas. – Eu estaria me negando constantemente e pedindo para poupar minha dignidade se eu não tivesse nenhuma? Acredite em Gwyneth, se quiser, mas não espere que eu rasteje a seus pés para me penitenciar do que não fiz. Tem liberdade para escolher entre minha palavra e a de Gwyneth. Não vou mais responder a essas acusações e não vou implorar para que acredite em mim.

Wulfgar olhou atentamente para ela e depois, delicadamente, enxugou uma lágrima do rosto suave.

– Mulher saxã, você encontrou um lugar no meu íntimo, onde só você pode me ferir.

Wulfgar abraçou-a e olhou nos olhos dela, completamente dominado pela paixão e pelo desejo. Sem uma palavra, pegou-a no colo e, passando outra vez sobre os restos da porta, carregou-a noite adentro até o solar pouco iluminado àquela hora. Quando atravessou o salão, com ela nos braços, Bolsgar riu, olhando para sua caneca de cerveja.

– Ah, esses jovens namorados, sempre conseguem o que querem.

18

Estavam no começo do segundo mês do ano e a neve já não caía mais, porém a chuva fria era constante e as nuvens escureciam o topo das colinas. Às vezes uma neblina pesada subia dos pântanos e cobria a cidade durante todo o dia. O frio úmido parecia chegar até os ossos e convidava a ficar perto da lareira.

A cabana de Maida ficou fria quando Aislinn abafou cuidadosamente as brasas para varrer as cinzas e limpar a lareira. Aislinn sabia que Wulfgar estava no estábulo, cuidando pessoalmente dos cavalos, como costumava fazer quando tinha uma folga, e aproveitou a oportunidade para cuidar do conforto de Maida e levar comida suficiente para que a mãe não precisasse se expor à chuva fria. Maida, sentada na beirada da cama, com um sorriso quase insano nos lábios e os olhos brilhando na cabana escura, observava o trabalho da filha.

Aislinn ergueu o corpo com a mão nas costas para aliviar uma dor persistente. O movimento brusco fez a cabana girar em volta dela e, para não cair, apoiou-se na chaminé da lareira. Quando ela enxugou algumas gotas de suor na testa, Maida perguntou:

– A criança já se mexeu?

Sobressaltada e surpresa, Aislinn voltou-se para a mãe e rapidamente respondeu que não. Sentou-se na cadeira, segurando com força a vassoura de gravetos, e ergueu os olhos numa súplica.

– Pensou que podia esconder de mim para sempre, minha filha? – perguntou Maida.

– Não – murmurou Aislinn, sentindo-se sufocar no pequeno espaço. – Escondi de mim mesma por muito tempo.

Aislinn compreendeu então que há muito tempo sabia que ia ter um filho. Os seios estavam maiores e não tinha regras desde a noite com Ragnor. Uma tristeza pesada apertou seu coração e as palavras tornaram real o que pela primeira vez ela admitia estar carregando no ventre.

– Sim – as palavras de Maida estalaram em seus ouvidos. – Eu sei que você está com um filho, mas de quem?

Com uma risada estridente, Maida inclinou a cabeça para trás, depois para a frente, e bateu com as mãos nos joelhos. Então, dobrou o dedo indicador, como quem chama alguém, e murmurou com voz rouca e um riso áspero:

– Escute, minha filha. Não fique triste. Escute. – Inclinou outra vez o corpo para trás com seu riso insano. – Uma doce vingança para esses arrogantes senhores normandos. Um bastardo para um bastardo.

Aislinn ergueu os olhos horrorizada com a ideia de ter um filho bastardo. A alegria insensata da mãe não lhe servia de consolo, e de repente sentiu necessidade de ficar sozinha. Vestiu a capa e saiu rapidamente da cabana abafada e malcheirosa.

A névoa fria em seu rosto acalmou-a, e ela caminhou devagar, tomando o caminho mais longo para a casa, entre os salgueiros que marcavam a borda do pântano. Parou por algum tempo à margem de um pequeno regato e teve a impressão de que a água estava rindo dela. Como decaíra a antiga Aislinn, antes tão orgulhosa! De quem é o bastardo que você traz no ventre? De quem? De quem?

Ela queria chorar de angústia, expressar com lágrimas o seu tormento, mas apenas olhava imóvel para a água escura e para os vultos das árvores meio encobertas pela névoa, imaginando como ia contar a Wulfgar. Ele não ficaria feliz, pois gostava demais das noites com ela e certamente ia se aborrecer. Imaginou se ele a mandaria embora com o filho, mas afastou imediatamente esse pensamento. O que tinha a fazer era contar a ele assim que estivessem a sós.

A ocasião se apresentou muito antes do que ela imaginava, pois, quando passou pelo estábulo, viu que Wulfgar estava sozinho. Aislinn pensara em esperar até a noite, na privacidade do quarto, mas sabia que aquele momento seria melhor, quando Wulfgar tinha outras coisas para ocupar as mãos e a mente.

Wulfgar trabalhava à luz enfumaçada de uma lanterna dependurada na viga do teto. Uma das patas de Huno estava presa entre seus joelhos, e ele acertava as bordas do casco com uma faca. Aislinn imaginou Wulfgar num acesso de raiva quando soubesse de sua condição. Parou, indecisa, mas Huno virou a cabeça para ela e bufou, traindo sua presença. Aislinn respirou fundo e entrou no estábulo. Wulfgar ergueu os olhos e largou a pata de Huno ao vê-la, começando a limpar as mãos. Quando ela se aproximou, ele notou sua hesitação. Enquanto esperava que ela dissesse alguma coisa, ele começou a escovar o flanco do animal.

– *Monseigneur* – murmurou ela. – Temo que o que vou dizer vá deixá-lo muito zangado.

Ele riu, tranquilo.

– Deixe que eu julgue, Aislinn. Vai ver que prefiro sempre a verdade a mentiras.

Olhando nos olhos dele, ela disse, sem mais rodeios:

– E se eu dissesse que vou ter um filho?

Wulfgar ficou imóvel por um momento, olhando para ela, depois deu de ombros.

– Era de esperar. Todos sabem que isso acontece – riu, examinando-a de alto a baixo. – Faltam alguns meses ainda para que seu corpo impeça nosso prazer.

A exclamação desse Aislinn assustou os pombos no telhado. Huno arregalou os olhos e se afastou dela, mas Wulfgar, menos sensato que o animal, ficou onde estava, sorrindo, zombeteiro.

– Acho que eu posso suportar o período de abstinência, *chérie*.

Wulfgar voltou-se, rindo da própria piada, e, antes que pudesse dar um passo, os punhos de Aislinn começaram a castigar-lhe impiedosamente as costas. Ele virou-se para ela, surpreso, e Aislinn continuou o ataque, agora no peito largo, até notar a expressão de espanto do normando e compreender que seus golpes não tinham o menor efeito. Recuando, com os dentes cerrados, ela passou a outra forma de ataque, acertando a canela dele com a ponta do sapato. Wulfgar recuou e se escondeu atrás de Huno, passando a mão na canela. Perguntou, então:

– Que loucura é essa, mulher? – gemeu ele. – O que eu fiz para merecer toda essa fúria?

– Você é grosseiro e sem coração! – exclamou ela. – Tem a mente de uma galinha cacarejante.

– O que queria que eu fizesse? – perguntou ele. – Agir como se fosse um grande desastre ou um milagre, quando já esperava que isso acontecesse? Você tinha de ser apanhada, mais cedo ou mais tarde.

– Ohhh! – gritou Aislinn. – Seu normando insuportável, cabeça de porco, idiota!

Aislinn deu meia-volta, furiosa, com o manto enfunado em volta dela, passou por Huno e chutou um monte de feno que estava perto dele. A palha espalhou-se no ar e o cavalo recuou, nervoso outra vez. O ar saiu todo dos pulmões de Wulfgar, com um breve "Ufa!" quando Huno o espremeu contra a parede.

Ao sair do estábulo, foi com satisfação que Aislinn o ouviu dizer:

– Saia daí, seu pangaré desajeitado! Mexa-se!

Aislinn abriu a pesada porta da casa, fechou-a com uma batida e entrou na sala. Os homens em torno da lareira voltaram-se, sobressaltados, menos Bolsgar e Sir Milbourne, absortos numa partida de xadrez. Vendo que não havia motivo para alarme, eles olharam outra vez para a lareira, e Aislinn subiu a escada, mal contendo sua fúria. Encontrou Kerwick, que ia para o quarto de Gwyneth com uma braçada de lenha, e lembrou que não chegara a acender o fogo para Maida. Parou na frente do ex-noivo.

– Kerwick, será que podia levar um pouco de lenha para minha mãe, se não estiver muito ocupado? Acho que não deixei o suficiente para a noite.

330

Notando o rosto corado e os músculos tensos, um evidente sinal de agitação, ele perguntou:

– Alguma coisa a preocupa, Aislinn?

Com um olhar altivo, ela respondeu:

– Nada de importante.

– Você entra aqui como um furacão vindo do mar – disse ele – e diz que não é nada de importante?

– Não seja inconveniente, Kerwick.

Ele riu e com a cabeça indicou os homens na sala.

– Só falta o único que poderia ter provocado sua ira. Briga de namorados?

– Não é da sua conta, Kerwick – disse Aislinn, secamente.

Ele pôs a lenha no chão.

– Você contou a ele que vai ter um filho? – perguntou, falando devagar.

Aislinn olhou para ele com espanto, mas Kerwick apenas sorriu.

– Ele não gostou? Não gosta da ideia de enfrentar a recompensa do prazer?

– Parece que vocês se divertem adivinhando as coisas da minha vida – murmurou Aislinn, recobrando-se do choque causado pela pergunta dele.

– Então, o grande normando não sabia – concluiu Kerwick. – Ele se ocupa demais com guerras para entender um pouco de mulheres.

Aislinn ergueu a cabeça rapidamente.

– Eu não disse que ele não sabia – protestou ela, e depois cruzou os braços na frente do corpo. – Na verdade, ele esperava que acontecesse.

– Ele vai assumir a responsabilidade do feito ou deixar que Ragnor tenha o crédito? – perguntou ele, com ironia.

Um brilho feroz apareceu nos olhos cor de violeta.

– É claro que é de Wulfgar.

– Oh? – Kerwick ergueu as sobrancelhas. – Sua mãe disse...

– Minha mãe! – exclamou Aislinn, dando um passo para ele. – Então foi assim que você soube!

Kerwick recuou.

331

– Ela fala demais – disse Aislinn com os dentes cerrados. – Não importa o que ela diga, esse filho é de Wulfgar.

– Se é assim que você quer, Aislinn – disse Kerwick, cauteloso.

– É o que eu quero porque é a verdade – exclamou ela.

Kerwick deu de ombros.

– Pelo menos ele é mais honrado que aquele tratante.

– Certamente é – disse Aislinn com altivez. – E, por favor, meu bom amigo, não esqueça isso!

Entrou no quarto e bateu a porta com força, deixando Kerwick confuso com tanta lealdade a Wulfgar, quando todos sabiam que o normando se recusava a casar com ela.

Aislinn começou a andar pelo quarto, tremendo de raiva pela impertinência de Kerwick. Como ele ousava insinuar que era a semente de Ragnor que crescia dentro dela, quando Aislinn odiava até a lembrança dele?

Mesmo que fosse de Ragnor, Aislinn resolveu que faria tudo para que o pai fosse Wulfgar, custasse o que custasse.

Kerwick atravessou o pátio e parou na porta do estábulo, onde Wulfgar trabalhava. Os movimentos e o tom de voz do normando traíam sua irritação.

– Animal idiota, com medo de uma coisinha dessas. Acho que vou mandar capar você.

Huno bufou e passou o focinho no braço do dono.

– Desencoste de mim – disse Wulfgar – ou faço com que ela o assuste outra vez. Sem dúvida, é o maior castigo possível.

– Problemas, meu senhor? – perguntou Kerwick, entrando no estábulo. Queria saber como estavam as coisas entre o normando e Aislinn e se ele ia fazer o que era direito.

Wulfgar ergueu a cabeça bruscamente.

– Será que não posso fazer meu trabalho em paz? – resmungou.

– Peço que me perdoe, senhor. Pensei que havia alguma coisa errada. Ouvi o senhor falando...

– Não há nada de errado – respondeu Wulfgar, friamente. – Pelo menos nada que eu não possa consertar.

332

– Vi Aislinn no solar – disse Kerwick cautelosamente, procurando controlar o medo que lhe apertava a garganta. Lembrava-se muito bem dos açoites em suas costas e não podia deixar de ficar ansioso cada vez que mencionava o nome dela para o normando.

Wulfgar endireitou o corpo e olhou para o jovem com uma sobrancelha erguida.

– E...?

Kerwick engoliu em seco.

– Ela parecia muito perturbada, senhor.

– Ela parecia muito perturbada! – zombou Wulfgar, e depois resmungou: – Não tanto quanto eu estou.

– Essa criança o desagrada, senhor?

Como Aislinn, Wulfgar se espantou e entrecerrou os olhos.

– Então ela lhe contou, não foi?

Kerwick empalideceu.

– A mãe dela me contou há algum tempo.

Wulfgar atirou na pequena mesa a seu lado o pedaço de pano que tinha na mão.

– Aquela maluca da Maida tem a língua solta.

– Quais são suas intenções, meu senhor? – perguntou Kerwick com voz rouca, antes que o medo o fizesse engolir as palavras.

Os olhos cinzentos do normando eram como duas lâminas aguçadas. – Está esquecendo seu lugar, saxão? Será que perdeu a cabeça? Esquece que eu sou o senhor aqui?

– Não, senhor – apressou-se a responder Kerwick.

– Então, lembre também que não admito que um escravo questione minhas ações – disse ele com voz clara, acentuando cada palavra.

– Meu senhor – disse Kerwick, em voz lenta –, Aislinn é bem-nascida e foi bem-criada. Não pode suportar a humilhação de ter um filho sem ser casada.

Wulfgar bufou e virou o rosto.

– Eu acho, saxão, que você subestima demais aquela jovem.

– Se o senhor declarar que o filho é de Ragnor, então...

– De Ragnor? – Wulfgar virou rapidamente para Kerwick com os olhos frios como aço. – Você está indo longe demais, pondo em dúvida a paternidade da criança. Não é da sua conta.

333

Kerwick suspirou.

– Ao que parece, Aislinn é da mesma opinião. Na verdade, foi exatamente o que ela disse.

Wulfgar se acalmou.

– Então, devia ter dado atenção às palavras dela, saxão.

– Aislinn não tem mais ninguém para defender sua honra, senhor, e eu sempre desejei o melhor para ela. Conheço-a desde que nasceu, há uns 18 invernos. Não suporto a ideia de vê-la desonrada.

– Não farei nenhum mal a ela – disse Wulfgar. – A criança pode ser mandada para a Normandia e ninguém saberá as circunstâncias. Tenho amigos que se encarregarão de cuidar muito bem dela. Terá mais vantagens do que eu tive.

Kerwick olhou espantado para ele.

– Pretende mandar Aislinn embora também?

– É claro que não – disse Wulfgar, surpreso. – Continuaremos como antes.

Kerwick zombou, com ironia.

– Não, o senhor pode conhecer as mulheres da corte, mas acho que precisa aprender muito sobre Aislinn. Ela jamais deixará que levem seu filho.

Wulfgar disse, carrancudo:

– Quando chegar a hora, ela vai compreender que é mais sensato.

Kerwick riu.

– Nesse caso, tome cuidado, senhor, não diga nada a ela até chegar essa hora.

Wulfgar ergueu uma sobrancelha.

– Está me ameaçando, saxão?

Kerwick balançou a cabeça.

– Não, meu senhor, mas se quer conservar lady Aislinn a seu lado, não diga nada sobre isso, nem para ela nem para outros que possam avisá-la de suas intenções.

Wulfgar olhou atentamente para o jovem e disse, desconfiado:

– Então vocês deixariam a criança aqui como prova de meus pecados e para alimentar o ódio do povo pelos normandos?

Kerwick suspirou frustrado e inclinou a cabeça numa saudação zombeteira.

334

– Também não, meu senhor. – Ergueu os olhos para o normando e disse com urgência na voz: – Mas, senhor, pensa que Aislinn é uma jovem sem vontade própria, que pode tirar o filho dela e mandá-lo para o outro lado do mar? Não. Quanto tempo poderia evitar a ponta de sua adaga? Ou o senhor a mataria antes que ela pudesse fugir ou atacá-lo? – Levantou a mão ao ver que Wulfgar ia responder. – Pense bem, meu senhor – avisou. – O senhor pode ter os dois ou nenhum deles – balançou a cabeça –, mas nunca um só.

Wulfgar olhou para ele por um momento, depois voltou ao trabalho.

– Desapareça da minha frente, saxão. Está me irritando. Ela fará o que eu mandar.

– Sim, meu senhor.

A ironia na voz de Kerwick o fez olhar outra vez para o jovem saxão. Viu desprezo e incredulidade em seu rosto e abriu a boca para censurá-lo, mas Kerwick deu meia-volta e saiu do estábulo. Wulfgar ficou um longo tempo com a boca aberta, depois fechou-a e voltou pensativamente a escovar Huno.

AISLINN ESTAVA SENTADA na frente da lareira do quarto, envolta num cobertor, quando ouviu os passos de Wulfgar no corredor. Pareciam mais lentos que de costume. Ela se inclinou sobre a camisa de linho que estava fazendo para ele, concentrando-se nos pontos pequenos e perfeitos, e, quando ele entrou, nada indicava seu acesso de fúria de poucos momentos atrás. Ele a vira muitas vezes naquela mesma posição, fazendo o mesmo trabalho. Aislinn levantou a cabeça e sorriu, mas Wulfgar, de cenho cerrado, olhou para ela desconfiado. Ela percebeu que Wulfgar tinha se lavado no estábulo porque estava com os cabelos molhados e as mangas da camisa arregaçadas.

– Você está melhor? – perguntou ele.

– Estou ótima, meu senhor. E o senhor? – respondeu ela, docemente.

Wulfgar resmungou alguma coisa e começou a se despir, como sempre arrumando a roupa na cadeira.

Aislinn deixou a costura e levantou-se. O cobertor ficou na cadeira, e ela caminhou nua para a cama, atraindo o olhar de Wulfgar. Estremeceu de frio e deitou depressa, cobrindo-se com as mantas de pele até o pescoço. Ergueu os olhos para Wulfgar, mas ele virou o rosto bruscamente. Ela o observou abafando o fogo, e só depois de muito tempo ele se aproximou da cama. Tirou o cinturão com a espada e deixou-o no chão. Embora não trancasse mais a porta todas as noites, a espada ficava sempre ao alcance de sua mão.

Wulfgar parou por um momento, olhando para ela, com as mãos dos lados do corpo e a testa franzida. Aislinn deitou de lado, de costas para ele, e depois de algum tempo Wulfgar apagou a vela e se deitou. Imóvel e tenso, não se aproximou dela. Aislinn estremeceu outra vez, aconchegando mais as cobertas. Geralmente partilhava com ela o calor do seu corpo, mas nessa noite não parecia disposto a isso. O tempo passou lentamente. Quando afinal Aislinn virou para ele, viu com espanto os olhos de Wulfgar fixos nela, como se quisesse ler sua mente.

– Está preocupado, *monseigneur*? – perguntou ela.

– Só com você, meu amor. Minhas outras preocupações não dariam para impedir a passagem de uma formiga.

Aislinn deu outra vez as costas para ele e ficou quieta, sentindo o olhar penetrante do normando. O tempo se arrastou novamente, e Wulfgar não fez nenhum movimento para se aproximar dela.

– Estou com frio – queixou-se ela.

Wulfgar chegou mais perto, mas não o suficiente para aquecê-la. Aislinn estremeceu outra vez de frio e, depois de outro longo tempo, ele encostou o peito nas costas dela, mas continuou rígido e imóvel.

Os pensamentos que tumultuavam a mente de Wulfgar desapareceram, expulsos pela sensação da pele macia no seu peito, e ele imaginou outras partes daquele corpo, os seios redondos, rosados e cor de marfim, macios como veludo sob suas mãos, as pernas longas, esbeltas e perfeitas, os quadris estreitos...

Aislinn quase se assustou ao sentir todo o corpo de Wulfgar encostado no dela. Abriu os olhos quando ele a abraçou com força e suas mãos começaram a fazer coisas que nada tinham a ver com aquecimento. Wulfgar a fez virar para ele, e, por um momento, Aislinn viu nos olhos cinzentos o desejo intenso que o dominava.

– Você sabe o que eu quero – murmurou, com voz rouca, antes de beijar os lábios dela.

336

Wulfgar sentiu a frieza da resposta, enquanto suas mãos percorriam livremente o corpo macio. Mas insistiu. Seus lábios acariciaram e abriram os dela com beijos sedentos que quase a impediam de respirar. Aislinn não sentia mais frio. Na verdade, as brasas de seu ardor, atiçadas, erguiam-se em chamas que quase a consumiam. Com um gemido suave e tristonho, ela passou os braços pelo pescoço dele e seus lábios cederam à intensidade do desejo do normando. Wulfgar sentiu que, mais uma vez, quebrara o gelo da resistência dela. Com a boca na dele, Aislinn respondia com todo o vigor de seu corpo. Naquele momento, ambos davam e tomavam, até o calor da paixão os fundir num só corpo. Os lábios de Wulfgar acariciavam a testa de Aislinn, sua orelha, e o perfume suave de lavanda o embriagava. Encostou o rosto no pescoço dela, e seus lábios escaldantes pareciam queimá-la. Aislinn estremeceu e murmurou o nome dele com urgência na voz. Os lábios dele juntaram-se outra vez aos dela, e um turbilhão os levou em suas correntes sinuosas para alturas inimagináveis, sempre para cima, até libertá-los, e era como se flutuassem, unidos no prazer.

WULFGAR SE LEVANTOU da cama e olhou para Aislinn, que dormia ainda, com a testa levemente franzida e os lábios entreabertos. Os cabelos vermelho-dourados sobressaíam sobre a manta de pele e seus ombros eram brancos e macios. Ele balançou a cabeça, e os pensamentos tomaram conta de sua mente, afastando o sono. Vestiu a calça e a camisa e desceu para o salão. Bolsgar estava sentado na frente da lareira, tomando um cálice de vinho de boa safra. Wulfgar serviu-se de um cálice do bom vinho e se sentou ao lado dele. Os dois ficaram um longo tempo em silêncio, olhando para o fogo. Finalmente, Bolsgar disse:

– O que o preocupa, Wulfgar?

Depois de um longo tempo, o normando fez a pergunta que o atormentava.

– Como se pode adivinhar o que uma mulher pensa, Bolsgar? – Suspirou. – Ela me atormenta desse modo por não se importar comigo ou por vingança?

– Pobre tolo – riu Bolsgar. – A mulher é como o aço mais macio, porém extremamente afiado. Precisa ser mimada e bem-cuidada constantemente. É uma arma para ser usada na luta mais feroz, mas, para servir bem, precisa ser afiada e protegida e, acima de tudo, ficar sempre muito perto de você. – Ele sorriu. – Dizem até que a melhor lâmina deve ser unida ao dono por um juramento de lealdade.

– Ora! – zombou Wulfgar. – Sempre compro minhas lâminas com um punhado de moedas e depois determino sua forma.

– Sim – respondeu Bolsgar. – Mas lembre-se de uma coisa. A lâmina é temperada para cortar imediatamente uma simples haste de palha. O destino da mulher é começar uma nova vida no seu ventre, dar à luz e alimentar essa vida e cuidar dela para sempre.

Wulfgar ergueu as sobrancelhas. Não aceitava a opinião de Bolsgar. Olhou para o fogo, irritado.

– Não sei de coisa alguma sobre esses artifícios e não dou valor a juramentos e votos de união. Sou ligado por juramento a Guilherme e a Sweyn por amizade. Não tenho nenhuma vontade de me ligar a mais ninguém. Em minha opinião, devo viver minha vida do melhor modo possível. – Com voz áspera e irônica, continuou: – As mulheres são seres frágeis que eu uso. Elas me dão prazer e, se eu também lhes dou prazer, o que mais podem desejar? Será que isso precisa se transformar numa união registrada no livro mofado de uma abadia escura? – Fez uma pausa, depois continuou, com voz mais suave: – Ou não será mais bem gravado no esplendor de um momento, como algo justo e certo e lembrado com ternura?

Bolsgar inclinou-se para a frente, irritado.

– Não estamos falando de mulheres, Wulfgar, mas de uma mulher. Chega um momento para todo homem em que ele tem de enfrentar a própria vida e determinar o que fez de certo e onde falhou. – Deu de ombros e recostou na cadeira. – Eu falhei. – Olhou para o fogo. – O que vejo não me dá prazer. Tudo que fiz só levou ao sofrimento e à privação. Não tenho terras, não tenho armas, não tenho filhos. O melhor que tenho é uma filha amargurada com o mundo. Levado pela fúria, rejeitei tudo que devia ter conservado. – Voltou-se para Wulfgar com súplica nos olhos. – Você tem a oportunidade, uma bela mulher, sensata, digna de caminhar a seu lado até às portas do céu. Por que insiste no erro e age como um tolo? Você a detesta? Procura se vingar de um mal imaginário?

Pôs a mão no ombro de Wulfgar, fazendo-o virar-se para ele.

– Você a tortura porque ela o ofendeu? Quer vê-la de joelhos pedindo misericórdia? Você a usou, primeiro pela força, agora abertamente. Você a possui todas as noites como se ela fosse uma prostituta, sem prometer nada para o futuro. Se procura vingança, expulse-me de sua casa. Eu errei. Ou expulse Gwyneth. Ela o intriga e o ofende constantemente. Mas Aislinn, o que ela faz senão cumprir suas ordens? Será um tolo se a abandonar ou se ferir seu orgulho a ponto de afastá-la de você. Se fizer isso, a meus olhos será apenas mais um guerreiro idiota que, quando bebe demais, gaba-se, em altos brados, do grande herói que poderia ter sido.

Se fosse outro homem, Wulfgar já teria quebrado todos os seus dentes, mas não podia erguer a mão para aquele rosto enrugado. Deu de ombros e levantou-se.

– Não aguento mais isso – disse, com os dentes cerrados. – Primeiro ela, depois Kerwick, agora o senhor. Aposto que até Hlynn, aquela simplória, vai conseguir me irritar antes que a noite chegue ao fim. – Olhou para Bolsgar. – Ela terá o filho onde eu quiser e, seja meu ou não, mandarei a criança para onde eu quiser mandar.

Viu a surpresa no rosto de Bolsgar.

– Está dizendo que Aislinn já está com um filho? – perguntou Bolsgar.

– O senhor não sabia? – foi a vez de Wulfgar ficar surpreso. – Pensei que todos soubessem, menos eu.

Bolsgar disse com certa urgência:

– O que vai fazer agora? Vai casar com ela, como é seu dever?

Outra vez furioso, Wulfgar quase gritou:

– Vou fazer o que eu quiser!

Com essas palavras, Wulfgar saiu da sala e subiu para o quarto. Aislinn estava sentada na cama, assustada, mas, quando ele entrou, suspirou aliviada e se deitou. A ira de Wulfgar se desfez e, deitando-se ao lado dela, abraçou-a e adormeceram.

Na manhã seguinte, Wulfgar desceu um pouco mais tarde que de costume. Todos já estavam à mesa. Quando ele entrou, Bolsgar e Sweyn interromperam a conversa. O primeiro inclinou a cabeça para o prato, e o viking olhou para Wulfgar com um brilho irônico nos olhos azul-claros. O riso sacudiu os ombros largos de Sweyn, e Wulfgar compreendeu que a notícia da condição de Aislinn chegara a mais alguns ouvidos. O normando se sentou e Sweyn passou para ele a carne e os ovos cozidos. Todos que entendiam a língua inglesa voltaram-se atentos quando a voz do viking ecoou na sala.

– Então a mulher vai ter um filho? – Riu outra vez. – O que ela diz a respeito? Está realmente domada e disposta a chamá-lo de seu senhor agora?

Wulfgar percebeu que todos tinham ouvido. Miderd e Haylan interromperam o que faziam, Hlynn olhou para Wulfgar boquiaberta e surpresa, e Kerwick continuou atento a seu trabalho.

– Sweyn – murmurou Wulfgar –, às vezes você fala sem pensar.

O viking deu uma gargalhada e bateu nas costas de Wulfgar com força.

– É um segredo que vai ser conhecido mais cedo ou mais tarde. Seria diferente se a moça fosse gorda, mas magra como ela é, não pode esconder por muito tempo.

Todos estava atentos, e a voz de Sweyn ecoou na sala.

– É o melhor modo de domar uma mulher, sempre com um filho na barriga e todas as noites sem roupa.

Wulfgar olhou para ele em silêncio, desejando ter uma toca de raposa por perto para enfiar o viking. Carrancudo, começou a descascar um ovo cozido. Sweyn continuou:

– Você está certo, tratando esses saxões com mão forte. Mostre a eles quem é seu dono. Mantenha as mulheres na cama e os pequenos bastardos agarrados às suas saias.

Bolsgar ergueu as sobrancelhas, olhando intrigado para Sweyn, e, quando Wulfgar engasgou com a gema do ovo, bateu nas costas dele. Com um olhar ameaçador para Sweyn, o normando tomou um gole de leite para desalojar a gema da garganta.

Sweyn balançou a cabeça afirmativamente.

– Sim, devíamos comemorar o acontecimento. Ah, ela era uma mulher muito orgulhosa, mas não importa. Quando ela se for, haverá muitas outras para conquistar.

340

Foi a última gota. Wulfgar bateu com as mãos abertas na mesa. Sem uma palavra, levantou-se, passou por Sweyn e saiu da sala.

Recostando na cadeira, Sweyn soltou uma risada alta. Bolsgar olhou para ele e, compreendendo então o objetivo das palavras do viking, começou a rir também.

Aislinn desceu para a sala um pouco depois de Gwyneth, que, informada por Haylan do futuro aumento na família, disse, em voz alta, para que todos pudessem ouvir:

– O melhor que uma escrava solteira tem a fazer é aproveitar a boa vontade do dono enquanto pode, porque logo ele vai se aborrecer com a deformação de seu corpo e mandá-la para algum lugar distante para ter o filho da vergonha.

– Pelo menos eu posso ter filhos – Aislinn respondeu com dignidade. – Muitas mulheres tentam, mas não conseguem. Deve ser muito triste, não acha?

Com uma pequena sensação de vitória, ela deu as costas aos olhares espantados de todos, extremamente perturbada com as palavras de Gwyneth. Não tinha vontade de comer. Imaginava qual seria o destino de seu filho se não convencesse Wulfgar a se casar com ela. Se fosse muito insistente, ele com certeza procuraria outra mulher. Precisava se comportar com toda a honra e honestidade possíveis. Assim, talvez conseguisse.

Era quase noite quando Wulfgar voltou de Cregan, e, enquanto subia a escada, tirou o elmo e o capuz. Aislinn estava costurando na frente da lareira quando ele entrou no quarto, mas, vendo a expressão sombria do normando, levantou-se e, em silêncio, o ajudou a tirar o peitoral.

– Aqueci a água para seu banho – murmurou ela, apanhando a túnica de couro de suas mãos e dobrando-a como o vira fazer tantas vezes.

Wulfgar respondeu com um rosnado, mas, quando Aislinn começou a tirar o caldeirão pesado do fogo, ele perguntou com voz áspera:

– O que está fazendo, mulher?

Aislinn olhou para ele, surpresa.

– Estou preparando seu banho, como faço há meses.

– Sente-se, mulher – ordenou ele, e depois, abrindo a porta, gritou: – Miderd!

Miderd apareceu na porta e olhou hesitante para Wulfgar vestido apenas com a calça justa. Ela engoliu em seco vendo o peito largo e forte, imaginando o que teria feito para despertar a ira do normando.

– Meu senhor? – disse em voz baixa.

– Você vai se encarregar de manter este quarto limpo e preparar meu banho quando lady Aislinn ordenar. Hlynn poderá ajudá-la. – Apontou para Aislinn e berrou, assustando as duas mulheres: – E vai impedir que ela levante qualquer coisa mais pesada que um copo.

Miderd quase deu um suspiro de alívio, mas conteve-se vendo a carranca de Wulfgar. Apressou-se em preparar o banho, olhando para Aislinn, que, por sua vez, olhava espantada para o normando. Quando ele começou a tirar a calça, Miderd saiu discretamente do quarto e fechou a porta. Wulfgar entrou na água quente e encostou a cabeça na beirada da banheira, esperando que o calor aliviasse o cansaço da longa viagem. Absorto em seus pensamentos, naquele dia quase levara Huno ao limite de suas forças.

Aislinn voltou à costura, olhando para Wulfgar entre um ponto e outro.

– Meu senhor – murmurou ela, depois de algum tempo. – Se sou uma escrava, por que manda outra pessoa me servir?

– Porque é escrava só para mim, para meu prazer e de mais ninguém!

– Eu não tinha intenção de informar mais ninguém sobre meu estado, mas acho que não posso fazer mais nada agora. Parece que a condição de escrava com filho é conhecida por toda Darkenwald.

– Eu sei – respondeu ele, secamente. – Tem muita gente aqui em Darkenwald com a língua solta.

– E vai me mandar para a Normandia ou para outro lugar qualquer? – Aislinn precisava saber a resposta.

Wulfgar olhou rapidamente para ela, lembrando de sua conversa com Kerwick.

– Por que pergunta?

– Eu preciso saber, *monseigneur*. Não quero ficar longe de meu povo.

Wulfgar franziu o cenho.

342

– Qual a diferença entre um normando e um saxão, para dizer que esse é seu povo e o da Normandia é o meu? Somos todos feitos de carne e ossos. O filho que carrega no ventre é meio normando, meio saxão. A quem ele vai empenhar sua lealdade?

Aislinn deixou o trabalho que fazia e olhou para Wulfgar, que continuou a falar, irritado, percebendo que ele não respondera à sua pergunta. Estaria fazendo isso deliberadamente porque tinha resolvido mandá-la embora?

– Não pode confiar em alguém que não seja saxão? – perguntou Wulfgar. – Será que vai ficar sempre contra mim e a favor deles? Não sou diferente de qualquer inglês.

– Tem razão, meu senhor. Muitas vezes me faz lembrar um saxão.

Wulfgar ficou calado. Saiu da banheira, vestiu-se, e os dois desceram para o salão, onde comeram em silêncio, sob os olhares dos servos e dos normandos.

AISLINN ESTAVA SOZINHA no quarto, fazendo roupas para a criança. Há um mês que informara Wulfgar de seu estado e estava chegando às raias do desespero. O normando saíra de manhã bem cedo e, aproveitando sua ausência, a língua de Gwyneth entrou em atividade. Aislinn lembrou as palavras de desprezo que a tinham feito deixar a mesa do almoço e se refugiar no quarto. Durante a refeição, Gwyneth perguntou casualmente se Aislinn já arrumara suas coisas e estava pronta para sair de Darkenwald. Depois, disse que Wulfgar ia mandá-la para a Normandia assim que sua condição se tornasse aparente. Aislinn suspirou e balançou a cabeça, tentando conter as lágrimas. Pelo menos estava no lugar que Gwyneth não se atrevia a invadir, onde podia encontrar um pouco de paz.

A própria Maida contribuíra para estragar o dia de Aislinn. Logo depois que ela subiu para o quarto, a mãe bateu na porta. Alegou que queria garantir o bem-estar da filha, mas na verdade pouco fez para isso. Implorou a Aislinn para ir embora com ela, dizendo que era preferível partir por sua vontade que esperar que Wulfgar a expulsasse. A visita acabou em discussão, e só quando Maida percebeu a profunda irritação da filha é que resolveu se retirar.

Finalmente sozinha, Aislinn começou a trabalhar nas roupinhas da criança e arrumou-as sobre a cama, pensando no pequenino ser que ia usá-las. Mas a inquietação não a deixou, pois, cada vez que pensava na criança, lembrava de sua mãe. Sofria vendo a mente de Maida cada vez mais perturbada e sabendo que não podia fazer coisa alguma.

"Não se pode fazer nada agora", suspirou ela. "É melhor esquecer o passado e pensar no futuro." Alisou uma roupinha do bebê. "Pobre criancinha. Será menino ou menina?" Sentiu um movimento, como se a criança estivesse respondendo, e riu baixinho. "Isso não me preocupa. Só queria que nascesse de um casamento verdadeiro, e não como um bastardo."

Apanhou um pequeno cobertor e aconchegou-o na curva do braço. Foi até a janela, cantando uma canção de ninar, imaginando como seria segurar o próprio filho e senti-lo, confiante e seguro, contra seu peito. Talvez ela fosse a única pessoa capaz de amá-lo e de dar a ele o calor e a bondade que alimentavam mais que o leite materno.

Uma chuva leve tamborilava no peitoril da janela e a brisa brincava com seus cabelos, trazendo o cheiro de coisas que brotavam da terra, o cheiro da primavera que logo chegaria. Ouviu um grito vindo do estábulo, acompanhado por várias vozes, anunciando a chegada de Wulfgar e Sweyn. Pensando que ele ia procurá-la imediatamente, como era seu costume, Aislinn apressou-se em guardar as roupas do bebê numa arca e fez uma rápida arrumação no quarto. Alisou o vestido e sentou-se na frente da lareira.

O tempo passou e Wulfgar não apareceu.

Aislinn ouvia a voz dele na sala, conversando e rindo com seus homens.

"Ele não se interessa mais pela minha companhia", pensou ela. "Prefere agora ficar com os homens e com aquela assanhada da Haylan. Está se preparando para o dia em que vai me mandar embora para ter seu filho onde seus olhos não possam ver a verdade." Aislinn entrecerrou os olhos. "Isso não vai acontecer."

As lágrimas ameaçavam aflorar outra vez, mas, balançando a cabeça, num gesto decidido, Aislinn cobriu o rosto com uma toalha molhada para diminuir o vermelho das pálpebras. Não precisava chorar. Wulfgar era gentil com ela e ultimamente mais que delicado, sobretudo depois de saber de sua condição. Não a procurava com tanta frequência.

"Na verdade", pensou ela com tristeza, "pode-se dizer que me tratava com frieza. Certamente, agora que meu corpo começa a mudar, ele prefere as formas maduras da viúva".

Depois de uma batida leve na porta, Miderd disse, no corredor:

– Minha senhora, o jantar está servido, e meu senhor manda perguntar se a senhora vai descer ou prefere uma bandeja no quarto.

"Nenhum consolo nessa delicadeza", pensou Aislinn. "Ele manda outra pessoa, em vez de vir pessoalmente."

– Dê-me um tempo, Miderd – respondeu ela –, e logo eu desço para jantar no salão. Muito obrigada.

Quando ela entrou na sala, Wulfgar e os outros já estavam sentados à mesa. Ele se levantou com um sorriso, mas Aislinn, sem olhar para ele e sem sorrir, foi direto para sua cadeira. Wulfgar franziu a testa perguntando a si mesmo o que a aborrecia e, sem encontrar resposta, sentou-se ao lado dela.

O jantar estava bom, mas não especial, pois durante o inverno as provisões tinham diminuído consideravelmente. Consistia em um cozido de carne fresca de veado e de carneiro, com os vegetais menos perecíveis, um prato forte que forrava bem o estômago. A conversa era intermitente e desanimada, e Wulfgar e os outros cavaleiros bebiam mais que de hábito. Ele tomava o vinho aos goles, notando que Aislinn mal tocava na comida. Parecia distanciada de tudo, tristonha e muito séria, como se tivesse perdido toda a alegria de viver. "Só pode ser por causa da criança", pensou Wulfgar, e perguntava a si mesmo se Aislinn ia detestar aquele filho como sua mãe o detestara. Seria melhor mandar a criança para longe, onde pudesse ter amor e carinho. Wulfgar sabia, por experiência própria, o quanto sofre uma criança que não é amada pela mãe. Não importava a opinião de Kerwick, ele devia pensar no bem da criança. Conhecia um casal que há muito tempo desejava um filho. Seriam, sem dúvida, pais bons e amorosos.

Wulfgar tinha de admitir que não entendia nada do temperamento de Aislinn. Qualquer pequeno gesto descuidado a irritava, e ele tinha de suportar suas palavras cortantes. Porém, na cama, continuava como antes, relutante a princípio, depois respondendo apaixonadamente a suas carícias. Ele pensava que conhecia as mulheres, disse para si mesmo com um sorriso.

Gwyneth, notando a atitude de Aislinn, no fim do jantar aproximou-se do irmão e disse:

– Ultimamente você tem passado muito tempo fora de casa, Wulfgar. Alguma coisa aqui perdeu o sabor? Ou talvez não goste desta casa?

Aislinn ergueu os olhos, compreendendo que Gwyneth se referia a ela. Percebeu que fora um erro descer para jantar. Agora, no entanto, não podia fazer mais nada a não ser enfrentar a situação ou se dar por vencida. Bolsgar notou e procurou mudar de assunto.

– Os animais começam a sair da floresta, Wulfgar – disse ele. – É sinal de que a primavera está próxima, bem como a névoa leve que temos tido ultimamente.

Gwyneth olhou para o pai com desprezo.

– Névoa leve! Não há dúvida de que o sul da Inglaterra quer nos ver tremendo de frio no meio dessa umidade. Parece que, quando a neve não está açoitando meu rosto, a neblina está molhando meus cabelos. E quem se importa com a primavera? O tempo aqui é miserável o ano inteiro.

– Você devia se importar, Gwyneth – censurou o pai –, pois na primavera vamos saber se Wulfgar e até mesmo Guilherme terão sucesso na Inglaterra. A terra está cansada e sem forças, bem como os jovens saxões, e, se a colheita deste verão não for boa, nossos estômagos ficarão vazios no próximo inverno.

No silêncio que se seguiu, os copos foram rapidamente esvaziados e novamente enchidos por Hlynn e Kerwick. Aislinn viu Wulfgar olhar para Haylan e sua fúria cresceu, notando que, por causa do calor do fogo, o vestido da viúva estava aberto na frente, revelando os seios.

346

Terminado o jantar, os homens continuavam sentados, e a conversa se animou. Gowain apanhou sua cítara para acompanhar as canções obscenas de Milbourne e Sweyn. Os cavaleiros pediram mais vinho e cerveja, e Kerwick pôs os odres de pele e as jarras na frente deles.

Haylan terminou seu trabalho e ficou vendo a animação dos homens, que apostavam quem bebia mais. Beaufonte ofereceu a ela um copo de cerveja. Sem hesitar, ela aceitou e ergueu o copo bem alto, antes de sorrir para os homens que a observavam. Levou o copo aos lábios e, entre exclamações de encorajamento, esvaziou-o de uma vez. Bateu com o copo vazio na mesa, olhando desafiadoramente para os homens. Gowain foi o primeiro a imitar o feito, seguido por Milbourne. Beaufonte preferiu deixar passar sua vez, pois já havia bebido muito, mas Sweyn tratou de encher o copo dele até a borda, até o cavaleiro pedir para parar. Respirando fundo, Beaufonte começou a beber. Gowain dedilhou sua cítara, e começaram a cantar ao ritmo de cada gole. Beaufonte terminou e todos o aplaudiram quando, com um gesto de triunfo, ele passou a língua na borda do copo para tomar última gota. Sentou-se, então, e, com um sorriso beatífico, escorregou para debaixo da mesa.

Sweyn deu uma gargalhada quando Bolsgar encheu uma jarra de água e jogou no rosto do cavaleiro.

– Acorde, Beaufonte! – ele riu. – A noite mal começou e você vai perder uma boa rodada de cerveja se continuar dormindo.

Beaufonte levantou-se do chão e tentou ficar de pé, balançando-se para a frente e para trás. A cítara de Gowain acompanhava o movimento oscilante do cavaleiro. Rindo, Haylan segurou a mão de Beaufonfe e o conduziu numa dança lenta. Os homens aplaudiam e até Wulfgar riu, divertindo-se com a brincadeira. Aislinn não estava achando nenhuma graça. Para ela, eram homens adultos fazendo brincadeiras de criança. Eram todos cavaleiros de Guilherme e guerreiros experientes, mas cabriolavam e olhavam com malícia para o vestido aberto de Haylan como meninos tolos.

BEAUFONTE, ANIMADO, TENTOU abraçar Haylan para que dançassem mais próximos, mas ela, rindo, o empurrou. O cavaleiro cambaleou para trás até cair sentado num banco. A viúva continuou sua dança e parou na frente de Gowain, batendo o pé até ele acertar o ritmo em seu instrumento. Todos começaram a bater palmas, acompanhando as batidas rápidas dos pés da mulher. Haylan parou por um instante com as mãos na cintura, depois começou a dançar, com movimentos sensuais de todo o corpo. Wulfgar virou para ver, estendendo as longas pernas na frente da cadeira.

Haylan percebeu esse movimento e sua chance. Começou a dançar na direção dele, ignorando o olhar fuzilante de Aislinn, erguendo e balançando a saia, enquanto Gowain apressava o ritmo da música. Então, ela estava dançando entre os pés de Wulfgar, com passos leves e rápidos. De repente, ela se afastou e, com um último rodopio, ajoelhou-se na frente do normando. Seu corpete se abriu mais com o movimento, deixando muito pouco à imaginação dos homens e mostrando a Wulfgar a beleza madura e firme de seu corpo.

Aislinn ficou tensa e olhou para Wulfgar, que não parecia nem um pouco aborrecido e batia palmas e gritava sua aprovação, como seus homens. Os olhos de Aislinn encheram-se de lágrimas e, quando Gowain começou outra música, convidando Haylan para nova dança, Aislinn virou sua cadeira para não ver mais o espetáculo. Dobrando outra vez as pernas, Wulfgar voltou-se para tomar um gole de cerveja. Olhou para o decote de Haylan, tamborilando com os dedos na mesa. Ninguém podia adivinhar seus pensamentos, mas Gwyneth sorriu, vendo a expressão sombria de Aislinn e a batida dos dedos do irmão. Nesta noite, o lorde e sua amante não pareciam nem um pouco um casal de namorados, e, pensando nisso, Gwyneth riu alto, um som raro que despertou a atenção de todos. Wulfgar olhou surpreso para a irmã, e Aislinn recolheu-se mais em sua tristeza, sabendo muito bem o motivo da satisfação de Gwyneth. Haylan continuou a dançar, e Aislinn, quieta em sua cadeira, sentia a dúvida, como uma maré devastadora que inundava sua resolução. Em pouco tempo Wulfgar não mais se interessaria por ela. Já estava procurando caça mais interessante. E a mais interessante, no momento, parecia ser Haylan.

Quando Wulfgar inclinou-se para Sweyn e riu de alguma coisa que a bem-dotada viúva acabara de dizer, Aislinn levantou-se e saiu da sala silenciosamente, sem que ninguém notasse, a não ser Gwyneth.

Tomou o atalho que levava à cabana de Maida, pensando em passar a noite com a mãe, e, depois, morar com ela, deixando Wulfgar livre para procurar uma companhia mais agradável. Estava cansada de ter suas esperanças desfeitas por aquela eterna negação. Seus sonhos só podiam levá-la a mais sofrimento e frustração. Sentia-se vencida, incapaz de continuar. Seu maior medo era de que ele a mandasse embora. Wulfgar jamais negou essa possibilidade, e ultimamente falava muito na Normandia, na frente dela, como preparando-a para a mudança, garantindo que era um bom lugar, onde uma criança podia crescer e ser feliz. Oh, sim! Ele pretendia se livrar dos dois.

Andou apressadamente pela trilha estreita, como na noite de sua volta de Londres, quando Wulfgar perguntara sobre Kerwick. Sorriu com amargura, pensando que Wulfgar podia questionar sua fidelidade, mas ela não podia questionar a dele. Uma escrava! Nada mais que isso. Uma escrava para obedecer às suas ordens e suportar seu peso na cama, sem o direito de dizer sim ou não.

Abriu a porta da cabana e viu a mãe sentada na frente da lareira, perto das sobras do jantar. Maida ergueu os olhos com uma expressão quase normal e fez sinal para a filha entrar.

– Entre, minha beleza. O calor do fogo dá bem para nós duas.

Aislinn adiantou-se devagar, e Maida apanhou uma manta de pele para agasalhar os ombros da filha.

– Ah, meu bem, por que sair nesse frio? Não se importa com você, nem com o bebê? O que a faz deixar o quarto do senhor e procurar abrigo em minha pobre cabana a esta hora da noite?

– Minha mãe, acho que vou ficar aqui de agora em diante – suspirou Aislinn, com um soluço.

– O quê? O bastardo a expulsou? Aquele asno normando nojento a pôs para fora de casa? – Os olhos de Maida brilharam de fúria por um momento, e depois ela sorriu. – Um bastardo para o bastardo, é isso que vai dar a ele. Vai ficar furioso cada vez que olhar para o cabelo louro do bebê.

Aislinn ficou tensa e balançou a cabeça.

– O que eu temo é que ele esteja planejando me mandar para longe, onde não precise ver o filho bastardo.

349

– Mandar embora? – exclamou Maida, olhando para a filha. – Não vai deixar que ele a mande para longe de mim – era quase uma pergunta.

Aislinn deu de ombros, procurando abafar a dor intensa.

– Ele é o senhor aqui, e eu não passo de uma escrava. Não posso dizer nada.

– Pois então fuja, minha filha. Antes que ele faça o que está planejando – implorou Maida. – Pelo menos uma vez, pense em você. O que pode fazer por nosso povo se estiver na Normandia ou em outro país distante? Fuja comigo para o norte, onde podemos pedir abrigo a nossa gente. Podemos ficar lá até o bebê nascer.

Aislinn ficou sentada em silêncio, olhando as chamas, até a tora de madeira ficar negra e calcinada. Agora, só pensava em fugir. Será que ele ia se importar? Ou ficaria aliviado por se ver livre dela e do filho? Não lhe agradava a ideia de deixar o lugar onde nascera, o único lar que já conhecera. Porém a atitude de Wulfgar nos últimos dias não lhe deixava outra escolha, pois não podia se imaginar feliz na Normandia. Encostou a cabeça nas mãos, sabendo que a decisão estava sendo imposta à sua vontade.

– Sim – murmurou, e a mãe teve de se esforçar para ouvir. – É a melhor coisa. Se ele não me encontrar, não pode me mandar para fora da Inglaterra.

Maida bateu palmas feliz e ensaiou alguns passos de dança no pequeno espaço da cabana.

– Bastardo! Bastardo! Normando inimigo! Estaremos longe antes que você dê por nossa falta.

Aislinn, sem se contagiar com o entusiasmo de Maida, foi até a porta.

– Arrume tudo que é seu ao romper do dia, minha mãe. Ele vai a Cregan de manhã, e logo depois partiremos para o norte. Fique pronta. Volto pela última vez para a cama dele para que não desconfie de nosso plano.

Aislinn voltou para o solar, e Maida ficou sentada, olhando para o fogo, rindo, satisfeita. Aislinn entrou e fechou a porta silenciosamente. Wulfgar estava encostado na parede de pedra da lareira, Gowain de-

350

dilhava uma música suave e Haylan dançava na frente deles como se fosse uma sereia tentadora do Nilo. Sob o vestido solto, preso apenas nos ombros, os seios ondulavam suavemente, com os bicos marcando a fazenda fina. Aislinn imaginou se o vestido estava preso por um encantamento que fascinava os homens, todos à espera de que caísse.

Os olhos de Wulfgar percorreram a sala e finalmente a encontraram. Aislinn caminhou para a escada; Haylan, acompanhando o olhar do normando, voltou-se e começou a dançar na frente de Aislinn, expondo a ela seus talentos. Aislinn olhou friamente para a mulher, e Gowain, envergonhado, parou de tocar. Haylan voltou-se furiosa para o cavaleiro, e Aislinn aproveitou a oportunidade para subir a escada com tranquila dignidade. Wulfgar passou pela viúva rapidamente e alcançou Aislinn no topo da escada.

– Aonde você foi? – perguntou ele, em voz baixa. – Saiu tão de repente que pensei que estava se sentindo mal.

– Estou muito bem, meu senhor. Peço desculpas se o deixei preocupado. Fui ver se minha mãe precisava de alguma coisa.

Wulfgar abriu a porta do quarto para ela, depois fechou-a e ficou parado observando Aislinn, que começou a se despir no canto mais escuro, de costas para ele. O normando apreciou uma vez mais as pernas longas e esbeltas, os quadris, a cintura ainda fina. Quando ela se deitou, pôde ver os seios fartos e redondos rapidamente, antes de Aislinn se cobrir com as mantas de pele. Wulfgar aproximou-se da cama e, tomando-a nos braços, beijou-a. Depois, com os lábios nos cabelos levemente perfumados, murmurou:

– Ah, mulher, você é o mais belo e perfeito prazer. O que eu faria com minhas horas de lazer se a tirassem de mim?

Aislinn virou o rosto e suspirou.

– Meu senhor, eu não sei. O que acha que faria?

Rindo, ele acariciou com os lábios o ombro dela.

– Eu procuraria outra mulher tão bela e sensual, e talvez ficasse satisfeito – disse ele, provocando.

Aislinn não gostou da resposta.

– Seria bom – disse – encontrar uma mulher talentosa como Haylan para quando precisasse de distração.

Rindo, Wulfgar levantou-se, despiu-se e voltou para a cama. Aislinn estava de costas para ele, mas isso não o preocupou, pois muitas das noites mais agradáveis passadas com ela começaram desse modo. Encostou o corpo no dela e afastou os cabelos da nuca macia, pois seus lábios estavam sedentos do sabor de sua pele.

Aislinn não conseguiu se negar a ele, mesmo com o plano de fuga decidido em sua mente. Só deixando-o poderia recuperar um pouco da autoestima. Porém, seria perseguida para sempre pelas lembranças daquelas carícias que a levavam ao auge do prazer. Com um suspiro, entregou-se completamente, respondendo a cada beijo com um beijo e apertando-o contra si, como se não quisesse perdê-lo. Juntos atingiram o auge do prazer e, depois da tempestade, descansando nos braços dele, Aislinn chorou silenciosamente por um longo tempo.

19

Aislinn acordou com a luz que entrava pelas frestas das janelas e, sonolenta, estendeu a mão para o lado. O travesseiro estava vazio, e, ao olhar em volta, verificou que Wulfgar já saíra. Sentou-se na cama e cobriu o rosto com as mãos, pensando em seus planos para aquele dia. Tudo parecia um pesadelo horrível, mas, quando Maida bateu levemente na porta, alguns minutos depois, viu que não estava em um sonho. Maida entrou e começou a juntar apressadamente as roupas de Aislinn, mas a filha a deteve.

– Não. Levo só este vestido velho que Gwyneth me deixou. Os outros são dele... – acrescentou, com um soluço sentido. – Para Haylan, se ele quiser.

Não importava o fato de Wulfgar tê-los dado para ela. Cada vez que olhasse para aqueles vestidos, se lembraria de tudo que acontecera entre os dois, e ela não queria mais lembranças que as que já levava no coração.

Chamou Miderd e, fazendo-a jurar que guardaria segredo, pediu para ajudá-las nos preparativos da fuga. Depois de tentar inutilmente convencer Aislinn a desistir do plano, Miderd resolveu fazer o que ela pedia. Mandou Sanhurst arrear seu cavalo antigo e, sem saber que era para Aislinn, ele obedeceu. Quando viu o velho animal, Maida reclamou furiosa:

– Leve a cinzenta, precisamos da sua resistência.

Aislinn balançou a cabeça e disse, com voz firme:

– Não, é esse ou nenhum. Não quero que um belo animal marque minha passagem por estas terras.

– O normando lhe deu o cavalo de presente, bem como os vestidos que está deixando. São seus, e seria mais um castigo para ele levá-los também.

– Não vou embora levando seus presentes – disse Aislinn.

A escolha da comida para a viagem também não agradou Maida:

– Vamos morrer de fome. Você nos faz viajar com esse animal imprestável e ainda por cima não leva nada para comer.

– Encontraremos mais – disse Aislinn, encerrando o assunto.

Miderd as viu desaparecer numa curva da estrada e voltou para a casa enxugando uma lágrima.

ERA QUASE NOITE e Miderd não podia se livrar da tristeza que lhe apertava o coração. Observou Haylan experimentando a carne de veado que estava preparando para o jantar. Sabia que Haylan ficaria contente com a partida de Aislinn, e aquelas tentativas dela para conquistar o normando a preocupavam. Miderd sabia que Wulfgar era um homem honrado, e todos podiam ver que Aislinn era importante para ele.

Miderd lembrou com desgosto a noite anterior.

– Por que você insiste em provocar lorde Wulfgar? – perguntou ela. – Vai se contentar com o papel de prostituta se lady Aislinn vier a ser a dona de Darkenwald?

– É quase impossível que isso aconteça – disse Haylan. – Wulfgar admite que odeia as mulheres.

Miderd disse, zangada:

– Acha que um homem odeia a mulher que carrega seu filho no ventre?

Haylan deu de ombros.

– Isso não é amor, é desejo.

– E você quer que ele a deseje do mesmo modo até sua barriga crescer também? – perguntou Miderd, incrédula. – Ontem à noite você dançou na frente dele como Salomé para aquele rei. Pediria a cabeça de Aislinn?

Haylan sorriu.

– Se Aislinn fosse embora – suspirou ela –, Wulfgar seria meu.

– Pois ela foi embora – disse Miderd, com amargura. – Está feliz?

Haylan arregalou os olhos escuros, surpresa, e Miderd balançou a cabeça afirmativamente.

– Sim, nesse momento ela está fugindo dele. Leva apenas a mãe, o filho dele e a velha égua para a mãe montar.

– Ele sabe? – perguntou Haylan.

– Vai saber quando voltar de Cregan, pois eu vou dizer. Ela me mandou guardar segredo, mas temo por sua segurança. Há lobos nas florestas que ela vai atravessar. Não posso ficar em silêncio e deixar que ela seja atacada por animais selvagens ou humanos que não se importariam com sua condição delicada.

– Como podemos saber se Wulfgar irá atrás dela ou não? – Haylan deu de ombros. – De qualquer modo, logo Aislinn estará com o corpo deformado, e ele não vai mais querer saber dela.

– Haylan, seu coração está dentro de uma bainha de gelo. Nunca imaginei que fosse tão impiedosa nem tão determinada a conseguir o que quer.

Haylan exclamou furiosa:

– Estou farta de suas censuras e de sua simpatia por aquela mulher. Ela não fez nada por mim. Não lhe devo nada.

– Se algum dia precisar dela – disse Miderd, em voz baixa –, espero em Deus que Aislinn tenha mais compaixão por você.

– Não é muito provável que eu precise de sua ajuda – disse Haylan, dando de ombros. – Além disso, ela já se foi.

– O povo de Darkenwald vai sentir falta dela. Não pode pedir a ninguém mais o que minha senhora Aislinn lhe dava.

– Minha senhora, minha senhora! – imitou Haylan. – Ela não é minha senhora nem jamais será. Serei mais esperta. Vou fazer Wulfgar me amar e me desejar só para ele.

– *Lorde* Wulfgar – corrigiu Miderd.

Haylan sorriu e passou a língua nos lábios, como antecipando um apetitoso banquete.

– Logo será só Wulfgar para mim.

Ouviram o ruído dos cavalos passando na direção do estábulo. Miderd levantou-se e olhou para Haylan.

– Ele está de volta e eu vou contar o ocorrido. Se ele não for atrás dela, pode ficar certa de que eu a culparei pela morte de lady Aislinn, pois é quase certo que vai morrer na floresta.

– Culpar a mim? – exclamou Haylan. – Tudo que fiz foi desejar que ela se fosse, e ela foi por vontade própria.

– Sim – concordou Miderd. – Mas é como se você a tivesse empurrado para fora.

Haylan virou-se para a lareira, furiosa.

– Pouco me importa. Saia da minha frente. Estou feliz porque ela se foi.

Com um suspiro, Miderd foi para o estábulo, onde Wulfgar e seus homens tiravam os arreios dos cavalos. Aproximou-se hesitante de Huno e olhou nervosamente para Wulfgar. Ele conversava com Sweyn e só notou a presença dela quando Miderd o puxou pela manga. Com uma das mãos no dorso de Huno, ele se voltou, sorrindo ainda, e ergueu uma sobrancelha interrogativamente.

– Meu senhor – disse Miderd, em voz baixa. – A senhora se foi.

O sorriso desapareceu, e os olhos de Wulfgar ficaram frios como gelo.

– O que está dizendo?

Miderd engoliu em seco, quase desejando não ter dito nada. Mas repetiu:

– Lady Aislinn se foi, meu senhor – disse ela. Torceu as mãos. – Logo depois que o senhor saiu esta manhã, meu senhor.

Com um único movimento, Wulfgar apanhou a sela do chão e jogou-a nas costas de Huno, que bufou, surpreso. Com o joelho

355

encostado no flanco do cavalo e as rédeas entre os dedos firmes, ele perguntou:

– Ela foi para o norte, é claro. Para Londres?

– Para o norte, sim, mas não para Londres. Acho que mais para oeste, a fim de passar por fora da cidade, à procura de asilo com um dos clãs do norte – respondeu ela, e acrescentou: – Onde não estão os normandos, meu senhor.

Praguejando, Wulfgar montou. Viu Sweyn preparando-se para acompanhá-lo e o deteve.

– Não, Sweyn, vou sozinho. Mais uma vez quero que fique e tome conta de minhas terras até a minha volta.

Olhou para o estábulo e viu tudo em ordem, a égua que dera para Aislinn no lugar de sempre.

– Ela não levou nenhum cavalo ou carroça? Como está fugindo? A pé? – perguntou para Miderd.

Ela balançou a cabeça.

– Minha senhora levou só aquele cavalo velho, alguns cobertores e pouca coisa mais. Vão parecer saxãs pobres, fugindo da guerra. – Lembrou com tristeza a própria jornada e continuou, apressadamente: – Temo por ela, meu senhor. Os tempos não são bons, e os animais carniceiros estão por toda parte. Os lobos... – parou de falar, e ergueu para ele os olhos cheios de medo.

– Acalme seus temores, Miderd – disse Wulfgar, inclinando-se para a frente na sela. – Esta noite você ganhou um lugar para os próximos cem anos.

Wulfgar partiu para o norte, Huno devorando velozmente a distância.

Miderd ficou parada até não ouvir mais o tropel do cavalo. Depois, balançou a cabeça e sorriu. A despeito do porte ameaçador e do gosto pela luta, aquele homem tinha um coração bastante sofrido. Por isso ele falava rudemente e blasfemava, dizendo que não precisava de ninguém para esconder os próprios sentimentos. Por isso, escolheu a carreira das armas, talvez esperando que seu tormento terminasse na ponta de alguma espada. Mas agora cavalgava noite adentro para alcançar um amor que fugia como um falcão amestrado que, de repente, tivesse se libertado e se recusasse a pousar na luva que o esperava.

356

Wulfgar estava ainda com sua cota de malha e a capa longa enfunava atrás de si. Tirou o elmo para que o vento do inverno o impedisse de sentir sono. Sentia os músculos fortes de Huno e sabia que em poucas horas percorreria o que Aislinn devia ter percorrido num dia.

A lua alta no céu negro parecia sugar a névoa dos pântanos. Wulfgar calculava, pela subida da lua, o momento em que devia procurar a luz de uma fogueira. Olhou para o norte, tentando compreender o que levara Aislinn a tomar essa decisão. Não se lembrava de ter acontecido nada nos últimos dias que desse motivo a essa fuga.

Mas o que ele sabia sobre as mulheres, a não ser que não se pode confiar nelas?

Aislinn verificou as rédeas amarradas numa árvore e passou a mão no flanco trêmulo do velho animal.

"Não passamos de um banquete para os lobos", pensou ela, "desprevenidas e indefesas".

Levou a mão às costas, tentando aliviar uma dor surda, e voltou para perto do fogo, onde Maida dormia tranquilamente na terra úmida, enrolada num cobertor. Aislinn estremeceu quando a brisa fria fez estalar os galhos das árvores despidos pelo inverno e mais ainda quando um uivo distante anunciou a presença de lobos no campo. Sentou-se ao lado do fogo, atiçando-o distraída, pensando na cama quente, onde podia estar agora, com Wulfgar. Sua intenção não era parar na floresta. Esperava alcançar a cidade mais próxima dentro de mais ou menos duas horas, antes que a fadiga da mãe as impedisse de prosseguir. Mas a velha égua mancou de uma pata, obrigando-as a acampar à noite.

Abraçando os joelhos, Aislinn olhava pensativamente para o fogo. Devido à sua imobilidade, a criança fez um leve movimento. O bebê estava satisfeito, embalado pelo calor, no refúgio seguro do ventre da mãe. Aislinn sorriu e seus olhos encheram-se de lágrimas.

"Um bebê", pensou ela, maravilhada. "Um tesouro, um milagre, uma doce alegria quando dois seres se unem por amor e fazem um filho."

Oh, Deus, se ao menos ela e Wulfgar pudessem ter certeza de que era dele. Mas a dúvida pairava sobre eles, pondo o rosto de Ragnor entre os dois, como se fosse mais que simples imaginação. Porém, mesmo que fosse de Ragnor, ela não podia abandonar o filho e mandá-lo para longe, assim como não podia suportar a ideia de viver longe de seu lar. Agora, pelo menos Wulfgar não teria mais de olhar para ela e perguntar a si mesmo de quem era aquele filho.

As lágrimas encheram seus olhos outra vez e desceram pelo rosto.

– Oh, Wulfgar – suspirou ela, tristemente. – Se eu fosse sua prometida e não tivesse sido violentada por Ragnor, talvez eu conquistasse seu coração, mas vejo que seus olhos começam a se afastar de mim para o corpo mais harmonioso da viúva Haylan. Não pude suportar o modo com que você olhava para ela... ou terá sido minha imaginação que pôs o desejo em seus olhos?

Aislinn encostou o queixo nos joelhos e olhou para a floresta escura, com a visão embaciada pelas lágrimas que corriam livremente agora. Tudo estava quieto. Era como se o tempo tivesse parado, prendendo-a para sempre no limbo do presente. Até as estrelas pareciam ter fugido do céu escuro, pois duas luzes brilhantes apareciam na escuridão.

Com um frio na espinha, Aislinn ergueu a cabeça devagar e olhou atentamente para os dois pontos de luz. Paralisada de medo, compreendeu que não eram estrelas, mas dois olhos que a observavam. Outros apareceram, e a sombra além da fogueira parecia cheia de pedaços de carvão em brasa. Um a um, os lobos se aproximaram, as mandíbulas abertas, as línguas de fora como se estivessem rindo da vítima indefesa. A pobre égua velha bufou e tremeu. Aislinn pôs outra tora no fogo, segurou um pequeno ramo de árvore numa das mãos e a adaga na outra. Agora que os lobos estavam mais perto do fogo, ela contou uma dúzia deles, rosnando e se empurrando, como se estivessem disputando o melhor lugar para o ataque. De repente, uma voz mais forte soou na noite com um rugido, e os lobos se afastaram um pouco, com o rabo entre as pernas, quando um animal duas vezes maior que os outros caminhou para a luz do fogo. Ele olhou em volta tranquilamente, deu as costas para Aislinn e, com outro rugido, fez os lobos recuarem mais um pouco, parando à margem da clareira. Voltaram para ela os olhos extremamente inteligentes e, antes que pudesse adivinhar seu intento, Aislinn murmurou, com voz rouca:

– Wulfgar!

O animal negro deitou-se na frente dela, perfeitamente manso e à vontade, como qualquer cão treinado.

Aislinn largou o galho fino que segurava e embainhou a adaga. O lobo abriu as mandíbulas como se estivesse sorrindo e confirmando a trégua. Descansou a cabeça nas patas dianteiras, mas os olhos alerta não a deixaram por um momento. Aislinn recostou-se no tronco da árvore, sentindo-se tão segura no meio da floresta quanto se sentia em Darkenwald.

Um lobo rosnou no escuro, e Aislinn acordou de um sono breve. O lobo grande ergueu a cabeça e olhou para a floresta, atrás dela, mas não se levantou. Aislinn esperou, sentindo a tensão crescer cada vez mais. Então uma pedra rolou e ela virou a cabeça devagar.

– Wulfgar! – exclamou ela.

O normando entrou na clareira puxando Huno pelas rédeas, olhou para ela, depois para o animal ao lado do fogo. Aislinn o viu se aproximar com alívio e surpresa, pois estava quase convencida de que ele era uma espécie de lobisomem, como diziam alguns, e se transformara naquele lobo enorme para protegê-la.

O animal se levantou, sacudiu o corpo e seus olhos amarelos brilharam quando se encontraram com os de Wulfgar, do outro lado do fogo. Finalmente o lobo deu-lhes as costas e, com um uivo para sua matilha, desapareceu na noite. A floresta ficou em silêncio por um longo momento. Por fim, Wulfgar suspirou e disse com humor:

– Madame, a senhora é uma tola.

Aislinn ergueu o queixo e respondeu:

– E o senhor é um tratante.

– Concordo. – Ele sorriu. – Mas vamos partilhar o conforto desta clareira até o raiar do dia.

Amarrou Huno ao lado da égua cansada e deu aos dois animais uma ração que tirou do alforje em sua sela. Resignada a despeito do fracasso da fuga, Aislinn sentiu-se reconfortada com a presença dele e não resistiu quando Wulfgar tirou a cota de malha e, deitando ao lado dela, envolveu os dois com sua pesada capa.

Maida acordou de repente e se levantou, resmungando, para pôr mais lenha no fogo. Parou quando viu Huno ao lado da velha égua e depois Wulfgar ao lado de Aislinn.

– Ah! – rosnou ela. – Vocês, normandos traiçoeiros, sabem como fazer uma cama quente em qualquer lugar, não é mesmo? – Voltou para sua esteira e, com um último olhar para Wulfgar, disse: – Basta eu dar as costas por um momento! – Deitou-se e cobriu-se até o pescoço.

Aislinn, com um sorriso satisfeito, aconchegou-se mais a Wulfgar. Maida não gostou de ver o normando, mas o coração de Aislinn cantava feliz por estar outra vez nos braços dele.

– Está com frio? – murmurou Wulfgar, com os lábios nos cabelos dela.

Ela balançou a cabeça afirmativamente. Wulfgar não podia ver o brilho de suprema felicidade nos olhos dela. Com o corpo encostado no dele e a cabeça no ombro forte, Aislinn sentia o conforto e a segurança de sua cama em Darkenwald.

– O bebê está se mexendo – disse Wulfgar, com voz rouca. – É sinal de força.

Aislinn mordeu o lábio, tomada por uma incerteza repentina. Ele raramente falava sobre a criança e quando o fazia era para tranquilizá-la de um modo ou de outro. Porém Aislinn se preocupava com o modo com que ele olhava para a sua barriga, como querendo se convencer de que o filho era seu.

– Agora ele se mexe constantemente – disse Aislinn, em voz baixa.

– Isso é bom. – Wulfgar puxou a capa mais para cima e fechou os olhos.

De manhã muito cedo, Aislinn acordou com o movimento de Wulfgar. Ele se levantou e entrou na floresta. Sentada, Aislinn puxou a capa até o queixo e olhou em volta. Maida dormia ainda, com o corpo encolhido, como que para impedir que o mundo e a realidade a perturbassem.

Desembaraçando os cabelos com os dedos, Aislinn espreguiçou-se, feliz com a beleza da manhã. O orvalho brilhava nas hastes de relva, enfeitando com pequenos brilhantes uma teia de aranha. Os pássaros voavam entre as árvores e um coelho passou rapidamente no meio do mato. Aislinn respirou fundo, enchendo os pulmões com

360

a fragrância inebriante de renovação. Suspirou, contente com o mundo e com suas maravilhas, e ergueu o rosto para os raios de sol que invadiam a clareira. Como era belo o orvalho da manhã. Como era mavioso o canto dos pássaros. Por um momento Aislinn perguntou a si mesma o porquê de tanta felicidade. Deveria estar desapontada com o fracasso de sua fuga. Afinal, talvez fosse mandada para a Normandia. Porém a primavera enchia de contentamento seu coração.

Ouviu os passos de Wulfgar atrás dela e voltou-se com um sorriso. O normando parou por um momento, como que estranhando aquela atitude, mas depois sentou-se ao lado dela. Apanhou o embrulho de comida e, depois de examinar o conteúdo, olhou para ela interrogativamente.

– Uma perna de carneiro? Um pão? Vejo que se preparou muito bem para essa jornada.

– Gwyneth guarda muito bem sua despensa. Ela conta cada grão, e, se eu tirasse mais alguma coisa, chamaria atenção.

Maida acordou, passou a mão nas costas doloridas e disse com um sorriso:

– Deve perdoar minha filha, meu senhor. Ela não entende bem certas coisas. Achou que iam nos chamar de ladras se tirássemos um pouco de *nossa* comida.

– Encontraríamos pessoas mais generosas assim que deixássemos as terras de Guilherme.

Wulfgar disse com sarcasmo:

– Está falando dos saxões; daqueles heróis do norte, sem dúvida.

– Aqueles amigos leais nos receberiam de braços abertos e nos ajudariam como vítimas do duque bastardo – disse Maida.

– Guilherme é rei por aclamação de todos, menos de vocês duas. Aqueles seus malditos amigos leais. Os clãs do norte cobram um pedágio muito caro em suas estradas, e pessoas muito mais ricas que vocês chegaram ao fim da viagem completamente sem dinheiro.

– Ah! – Maida sacudiu a mão para ele, zangada. – Você tagarela como um corvo com crupe. O tempo vai dizer quem conhece melhor os saxões, um aventureiro normando ou uma pessoa de puro sangue inglês.

Encerrando o assunto, Maida entrou na floresta.

Wulfgar cortou uma fatia de pão e um pedaço de carne para Aislinn. Serviu-se também, mas em maior quantidade, e começaram a comer o desjejum frio. O normando olhou para o vestido que ela usava.

– Você não trouxe dinheiro nem ouro para a viagem? – Ele sabia a resposta e continuou: – Posso imaginar você na cama de um saxão do norte, mas sua mãe teria mais dificuldade para pagar a passagem. – Riu, olhando atentamente para ela. – Porém, depois de pagar o pedágio, *chérie*, tenho certeza de que quase não ia conseguir passar da cama para o banco.

Aislinn balançou a cabeça, ignorando as observações grosseiras, e lambeu os dedos delicadamente. Wulfgar sentou-se bem perto dela.

– Francamente, meu amor, por que fugiu?

Aislinn ergueu os olhos, surpresa, mas percebeu que ele, na verdade, queria saber.

– Você tem tudo que uma mulher pode desejar – disse Wulfgar, passando a ponta do dedo no braço dela. – Uma cama quente, um protetor forte. Um braço gentil para se apoiar. Comida farta e amor para mantê-la ocupada nas noites longas e frias.

– Tudo? – protestou Aislinn. – Oh, por favor, considere tudo que eu tenho. A cama de meu pai assassinado, que jaz agora num túmulo frio. Vejo meus protetores usarem a espada e o chicote. Na verdade, eu preciso mais proteger que ser protegida. Não encontrei ainda um braço forte para me apoiar. A comida farta é distribuída mesquinhamente da despensa que foi minha. – Sua voz se embargou e as lágrimas lhe assomaram aos olhos. – E amor? Amor? Sou violentada por um idiota bêbado. Isso é amor? Sou escrava de um lorde normando. Isso é amor? Sou acorrentada aos pés da cama e ameaçada. – Segurou a mão dele e a encostou na sua barriga. – Sinta aqui. Ponha sua mão aqui e sinta o movimento da criança. Concebida com amor? Não posso dizer. Na verdade, eu não sei.

Wulfgar abriu a boca para responder, mas Aislinn continuou, afastando a mão dele:

– Não, escute o que eu digo pelo menos uma vez e pense no que eu tenho. Sou maltratada na mesma casa em que brinquei quando era pequena, minha roupa e meus tesouros são roubados, um a um. Não posso dizer que possuo sequer um simples vestido, pois amanhã poderá estar no corpo de outra mulher. Meu único animal favorito, minha montaria, tem as pernas quebradas e é sacrificado. Diga-me, meu senhor Wulfgar, o que eu tenho?

– Basta pedir. Se estiver dentro das minhas possibilidades, você terá.

Olhando para ele, Aislinn falou devagar:

– Wulfgar, casaria comigo para dar um nome a essa criança?

Franzindo a testa, Wulfgar pôs mais lenha no fogo.

– A eterna armadilha – resmungou ele – para apanhar os desavisados.

– Aaah – suspirou Aislinn. – Você satisfez seu desejo quando meu corpo era esbelto, mas agora não quer falar no assunto. Não precisa me falar de sua paixão por Haylan. Seus olhos traíam o desejo quando ela dançava na sua frente.

Wulfgar olhou para ela, surpreso.

– Desejo? Mas eu estava só me divertindo.

– Divertindo! – zombou Aislinn. – Era mais como um convite para a cama dela.

– Palavra de honra, senhora, nunca a vi procurando me distrair tão bem.

– O quê? – exclamou Aislinn estupefata. – Com esse corpo? Queria que eu dançasse e fizesse papel ridículo?

– Está inventando desculpas. Continua tão esbelta quanto antes. Eu gostaria de ter seu carinho na cama, em vez de ser sempre atacado por sua língua.

Os olhos cor de violeta brilharam de fúria.

– Quem sempre ataca com palavras ofensivas, meu senhor? Eu devia usar sua cota de malha para me defender de seus insultos grosseiros.

– Não sei agir como um galante namorado, como Ragnor. Acho difícil procurar agradar uma mulher, mas com você tenho sido generoso.

– Talvez me ame um pouco? – perguntou Aislinn, suavemente.

Wulfgar acariciou o braço dela.

363

– É claro, Aislinn – murmurou o normando. – Eu a amarei todas as noites, até você me pedir para parar.

Aislinn fechou os olhos, cerrou os dentes e gemeu alto.

– Nega que minhas carícias despertam uma resposta em você? – perguntou Wulfgar.

Com um suspiro, ela disse simplesmente:

– Sou sua escrava, meu senhor. O que deseja que sua escrava diga?

Irritado, Wulfgar exclamou:

– Você não é minha escrava! Quando eu a acaricio, você corresponde.

Corando intensamente, Aislinn olhou para o lugar em que a mãe entrara na floresta, temendo que ela tivesse ouvido. Wulfgar riu.

– Tem medo de que ela saiba que você gosta da cama de um normando? – Apoiou o braço no joelho dobrado, e os dois se inclinaram para a frente, aproximando a cabeça. – Você pode enganar sua mãe, mas eu sei a verdade. Não foi o que fazemos na cama que a fez fugir.

Com uma exclamação de raiva, Aislinn ergueu a mão aberta, mas Wulfgar a segurou. Com um movimento rápido, ele a fez deitar-se de costas e imobilizou-a com o peso de seu corpo.

– Então, abusaram de sua honra. Por isso fugiu de mim depois de tantos meses?

Aislinn lutou em vão. Com o joelho entre os dela, ele a imobilizava com um braço. Aislinn sentiu os músculos tensos do corpo dele contra o seu e a mão forte em suas costas. Compreendendo que era inútil resistir, ela parou de lutar. As lágrimas desceram de seus olhos fechados.

– Você é cruel, Wulfgar – soluçou ela. – Brinca comigo e zomba do que não posso controlar. Eu queria ser fria e indiferente, assim talvez suas carícias não fossem um tormento para mim.

Wulfgar beijou de leve o nariz, as pálpebras fechadas e depois os lábios, e nem naquele momento Aislinn conseguiu controlar a chama de desejo que a invadiu.

A voz de Maida estalou no ar da manhã.

– O que é isso? Um normando fazendo amor no chão molhado de orvalho? Meu senhor, não acha que devemos montar e seguir nosso caminho?

Maida riu alto do próprio humor. Wulfgar sentou-se, passou a mão no cabelo e olhou para ela como se quisesse parti-la ao meio. Aislinn, sem olhar para nenhum dos dois, passou a mão na saia para tirar as hastes de relva.

Wulfgar selou os cavalos. Dobrou o peitoral e o pôs na frente de sua sela, preferindo cavalgar mais à vontade naquela bela manhã. Com um gemido, Maida tentou alcançar o estribo e de repente viu-se erguida do chão para a sela da velha égua. Wulfgar, já montado, olhou para Aislinn. Sorriu vendo a interrogação nos olhos dela.

– A égua está manca e não aguenta as duas.

Olhando friamente para ele, Aislinn perguntou, com altivez:

– Então eu vou a pé, meu senhor?

Wulfgar apoiou o cotovelo no suporte dianteiro da sela.

– Não acha que merece?

Com um olhar furioso, Aislinn deu meia-volta e começou a longa caminhada para Darkenwald. Sorrindo, Wulfgar levantou as rédeas e a seguiu. Maida fechou a retaguarda na velha égua.

O sol estava alto e a manhã quase no fim quando Aislinn parou e sentou-se num tronco caído para tirar uma pedra do sapato.

Wulfgar esperou que ela erguesse os olhos e perguntou, solícito:

– A senhora está cansada do passeio?

– A decisão foi sua, meu senhor – respondeu ela.

– Não, meu amor, não foi – negou ele, inocentemente. – Eu apenas perguntei se não era o que você merecia.

Aislinn olhou para ele e corou.

– Oh, seu bruto! – bateu com o pé no chão com tanta força que fez uma careta de dor.

Wulfgar se afastou na sela.

– Venha, meu amor. Vai ser um dia muito cansativo se continuar a pé, e quero chegar logo em casa.

Com relutância, Aislinn estendeu a mão e Wulfgar ergueu-a para a frente de sua sela, ajudando-a a passar o joelho para o outro lado.

Maida zombou:

– Minha filha, é melhor andar que aquecer o colo de um normando.

Wulfgar olhou para ela e disse, gentilmente:

– Gostaria de fugir, velha rabugenta? Se quiser, olho para o outro lado com todo prazer.

Ouviram um som estranho e, quando viraram curiosos para Aislinn, ela estava imóvel, olhando para longe, mas os cantos de sua boca tremiam levemente, com um sorriso.

Continuaram a viagem, Maida atrás deles, resmungando e fazendo caretas para Wulfgar.

Quando finalmente Huno diminuiu o passo, Aislinn começou a sentir sono. A sela era macia e espaçosa. Sentia o calor de Wulfgar e via as mãos dele segurando as rédeas. Eram fortes e capazes de empunhar a lâmina larga e pesada, mas os dedos eram finos e podiam ser suaves quando preciso. Sorriu, lembrando a força daquelas mãos. Aislinn encostou-se em Wulfgar, puxou o manto até o queixo, a cabeça apoiada no pescoço dele. Relaxou o corpo com um sorriso, deixando a cargo dele mantê-la firme na sela. Uma tarefa bastante agradável para Wulfgar. A maciez do corpo dela e o perfume suave o provocavam, mas, ao mesmo tempo, ele se preocupava com a súbita mudança na atitude dela.

De repente, um grito estridente de Maida quebrou o silêncio.

Aislinn acordou sobressaltada e olhou para a mãe.

– Não foi nada, só que estou engolindo muita poeira – choramingou ela. – Quer que eu morra de sede, astuto senhor, para fazer o que quiser com minha filha, sem ser perturbado por minhas censuras?

Wulfgar saiu da estrada e parou na margem de um regato. Apeou e estendeu as mãos para ajudar Aislinn, depois de ajeitar a capa nos ombros dela. Olhou de soslaio para Maida e depois, com relutância, ajudou-a a descer.

– Humm – disse ela. – Tem muito que aprender sobre boas maneiras, normando. Tenho certeza de que violentou minha filha para fazer esse filho.

– Mãe! – censurou Aislinn, mas Wulfgar olhou atentamente para Maida.

– Como sabe, velha rabugenta, que esse filho é meu?

Maida olhou para ele e deu uma gargalhada.

366

– Ah, se o pequenino chegar com cabelo preto como a asa do corvo, então foi Ragnor quem trabalhou bem, e se for da cor do trigo no verão, então é desse bastardo, sem dúvida. Mas – fez uma pausa e continuou, saboreando cada palavra: – se a criança nascer com cabelos vermelhos, como o sol da manhã – deu de ombros e abraçou o próprio corpo, satisfeita –, então não vamos saber quem é o pai.

Wulfgar virou-se de repente e levou os cavalos para beber água. Aislinn franziu a testa para a mãe, que, rindo feliz, desapareceu outra vez na floresta; depois olhou para as costas largas de Wulfgar. Pareciam frias e ameaçadoras, e Aislinn compreendeu que ele preferia a companhia dos animais naquele momento. Com um suspiro, Aislinn entrou na floresta, reconhecendo que ele precisava resolver sozinho esse problema.

Quando voltou, Wulfgar estava à sua espera com pão e carne cortada, para os três. Ele continuava absorto em pensamentos, e comeram em silêncio. Maida notou o estado de espírito do normando e sensatamente conteve a língua.

Continuaram a viagem, Aislinn cochilando nos braços de Wulfgar, saboreando o carinho com que ele a tratava. Quando chegaram a Darkenwald, ele a acordou falando em voz baixa em seu ouvido. Aislinn abriu os olhos e viu que já era noite. Wulfgar desmontou e ela apoiou as mãos nos ombros dele para descer. Depois o normando olhou para Maida e viu que ela oscilava molemente na sela. À luz das tochas nos lados da porta, Aislinn viu que a mãe estava exausta e abatida. Segurou o braço dela e disse, em voz baixa:

– Venha, eu a levo até sua cabana.

Wulfgar a deteve, com a mão estendida.

– Eu levo sua mãe. Vá para o quarto e me espere lá. Não demoro.

Maida olhou desconfiada para o normando antes de começar a andar na frente dele. Aislinn ficou parada, ouvindo os passos dos dois. Depois de um longo tempo avistou, entre as árvores, a luz fraca da lareira acesa na cabana. Então, com passos cansados, ela entrou e subiu a escada.

O quarto estava iluminado pela luz do fogo alto, aceso certamente por alguém que não duvidava do sucesso de Wulfgar em tudo que fazia – provavelmente Sweyn, sempre fiel e preocupado com o conforto de seu chefe.

Com um suspiro, Aislinn começou a despir-se perto da lareira. Tirou a combinação e estendeu a mão para uma manta de pele da cama, mas, quando ouviu a porta se abrindo, segurou a combinação na frente do corpo para enfrentar o intruso.

– Então, você voltou – murmurou Gwyneth, encostada no batente da porta.

Aislinn estendeu o braço.

– Como vê, viva e respirando.

– É uma pena – suspirou Gwyneth. – Eu tinha esperança de que encontrasse um lobo faminto.

– Se quer mesmo saber, encontrei. Ele deve chegar a qualquer momento.

– Ah, o bravo bastardo – zombou Gwyneth. – Sempre provando seu valor.

Aislinn balançou a cabeça.

– Conhece muito pouco seu irmão, Gwyneth.

Gwyneth empertigou o corpo e avançou alguns passos, examinando Aislinn de alto a baixo.

– Admito que não compreendo por que ele sai no meio da noite à sua procura, quando dentro de pouco tempo vai mandá-la para a Normandia ou para outra terra distante. Tolice, sem dúvida, e nenhum bom-senso.

– Por que você o odeia tanto, Gwyneth? – perguntou Aislinn. – Alguma vez ele a prejudicou? Acho difícil compreender seu ódio.

Com um sorriso de desprezo, Gwyneth respondeu:

– Não pode mesmo compreender, saxã ordinária. Contenta-se em se abrir para ele na cama e fazer o que ele quer. O que vai conseguir dele a não ser mais bastardos?

Aislinn ergueu o queixo e conteve-se para não responder à altura. Percebeu um leve movimento e, virando a cabeça, viu Wulfgar parado na porta, muito interessado na conversa, com os braços cruzados e o peitoral no ombro. Acompanhando o olhar de Aislinn, Gwyneth voltou-se também.

– Veio nos dar as boas-vindas, Gwyneth? – perguntou ele, com voz áspera.

Wulfgar fechou a porta e atravessou o quarto, deixando a cota de malha ao lado do vestido de Aislinn. Depois, olhou para Gwyneth.

– Você não esconde o desprezo que sente por nós, Gwyneth. Não está feliz aqui? – perguntou com as mãos na cintura.

– Feliz? Nesta casa miserável? – indagou ela.

– Pode ir quando quiser – disse Wulfgar, lentamente. – Ninguém vai impedir.

Com um olhar frio, ela perguntou:

– Está me expulsando, irmão?

Wulfgar deu de ombros.

– Só estou dizendo que, se quiser ir embora, ninguém vai impedir.

– Se não fosse por meu pai, encontraria um meio de se livrar de mim – acusou Gwyneth.

– Tem razão – admitiu Wulfgar, com um sorriso irônico.

– O quê? O cavaleiro andante descobriu que ser senhor de terras tem certas desvantagens? – zombou ela. – Deve ser penoso para você tratar os problemas de seus servos e de sua casa quando, antes, só se importava consigo mesmo. Por que não admite que está sendo um fracasso aqui em Darkenwald?

– Sim, às vezes é cansativo – disse Wulfgar, olhando diretamente para ela. – Mas tenho certeza de que sou capaz de arcar com esse peso.

– Um bastardo tentando provar que é digno de seus superiores. É de fazer rir uma imagem de madeira.

– Você acha engraçado, Gwyneth? – Wulfgar sorriu e ficou de pé ao lado de Aislinn. Segurou um cacho de cabelo cor de cobre e o beijou ternamente, acariciando-a com o olhar. – Deve achar que nós todos merecemos seu desprezo, porque somos humanos e imperfeitos.

Observando a atenção dele para com Aislinn, Gwyneth ergueu os lábios com ironia.

– Alguns devem ser tolerados com mais paciência que outros.

– Oh? – Wulfgar ergueu uma sobrancelha. – Eu tinha a impressão de que você despreza a todos, sem exceção. Quem é o contemplado?

– Esperou, pensativo, por um momento, depois sorriu e, voltando-se para a irmã, perguntou: – Ragnor, talvez? Aquele tratante?

Gwyneth mais uma vez empertigou o corpo.

– Você, um bastardo, o que sabe sobre os bem-nascidos? – perguntou ela.

– Muita coisa – respondeu Wulfgar. – Desde a minha juventude venho suportando o desprezo de pessoas como você e Ragnor. Sei muita coisa sobre os bem-nascidos e sei que não valem nem a bolsa de um mendigo, para mim. Se quer mesmo escolher um homem, Gwyneth, e dou o conselho sem cobrar nada, procure o coração, que dá a verdadeira medida do homem, não o que seus antepassados fizeram ou deixaram de fazer. Cuidado com Ragnor, irmã. É do tipo traiçoeiro, no qual nunca devemos confiar totalmente.

– Fala assim por inveja, Wulfgar – acusou ela.

Ele riu e passou a mão nos cabelos de Aislinn, fazendo-a estremecer.

– Acredite no que quiser, Gwyneth, mas não diga que não avisei.

Gwyneth foi até a porta, virou-se para trás, olhou para os dois friamente e saiu sem dizer mais nada.

Wulfgar riu e abraçou Aislinn, fazendo-a levantar o rosto para ele. Aislinn não resistiu, mas também não correspondeu como ele desejava. Quando os lábios de Wulfgar pousaram levemente nos seus, ela procurou pensar em outra coisa, reagindo com frieza. Wulfgar estranhou:

– O que a perturba? – perguntou em voz baixa.

– Eu o desagrado, meu senhor? Qual é seu desejo? Diga-me, que eu obedeço. Sou sua escrava.

Carrancudo, ele disse:

– Você não é minha escrava. Já disse isso uma vez hoje.

– Mas, meu senhor, estou aqui para o seu prazer. Uma escrava deve sempre obedecer a seu dono. Quer meus braços em volta do seu pescoço? – Segurando a combinação com uma das mãos, ela pôs a outra na nuca dele. – Quer o meu beijo? – Ficando na ponta dos pés, beijou os lábios dele de leve e, abaixando o braço, voltou à posição inicial. – Pronto. Eu lhe dei prazer, não dei?

Irritado, Wulfgar tirou a túnica e dobrou-a. Sentou na beirada da cama para tirar a camisa. Quando ficou de pé para tirar a calça justa,

Aislinn foi até a corrente ainda presa ao pé da cama e se sentou no chão frio. Wulfgar ergueu os olhos, e ela enfiou o tornozelo na argola de metal e fechou-a com um estalo.

– Que diabo está fazendo? – exclamou ele, levantando-a do chão e fazendo com que soltasse a combinação. – Que diabo pensa que está fazendo? – repetiu ele, furioso.

Aislinn arregalou os olhos com fingida inocência.

– Os escravos não são acorrentados, meu senhor? Não sei muito bem como são tratados porque sou escrava há poucos meses. Desde a chegada dos normandos, meu senhor.

Praguejando impaciente, Wulfgar abriu a argola, libertando o tornozelo dela. Ergueu-a do chão e atirou-a na cama.

– Você não é escrava! – gritou ele.

– Sim, meu senhor – respondeu Aislinn, a custo contendo o riso. – Como quiser, senhor.

– Pelo amor de Deus! O que você quer de mim, mulher? – perguntou Wulfgar, erguendo os braços, frustrado. – Já disse que não é escrava. O que mais você quer?

Aislinn bateu as pestanas tentadoramente.

– Só desejo agradá-lo, meu senhor. Por que está tão zangado? Estou aqui para fazer sua vontade.

– O que preciso fazer para que me ouça? – exclamou ele. – Preciso anunciar para o mundo todo?

– Sim, meu senhor – disse Aislinn, e Wulfgar olhou para ela com mais atenção.

Por um momento, ele ficou indeciso, mas, quando compreendeu, Wulfgar começou a se vestir outra vez. Quando chegou à porta, parou, ouvindo a voz dela.

– Onde vai, meu senhor?

– Vou procurar Sweyn – resmungou. – Ele não me atormenta tanto.

Dizendo isso, saiu do quarto e bateu a porta. Sorrindo, Aislinn se cobriu com as mantas de pele, abraçou o travesseiro dele e adormeceu.

20

— Que mulher atrevida! – resmungou Wulfgar, atravessando o pátio na direção do estábulo. – Quer que eu case com ela, anunciando para o mundo todo que é minha mulher. Não sou do tipo que se deixa dominar por ninguém. Ela tem de se contentar com o que tem.

Ajeitou um monte de feno fresco ao lado de Huno e se deitou. Sua chegada agitou os cavalos e provocou reclamações irritadas dos homens. Quando um arqueiro soltou um palavrão, Wulfgar se cobriu com a manta e tentou, em vão, dormir.

No dia seguinte, cavalgou veloz e incessantemente, procurando cansar a mente e o corpo para conseguir um sono reparador mas quando a aurora surgiu no horizonte, estava ainda virando de um lado para o outro em sua cama de palha. Desde a noite anterior ele evitava o solar, mas vez ou outra via Aislinn indo para a cabana da mãe ou fazendo qualquer outra coisa fora da casa. Wulfgar parava, admirando o movimento ondulante de sua saia e o brilho dos cabelos cor de cobre. Ela olhava de soslaio para ele, mas mantinha distância. Os homens, intrigados, entreolhavam-se e depois coçavam a cabeça, vendo a cama de palha de seu chefe. Tinham cuidado para ficar em silêncio quando, durante a noite, uma exclamação ou uma praga os acordava e ajeitavam-se em suas esteiras, desejando que ele conseguisse dormir.

Na terceira manhã, Wulfgar fez a primeira refeição do dia no solar, olhando constantemente para a escada até Aislinn aparecer. Por um momento ela olhou para ele surpresa, mas logo se controlou e começou a ajudar Ham e Kerwick a servir. Depois de servir os homens, finalmente ela chegou a Wulfgar. Ele escolheu uma ave avantajada e depois olhou para ela.

– Encha meu copo – ordenou.

Aislinn inclinou-se para apanhar o copo, roçando o seio no ombro dele. Voltou logo depois com o copo cheio de leite e o pôs na mesa. Wulfgar franziu a testa.

– Foi aí que o encontrou? Ponha no lugar certo, escrava.

– Como quiser, meu senhor – murmurou ela.

Outra vez passou o braço pela frente dele e pôs o copo onde estava antes.

– Está bem assim, meu senhor? – perguntou ela.

– Sim, está – disse Wulfgar, voltando a atenção para a comida.

Gwyneth, satisfeita com a nova ordem das coisas, naquela noite sentou-se na cadeira de Aislinn, ao lado de Wulfgar. Tentou ser um pouco mais agradável e procurou conversar, mas Wulfgar respondia com resmungos e olhares silenciosos. Sua atenção era toda para Aislinn, que servia o jantar com Ham e Kerwick. As travessas eram pesadas e Kerwick uma vez ou outra a ajudava. Essa solicitude irritou Wulfgar ainda mais, e ele acompanhava os dois com olhar sombrio. Apertou com força o copo de chifre quando a viu rir com o jovem saxão.

– Está vendo como ela se diverte com ele? – murmurou Gwyneth no ouvido do irmão. – Acha que ela merece sua atenção? Olhe para Haylan e veja a diferença. – Ergueu a mão e mostrou Haylan, que, no outro canto da sala, olhava esperançosa para Wulfgar. – Parece que ela tem mais amor para oferecer. Já a experimentou na cama? Haylan pode ser uma cura para suas preocupações.

A despeito dos esforços de Gwyneth, porém, os olhos de Wulfgar não deixavam Aislinn. Depois de observá-lo por alguns momentos, Bolsgar inclinou-se para ele.

– O lobo percorre o campo, mas sempre volta para a companheira escolhida. Você já encontrou a sua?

Wulfgar voltou-se bruscamente para ele.

– Quanto você cobraria para fazer esse casamento?

– Acho que não seria muito – riu Bolsgar, e depois continuou, sério. – Faça sua escolha, Wulfgar. Liberte a jovem Aislinn ou case com ela.

Wulfgar rilhou os dentes.

– Está conspirando com Maida – acusou ele.

– Por que você mantém essa jovem malvada e vingativa em sua casa? – perguntou Bolsgar, indicando Aislinn. – Ela o tortura com sua presença. Sabe que você está olhando e conversa alegremente com outros homens. Kerwick não é nenhum tolo. Está disposto a casar com ela e ser o pai da criança. Por que você não dá Aislinn para ele? Kerwick ficará feliz. Mas você, meu tolo senhor... – o velho cavaleiro riu – o que vai acontecer com você? Pode suportar a ideia de Aislinn partilhar a cama dele?

Wulfgar bateu com a mão fechada na mesa.

– Pare com isso! – gritou.

– Se não a tomar para você, Wulfgar – continuou Bolsgar, impassível –, então não pode impedir que o jovem saxão se case com ela para dar um nome à criança.

– Que diferença vai fazer para a criança? Minha mãe era casada com você, mas eu continuo sendo um bastardo – respondeu Wulfgar, com amargura.

Bolsgar empalideceu.

– Eu o rejeitei – disse devagar, lutando com as palavras. – Pode dizer que fui um tolo, pois muitas vezes me arrependi e desejei que você voltasse. Você era mais meu filho do que Falsworth. Torturo-me até hoje com o sofrimento que lhe causei, mas não pode ser desfeito. Você cometeria o mesmo erro?

Wulfgar virou o rosto, perturbado com as palavras do velho. Finalmente saiu da sala, sem notar que os olhos de Aislinn o seguiam com preocupação.

NA MANHÃ SEGUINTE, Aislinn acordou sobressaltada quando Wulfgar tirou as mantas de cima dela e deu uma palmada sonora no seu traseiro.

– Levante, mulher. Vamos ter hóspedes importantes hoje e quero que os receba dignamente vestida.

Aislinn passou a mão no lugar da palmada e se levantou sob o olhar atento do normando. Quando ela estendeu a mão para a combinação, Wulfgar bateu palmas, a porta se abriu e Hlynn e Miderd entraram com a água para o banho. Segurando a combinação contra o corpo, Aislinn olhava das mulheres para Wulfgar, sem entender nada.

Ele ergueu uma sobrancelha.

– Para a senhora. Um banho perfumado anima o espírito. – Foi até a porta e voltou-se. – Use o vestido amarelo que eu comprei. Fica muito bem em você.

374

Aislinn, furiosa, sentou-se na beirada da cama.

– Hum – disse ele. – Você quer me agradar, não quer? Ou já esqueceu a obrigação da escrava? – Sorriu. – Não me demoro.

Rindo, ele saiu do quarto e fechou rapidamente a porta, temendo ser atingido por algum objeto contundente.

Com relutância, Aislinn deixou que as duas mulheres a ajudassem a tomar banho e finalmente conseguiu se livrar da tensão sob as mãos que a massageavam com óleo perfumado. Depois de escovar demoradamente os cabelos, elas os pentearam no alto da cabeça, trançando-os com fitas amarelas. Ajudaram Aislinn a vestir a combinação amarela e o vestido de veludo da mesma cor e prenderam o cinto de filigrana dourada na altura dos quadris, completando a toalete.

Miderd recuou para admirar Aislinn e sorriu entre lágrimas de alegria.

– Oh, minha senhora, está bonita demais para palavras. Estamos felizes porque ele a trouxe de volta.

Aislinn abraçou-a carinhosamente.

– Para dizer a verdade, Miderd, eu também estou, mas ainda tenho dúvidas. Será que ele vai me querer ainda ou vai procurar outra?

Timidamente Hlynn passou o braço pela cintura de Aislinn e bateu de leve em suas costas, consolando-a, incapaz de encontrar as palavras certas. Aislinn abraçou-a com força, com os olhos cheios de lágrimas, e então as duas começaram a arrumar o quarto apressadamente, antes que Wulfgar voltasse. Quando, depois de alguns minutos, ele chegou, Miderd e Hlynn saíram discretamente.

Wulfgar parou na frente de Aislinn, com as mãos cruzadas nas costas e os pés afastados. Examinou-a de alto a baixo. Aislinn retribuiu friamente o olhar. Ele aproximou-se e levantou o rosto dela, devorando-a com os olhos, e beijou-lhe ternamente os lábios.

– Você está linda – murmurou com voz rouca, e Aislinn teve de recorrer a todo seu controle para não o abraçar. – Mas uma escrava não deve ser vaidosa. Desça para o salão, os outros a esperam – disse, saindo do quarto.

Sentindo ainda o calor do beijo dele, Aislinn bateu com o pé no chão, desanimada.

"Uma escrava para fazer suas vontades, nada mais. Vai ser preciso todas as forças do céu para convencê-lo de que sou a mulher para ele."

Gwyneth estava também com seu melhor vestido e impaciente com todo aquele mistério. Wulfgar tomava descansadamente sua cerveja, observando a irmã, que andava de um lado para o outro, olhando furiosa para ele de vez em quando.

– Você me tira da cama e não diz para quê, a não ser que alguém vá chegar. Quem iria se aventurar neste lugar esquecido por Deus, a não ser um idiota?

– Você se aventurou, querida Gwyneth – disse ele, com humor, e viu a fúria se acender nos olhos dela. – Considera-se uma exceção ou somos todos idiotas?

– Está brincando, meu irmão, mas não posso imaginar seu Guilherme visitando sua propriedade.

Wulfgar deu de ombros.

– Queria que um rei visitasse um simples lorde com um pequeno pedaço de terra? Seus deveres como rei são muito maiores que os meus como lorde. Compreendo que ele deve ter pouco tempo para visitas, se seus súditos reclamam tanto quanto os meus.

Gwyneth balançou a cabeça e aproximou-se de Ham e Kerwick, que estavam assando um javali, um veado, outras caças menores e aves no espeto sobre o fogo. Com um gesto de desprezo, apontou para as carnes.

– Isso daria para nos alimentar por um mês. Você é descuidado com a comida, Wulfgar.

– Os grãos no mingau – suspirou Wulfgar em voz baixa e voltou-se para Bolsgar, que descia a escada, uma bela figura bem-vestida. Wulfgar dera a ele algumas de suas melhores roupas. Embora apertadas na cintura, caíam bem nos ombros. Bolsgar riu, girando o corpo para que o admirassem.

– Juro que recuperei minha juventude.

Gwyneth zombou.

– Com roupas emprestadas.

O pai olhou para ela, notando o vestido amarelo-escuro que fora de Aislinn.

– Ora, vejam só. O roto falando do esfarrapado. Parece você também tomou alguma coisa emprestada.

Gwyneth deu as costas ao pai, e Wulfgar ofereceu a ele um copo de cerveja. Ficaram sentados, saboreando a bebida, até a grande porta se abrir e um dos homens de Wulfgar entrar correndo para entregar a ele um grande embrulho envolto em mantas de pele. O homem falou alguma coisa ao ouvido de Wulfgar. Assim que o mensageiro saiu, ele começou a cortar as cordas do embrulho. Tirou de dentro várias peças de roupa masculina. Com as roupas no braço, caminhou para Kerwick, que estava atento a seu trabalho e não o viu se aproximar.

– Kerwick.

O jovem ficou de pé imediatamente. Arregalou os olhos quando viu as roupas no braço de Wulfgar e empertigou o corpo.

– Meu senhor?

Wulfgar estendeu as peças de roupa para ele.

– Estou certo dizendo que essas roupas são suas? – perguntou, um tanto asperamente, aumentando a confusão do jovem.

– Sim, meu senhor – respondeu Kerwick. – Mas não tenho ideia de como vieram parar aqui. Não fui eu quem as trouxe de Cregan.

– Se não notou, Kerwick, elas acabam de chegar. Mandei um dos meus homens apanhá-las em Cregan.

– Senhor? – Kerwick olhou para o normando, bem maior do que ele, duvidando que pudesse vestir suas roupas.

– Não são para mim, Kerwick, mas para você. Quero que deixe esse trabalho e que se vista como convém a um homem bem-nascido.

Kerwick estendeu as mãos para as roupas, depois as recolheu rapidamente, limpando-as na túnica de fazenda áspera. Então apanhou-as com cuidado, ainda incrédulo.

Gwyneth olhou com desprezo para o irmão e foi para a outra extremidade da sala.

Wulfgar voltou-se então e anunciou para todos os presentes:

– Meu homem disse que nosso hóspede está a caminho e deve chegar a qualquer momento.

377

AISLINN DESCEU A escada sob o olhar apreciativo de muitos e, quando chegou ao salão, vários homens de Wulfgar já haviam chegado, com suas melhores roupas. Sir Gowain, ao lado de Sir Milbourne, perto da escada, olhou para ela boquiaberto e encantado, e o cavaleiro mais velho passou a mão na frente dos olhos dele, como para acordá-lo de um transe, provocando o riso dos que estavam perto. Gowain ofereceu a mão a Aislinn e sorriu feliz quando ela aceitou.

– Minha senhora, sua beleza me deslumbra. Não consigo encontrar palavras para descrevê-la.

Aislinn olhou para Wulfgar a tempo de ver Bolsgar chamar-lhe a atenção com uma leve cotovelada e sorriu tentadoramente para o jovem cavaleiro.

– Suas palavras são perfeitas, senhor, e tenho certeza de que muitas jovens já cederam a seus encantos.

Gowain olhou em volta, orgulhoso com o elogio, mas, quando Wulfgar se aproximou dos dois e ergueu uma sobrancelha interrogativamente, ele corou e engoliu em seco.

– O que é isso, Sir Gowain? Não tem nada mais importante a fazer que cortejar minha escrava?

Gowain quase engasgou, confuso. Nos últimos dias, todos comentavam que Wulfgar tinha abandonado Aislinn, e ele julgou que teria alguma chance.

– Não, meu senhor. Não – apressou-se em negar. – Eu estava apenas elogiando sua beleza, nada mais. Sem outra intenção.

Wulfgar segurou a mão de Aislinn, puxando-a para si, e disse com um largo sorriso:

– Está perdoado. Mas, de agora em diante, seja mais cauteloso. Nunca fui homem de discutir por causa de uma mulher, mas por essa, Sir Gowain, sou capaz de abrir sua cabeça ao meio.

Com essa advertência para o jovem cavaleiro e para todos os que o ouviam, Wulfgar afastou Aislinn dos homens, voltando para perto de Bolsgar, que olhava para ela com olhos brilhantes de alegria.

– Ah, você é muito bela, Aislinn. Sua beleza faz bem a meus velhos olhos. Já vivi quase sessenta anos e nunca vi beleza tão perfeita.

378

– É muito bondoso, meu senhor – disse Aislinn, com uma pequena mesura, e olhou para Wulfgar. – Eu o agrado também, meu senhor? É meu dever obedecer às suas ordens, mas seria difícil mudar minha aparência se não tiver sua aprovação.

Wulfgar sorriu com uma ternura intensa nos olhos, mas disse secamente:

– Como eu já disse, não devemos alimentar a vaidade de uma escrava.

Apertou a mão dela e sorriu. O olhar frio de Aislinn foi desmentido pelo tremor de seus dedos entre os dele.

– Você está linda – murmurou Wulfgar. – Agora, o que quer me obrigar a admitir? – Ela abriu a boca para responder, mas o normando ergueu a mão. – Pare com suas exigências. Estou farto de ser acuado. Quero um momento de descanso.

Ofendida, Aislinn tirou a mão da dele e foi para a lareira, na qual Ham cuidava das carnes.

– Um banquete? – disse ela. – Devem ser hóspedes muito importantes.

– Sim, minha senhora. Ele não mediu esforços para fazer deste dia uma ocasião memorável. Estão trabalhando arduamente na cozinha para obedecer às suas ordens.

Aislinn olhou para Wulfgar no outro lado da sala. Era uma figura esplêndida, com a túnica de veludo verde-escuro com debrum de trança dourada. A capa curta, vermelho-escura, presa no pescoço, descia sobre um ombro até os joelhos. Aislinn lembrou o cuidado com que fizera a camisa de linho macio que ele usava sob a túnica. Adaptava-se perfeitamente aos ombros largos e Aislinn tinha de admitir que a roupa nunca parecera tão perfeita quanto agora no corpo dele. Olhou para as pernas bem torneadas e musculosas cobertas pela calça justa, e seu peito encheu-se de orgulho.

– Aislinn?

Ouvindo a voz familiar às suas costas, Aislinn voltou-se e olhou surpresa para Kerwick, ricamente trajado. Arregalou os olhos atônita, depois sorriu, feliz.

– Kerwick, você está lindo! – exclamou, satisfeita.

– Lindo? – Balançou a cabeça. – Não, essa palavra só descreve você.

– Ah, mas está sim – insistiu ela.

Kerwick sorriu.

– É bom vestir estas roupas outra vez. Ele mandou buscar... especialmente para mim – disse com admiração.

– Quem? – perguntou Aislinn, e acompanhou o olhar de Kerwick até Wulfgar, no outro lado da sala. – Está dizendo que Wulfgar mandou apanhar sua roupa em Cregan? Para você?

Kerwick fez um gesto afirmativo, e um sorriso de felicidade iluminou o rosto de Aislinn. Com um aperto na garganta, ela pediu licença ao antigo noivo e caminhou lentamente para Wulfgar, tentando adivinhar seus motivos para tanta generosidade. Ele sorriu quando Aislinn tocou-lhe a mão.

– *Chérie* – murmurou carinhosamente, apertando os dedos dela. – Resolveu então que é capaz de suportar o meu humor?

– Uma vez ou outra, meu senhor, mas não em excesso – disse ela, sorrindo também.

Wulfgar olhou encantado para os olhos cor de violeta. Ficaram assim por um longo tempo, saboreando a proximidade de seus corpos, sentindo a atração que sempre os unia. A voz de Gwyneth quebrou o encantamento.

– Um bastardo e sua rameira – sibilou ela. – Vejo que se encontraram outra vez. O que mais se pode esperar de um homem comum?

Bolsgar, zangado, mandou a filha se calar, mas ela, insolente, ignorou-o e examinou Aislinn de alto a baixo.

– O vestido é digno da realeza, suponho, mas sua barriga estraga a elegância.

Instintivamente, Aislinn levou a mão à barriga, com expressão preocupada.

Wulfgar olhou furioso para a irmã.

– Não seja cruel, Gwyneth. Hoje não quero nada disso. Trate Aislinn com respeito ou a expulso de seu quarto.

– Não sou criança – disse Gwyneth – e não vou tratar com respeito uma prostituta.

380

– Não, você não é criança – concordou Wulfgar. – Mas eu sou o senhor deste solar e não admito que me desafie. Vai me obedecer?

Gwyneth semicerrou os olhos e não disse nada. Viu Haylan entrando na sala e ergueu os olhos astutos para Wulfgar.

– Aqui está nossa querida Haylan. Naturalmente deve ter notado que dividi com ela os poucos vestidos que tenho.

Aislinn reconheceu seu vestido cor de malva. Haylan era um pouco mais baixa e mais gorda que Aislinn, mas mesmo assim o vestido acentuava sua beleza morena. Encorajada pelos acontecimentos dos últimos dias, Haylan se colocou entre Wulfgar e Aislinn e ergueu os olhos para ele. Com a ponta do dedo, delineou a borda do manto no peito dele.

– Está com ótima aparência, meu senhor – murmurou ela.

Aislinn ficou tensa e olhou para as costas da mulher. Era grande a tentação de puxar-lhe o cabelo longo, negro e crespo, e dar-lhe um pontapé no traseiro. Distraidamente segurou o cabo da adaga com os olhos fixos na nuca da saxã.

Haylan inclinou-se para Wulfgar e passou a mão no veludo macio de sua túnica.

– Deseja que eu me retire, meu senhor? – A voz de Aislinn cortou o ar como uma lâmina afiada. – Não pretendo interromper seu... prazer? – A última palavra foi dita suavemente, mas em tom interrogativo.

Wulfgar imediatamente se livrou de Haylan e se afastou com Aislinn, desapontando as duas mulheres.

– E dizem que eu sou a devassa – murmurou Aislinn.

Wulfgar riu.

– A viúva vê coisas que não existem, sem dúvida. Para dizer a verdade, temi pela vida dela quando vi a sede de sangue em seus olhos.

Aislinn tirou o braço do dele.

– Não estrague seu dia com preocupações, senhor. – Fez uma mesura, mas os olhos negavam a humildade dos gestos e das palavras. – Sou uma escrava e suporto os caprichos dos outros calmamente. Se for atacada, procurarei apenas me defender, a não ser que dê ordem em contrário.

Sorrindo, Wulfgar passou a mão no peito onde tinha ainda as marcas da fúria dela.

– Sim, já experimentei seu temperamento indefeso e calmo e sei que, se a viúva a irritar, corre o perigo de acabar sem nenhum cabelo na cabeça.

A porta da frente se abriu, deixando entrar uma rajada fria do vento de março. Aislinn viu Sweyn de pé com sua melhor roupa viking. Com as mãos na cintura, ele riu alto, e sua voz ecoou na sala.

– O homem se aproxima, Wulfgar – rugiu ele. – Logo estará aqui.

Wulfgar levou Aislinn até Bolsgar e pôs a mão dela sobre a do velho saxão, pedindo a ele que a mantivesse ali. Depois ficou de pé ao lado de Sweyn para receber o honrado visitante.

Ouviram o tropel fraco do cavalo, acompanhado por suspiros e bufos, e o flap-flap de sandálias. Frei Dunley apareceu com um largo sorriso de felicidade. A surpresa foi geral. Wulfgar, Sweyn e o frade conversaram por algum tempo em voz baixa. Depois, Wulfgar conduziu o religioso até a mesa e serviu-lhe um cálice de vinho.

O frade esvaziou o cálice e agradeceu. Pigarreou, ficou sério e, no quarto degrau da escada, de frente para a sala, esperou, segurando uma pequena cruz de ouro na frente do corpo. O silêncio agora era completo, todos esperando para ver o que ia acontecer, ainda confusos e espantados.

Wulfgar ficou de pé na frente do padre e, voltando-se, ergueu as sobrancelhas para Bolsgar, que, compreendendo, afinal, o que ia acontecer, ergueu a mão de Aislinn e levou-a para o lado de Wulfgar. Frei Dunley inclinou a cabeça afirmativamente e, segurando a mão de Aislinn, o lorde de Darkenwald se ajoelhou, puxando-a gentilmente para ajoelhar a seu lado.

Maida sentou-se bruscamente no banco mais próximo, completamente atônita. Kerwick, por um momento, sentiu um aperto no coração, logo substituído por uma enorme alegria por ver que Aislinn ia ter o que mais desejava. Gwyneth abriu a boca, surpresa e derrotada, vendo que as palavras de frei Dunley destruíam suas esperanças de poder. Haylan, finalmente compreendendo o significado da cerimônia, começou a soluçar, chorando o fim de suas aspirações.

Wulfgar repetiu os votos com voz forte e firme, e foi Aislinn quem tremeu e gaguejou, repetindo as palavras num atordoamento completo. Wulfgar ajudou-a a se levantar para ouvir a declaração final do padre. Só então Aislinn percebeu que era a terceira vez que ele repetia a pergunta.

– O quê? – perguntou ela. – Eu não...

O padre inclinou-se para a frente e disse, com urgência na voz: – Quer beijar o homem e selar os votos?

Aislinn voltou-se para Wulfgar, certa de que estava sonhando. Sweyn quebrou o silêncio batendo na mesa com uma caneca de cerveja, espalhando espuma por todos os lados.

– Salve Wulfgar, lorde de Darkenwald! – trovejou ele.

Os homens responderam à saudação com entusiasmo, em altas vozes, acompanhados pelo povo da cidade. A caneca de cerveja bateu outra vez na mesa.

– Salve Aislinn, lady de Darkenwald!

Dessa vez as vigas do teto estremeceram, ameaçando cair.

Finalmente compreendendo que tudo era real, com um grito de prazer Aislinn passou os braços pelo pescoço de Wulfgar e, rindo e chorando, cobriu seu rosto de beijos. Wulfgar segurou-a pelos braços, afastando-a um pouco para acalmá-la, rindo daquela alegria esfuziante. Sweyn tirou-a das mãos de Wulfgar, apertou-a nos braços, plantou um beijo sonoro em seu rosto e passou-a para Gowain, que a passou para Milbourne, este para Bolsgar, depois Kerwick e todos os outros. Finalmente foi devolvida a Wulfgar, corada de excitação e rindo feliz. O normando tomou-a nos braços e beijou-a demoradamente, e Aislinn respondeu em completo abandono, com o coração embriagado de felicidade. Deram uma volta completa, assim abraçados por entre os gritos de encorajamento de todos.

A alegria invadiu o salão e apenas três mulheres não estavam satisfeitas. Maida saiu do estupor e fugiu da sala com um gemido surdo de desespero, puxando os cabelos. Gwyneth subiu vagarosamente para seu quarto e sentou-se sozinha e em silêncio na frente da lareira. Haylan saiu soluçando atrás de Maida.

Todos desejavam felicidades para Aislinn e batiam em suas costas, às vezes com vigor excessivo. O tempo todo, sua mente repetia sem cessar uma única coisa.

Wulfgar! Meu Wulfgar! Meu Wulfgar! As palavras cantavam no mais íntimo de seu ser, obscurecendo todo o resto.

Mais barris de cerveja foram abertos e mais odres de vinhos esvaziados. A carne foi cortada e o banquete começou, as vozes ficando mais arrastadas a cada brinde erguido. Recostado na cadeira, Wulfgar divertia-se com a festa. Malabaristas, acrobatas e músicos, contratados apressadamente, alegravam a comemoração. Mas foi Gowain quem disse as palavras. Aislinn lembrou para sempre, acima de tudo, Gowain de pé, na frente do novo casal:

Nenhuma rosa mais bela meu coração já viu,
Nem um cavaleiro errante jamais ganhou.
Sua beleza reina na mais alta montanha
Onde nenhuma outra pode alcançar ou tocar.
Nenhuma noite mais negra, nenhum dia mais sombrio
Do que quando essa rosa foi roubada,
E presa pelos votos do casamento, que tristeza!

Ergueu o copo de cerveja e terminou:

– Bebo ao único prazer que me resta, o copo de cerveja!

Aislinn riu e a festa continuou, ruidosa, até Wulfgar se levantar pedindo atenção. Olhou para os rostos alegres dos servos e dos cavaleiros, dos arqueiros e dos que serviam as bebidas. Todos esperavam suas palavras e, quando ele começou a falar em francês, os servos reuniram-se em volta de Kerwick, que passou a traduzir para o inglês.

– Em nossa cidade, este dia será lembrado como o dia da união dos normandos e saxões – começou ele, cautelosamente. – De hoje em diante, este será um lugar de paz e um condado próspero. Logo começaremos a construção do castelo, ordenada pelo rei para proteger as cidades de Cregan e Darkenwald. Será circundado por um fosso e terá os muros e as paredes mais fortes que possamos construir. Nos momentos de perigo, servirá de abrigo para normandos e ingleses. Meus homens que assim desejarem poderão se dedicar a qualquer profissão, abrindo lojas de comércio ou de artesanato para sua subsistência. Faremos essas cidades seguras e confortáveis e teremos muitos visitantes. Vamos precisar de pedreiros e carpinteiros, alfaiates e vendedores de todos os tipos. Sir Gowain, Sir Beaufonte e Sir Milbourne consentiram em ficar como meus vassalos, e continuaremos a dar proteção a todo o povo.

Wulfgar fez uma pausa e todos começaram a comentar suas palavras.

– Preciso de um tesoureiro que seja honesto com os normandos e com os saxões. Ele agirá em meu nome em assuntos secundários e fará um registro de tudo que for realizado. Nenhum ato de comércio, venda, casamento, nascimento ou propriedade será completo se não for registrado nos livros. Meu casamento com lady Aislinn será o primeiro registro.

Fez outra pausa, olhando para os rostos dos que o ouviam, e depois continuou:

– Esse é nosso objetivo. Chamou minha atenção o fato de que entre os saxões há um homem muito instruído, que fala bem as duas línguas, tem grande habilidade para lidar com números e uma honestidade a toda prova. A Kerwick de Cregan confio esses deveres e o nomeio xerife de Darkenwald.

Exclamações de surpresa encheram o salão, mas Aislinn ficou em silêncio, atônita. Kerwick, incrédulo, foi empurrado para a frente entre vivas e gritos de alegria. De pé perante os dois, Kerwick olhou para Aislinn, cuja satisfação cintilava nos olhos cor de violeta, depois para Wulfgar, que devolveu o olhar com a testa franzida.

– Kerwick, julga-se capaz dessa tarefa?

O jovem saxão ergueu a cabeça com altivez e respondeu:

– Sim, meu senhor.

– Então está resolvido. De hoje em diante você não é escravo, mas xerife de Darkenwald. Tem autoridade para falar em meu nome em tudo que deixo sob sua jurisdição. Será minha mão, tanto quanto Sweyn é meu braço, e confio em você para agir com justiça para todos.

– Meu senhor – disse Kerwick, humildemente. – Estou honrado.

Com um sorriso, Wulfgar acrescentou, só para os ouvidos de Kerwick:

– Que haja paz entre nós, Kerwick, para o bem de minha dama. – Estendeu a mão, que Kerwick apertou, concordando.

– Para o bem de sua dama e da Inglaterra.

Apertaram as mãos fraternalmente, e Kerwick voltou-se para receber as congratulações dos normandos e dos saxões. Wulfgar sentou-se e olhou para Aislinn.

– Marido! – murmurou ela, maravilhada com a palavra, os olhos brilhando.

Com uma risada, Wulfgar levou os dedos dela aos lábios.

– Minha mulher! – murmurou.

Inclinando-se para ele, Aislinn desenhou uma linha no peito dele com a ponta do dedo e sorriu tentadoramente.

– Meu senhor, não acha que está ficando tarde?

Wulfgar apertou mais a mão dela e sorriu.

– Tem razão, minha senhora, está ficando muito tarde.

– O que devemos fazer para impedir que o tempo passe tão depressa? – perguntou Aislinn, com voz carinhosa, descansando a mão na perna dele. Para o observador casual, era um gesto normal, mas para os dois foi como um incêndio que precisava ser imediatamente apagado. Com um brilho nos olhos, Wulfgar disse:

– Minha senhora, não sei se está cansada; quanto a mim, pretendo ir logo para a cama.

Aislinn respondeu:

– Ah, meu senhor, leu minha mente. Eu estava pensando no conforto de nossa cama, depois de um longo dia.

Trocaram olhares cheios de promessas que estavam ansiosos para cumprir, mas, de repente, foram separados pelos homens de Wulfgar, que ergueram o chefe normando nos ombros e o foram passando de mãos em mãos. Aislinn, no meio de um acesso de riso, foi surpreendida por Kerwick, que, levantando-a do chão, também a passou adiante, primeiro para Milbourne, depois para Sweyn e finalmente para Gowain.

Quando os puseram no chão, no meio da sala, Aislinn refugiou-se nos braços de Wulfgar, sem parar de rir. Ele a abraçou com força, mas foram separados outra vez. Vendaram os olhos dele, Sweyn o fez dar várias voltas e depois o mandou encontrar Aislinn, se pretendia ir para a cama com ela naquela noite.

Com uma gargalhada, Wulfgar disse:

– Oh, mulher, onde está você? Venha, deixe que eu a apanhe logo.

Hlynn, Miderd e outras mulheres rodearam Aislinn, fazendo sinal para ela ficar em silêncio. Contendo o riso, ela viu o marido começar a procura, com os braços estendidos para a frente.

Wulfgar ouviu o farfalhar de uma saia e apanhou Hlynn. A jovem riu alto, e ele, balançando a cabeça, a largou. Empurraram Miderd para ele, e, assim que tocou no braço musculoso da mulher, Wulfgar percebeu que não era Aislinn. Passou por uma jovem que cheirava a feno e suor. Começou a andar no meio das mulheres, tocando uma de leve, parando por algum tempo na frente de outra. Então parou, sentindo o perfume suave, e virou o corpo bruscamente. Estendeu a mão e segurou um pulso delicado. Sua presa ficou em silêncio, mas outras riam e murmuravam. Wulfgar tocou no ombro da mulher e sentiu a aspereza da lã, e não a maciez do veludo do vestido de Aislinn, mas sua mão desceu lentamente para o seio redondo, para divertimento de todos.

– Sua dama está olhando – avisou alguém.

Wulfgar não hesitou. Abraçou a cintura fina e inclinou a cabeça para beijar os lábios macios que o esperavam. A mulher respondeu avidamente ao beijo. Wulfgar colou o corpo no dela, dominado pelo desejo.

– Meu senhor, pegou a mulher errada! – gritou alguém.

Wulfgar tirou a venda dos olhos, sem interromper o beijo, e viu Aislinn, rindo sob seus lábios. Então se separaram e ela tirou o manto de lã dos ombros. Segurou a mão de Wulfgar quando Gowain lhe passou uma caneca de cerveja.

– Qual é seu segredo, meu senhor? – perguntou o jovem cavaleiro, com um largo sorriso. – Mesmo sem ver, sabia que era ela antes de tocá-la. Conte a verdade, por favor, para que possamos fazer o mesmo.

Wulfgar sorriu.

– Vou dizer a verdade, cavaleiro. Cada mulher tem uma fragrância própria. Muitos perfumes são comprados nas feiras, mas sob qualquer um deles está o cheiro característico de cada mulher.

Sir Gowain deu uma gargalhada.

– É um homem bem esperto, meu senhor.

– Concordo, mas vocês me deixaram despreocupado. Não queria de modo algum passar a noite aquecendo a palha de Huno.

O jovem cavaleiro olhou para Aislinn com as sobrancelhas erguidas.

– Certamente, meu senhor, compreendo perfeitamente.

Aislinn corou com o elogio e, libertando-se do grupo alegre, dirigiu-se para a escada. Parou no meio e virou a cabeça para trás. Wulfgar, embora ouvindo o que o cavaleiro dizia, só tinha olhos para ela. Aislinn sorriu, e o olhar do normando a acompanhou até ela entrar no quarto.

Miderd e Hlynn a esperavam. As duas a abraçaram carinhosamente antes de a conduzirem para perto do fogo. Elas a ajudaram a se despir e a envolveram num manto de seda macia. Aislinn sentou-se na frente da lareira, olhando pensativa para as chamas, enquanto Miderd lhe penteava o cabelo. Hlynn arrumou o quarto, guardando a roupa na arca e estendendo as mantas de pele na cama.

A noite estava escura e as janelas, abertas para a brisa fria. Com mais votos de boa sorte, Miderd e Hlynn se retiraram. Tensa agora, na expectativa, Aislinn ouvia os risos e as vozes do salão e teve vontade de dançar pelo quarto. Riu, lembrando a surpresa de todos com a chegada do padre. Era próprio de Wulfgar guardar segredo até o fim. Seu coração encheu-se de orgulho, lembrando a generosidade dele para com Kerwick. Wulfgar era um homem que sabia conduzir homens, não podia haver melhor senhor.

Absorta em pensamentos, sobressaltou-se quando ouviu a porta se abrir. Maida entrou apressadamente no quarto.

– Aquelas duas já foram – disse ela, com voz lamentosa. – A tagarelice simplória delas dá para coalhar qualquer leite.

– Minha mãe, não fale assim de Hlynn e Miderd. São amigas, e me confortaram nos momentos difíceis.

Aislinn olhou para os andrajos que a mãe vestia e franziu a testa.

– Minha mãe, Wulfgar não vai gostar de sua roupa. Quer que todos pensem que ele a maltrata? Não é verdade, pois ele tem sido bondoso para a senhora, apesar de suas provocações.

Com o rosto contraído, Maida disse, como se não tivesse ouvido uma palavra:

– Casada! Casada! O mais triste dos dias! – Levantou as mãos. – A melhor parte da minha vingança era você dar um bastardo ao bastardo – riu da ideia.

– O que está dizendo? – perguntou Aislinn, surpresa. – Este é o dia mais feliz da minha vida. Devia estar satisfeita por eu estar casada.

– Não! Não! – exclamou Maida. – Você roubou minha última vingança. Tudo que eu queria era ver o sofrimento do assassino de meu pobre Erland.

– Mas Wulfgar não o matou. Foi Ragnor quem empunhou a espada.

– Ora! – Maida abanou a mão no ar. – Todos são normandos e todos são iguais. Não importa quem empunhou a espada. Todos eles são culpados.

Maida continuou seu discurso ininteligível, gritando e esbravejando. Torcia as mãos, e em vão Aislinn tentou acalmá-la. Finalmente a filha exclamou:

– Mas Ragnor se foi, e quem está aqui é Wulfgar, um homem justo e meu marido!

Uma expressão diferente apareceu nos olhos de Maida. Com um sorriso de desprezo, examinou cada canto do quarto. Depois, agachou na frente do fogo e ficou um longo tempo imóvel e em silêncio.

– Minha mãe? – chamou Aislinn. – A senhora está bem?

Viu que os lábios de Maida se moviam e aproximou-se, conseguindo ouvir as últimas palavras.

– Sim, este normando está a meu alcance... na minha própria cama. – Com um brilho estranho nos olhos, ela se voltou bruscamente, como que surpresa com a presença de Aislinn. Arregalou os olhos e depois os entrecerrou com uma risada rouca.

Ficou de pé, olhou para Aislinn como se não a reconhecesse, aconchegou os andrajos, olhou mais uma vez para o quarto e saiu apressadamente.

PASSOS E VOZES QUE gritavam gracejos pesados soaram no corredor, a porta foi escancarada e Wulfgar foi atirado para dentro do quarto por aqueles que o haviam carregado cerimoniosamente até ali. Aislinn viu Sweyn e Kerwick impedindo que entrassem atrás dele. Wulfgar apressou-se em fechar a porta e, ofegante ainda, olhou para ela. A luz do fogo delineava o corpo envolto no manto de seda, despertando seu desejo, mas ele se conteve, incerto da recepção que teria, pois Aislinn ficou em silêncio, sem o menor gesto de encorajamento. Naquele momento, Wulfgar não era mais o senhor e dono, mas um recém-casado inseguro. Apontou para a porta.

– Ao que parece, eles acham que devemos nos encontrar e passar a noite juntos.

O silêncio continuou. Wulfgar tirou a capa curta e o cinto. Aislinn estava de costas para o fogo, e ele não podia ver a ternura nos olhos dela. O normando sentou-se na beirada da cama, depois levantou-se para dependurar a túnica. Tentou ver o rosto dela, mas não conseguiu.

– Se está cansada, Aislinn – murmurou ele, com o desapontamento soando em cada palavra –, não vou incomodá-la esta noite.

Wulfgar começou a tentar, sem sucesso, abrir a frente da camisa, pela primeira vez na vida sem saber como agir com uma mulher. "Será que o casamento diminuía o prazer?", perguntou-se ele, desanimado.

Aislinn finalmente levantou-se da cadeira, aproximou-se dele e, com um único movimento, desatou o cordão que fechava a camisa, levantou-a e pôs a mão no peito dele.

– Meu senhor Wulfgar – murmurou ela, suavemente. – Representa muito bem o papel do noivo atrapalhado. Devo orientá-lo no caminho que você conhece tão bem?

390

Aislinn tirou a camisa, passando-a pelos ombros e pela cabeça do marido, depois, com a mão na nuca dele, fez com que seus lábios se encontrassem. Colando o corpo ao do marido, acariciou suas costas.

A mente de Wulfgar era como uma rocha despencando pela encosta da montanha e explodindo num redemoinho de emoções: confusão, surpresa e, especialmente, prazer. Wulfgar pensava que era impossível Aislinn responder mais que nas outras vezes, mas agora ela o excitava deliberadamente, com beijos ardentes cm seu pescoço, na boca, no peito, enquanto o movimento de seus dedos o fazia prender a respiração. Tolamente ele pensava que era capaz de conhecer os pensamentos de uma mulher. Agora, Aislinn o ensinava que cada mulher é diferente e não deve ser menosprezada.

Aislinn deixou cair dos ombros o manto de seda e abraçou-o outra vez. Por um momento, Wulfgar ficou imóvel. Os seios macios pareciam queimar seu peito e, esquecendo suas dúvidas sobre o casamento, ele a ergueu do chão e levou-a para a cama. Tirou rapidamente a roupa e pela primeira vez Aislinn o viu jogar cada peça para um lado, sem pensar em dobrar e guardar como fazia antes. Wulfgar deitou-se ao lado dela e Aislinn correspondeu avidamente a seu contato, improvisando carícias ousadas. Completamente dominado pelo desejo, Wulfgar deitou sobre ela e, com lábios trêmulos, acariciou o pescoço e depois mais para baixo, onde podia sentir as batidas de seu coração. Aislinn ergueu o corpo ao encontro do dele, num êxtase completo, abriu os olhos e de repente sentiu um aperto na garganta.

Um vulto escuro estava ao lado da cama, e Aislinn viu o brilho do metal acima das costas de Wulfgar. Gritou, tentando desesperadamente empurrá-lo para o lado. Wulfgar voltou-se, surpreso, e a lâmina desceu, raspando seu ombro. Completamente dominado pela fúria, Wulfgar estendeu o braço e segurou o pescoço do assaltante. Com um rugido trovejante, ele arrastou o intruso até a lareira. Aislinn gritou, apavorada quando a luz do fogo iluminou o rosto congestionado de sua mãe. Saltando da cama, correu e segurou o braço do marido.

– Não! Não! Não mate minha mãe, Wulfgar!

Puxou o braço dele freneticamente, mas em vão. Os olhos de Maida estavam saltados, e o rosto começava a escurecer. Com um soluço, Aislinn segurou o rosto de Wulfgar e o fez olhar para ela.

– Ela está louca, Wulfgar. Deixe-a ir.

A fúria dele amainou, e Wulfgar abriu os dedos. Maida caiu molemente no chão e começou a se contorcer, lutando desesperadamente para recobrar a respiração. Wulfgar apanhou a lâmina no chão e a examinou. Depois de algum tempo, lembrou de onde a vira antes.

Era a lâmina com que Kerwick tentara atacá-lo uma vez. Wulfgar olhou para Maida, julgando compreender o que tinha acontecido. Depois, olhou para Aislinn, que, adivinhando seus pensamentos, exclamou:

– Não! Está enganado, Wulfgar! – disse com voz estridente. – Não tenho nada a ver com isso. Ela é minha mãe, mas juro que eu não sabia de nada.

Segurou a mão dele e virou a lâmina para o próprio peito.

– Se duvida de mim, Wulfgar, acabe com suas dúvida aqui e agora. É muito simples acabar com uma vida. – Puxou a mão dele até a lâmina encostar em seu seio. Com as lágrimas descendo pelo rosto, ergueu os olhos para ele e murmurou: – Tão simples.

Maida finalmente respirou, levantou-se e saiu do quarto sem ser notada, pois os dois, olhos nos olhos, procuravam saber a verdade.

Vendo a incerteza de Wulfgar, Aislinn puxou mais a mão que segurava a lâmina, mas ele resistiu. Aislinn inclinou-se para a frente e uma gota de seu sangue misturou-se com o dele na ponta da lâmina.

– Meu senhor – murmurou ela. – Hoje fiz meus votos perante Deus, e Ele é testemunha de que para mim esses votos são sagrados. Como o nosso sangue na ponta desta lâmina, somos um só. Uma criança cresce dentro de mim, e peço ardentemente que seja sua, e seremos um com esse filho, pois vai precisar de um pai como você.

Seus lábios tremiam, e Wulfgar, olhando nos olhos dela, sentiu o peso daquelas palavras e cedeu. Com uma praga, jogou a arma violentamente contra a porta. Depois, tomou Aislinn nos braços e começou a girar no meio do quarto até ela pedir para parar. Outra vez impaciente, ele caminhou para a cama, mas Aislinn, tocando o ferimento em seu ombro, balançou a cabeça negativamente. Terminado o curativo, ela inclinou-se para a frente, encostando os seios no peito dele, e o beijou avidamente. Wulfgar a abraçou, puxando-a para a cama, mas, apoiando as duas mãos no peito dele, Aislinn empurrou-o para os travesseiros e depois deitou sobre ele. O sangue correu como fogo nas veias do normando, e o ferimento não o incomodou naquele momento... nem mais tarde... nem mais tarde.

21

Wulfgar acordou com a primeira luz do dia e ficou imóvel para não acordar a mulher que dormia com a cabeça em seu ombro. Com a mente clara e descansada, Wulfgar lembrou aquela noite, convencido de que jamais sentira um prazer tão completo e perfeito. Estava surpreso ainda com a entrega absoluta de Aislinn aos prazeres do amor. Conhecia damas da corte que correspondiam às suas carícias como se estivessem fazendo um favor, esperando passivamente que ele as excitasse. Conhecia as mulheres de rua e seus métodos para fingir prazer, só se entusiasmando quando viam a possibilidade de um pagamento generoso. Mas ali estava uma mulher que ia ao seu encontro muito além da metade do caminho, que igualava suas investidas e as ajudava com uma avidez igual à sua, que erguia sua paixão a uma altura incrível, num êxtase ardente e cintilante que se dobrava sobre si mesmo, deixando brasas quentes para novas experiências.

Agora Aislinn dormia, com uma perna sobre a dele, a respiração suave e regular acariciando seu peito. Era difícil acreditar que aquela jovem delicada e frágil fosse a mesma mulher ousada e cheia de paixão da noite anterior.

Wulfgar se lembrou do outro acontecimento daquela noite e franziu o cenho, pensativo. Maida era um problema, mas se Aislinn dissera a verdade, podia deixar que ela o resolvesse. Tinha certeza de que, com sua força de vontade, ela saberia o que fazer. E se Aislinn estava mentindo... Wulfgar resolveu ser mais cuidadoso no futuro.

Aislinn fez um leve movimento e ele puxou a manta de pele, cobrindo o ombro dela, e sorriu outra vez. Pensou nas palavras pronunciadas na véspera e no efeito das mesmas. Com palavras simples, ele assumira a responsabilidade pelo bem-estar e segurança de Aislinn, e ela, ao que parece, como esposa se comprometia a obedecer e amar o marido. Wulfgar quase riu alto, e em sua inocência não tinha nem ideia do que significava ser marido daquela mulher.

Com um suspiro, Aislinn aconchegou-se nele e abriu os olhos para ver, por cima do peito largo do marido, a terra gelada lá fora. Depois, olhou para Wulfgar e o beijou ternamente na boca.

– Deixamos o fogo apagar – suspirou ela.

– Acha que devemos acender? – perguntou Wulfgar com um sorriso nos olhos...

Rindo, feliz, Aislinn saltou da cama completamente nua.

– Eu estava falando do fogo na lareira, meu amor.

Wulfgar levantou-se e a apanhou no meio do caminho. Sentou-se na cama e, beijando o pescoço dela, a abraçou pela cintura.

– Ah, mulher, com que magia me envolveu. Mal posso pensar em meus deveres quando estou perto de você.

– Eu o agrado, meu senhor?

– Oh, oh – suspirou ele. – O mero toque dos seus dedos me faz tremer.

Rindo, ela mordeu o lóbulo da orelha dele.

– Então admito que o mesmo acontece comigo.

Seus lábios se encontraram e só muito mais tarde desceram para o desjejum. Apenas Miderd e Hlynn estavam na sala. Tudo estava muito limpo, a palha no chão seca e misturada com ervas aromáticas para disfarçar o cheiro das comemorações da véspera. Uma sopa saborosa feita com carne de porco e ovos fervia na panela sobre o fogo e, quando se sentaram, Miderd serviu a comida e Hlynn trouxe as jarras de leite fresco.

Começaram a refeição em silêncio. Todo o povoado parecia silencioso àquela hora, sem qualquer sinal da alegria da véspera, até

Kerwick entrar na sala com passo comedido e os cabelos ainda molhados da água do regato. Sentou-se à mesa com um sorriso hesitante para Aislinn, a palidez do rosto acentuando a vermelhidão dos olhos. O sorriso desapareceu quando sentiu o cheiro da comida e olhou para as tigelas com o caldo grosso, pedaços de carne de porco e ovos. Apertou o estômago com as duas mãos e, pedindo licença com voz abafada, saiu correndo na direção do regato.

Aislinn sorriu, e Miderd deu uma gargalhada.

– O pobre rapaz tomou quase um barril inteiro de cerveja – disse Miderd. – E, ao que parece, não lhe caiu nada bem.

Wulfgar sorriu e sacudiu a cabeça, concordando.

– De agora em diante, vou ser mais cuidadoso com meus presentes para ele – murmurou. – Acho que Kerwick leva as coisas muito a sério.

Uma porta bateu várias vezes no segundo andar e todos olharam para cima. Bolsgar estava no topo da escada com uma das mãos apoiada na parede e a outra penteando os cabelos. Ele pigarreou e, recobrando o equilíbrio, suspendeu o cós da calça e começou a descer bem devagar, olhando para os pés, que pareciam se desviar um pouco do lugar em que os colocava. Quando chegou mais perto, todos viram os olhos congestionados e a barba por fazer. Dele, Aislinn também recebeu um sorriso meio amarelo. Bolsgar parecia muito contente, consequência talvez dos vapores da cerveja ou do vinho da noite anterior. Aproximou-se da mesa até sentir o cheiro da sopa reforçada, fez um quarto de volta e deixou-se cair em sua cadeira, na frente do fogo.

– Acho que não vou comer agora – resmungou Bolsgar, cobrindo a boca com a mão e fechando os olhos. Estremeceu e recostou-se na cadeira na frente do fogo, com um suspiro.

Miderd ofereceu-lhe uma caneca da cerveja, que Bolsgar aceitou, agradecendo. A voz sonora de Wulfgar o fez estremecer outra vez.

– Senhor, por acaso viu Sweyn esta manhã? Preciso falar com ele sobre a construção do castelo.

Bolsgar pigarreou e respondeu com voz fraca:

– Não o vejo desde que dividimos aquele barril de cerveja.

– Ah – riu Miderd –, com certeza ele está gemendo de dor, com a cabeça enterrada na palha de sua cama. – Apontou para Hlynn com a concha que tinha na mão. – Aquela pobre moça nunca mais vai querer ficar ao alcance das mãos dele.

Aislinn ficou surpresa. Ao que sabia, Sweyn sempre se comportava muito bem com as mulheres do povoado.

– Hlynn tem ainda as marcas do abraço – continuou Miderd, jovialmente. – Mas tenho certeza de que o rosto dele vai arder durante muitos dias.

Hlynn corou envergonhada e voltou ao seu trabalho.

Sir Gowain apareceu na porta, protegendo os olhos do sol, suspirou aliviado quando entrou na sombra fresca da sala e conseguiu caminhar quase em linha reta para seu lugar à mesa. Sentou-se o mais longe possível da sopa, segurando a borda da mesa com as duas mãos, como para evitar que ela caísse. Inclinou a cabeça para Aislinn, mas não ousou sorrir, mantendo os olhos afastados das tigelas de sopa.

– Peço que me desculpe, meu senhor – disse, com voz rouca. – Sir Milbourne não se sente bem e ainda não se levantou.

Contendo o riso, Wulfgar franziu a testa.

– Não faz mal, Sir Gowain – respondeu ele, levando um pedaço de carne à boca. Sir Gowain desviou os olhos. – Hoje será um dia de descanso, pois vejo que meu povo não está disposto a fazer muita coisa. Se puder, tome um copo de cerveja e trate de sua saúde. – Inclinou-se para a frente e disse, com fingida preocupação: – Você parece um tanto despreparado para enfrentar o dia.

Gowain segurou o copo oferecido por Hlynn e, erguendo-o de uma só vez, esvaziou-o e saiu da sala.

Bolsgar encolheu-se na cadeira quando seus ouvidos foram atacados pelo riso sonoro de Aislinn e Wulfgar. Então a voz de Gwyneth, áspera e estridente, soou no topo da escada.

– Muito bem, vejo que o sol está bastante alto para fazer levantarem meu senhor e minha senhora.

Bolsgar se levantou a meio na cadeira e atirou o copo vazio para o outro lado da sala.

– Por Deus! – rugiu ele. – Deve ser meio-dia. Minha bela filha aparece para o desjejum.

Gwyneth desceu a escada e respondeu com voz chorosa:

– Não consegui dormir até quase de manhã. Ouvi ruídos estranhos nos quartos a noite toda – franziu a testa, olhando para Aislinn. – Como de um gato preso num espinheiro – ergueu as sobrancelhas, ironicamente. – Meu senhor Wulfgar não ouviu nada?

Aislinn corou, mas Wulfgar, imperturbável, deu uma gargalhada sonora.

– Não, minha irmã, mas fosse o que fosse, garanto que não sei o que podia ser.

Gwyneth fungou com desprezo e serviu-se da sopa.

– O que pode saber sobre as pessoas bem-nascidas? – zombou ela, levando um pedaço de carne à boca.

Miderd e Hlynn de repente pareciam ocupadas com tarefas de grande urgência, por isso Gwyneth levantou-se para se servir de um copo de leite e depois parou na frente do pai. Disse com voz áspera:

– Vejo que a pretensa juventude partiu tão depressa quanto chegou.

– Minhas rugas são resultado de uma vida bem vivida. E as suas, minha filha?

Gwyneth voltou-se bruscamente e olhou furiosa para Miderd, que tossiu para disfarçar o riso.

– As poucas que tenho – disse ela – são marcas das palavras cruéis de meu pai e de meu irmão bastardo.

Wulfgar levantou-se da cadeira e, segurando a mão de Aislinn, a fez levantar-se também.

– Antes que este dia seja estragado irremediavelmente, quer dar um passeio a cavalo comigo? – perguntou ele.

Satisfeita com a oportunidade de se livrar da língua de Gwyneth, Aislinn murmurou:

– Com todo prazer, meu senhor.

Saíram da sala enquanto Gwyneth descarregava seu veneno no pobre Bolsgar. Atravessando o pátio, Aislinn riu alto e, segurando a mão de Wulfgar, dançou em volta dele, descontraída e feliz.

Balançando a cabeça, Wulfgar segurou-a e encostou-a na parede do estábulo.

– Você é uma mulher muito tentadora – murmurou, com os lábios nos cabelos dela.

Aislinn passou os braços pelo pescoço do marido e Wulfgar a beijou. Como na noite anterior, ficou encantado com a espontaneidade dela e o ardor de sua resposta, maravilhado com aquela mulher vibrante que excitava cada nervo de seu corpo.

Nesse momento, frei Dunley saiu do estábulo, quase deitado na sela de seu burro, agarrado na crina do animal, e passou por eles, a caminho de Cregan, com o capuz puxado para a frente para esconder a palidez do rosto.

Aislinn riu e, encostando-se outra vez em Wulfgar, abraçou-o pela cintura e mordeu-lhe de leve o pescoço. Com um movimento rápido, Wulfgar a levantou do chão, mas quase a deixou cair quando Aislinn o empurrou vigorosamente.

– Normando selvagem, vai me violentar aqui? – perguntou ela, com zanga fingida. – Se está disposto a brincar o dia todo, alguém precisa contê-lo com mão forte.

Sacudiu o punho fechado na frente do rosto dele e, quando o marido a pôs no chão, ela o beijou, murmurando com os lábios nos dele:

– Apanhe os cavalos, meu senhor. A Inglaterra o espera.

Huno queria mostrar seus músculos e sua velocidade para a égua cinzenta, mas Wulfgar, em consideração ao estado de Aislinn, o conteve com mão firme. O garanhão deu um ou dois saltos e tentou empinar, mas, a uma ordem severa do dono, desistiu e, bufando contrariado, partiu num trote macio.

Aislinn riu e, naquele dia ensolarado, seu coração voava com as andorinhas, acima das árvores. Passaram por um trecho da estrada calçada com pedras antigas, onde as patas dos cavalos soavam num um ritmo metálico, e Wulfgar começou a cantar em francês. Era uma canção maliciosa, e o normando a provocava com avidez exagerada, revirando os olhos para o alto. Aislinn riu e depois, com voz baixa e áspera, começou a cantar uma ousada canção saxônica, até Wulfgar pedir para ela parar.

– Essas palavras não foram feitas para os lábios de uma dama – censurou ele, e depois riu. – Nem para prostitutas saxãs.

– Por favor, diga-me, meu senhor. – Aislinn sorriu docemente. – Será que a idade o transformou num velho rabugento?

Ela puxou as rédeas rapidamente para evitar o braço de Wulfgar e depois fez o animal apressar o passo. Sacudindo a mão no ar, Aislinn levantou o nariz e disse com voz de falsete:

– Cão normando, fique longe de mim. Sou uma dama da corte do meu senhor e não vou suportar esses atrevimentos.

Aislinn apressou mais ainda sua montaria, fugindo da investida de Huno, e, vendo o olhar decidido de Wulfgar, fez a égua saltar o anteparo baixo da estrada, saindo a galope pelo campo aberto. Wulfgar a seguiu.

– Aislinn, pare! – gritou ele. Fez Huno acelerar o passo e gritou outra vez: – Mulher louca, vai se matar!

Finalmente Wulfgar conseguiu segurar as rédeas da égua e a fez parar, trêmula ainda da excitação do galope. Apeou e, zangado, estendeu os braços para tirar Aislinn da sela.

Rindo, Aislinn passou os braços em torno do pescoço do marido e deslizou para o chão, com o corpo muito encostado ao dele. Wulfgar achou que era mais interessante beijá-la que reclamar.

Depois de algum tempo, descansaram no calor do sol, no topo de uma colina. Aislinn, meio deitada, apanhava flores da primavera e tecia com elas uma grinalda. O cavaleiro normando, em paz, a cabeça no colo da mulher, admirou a beleza da companheira e preguiçosamente passou o dedo em seu seio. Aislinn inclinou-se para a frente e o beijou.

– Meu senhor, parece que jamais nos saciamos.

– Ah, mulher, como posso ficar saciado se ficam sempre me tentando?

Aislinn suspirou:

– Tem razão. Você é importunado demais pelas mulheres. Preciso falar com Haylan – Aislinn suspirou.

Wulfgar levantou-se de um salto e a fez levantar também, tomando-a nos braços.

– Que história é essa de Haylan? – perguntou, sorrindo. – Estou falando de você, não de outra mulher.

Afastando-se dele, Aislinn pôs a grinalda na cabeça e fez uma mesura.

– Está dizendo que não foi tentado por Haylan quando ela dançou na sua frente, com os seios quase nus? Devia estar cego para não ver.

Wulfgar caminhou lentamente para ela, e Aislinn recuou, rindo. Então, ela estendeu um braço...

– Espere, meu senhor. Não dei nenhum motivo para me bater.

Com um movimento rápido, ele a alcançou, tomou-a nos braços e os dois começaram a rodar, rindo, felizes.

– Oh, Wulfgar, Wulfgar – a voz clara e musical cantava de felicidade. – Finalmente você é meu.

Com uma expressão de dúvida, ele sorriu.

– Tenho certeza de que você planejou esse casamento desde a primeira vez em que nos encontramos.

Com o rosto no pescoço dele, Aislinn respondeu:

– Oh, não, Wulfgar, foi apenas o primeiro beijo que me fez pensar em casamento.

Passaram o dia todo juntos, despreocupados e felizes. O sol estava quase no horizonte e já perdera muito de seu calor quando entraram com os cavalos no estábulo. Enquanto Wulfgar cuidava dos animais, Aislinn o observava com os olhos brilhantes. Depois, caminharam em silêncio, de mãos dadas, como dois jovens namorados. Quando chegaram à porta, com uma risada, Wulfgar tirou a grinalda da cabeça dela, beijou a coroa de flores e atirou-a para dentro da sala. Entraram abraçados e foram recebidos entusiasticamente pelos homens de Wulfgar e carinhosamente pelos amigos.

Sweyn, sentado à cabeceira da mesa, parecia prestes a desaparecer debaixo dela. Aislinn olhou para ele e depois para Hlynn. O viking enfiou o rosto numa caneca de cerveja e aparentemente engasgou com a bebida. Aislinn murmurou alguma coisa para Wulfgar e ele deu uma gargalhada. Sweyn curvou os ombros e ficou rubro.

– Acho que você tem razão, Aislinn. – Wulfgar sorriu. – Ele deve procurar uma jovem gentil para fazer-lhe companhia na velhice. – Rindo ainda das próprias palavras, Wulfgar conduziu Aislinn para a cadeira e encontrou o olhar frio de Gwyneth.

– Você trata esses saxões, Wulfgar, como se fosse um deles – disse ela, apontando para Kerwick, que agora fazia as refeições com Gowain e os outros cavaleiros. – Vai se arrepender por confiar nele. Tome nota das minhas palavras.

Wulfgar sorriu, impassível.

– Eu não confio nele, Gwyneth. Mas ele sabe o que o espera se não agir direito comigo.

Gwyneth riu com desprezo.

– Só falta você dar a Sanhurst algum posto de importância.

– Por que não? – Wulfgar deu de ombros. – Ele sabe muito bem quais são os seus deveres.

Gwyneth olhou para ele com desdém e continuou a comer em silêncio. Wulfgar voltou-se então para Aislinn, esquecendo a irmã.

Haylan pôs os pratos na frente deles, sempre de cabeça baixa para esconder os olhos vermelhos e a expressão sombria. A refeição transcorreu alegremente. Depois de mais algumas canecas de cerveja, Sweyn entrou também na conversa e ergueu a caneca para Wulfgar.

– Meu senhor, se resolvi escolher uma jovem gentil como Hlynn, e não conheço nenhuma mais mansa que ela, foi porque o senhor me ensinou a tolice de desejar uma mulher mais determinada. – Todos riram, e o viking, levantando outra vez a caneca, saudou o normando com um largo sorriso. – Bom casamento, Wulfgar. Vida longa.

Wulfgar sorriu satisfeito e esvaziou seu copo de vinho. A noite continuou alegre, mas tranquila, e Milbourne desafiou Bolsgar para uma partida de xadrez. Os dois se levantaram, acompanhados pelos respectivos torcedores, e Wulfgar e Aislinn se levantaram também. Inclinando-se para o marido, ela disse:

– Se me dá licença, vou ver como está minha mãe.

– É claro, Aislinn – murmurou ele, e acrescentou: – Tenha cuidado.

Ficando na ponta dos pés, ela o beijou no rosto. Os olhos de Wulfgar a seguiram quando ela apanhou a capa e saiu da casa, e então ele juntou-se aos homens. Mordendo o lábio, Haylan o viu atravessar a sala. Kerwick passou por ela e sorriu zombeteiro.

– Senhora de Darkenwald, hein? Parece que você julgou mal suas habilidades.

Com um olhar furioso e um palavrão, Haylan começou a ajudar Miderd a tirar a mesa.

Aislinn seguiu, no escuro, o caminho que levava à cabana de Maida como tantas vezes fizera, mas nessa noite com um objetivo diferente. Abriu a porta sem bater. Maida estava sentada na cama olhando para o fogo fraco da lareira, mas, quando viu a filha, levantou-se de um salto e disse:

– Aislinn! Por que você me traiu? Era nossa única chance de vingança...

– Pare com essa conversa – disse Aislinn, zangada – e escute o que vou dizer. Tenho certeza de que mesmo sua mente confusa vai entender, embora eu acredite que grande parte de sua loucura seja fingida.

Maida olhou em volta como um animal acuado, pronta para negar a acusação. Aislinn tirou o capuz e disse, furiosa:

– Escute com atenção! – Seu tom era autoritário e firme. – Fique calada e ouça! – Com voz mais suave, pronunciando distintamente cada palavra, continuou: – Se conseguisse matar um cavaleiro normando, especialmente Wulfgar, que é amigo de Guilherme, para vingar a morte de meu pai, sofreríamos muito mais nas mãos dos normandos. O que acha que a justiça normanda reserva para quem mata um de seus cavaleiros quando ele está dormindo?

"– Se a lâmina tivesse acertado o alvo, ia me ver despida e pregada na porta de Darkenwald. Quanto à senhora, dançaria na ponta de uma corda onde todo o povo de Londres pudesse ver. Tenho certeza de que não pensou nas consequências, mas só na sua vingança.

Maida balançou a cabeça, torceu as mãos e ia começar a falar. Aislinn, no entanto, segurou-a pelos ombros e sacudiu-a até ela arregalar os olhos, transida de medo.

– Escute bem, pois vou repetir até que minhas palavras alcancem o pouco de sanidade que ainda lhe resta. – Com lágrimas nos olhos, Aislinn suplicou, em desespero: – Quero que pare de perturbar os normandos. Guilherme é o rei e senhor de toda a Inglaterra. Por qualquer coisa que faça, de hoje em diante, contra um normando, cada saxão é obrigado a persegui-la e entregá-la à justiça.

Aislinn soltou-a, e Maida caiu sentada na cama, olhando furiosa para a filha. Aproximando o rosto do dela, Aislinn disse, então:

– Se não se importa com o que eu disse, então preste atenção. Wulfgar é meu marido, fomos unidos por um homem de Deus. Se fizer algum mal a ele, receberá o mesmo de mim. Se o matar, terá matado o homem que eu escolhi, e mandarei açoitar minha mãe e enforcá-la no mais alto muro do castelo. Cobrirei minha cabeça com cinzas e para o resto da vida vestirei só andrajos, para que todos vejam o quanto estou sofrendo. Eu o amo.

Aislinn arregalou os olhos, surpresa com as próprias palavras, e as repetiu com ternura.

– Sim! Eu o amo. Sei que, de certo modo, ele me ama. Não completamente ainda, mas esse dia chegará. – Inclinou-se outra vez para a mãe e disse com voz áspera: – A senhora tem um neto crescendo em meu ventre. Não vou permitir que o faça órfão de pai. Quando a razão voltar à sua mente, eu a receberei de braços abertos, mas até esse dia não ameace a segurança de Wulfgar ou eu a mando exilar para os confins da Terra. Ouviu bem minhas palavras e sabe que estou dizendo a verdade?

Maida abaixou a cabeça e depois balançou-a afirmativamente.

– Muito bem! – Aislinn se acalmou.

Teve vontade de consolar a mãe, mas sabia que era importante manter a atitude severa para que suas palavras penetrassem a mente dela.

– Eu continuarei a cuidar de seu conforto. Agora, boa noite.

Com um suspiro profundo, Aislinn saiu da cabana, imaginando como a mente torturada de Maida ia interpretar suas palavras.

Entrou na sala e ficou ao lado de Wulfgar, que observava o jogo de xadrez, na frente da lareira. Ele a recebeu com um sorriso e, passando o braço por sua cintura, voltou a atenção para o jogo.

A PRIMAVERA CHEGOU com uma explosão de cores e de flores, das quais a mais bela era Aislinn. O desabrochar glorioso de seu espírito surpreendeu até Wulfgar. Ela se deleitava com a nova posição de esposa e senhora do solar e não negligenciava nenhuma das responsabilidades dessa situação, nem hesitava em exercer sua autoridade quando era preciso, sobretudo quando Gwyneth acusava alguém injustamente. Sua determinação e força faziam com que até os homens do povoado procurassem seus conselhos. Bolsgar admirava seu bom-senso e, quando comentou a respeito com Kerwick, o jovem apenas fez um gesto afirmativo e sorriu, sabendo muito bem do que ele estava falando. Continuamente Aislinn intercedia por seu povo perante o cavaleiro normando que muitos ainda temiam. Porém, quando reconhecia a justiça de uma punição, deixava que fosse aplicada. Cuidava das doenças e dos ferimentos do povo de Darkenwald, e muitas vezes ia a Cregan com Wulfgar quando alguém precisava de seus conhecimentos. Vendo-a ao lado do marido e notando a confiança que depositava nele e o carinho com que o tratava, todos começaram a perder o medo de Wulfgar. Não tremiam mais quando ele aparecia, e os mais corajosos, que ousavam conversar com ele, ficavam surpresos com a compreensão que ele demonstrava em relação a seus problemas e o quanto se interessava por seu bem-estar. Não o viam mais como o inimigo conquistador, mas como um senhor compreensivo e sincero.

Wulfgar foi o primeiro a reconhecer as vantagens de ter se casado com Aislinn, e não só no que se referia à reação do povo. Era espantosa a diferença provocada pelas poucas palavras pronunciadas pelo padre. Agora, ao menor contato de suas mãos, ela se entregava a ele calorosa e amorosamente, sem reservas. Wulfgar ficava cada vez menos tempo na sala, depois do jantar, preferindo subir mais cedo para o quarto. Gostava dos momentos tranquilos passados ao lado dela, tanto quanto dos de paixão. Gostava de olhar para ela. Era reconfortante vê-la sentada, costurando alguma coisa para ele ou para o bebê.

Estavam quase no fim de março, o tempo de arar, plantar e tosquiar, e tempo também para construir. Kerwick trabalhava com afinco na nova profissão, registrando nos livros, como Wulfgar ordenara, o nascimento de cada cabrito, cada cordeiro, cada criança, bem como a posição e os afazeres de cada alma que habitava a cidade e o tempo que cada homem dedicava à construção do castelo, anotando quanto recebia e o desconto em seus impostos.

Wulfgar ordenou que cada homem devia trabalhar dois dias na construção, e eles eram chamados do campo para ajudar os pedreiros. Cavaram um fosso profundo na base da colina sobre a qual iam construir uma ponte levadiça, guardada por uma torre de pedra. O topo da colina foi aplainado, e construíram um muro circular de pedra. No centro, começava a se erguer a torre alta da fortaleza.

Nessa época, foram informados de que Guilherme ia voltar à Normandia para os festejos da Páscoa. Wulfgar sabia que o príncipe Edgar e vários nobres ingleses viajariam com ele como prisioneiros de guerra, mas não disse nada a Aislinn, sabendo que isso podia aborrecê-la. Em sua viagem, Guilherme devia passar perto de Darkenwald e provavelmente verificaria a construção do castelo. Começou então uma grande atividade, todos preparando Darkenwald para a visita do rei. Quase uma semana depois, o vigia anunciou a aproximação do estandarte do rei, e Wulfgar saiu a cavalo para encontrá-lo.

Uns vinte homens armados acompanhavam Guilherme e, para surpresa de Wulfgar, Ragnor estava ao lado dele. Embora a presença do cavaleiro o desagradasse, Wulfgar consolou-se com a ideia de que Ragnor ia com Guilherme para a Normandia. Guilherme o cumprimentou amistosamente e, no caminho, Wulfgar mostrou suas terras e explicou seus planos para defendê-la. O rei ouvia atento e com aprovação. Os camponeses interrompiam o trabalho para ver passar o rei e sua comitiva. Finalmente chegaram a Darkenwald, e Guilherme deu ordem a seus homens para apear e descansar, pois pretendia se demorar um pouco no solar.

Quando Guilherme e Wulfgar entraram, Gwyneth e Aislinn saudaram o rei com graciosas mesuras, e Bolsgar, Sweyn e todos os presentes prestaram a homenagem devida ao soberano. Guilherme olhou atentamente para Aislinn e, vendo que ela estava grávida, ergueu uma sobrancelha interrogativamente para Wulfgar, esperando em silêncio uma resposta.

– Não será um bastardo, Majestade. Ela agora é minha mulher. – Guilherme riu e balançou a cabeça afirmativamente.

– Isso é bom. Já existem muitos de nós no mundo.

Com um olhar frio, Gwyneth viu Guilherme cumprimentar Aislinn com familiaridade, e os dois riram quando ele disse que ela crescera desde seu último encontro. Gwyneth ficou verde de inveja, mas conteve a língua ferina. Quando o rei e Wulfgar saíram para ver a construção do castelo, ela subiu para seu quarto, furiosa, sem saber que Ragnor estava na frente do solar.

Sem se descuidar de seus deveres de hospitalidade, Aislinn pediu ajuda a Ham, Miderd, Hlynn e Haylan para servir aos homens da comitiva do rei a cerveja resfriada no fundo do poço. O vento quente do sul aquecia o ar e Aislinn achou que não precisava se agasalhar com o manto. Os homens aceitaram, agradecidos, a cerveja e comentaram, em francês, sobre a beleza da bela saxã. Aislinn aceitou o elogio em silêncio, sem demonstrar que falava fluentemente a língua deles. Parou na frente de alguns homens ricamente vestidos. Não foi recebida com elogios, mas com olhares de desprezo. Intrigada, Aislinn ia se afastar quando um deles se levantou e falou em inglês, sem nenhum sotaque.

– Sabe quem somos? – perguntou ele.

– Não – disse Aislinn dando de ombros. – Como posso saber se nunca os vi antes?

– Somos ingleses, prisioneiros do rei. Vão nos levar para a Normandia.

Com um "oh" silencioso, Aislinn olhou para os outros homens.

– Sinto muito – murmurou ela.

– Sente muito – disse o mais velho, olhando com desdém para a barriga dela. – Ao que parece, não perdeu tempo em dormir com o inimigo.

Aislinn empertigou o corpo com altivez.

– Está me julgando sem conhecer as circunstâncias. Mas não é importante para mim. Não pretendo me justificar. Meu marido é nor-

406

mando e sou leal a ele, mas meu pai era saxão e morreu sob a espada de um normando. Se aceitei Guilherme como meu rei foi porque não vejo razão para uma luta sem esperança, que só pode significar morte e derrota para o povo inglês. Talvez por ser mulher, não vejo futuro em prosseguir com os esforços para levar um inglês ao trono. Acho que devemos dar um tempo a Guilherme. Talvez faça algo de bom para a Inglaterra. Não se pode fazer nada mais, contando só com homens mortos nos campos de batalha. Será que precisam ver todo o nosso povo morto para compreender a verdade? Eu diria que Guilherme faz bem em mantê-los sob seu poder para garantir a paz na Inglaterra.

Sem dizer mais nada, Aislinn atravessou o gramado, passou pelo túmulo do pai e dirigiu-se para um cavaleiro normando que estava sentado à sombra de uma árvore, de costas para ela, olhando para a floresta. Só quando chegou perto ela o reconheceu e recuou surpresa. Ragnor voltou-se, ouvindo-a ofegante, e olhou para ela com um largo sorriso.

– Ah, minha pombinha, senti sua falta – murmurou levantando-se e fazendo uma profunda reverência. Ergueu os olhos e, com um sorriso, disse: – Você não me contou, Aislinn.

Aislinn ergueu a cabeça e olhou para ele friamente.

– Não achei que fosse preciso – respondeu, com altivez. – O filho é de Wulfgar.

Ragnor encostou o ombro na árvore e seus olhos escuros brilharam.

– É mesmo?

Aislinn quase podia ver Ragnor contando mentalmente os meses, e disse furiosa:

– Não carrego seu filho, Ragnor.

Ele riu, ignorando a negação.

– Seria uma grande recompensa se fosse meu. Sim, eu não podia ter calculado melhor a ocasião. Provavelmente o bastardo vai reconhecer como sua minha cria, mas nunca saberá quem é o pai. – Ficou sério e olhou nos olhos dela. – Ele não vai se casar com você, Aislinn. Wulfgar nunca ficou muito tempo com uma mulher. Talvez já tenha tido algumas aventuras. Estou disposto a tirar você daqui. Venha comigo para a Normandia, Aislinn. Não vai se arrepender.

– Acho que ia me arrepender muito – respondeu ela. – Tenho tudo que eu quero aqui.

– Posso lhe dar mais. Muito, muito mais. Venha comigo. Vachel partilha minha tenda, mas encontrará outro lugar, de boa vontade. Só tenho de pedir. Diga que vem comigo. – Encorajado pelo silêncio dela, Ragnor se animou. – Precisamos escondê-la do rei, mas sei como disfarçar sua aparência e ele nunca vai perceber. Vai pensar que encontrei um garoto para ser meu lacaio.

Aislinn riu com desprezo e continuou o jogo por mais um momento.

– Wulfgar iria atrás de você.

Ragnor segurou o rosto dela com as duas mãos, passando os dedos pelos cabelos cor de cobre.

– Não, minha querida. Ele vai procurar outra. Por que iria nos perseguir quando sabe que você carrega um bastardo?

Inclinou-se para beijá-la, mas Aislinn murmurou suavemente:

– Porque sou sua esposa.

Ragnor recuou, surpreso, ouvindo o riso claro de Aislinn.

– Sua cadela – disse ele com os dentes cerrados.

– Você não me ama, Ragnor? – zombou ela. – Pobre donzela, que passou de amada a inimiga. – Parou de rir e disse, com desprezo: – Você assassinou meu pai e roubou a sanidade de minha mãe! Acha que algum dia eu o perdoarei? Que Deus me ajude se fizer isso! Quero vê-lo no inferno!

Ragnor disse, furioso:

– Você será minha, sua cadela, para me servir quando eu quiser. Com Wulfgar ou sem ele, você será minha. O casamento não significa coisa alguma para mim. A vida de Wulfgar menos ainda. Pode esperar, minha pombinha.

Apanhando o elmo, Ragnor caminhou para o solar, abriu a porta e entrou com passos largos e decididos. Tremendo, Aislinn encostou no tronco da árvore e chorou, com o temor que a assaltava muitas vezes de que seu filho tivesse a pele morena e o cabelo negro de Ragnor.

A sala estava vazia, e Ragnor subiu a escada sem que ninguém o impedisse. Sem bater, abriu a porta do pequeno quarto de Gwyneth e, depois de entrar, fechou-a com violência. Sentada na cama, ela ergueu para ele os olhos vermelhos e surpresos.

– Ragnor!

Antes que Gwyneth tivesse tempo de correr para ele, Ragnor aproximou-se da cama e tirou o peitoral, jogando-o para o lado. Quase sem poder respirar com a violência com que ele se lançou sobre ela, Gwyneth, mesmo assim, o abraçou com força, encantada com tanto ardor. Não importava se Ragnor a machucava, Gwyneth sentia prazer na dor, feliz, pensando que ele a amava a ponto de abandonar toda a cautela, enfrentando o perigo de serem descobertos. O perigo aumentava o calor daquela paixão violenta, e Gwyneth murmurava seu amor no ouvido dele. Ragnor possuiu-a sem qualquer sentimento de ternura, apenas com desejo e raiva combinados, sem a menor compaixão por sua presa. Mas não podia deixar de comparar o corpo magro e anguloso com o de Aislinn e, pensando nela, se satisfez.

Saciado, Ragnor podia outra vez fingir que gostava de Gwyneth e se preocupava com ela. Deitada nos braços dele, Gwyneth acariciava o peito musculoso, e Ragnor inclinou a cabeça e beijou-a suavemente nos lábios.

– Leve-me com você para a Normandia, Ragnor – murmurou Gwyneth com os lábios nos dele. – Por favor, amor, não me deixe aqui.

– Não posso – disse ele. – Estou viajando com o rei e não tenho uma tenda só para mim. Mas não se preocupe. Temos tempo de sobra e vou voltar para você numa situação muito melhor. Espere por mim e não dê ouvidos às mentiras que ouvir a meu respeito. Acredite somente no que eu lhe disser.

Beijaram-se outra vez, demorada e apaixonadamente, mas, saciado seu desejo, Ragnor só queria ir embora, e, inventando uma desculpa, levantou-se da cama e começou a se vestir. Saiu do quarto com mais cuidado do que tinha entrado e, não vendo ninguém, desceu para o salão.

Wulfgar fez Huno parar atrás do possante cavalo do rei e desmontou, olhando para os homens que descansavam à sombra das árvores. Viu Ragnor debaixo de um carvalho e, mais calmo, procurou Aislinn. Viu-a enchendo o copo de um arqueiro. Ela se aproximou dos dois homens, e Ragnor, com os olhos entrecerrados, fingindo que dormia, os observava atentamente. Vachel fora com eles ver o castelo e, depois de desmontar, caminhou para o primo, mas Ragnor não lhe deu atenção, notando o modo casual com que Wulfgar abraçava a mulher.

– Ao que parece, a pomba domou o lobo – murmurou Ragnor. – Wulfgar casou com ela.

Vachel sentou-se ao lado do primo.

– Ele pode ter casado com ela, mas continua sendo um normando. Está construindo aquele castelo como se esperasse abrigar toda a Inglaterra dentro dele.

Ragnor disse com desprezo:

– O bastardo pensa que a terá para sempre. Mas outros tempos estão para chegar.

– Não cometa um erro de julgamento, como no torneio – avisou Vachel. – Ele é inteligente e tem um apoio muito forte.

Ragnor sorriu.

– Tomarei cuidado.

22

O verão chegou e a criança crescia no ventre de Aislinn, como crescia o castelo na colina. O povo observava ambos, o calor que parecia emanar dela, enchendo o ar de energia e de vida, e o castelo, que transmitia uma sensação de segurança, cumprindo a promessa de Wulfgar de proteger a todos. Pela primeira vez, camponeses e servos experimentavam uma prosperidade nunca imaginada, e não demorou para que bandos de ladrões e assaltantes descobrissem a riqueza daquelas terras. Wulfgar organizou grupos para patrulhar as estradas e prevenir os estrangeiros, mas, mesmo assim, volta e meia famílias inteiras procuravam refúgio no solar por terem suas casas saqueadas e destruídas.

Foi por acaso que Wulfgar descobriu um método mais rápido de alarme. Depois da refeição do meio-dia, Aislinn subiu para o quarto, a fim de descansar um pouco do calor úmido de um dos últimos dias de junho. Tirou a túnica e ficou só com a combinação de linho leve e fresco. Lavou o rosto e, apanhando o espelho de prata comprado para ela por Beaufonte, em Londres, começou a pentear o cabelo, mas, ao ouvir a voz de Wulfgar no pátio, foi até a janela e debruçou-se.

Os três cavaleiros e Sweyn, que o acompanhavam, vestiam suas cotas de malha, pois queriam estar preparados quando soasse o alarme. Tinham voltado de Cregan um pouco depois do meio-dia e agora descansavam à sombra de uma árvore, antes de saírem outra vez para patrulhar os campos. Aislinn chamou Wulfgar várias vezes, mas as vozes dos homens abafavam a sua. Finalmente, frustrada, ela se afastou da janela, mas a luz do sol iluminou a superfície do espelho e refletiu nos homens lá embaixo. Wulfgar procurou imediatamente a fonte da luz e, protegendo os olhos com a mão, viu Aislinn na janela. Aislinn abaixou o espelho, riu e acenou, satisfeita por ter conseguido chamar-lhe a atenção. Wulfgar acenou também e ia voltar ao descanso, mas endireitou o corpo bruscamente e ficou de pé. Aislinn o viu correr para a casa e logo seus passos soaram no corredor. Wulfgar entrou no quarto e tirou o espelho das mãos dela. Foi até a janela e, erguendo o espelho para a luz do sol, logo conseguiu chamar a atenção dos cavaleiros. Riu, examinando com curiosidade o objeto de prata; depois, aproximando-se, beijou Aislinn com entusiasmo. Rindo da surpresa dela, disse:

– Madame, acho que salvou nosso dia. Nada mais de patrulhas que cansam os homens e os cavalos. – Ergueu o espelho como se fosse um tesouro. – Só precisamos de alguns homens no alto das colinas com espelhos iguais a este e pegaremos todos os ladrões. – Riu e beijou-a outra vez, antes de sair do quarto, deixando-a intrigada e feliz.

Mais ou menos uma semana depois, a um grito de aviso do alto da torre do castelo, os cavaleiros saíram prontos para o combate, e todos os homens da cidade empunharam suas armas. Um sinal com o espelho do alto de uma das colinas avisava a aproximação de um bando de assaltantes. Wulfgar saiu na frente do pequeno exército, muitos cavalos levando dois ou três homens. Seguiram para o sul, na direção de Cregan, que ficava a uma hora de Darkenwald com o cavalo a passo lento ou a meia hora a galope. Armaram a cilada numa curva fechada, de onde o ataque de Wulfgar, encosta abaixo, teria maior impacto. Os homens se esconderam entre as moitas para atacar os assaltantes com pedras e flechas, e o grupo de arqueiros e de lanceiros bem-treinados se encarregou de fechar a retaguarda dos malfeitores. Wulfgar, Sweyn e os cavaleiros esperaram em silêncio, afastados da curva. Logo ouviram os gritos, e as risadas do grupo, que nem desconfiava que estava sendo observado e esperado. Os chefes apareceram, falando em voz alta e vestidos com os despojos do último ataque. Pararam sobressaltados quando viram quatro cavaleiros e um viking na sua frente. As risadas gelaram nas gargantas, e os que vinham atrás se aproximaram para ver o que estava acontecendo. Wulfgar baixou a lança e inclinouse para a frente na sela. O chão tremeu sob o tropel dos cavalos, os ladrões gritaram assustados, tentaram fugir, e a estrada se transformou numa louca confusão de corpos.

Um dos assaltantes, mais corajoso que o resto, enfiou o cabo da lança no chão e segurou a ponta para esperar o ataque, mas o machado enorme de Sweyn sibilou no ar e decepou o braço do homem, que gritou, segurou o que sobrara do braço com a outra mão e morreu quando a lança curta do viking entrou-lhe no peito. A lança de Wulfgar espetou outro no chão. Assim, a espada longa foi desembainhada e por onde passavam as patas velozes de Huno iam deixando um rastro de sangue. Tudo terminou rapidamente. Alguns tinham tentado fugir e estavam agora no chão, derrubados pelas flechas. Um homem agonizante disse onde ficava seu acampamento, no meio do pântano, e foi para lá que Wulfgar levou seus homens, depois de tirarem os mortos da estrada e despojá-los dos produtos de seus roubos e de suas armas.

Encontraram o acampamento no meio do charco de turfa. Os habitantes foram avisados e fugiram para o interior do pântano, deixando tudo que tinham. Encontraram quatro escravos nus e acorrentados, maltratados para divertimento dos ladrões, emaciados de fome. Quando foram libertados e receberam comida dos homens de Wulfgar, ajoelharam-se e agradeceram humildemente. Uma menina que não tivera tempo de fugir dos ladrões, um cavaleiro normando que fora ferido num campo distante, e os outros dois eram servos aprisionados num pequeno povoado a oeste de Londres.

Wulfgar e seus homens demoraram apenas o tempo suficiente para revistar as cabanas miseráveis, retirando todos os objetos de valor que encontravam. Quando os quatro escravos estavam montados em cavalos capturados, os homens de Wulfgar puseram fogo no acampamento, como uma advertência a outros assaltantes.

A jovem foi devolvida à família, que a recebeu com gritos de alegria, e os outros ficaram em Darkenwald até recobrarem as forças, e todos voltaram pacificamente ao trabalho. Porém nem todos estavam satisfeitos. Gwyneth não se conformava em ser apenas uma hóspede que dependia da caridade do senhor e da senhora do solar. A própria Haylan não dava mais atenção às suas palavras e começava a se afastar dela. Sem a proteção e a caridade de Gwyneth, Haylan precisava cuidar de si mesma e do filho e não tinha muito tempo para conversa. Gwyneth amargava uma profunda solidão, mas logo descobriu que, sem enfrentar Aislinn diretamente, podia se vingar de certo modo, inventando para Maida histórias sobre a crueldade com que Wulfgar tratava Aislinn, destruindo cada vez mais o pouco de sanidade que restava à pobre mulher. Era um prazer para ela ver Maida fugir rapidamente à aproximação de Wulfgar, e seus olhos brilhavam quando, com suas histórias, aumentava a preocupação dela pela sorte da filha. Uma boa mentira fazia o trabalho de um ano inteiro de desgaste na confiança de Maida, e Gwyneth não poupava esforços para conseguir isso.

Maida observava a filha atentamente quando ela ia à cabana ou quando se encontravam em outro lugar qualquer, à procura dos sinais da crueldade do normando. A felicidade esfuziante de Aislinn a deixava confusa e cada vez mais deprimida.

Os dias quentes de julho passavam com irritante lentidão, e Aislinn começava a perder a agilidade e a graça dos movimentos. Andava devagar e com cuidado; à noite, aconchegava-se em Wulfgar, e muitas vezes os dois acordavam sobressaltados com um movimento mais brusco da criança. No verão, não acendiam a lareira e no escuro do quarto ela não podia ver o rosto do marido, para saber se o estava incomodando demais. Porém os beijos carinhosos de Wulfgar acalmavam seus temores. Ele a tratava com extrema gentileza e a ajudava no que podia.

Nos últimos dias, até ficar sentada era difícil. Durante as refeições, Aislinn mudava várias vezes de posição na cadeira, quase não comia e ouvia distraidamente a conversa à sua volta, inclinando a cabeça ou sorrindo quando se dirigiam a ela.

Nessa noite, sentada ao lado de Wulfgar, de repente deixou escapar uma exclamação abafada e levou a mão à barriga. Preocupado, ele segurou o braço dela, mas Aislinn sorriu, tranquilizando-o.

– Não foi nada, meu amor – murmurou. – Só a criança se mexendo – acrescentou com um sorriso. – Ela se move com toda a força do pai.

Cada vez mais Aislinn se convencia de que Wulfgar era o pai, pois não podia suportar a ideia de ter um filho de Ragnor, mas compreendeu que tinha escolhido mal as palavras quando Gwyneth zombou:

– A não ser que você saiba de algo que não sabemos, Aislinn, parece que o sangue que corre nas veias do seu filho é bastante duvidoso. Pode até mesmo ser só saxão.

Gwyneth olhou ironicamente para Kerwick, que, passada a surpresa, corou e apressou-se a tranquilizar Wulfgar, dizendo:

– Não, meu senhor, não foi assim... quero dizer – olhou para Aislinn, como quem pede socorro, e depois, com a raiva fervendo dentro de si, voltou-se para Gwyneth. – Você está mentindo! Isso é mentira!

Wulfgar sorriu, mas não havia humor em sua voz.

– Gwyneth, com seu charme habitual, você acaba de nos apresentar outra conjectura para nosso divertimento. Se não estou enganado, o vilão era Ragnor, não esse pobre rapaz.

Furiosa, Gwyneth respondeu:

– Pense um pouco, Wulfgar. Temos só a palavra de sua mulher e as afirmações de alguns idiotas bêbados para provar que Ragnor encostou as mãos nela. Na verdade, duvido que Sir Ragnor a tenha tocado e muito menos tenha feito o que ela alega.

Aislinn olhou para ela, atônita, e Kerwick levantou-se furioso.

– A própria Maida viu a filha ser carregada para cima, por ele. Vai me dizer que ele não fez nada?

Wulfgar olhou ameaçadoramente para a irmã quando ela disse:

– Maida, ah! Não se pode confiar naquela tola maluca.

Procurando manter a calma, Aislinn murmurou suavemente:

– Quando chegar a hora, Gwyneth, saberemos a verdade. Quanto a Kerwick, tanto ele quanto eu estávamos acorrentados até muito depois do tempo em que ele poderia ter sido o pai. Isso nos deixa apenas dois, e eu nego o primeiro, assim como nego a gentileza que você atribui a ele.

Gwyneth olhou para ela, furiosa, mas Aislinn continuou, com a mesma calma:

– Espero, se Deus quiser, que o tempo prove que dei vida à semente de Wulfgar. Quanto à sua alegação de que o delicado Ragnor não podia tratar uma mulher desse modo, peço que lembre uma coisa – inclinou-se para a frente e disse, acentuando cada palavra: – O próprio Ragnor afirmou que foi o primeiro.

Gwyneth enfureceu-se com a derrota. Sem pensar, apanhou uma travessa da mesa e a ergueu, como para atirar em Aislinn, mas Wulfgar levantou-se da cadeira com um rugido e bateu com as duas mãos na mesa.

– Preste atenção, Gwyneth – trovejou. – Esta é a minha mesa e não admito que questione a identidade do pai da criança outra vez. É minha porque é o que eu quero. Peço que tenha muito cuidado se quiser continuar nesta casa.

A raiva de Gwyneth foi substituída por uma amarga frustração. Seus olhos encheram-se de lágrimas e, soluçando, ela pôs a travessa na mesa.

– Wulfgar, vai se arrepender do dia em que pôs uma rameira saxã acima de mim, negando-me a pouca honra que me resta.

Com um olhar de desprezo e ódio para Aislinn, ela saiu da sala e subiu para o quarto. Assim que fechou a porta, atirou-se na cama, soluçando amargamente. Mil pensamentos lhe passavam pela mente, mas um a dominava. Era uma crueldade do destino que seu irmão, um bastardo normando, a destituísse do lugar a que tinha direito e tivesse casado com uma cadela saxã. Mas Ragnor – estremeceu, lembrando as carícias dele. Ragnor prometera muito mais. Porém seria ele realmente o pai do filho de Aislinn? Torturava-a a ideia de que Aislinn fosse a primeira a dar à luz o fruto daquele cavaleiro bem-nascido e que o filho dela fosse moreno e esbelto, com os traços de um falcão, ou tivesse os olhos tempestuosos e negros de seu amante. Jurou que quando Ragnor voltasse, como certamente ia voltar, para tirá-la daquele chiqueiro, Wulfgar conheceria todo o peso de sua vingança.

No salão, o jantar terminou num silêncio tenso e, quando Haylan começou a tirar a mesa, Aislinn levantou-se com dificuldade, corando ante o olhar zombeteiro da mulher, e pediu licença a Wulfgar para subir para o quarto.

– Parece que ultimamente me canso com facilidade – murmurou ela.

Wulfgar levantou-se e segurou-lhe o braço.

– Eu a ajudo, *chérie*.

Ele a levou até o quarto e, quando Aislinn começou a se despir, acariciou os cabelos vermelhos e brilhantes. Com um suspiro, Aislinn encostou-se nele e Wulfgar, atrás dela, inclinou a cabeça para beijar sua nuca, onde a pele era macia e perfumada.

– O que você está pensando? – murmurou ele.

Aislinn deu de ombros e, segurando os braços dele, cruzou-os sobre seus seios.

– Oh, somente que você tem motivos para odiar as mulheres.

Rindo, Wulfgar mordeu de leve sua orelha.

– Algumas mulheres eu não suporto, mas existem outras – seus braços desceram para o ventre dela – sem as quais não posso viver.

A túnica fina se abriu um pouco, revelando parte do seios, redondos e fartos, pedindo para serem explorados. Com dificuldade, Wulfgar a soltou, torturado pelo desejo, ansiando pelo dia em que pudesse novamente se satisfazer.

Bolsgar sentara-se em seu lugar de sempre diante da lareira e Sweyn juntara-se a ele. Os dois mantinham-se em silêncio no salão vazio. Kerwick e os outros saíram da sala, constrangidos com a cena provocada por Gwyneth. Assim como conhecia Wulfgar, Sweyn conhecia também o velho lorde e não precisava perguntar para saber o que o perturbava. O gênio irascível de Gwyneth era uma provação para ele.

Lá em cima, uma porta foi aberta e fechada. Bolsgar e Sweyn se entreolharam com um sorriso. Wulfgar arrumara sua cama com o desejo sempre insatisfeito de um homem solteiro e agora, saciado, reencontrava o mesmo catre desconfortável de antes. Apareceu na porta sombrio e irritado. Foi até o barril e serviu-se de uma caneca de cerveja; esvaziou-a e tornou a enchê-la. Sentou-se perto da lareira, e os três olharam para o fogo por um longo tempo. Wulfgar resmungou alguma coisa e Sweyn olhou para ele.

– Disse alguma coisa, Wulfgar?

O normando bateu com o fundo da caneca no braço da cadeira.

– Sim, eu disse que este casamento é um inferno. Eu devia ter casado com uma mulher sem encantos, como Gwyneth, porque assim não ia me importar quando não pudesse dormir com ela.

Bolsgar sorriu.

– O que você acha, Sweyn? Acredita que o gamo vai procurar outra corça?

– Pode ser, senhor – riu o viking. – O chamado da caça é mais forte que o do verdadeiro amor.

– Não sou um animal no cio – disse Wulfgar, irritado. – Fiz os votos por minha vontade. Mas sinto que a prisão do casamento é demais para mim, especialmente com uma mulher tão bonita. O desejo me atormenta, e não posso me satisfazer. Se não fosse pelos votos que fiz, ia procurar outra, mas sou obrigado a ficar ao seu lado, desejando-a e ao mesmo tempo amaldiçoando esse desejo.

Bolsgar procurou acalmar a irritação do normando.

– Tenha paciência, Wulfgar. A vida é assim, e você vai ver que a recompensa vale a espera.

– Fala de coisas que não me interessam. Em minha opinião, uma mulher tão bela só traz sofrimento. Estarei sempre desembainhando minha espada para proteger sua honra. Qualquer rapazinho imberbe fica atordoado com seu sorriso. Ora, até Gowain sorri como um idiota à menor atenção, e penso também em Kerwick, nas lembranças que ele pode ter.

Bolsgar ficou irritado. O normando estava questionando a honra de Aislinn e atribuindo toda a culpa a ela.

– Ora, Wulfgar – censurou ele. – Não está sendo justo. Ela não pediu a nenhum cavaleiro normando para invadir sua casa, carregá-la à força para a cama da mãe, nem para ser acorrentada aos pés dessa mesma cama. – Com um sorriso tristonho, continuou: – Ouvi dizer que você a acorrentou, estou certo?

Wulfgar ficou surpreso com a ira do velho lorde, e Sweyn lamentou não ter ensinado ao jovem normando a aceitar melhor as responsabilidades.

– Não me culpe com tanta facilidade – disse Wulfgar, zangado. – Pelo menos ela sabe que é a mãe, mas eu jamais vou saber se sou o pai, e posso vir a criar um filho que não é meu.

– Então, não ponha a culpa em lady Aislinn – disse Bolsgar, secamente.

– Sim – resmungou Sweyn, concordando. – Lady Aislinn não teve escolha e conseguiu enfrentar tudo com muita dignidade. Se a maltratar outra vez, eu o afastarei dela até o dia de minha morte.

Wulfgar riu com desdém.

– Olhem para vocês – zombou. – Finalmente resolveram defender as cores de lady Aislinn. Nem os velhos tolos estão livres de suas artimanhas. Ela é capaz de encantar até...

Bolsgar agarrou a frente da túnica do normando e o fez se levantar da cadeira com uma rapidez incrível. O velho lorde ergueu o punho fechado, mas não desferiu o golpe. A raiva passou, e ele largou a túnica de Wulfgar.

– Bati em você uma vez, com raiva – suspirou Bolsgar. – Nunca mais vai acontecer.

Wulfgar inclinou a cabeça para trás para uma gargalhada e, de repente, a sala explodiu dentro dele. A poeira assentou lentamente sobre o corpo forte do normando estatelado de costas no chão. Sweyn esfregou as costas da mão e olhou para Bolsgar.

– Eu não tenho nada que me impeça – explicou Sweyn, indicando Wulfgar com uma inclinação de cabeça. – Isso vai lhe fazer bem.

Bolsgar segurou os tornozelos do normando, Sweyn, os ombros, e eles o carregaram para o quarto. Bolsgar bateu de leve na porta e, ouvindo a resposta sonolenta de Aislinn, eles entraram. Aislinn sentou-se na cama, esfregando os olhos.

– O que aconteceu? – perguntou ela, assustada.

– Ele bebeu demais – resmungou Sweyn, e os dois homens atiraram Wulfgar na cama, sem nenhum cuidado.

Aislinn olhou para o viking.

– Vinho? Cerveja? Ora, seria preciso um odre cheio e metade da noite para...

– Não para quem bebeu como um tolo – interrompeu Bolsgar.

Aislinn passou a mão no rosto do marido e sentiu a saliência no lado do queixo. Franziu a testa, confusa.

– Quem o atacou? – perguntou, sentindo a fúria crescer dentro dela.

Sweyn esfregou as costas da mão outra vez e disse com um largo sorriso.

– Fui eu – confessou, muito satisfeito com a grande proeza.

Aislinn hesitou, sem compreender, mas, antes que ela dissesse qualquer coisa, Bolsgar explicou gentilmente:

– Ele estava agindo como uma criança, e não conseguimos encontrar um chicote.

Dizendo isso, fez um sinal para o viking e os dois saíram do quarto. Aislinn olhou para o marido consternada e atônita. Finalmente levantou da cama e o despiu, deixando-o nu, sem cobertas, no calor da noite de verão.

O estrondo do trovão rolou no quarto, e Wulfgar sentou-se na cama, sobressaltado, pronto para a luta. Então percebeu que era apenas uma tempestade de verão vinda do mar. Deitou-se e fechou os olhos, ouvindo o som das primeiras grandes gotas de chuva nas pedras do pátio, depois o tamborilar rápido nas janelas e a brusca rajada de vento. A brisa fresca em seu corpo nu era um alívio para o calor úmido do verão.

Percebeu um movimento ao seu lado e, abrindo os olhos, viu Aislinn inclinada sobre ele, com ar preocupado. Os cabelos vermelhos emolduravam o rosto muito branco. Wulfgar ergueu o braço e puxou a cabeça dela para baixo, para provar a frescura dos lábios entreabertos.

Aislinn sentou-se e disse com um sorriso:

– Eu estava preocupada com sua saúde, mas vejo que está bem.

Wulfgar espreguiçou-se como um grande felino, depois passou a mão no queixo. Franziu a testa e sentou-se, apoiando o braço no joelho.

– Sweyn deve estar ficando velho – resmungou. – O último rosto que ele acariciou ficou bastante quebrado.

Aislinn levantou-se e saiu do quarto, voltando logo depois com uma travessa com carnes, pão quente e mel fresco, no favo. Encostando o corpo pesado no dele, apanhou um pedaço de carne e o levou à boca do marido, envolvendo Wulfgar com sua ternura. Wulfgar a beijou outra vez, agora com a leveza de uma abelha pousando na pétala da flor para sugar o néctar. Recostada no joelho erguido dele, protegida pela força de seus braços, Aislinn descansou. A forte pressão em seu ventre, porém, indicava que estava chegando a hora.

Wulfgar notou a tensão nos olhos e no corpo dela e perguntou:

– Por acaso Satã a atormenta com alguma lembrança desagradável, Aislinn? – Pôs a mão no ventre dela. – A ideia que me persegue é de que, mesmo que a criança seja minha, não foi feita com amor, mas com um ato de brutalidade e de puro desejo. Quero que saiba que estou disposto a aceitá-lo como filho, seja quem for o pai. Ele terá meu nome e meu brasão e jamais será expulso da minha casa. Seria injusto se, tendo tudo isso, faltasse a ele o amor da mãe.

Aislinn sorriu docemente para o marido, lembrando a crueldade com que fora rejeitado.

– Não precisa temer, Wulfgar. Ele é o único inocente de tudo que aconteceu e eu o amarei de qualquer modo. Será embalado em meus braços e conduzido com amor e cuidado – continuou com um suspiro profundo. – É só a dúvida normal às mulheres, quando a hora se aproxima. Tantas coisas alheias a meu controle vão formar sua vida. Mas, você sabe, pode ser uma menina! – Brincou carinhosamente com uma mecha de cabelo do marido.

– O que Deus determinar, meu amor, está bem. Criaremos uma dinastia para estas terras, e eu gostaria que ela tivesse seus cabelos de feiticeira para encantar todos os homens como você me encantou. – Beijou-lhe o braço. – Você modificou completamente meu modo de vida, meus hábitos. Eu dizia que nenhum juramento jamais me prenderia, você me fez repetir os votos do casamento, com voz alta e clara, para não a perder. Eu admitia que era avaro com meu dinheiro e você jamais me pediu nada, mas eu passaria a vida trabalhando para que você tivesse o que calçar e vestir, sem me arrepender nem por um momento. – Riu com tristeza. – Desisti de erguer barreiras à minha volta e agora confio em você para conduzir meus pés errantes e tratar com honra minha alma indefesa.

– Wulfgar – zombou ela –, qual o grande cavaleiro normando que cai de joelhos e deixa que uma simples escrava saxã o arraste pelos cabelos? Você está brincando e caçoando de mim.

Aislinn inclinou-se para ele e beijou-o carinhosamente nos lábios. Depois olhou-o nos olhos, como que buscando neles suas respostas.

– Alguma coisa nascida do amor cresce dentro de mim? – murmurou. – Quero seus braços em volta do meu corpo e anseio por suas carícias. Que loucura é essa que me faz ficar sempre à sua disposição? Sou mais escrava que esposa, e não gostaria que fosse diferente. Como foi que dominou a minha vontade de um modo que, mesmo quando eu resistia, rezava para que você estivesse sempre ao meu lado e nunca me deixasse?

Wulfgar ergueu a cabeça, e seus olhos cinza estavam quase azuis.

– Não importa, *chérie*. Enquanto nós dois desejarmos a mesma coisa, vamos aproveitar o prazer que ela nos dá. Agora deixe-me levantar, do contrário você pode ser forçada a ceder contra a sua vontade.

Rindo, feliz, Aislinn se afastou dele.

– Contra minha vontade? Não, nunca mais. Mas se encontrar um bebê no caminho, trate-o com carinho para não o ofender.

Wulfgar levantou-se, rindo, vestiu-se e saiu do quarto, ouvindo o som alegre e musical da voz de Aislinn. Sorriu, desejando que chegasse logo o dia em que Aislinn cantaria para embalar o filho, pois sua voz era suave e repousante. Atravessou o pátio e viu que o céu começava a clarear.

O sol estava alto no céu quando Wulfgar voltou. Bolsgar e Sweyn estavam sentados à mesa e, quando o normando se sentou, olharam para ele, sem saber qual seria seu estado de espírito. Wulfgar levou a mão ao queixo e o moveu de um lado para o outro, como para ver se estava funcionando.

– Acho que uma jovem me beijou com muito ardor a noite passada – disse, secamente. – Ou talvez eu tenha sido atacado por um velho ou por uma criança.

Bolsgar riu.

– Um beijo muito delicado, sem dúvida. Você sequer se levantou para nos dar boa-noite. Acredite! Você deitou para descansar tão bruscamente que o pobre Sanhurst teve um trabalho insano para consertar o buraco no chão.

Ele e Sweyn riram, mas Wulfgar apenas olhou para os dois e depois disse, pensativo:

– É um pesado encargo para mim ter de aguentar a companhia de dois cavaleiros idosos que, esquecendo que não são mais jovens, me atacam quando minhas palavras os contrariam. Além das mentes enfraquecidas, perderam a força dos braços.

Olhou para Sweyn, que bateu a mão na perna, ofendido.

– Se quiser disputar no braço comigo, sou capaz de quebrar seus ossos – disse o viking. – Ontem tive o cuidado de poupar sua beleza, menino atrevido.

Wulfgar riu satisfeito por conseguir irritar o viking.

– Temo mais sua língua que sua força. O golpe foi bem aplicado, pois eu não tinha o direito de falar daquele modo da minha dama. – Ficou sério e murmurou: – Como em minha juventude, gostaria de que todas as minhas palavras ditas com raiva pudessem voltar ao silêncio, mas é impossível. Peço desculpas aos dois e vamos esquecer o assunto.

Bolsgar e Sweyn se entreolharam e depois concordaram, com uma inclinação da cabeça. Então ergueram suas canecas de cerveja e os três beberam em silêncio.

Um pouco depois, Wulfgar viu Aislinn descendo a escada cautelosamente e levantou-se para ajudá-la, e os homens sorriram,

422

lembrando os primeiros dias de Wulfgar em Darkenwald, quando parecia que jamais haveria paz entre os dois.

Wulfgar levou Aislinn até a cadeira ao lado da sua e, respondendo à pergunta ansiosa do marido, ela disse que estava bem. Depois de algum tempo, porém, a pressão em seu ventre se transformou numa violenta pontada. Dessa vez, quando Wulfgar voltou-se para ela, Aislinn fez um gesto afirmativo e estendeu a mão.

– Quer me ajudar a subir para o quarto? Temo não ser capaz de ir sozinha.

Wulfgar levantou-se da cadeira e, ignorando a mão estendida, tomou-a nos braços. Subindo a escada com Aislinn no colo, ele disse para os homens:

– Mandem Miderd ao meu quarto. Está na hora.

Os cavaleiros e Kerwick agitaram-se, atordoados, e Bolsgar, vendo a confusão, saiu para chamar Miderd. Wulfgar subiu os degraus de dois em dois, como se não sentisse o peso de Aislinn, abriu a porta com o pé e levou-a para a cama onde ela nascera. Demorou para tirar os braços que a enlaçavam, e Aislinn perguntou a si mesma se a preocupação que via nos olhos dele era por ela ou pela dúvida sobre a paternidade da criança. Segurou a mão dele e levou-a ao rosto, e Wulfgar sentou-se na cama. Ali estava uma coisa para a qual todo seu aprendizado e sua experiência não o haviam preparado, e o normando sentiu-se completamente inútil e indefeso.

A dor voltou, e Aislinn apertou-lhe a mão com força. Wulfgar conhecia os sofrimentos da guerra, tinha muitas cicatrizes para provar sua resistência e sua aceitação da dor. Mas aquela agonia o assustava.

– Calma, minha senhora – disse Miderd, entrando no quarto e aproximando-se da cama. – Poupe suas forças para mais tarde. Vai precisar delas. Ao que parece, vai ser um longo trabalho de parto. A criança tem seu próprio tempo, portanto procure descansar.

Miderd sorriu e Aislinn respirou aliviada, mas Wulfgar de repente parecia exausto e abatido. Miderd disse, com voz suave:

– Meu senhor, quer mandar chamar Hlynn? Vamos precisar de muita coisa e quero ficar ao lado de minha senhora. – Viu que a lareira estava apagada e acrescentou, quando Wulfgar já estava na porta: – E mande Ham e Sanhurst trazerem lenha. Precisam encher de água o caldeirão.

Assim, Wulfgar foi afastado de Aislinn e não teve mais oportunidade de se aproximar. Ficou na porta vendo as mulheres atarefadas. A todo momento refrescavam a testa de Aislinn com toalhas úmidas, enxugando o suor provocado pelo calor de julho e pelo fogo na lareira. Wulfgar esperou e observou, e nos intervalos das dores Aislinn sorria para ele. Quando a dor voltava, o suor cobria seu corpo e, com o passar do tempo, ele começou a se perguntar se alguma coisa estava errada. Miderd e Hlynn estavam muito ocupadas para responder a suas perguntas. Então uma ideia insuportável o atormentou. A criança podia ser morena e com cabelos negros. Não podia aceitar a possibilidade de a bela Aislinn dar à luz uma criança obviamente gerada por Ragnor. Então outro pensamento lhe passou pela cabeça. Lembrou-se de ter ouvido dizer que muitas mulheres morriam no parto. Seria um triunfo para Ragnor se a criança fosse dele e tirasse a vida de Aislinn. Mas e se fosse sua e, do mesmo modo, a levasse deste mundo para sempre? Seria melhor? Tentou imaginar sua vida sem ela, depois de todos aqueles meses felizes ao seu lado, e sua mente ficou vazia. Era como se nuvens escuras tivessem obscurecido sua razão e o ar parecia ter desaparecido do quarto. Apavorado, ele fugiu.

Wulfgar atirou os arreios nas costas de Huno e o animal, assustando-se, bufou e recuou quando o bridão foi passado entre seus dentes e o normando saltou para a sela. Montado no grande cavalo de batalha, Wulfgar cavalgou velozmente por um longo tempo, sem diminuir o passo, até o vento levar os últimos vestígios de confusão de sua mente. Então, homem e animal pararam no topo de uma pequena colina, ao lado da colina maior, onde estava sendo construído o castelo. Wulfgar olhou para a construção que crescia rapidamente. Mesmo àquela hora, os homens trabalhavam com afinco, antes que a noite os interrompesse. Wulfgar pensou na ansiedade com que o povo esperava a conclusão da obra. Todos trabalhavam de boa vontade e, depois de terminar uma tarefa, traziam mais pedras para cortar e montar. Mas era tanto para a defesa deles quanto para a de Wulfgar, e ele podia compreender aquela pressa, depois da carnificina provocada por Ragnor. Ninguém queria que aquilo acontecesse outra vez. Olhou para a torre central, onde ele e Aislinn iam morar um dia. A construção era mais lenta que a das muralhas. Quando estivesse pronta, seria uma fortaleza inexpugnável para qualquer inimigo. Menos para a morte...

Wulfgar desviou os olhos, sabendo que nada seria bom sem Aislinn a seu lado. Pensamentos terríveis invadiram sua mente e ele ficou inquieto. Fez Huno dar meia-volta e, sacudindo as rédeas, galopou para percorrer as divisas de suas terras.

Suas terras!

As palavras soaram com a solidez da segurança. Se a outra parte de sua vida desmoronasse, pelo menos teria isso. Pensou no velho e grisalho cavaleiro que Aislinn sepultara quando se conheceram. Talvez o velho lorde pudesse entender o que ele sentia agora. Ali estava a sua terra. Ali ele morreria para descansar ao lado daquele outro túmulo no alto da colina. Talvez fosse morto por outro grande lorde. Mas continuaria ali. Sem mais andanças e aventuras. Não importava que Aislinn lhe desse um bastardo ou um filho seu, um menino ou uma menina. Ele o aceitaria como seu e, na pior das hipóteses, descansariam todos no alto da colina. Com uma sensação de paz, Wulfgar podia agora enfrentar qualquer coisa que o destino lhe reservasse.

Huno diminuiu o passo e Wulfgar viu Darkenwald lá embaixo. Percorrera suas terras e estava voltando quando o sol desaparecia no horizonte, além dos pântanos. A noite chegou envolvendo-o com seu manto negro, e ele continuou parado, vendo seu povo aos poucos se aquietar para o descanso.

"Todos", pensou ele, "vão me procurar com seus problemas. Não posso desapontá-los". Olhou pensativamente para o túmulo ao seu lado. Posso ler sua mente, velho senhor. Sei o que estava pensando quando saiu para enfrentar Ragnor. Eu teria feito o mesmo.

Wulfgar apanhou uma flor silvestre e a pôs ao lado das que Aislinn deixara na véspera.

– Descanse bem, velho senhor. Farei o melhor possível por eles e Aislinn também. Se Deus permitir, vai sentir os pés de muitos netos neste solo, e, quando eu vier descansar aqui, apertaremos as mãos como velhos amigos.

Esperou sob uma árvore, pois não queria enfrentar os olhos curiosos do povo da cidade.

As estrelas apareceram no céu e o velho solar se iluminou. Podia ver o movimento no interior da casa, sinal de que não estava acabado ainda. As primeiras horas da manhã o encontraram no mesmo lugar, e então ele ouviu um grito.

O cabelo eriçou-lhe na nuca e o suor brotou-lhe na testa. Wulfgar ficou petrificado de medo. Seria Aislinn? Oh, Deus, tão tarde na vida conhecera a ternura de uma mulher. Estaria destinado a perdê-la agora? Longos momentos se passaram, e Wulfgar ouviu o choro de uma criança.

Ele esperou mais, enquanto a notícia corria de boca em boca pela cidade. Viu Maida sair do solar em direção à sua cabana. Os outros também saíram, e finalmente o solar ficou deserto. Wulfgar levantou-se e levou o cavalo cansado para o estábulo. Atravessou silenciosamente a sala e subiu para o quarto. Abriu a porta e viu Miderd sentada na frente da lareira, com o bebê nos braços. Olhou para a cama e no escuro só via o vulto de Aislinn. Ela estava imóvel e em silêncio, mas Wulfgar percebeu o leve ondular da respiração. "Está dormindo", pensou ele, agradecido por aquele dia ter terminado.

Foi até a lareira e Miderd descobriu a criança para que ele visse. Era um menino, enrugado, parecia mais um velho que uma criança e tinha cabelos vermelhos.

"Nenhuma ajuda", pensou Wulfgar, com um sorriso. "Mas pelo menos não tem cabelos negros."

Foi até a cama e ficou parado, tentando ver o rosto de Aislinn. Quando se inclinou mais, viu que ela o observava atentamente. Os cabelos espalhados pelo travesseiro cobriam os ombros e emoldurava seu rosto. Um sorriso iluminou o rosto pálido e abatido. O esforço de trazer um filho ao mundo deixara sua marca no rosto delicado, mas sob a palidez adivinhava-se uma força que o encheu de orgulho. Aislinn era, sem dúvida, a mulher certa para ficar ao lado de um homem e enfrentar o que a vida lhes reservava.

Wulfgar beijou-a carinhosamente, pensando em pedir perdão. Ergueu um pouco o corpo, apoiando as mãos na cama para ver o rosto dela enquanto falava, mas Aislinn olhou para ele com um longo suspiro, fechou os olhos e adormeceu. Ela queria apenas vê-lo, e agora cedia à exaustão, entregando-se ao sono reparador. Wulfgar beijou-lhe outra vez os lábios e saiu do quarto.

Foi direto para o estábulo e, quando começou a arrumar sua cama na palha limpa e cheirosa, Huno bufou, reclamando da intrusão. O guerreiro normando olhou para o enorme garanhão e o mandou ficar quieto.

– É só mais esta noite – garantiu Wulfgar, e adormeceu.

23

O menino recebeu o nome de Bryce, e Aislinn estava feliz porque ele era forte e alegre. Um grito quando tinha fome e logo se acalmava, sugando avidamente o seio da mãe. A dúvida continuava atormentando Wulfgar, sem encontrar resposta no cabelo do bebê, que era agora louro-avermelhado, nem nos olhos azul-escuros. Maida assistira ao parto e durante as primeiras semanas não apareceu, mas agora, sempre que Bryce descia do quarto, ela estava por perto. Só entrava no solar com ordem de Wulfgar ou de Aislinn, mas, quando o dia estava quente, sentava-se ao lado da porta e ficava olhando para o menino deitado na manta de pele. Parecia sempre distante, revivendo antigas lembranças. Sabia que Bryce era seu neto, sangue de seu sangue. Há anos vira a filha de cabelos vermelhos brincando naquele mesmo lugar. Lembrava agora os momentos de alegria e de felicidade, e Aislinn tinha esperança de que, com o tempo, ela esquecesse todo o horror que sofrera.

Os dias longos e quentes do verão ficaram mais curtos, e setembro trouxe o frio no ar da noite. O povo via as plantações crescerem nos campos. Sob a orientação de Wulfgar, as plantações recebiam cuidados constantes, e um grupo de meninos se encarregava de afastar os pássaros e os animais. A colheita prometia ser rica, como nunca antes. Kerwick fazia sua ronda e mantinha os livros em dia. O povo já estava acostumado a ver o jovem a cavalo com os livros amarrados atrás da sela. Os homens o procuravam para medir o resultado de seu trabalho antes de ser recolhido aos graneiros e às ucharias.

Os moinhos de Darkenwald eram movidos por bois que caminhavam em círculo para girar a grande mó. Todos iam a Darkenwald para comprar de Gavin as ferramentas de que precisavam para o inverno ou para preparar o campo na próxima primavera. Estava quase na época da primeira colheita e as outras amadureciam ainda ao sol. Os grãos abarrotavam os graneiros, e carnes defumadas e secas e as salsichas que pendiam das vigas do teto enchiam as ucharias. Wulfgar tinha direito à parte do dono das terras, e os grandes depósitos atrás do solar começavam a ficar cheios. As jovens colhiam uvas e outras frutas para fazer vinho e compotas, que eram também armazenados. Enormes favos de mel eram derretidos em potes de barro e, quando a cera subia, era retirada para fazer velas. Quando o pote estava cheio, a fina camada que se depositava no fundo era deixada para solidificar e o pote, guardado na parte mais fria da adega. A atividade era constante, e o gado, depois de separados os animais para a procriação na primavera, era levado para o matadouro e o ar se enchia com o cheiro acre do abate e da curtição das peles. A casa de defumação estava sempre cheia, e o sal era carregado penosamente através da charneca; com ele era feita a salmoura para conservar a carne.

Haylan era muito procurada por sua habilidade para temperar e curtir a carne. Sempre ocupada, via com satisfação a amizade de seu filho com Sweyn. O viking podia ensinar muita coisa que o menino precisava saber. Aprendeu os hábitos dos gansos e de outras aves e como atirar uma flecha para apanhá-las; aprendeu tudo sobre gamos e corças e os lugares da floresta onde podiam ser encontrados; tudo sobre raposas e lobos e como fazer uma armadilha, como esfolar os animais e transformar o pelo ensanguentado em pele macia.

As árvores começavam a ficar avermelhadas quando uma geada prematura assolou o sul da Inglaterra. Nesse dia, Miles estava sozinho porque Sweyn precisara ir a Cregan. O jovem resolveu então tirar os animais das armadilhas e armá-las novamente. Sir Gowain viu quando ele saiu na direção da charneca. Haylan só deu pela falta de Miles na hora do almoço. Ela foi ao estábulo e ficou sabendo que Sweyn estava em Cregan. Foi ao solar e Gowain disse que vira Miles indo para o pântano. Kerwick e o jovem cavaleiro saíram à procura do menino, seguindo as marcas de seus passos na espessa camada de geada. Encontraram-no onde tinham armado uma tora pesada para apanhar raposas ou lobos e carregá-los até um pequeno regato, onde ficavam presos. Miles estava com água até os ombros, tremendo de frio e com os lábios azuis. Passou horas agarrado a um arbusto para evitar ser carregado pela tora de madeira. Gritou até quase ficar sem voz, mas ninguém ouviu. Quando o tiraram, quase congelado, de dentro do regato, ele disse com voz rouca:

– Sinto muito, Gowain. Eu escorreguei.

Eles o agasalharam e levaram para a cabana da mãe, mas, mesmo enrolado em pesadas mantas de pele, na frente da lareira, ele continuou a tremer. Kerwick disse que chamaria Aislinn, mas Haylan o segurou pelo braço e disse:

– Não, ela é uma bruxa. Vai enfeitiçar meu filho. Não, eu mesma tomo conta dele.

As horas se passaram. A testa de Miles ficou muito quente e a respiração, áspera e difícil. Mas Haylan não queria chamar a senhora do solar.

Estava escuro quando Sweyn voltou e soube do incidente. Foi direto para a casa da viúva, acompanhado por Gowain. Apeou do cavalo, abriu a porta, entrou e agachou-se ao lado da cama do menino. Segurou as mãos dele entre as suas e sentiu a febre. Voltou-se para Gowain e ordenou:

– Vá chamar Aislinn.

– Não, eu não quero! – exclamou Haylan, assustada com a doença do filho, mas com o coração ainda cheio de ódio. – Ela é uma bruxa. Enfeitiçou Wulfgar para poder prendê-lo, para que ele nunca mais olhe para outra mulher. Ela é uma bruxa, estou dizendo. Não a quero aqui.

Sweyn, ainda agachado, olhou para ela e disse com voz ameaçadora:

– Haylan, você é capaz de caluniar um santo, mas eu a perdoo por isso. Já vi pessoas nessas condições que morreram por falta de cuidados. Ninguém mais sabe o que deve ser feito, e quero lady Aislinn aqui. Certo, eu não me importo com você, mas não vou deixar que esse menino morra por causa de seu ódio. Se tentar me impedir, vai para o inferno montada em meu machado. Agora, saia da frente.

Sweyn ficou de pé, e Haylan, vendo os olhos dele, deixou-o passar.

Aislinn estava brincando com Bryce na frente da lareira do quarto e Wulfgar, recostado na cadeira, os observava. Ela estava deitada, com o cabelo enfeitando a manta de pele, e segurava o menino com os dois braços, fazendo-o saltar para cima e para baixo.

Bateram com força na porta e Bryce arregalou o olhos, assustado. Aislinn o abraçou, e Wulfgar mandou entrar. A porta se abriu e Sweyn irrompeu no quarto.

– Lady Aislinn, peço que me desculpe – trovejou ele. – O menino Miles caiu na água e está com febre e arrepios de frio. Mal pode respirar e temo por sua vida. Pode nos ajudar?

– É claro, Sweyn.

Com Bryce ainda no colo, Aislinn teve um momento de indecisão. Depois, virou rapidamente para Wulfgar e pôs a criança nos braços dele.

– Wulfgar, por favor, fique com Bryce. Tome conta dele e, se ele chorar, chame Miderd.

A autoridade de sua voz era mais imponente que a de Guilherme e, sem esperar resposta, ela pôs uma manta sobre o ombros, apanhou suas poções e ervas e saiu com Sweyn.

Wulfgar ficou segurando o filho que ele não aceitava e também não rejeitava. Olhou para ele e Bryce retribuiu o olhar com uma expressão tão séria e intensa que o normando riu. Tentou fazer o que Aislinn estava fazendo com ele, mas o estômago e o peito musculosos não eram tão confortáveis, e Bryce reclamou. Com um suspiro, Wulfgar sentou-se na cadeira com ele no colo. Bryce ficou feliz. Começou a puxar as mangas da camisa de Wulfgar e logo estava instalado sobre o peito dele, brincando com os cordões que fechavam a camisa.

Aislinn abriu a porta da cabana e foi detida por Haylan, que sacudia um galho de azevinho para afastar a bruxa. Aislinn empurrou-a para o lado e correu para o menino. Haylan acabara de recobrar o equilíbrio quando Sweyn entrou e a empurrou outra vez. Haylan sentou-se no banco mais próximo e ficou quieta. Aislinn apanhou uma vasilha rasa, que encheu com carvão em brasa, e levou para perto da cama, com uma pequena panela com água sobre o carvão. Assim que a água ferveu e a fumaça subiu, ela tirou várias ervas do bolso, amassou-as com os dedos e espalhou-as na vasilha rasa. Depois, derramou um líquido esbranquiçado dentro da água que fervia e logo o ar se encheu com um cheiro acre e pesado, que fazia arder os olhos e a garganta. Fez uma mistura de mel, várias pitadas de um pó amarelo e a água da panela, e, segurando a cabeça de Miles, o fez beber, massageando-lhe a garganta para ajudar a deglutição. Então, molhou um pedaço de pano em água fria e pôs na testa do menino.

Assim passaram a noite. Sempre que a testa de Miles ficava muito quente, Aislinn a refrescava com o pano úmido. Quando sua respiração ficava mais difícil, ela esfregava o líquido esbranquiçado na garganta e no peito. Vez ou outra levava uma colher do mesmo líquido quente a seus lábios, fazendo-o beber. Aislinn cochilou algumas vezes, mas acordava ao menor movimento.

O dia estava chegando quando Miles começou a tremer incontrolavelmente. Aislinn pôs todas as mantas e cobertores que encontrou em cima dele e mandou Sweyn atiçar o fogo até ficarem todos com o rosto brilhando de suor. Miles ficou muito vermelho, mas continuava a tremer e mal podia respirar.

Haylan não tinha saído do banco e de tempos em tempos murmurava uma prece. Aislinn, em voz baixa, pediu também o auxílio de uma força maior. Assim passou-se uma hora. O céu estava claro. Cada um fizera a vigília a seu modo.

Então Aislinn levantou-se e olhou para Miles. Gotas de suor apareciam acima dos seus lábios e na testa. Pôs a mão em seu peito e sentiu a roupa molhada. Logo, o menino estava encharcado de suor e parou de tremer. A respiração era áspera ainda, mas ficava mais regular a cada momento. O rosto voltou à cor normal e, pela primeira vez desde que Aislinn entrou na cabana, Miles dormiu tranquilamente.

Com um suspiro, Aislinn passou a mão nas costas doloridas. Apanhou suas poções e ervas e parou na frente de Haylan, que ergueu os olhos vermelhos.

– Agora você tem outra vez seu Miles – murmurou Aislinn. – Vou voltar para meu filho, pois já passou muito da hora de ele mamar.

Aislinn foi até a porta e, com um gesto cansado, levou a mão à testa para proteger os olhos da claridade do sol. Sweyn segurou o braço dela e voltaram para o solar. Não falaram, mas Aislinn sentiu que acabara de ganhar uma amiga. Quando entrou no quarto, Wulfgar e Bryce estavam dormindo na cama de casal. Os dedos do menino estavam emaranhados no cabelo de Wulfgar e as perninhas roliças sobre o braço dele. Aislinn despiu-se e, passando por cima de Wulfgar, puxou o filho para si. Wulfgar acordou, Aislinn sorriu para ele, fechou os olhos e dormiu.

Quase uma semana depois, Haylan aproximou-se de Aislinn, que amamentava o filho. Naquele momento os homens estavam todos fora, e só as mulheres tinham ficado em casa.

– Minha senhora – disse Haylan, timidamente.

Aislinn ergueu os olhos para ela.

– Minha senhora – repetiu Haylan. Fez uma pausa, respirou fundo e falou rapidamente: – Sei agora que fui muito injusta com a senhora. Acreditei em palavras maldosas, pensei que fosse uma bruxa e tentei roubar seu marido – parou de falar, torcendo as mãos e com os olhos cheios de lágrimas. – Posso pedir que me perdoe? Pode compreender minha tolice e me perdoar? O que eu lhe devo jamais poderei pagar.

Aislinn estendeu o braço e fez a viúva sentar-se a seu lado.

– Não, Haylan, não há nada para perdoar. Você não me fez nenhum mal – deu de ombros e riu –, portanto não fique triste e não tenha medo. Compreendo muito bem e sei que a culpa não foi toda sua. Sejamos amigas e vamos esquecer os erros do passado.

Haylan concordou com um sorriso e olhou para o bebê rechonchudo no seio da mãe. Ia começar a falar de Miles quando era pequeno, mas Wulfgar abriu a porta e entrou na sala. Haylan se retirou. O normando se aproximou de Aislinn com um olhar intrigado para a viúva.

– Está tudo bem com você, meu amor?

Aislinn viu a preocupação dele e sorriu.

– É claro, Wulfgar. O que podia estar errado? Está tudo muito bem.

Wulfgar sentou-se ao lado dela, estendeu as pernas e apoiou os pés numa banqueta.

– Há sempre palavras desagradáveis nesta casa – disse ele, pensativo, passando a mão no rosto. – Gwyneth rejeita qualquer demonstração de boa vontade de nossa parte e está sempre procurando nos irritar. Não compreendo por que ela se isola o tempo todo no quarto. Se controlasse seu gênio, todos a tratariam melhor.

Aislinn olhou amorosamente para ele.

– Está muito pensativo hoje, meu senhor. Não costuma se preocupar com o que pensam as mulheres.

– Ultimamente descobri que uma mulher é mais que seios rosados e quadris esguios e bem-feitos. – Com um largo sorriso e os olhos cheios de desejo, pôs a mão na perna dela. – Mas dos dois, a mente e o corpo, é este último que oferece maior prazer a um homem.

Aislinn riu e ficou ofegante quando Wulfgar beijou seu pescoço, acendendo chamas de desejo em cada nervo de seu corpo.

– O bebê... – murmurou ela, mas os lábios dele encontraram os dela, silenciando-os. Ouviram um ruído na porta. Aislinn levantou-se da cadeira, muito corada, e deitou Bryce na manta, e Wulfgar ficou de pé olhando para o fogo, como se estivesse aquecendo as mãos. Bolsgar entrou carregando no ombro um saco cheio de codornas para o jantar do dia seguinte. Cumprimentou os dois alegremente e foi entregar a caça a Haylan na cozinha. Wulfgar ficou irritado com a interrupção. Ultimamente sempre havia alguma coisa exigindo a atenção de Aislinn. Ele já esperara bastante, mas agora parecia que tudo conspirava contra ele. Quando o bebê não estava gritando de fome, algum criado queria falar com um dos dois. Então, quando finalmente parecia que tinha chegado o momento e estavam sozinhos no quarto, via os sinais de cansaço no rosto de Aislinn e compreendia que devia esperar um pouco mais.

Ele a seguiu com os olhos, notando o delicado movimento dos quadris. "Ela está mais magra que antes", pensou ele, "mas tem agora um corpo de mulher, não mais de menina".

Seria esse seu destino? Ter Aislinn sempre a seu alcance, sem o prazer da privacidade que tinham antes? Teriam sempre um bebê entre eles e poucos momentos para saciar sua paixão? Com um suspiro, Wulfgar voltou a olhar para o fogo. "O inverno está próximo", pensou. "As noites são longas." Teria mais tempo para estar com ela. O bebê não pode ocupar todos os seus momentos para sempre. Na primeira vez ele a possuiu num momento breve de desejo. Podia fazer o mesmo agora.

Aislinn ergueu os olhos e viu Maida do lado de fora da porta olhando timidamente para dentro. Notou que ela estava limpa e penteada. Era um prazer pensar que Maida podia vir a gostar do neto, esquecendo seus planos de vingança. Não existia melhor bálsamo que uma criança.

Aislinn ergueu a mão convidando a mãe para entrar. Com um olhar nervoso para as costas de Wulfgar, Maida entrou sorrateiramente, foi direto para o berço e agachou-se, encolhendo o corpo, como se quisesse se tornar invisível para o normando. Wulfgar não olhou para ela, mas acompanhou Aislinn com os olhos, que saiu da sala para combinar com Haylan os preparativos para o dia seguinte.

Iam comemorar a colheita farta com uma grande festa. Os cavaleiros e suas damas deviam sair ao meio-dia para a caça ao javali, tanto para matar os animais quanto para afastá-los das plantações. Seria um evento festivo e todos esperavam ansiosamente o dia seguinte.

Sweyn e os cavaleiros entraram na sala para tomar uma caneca de cerveja e brindar o dia seguinte. Wulfgar juntou-se a eles; Bolsgar reapareceu e estava formado o grupo alegre. A tarde tornou-se noite e Aislinn, virando-se de um lado para o outro na cama, inquieta com a demora de Wulfgar, ouvia ainda as vozes deles na sala. Não podia adivinhar que sempre que Wulfgar fazia menção de se retirar alguém o puxava pelo braço e voltava a encher sua caneca de cerveja.

Aislinn acordou com o balbucio de Bryce pedindo seu desjejum e viu Wulfgar já de pé e quase completamente vestido. Ficou imóvel, admirando o corpo longo e musculoso, o rosto de traços fortes, mas os gritos de Bryce ficaram insistentes. Aislinn levantou-se, vestiu uma túnica leve e folgada e sentou-se na frente da lareira para amamentar o filho. Quando Bryce finalmente se acalmou, Aislinn ergueu os olhos para o marido.

– Meu senhor, será que o esporte de beber o agrada mais agora que antes? Suponho que subiu para o quarto depois que o galo cantou.

Wulfgar disse com um largo sorriso:

– Tem razão, *chérie*, ele cantou duas vezes antes de minha cabeça encostar no travesseiro, mas não foi por minha vontade. Meus cavaleiros me brindaram com histórias antigas e não tive outro remédio senão ficar e aguentar.

Olhou para ela desejando-a mais do que nunca, mas ouviu vozes no salão, e sabia que seus homens logo subiriam para apanhá-lo se não descesse depressa. Com um suspiro, beijou Aislinn na testa e, vestindo o gibão de couro, saiu do quarto.

Quando Aislinn desceu, pensou que estava entrando numa casa de loucos. Atordoada com os gritos e risadas, não compreendeu bem o que estava acontecendo. Bryce agarrou-se a ela, assustado com o barulho. Aislinn estendeu uma manta de pele ao lado da lareira, onde ele podia ficar aquecido e ver o movimento. Escolheu um lugar perto de Wulfgar e dos comerciantes da cidade, que na certa evitariam a aproximação dos cães de caça que perambulavam pela sala, latindo quando alguém tropeçava neles. O aroma da cozinha pairava no ar As apostas eram variadas. Apostavam nos cavalos, no primeiro javali, no maior e em quem seria o primeiro a usar a lança. Gowain, o mais jovem, era alvo de brincadeiras, especialmente porque Hlynn tinha acessos de riso cada vez que chegava perto dele. Gracejos pesados cruzavam o ar. Os homens riam e as mulheres gritavam quando as mãos ousadas acariciavam certas partes de seus corpos. Aislinn passaria por isso também se fosse casada com outro qualquer. Apesar da tentação, os homens mantinham uma distância respeitosa, nenhum deles disposto a experimentar a espada do normando.

435

Os homens que estavam perto da lareira praguejaram em voz alta e um cão enorme fugiu do meio dos pés deles com gritos de dor. A voz de Wulfgar soou clara e alta.

– Quem está tomando conta desses cães? Estão andando soltos pela sala, mordendo os calcanhares de nossos convidados. Quem está tomando conta desses cães?

Ninguém respondeu, e então ele chamou mais alto:

– Kerwick? Onde está Kerwick, xerife de Darkenwald? Venha até aqui, senhor.

Muito corado, Kerwick atendeu ao chamado.

– Sim, meu senhor?

Wulfgar pôs a mão no ombro dele e, erguendo um copo de chifre para os homens que estavam perto, disse com humor:

– Meu bom Kerwick. Todos sabem de sua amizade com os cães e de como os conhece muito bem; eu o nomeio responsável pelos cães de caça. Acha que pode desempenhar bem essa tarefa?

– Posso, meu senhor – respondeu Kerwick imediatamente. – Na verdade, preciso ajustar algumas contas. Onde está o chicote?

Entregaram a ele um longo chicote e Kerwick o brandiu no ar, com um estalo.

– Acho que aquele vira-lata avermelhado foi o que mordeu minha perna – passou a mão na coxa, lembrando os dentes dos cães naquelas noites frias. – Pronto, meu senhor, se ele não caçar bem hoje, vai provar a mordida desta bela arma.

Wulfgar deu uma gargalhada.

– Então está resolvido, grande senhor dos cães de caça. – Bateu nas costas de Kerwick. – Tire todos daqui, prenda com as correias e cuide para que estejam famintos na hora da caçada. Não queremos cães gorduchos de barriga cheia se arrastando entre as árvores.

Os homens riram e fizeram um brinde. Na verdade, era incrível a quantidade de cerveja necessária para manter aquelas vozes fortes e animadas.

Bryce choramingou e Aislinn abriu caminho entre ombros largos e peitos fortes para atendê-lo. Wulfgar deu passagem a ela com uma profunda reverência, o braço estendido, mas, quando Aislinn se abaixou para pegar o filho, a mão dele desceu para o seu traseiro com tamanha naturalidade que ela ergueu o corpo muito antes do que pretendia.

– Meu senhor! – exclamou Aislinn, recuando e apertando o bebê contra o peito.

Wulfgar recuou também e ergueu a mão, como para se defender, provocando risos de todos. Embora ofendida com aquela carícia em público, Aislinn não pôde conter o riso.

– Meu senhor – disse ela, com um sorriso encantador. – Haylan está no outro lado da sala. Por acaso confundiu meu corpo desajeitado com o corpo apetitoso dela?

Wulfgar parou de rir e ergueu as sobrancelhas. Vendo o brilho gaiato nos olhos da mulher, acalmou-se e resolveu tomar mais cuidado com a bebida.

Beberam e conversaram até Bolsgar olhar boquiaberto para a escada. Gwyneth, luxuosamente vestida para a caçada, desceu altiva para a sala e, depois de um olhar para Aislinn, com o filho no colo, voltou-se para Kerwick e disse:

– Seria muita presunção minha pedir que mande arrear um cavalo para mim?

Kerwick inclinou a cabeça e, com um pedido de licença silencioso na direção de Wulfgar, saiu da sala. Bolsgar adiantou-se e se curvou na frente da filha.

– Minha senhora, pretende se juntar aos camponeses hoje? – zombou ele.

– É verdade, meu querido pai. Eu não perderia essa festa nem por todos os tesouros da Inglaterra. Ultimamente tenho trabalhado demais nesta casa, e preciso sair para um exercício mais nobre. O primeiro que vejo neste lugar.

E assim, deixando claro o quanto desprezava a todos, ela foi até a mesa e experimentou alguns dos pratos.

O resto da manhã foi dedicado aos preparativos para a caçada e para o banquete. Antes do meio-dia, Aislinn subiu com Bryce e, depois de amamentá-lo, o pôs para dormir, encarregando Hlynn de tomar conta dele. Depois desceu com um vestido longo de saia rodada, amarelo e marrom, feito especialmente para o esporte da caça. A maioria das pessoas comeu de pé, pois não havia lugar para todos. Um grupo de menestréis entrou no pátio para distrair o povo com música alegre. Os cavalos foram levados para a frente da casa, e Gwyneth viu que Kerwick escolhera para ela o pequeno animal que Aislinn montara quando foi a Londres. Era um animal forte e obediente, mas não tinha as pernas longas nem o porte elegante da égua cinzenta e negra de Aislinn.

Os caçadores partiram. Kerwick segurava as correias dos cães, e não era fácil fazer com que todos andassem juntos e em ordem. Os cães sentiam a excitação da caça e uivavam e rosnavam nervosos.

Todos conversavam e riam alegres, menos Gwyneth. Aislinn, cavalgando ao lado de Wulfgar, ria de suas tiradas e tapava os ouvidos quando ele começava com suas canções maliciosas. Gwyneth tinha a mão pesada, e o pobre animal sacudia a cabeça e saltitava, mordendo o bridão. Saíram da estrada, subiram uma colina e logo avistaram, na entrada da floresta, uma manada de javalis, com alguns animais bem grandes entre eles. Kerwick saltou da sela para soltar os cães, que partiram imediatamente, latindo e uivando. A obrigação deles era encurralar aqueles enormes animais selvagens, valentes, negros e cruéis, com presas longas nos cantos da boca. Uma vez acuados, os cães os mantinham assim até a chegada dos caçadores. Não era trabalho fácil, e era preciso muita coragem para enfrentar o ataque de um javali. As lanças eram curtas, pois a maior parte da caça era feita no meio do mato alto, e a uma certa distância da ponta havia duas hastes de ferro cruzadas para evitar que o javali alcançasse o braço do caçador.

Quando entraram no bosque, Aislinn e Gwyneth ficaram bem para trás, pois Aislinn não estava acostumada com aquele esporte violento. Puxou as rédeas de sua montaria e emparelhou com Gwyneth, que batia freneticamente em seu cavalo com um chicote curto. O pequeno animal se acalmou quando percebeu a presença de Aislinn e Gwyneth parou de bater, sabendo que isso traía sua crueldade. Cavalgaram lado a lado por algum tempo, e finalmente Aislinn

438

resolveu dizer alguma coisa. O ar de outono estava quase quebradiço, e era forte o cheiro das folhas caídas sob as árvores de cores variadas.

– Um dia maravilhoso – disse ela, com um suspiro.

– Seria se eu tivesse outra montaria – respondeu Gwyneth, imediatamente.

Aislinn riu.

– Eu ofereceria a minha, mas acontece que gosto muito dela.

Gwyneth disse com desprezo:

– Você sempre consegue melhorar sua posição, especialmente no que se refere aos homens. Sim, você ganha duas vezes mais por cada vez que perde.

– Não, dez ou cem vezes mais, você pode dizer, uma vez que perdi Ragnor também.

Foi demais para Gwyneth, que não conseguiu mais conter a raiva.

– Prostituta saxã – vociferou ela. – Tenha cuidado com o nome que está degradando.

Ergueu o relho curto, mas Aislinn se desviou, e o golpe atingiu o flanco de sua montaria. A égua cinzenta, assustada, disparou para o mato cerrado sob as árvores. Alguns metros adiante, o animal bateu de frente num espinheiro, girou o corpo bruscamente e as rédeas fugiram das mãos de Aislinn. O animal escorregou, quase caiu e empinou, atirando Aislinn para fora da sela. De costas no chão, atordoada, ergueu os olhos e viu vagamente a silhueta de Gwyneth delineada contra o sol. A mulher riu alto, esporeou seu cavalo e desapareceu. Só depois de um longo tempo Aislinn conseguiu se levantar, com uma dor aguda na coxa. Provavelmente uma pequena contusão, pensou ela. Com alguma dificuldade, saiu do mato alto e espesso.

A égua cinzenta estava parada um pouco adiante, com as rédeas dependuradas. Quando Aislinn se aproximou, ela passarinhou, assustada ainda com a dor no peito arranhado pelos espinhos. Aislinn falou com ela mansamente e, quando o animal começava a se acalmar, um ruído surdo no meio do mato a fez virar o corpo e sair no galope, como que perseguida por mil demônios.

Aislinn voltou-se e viu um javali enorme caminhando em sua direção, abrindo caminho no mato alto, rosnando e guinchando, farejando o medo do inimigo indefeso. Os olhos pequenos pareciam perceber a dor de Aislinn, e as presas brilhavam. Ela recuou, procurando um lugar para se esconder. Viu um carvalho, calculou que podia alcançar o galho mais baixo da árvore. Quando começou a andar, o javali a seguiu com um brilho feroz nos olhos. Mas Aislinn não conseguiu erguer a perna ferida o suficiente para segurar no galho. Tentou saltar, mas sua mão escorregou, e ela caiu ao lado do tronco enorme e ficou imóvel. Cessado o movimento na sua frente, o animal parou também. Bufou e arranhou o chão com as presas, atirando para o ar torrões de terra e relva. De repente, sacudindo a cabeça de um lado para o outro, avistou o manto vermelho que ela vestia. Com um ganido de raiva, ele se adiantou, rasgando as folhas dos arbustos com as presas.

Aislinn entrou em pânico. Não tinha uma arma, nada com que se defender. Já vira cortes enormes nos cães e nas pernas dos homens, feitos pelas presas de javalis. Encostou-se na árvore e, quando o animal arremeteu, ela gritou. Sua voz ecoou nas árvores, parecendo enraivecer ainda mais o javali. Aislinn apertou a mão contra a boca para evitar outro grito.

Ouviu um som às suas costas, e o javali ergueu a cabeça para a nova ameaça. Então, Wulfgar disse em voz baixa e suave:

– Aislinn, não se mova. Se quer viver, não faça nenhum movimento. Fique quieta.

Ele apeou de Huno com a lança na mão. Começou a avançar agachado, cada movimento observado pelo javali, agora imóvel. Wulfgar parou do lado de Aislinn, mas a alguma distância. Ela fez um movimento e o javali virou a cabeça em sua direção.

– Não se mexa, Aislinn – avisou Wulfgar outra vez. – Não faça nenhum movimento.

Continuou a avançar até a ponta da lança ficar a uns dois palmos do javali. Então, firmou o suporte do cabo no chão e o apoiou com o joelho, mantendo a ponta cuidadosamente na direção do animal.

O javali, com um grito de raiva, apoiou o corpo nas patas traseiras, arranhando o solo com as presas outra vez, jogando para o ar torrões de terra e, finalmente abaixando o corpo para trás, arremeteu para a frente. Com seu grito de guerra, Wulfgar segurou a ponta da lança com força. O animal gritou de dor quando o ferro longo e fino penetrou em seu peito, empalando-o. O impacto quase partiu a ponta da arma e quase a arrancou das mãos de Wulfgar, mas ele segurou firme, apoiando sobre ela todo o peso do corpo, e os dois começaram a lutar de um lado para o outro, na clareira, até o javali perder todo o sangue. Então ele parou, estremeceu violentamente e morreu. Wulfgar deixou cair a lança e ficou por um longo momento ajoelhado, procurando recobrar o fôlego. Finalmente voltou-se e olhou para Aislinn. Ela, com um soluço abafado, tentou ficar de pé, mas não conseguiu e caiu deitada no chão. Wulfgar correu para ela.

– Ele a feriu? Onde? – perguntou, ansioso.

– Não, Wulfgar. – Ela sorriu. – Eu caí do cavalo. Minha égua entrou num espinheiro, assustou-se e me derrubou. Machuquei a perna.

Wulfgar ergueu a saia dela e passou a mão na mancha escura da coxa. Seus olhos se encontraram, e Aislinn pôs a mão na nuca do marido e puxou o rosto dele para o seu. Depois ela o abraçou e eles perderam a noção do tempo.

Wulfgar ajudou-a a se levantar e eles foram para um lugar na clareira onde o chão estava coberto de folhas. Ele estendeu seu manto longo e deitou-se ao lado dela.

Muito mais tarde, quando o sol já estava baixo no horizonte, ouviram vozes e o barulho de cavalos abrindo caminho no mato alto. Então, Sweyn e Gowain apareceram na clareira e viram Wulfgar e Aislinn deitados na sombra do carvalho, como se fosse o melhor lugar para fazer amor. Wulfgar ergueu o corpo, apoiado no cotovelo.

– Onde vocês vão? Sweyn? Gowain? O que os faz atravessar a floresta com tanta pressa?

– Peço que me desculpe, senhor. – Gowain engoliu em seco. – Pensamos que tinha acontecido alguma coisa com lady Aislinn. Encontramos seu cavalo...

Outra vez o som de um cavalo se aproximando, e Gwyneth entrou em cena. Franziu a testa, cerrou os lábios e, dando meia-volta, desapareceu.

– Não aconteceu nada – sorriu Aislinn. – Eu caí do cavalo. Wulfgar me encontrou e... resolvemos descansar um pouco.

24

A colheita estava quase no fim, e as noites frias de outubro tinham empalidecido as cores vibrantes do outono e estendido uma coberta marrom sobre a floresta. Desde o incidente com o javali, Gwyneth desistira de implicar com Aislinn e, para espanto de todos, controlava cuidadosamente a língua ferina; às vezes chegava a ser até agradável. Passou a descer para as refeições e depois sentava-se com sua tapeçaria, ouvindo a conversa descontraída à sua volta.

Kerwick e Haylan eram agora muito conhecidos no povoado. Sempre que se encontravam, trocavam palavras ásperas. Parecia que um não podia ver o outro sem pensar em alguma provocação. Discutiam interminavelmente sobre coisas sem importância, e suas brigas ficaram famosas: quando começavam, as crianças dançavam em volta deles, imitando suas palavras e gestos raivosos. Por sua habilidade na cozinha, Haylan estava encarregada da escolha e do preparo da comida. Em seus momentos de folga, procurava aprender a fiar linho e lã e a costurar. Resolveu aprender a falar francês e estava indo muito bem.

Era uma felicidade para Aislinn ver que Maida agora tomava banho regularmente e usava roupas limpas e bem-cuidadas. Quando achava que não devia ter ninguém no solar, saía de sua cabana para passar algum tempo com Bryce, levando brinquedos de pano ou de madeira que ela mesma fazia. Certa vez, sentou-se ao lado de Aislinn quando ela estava amamentando. Maida não falava com ninguém, mas cada vez mais parecia-se com a antiga Maida de Darkenwald.

Bryce tinha a pele clara de Aislinn, mas seu cabelo era louro-avermelhado. O único senão naqueles dias felizes era o fato de Wulfgar tratar o menino com indiferença, como se o considerasse uma imposição necessária ao tempo de Aislinn. Mas Bryce crescia forte e saudável, aquecido pelo amor da mãe e pela atenção constante de Miderd, Hlynn e até mesmo de Bolsgar.

Os dias passavam, as noites ficavam mais frias, a riqueza da terra abarrotava os graneiros e o castelo estava quase pronto. Só faltava terminar a torre central, ou residência, porque era um trabalho mais demorado. Os enormes blocos de granito eram transportados da pedreira, medidos e cortados e depois içados com cordas fortes, puxadas por cavalos.

Então, numa manhã, quase no fim de novembro, chegou um mensageiro com notícias que deixaram Wulfgar preocupado. Senhores rebeldes de Flandres tinham se aliado aos senhores depostos de Dover e Kent. Desembarcaram suas tropas entre os penhascos brancos e marcharam para tomar Dover dos homens de Guilherme, mas o castelo que o rei mandara construir nas terras altas os manteve a distância. Guilherme conduziu seu exército da Normandia até Flandres para abafar a rebelião em seu ponto de origem, mas o príncipe Edgar conseguiu fugir e juntou-se aos reis escoceses para incitar a rebelião no norte.

A mensagem informava também que grupos desgarrados de homens do exército flamengo estavam fugindo para o interior e logo começariam a depredar a região, para se vingar da derrota. Guilherme não podia enviar reforços naquele momento, mas avisava Wulfgar para ficar preparado e, se possível, fechar as vias de acesso e de fuga de Cregan e Darkenwald.

Depois de avaliar seus recursos, Wulfgar chamou todos ao trabalho. O castelo teria de servir como estava, pois agora não tinham tempo para terminar a construção. Todo o produto da terra devia ser colhido para que os assaltantes não tivessem com que se alimentar. Cabras, ovelhas, porcos e o gado bovino deviam ser recolhidos à fortaleza. Graneiros e armazéns deviam ser esvaziados, e as provisões

443

levadas para o castelo, para os enormes depósitos construídos ao longo das paredes internas, debaixo da torre central. Cregan devia esvaziar primeiro suas ucharias, porque eram grandes e de difícil defesa, depois esvaziariam as de Darkenwald, se tivessem tempo. Enquanto Wulfgar e os cavaleiros percorriam os limites de suas terras, os homens do povoado deviam formar a guarnição do castelo. Beaumonte e Sweyn ficaram encarregados de organizar essa parte. Quando todas as provisões e o povo de Cregan estivessem seguros no castelo, as duas pontes perto da cidade seriam destruídas para bloquear as estradas.

Uma vez determinado o plano, começou o trabalho. Todas as carroças, abertas e fechadas, todos os animais de carga foram usados para transportar as provisões de Cregan, e era intenso o movimento de vaivém entre Cregan e o castelo. Os itens de valor eram registrados nos livros de Kerwick e depois guardados no cofre da torre do castelo. Os fazendeiros da periferia fecharam suas casas e foram para a fortaleza, formando o primeiro contingente de defesa dentro dos muros do castelo. As mulheres apanhavam no pântano varas de salgueiro e teixo, fortes e flexíveis, com as quais os homens faziam arcos, flechas e lanças. Grandes barris do líquido negro e malcheiroso que filtrava das rochas para o pântano foram içados para as ameias. Era facilmente inflamável e servia para ser atirado, em chamas, sobre os atacantes. Gavin e os filhos trabalhavam dia e noite na forja, fazendo pontas de lanças, de flechas e espadas rústicas, mas eficientes. Todos trabalhavam. Todos cooperavam.

Aislinn levou cobertores e roupas de cama para a torre do castelo e providenciou o trabalho constante dos teares de Darkenwald. Todas as provisões de Cregan já estavam nos porões e depósitos do castelo e ainda tinha lugar para muito mais, pois haviam sido construídos para conter o produto de muitos anos e agora garantiam a todo o povo alimentos para aquele inverno e muito mais, se fosse preciso.

Finalmente surgiu o primeiro problema. Uma nuvem de fumaça se ergueu sobre a cidade de Cregan e Wulfgar e seus homens saíram para enfrentar o inimigo. Não muito distante de Darkenwald, encontraram um grupo de moradores de Cregan que tinham se recusado a abandonar a cidade e agora fugiam, depois de verem suas casas destruídas pelos assaltantes. Wulfgar ficou sabendo que um pequeno grupo de cavaleiros e arqueiros havia assaltado Cregan ao nascer dia, vencendo facilmente a tentativa de defesa dos habitantes. Incendiavam tudo a sua passagem e pareciam mais dispostos a destruir que a saquear. Matavam impiedosamente todos que tentavam impedir seu avanço.

O frei Dunley caminhava na retaguarda da coluna de fugitivos, puxando um pequeno carro de duas rodas com seu amado crucifixo e outras relíquias da igreja. Parou na frente de Wulfgar e enxugou o suor da testa.

– Eles incendiaram a minha igreja – disse, com voz entrecortada. – Não respeitaram nem as coisas de Deus. São piores que os vikings, que procuravam coisas de valor. Esses assaltantes só querem destruir.

Wulfgar encostou a mão aberta na testa para proteger os olhos da claridade e olhou para Cregan.

– Uma vez que sua igreja foi destruída, se nós sobrevivermos, padre, terá o salão de Darkenwald para substituí-la. Um bom lugar para receber os senhores das cidades próximas no dia do Senhor.

O monge agradeceu humildemente e em voz baixa. Wulfgar designou Milbourne e alguns de seus homens para proteger os fugitivos e levá-los para Darkenwald.

Quando Wulfgar chegou a Cregan, as brasas ainda fumegavam na cidade completamente destruída. Viram os corpos dos poucos que tentaram em vão defender suas casas ou que não fugiram a tempo. Wulfgar se lembrou de outra cena de carnificina e de outra cidade repleta de mortos. Seu rosto ficou sombrio e seu coração, duro como aço. Os homens que destruíram Cregan seriam castigados, nem que tivesse de persegui-los até os confins do mundo.

Com o coração pesado, voltou com seus homens para Darkenwald. Aislinn e Bolsgar o esperavam no salão, e Wulfgar respondeu em voz baixa à pergunta que viu nos olhos deles.

– Não encontramos mais os rebeldes, mas acho que ainda os veremos. Levaram pouca coisa de Cregan, e um deles, morto com seu cavalo, parecia emaciado e faminto. Não irão muito longe se não encontrarem comida para os homens e para os cavalos.

– Sim – disse Bolsgar –, vão alimentar seus cavalos em nossos pastos e caçar até recuperarem as forças para continuar seu caminho. Precisamos ter cuidado para que nossos rebanhos não sejam presa fácil.

Aislinn mandou servir o jantar. Wulfgar e Bolsgar se sentaram à mesa e continuaram a conversa. Haylan serviu uma travessa com carne e pão e voltou para apanhar as jarras de cerveja. Uma rajada de vento frio percorreu a sala quando Sweyn abriu a porta e sentou-se também. Sem uma palavra, ele apanhou uma costeleta de carneiro, começou a comer e recostou-se na cadeira com um suspiro de satisfação, esvaziando uma caneca de cerveja. Ainda sentiam a brisa da entrada de Sweyn quando a porta se abriu novamente e os três cavaleiros entraram na sala. Como Sweyn, atacaram a comida e a cerveja com prazer evidente. Wulfgar olhou com espanto para a travessa vazia.

– Mesmo que eu fosse rei, meus amigos famintos, acho que morreria de fome se os tivesse por companheiros de mesa.

Todos riram, e Aislinn pediu mais comida. O som alegre das risadas fez Gwyneth descer para a sala, embora ela já tivesse jantado. Sentou-se com sua tapeçaria, como era seu hábito ultimamente, e parecia ter prazer na companhia dos homens e de Aislinn. Depois de algum tempo, Kerwick chegou, cansado e abatido. Queixou-se da desordem criada em seus livros pelos últimos acontecimentos e ergueu a mão com os dedos rígidos de tanto escrever.

– Vejam isto! – exclamou ele. – Fiquei com cãibra de tanto segurar a pena para corrigir e alterar minhas anotações.

Quando todos pararam de rir, ele voltou-se para Wulfgar e disse:

– Foi com pesar que registrei a morte de oito pessoas em Cregan. – Todos ficaram em silêncio, lembrando o horror daquele dia. – Eu conhecia todos eles – continuou Kerwick. – Eram meus amigos. Gostaria de deixar meus livros por algum tempo e juntar-me a vocês na caçada aos vândalos.

– Fique descansado, Kerwick, nós os levaremos à justiça. Você vale muito mais aqui para pôr ordem nessa confusão.

Dirigindo-se então aos outros, ele expôs seus planos.

– Os vigias continuam como antes – voltou-se para Bolsgar. – Escolha os homens que conhecem os sinais e faça com que fiquem bem escondidos nos bosques e nas colinas. Devem partir esta noite, para estarem a postos ao nascer do dia. – Voltou-se para os cavaleiros. – Sairemos assim que os rebeldes atacarem. Daremos um sinal aos vigias, indicando nosso rumo, e eles nos informarão sobre a posição dos atacantes. Beaufonte, você continua a preparar o castelo para um possível ataque. Tudo correu bem hoje?

Beaufonte fez um gesto afirmativo e disse, com ar preocupado:

– O castelo está sendo armado e os homens, organizados para defender os muros. Mas temos um problema – fez uma pausa, incerto, depois continuou: – O povo de Cregan acha insuficiente o espaço nas muralhas e armou tendas perto do muro externo. Isso seria perigoso para nós, em caso de ataque.

– Sim – concordou Wulfgar. – De manhã, providencie para que todos se dirijam ao outro lado do fosso. Com nossos vigias a postos, terão tempo de entrar no castelo quando derem o alarme.

Olhou interrogativamente para os outros, mas não havia mais nenhum problema.

– Então está resolvido – ergueu o copo. – Ao dia de amanhã. Que possamos mandar todos eles para seu Criador.

Todos brindaram, menos Gwyneth. Ela estava um pouco afastada, e ninguém se lembrou de lhe oferecer um copo.

Só uma pessoa notou a entrada de Haylan com outra travessa de carnes, pão e uma tigela de molho. Kerwick apanhou um pedaço de carne, experimentou e franziu o nariz.

– Tem sal demais nessa carne – disse ele.

Todos olharam para ele, pois falara mais alto que o necessário. Kerwick apanhou outro pedaço, experimentou e jogou no prato.

– E esta está sem sal. É uma vergonha, Wulfgar. Podia pelo menos arranjar alguém que saiba temperar a comida.

Kerwick riu das próprias palavras e voltou-se para Aislinn, ao mesmo tempo estendendo o braço para apanhar uma fatia de pão. Haylan pôs a tigela com molho quente bem debaixo da mão dele.

Kerwick gritou de dor e levou os dedos à boca para aliviar o ardor da queimadura.

– Essa carne está mais a seu gosto? – perguntou Haylan, inocentemente. – Talvez precise de mais um pouco de sal.

Estendeu para ele o pequeno saleiro, provocando uma risada geral. Até Gwyneth sorriu.

Na manhã seguinte um jovem servo, que saíra para terminar a colheita de suas plantações, acordou o solar com batidas frenéticas na porta. Wulfgar atendeu, e o camponês contou rapidamente o que tinha acontecido.

Contou que tarde da noite vira um grupo de cavaleiros aproximando-se de sua fazenda. Com medo de estranhos, ele saiu de casa e se escondeu no bosque. Depois de queimar sua casa e espalhar os cereais que ele colhera com tanto trabalho, eles armaram o acampamento perto do regato, não muito distante da fazenda.

Wulfgar mandou servir comida quente ao camponês e saiu com seus homens. Aproximaram-se do acampamento sob a proteção de um desfiladeiro, mas encontraram apenas as marcas das fogueiras e os restos de um bezerro desgarrado. Os rebeldes tinham aproveitado só as melhores partes, deixando o resto para apodrecer. Wulfgar balançou a cabeça, olhando para a carcaça. Gowain estranhou a preocupação dele com um animal morto.

– O que o preocupa, meu senhor? – perguntou. – Eles o mataram para comer. É simples.

– Não – disse Wulfgar. – Não levaram nada para defumar ou curtir, mas só tiraram o que precisavam para matar a fome naquele momento. Devem ter outros planos para conseguir provisões para a viagem, e temo que sejamos parte desses planos.

Olhou para o topo das colinas com um arrepio. Gowain o viu franzir a testa.

– Sim, Wulfgar. – O jovem cavaleiro olhou em volta. – Também sinto que alguma coisa está errada. Esses homens atacam sorrateiramente, à noite, não como soldados, mas como animais predadores.

Voltaram para Darkenwald sem nenhuma vitória para contar e souberam que, quando foram para o norte, uma pequena fazenda fora incendiada no sul e um rebanho de cabras, dizimado. Não levaram nenhuma carne dos animais mortos, deixando para os abutres. Era como se o único objetivo dos assaltantes fosse destruir o máximo possível.

Wulfgar ficou extremamente irritado. Andando de um lado para o outro, recriminava-se em voz alta por ter permitido que o enganassem, enquanto o inimigo invadia e destruía dentro de suas terras. Aislinn ouvia em silêncio, sabendo que Wulfgar atribuía toda a culpa a si mesmo. O normando finalmente se acalmou e, atendendo à insistência da mulher, comeu um pouco; quando terminou, estava outra vez tranquilo. Tirou o pesado peitoral e, só com a túnica de couro, sentou-se na frente da lareira, trocando ideias com Bolsgar e Sweyn.

– Os ladrões estiveram em Cregan, depois no norte, e hoje foram para o sul. Amanhã, iremos para oeste, à primeira luz do dia. Talvez os encontremos.

Ninguém tinha um plano melhor. Confiariam nos sinais para localizar o bando de assaltantes, e esperavam alcançá-los antes que causassem maiores danos.

Durante toda a noite, Gwyneth quase esgotou a paciência dos homens com suas censuras ferinas por não terem encontrado os rebeldes. Quando, mais tarde, ela recomeçou a cantilena, Aislinn olhou para Bryce, que brincava sobre a manta ao lado da lareira, procurando se acalmar.

– Estou cheia de medo, no meio destas ruínas calcinadas que mal podem deter uma lança – disse Gwyneth, olhando para as vigas antigas do teto. – O que você fez para garantir nossa segurança, Wulfgar?

Ele olhou para o fogo, sem responder.

– Sim, vocês gastam os cascos de seus cavalos patrulhando as estradas, mas suas espadas já encontraram pelo menos um desses ladrões? Não. Eles continuam livres como o vento. Na verdade, amanhã talvez eu precise empunhar uma espada para me defender enquanto vocês vagueiam pelos campos.

Wulfgar olhou para ela, como desejando que aquelas palavras não se tornassem realidade.

Bolsgar resmungou e depois disse:

– Deixe a espada, minha filha. Use sua língua. É muito mais afiada e, uma vez que pode castigar seus protetores, certamente fará muito pior a nossos inimigos. Quem pode resistir a ela? É capaz de penetrar o escudo mais forte e partir o inimigo pelo meio.

Aislinn engasgou e tossiu, para não dar uma gargalhada, e quando Gwyneth olhou furiosa para ela, concentrou-se na roca, desenrolando um longo fio do novelo de lã.

– Meu bom pai se diverte enquanto os ladrões incendeiam e saqueiam e nós nos escondemos entre estas paredes – disse Gwyneth. – Não posso sequer sair a cavalo para me acalmar um pouco.

Sweyn riu.

– Muito obrigado pelos pequenos favores. Pelo menos não precisamos temer pelos cavalos.

Bolsgar riu também.

– Se pelo menos pudéssemos ensiná-la a fazer com que eles deem meia-volta. Ela está sempre saindo, mas sempre voltando.

Gwyneth deixou seu bordado de lado, olhou para eles fuzilando-os de raiva e, levantando-se da cadeira com as mãos na cintura, disse:

– Podem rir, seus corvos crocitantes. Eu não fico montada na torre esperando sinais idiotas das colinas nem como ou bebo como um animal selvagem.

– Tem razão, mas o que você faz? – perguntou Bolsgar, e foi agraciado com outro acesso de fúria.

– Como uma dama, eu me mantenho a distância. – Olhou de soslaio para Aislinn. – Faço meu bordado e minha costura e nada mais, como ordenou meu senhor Wulfgar. Tenho cuidado para não ofender o orgulho sensível dos outros.

Gwyneth ouviu a voz de Bryce e olhou para trás. O menino tinha encontrado seu bordado perto da lareira e destruído uma grande parte, tentando se livrar dos fios que se enrolavam nele. Com um grito, Gwyneth arrancou a tapeçaria das mãos dele.

– Menino malcriado! – exclamou ela, dando uma palmada no braço dele. Bryce fez beicinho e respirou fundo para começar a chorar. – Menino malcriado! – repetiu ela. – Vou te ensinar a...

Com uma pancada surda, Gwyneth caiu sentada no chão. Aislinn acabara de lhe passar uma rasteira. Gwyneth bufou, zangada, depois arregalou os olhos com medo quando viu Aislinn de pé ao seu lado, os cabelos vermelhos brilhando à luz do fogo e os olhos cor de violeta fuzilando de raiva. Segurava a roca como uma lança pronta para ser usada. Aislinn disse, com voz entrecortada, mas firme:

– O que você faz a mim, Gwyneth, eu posso aguentar. Sou uma mulher crescida. – Inclinou-se para a outra, movendo a roca ameaçadoramente. – Mas, normando ou inglês, claro ou moreno, vermelho ou verde, aquele menino é *meu*. Se encostar a mão nele outra vez, é melhor procurar uma espada, pois vou fazê-la em pedaços. – Depois de uma pausa, Aislinn perguntou: – Você me ouviu?

Boquiaberta, Gwyneth fez um gesto afirmativo. Aislinn afastou-se e pegou o menino assustado no colo, falando em voz baixa e passando a mão na marca vermelha do braço dele. Gwyneth levantou-se do chão, limpou a poeira da saia e apanhou a tapeçaria. Sem olhar para os homens, que sorriam sarcasticamente, subiu para o quarto.

Mais tarde, no quarto, Wulfgar olhou pensativo para a mulher, enquanto ela deitava o filho na frente da lareira. Era difícil acreditar que aquela fúria que há pouco jogara Gwyneth no chão fosse a mesma ninfa que andava pelo quarto com movimentos leves e graciosos. Cada movimento era um estudo de ritmo e graça. A túnica branca e folgada dançava em volta de seu corpo, revelando ora um seio, ora o quadril bem-feito ou a cintura fina. Sentindo o desejo ferver dentro dele, Wulfgar a abraçou e inclinou a cabeça para um beijo, mas foram interrompidos por um grito de Bryce.

– Espere até ele dormir – murmurou Aislinn, com os lábios junto dos dele. – Então, seu desejo será mais bem satisfeito.

– Meu desejo? – resmungou ele, desapontado. – E quem é que meneia os quadris e me acaricia em público até eu sentir as costuras da minha roupa quase se abrindo?

Ele a beijou outra vez e depois recostou-se na cadeira, continuando a observá-la. Aislinn se inclinou para apanhar as caixas de lã, expondo os seios redondos.

– Tenha cuidado, meu amor – murmurou ele, suavemente –, senão eu posso assustar o bebê.

Aislinn endireitou o corpo rapidamente e corou, sabendo que ele era bem capaz de fazer isso.

– Tome conta dele enquanto vou acertar com Miderd o que deve ser feito amanhã – pediu ela, pondo um xale sobre os ombros e deixando Bryce por conta de Wulfgar. O normando fechou os olhos e relaxou os músculos, com a sensação de paz que parecia invadir seu corpo com o calor do fogo. Abriu os olhos sentindo um puxão no tornozelo e viu Bryce, que, depois de rolar até ele, tentava se sentar com a ajuda de sua perna. O menino conseguiu e ergueu para Wulfgar os olhos grandes e muito azuis. Não parecia ter medo do normando, e sorriu, franzindo o canto dos olhos. Agitou os braços gorduchos com alegria, rindo feliz, e caiu bruscamente para a frente. Levantou os olhos, tristes agora, o queixo tremeu e lágrimas enormes rolaram por seu rosto. Sempre fraco quando via lágrimas, Wulfgar pegou-o no colo.

As lágrimas secaram e Bryce, feliz com sua nova posição no mundo, começou a puxar a gola da camisa de Wulfgar. Subiu pelo peito largo e explorou os lábios sorridentes do rosto grande acima do seu. Wulfgar apanhou debaixo da cadeira um brinquedo de pano e madeira e deu a ele. Depois de alguns momentos, Bryce bocejou e deixou cair o brinquedo. Ajeitou-se confortavelmente naquela cama dura demais, deu um suspiro e adormeceu.

Wulfgar ficou um longo tempo imóvel para não acordar o menino, com uma sensação de paz e calor, sabendo que aquela criança indefesa confiava completamente nele. O peito de Bryce subia e descia com a respiração regular. Será que essa criança podia ser o fruto do desejo satisfeito com uma jovem e bela cativa?

"Esse menino dorme tranquilo no meu peito", pensou ele. "Contudo, eu me esquivo de seu amor. Por que ele vem tão confiante para mim, quando eu não faço nada para atraí-lo?"

Com a mente num turbilhão, Wulfgar compreendeu que estava preso a muito mais que os votos do casamento. Outras coisas prendem o coração de um homem e jamais o libertam sem deixar cicatrizes profundas na alma. Os votos do casamento eram uma promessa cujo cumprimento o prendia mais que as palavras.

Olhou para o rostinho inocente adormecido e compreendeu que não importava quem fosse o pai. A partir desse dia, aquele menino era seu filho.

O bravo cavaleiro normando beijou ternamente a cabeça que descansava em seu peito. Ergueu os olhos e encontrou os de Aislinn com um brilho magnífico. Ela olhou para os dois com um amor intenso.

AO RAIAR DO dia, Wulfgar saiu com seus homens e cavalgaram para o oeste. Não demorou para que o sinal de luz de uma das colinas desse o aviso de um ataque a leste de Darkenwald. Praguejando, Wulfgar fez meia-volta e, deixando um homem para avisar a mudança de direção, partiu para o leste. Acabavam de passar pelo castelo quando um dos arqueiros gritou e apontou para a torre onde outro vigia fazia sinais. O bando de assaltantes se dividira e incendiava agora as casas ao norte e ao sul. A raiva e a frustração de Wulfgar cresceram. Deu ordem para informar os vigias que iam também se separar e seguir para o norte e para o sul. Mal acabaram de se separar de Milbourne e Gowain, partindo para o norte, quando foram avisados de que o bando voltara a se juntar e atacava um campo a oeste de suas terras. Wulfgar ficou possesso. Ele e seus homens tinham descansado naquele lugar há poucas horas. Como os flamengos podiam saber com tanta precisão onde eles estavam? Enviou uma mensagem a Gowain e Milbourne para se encontrarem com ele perto de Darkenwald.

Assim passou aquele dia. Wulfgar não viu nem sinal dos invasores. Sempre que chegava a algum lugar, eles estavam atacando em outro ponto. Antes do pôr do sol, ninguém mais viu os assaltantes, e Wulfgar supôs que estavam escondidos em algum lugar da floresta ou do pântano. Amaldiçoando aquele dia, ele e seus homens voltaram, cansados, para Darkenwald.

Wulfgar entrou na sala extremamente agitado e abriu a porta com tanta violência que assustou Bryce. O lábio do menino tremeu e seu rosto se crispou de susto. Aislinn largou a roca e pegou-o no colo. Olhou para Wulfgar, que andava de um lado para o outro na frente da lareira, batendo com as luvas na perna.

– É como se eles soubessem com antecedência meus movimentos – disse ele. – Se eu lhes confiasse meus pensamentos, não estariam mais bem-informados.

Parou de repente e olhou para Aislinn.

– Como podem saber? A menos que... – Balançou a cabeça negativamente. – Quem poderia informá-los? – Deu mais alguns passos pela sala, depois virou outra vez para Aislinn. – Quem saiu da cidade?

Ela deu de ombros.

– Não prestei muita atenção, mas o povo ficou perto do castelo, e a maioria estava a pé.

Wulfgar insistiu na pergunta.

– Kerwick, talvez? Maida?

Aislinn balançou a cabeça vigorosamente.

– Não. Kerwick passou o dia todo com Beaufonte, no castelo, e Maida aqui, com Bryce.

– Foi só uma ideia – suspirou Wulfgar.

Ele mandou Sanhurst chamar Bolsgar e Sweyn. Subiu com eles para o alto da torre, onde ninguém podia ouvi-los. Wulfgar olhou para suas terras.

– Esta pequena propriedade me pertence, e não posso defendê-la de um bando de soldados desertores. Nem os vigias estão nos servindo como esperávamos.

– Eles só nos informam sobre bandos de homens – disse Bolsgar. – Se os flamengos entrarem na cidade, um de cada vez, ou aos pares, com capas normandas, não serão notados, e quando voltassem ao bando seria muito tarde para interceptá-los.

– Tem razão – concordou Wulfgar. – Vamos deixar então que os vigias informem sobre todos os cavaleiros que virem e a direção que tomam. Precisaremos criar mais alguns sinais, mas você pode se encarregar disso, Bolsgar.

454

– Wulfgar – disse Sweyn. – Uma coisa me preocupa. Todos na cidade sempre souberam dos seus planos e nunca fomos atacados de surpresa. Deve haver um traidor entre nós. Dessa vez, não vamos dizer a ninguém para onde vamos.

– Está certo, Sweyn, e eu só queria saber quem é esse judas. – Wulfgar bateu com o punho fechado na grade da torre. – Ou talvez alguém conheça nossos sinais. Mas se fosse esse o caso, seria mais simples matar os vigias ou entrar no castelo por meio deles. Amanhã faremos como você disse. Não conte a ninguém nossa decisão. – Voltou-se para Bolsgar. – Não deixe nenhum vigia avisar para onde estamos indo e veremos o que acontece.

Depois de terem providenciado para que o dia seguinte fosse melhor, encontraram-se no salão e fizeram justiça à arte culinária de Haylan. Terminada a refeição, Wulfgar tirou Bryce dos braços da mãe e os três subiram para o quarto. Bolsgar e Sweyn trocaram olhares significativos e, erguendo os copos, brindaram em silêncio.

Bryce ria satisfeito, brincando com Wulfgar na manta de pele, ao lado da lareira. Quando o menino se cansou e bocejou, Aislinn o deitou no berço. Serviu um copo de vinho para o marido e sentou-se no chão, na frente dele. Wulfgar pôs o copo de lado e a abraçou e beijou. Com um suspiro, Aislinn passou a mão carinhosamente no rosto dele.

– Está cansado, meu senhor?

– Você põe em minha taça um elixir da juventude – murmurou Wulfgar, acariciando-lhe o rosto com os lábios – que me faz sentir como se o dia estivesse apenas começando. – Abriu os cordões da túnica dela, descobrindo os seios.

Abraçaram-se, seus lábios se encontraram, e o som e a fúria de seu amor nem por um momento acordaram Bryce.

No dia seguinte, Wulfgar saiu com seus homens logo depois do nascer do sol, e esperaram num pequeno bosque o primeiro sinal dos vigias. A primeira casa acabara de ser incendiada quando chegaram. Os montes de feno tinham sido espalhados, e tudo indicava que os assaltantes haviam partido às pressas. Eles apagaram o fogo, salvando boa parte da casa.

O sinal brilhou no topo de uma colina, e Wulfgar e seus homens montaram outra vez. Dessa vez, a casa não fora queimada, mas uma pequena fogueira para acender as tochas ardia ainda. Outra vez os assaltantes se espalharam pela floresta, mas, com a pressa, deixaram uma pista da direção que haviam tomado. Entusiasmados com o sucesso do novo plano, os normandos partiram depressa em perseguição ao inimigo. A um novo sinal, foram para o sul, e dessa vez viram as cores de Flandres quando o bando se reuniu e fugiu. Os assaltantes se espalharam outra vez e os homens de Wulfgar alargaram o cerco.

Outro sinal cintilou. Wulfgar reuniu seus homens e seguiram para o norte. Chegaram ao topo de uma colina no momento em que os assaltantes se reuniam, e a caçada recomeçou. Os ladrões fugiram para as margens do pântano e espalharam-se outra vez. Os homens de Wulfgar encontraram dois flamengos escondidos e, quando eles ergueram as lanças, foram abatidos por várias flechas certeiras, que atravessaram suas túnicas de couro. Wulfgar confirmou que eram flamengos, mas não tinham nenhuma cota de armas ou brasão que indicasse quem era seu líder.

Os outros conseguiram fugir, e Wulfgar e seus homens, enquanto esperavam novos avisos dos vigias, pararam para descansar os cavalos e para uma breve refeição. Continuaram, cada vez mais perto dos assaltantes, e assim foi aquele dia, até o começo da noite. Voltaram para o solar, e Wulfgar sentia-se agora mais seguro. Os assaltantes não tiveram tempo para descansar nem comer, e não podiam providenciar nada a esse respeito, pelo menos até o nascer do dia. Wulfgar prometeu que ia persegui-los sem trégua, até abandonarem suas terras ou se renderem. Quanto ao possível traidor, depois de considerar e rejeitar vários nomes, Wulfgar não chegou a nenhuma conclusão, mas elaborou um plano.

Já era tarde quando ele levou Bolsgar e Aislinn para um passeio na noite fria iluminada pela lua cheia.

– Temos um traidor entre nós – disse ele. – Resolvi fazer com que meus homens saiam de dois em dois, antes da primeira luz do dia, e

456

esperem além da colina. Eu saio com Gowain e Sweyn, como se fôssemos procurar algum sinal dos atacantes.

Aislinn foi contra o plano e segurou o braço dele.

– Mas, Wulfgar, é perigoso sair só com dois homens. Os assaltantes são mais de vinte. É loucura.

– Não, meu amor. Pretendo me juntar a meus homens e seguir lentamente para o leste, na direção de Cregan, onde os vimos pela última vez. Devem ter acampado por perto. Você e Bolsgar vigiam o solar e a cidade. Se alguém sair, vocês mandam um cavaleiro me avisar. Sabendo que eles foram avisados, seguiremos depressa para impedir que continuem a destruição. Talvez possamos matar alguns, e, sabendo quem é o informante, o dia será nosso.

Bolsgar concordou, e Aislinn também, depois de se convencer de que Wulfgar não ia correr perigo algum. Wulfgar pôs a mão no ombro dela.

– Muito bem, nós os venceremos.

WULFGAR LEVANTOU-SE MUITO antes do nascer do sol e chegou à janela para ver seus homens partindo, em grupos de dois e três, escondidos pela noite e em silêncio. Quando todos tinham saído e a primeira luz do dia expulsou as estrelas no leste, ele se vestiu, saiu do quarto com o peitoral na mão e desceu com Aislinn para o desjejum. Logo chegaram Bolsgar, Sweyn e Beaufonte. Gwyneth desceu sonolenta, esfregando os olhos e bocejando, como se as vozes dos homens a tivessem acordado. Quando estavam todos sentados à mesa, Wulfgar levantou-se.

– Venha, Sweyn. Os ladrões não vão esperar que acabemos de comer. Vamos chamar Sir Gowain e ver se conseguimos encontrar os rebeldes.

Sweyn levantou-se resmungando e Wulfgar vestiu o peitoral, pôs o capuz e o elmo. O viking apanhou a espada e experimentou o corte do machado com um brilho nos olhos azuis.

– Ela parece ansiosa para morder hoje – ele riu, referindo-se ao machado, que para ele era feminino. – Talvez encontremos uma ou duas cabeças para abrir ao meio.

457

Gwyneth zombou:

– Espero que tenham mais sucesso que nos últimos dias. Estou convencida de que terei de trancar as portas de Darkenwald para defender minha virtude de um miserável bando de abutres.

Wulfgar sorriu com ironia.

– Por favor, mana, não fique nervosa. Esse perigo me parece pouco provável e tenho certeza de que não tem com que se preocupar.

Gwyneth fuzilou-o com os olhos, e Sweyn riu.

– Não, Wulfgar, ela não está preocupada. Apenas conta ansiosamente o tempo até a chegada deles.

Sweyn saiu, seguido por Wulfgar e Gowain, e todos viram quando os três foram para o oeste.

Bolsgar ficou na torre do solar com um sinaleiro, observando o povoado. Beaufonte cavalgou para o castelo, e Aislinn sentou-se na frente da janela do quarto, com as venezianas entreabertas, de onde avistava a parte mais baixa do povoado e o caminho para o pântano e para a floresta. Não via a cabana de Maida e preocupava-se com a ideia de que a mãe tivesse encontrado um meio de se vingar de Wulfgar. Não conseguiu prestar atenção à costura que tinha no colo. Temia que alguma coisa saísse errada e Wulfgar caísse numa armadilha. Não podia aceitar a ideia de perdê-lo e sua ansiedade crescia a cada momento.

De repente, viu um movimento em uma moita espessa da margem do pântano. Uma mulher caminhava sorrateiramente na sombra. Com um frio no coração, pensou em Maida, e procurou distinguir alguma característica nos movimentos da mulher que indicasse sua identidade. Mas ela estava envolta num manto escuro e amplo. Talvez não fosse Maida. Haylan? Teria ela encontrado um lorde flamengo?

O vulto atravessou um pedaço de campo aberto e Aislinn viu que não era Maida porque movia-se com uma leveza e agilidade que sua mãe não possuía mais. A mulher parou e olhou para trás. Aislinn conteve uma exclamação de espanto. Mesmo àquela distância e na sombra ela reconheceu o rosto magro e fino de Gwyneth.

Aislinn viu a mulher entrar no bosque de salgueiros e se encontrar com um homem com roupas de camponês. Conversaram por um momento e o homem desapareceu na floresta. Gwyneth esperou ainda algum tempo e depois voltou para o solar.

Depois de se certificar de que Bryce dormia ainda, Aislinn saiu do quarto e chamou Bolsgar, na torre. Ela o esperou andando de um lado para o outro na frente da lareira, pensando no melhor meio de dizer a ele o que acabara de descobrir.

– O que aconteceu, menina? – perguntou ele. – Preciso ficar vigiando para descobrir o traidor e não confio em nosso vigia.

Aislinn respirou fundo.

– Sei quem é o traidor, meu bom Bolsgar. Eu vi... – hesitou e depois continuou, falando muito depressa. – É Gwyneth. Vi quando se encontrou com um homem na entrada do pântano.

Bolsgar curvou os ombros e os olhos que refletiam a agonia da sua alma examinaram Aislinn atentamente, para verificar se ela estava mentindo, mas viu apenas dor e compaixão por seu sofrimento.

– Gwyneth – murmurou ele. – É claro. Só podia ser.

– Logo ela estará aqui – avisou Aislinn.

Bolsgar fez um gesto afirmativo, com olhar distante. Ficou de pé na frente da lareira, com os ombros curvados, olhando tristemente para o fogo.

Gwyneth abriu a porta e entrou na sala, cantarolando baixinho. Estava quase bonita, com o rosto corado e o cabelo longo e louro descendo até os ombros. Bolsgar virou-se rapidamente e seus olhos a fuzilavam sob as sobrancelhas unidas.

– O que o preocupa, meu pai? – perguntou Gwyneth alegremente. – O desjejum está ainda em seu estômago?

– Não, filha – rosnou ele. – Outra coisa tortura meu coração. O traidor que entrega a própria família.

Gwyneth arregalou os olhos e virou para Aislinn.

– Que mentiras andou inventando agora, sua ordinária? – perguntou, com desprezo.

– Não é mentira! – exclamou Bolsgar. – Eu a conheço melhor que qualquer outra pessoa e sei que em toda a sua vida jamais se preocupou com outra coisa que não fossem seus interesses. Sim! Traidora, eu acredito. Mas por quê? – Deu as costas a ela. – Por que ajuda uma causa que só pode trazer a morte para nossa terra? Quem são seus amigos? Primeiro aquele mouro grosseiro, Ragnor, e agora um flamengo!

Aislinn viu Gwyneth erguer o queixo com um brilho orgulhoso no olhar quando o pai mencionou o nome de Ragnor. Então, tudo começou a fazer sentido. Aislinn tinha a resposta para todas as perguntas e sabia o motivo da traição de Gwyneth.

– É Ragnor! Ele comanda os assaltantes! Quem mais podia conhecer tão bem essas terras e a localização de cada casa? Ela está nos traindo com Ragnor.

Bolsgar virou-se outra vez para a filha.

– Juro por Deus – disse ele, emocionado – que você fez deste dia o mais negro de minha vida.

– Mais negro que o dia em que descobriu que seu filho era bastardo? – zombou ela, ainda orgulhosa. – O senhor, ele e essa rameira saxã roubaram o pouco orgulho que me restava. Eu não sou nada neste solar, do qual devia ser a dona. Fui proibida de responder às mentiras e calúnias dos outros. Meu próprio pai riu como uma criança idiota quando me privaram de todos...

A mão de Bolsgar atingiu em cheio a boca da filha, e Gwyneth cambaleou até a mesa.

– Não me chame mais de pai – disse ele. – Nego que seja minha filha ou mesmo minha parenta.

Gwyneth apoiou o braço na mesa e olhou para ele com ódio.

– Ama tanto assim Wulfgar, embora o mundo todo saiba que é um bastardo? – Passou a mão na marca deixada pelos dedos do pai. – Pois então procure alongar este dia o mais possível, porque, quando chegar a noite, ele estará morto.

Aislinn sobressaltou-se.

– Armaram uma cilada para ele. Oh, Bolsgar, vão atraí-lo e matá-lo!

Chegou muito perto de Gwyneth e, com os olhos entrecerrados e a mão apoiada no cabo da adaga, perguntou:

– Onde, sua cadela? – Nesse momento desapareceram toda a suavidade e gentileza de Aislinn. – Diga onde ou vou abrir um buraco em sua garganta para o vento assobiar por ele.

460

Gwyneth estremeceu, lembrando os acessos de raiva de Aislinn.

– É tarde demais para ajudar meu irmão bastardo, por isso vou dizer o que quer ouvir. Talvez ele já esteja morto agora, na floresta perto de Cregan.

Gwyneth baixou os olhos e deixou-se cair na cadeira, cruzando as mãos no colo. Aislinn fez mais perguntas enquanto Bolsgar olhava incrédulo para a filha. Quando Gwyneth não tinha nada mais a dizer, Aislinn voltou-se para Bolsgar.

– Vá até ele, Bolsgar. Escolha o cavalo mais veloz e vá avisá-lo. Ainda há tempo, uma vez que estão cavalgando devagar, à espera do sinal.

Sem outro olhar para a filha, Bolsgar apanhou o manto e o elmo e saiu.

Wulfgar saiu de Darkenwald e seguiu para o oeste, enquanto podia ser visto da cidade, depois fez uma volta e juntou-se a seus homens. Não tinha pressa, e dispôs guardas para proteger os flancos e prevenir uma cilada. Cavalgava lentamente, parando muitas vezes, examinando as colinas e a estrada.

O primeiro sinal de um cavaleiro foi uma nuvem de poeira na sua retaguarda, e eles pararam e esperaram. Surpreso, Wulfgar viu que era Bolsgar. O velho lorde fez seu cavalo parar ao lado do normando.

– Ragnor é o líder dos vândalos – disse ele, ofegante. – E foi Gwyneth quem nos traiu. Os flamengos armaram uma cilada para você perto de Cregan. Vamos continuar e explico tudo no caminho.

Wulfgar esporeou Huno, e Bolsgar relatou tudo que tinha acontecido em Darkenwald. Quando ele terminou, Wulfgar cavalgou em silêncio, pensando na traição de Gwyneth. Uma coluna de fumaça se ergueu além da floresta, confirmando o que Bolsgar acabara de dizer. Chegando na entrada da floresta, Wulfgar mandou parar seus homens e ordenou rapidamente:

– Bolsgar! Sweyn! Fiquem comigo. Verifiquem suas armas! Gowain! Milbourne! Escolham metade dos homens e entrem na floresta. Quando ouvirem meu chamado, ataquem com a lança e a espada. Nós os traremos para o campo aberto.

A floresta estava quieta e sinistra. O menor ruído ecoava em cada árvore. Por todo lado viam-se carvalhos enormes com os troncos cobertos de musgo. Árvores caídas bloqueavam constantemente o caminho, porém o mais impressionante era a ausência de animais. Não se via nenhuma lebre, nenhum pássaro cantava ou fugia assustado. Apenas silêncio e os homens.

O grupo de Wulfgar saiu da trilha, embrenhando-se na floresta escura, onde em raros pontos os raios do sol penetravam as copas das árvores. Seguiram em paralelo à trilha até avistarem a luz do sol ao longe e as ruínas de Cregan entre os arbustos. Voltaram então e seguiram em silêncio, até ouvirem vozes à frente. A primeira carga seria com todos os homens montados e, quando o inimigo estivesse em campo aberto, os arqueiros desmontariam para atirar suas flechas.

Esperaram. A tensão crescia a cada momento. Quando Wulfgar calculou que os outros já deviam estar em suas posições, seu grito de guerra ecoou na floresta. Todos ao mesmo tempo, os homens inclinaram-se para a frente nas selas e esporearam suas montarias para o ataque.

No meio da floresta, era como se milhares de homens estivessem atacando, e começou o louco caos da batalha. A sombra com poucas manchas de sol contribuiu para a confusão, e apareciam cavaleiros de todos os lados, por toda parte. Os rebeldes, vendo a inutilidade de resistir naquele lugar, fugiram para o campo aberto, próximo da cidade destruída.

O cavaleiro que os comandava deu ordem a seus homens para formarem uma parede de escudos. Alguns ficaram dentro do círculo, com os arcos retesados. Tinham deixado os cavalos na floresta e estavam agora completamente expostos ao inimigo.

Wulfgar fez seus arqueiros desmontarem na entrada da floresta, onde tinham bastante proteção e cobertura. Avançou com seus cavaleiros, Bolsgar à esquerda, Sweyn à direita e Gowain e Milbourne nas duas extremidades. Ergueu a haste com seu estandarte e gritou:

– Entreguem-se! Vocês estão perdidos!

O único cavaleiro do grupo respondeu:

– Não. Já ouvimos falar da justiça usada por Guilherme para castigar assaltantes. Preferimos morrer aqui a morrer com a lâmina do machado. – Ergueu o escudo e a espada e acrescentou: – Venha para a matança, normando!

Wulfgar olhou para a direita, depois para a esquerda. Abaixou a lança, e uma chuva de flechas caiu sobre o inimigo. Esporeou Huno e atacou. Sua lança longa atingiu a lança mais curta do homem à sua frente e o derrubou, abrindo a barreira de escudos. Enfrentaram os defensores e voltaram rapidamente para novo ataque. O cavaleiro tentou formar seus homens outra vez, mas Wulfgar e seus cavaleiros não deram trégua. Dessa vez, o normando atingiu não o centro, mas um dos cantos do quadrado. Derrubou um homem, continuando o avanço para atacar os outros. Deixando cair a lança, desembainhou a espada longa e larga e abriu caminho, ajudado pelo ímpeto de Huno. Metade dos arqueiros normandos desembainhou as espadas e, com a lâmina e a lança, juntou-se à luta. A outra metade ficou onde estava, atirando as flechas quando viam um espaço aberto ou quando um inimigo tentava fugir.

Agora só se ouvia no campo de batalha um gemido ou outro e só o cavaleiro inimigo estava de pé. Quando Wulfgar recuou, acompanhado por seus homens, ele apoiou os braços no punho da espada e a ponta da lâmina no chão. Sem uma palavra, Wulfgar aceitou o desafio e desmontou, com o escudo e a espada. O cavaleiro não estava à altura de Wulfgar, mas morreu com honra.

Sweyn e Bolsgar procuraram Ragnor ou Vachel entre os mortos e feridos, mas não os encontraram. Três normandos foram mortos, e os seis feridos podiam montar. Recolheram as armas e as armaduras dos flamengos e os mortos foram enfileirados para esperar que abrissem seus túmulos. Wulfgar, inquieto na sela, perscrutou o horizonte, imaginando onde poderiam estar Ragnor e Vachel.

AISLINN ANDAVA DE um lado para o outro na sala com a mente em turbilhão. Wulfgar estava em perigo, e tudo por causa da loucura de uma mulher. Virou para Gwyneth, disposta a censurá-la duramente mais uma vez, mas viu que ela olhava fixamente a porta. Aislinn seguiu o olhar dela, mas não viu nada. Gwyneth baixou os olhos para as mãos cruzadas no colo. Aislinn sentou-se e apanhou seu bordado, vigiando Gwyneth entre um ponto e outro. A irmã de Wulfgar estava sentada, quieta, mas vez ou outra olhava para a porta.

– Nós sabíamos que havia um traidor aqui dentro, Gwyneth – disse Aislinn. – Wulfgar está cavalgando devagar, à espera de nosso aviso. É mais provável que seu Ragnor encontre seu fim hoje.

– Ragnor não vai morrer – disse Gwyneth, com um pequeno movimento.

– Os homens saíram mais cedo para esperar Wulfgar além da colina – disse Aislinn, continuando a bordar e vigiando Gwyneth cuidadosamente.

– Ragnor não vai morrer.

Aislinn bateu com as mãos abertas nos braços da cadeira e levantou-se bruscamente, atraindo a atenção de Gwyneth.

– Ragnor não vai morrer – repetiu Aislinn – porque está vindo para cá!

A expressão de triunfo de Gwyneth disse a Aislinn que ela estava certa. Imediatamente mandou o sentinela da torre chamar Beaufonte. Enquanto esperava, não tirou os olhos de Gwyneth, nem a mão do punho da adaga. Ouviram o tropel de cavalos no pátio e Aislinn desembainhou a arma, pronta para lutar se Ragnor entrasse na sala. Para seu alívio, quem entrou foi Beaufonte com outro homem. O cavaleiro olhou em volta e, não vendo motivo para alarme, olhou interrogativamente para Aislinn.

– Minha senhora?

Todos se voltaram quando Kerwick chegou apressado com o sentinela. Os homens olharam para Aislinn.

– Ragnor está vindo para cá enquanto seus homens se preparam para apanhar Wulfgar numa cilada – disse ela. – Precisamos impedir que ele entre.

Todos correram para fechar as janelas, e Beaufonte pôs a barra pesada na porta. Aislinn lembrou da noite em que Ragnor atacara o solar, e quase podia ouvir o estalo da porta estilhaçando-se sob as pancadas de um aríete. Ainda bem que sua mãe estava a salvo na cabana. Sua mente não suportaria outra noite de horror. Aislinn tentou se lembrar de mais alguma coisa que garantisse a defesa do solar e disse:

– Beaufonte, os vigias! Mande uma mensagem para Wulfgar e vamos rezar para que ele veja o sinal!

Beaufonte fez sinal para o vigia e o homem desceu para falar com ele. Estavam determinando qual seria a mensagem quando, com uma batida violenta na porta, Ragnor exigiu que a abrissem. Antes que pudessem impedir, Gwyneth correu e tirou a tranca. A pesada porta de carvalho se abriu e apareceram dois homens estranhos, seguidos por Ragnor, Vachel e outros dois. Estavam todos vestidos como normandos, mas Beaufonte desembainhou a espada. Um dos homens atrás de Ragnor atirou uma lança e matou o vigia. O homem que estava com Beaufonte lutou bravamente, mas foi morto por Vachel. Beaufonte ficou sozinho lutando contra Ragnor e os outros, enquanto Kerwick empurrou Aislinn para a escada. Vachel foi para o lado e ficou atrás de Beaufonte. Segurando a espada com as duas mãos, ele a baixou sobre as costas do cavaleiro, e a lâmina atravessou a cota de malha, atingindo o pescoço. Beaufonte caiu com um grito de alarme, olhou para o teto, seus olhos perderam o brilho e sua respiração cessou.

Kerwick empurrou Aislinn para dentro do quarto e fechou a porta. Depois, apanhando um velho escudo e uma espada que estavam no corredor, esperou o inimigo, para detê-lo o maior tempo possível. Dois homens avançaram para ele, seguidos de perto por Ragnor.

– Cão saxão, desista disso – disse Ragnor com um sorriso confiante. – O que vai ganhar defendendo a dama? De qualquer modo, eu a terei quando você estiver morto.

Kerwick não se moveu.

– Se a vida é tudo que posso dar por ela, que seja. Venha, Ragnor, espero por esse momento desde que você roubou minha noiva.

– Você também, saxão? – zombou Ragnor. – Será que todo mundo está apaixonado pela mulher?

Kerwick se desviou um golpe de lança e enfiou a ponta de sua espada na barriga de um dos homens. O flamengo caiu, mas Ragnor atacou com a espada e partiu a de Kerwick junto ao punho. O segundo golpe atingiu o escudo, mas a lança do outro assaltante burlou a guarda de Kerwick e o derrubou. Com o sangue escorrendo da cabeça, ele rolou no chão, e Ragnor, passando por cima dele, adiantou-se para abrir a porta do quarto.

Aislinn reprimiu uma exclamação de espanto, e Ragnor caminhou para ela com um largo sorriso.

– Eu disse que você seria minha, pombinha – riu ele. – Chegou a hora.

Os olhos dela brilharam de raiva, mas não deixou transparecer o medo que sentia. Um movimento no berço fez Ragnor parar e levantar a espada. Com um grito, Aislinn avançou e segurou o braço dele, mas Ragnor empurrou-a com as costas da mão e ela caiu perto da cama, com um filete de sangue escorrendo da boca.

– Seria capaz de matar seu próprio filho? – perguntou ela.

– Há uma possibilidade de que seja meu, mas há também alguma dúvida – respondeu ele, calmamente. – Ele estará melhor morto que como filho de Wulfgar.

Ragnor ergueu a espada outra vez.

– Não! – gritou Aislinn.

Alguma coisa na voz dela o fez parar. Aislinn segurava a adaga contra o próprio peito, e ele viu a ameaça nos olhos dela.

– Toque a criança e eu me mato. Você conhece Wulfgar, e sabe que, se eu morrer, ele o encontrará, nem que seja no mais escuro canto do inferno.

Ele riu cruelmente.

– Aquele bastardo não me preocupa. Nesse momento meus homens estão enchendo de terra o seu túmulo.

– Cuidado, meu amor – disse Gwyneth, na porta. Não queria deixar Ragnor com Aislinn por muito tempo. – Wulfgar foi avisado. Eles descobriram que eu os estava traindo e meu pai foi avisá-lo. Sabiam que devia ser alguém aqui de dentro e me armaram uma cilada.

Ragnor embainhou a espada e ficou pensativo por um momento.

– Isso não é bom para nós, meu bem – disse. – Se conheço a sorte do bastardo, ele vai sobreviver, e em vez de manter a mulher dele como refém, para que ninguém nos impeça de queimar toda a cidade, acho que temos de fugir. Perdi os poucos homens que me restavam para matar Wulfgar.

Olhou para Aislinn com Bryce nos braços e compreendeu que seria difícil separá-la do filho, e seu tempo era agora precioso. Voltou-se para Gwyneth.

– Vá apanhar comida. Procuraremos Edgar e seus escoceses do norte e nos uniremos a eles. Depressa, meu bem. Temos pouco tempo. – Voltou-se para Aislinn. – Traga o menino! Será refém como você, embora eu duvide que para Wulfgar ele seja mais que um estorvo. – Acrescentou com voz ameaçadora: – Mas quero avisar, minha pombinha, se quer que seu filho viva não faça nada para nos denunciar ou marcar nosso caminho.

Aislinn respondeu com altivez:

– Você mesmo marca o caminho por onde passa. Meu filho não será nenhum estorvo. Mas posso deixá-lo aqui. Outros vão chegar e cuidarão dele. – Procurou falar casualmente: – Wulfgar pensa que é seu e não dá muita importância a ele, mas tenho certeza de que não o deixará passar necessidade.

Ragnor entrecerrou os olhos, desconfiado.

– A querida Gwyneth não é da mesma opinião. Ela disse que deu seu nome ao menino e ultimamente tem demonstrado gostar muito dele. Acho que vamos levá-lo.

– Aquela cadela tem cuidado bem de você – sibilou Aislinn.

– Não fale mal dela, meu amor. Gwyneth tem me servido fielmente.

– Sim – disse Aislinn, furiosa. – Mas não serviu a mais ninguém, e acho que nem a si mesma.

– Ela quer o mundo a seus pés. E quem pode negar alguma coisa àquela flor tão delicada? – O tom de sua voz negava as palavras. – Chega de perder tempo – disse, com aspereza. – Apanhe o que quiser, mas depressa. Estou farto de conversa.

Aislinn fez uma trouxa de roupas para Bryce e apanhou seu manto forrado de pele para agasalhar os dois.

– Isso chega – disse ele. – Não vai precisar de mais nada.

Aislinn saiu do quarto na frente dele, e Ragnor empurrou-a quando ela fez menção de ajoelhar-se ao lado de Kerwick, não dando tempo também para que ela olhasse para Beaufonte.

Gwyneth já estava montada na égua malhada de Aislinn. Vestia um bom vestido, comprado com o dinheiro que Wulfgar deixara quando fora a Londres com Guilherme. Ragnor ergueu Aislinn e Bryce para as costas da pequena égua. Gwyneth olhou desconfiada quando ele ajustou o estribo para Aislinn e disse:

– Não esqueça, minha pombinha, eu mato a criança se me der algum motivo.

Aislinn fez um gesto afirmativo, e Ragnor montou. Gwyneth atrasou a partida por mais alguns minutos. Tirou a capa de lã dos ombros e trocou-a pela de Aislinn, forrada de pele. Ragnor observou, com um sorriso zombeteiro. Gwyneth pôs sua montaria ao lado da dele e sorriu.

– Não estou elegante agora, meu amor? – perguntou, faceira.

Ragnor riu, mas olhou para Aislinn por cima da cabeça de Gwyneth.

25

Wulfgar olhou para as colinas outra vez, com a impressão de ouvir vozes dentro da cabeça. Concentrou-se para ouvir melhor, e as palavras soaram claras. Ragnor! Aislinn! Bryce! Darkenwald! Ouviu os nomes um depois do outro, e sabia agora onde Ragnor estava.

Huno bufou surpreso quando Wulfgar puxou as rédeas bruscamente e gritou para Bolsgar:

– Fique aqui e providencie para enterrar esses homens. Eles lutaram bravamente. Milbourne, fique com ele e com dez homens para cavar os túmulos. O resto vem comigo.

Sweyn, Gowain e uns 15 cavaleiros montaram, alguns feridos, mas ansiosos para lutar. Cavalgaram velozmente, sem dar descanso aos cavalos até chegarem ao pátio do solar. Wulfgar notou que nin-

468

guém na torre tinha avisado de sua chegada e que Aislinn não estava na porta para recebê-lo. Afastou os pensamentos funestos, apeou e entregou as rédeas para Sweyn. Entrou na sala e o que viu excedeu em muito seus temores.

Wulfgar sentiu o sangue gelar nas veias. A sala estava em completa desordem, e o vigia, morto na porta de entrada para a torre. Beaufonte estava deitado num mar de sangue, com os olhos abertos. No meio da escada, Haylan tratava do ferimento de Kerwick, que ia da testa até o queixo. Ele segurava ainda o punho da espada quebrada. Um estranho estava caído no topo da escada, com a lâmina da velha espada enfiada na barriga. Miderd torcia as mãos em desespero, e Maida encolhia-se num canto.

– Foi Gwyneth! – gritou Haylan. – Aquela cadela, Gwyneth, abriu a porta para eles. E ela foi com eles. – Um soluço fez tremer sua voz. – Levaram lady Aislinn e Bryce.

Wulfgar estava calmo, quieto demais. Mas empalideceu e seus olhos pareciam de aço polido. Até Maida, em seu canto, viu a morte neles.

Haylan continuou, chorando e soluçando:

– Eles levaram o bebê, e eu o ouvi dizer que vai matar Bryce se ela criar problemas.

Wulfgar perguntou em voz baixa, quase suave:

– Quem, Haylan? Quem disse isso?

Ela olhou para ele surpresa e disse:

– Aquele que veio com o rei... Ragnor. Estava com outro cavaleiro e quatro homens. Beaufonte matou um deles antes de ser morto e o outro caiu sob a espada de Kerwick. Os outros pegaram Aislinn e o menino e fugiram.

Haylan continuou a tratar do ferimento de Kerwick. O tempo todo Maida, agachada, balançava o corpo ao lado do berço, gemendo baixinho e puxando os cabelos. Wulfgar aproximou-se e olhou para seu xerife.

– Kerwick?

O jovem abriu os olhos e disse, com um sorriso pálido:

– Eu tentei, meu senhor, mas eles eram muitos. Eu tentei...

– Descanse, Kerwick – murmurou Wulfgar, pondo a mão em seu ombro. – Você foi duas vezes castigado por causa da minha mulher.

Sweyn irrompeu na sala com o machado na mão e a morte nos olhos.

– Eles mataram o cavalariço. Um menino desarmado. Cortaram sua garganta.

Arregalou os olhos quando viu Beaufonte e praguejou furioso. Wulfgar olhou outra vez para seu cavaleiro morto, com o coração apertado, mas disse com voz de comando:

– Alimente e escove Huno e o seu cavalo. – Depois acrescentou: – Nada de armadura, nada de alforjes. Vamos viajar com o mínimo de peso.

O viking inclinou a cabeça num gesto afirmativo e saiu. Wulfgar disse para Miderd:

– Apanhe na despensa algumas tiras de carne de veado. Traga duas sacolas pequenas com farinha e dois odres com água.

Antes que Miderd tivesse tempo de fazer um movimento, Wulfgar subiu para seu quarto. Voltou logo depois sem cota de malha nem elmo, apenas com uma capa e uma camisa de pele de corça sob um gibão de pele de lobo preso por um cinto do qual pendiam a espada e a adaga afiada. Sobre as botas de pele de corça usava perneiras de pele de lobo amarradas à moda dos vikings. Passou por Haylan e Kerwick e disse com voz rouca e áspera:

– Esta é uma coisa que venho adiando há muito tempo; agora chegou a hora. Até a minha volta, Kerwick, tome conta deste solar. Bolsgar e meus cavaleiros o ajudarão.

Apanhou as sacolas e os odres das mãos de Miderd e saiu sem dizer mais nada. No estábulo, dividiu as provisões com Sweyn e viu com aprovação que o viking estava vestido quase como ele, e incluíra um bom saco de ração para os cavalos. Os dois montaram e partiram.

Bolsgar terminou o trabalho e saiu do campo de batalha, agora em paz, com as sepulturas bem marcadas. Deixou no estábulo os vinte cavalos carregados com tudo que o inimigo tinha roubado e entrou na sala. Kerwick estava sentado à mesa, ainda pálido e abatido.

Haylan amarrou a última atadura na cabeça do jovem, depois sentou-se e segurou-lhe a mão.

O velho saxão ouviu a história de Kerwick com o sofrimento e a vergonha estampados no rosto.

– Gwyneth é minha filha e eu preciso resolver isso – murmurou ele. – Wulfgar pode perdoá-la, mas eu não. Vou atrás dele e, se Wulfgar hesitar, eu me encarrego de acabar com a vida da traidora.

Subiu para seu quarto e desceu logo depois. Saiu de Darkenwald levando apenas um saco com sal, um arco forte e sua espada.

Ragnor cavalgava como se todos os demônios estivessem em seu encalço e se irritava com qualquer demora. Não era fácil para Aislinn conduzir o cavalo com Bryce no colo. Ela reclamou quando Ragnor chicoteou sua montaria, fazendo-a galopar, mas sabia que ele não hesitaria em usar a espada se ela o aborrecesse.

Continuaram a fuga, passando ao largo de Londres e das patrulhas normandas. Paravam algumas horas à noite e ao nascer do dia e, depois de um desjejum apressado de cereal frio e carne, prosseguiram a viagem. Apesar de exausta, era conveniente para Aislinn essa brevidade das horas de descanso. Pelo modo com que Ragnor olhava insistentemente para ela, tinha certeza de que tentaria violentá-la se tivessem mais tempo. Aislinn percebia os olhares ávidos de Ragnor mesmo quando ele estava deitado ao lado de Gwyneth, e de madrugada, quando ela amamentava Bryce, ele sempre procurava estar por perto.

Bryce dormia quase o tempo todo, mas, quando acordava, chorava em altos brados, impaciente com aquela inatividade no colo da mãe. Ragnor ficava cada vez mais selvagem, e até Gwyneth, que até então viajara em silêncio, começava a sentir os efeitos de sua ira. Aislinn tentava imaginar o que ele pretendia fazer. Talvez conseguisse chegar às colinas do norte para uma vida rude nas terras áridas, roubando para sobreviver, ou juntar-se ao príncipe Edgar, mas sempre haveria Wulfgar.

Pensando nele, seus olhos encheram-se de lágrimas. Desejava ardentemente que libertasse a ela e ao filho. Na verdade, não sabia se Bolsgar chegara a tempo para avisá-lo da cilada. Não sabia se ele estava vivo e tremia quando Ragnor falava do que tinha preparado para Wulfgar.

O sol estava alto e a poeira subia da estrada. Bryce acordou impaciente e choramingou porque queria sair do colo da mãe, ansioso por movimento.

Ragnor virou-se na sela e vociferou:

– Faça esse bastardo parar de chorar!

Aislinn começou a cantar em voz baixa, embalando o filho, e finalmente Bryce adormeceu. Acabavam de deixar as terras baixas dos rios e entravam agora na região das charnecas e das colinas do interior. Passaram por uma pequena cidade em ruínas. Quando atravessavam a passo lento o que devia ter sido a praça principal, uma velha enrugada surgiu das sombras. Tinha só um olho, e o braço direito pendia inerte e inútil. Segurava na mão esquerda uma tigela de madeira, que estendeu para Ragnor.

– Uma esmola, meu senhor? – pediu ela com um sorriso nos lábios deformados. – Uma esmola para uma pobre velha...

Ragnor estendeu a perna para afastá-la com um pontapé, mas a mulher, com uma agilidade inesperada, desviou o corpo. Aislinn parou e, quando a mulher repetiu o pedido, jogou para ela um pedaço de pão, compreendendo que fazendo isso talvez estivesse se privando de uma refeição. Ragnor zombou do ato de caridade. Quando chegaram ao fim da praça, ele parou de repente na frente de Aislinn e desembainhou a espada.

– Essa criança está nos atrasando, e eu não preciso de dois reféns.

Aislinn apertou Bryce contra o peito e disse, com a determinação corajosa de quem é mãe:

– Deu sua palavra, Ragnor. Para matar meu filho, tem de me matar primeiro, e não vai ter nenhum refém quando Wulfgar chegar.

Tirou a adaga da bainha. Os outros homens recuaram de olhos arregalados, e Ragnor amaldiçoou o próprio descuido, por não ter tirado a adaga de Aislinn antes de começar a viagem. Vachel descansou os braços no anteparo da sela e sorriu.

– Então, meu primo? – disse ele. – Vai deixar essa mulher se matar?

Gwyneth, aproveitando a oportunidade, esporeou seu cavalo, fazendo o animal se chocar com o de Aislinn, e arrebatou a adaga da mão dela. Aislinn tentou se equilibrar, para não cair com Bryce. Então, refazendo-se da surpresa, olhou furiosa para a irmã de Wulfgar.

– Traidora! – sibilou ela. – Sempre com suas traições. Pobre Gwyneth.

Ragnor riu e embainhou a espada.

– Ah, minha pombinha, será que nunca vai se dar por vencida? Posso matar quem eu quiser e ninguém vai me impedir. Mas dei minha palavra e, a não ser que me obrigue, não tenho intenção de fazer mal ao menino. Prefiro deixá-lo com aquela velha, dar a ela bastante comida e algumas moedas para cuidar dele.

– Não! – exclamou Aislinn. – Não pode fazer isso!

– Há muitas cabras nesta região – disse ele. – E a velha pode conseguir muito leite. Além disso, se, como você diz, Wulfgar, Sweyn e os outros estão nos seguindo, encontrarão o menino e o levarão para casa.

Aislinn achou que isso realmente podia acontecer e sem Bryce ela talvez pudesse escapar. Finalmente, chorando, ela entregou Bryce para Gwyneth, que o levou para a velha acocorada na praça. Bryce reclamou, gritando a plenos pulmões, e foi com alívio que Gwyneth o entregou para a mulher. Depois de uma breve discussão, ela contou o dinheiro e o entregou, com um pequeno odre de vinho e algumas provisões. Gwyneth montou rapidamente e voltou para o grupo, enquanto a mulher os observava com olhos curiosos.

Seguiram a toda pressa. Agora Ragnor podia exigir mais de seu grupo. Em pouco tempo os cavalos começaram a demonstrar cansaço. Pararam à sombra de algumas árvores e passaram as selas dos animais exaustos para os cavalos tirados por Ragnor do estábulo de Wulfgar.

Enquanto esperavam, Ragnor e Gwyneth, um pouco afastados dos outros, conversavam e riam. Depois que os cavalos descansados comeram e tomaram água, Aislinn montou e, com tristeza, viu sua égua malhada ser solta e seguir seu caminho. Ragnor aproximou-se e, com um sorriso estranho, tirou as rédeas das mãos dela e as passou para a frente, pela cabeça do animal.

– Vou levar seu animal pelas rédeas por algum tempo, para o caso de estar pensando em voltar.

Ragnor seguiu a passo lento, deixando que os outros se adiantassem. Então, ele riu e emparelhou o cavalo com o dela.

– Gwyneth teve uma ideia muito boa – disse ele. – Convenceu a velha de que logo vai precisar de alguém para pedir esmolas por ela, e um menino bem-treinado pode ser muito útil.

As garras do medo cravaram-se no coração de Aislinn.

– Além disso – continuou Ragnor –, ela avisou a mulher para se precaver contra um malvado cavaleiro normando que pode aparecer para levar o menino.

Antes que Aislinn pudesse dizer alguma coisa, ele esporeou o cavalo e partiu no galope, puxando o dela. Quando chegaram perto dos outros, ele virou para trás e gritou:

– Não pense em saltar do cavalo, Aislinn. Pode quebrar uma perna, e, se isso não acontecer, eu a amarro na sela, o que será um duro golpe para sua dignidade.

Aislinn baixou a cabeça, desanimada e assustada, e olhou para as patas velozes do cavalo que cada vez mais a distanciavam de Bryce.

Naquela noite mal conseguiu comer a carne e o pão, quase frios porque tinham pressa de apagar o fogo. Foi amarrada pelos pulsos ao tronco de uma árvore, e, desanimada e sem esperança, logo cedeu à fadiga e adormeceu.

WULFGAR E SWEYN cavalgavam lado a lado. Os dois cavalos de guerra, sem o peso das armaduras, galopavam com segurança e facilidade. Só falavam quando era necessário, e nos povoados e fazendas paravam brevemente para pedir informações. O viking nem por um momento largou seu machado, e a mão do normando descansava constantemente no punho da espada.

Ambos eram conduzidos pelo mesmo objetivo mortal e pela mesma determinação. Nas breves paradas para descanso, depois de alimentar os animais, comiam apressadamente as tiras de carne defumada e cochilavam por algum tempo ao sol.

Bem depois da meia-noite, os camponeses ouviam o tropel dos cavalos passando pela frente de suas casas. Wulfgar era incansável, treinado como fora para os esforços de guerra. Não se percebia qualquer tensão em seu corpo, e seus pensamentos estavam longe, muito adiante. Talvez Aislinn e o bebê estivessem mortos. Procurava afastar da mente a ideia sinistra de uma vida sem o riso alegre de Aislinn. Como o sol brilhando à meia-noite, a revelação surgiu clara no seu pensamento. Amava Aislinn acima de tudo, mais que a própria vida. O normando aceitou o fato com imenso prazer.

Wulfgar riu no escuro e disse para o viking:

– Ragnor é meu! Aconteça o que acontecer, Ragnor é meu! – falou em voz baixa, mas Sweyn, sem ver o rosto dele, sentiu o frio da morte naquelas palavras.

Logo começaram a aparecer as pistas. As cinzas frias de um acampamento, a grama amassada onde uma mulher devia ter descansado. Prosseguiram mais determinados que nunca, despertando a atenção dos viajantes que encontravam no caminho.

Então, nas Terras Altas da costa norte da Escócia, subiram ao topo de uma colina e viram, num vale distante, seis cavaleiros, um deles puxando o cavalo de outro pelas rédeas. Os enormes cavalos de guerra, como que sentindo a urgência dos donos, apesar de cansados, continuavam no galope veloz.

Três homens do grupo ficaram para trás, enquanto um cavaleiro e duas mulheres continuaram a toda velocidade. A distância diminuiu, e os três homens ficaram aliviados vendo que eram apenas dois seus perseguidores. A um grito de Vachel, pararam, desembainharam as espadas e esperaram em posição de combate.

Quando os caçadores viram a presa a seu alcance, o grito de guerra de Wulfgar soou no vale, arrepiando os pelos de uma raposa, que fugiu correndo para a toca. O vento sussurrava na grande espada erguida e o machado de guerra rodava acima da cabeça do viking. Ouvindo o som arrepiante, Ragnor puxou as rédeas de seu cavalo e praguejou, pois conhecia o grito de guerra de Wulfgar e, o que era pior, o conhecia.

Os dois guerreiros arremeteram, inclinados para a frente nas selas, para os três homens que os esperavam. Wulfgar firmou os joelhos nos flancos de Huno, e à distância de uma lança curta do inimigo puxou as rédeas. Huno ergueu as patas dianteiras e atingiu não o outro cavalo, mas o cavaleiro, amassando-o sob o escudo. A espada de Wulfgar partiu o escudo do outro homem e metade de seu braço antes que ele pudesse erguê-lo para se defender. Outro golpe e o homem estava morto.

Huno se libertou da confusão e virou rapidamente, mas não era preciso. Vachel, com a perna amassada, estava ajoelhado no chão, olhando para Sweyn.

– Por Beaufonte! – rugiu o viking, abaixando o machado. Vachel desabou na poeira do chão, pagando com a vida sua lealdade a Ragnor.

Sweyn arrancou a lâmina do machado do elmo de Vachel e agradeceu a Odin em altos brados, mas cedo demais. Seu cavalo dobrou lentamente as pernas e caiu com a espada de Vachel enfiada na barriga. O viking saltou da sela e olhou tristemente para o animal que estrebuchava no chão. Ergueu e abaixou o machado mais uma vez, acabando com o sofrimento do nobre cavalo de guerra.

Wulfgar desmontou e limpou a espada no manto de um dos mortos. Com o pé, virou Vachel de costas. Ele estava com os olhos abertos e filetes de sangue escorriam da testa até o queixo. Wulfgar ergueu a cabeça e olhou para os três cavaleiros ao longe.

– Eu preciso continuar – disse ele. – Cuide desses corpos e volte para Darkenwald. Se Deus permitir, eu o encontrarei lá com Aislinn e o bebê.

– Proteja suas costas – advertiu Sweyn com um gesto afirmativo.

Trocaram um longo aperto de mãos. Wulfgar saltou para a sela e partiu num galope que não poupava homem nem animal.

Ragnor não perdeu tempo. Quando o eco do grito de guerra de Wulfgar desapareceu, conduziu as mulheres, com toda a velocidade de que eram capazes seus cavalos, pelas encostas cada vez mais íngremes das colinas. Aislinn, atrás dele, estava estranhamente calma. Agora que sabia que Wulfgar estava vivo, sentia o coração aquecido e seus lábios se curvaram num sorriso. Olhando para trás, Ragnor inquietou-se com a serenidade do rosto dela.

A tarde passou e continuaram a fuga, os cavalos tropeçando e bufando, com o corpo coberto de suor, mas constantemente açoitados com os chicotes. Os três cavaleiros passaram pelo topo de um rochedo, vendo lá embaixo o reflexo do sol poente nas águas prateadas de um lago. Chegaram a uma abertura no paredão de pedra e começaram a descida lenta e cuidadosa. Sua respiração transformava-se em nuvens brancas no ar gelado. Segurando com força a crina do cavalo, Aislinn sentiu as mãos dormentes de frio, mas não tinha coragem de soltar, com medo de cair no desfiladeiro. Ragnor as conduziu pela descida do penhasco, atravessaram uma fina faixa de areia e chegaram a uma ilha baixa, com as ruínas de um forte dos antigos pictos. Pararam num grande pátio, com três lados fechados por um muro baixo de pedra e, no lado do mar, pelas ruínas da parede de um templo. No centro do pátio erguia-se um bloco de pedra com argolas rústicas nos cantos, provavelmente onde eram oferecidas as vítimas dos sacrifícios pagãos.

Ragnor tirou Aislinn da sela e carregou-a para a pedra. Gwyneth teve de desmontar sozinha, e depois amarrou seu cavalo junto dos outros. Ragnor prendeu os pulsos de Aislinn nas argolas usando tiras de couro e, vendo que ela tremia de frio, tirou o manto e agasalhou-a com ele. Ficou parado por algum tempo, olhando para ela com um misto de desejo e respeito, imaginando como podiam ter sido as coisas com aquela mulher se tivessem se encontrado de modo diferente. Talvez o mundo tivesse sido muito mais fácil com Aislinn ao seu lado. Lembrou da noite fatídica em que a vira pela primeira vez. Como podia adivinhar que seus esforços para possuí-la o levariam à ruína? Agora Wulfgar, se tivesse conseguido escapar de Vachel e dos outros dois homens, estava em seu encalço como um lobo farejando sangue.

Wulfgar seguiu a galope até sentir que Huno chegara ao limite de suas forças. Desmontou, deu ao animal o resto da ração, escovou seu pelo com o saco vazio e, com uma palmada na anca, mandou-o voltar para onde tinham deixado Sweyn. Wulfgar começou a caminhar, mastigando uma tira de carne com farinha de trigo, ajudando a deglutição com pequenos goles de água. Quando terminou, tomou vários goles. Tirou o cinto com a espada e o pôs no ombro, de modo que a espada batia em suas costas a cada passo, com o punho logo abaixo do seu pescoço. Então, começou a correr, de cabeça baixa, acompanhando as marcas semi-apagadas dos cavalos na terra seca. Anoitecia quando chegou no alto de um penhasco e viu a ilha iluminada pela luz de uma fogueira. A maré estava enchendo, e a faixa de areia era muito estreita. Quando Wulfgar acabou de descer o penhasco começava a escurecer e a faixa de areia estava coberta por uns trinta centímetros de água. Ragnor planejara bem, pensou ele. Agora era impossível se aproximar em silêncio.

Procurou uma rocha na sombra e esperou a lua aparecer, mastigando outra porção de comida seca, vendo a névoa se erguer da água no ar frio da noite. As colinas negras em volta do lago pareciam curvar os ombros para se proteger da noite que chegava. Escalou o rochedo até um ponto de onde podia ver a antiga praça e os três vultos iluminados pela luz da fogueira. Gwyneth movendo-se perto do fogo, Ragnor de pé observando a praia estreita e Aislinn envolta na capa, encolhida perto da pedra negra. E Bryce... onde estava?

Vagarosamente a noite clareou e a meia-lua cor de laranja apareceu no horizonte. Wulfgar sorriu. Chegara a hora. Inclinando a cabeça para trás, soltou seu grito de guerra, um uivo surdo e longo que ecoou nos rochedos e terminou num brado de raiva.

Lá embaixo, nas ruínas, Ragnor levantou a cabeça, sobressaltado. Os ecos do grito de guerra o imobilizaram por um momento, como se só pudesse ouvir o chamado da morte. Ao lado da pedra, Aislinn também levantou a cabeça e olhou para a noite escura, além do fogo. Conhecia o grito de guerra de Wulfgar, mas aquele era mais um uivo, uma promessa de morte, e ela sentiu um frio na espinha e lembrou do enorme lobo negro que olhara para ela por cima de outro fogo, com uma expressão quase humana.

Com uma exclamação de medo, Gwyneth voltou-se rapidamente para Ragnor, muito pálida à luz fraca do fogo, mas, quando não se ouvia mais o eco do brado de Wulfgar, Ragnor caminhou para Aislinn com o rosto contorcido de raiva e tirou uma faca curta do cinto. Aislinn prendeu a respiração, depois olhou para ele com desafio, esperando sentir a lâmina afiada no peito, mas, com um movimento rápido, Ragnor cortou as tiras de couro que a prendiam. Aislinn olhou para ele, tentando adivinhar o que ia acontecer. Com um sorriso cruel, ele embainhou o punhal e a fez se levantar. Ragnor apertou-a contra a cota de malha que cobria seu peito, olhando nos olhos de Aislinn como se quisesse ver sua alma. Ela não resistiu. A mão dele acariciou-lhe o rosto, como que hipnotizado por tanta beleza. Os dedos longos e morenos seguraram o queixo delicado. Ignorando Gwyneth, que os observava, boquiaberta, Ragnor beijou Aislinn, abrindo com brutalidade os lábios dela. Aislinn ergueu a mão e tentou em vão empurrá-lo para longe. Os lábios de Ragnor continuavam quentes e pesados nos dela.

– Ele não vai levar você, minha pombinha, eu juro – murmurou ele, com voz rouca. – Ele jamais a terá.

Gwyneth se aproximou das costas dele com uma tentativa de sorriso no rosto cansado.

– Ragnor, meu querido, o que o faz dar atenção a ela? Quer provocar a ira de meu irmão? Tenha cuidado, meu amor. Ele já está suficientemente furioso sem que você precise acariciar essa cadela na sua frente.

A gargalhada de Ragnor ecoou no penhasco. O som morreu lentamente, deixando apenas silêncio. Então, ele ficou de pé atrás de Aislinn e, segurando-a contra o corpo, perscrutou o escuro para além da faixa de areia.

– Wulfgar, venha ver sua companheira! – gritou ele. Tirou o manto dos ombros de Aislinn, deixando-o cair a seus pés. O fogo iluminou fracamente a figura esbelta com vestido de veludo. Com uma calma que a fez prender a respiração, as mãos de Ragnor acariciaram seus seios lentamente, como para torturar o homem que devia estar observando em algum lugar do rochedo escuro. – Veja, Wulfgar, bastardo de Darkenwald! – gritou Ragnor para a noite. – Ela agora é minha, como era antes. Venha tomá-la de mim se for capaz.

Outra vez o silêncio foi a resposta, e Aislinn ouvia somente a respiração pesada de Ragnor junto a seu ouvido. Com um soluço de revolta, tentou se livrar, mas ele a segurava com firmeza. Ragnor riu alto, e suas mãos desceram para a cintura fina e depois para os quadris.

– Ragnor! – protestou Gwyneth, percebendo a intenção dele. – Quer me torturar também? – a pergunta era um grito de agonia.

– Fique quieta – respondeu ele. – Deixe-me em paz!

Numa carícia mais ousada, sua mão alcançou a barriga de Aislinn, e ela tentou empurrá-lo, ofendida.

– Quer que eu a possua na frente de seus olhos, bastardo? – gritou ele, com uma risada.

Não se ouviu nenhuma resposta de Wulfgar, apenas o silêncio opressivo. Ragnor continuou por mais alguns momentos, até compreender que não ia conseguir qualquer reação. Wulfgar não permitiria que a raiva o levasse a um ato impensado.

– Acabo com isso depois – zombou ele no ouvido de Aislinn. – Primeiro devo tratar da morte de seu marido.

Saiu de trás dela, amarrando novamente seus pulsos, mas agora um em cada canto da pedra, de frente para a fogueira.

Arrulhando baixinho, Gwyneth tentou se encostar em Ragnor, mas ele a empurrou.

– Afaste-se, cadela – rosnou ele, com veneno na voz e um olhar de desdém. – Eu experimentei o néctar dos deuses. Acha que vou preferir os favores de um monte de ossos? Leve seus flancos frementes para a rua.

Com o rosto crispado de desespero, Gwyneth olhou para ele sem poder acreditar no que ouvia.

– Ragnor, deve parar com isso. Logo vai enfrentar Wulfgar e é de mau agouro levar para a luta um beijo dado de má vontade. Posso lhe dar um talismã para a luta.

Gwyneth abriu os braços, numa súplica, mas Ragnor disse, com raiva:

– Silêncio!

Ragnor pôs mais lenha na fogueira, olhando atentamente para as colinas, e Gwyneth correu para ele, tentando abraçá-lo.

– Não, meu amor – disse ela chorando. – Eu me entreguei a você com paixão e desejo. Vai preferir o prazer roubado? Leve o meu amor com você.

Ragnor a empurrou, mas ela insistiu. Praguejando, ele a atingiu na cabeça com o galho que ia pôr no fogo. Gwyneth cambaleou para trás, quase caiu e bateu com a cabeça no muro de pedra. Uma mancha vermelha apareceu na pedra quando ela escorregou e caiu de joelhos, com as mãos no chão e a cabeça entre os braços. A mancha vermelha se espalhou pelos cabelos louros. Ela gemeu baixinho, e Ragnor atirou o galho pesado, atingindo-a nas costas.

– Desapareça, monte de ossos – zombou ele. – Não preciso mais de você.

Gwyneth se arrastou até o portal de pedra e desapareceu na noite. Com um esgar de desprezo, ele a viu partir, e depois voltou a vigiar a praia no outro lado da ilha, à procura de algum sinal de Wulfgar. Como antes, não se ouvia nenhum som, não se via nenhuma sombra. Ragnor começou a andar de um lado para o outro, parando para olhar para longe, como se pressentisse a presença de Wulfgar. Praguejando, montou a cavalo e começou a percorrer as ruínas à procura de alguma pista da passagem do normando. Puxou as rédeas bruscamente na parte alta da ilha quando viu um tronco de árvore empurrado para a praia e a marca de pés molhados que ia desde o tronco até um monte de blocos de pedra. Ragnor galopou para a outra extremidade da ponta de terra e desapareceu nas sombras.

Reinou o silêncio outra vez, quebrado apenas pelo patear nervoso dos outros dois cavalos presos na praça. Aislinn prendeu a respiração, procurando ouvir algum sinal da presença de Wulfgar, e então, vinda da noite, ouviu a voz do marido.

– Ragnor, ladrão de Darkenwald! Venha experimentar a minha lâmina. Será que seu coração negro vai lutar sempre só contra mulheres e crianças? Venha enfrentar um homem!

O coração de Aislinn disparou.

– Wulfgar! – a voz de Ragnor ecoou na noite. – Apareça que eu farei o mesmo, bastardo. Quero ter certeza de que não vai me atacar pelas costas.

Aislinn ouviu a exclamação de surpresa de Ragnor quando Wulfgar pareceu surgir da parte alta da praça como um espectro, sinistro e ameaçador na escuridão da noite. Desembainhou a longa espada e balançou-a acima da cabeça.

– Apareça, ladrão! – sua voz soou clara, e Wulfgar avançou rapidamente. – Venha conhecer a minha espada, ou preciso levantar todas as pedras para encontrá-lo?

Ragnor apareceu montado, ao lado do fogo. Aislinn gritou apavorada, pois, naquele espaço pequeno, parecia que ele ia lançar o cavalo sobre ela. Lutou para se libertar até seus pulsos começarem a sangrar, mas conteve outro grito, temendo desviar a atenção de Wulfgar.

Girando a maça com pontas aguçadas, Ragnor avançou. Precisava acabar com o inimigo enquanto tinha vantagem nas armas. Wulfgar esperou que ele erguesse a maça para o golpe e então desviou para a direita, atravessando na frente do cavalo. A bola com pontas zuniu no ar, descendo exatamente onde Wulfgar estivera. Wulfgar apoiou um ombro no chão e rolou o corpo. Quando o cavalo passou por ele, desfechou um golpe com a espada nas pernas do animal. A lâmina atingiu os tendões logo acima da jarreteira traseira e, com um relincho de dor, o cavalo tropeçou e caiu.

Ragnor saltou rapidamente da sela e voltou-se, com a maça na mão. Não era uma arma para ser usada contra um bom espadachim, e ele a atirou no adversário. Wulfgar se esquivou com facilidade, mas isso deu tempo a Ragnor para desembainhar a espada e ficar em posição de combate. Olhou com ódio para Wulfgar e sentiu-se mais confiante quando viu que ele não estava usando a cota de malha e sua única arma era a espada larga. O menor toque de sua espada podia inutilizá-lo para sempre, e um homem aleijado era inútil para a guerra. Ragnor já podia ver Wulfgar mendigando nas ruas. Riu e firmou o escudo junto ao ombro, avançando para o combate. Ragnor atacou, mas Wulfgar, com um movimento rápido, rasgou a beirada do escudo do cavaleiro moreno.

Ragnor, com os pés firmes no chão agora, defendia-se dos golpes desferidos pela espada larga que Wulfgar segurava com as duas mãos e só podia atacar quando o adversário chegava muito perto. Wulfgar

482

manteve a sequência rápida de golpes, mais para impedir o ataque do que para ferir. Ragnor começava a sentir o peso do escudo e da cota de malha. Assim como no dia do duelo, Ragnor não conseguia encontrar nenhuma abertura na defesa do oponente. Com um aperto na garganta, compreendeu que não era uma disputa esportiva, mas uma luta de morte. Diminuiu o ritmo de seus movimentos, com o corpo encharcado de suor. Wulfgar alcançou o escudo e segurou a espada com as duas mãos. Estavam agora quase corpo a corpo, e a espada de Ragnor encontrava sempre a de Wulfgar.

Ragnor percebeu que Wulfgar também começava a sentir cansaço. Sem a cota de malha, tinha de defender cada golpe e ao mesmo tempo procurar atingir o inimigo. Ele recuou um passo e Ragnor renovou o ataque, atingindo a perna do adversário. O golpe foi defendido em parte, mas rasgou a perneira e a bota de couro, tirando sangue. Ragnor rugiu comemorando o sucesso e ergueu a espada quando Wulfgar caiu com um joelho no chão. Aislinn estremeceu apavorada, mas Wulfgar percebeu a intenção de Ragnor. Ainda agachado, encostou o lado da espada no ombro, para aparar o golpe, e desviou a lâmina de Ragnor, que se cravou no chão, quase inutilizando seu braço. O sangue apareceu no ombro de Wulfgar quando o colete e a túnica foram rasgados com o impacto de sua própria espada. Ele arremeteu com violência, e Ragnor recuou com um corte profundo no braço.

Com um grito de dor, Ragnor segurou o braço ferido e saltou por cima da fogueira. Com um rugido de frustração, empalideceu quando Wulfgar avançou para ele com a espada erguida. Ragnor viu a morte à sua frente e fugiu.

Correu para a porta e parou de repente. Com um gemido estertorante, encostou a mão no muro de pedra, para não cair. Aislinn olhou para Wulfgar, que esperava, pronto para continuar a luta. O normando aproximou-se dela e cortou as tiras de couro que prendiam seus pulsos, atento a Ragnor, ainda encostado no portal de pedra.

Ragnor encostou-se na parede e virou para os dois, com os olhos arregalados de surpresa. Wulfgar e Aislinn viram então o cabo incrustado de pedras preciosas da adaga de Aislinn projetando-se de seu peito. A lâmina longa e fina tinha atravessado a cota de malha e penetrado profundamente na altura do coração. Ragnor arrancou-a com um gemido, e o sangue jorrou do ferimento, descendo pelo peito. Ragnor ergueu os olhos, incrédulos, para Aislinn e Wulfgar.

– Ela me matou, a cadela.

Dobrou os joelhos, caiu para a frente e ficou imóvel. Então Gwyneth apareceu das sombras. O ferimento na testa contrastava com a extrema palidez de seu rosto. Ela olhou para o corpo imóvel de Ragnor e depois voltou para Aislinn e Wulfgar sua máscara macabra. Um filete de sangue escorria de seu ouvido e outro do nariz. Seus olhos parados pareciam implorar perdão.

– Ele disse que me amava e tomou tudo que eu tinha para dar, depois me expulsou como se eu fosse uma...

Soluçando, deu um passo para eles, mas tropeçou e caiu. Ficou imóvel, chorando desesperadamente. Aislinn correu para ela e apoiou a cabeça de Gwyneth em seu colo.

– Oh, Aislinn, fui uma tola – suspirou Gwyneth. – Eu só ouvia minha vaidade e meus desejos. Perdoe-me, pois eu a persegui cruelmente, tentando ganhar o poder e as honras que jamais poderia ter.

Wulfgar olhou para a irmã. Gwyneth ergueu os olhos para ele e sorriu.

– Eu não podia suportar a ideia de viver como você e ser alvo do desprezo do mundo, mas você soube muito bem honrar sua condição de bastardo – tossiu, e um filete de sangue desceu do canto de sua boca. – Nossa mãe queria ferir seu pai e inventou uma mentira inominável, Wulfgar – fechou os olhos e respirou fundo. – Em seu leito de morte, ela me pediu para contar tudo a você e corrigir seu erro, mas não tive coragem. Fui covarde, mas agora você vai saber. – Abriu os olhos. – Você não é bastardo, Wulfgar, mas filho verdadeiro de Bolsgar. – Sorriu, vendo Wulfgar erguer as sobrancelhas. – Sim, eu e nosso irmão, morto há tanto tempo, somos os bastardos. Falsworth e eu fomos gerados pelo amante dela quando Bolsgar lutava ao lado do rei. Perdoe-me, Wulfgar.

Ela tossiu outra vez.

– Oh, Senhor, perdoai os meus pecados. Perdoai minha... – com um longo suspiro ela relaxou o corpo e morreu.

Wulfgar ajoelhou-se ao lado da irmã, e Aislinn limpou o sangue e a poeira do rosto finalmente sereno de Gwyneth. O normando disse, então, com voz rouca e baixa:

– Espero que ela encontre a paz. Eu a perdoo. O maior pecado foi o de nossa mãe, que, com sua vingança, torturou a todos nós.

Em tom mais áspero, Aislinn disse:

– Só a perdoarei se conseguirmos consertar mais uma coisa. Ela deu nosso filho para uma velha mendiga que pedia esmolas nas ruínas de uma cidade.

Com o rosto crispado de fúria, Wulfgar foi até onde estavam os dois cavalos e apanhou uma sela do chão. Mas acalmou-se de repente, lembrando que os abutres iam aparecer de madrugada. Não ia deixar que sua irmã se transformasse num monte de ossos expostos ao sol. Largou a sela e voltou-se para Aislinn.

– Mais uma noite não vai fazer diferença.

Ele estendeu os mantos de pele no chão, longe da porta no muro de pedra, onde jaziam Ragnor e Gwyneth, e abraçados, bem protegidos contra o vento frio que assobiava entre as ruínas, adormeceram, exaustos.

Acordaram com a primeira luz do dia e, enquanto Aislinn preparava a comida, Wulfgar cavou duas covas rasas na areia. Enterrou Ragnor com sua sela, escudo e espada, e Gwyneth segurando a pequena adaga, como uma cruz sobre o peito, envolta na capa forrada de pele. Com esforço, Wulfgar arrastou duas grandes lajes de pedra para cobrir a terra das sepulturas, protegendo-as dos lobos. Por algum tempo procurou algumas palavras, mas não encontrou. Por fim, arreou apressadamente os cavalos. Depois de aplacar a fome, ajudou Aislinn a montar e saltou para a sela do outro animal. Então partiram, Wulfgar na frente, os cavalos chapinhando na água que ainda cobria a faixa de areia.

Pensando em Bryce, os dois galoparam velozmente até chegar às ruínas da antiga cidade. Encontraram uma cabana rústica, mas as cinzas estavam frias. Não encontraram nada que indicasse para onde a mulher tinha ido. Percorreram então os povoados próximos, mas, embora algumas pessoas a conhecessem, ninguém sabia de seu paradeiro.

Chegou a noite do segundo dia, e Wulfgar e Aislinn, completando o círculo de busca, pararam no meio das ruínas. Aislinn sentou-se no chão, chorando desesperadamente. Wulfgar ajudou-a a levantar-se e abraçou-a com ternura. Abafando os soluços dela contra o peito, Wulfgar afagou os cabelos e beijou a orelha de Aislinn. De todos os sofrimentos que enfrentara, esse foi o único que a derrotou completamente. Sem forças, soluçava nos braços do marido. Não tinha mais vontade nem estímulo para continuar a busca. Só depois de algum tempo as lágrimas secaram. Seu peito e sua garganta ardiam de tanto chorar. Wulfgar tomou-a nos braços e levou-a para o abrigo de um muro em ruínas. Acendeu uma pequena fogueira para afastar o frio da noite. O vermelho intenso do céu a oeste logo se transformou num manto azul-escuro que aos poucos se estendeu acima deles, e, olhando para cima, Wulfgar viu as estrelas aparecerem, uma a uma. Parecia que bastava erguer a mão para alcançá-las. Segurou as mãos de Aislinn, que estava sentada, imóvel, olhando para o fogo, desejando passar para ela sua força. Só havia nos belos olhos cor de violeta a agonia da perda do filho.

– Meu filho, Wulfgar – gemeu ela. – Quero o meu filho.

Um soluço áspero subiu de sua garganta, e Wulfgar a embalou durante um longo tempo, ao lado do fogo.

– Eu sei pouco sobre o amor, Aislinn – disse o normando, finalmente –, mas sei muito sobre coisas perdidas. Jamais consegui o amor de minha mãe. O amor de meu pai foi arrebatado de meus braços. Guardei meu amor com avareza durante toda a vida, e agora ele arde dentro de mim.

Os olhos cinzentos do normando brilhavam com a inocência de uma criança. Afastou os cabelos do rosto dela.

– Primeiro amor – murmurou ele, docemente. – Amor do meu coração, não me traia nunca. Tome o que eu posso dar e faça disso uma parte de si mesma. Leve meu amor dentro de você o tempo todo, como fez com aquela criança, e então, com uma exclamação de alegria, deixe que saia para que possamos partilhar essa felicidade.

Eu lhe ofereço minha vida, meu amor, meus braços, minha espada, meus olhos, meu coração. Fique com tudo. Não deixe sobrar nada. Se jogar tudo fora, estarei morto, e vou vaguear pelos montes como uma alma perdida.

Aislinn sorriu, e Wulfgar beijou-a com ternura.

– Teremos outros filhos, talvez uma filha, sem nenhuma dúvida sobre quem é o pai.

Aislinn o abraçou e, com um soluço abafado, murmurou:

– Eu o amo, Wulfgar. Abrace-me com força. Abrace-me assim para todo o sempre.

Ele murmurou no ouvido dela:

– Eu a amo, Aislinn. Beba o meu amor. Deixe que ele lhe dê forças.

Aislinn afastou-se um pouco e, apoiando-se no braço do marido, acariciou-lhe o rosto.

– Vamos embora – pediu ela. – Não posso passar outra noite aqui. Vamos para casa, para Darkenwald. Quero sentir a segurança do ambiente que é meu.

– Sim – concordou Wulfgar, e levantou-se para apagar o fogo e espalhar as cinzas.

Quando chegou perto dos cavalos, Aislinn sorriu tristemente, passando a mão no traseiro.

– Nunca mais vou montar com o mesmo prazer – disse ela.

Wulfgar olhou para ela, pensativo.

– Quando fui tomar água, vi um barco no rio. Sim, vai resolver seu problema. Venha, não está longe.

Segurou a mão dela e a levou para um pequeno bosque de salgueiros. Separando os galhos pendentes, ele mostrou a canoa, longa e estreita, feita com um único tronco de árvore. Wulfgar fez uma mesura.

– Seu barco real, minha senhora. Este regato vai dar naquele que passa pelos pântanos de Darkenwald.

Aliviada, Aislinn compreendeu que não precisava mais montar. Wulfgar soltou os cavalos e pôs a pouca bagagem na proa da canoa. Aislinn sentou-se no centro, confortavelmente encostada numa sela, envolta na capa de Wulfgar. Empurrando o barco para a água,

487

ele se sentou na popa e, apanhando o remo curto, começou a remar a favor da corrente.

O tempo parou. Depois de um sono breve, Aislinn acordou, ouvindo a batida ritmada dos remos na água. Olhou para cima, para os salgueiros, e ergueu a mão para o céu como para revelar ao mundo a sua angústia. Via as estrelas entre os galhos despidos de um carvalho e a lua erguendo-se vermelha, depois dourada, empalidecendo à medida que se afastava da charneca. Adormeceu outra vez. Assim passaram a noite. Breves momentos de sono para ela, enquanto Wulfgar remava, conduzindo o barco pelo regato sinuoso.

Wulfgar não queria pensar. O filho que ele começava a amar estava perdido e nunca mais ia ver aquele cabelo claro, nem ouvir seu riso alegre. Começou a remar mais depressa, esperando que o esforço afastasse o sofrimento da alma.

A primeira luz cinzenta do dia delineou um carvalho amigo numa colina que eles conheciam, a cidade adormecida, o solar ao fundo e, na colina mais distante, o castelo de Darkenwald, quase completo. O fundo do barco arrastou na areia, e Wulfgar desceu na água, puxou-o para a terra e carregou Aislinn para a margem seca coberta de folhas.

De mãos dadas, ele na frente, Aislinn atrás, seguiram por uma trilha estreita. Wulfgar conhecia o caminho, o mesmo que percorrera com Huno, seguindo as marcas no chão da floresta, para encontrar uma bela jovem tomando banho na água gelada do regato. Assim passa o tempo, com a alegria curando os ferimentos ou a dor arrancando a felicidade de seus corações.

Com um suspiro, Aislinn olhou para o nascente, sentindo a dor imensa da perda e do vazio. Chegaram ao solar. Wulfgar abriu a porta e eles entraram.

Pararam confusos, estranhando o ruído e as luzes da sala. Estavam todos lá. Bolsgar e Sweyn conversavam em voz alta com Gowain e Milbourne, e Haylan cuidava de Kerwick, perto da lareira. Sua perna e sua cabeça estavam envoltas em ataduras, mas seu estado de espírito parecia ótimo. Ele e Haylan trocavam olhares ternos e carinhosos. E num canto escuro, de costas para os outros, estava Maida.

Era uma cena completamente absurda, num solar onde todos deviam estar calados e apreensivos, especialmente àquela hora da manhã. Aislinn e Wulfgar não queriam interromper aquela tranquilidade com as notícias que traziam e aproximaram-se silenciosamente da lareira. Bolsgar os viu e levantou-se da cadeira com uma saudação alegre.

– Afinal chegaram – disse ele. – Ótimo! Ótimo! Os vigias da torre viram quando se aproximavam daqui. – Olhou atentamente para Aislinn. – Muito bem, minha filha, vejo que aquele cavaleiro apaixonado não lhe fez nenhum mal. – Olhou para Wulfgar. – Você o matou, espero? Gosto muito da companhia desta jovem e ficaria muito aborrecido se aquele cavaleiro a incomodasse outra vez.

Wulfgar balançou a cabeça e, antes que pudesse explicar, Sweyn levantou-se de um salto.

– O que está dizendo? – rugiu o viking. – Será que não posso confiar nesses jovens nem para fazer uma coisa simples? – O riso subiu como um trovão de seu peito e ele deu uma palmada nas costas de Bolsgar que deixou o velho lorde sem fôlego por alguns momentos. – Acho que nós dois temos de nos encarregar da caçada para acabar com isso. Espero que dessa vez não encontre uma desculpa para se atrasar.

Wulfgar olhava de um para o outro, sem oportunidade de dizer nenhuma palavra. A última observação de Sweyn o intrigou.

– Sim – disse Bolsgar. – E eu não vou confiar em você para me ajudar, uma vez que parece ter uma tendência para não me poupar do trabalho pesado.

Sweyn deu uma gargalhada sonora.

– Ora, velho saxão cavalo de batalha. Não viu que minhas mãos estavam ocupadas para manter aquele garanhão no cio longe das éguas que Ragnor soltou? Quando passei por você na estrada, só conseguiu acenar com a mão.

O viking olhou para Wulfgar e explicou:

– Eu acampei de noite e Huno me acordou na manhã fria com o nariz no meu rosto. – Riu, olhando rapidamente para Hlynn, que estava pondo lenha no fogo, e depois continuou, em voz alta: – Ora, sonhei que uma bela jovem me acariciava, então aquele garanhão fedido bufou no meu pescoço e fui obrigado a montar nele para procurar os outros animais. – Sweyn deu uma gargalhada. – Todos eram éguas e aquela sua mula zurrante, Wulfgar, quase me matou, especialmente quando viu a égua malhada de lady Aislinn. – Apontou para Bolsgar. – Agora, esse saxão miserável diz que eu o abandonei quando ele mais precisava de ajuda.

– Uma desculpa muito fraca – resmungou Bolsgar. – Você podia ver que eu estava muito mais carregado.

Wulfgar olhou curioso para o pai.

– Carregado com o quê?

O velho homem deu de ombros.

– Uma parte da bagagem que vocês deixaram para trás.

Sweyn interrompeu, sem se preocupar em satisfazer a curiosidade de Wulfgar.

– Mas o que aconteceu com aquele tratante do Ragnor? Fugiu para o norte com Gwyneth?

Wulfgar balançou a cabeça.

– Não – murmurou. – Eles se mataram.

Bolsgar inclinou a cabeça tristemente e disse, com voz rouca:

– Ah, Gwyneth, pobre moça. Talvez esteja em paz agora. – Fungou e passou a manga no rosto.

No breve silêncio, Aislinn chegou mais para perto de Wulfgar, que a abraçou ternamente. Ela sentia o calor do lar, mas faltava alguma coisa. Havia um vazio dentro dela que não combinava com a alegria e o riso com que foram recebidos. Olhou em volta e viu Kerwick e Haylan muito juntos, Miderd e Hlynn preparando a refeição da manhã e Maida ainda encolhida no canto.

Sweyn tossiu, quebrando o silêncio.

– Nós enterramos o bom Beaufonte.

Gowain levantou-se.

– Sim. Mas nós três e mais o frade não conseguimos impedir que Sweyn o pusesse num barco com uma fogueira acesa.

– É verdade – riu Milbourne. – Prestamos as últimas homenagens a nosso amigo, mas a cerimônia dos vikings nos deixou atordoados.

– Sim – confirmou Bolsgar. – Na verdade, diminuiu muito o suprimento de cerveja para o próximo inverno.

– Foi para homenagear um amigo valoroso – murmurou Wulfgar, olhando para Sweyn. – Vão descansar, pois amanhã vamos sair com Gowain e Milbourne para procurar uma velha com um braço paralisado.

– Para que você quer a velha? – perguntou Bolsgar. – Ela vai roubar tudo que você tiver nos bolsos.

Wulfgar olhou surpreso para ele.

– Conhece a mulher? – perguntou, ansioso, notando que Aislinn esperava avidamente a resposta de Bolsgar. Seria demais esperar que o velho saxão os levasse à mulher e talvez a Bryce?

– Fiz alguns negócios com ela – respondeu Bolsgar. – Ela me vendeu alguma mercadoria, cedendo à minha insistência, pois não queria se desfazer dela e tive muito trabalho para convencê-la. Mas com um punhado de moedas e mostrando a lâmina da minha espada, consegui ficar com a melhor parte do negócio.

Wulfgar olhou atentamente para ele.

– De que mercadoria está falando?

Bolsgar virou para o canto da sala.

– Maida! – chamou ele.

– Sim – respondeu ela, como se aquele chamado brusco a tivesse ofendido.

– Traga a mercadoria! Precisamos ensinar esses dois a não jogar fora descuidadamente parte de sua bagagem. Sim, traga meu neto!

Aislinn ergueu a cabeça bruscamente e Wulfgar olhou surpreso para o pai. Maida levantou-se e virou para eles com um volume nos braços. Quando viu a cabecinha com os cachos avermelhados, Aislinn deu um grito de alegria. Com os olhos cheios de lágrimas, correu para a mãe e tomou Bryce nos braços. Apertando o filho contra o peito, começou a girar pela sala. Wulfgar riu quando Bryce protestou contra a força excessiva daquele abraço.

– Querida, tenha cuidado. Ele pode não aguentar tanto amor.

– Oh, Wulfgar! Wulfgar! – exclamou ela, aproximando-se dele.

Wulfgar sorriu e depois, como se acabassem de tirar um grande peso do peito, segurou o menino no ar, sacudindo-o acima de sua cabeça, para alegria de Bryce. Mas Maida estalou a língua e balançou a cabeça, reprovando.

– Essa criança vai lamentar muito ter um pai como você. Tenha cuidado com meu neto.

Wulfgar olhou para Maida, duvidando de sua sanidade, mas segurou Bryce com o maior cuidado, pois percebeu na antiga lady de Darkenwald uma firmeza e autoridade, além de vestígios de beleza, que nunca notara antes. As cicatrizes tinham quase desaparecido de seu rosto, substituídas por uma cor saudável. Wulfgar compreendeu que, na juventude, a beleza de Maida rivalizaria com a de Aislinn atualmente.

– Por que tem tanta certeza de que eu sou o pai? – perguntou.

– É claro que é seu filho – disse Bolsgar. – Assim como você é meu filho.

Wulfgar olhou surpreso para ele e Bolsgar abaixou a roupa de Bryce, mostrando uma marca avermelhada numa das nádegas.

– Este sinal de nascença é meu... se é que aceita a minha palavra, uma vez que não vou mostrar minhas nádegas para você. Quando eu trouxe Bryce para casa, precisei trocar a roupa dele e então vi a marca e fiquei sabendo que você é meu filho e que ele é seu.

Wulfgar perguntou, atônito:

– Mas eu não tenho essa marca.

Bolsgar deu de ombros.

– Meu pai também não tinha, mas o pai dele sim, bem como os netos.

– Gwyneth disse que eu sou seu filho – murmurou Wulfgar. – E que nossa mãe contou, em seu leito de morte, que ela e Falsworth eram filhos de outro homem.

Com um profundo suspiro, Bolsgar disse:

– Talvez tudo fosse diferente se eu não estivesse sempre fora de casa, à procura de aventuras de guerra. Agora parece que fracassei tristemente com vocês todos.

Wulfgar pôs a mão no ombro dele e sorriu.

– Ganhei um pai, mas perdi a simpatia de Guilherme. Ainda assim, é uma troca de valor desconhecido.

Nos braços de Wulfgar, Bryce olhava o movimento, chupando o dedo, os olhos arregalados e curiosos. Maida murmurou alguma coisa e o acariciou. Depois olhou de soslaio para o normando.

– Nunca houve dúvida quanto à paternidade do menino, Wulfgar. Será que não é capaz de conhecer uma virgem quando dorme com ela?

– O que está dizendo? – perguntou Wulfgar. – Ficou louca outra vez, mulher? Ragnor...

Com uma risada satisfeita, Maida olhou para a filha.

– Esta menina manejou muito bem o que Ragnor não conseguiu levantar, não foi, minha filha? E aquele normando, cheio de bazófia, gabava-se de uma coisa que nunca teve.

– Mãe – suplicou Aislinn.

Maida balançou na frente do rosto de Aislinn um saquinho que trazia dependurado no cinto.

– Sabe o que é isto?

Aislinn olhou para o saquinho por um momento e depois sorriu.

– O que é isso? – perguntou Wulfgar.

– Uma erva para dormir, meu amor – sorriu Aislinn, olhando ternamente para ele.

– Sim, é verdade! – confirmou Maida. – Naquela noite eu pus uma poção no vinho. Para ele! Só para ele! Mas Ragnor obrigou Aislinn a beber. Ele não sabia que eu estava no quarto. Ragnor tentou violentar Aislinn. Rasgou as roupas dela e jogou os pedaços no chão. – Apontou para a escada. – Caiu deitado em cima dela... na cama. – Maida riu. – Mas, antes que pudesse satisfazer seu desejo, os dois mergulharam num sono profundo e dormiram assim abraçados até eu acordá-la ao raiar do dia e nós duas fugirmos. – Deu de ombros. – Eu o teria matado se não temesse que os outros pudessem matar minha filha.

Wulfgar continuava com a testa franzida.

– Mas devia haver outros sinais.

– Eu escondi as provas – riu Maida, com os olhos brilhando. – A túnica rasgada de sua primeira noite com ela, com as manchas da perda da virgindade.

– Mãe! – interrompeu Aislinn. – Por que deixou que eu passasse todos esses meses sem saber?

Maida ergueu o queixo com altivez, deixando entrever sinais de uma beleza perdida.

– Porque ele era normando e você ia contar a ele – deu de ombros outra vez. – Agora ele é meio normando e meio saxão.

Wulfgar inclinou a cabeça para trás e deu uma gargalhada feliz. Depois, mais calmo, murmurou:

– Pobre Ragnor. Nunca chegou a saber.

Wulfgar estendeu a mão para Aislinn e, quando Maida pegou Bryce no colo, os dois se abraçaram carinhosamente. O normando olhou para a sala, sentindo o calor e a atmosfera amistosa do solar que sempre fora o lar de Aislinn. Olhou para Milbourne e Gowain, seus companheiros de tantas lutas; para Sweyn, que o criara desde muito jovem; Bolsgar, o pai que lhe foi devolvido; Maida; Miderd; Hlynn; Ham; seu lacaio, Sanhurst; Haylan e Kerwick, todos amigos. Sorriu para Kerwick.

– Tem minha licença para casar com a viúva, Kerwick. Logo terminaremos a construção do castelo e teremos muitas comemorações e festividades. Será uma ocasião maravilhosa para um casamento

Kerwick olhou para Haylan com um largo sorriso.

– Sim, meu senhor, se até lá eu conseguir ficar de pé.

Haylan fez uma mesura para Wulfgar e Aislinn.

– Ele estará bom – garantiu ela, com os olhos brilhando. – Ou vai ganhar um ferimento muito pior que esses.

Wulfgar riu, e ele e Aislinn saíram para o ar frio da manhã. Ela estremeceu sob a capa, e Wulfgar a abraçou. Atravessaram o pátio na direção do castelo. Quando chegaram debaixo de um enorme carvalho, Wulfgar abraçou-a e encostou no tronco da árvore, beijando-a no rosto e no pescoço.

– Nunca pensei que pudesse amar tanto uma mulher quanto eu a amo, Aislinn. Meu mundo está na palma de sua mão.

Aislinn riu e encostou o rosto no gibão de pele de lobo.

– Já estava na hora de isso acontecer.

Aislinn virou de frente para o castelo, que se erguia como uma enorme sentinela guardando a terra.

– Será um lugar seguro para nossos filhos – murmurou Wulfgar com a boca nos cabelos dela.

– Sim, para nossos vários filhos – disse Aislinn, apontando para o cata-vento no topo da mais alta torre. – Veja!

Um enorme lobo de ferro, feito na forja de Gavin, girava com a brisa da manhã, como que farejando a presa. Wulfgar olhou para o lobo de ferro por algum tempo.

– Deixe que aquele animal procure os ventos de guerra – disse, em voz baixa. – Eu encontrei minha paz em você. Não vou mais vaguear pelas florestas à procura da luta. Eu sou Wulfgar de Darkenwald.

Wulfgar a fez virar de frente para ele, e os dois vultos se tornaram um só à luz do novo dia.

Darkenwald encontrara um lugar para todos.

fim

EDIÇÕES

BestBolso

Este livro foi composto na tipologia Minion Pro Regular,
em corpo 10/12,5, e impresso em papel off-set 56g/m² no Sistema
Cameron da Divisão Gráfica da Distribuidora Record.